Colleen McCullough · Das Lied von Troja

Colleen McCullough

Das Lied von Troja

Roman

Deutsch von Ulrike v. Sobbe

C. Bertelsmann

Die Originalausgabe erschien 1998 unter dem Titel
»The Song of Troy« bei Orion Books, London

Umwelthinweis:
Dieses Buch und sein Schutzumschlag
wurden auf chlorfrei gebleichtem Papier gedruckt.
Die vor Verschmutzung schützende Einschrumpffolie ist
aus umweltschonender und recyclingfähiger PE-Folie.

1. Auflage

Satz: Uhl + Massopust, Aalen
Druck und Bindung: Wiener Verlag
Printed in Austria
ISBN 3-570-00217-9
www.bertelsmann-verlag.de

Für meinen Bruder Carl, der am 5. September 1965
vor Kreta umkam, als er versuchte,
Frauen aus dem Meer zu retten.

ηαℜντα δεƷ καλαƷ θαϖοℜϖτι περ, ο⊗ττι φαϖιℜη.
Alles ist schön, selbst an dem Toten, was da sich zeigt.

Homer *Ilias* 22.73

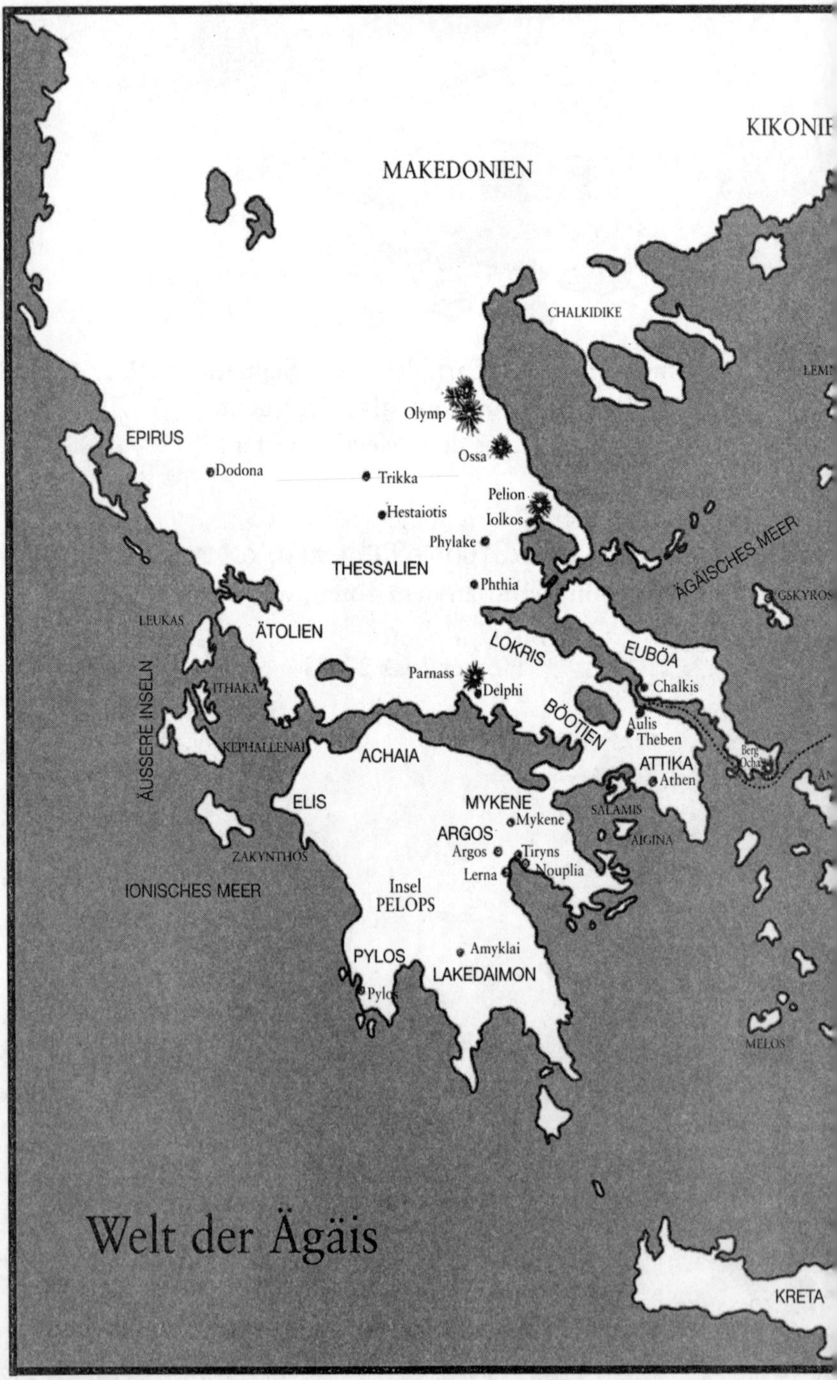

Welt der Ägäis

Bosporus
SCHWARZES MEER
THRAKIEN
MARMARAMEER
BITHYNIEN
Hypoplakien Theben
Asiat. Olymp
TROAS
Troja
Sigios
DARDANIEN
Berg Ida
Lyrnessos
Assos
Andramyttios
PHRYGIEN
MYSIEN
Antiss
Therm
LESBOS
Kyme
Phokia
LYDIEN
ARZAWA
(Hethiter)
Smyrna
Klazomenai
Kolophon
CHIOS
SAMOS
Appasas
Priene
Miletos
KARIEN
GÄISCHES MEER
Halikarnassos
LYKIEN
Telmessos
Patara
Myra
RHODOS
Route der griechischen Flotte
Kilometer
Meilen

KAPITEL 1

ERZÄHLT VON PRIAMOS

Eine Stadt wie Troja hat es kein zweites Mal gegeben. Der junge Priester Kalchas, der während seines Noviziats in das ägyptische Theben geschickt wurde, kam wieder, ohne von den Pyramiden beeindruckt zu sein, die am rechten Ufer vom Fluss des Lebens errichtet worden waren. Troja, sagte er, sei imposanter, und seine Gebäude beherbergten Lebende, nicht Tote. Aber dafür, so fügte er hinzu, gab es mildernde Umstände: Die Ägypter besaßen niedere Götter. Sie hatten ihre Steine mit sterblichen Händen gesetzt, während Trojas mächtige Mauern von unseren Göttern selbst erbaut worden waren. Damit, so Kalchas, konnte auch Babylon nicht konkurrieren, das wegen des Flussschlamms nicht in die Höhe wachsen konnte und dessen Mauern wie das Werk von Kindern wirkten.

Niemand erinnert sich, wann unsere Mauern entstanden sind, weil es schon so lange her ist, aber jeder kennt die Geschichte. Dardanos (ein Sohn unseres Göttervaters Zeus) nahm die quadratische Halbinsel an der äußersten Spitze von Kleinasien in Besitz, an deren Nordseite das Marmarameer seine Wasser durch die Meerenge des Hellespont ins Ägäische Meer schickt. Sein neues Königreich teilte Dardanos in zwei Hälften. Den südlichen Teil erhielt sein zweiter Sohn, der seinen Besitz Dardanien nannte und Lyrnessos zu seiner Hauptstadt machte. Der Nordteil ist, obwohl kleiner, viel reicher; mit ihm ist die Herrschaft über den Hellespont verbunden und damit das Recht, von allen Händlern, die ins Marmarameer einliefen oder es verließen, Zölle zu erheben. Dieser Teil wird Troas genannt; und seine Hauptstadt Troja liegt auf dem gleichnamigen Hügel.

Zeus liebte seinen sterblichen Sohn, und als Dardanos seinen göttlichen Vater bat, Troja mit unzerstörbaren Mauern zu umgeben, erfüllte er ihm diesen Wunsch nur zu gern. Zwei Götter standen damals gerade bei ihm in Ungnade: Poseidon, der Gott des Meeres, und Apollo, der Gott des Lichts. Sie bekamen den Auftrag, sich nach Troja zu begeben und dort Festungsanlagen zu errichten, die höher, breiter und stärker als alle übrigen waren. Nicht gerade eine passende Aufgabe für den feinfühligen und verwöhnten Apollo, der beschloss, statt zu schwitzen und sich schmutzig zu machen, lieber die Laute zu spielen, und der dem gutgläubigen Poseidon auch überzeugend erklärte, was für ein trefflicher Zeitvertreib das sei, während die Mauern emporwuchsen. Und so schichtete Poseidon Stein auf Stein, während Apollo ihm aufspielte.

Poseidon arbeitete nicht ohne Lohn; jedes Jahr sollte fortan die Summe von hundert goldenen Talenten in seinem Tempel in Lyrnessos hinterlegt werden. König Dardanos hatte eingewilligt, und so waren seit undenklichen Zeiten alljährlich hundert goldene Talente in das Heiligtum gebracht worden. Aber kaum hatte mein Vater Laomedon den Thron von Troja bestiegen, zerstörte ein verheerendes Erdbeben das Haus des Minos auf Kreta und löschte das Inselreich von Thera aus. Unser Westwall zerbrach, und mein Vater holte den griechischen Baumeister Aiakos, um ihn wieder aufzubauen.

Aiakos leistete gute Arbeit, obwohl die neue Mauer, die er errichtete, weder die Ebenmäßigkeit noch die Schönheit des restlichen gottgegebenen Schutzwalls hatte.

Der Vertrag mit Poseidon (ich vermute, Apollo hat sich nicht dazu herabgelassen, ein Musikantenhonorar zu verlangen) war gebrochen, erklärte mein Vater. Die Mauern hatten sich nicht als unzerstörbar erwiesen. Und deshalb sollten von nun an keine hundert Goldtalente mehr in den Poseidon-Tempel von Lyrnessos gelegt werden. Nie wieder. Oberflächlich betrachtet war das eine einleuchtende Begründung, aber die Götter wussten natürlich auch, was sogar ich kleiner Junge wusste: dass König Laomedon ein unverbesserlicher Geizhals war, den es verdross, so viel kostbares trojanisches Gold an einen Tempel in einer rivalisierenden Stadt zu zahlen, die auch noch von einer konkurrierenden, wenngleich blutsverwandten Sippe beherrscht wurde.

Wie auch immer, das Gold wurde nicht mehr geopfert, und nichts geschah, auch nachdem ich schon lange zum Mann herangewachsen war.

Selbst als der Löwe erschien, brachte niemand dieses Ereignis mit den beleidigten Göttern oder den Stadtmauern in Verbindung.

Auf den grünen Weiden südlich von Troja lag das Pferdegestüt meines Vaters, seine einzige Liebhaberei – die allerdings auch Profit abwerfen musste. Nicht lange, nachdem Aiakos den Wiederaufbau des Westwalls abgeschlossen hatte, traf in Troja ein Mann aus einer Gegend ein, die so weit entfernt war, dass man von ihr nur wusste, dass die Berge dort den Himmel stützten und das Gras dort süßer war als überall sonst. Der Fremde brachte zehn Pferde mit: drei Hengste und sieben Stuten. Solche Rösser hatten wir noch nie gesehen – groß und schnell, schön und elegant, gehorsam und zahm, mit langen Mähnen und Schwänzen. Ideal, um Triumphwagen zu ziehen. In dem Augenblick, da der König sie gesehen hatte, war das Schicksal des Mannes besiegelt. Er musste sterben, und seine Pferde wurden Eigentum des Königs von Troja, der mit ihnen eine Zucht begründete, die so berühmt wurde, dass Händler aus der ganzen Welt anreisten, um Stuten und Wallache zu kaufen; mein Vater war zu schlau, um einen Hengst zu veräußern.

Mitten durch das Pferdegestüt lief ein alter, ausgetretener Pfad. Einst hatten ihn Löwen benutzt, wenn sie für den Sommer von Kleinasien nach Skythien gezogen waren und zum Winter nach Karien und Lykien zurückkehrten, wo die Sonne genügend Kraft behielt, um ihr gelbes Fell zu wärmen. Die Jagd hatte sie ausgerottet; der Löwenpfad wurde zu einem Weg zum Wasser.

Vor sechs Jahren waren plötzlich die Bauern mit bleichen Gesichtern angerannt gekommen. Ich werde nie die beherrschte Haltung meines Vaters vergessen, als sie ihm berichteten, dass sechs seiner besten Stuten tot waren und ein Hengst böse verstümmelt. Sie waren Opfer eines Löwen geworden.

Laomedon neigte nicht dazu, sich blinder Wut hinzugeben. Mit gemessener Stimme befahl er, dass im nächsten Frühling eine ganze Abteilung der Palastwache am Pfad stationiert werden sollte, um die Bestie zu töten.

Doch es handelte sich nicht um einen gewöhnlichen Löwen. Im nächsten Frühling und Herbst kam er so verstohlen herbei, dass ihn niemand sah, und er brachte viel mehr Tiere um, als er für seinen Magen brauchte. Er tötete, weil es ihm Spaß machte. Zwei Jahre nach seinem ersten Auftauchen erwischte ihn die Wache schließlich dabei, wie er einen Hengst anfiel. Mit viel Schwertergeklirr griffen sie ihn an, um ihn in einen Engpass zu treiben, wo sie ihre Speere benutzen konnten. Doch er stellte sich auf die Hinterbeine und stieß ein gewaltiges Kriegsgebrüll aus, ehe er direkt auf sie zusprang und ihre Reihen wie ein Felsen, der einen Hügel herabdonnerte, durchbrach. Während sie auseinanderstoben, tötete die königliche Bestie sieben von ihnen, um danach unversehrt ihrer Wege zu ziehen.

Das Unglück erbrachte immerhin eines. Ein Mann, der von den Löwenpranken verletzt worden war, aber überlebt hatte, ging zum Priester Kalchas und erzählte ihm, das Tier habe das Zeichen Poseidons getragen: An seiner fahlen Flanke habe ein schwarzer Dreizack geprangt. Kalchas zog unverzüglich das Orakel zu Rate, und dann erklärte er, der Löwe gehöre Poseidon. Wehe der trojanischen Hand, die ihn angriff!, rief der Priester, denn das Tier sei eine Strafe dafür, dass Troja den Herrn der Meere um seine jährliche Zahlung betrog. Es würde nicht eher verschwinden, bis der Tribut wieder entrichtet werde.

Zunächst ignorierte mein Vater Kalchas und das Orakel. Im Herbst gab er der Palastgarde den Befehl, erneut auszurücken und die Bestie zu erlegen. Aber er hatte die Furcht der einfachen Leute vor den Göttern unterschätzt: Selbst als der König seinen Wächtern mit der Hinrichtung drohte, widersetzten sie sich seiner Aufforderung zu gehen. Voll störrischer Wut teilte er Kalchas mit, dass er sich weigere, trojanisches Gold an das dardanische Lyrnessos zu zahlen – die Priester sollten sich eine andere Lösung einfallen lassen. Kalchas wandte sich erneut an das Orakel, das ihm rundheraus erklärte, es gäbe in der Tat eine Alternative: Wenn jeden Frühling und Herbst sechs durch das Los ausgewählte Jungfrauen in Ketten auf die Pferdeweide geführt und dort dem Löwen überlassen würden, könne Poseidon zufrieden gestellt werden – zumindest vorläufig.

Natürlich zog der König es vor, dem Gott Mädchen statt Gold zu opfern; das neue Ritual wurde in Kraft gesetzt. Das Problem war nur, dass er den Priestern in dieser Angelegenheit nie so recht traute, nicht weil er ein Frevler war – er gab den Göttern schon, was er für nötig hielt –, sondern weil er es hasste, geschröpft zu werden. Aber fortan wurden im Frühling und Herbst alle fünfzehnjährigen Mädchen von Kopf bis Fuß in weiße Laken gehüllt, um sie unkenntlich zu machen, und dann im Hofe Poseidons des Mauerbauers in einer Reihe aufgestellt, damit die Priester sechs von diesen anonymen weißen Bündeln für das Opfer auswählten.

Das Verfahren funktionierte. Zweimal im Jahr tauchte der Löwe auf, tötete die Mädchen, die sich gekettet aneinanderkauerten, und ließ die Pferde unberührt. Für König Laomedon ein eher unbedeutender Preis, um seinen Stolz zu retten und seine Geschäfte weiterführen zu können.

Vor vier Tagen sind die diesjährigen Herbstopfer ausgewählt worden. Fünf der Mädchen kamen aus der Stadt; das sechste stammte aus der Burg, dem königlichen Palast. Das Lieblingskind meines Vaters, seine Tochter Hesione. Als Kalchas kam und ihm die Nachricht überbrachte, wollte er es nicht glauben.

»Willst du damit sagen, dass du blöde genug warst, ihr Laken unmarkiert zu lassen?«, fragte er. »*Meine* Tochter wurde genauso wie die anderen behandelt?«

»Es ist Gottes Wille«, erwiderte Kalchas ruhig.

»Es ist *nicht* Gottes Wille, dass meine Tochter ausgewählt wurde! Sein Wille ist, sechs Jungfrauen zu bekommen, sonst nichts! Also nimm eine andere, Kalchas.«

»Ich kann nicht, Großer König.«

Und von diesem Standpunkt rückte Kalchas nicht ab. Eine göttliche Hand lenkte die Wahl, und das bedeutete, dass Hesione und kein anderes Mädchen, die Bedingungen des Opfers erfüllte.

Obwohl niemand vom Hof bei dieser spannungsgeladenen und zornigen Unterredung anwesend war, verbreitete sich die Kunde davon rasch in der ganzen Zitadelle. Schmeichler wie Antenor verdammten laut den Priester, während die vielen Kinder des Königs – auch ich, sein Erbe – annahmen, dass unser Vater am Ende wohl doch nachgeben und Poseidon seine jährlichen hundert Goldtalente zahlen würde.

Am nächsten Tag berief der König seinen Rat ein. Natürlich nahm ich daran teil; der Thronfolger muss schließlich die Entscheidungen des Königs hören.

Er sah gefasst und gleichmütig aus. König Laomedon war ein schmächtiger Mann, mit langem silbernen Haar und in eine lange goldene Robe gehüllt, der seine Jugend schon weit hinter sich gelassen hatte. Die Stimme, die aus ihm hervordrang, überraschte uns jedes Mal aufs Neue, denn sie klang tief, vornehm, melodisch und kräftig.

»Meine Tochter Hesione«, wandte er sich an die versammelten Reihen seiner Söhne und näheren und entfernten Vettern, »ist bereit, sich zu opfern. Ihr Gott verlangt es von ihr.«

Vielleicht hatte Antenor gewusst, was der König sagen würde; ich und meine jüngeren Brüder waren ahnungslos gewesen.

»Mein König!«, schrie ich unwillkürlich. »Das könnt Ihr nicht tun! Wenn die Zeiten schlecht sind, kann sich vielleicht der König zum Wohle seines Volkes opfern, aber seine unbefleckten Töchter gehören der jungfräulichen Artemis, nicht Poseidon!«

Er wollte nicht hören, wie sein ältester Sohn ihn vor dem versammelten Hof tadelte; seine Lippen wurden schmal, seine Brust hob sich. »Meine Tochter wurde auserwählt, Podarkes Priamos! Auserwählt von Poseidon!«

»Poseidon wäre glücklicher«, presste ich durch die Zähne, »wenn hundert Goldtalente in seinem Tempel in Lyrnessos lägen.«

In diesem Moment sah ich, wie Antenor schmunzelte. Wie er es genoss, dass der König und sein Thronfolger sich in den Haaren lagen!

»Ich weigere mich«, fuhr Laomedon fort, »gutes, hart verdientes Gold an einen Gott zu zahlen, der den Westwall nicht stark genug gemauert hat, um eines seiner eigenen Erdbeben zu überstehen!«

»Ihr könnt Hesione nicht in den Tod schicken, Vater!«

»*Ich* schicke sie nicht in den Tod! Poseidon tut es!«

Der Priester Kalchas wollte eingreifen, doch dann hielt er inne.

»Ein Sterblicher wie Ihr«, entgegnete ich, »sollte nicht die Götter für seine eigenen Fehler verantwortlich machen.«

»Willst du damit sagen, ich habe Fehler?«

»Alle Menschen haben Fehler«, antwortete ich, »selbst der König von Troja.«

»Mach dich davon, Podarkes Priamos! Verlasse den Raum! Wer weiß, vielleicht verlangt Poseidon nächstes Jahr, dass Thronfolger geopfert werden müssen!«

Antenor lächelte immer noch. Ich wandte mich um und verließ den Raum, um mich irgendwo von der Stadt und dem Wind trösten zu lassen.

Kühle, feuchte Luft, die von dem weit entfernt gelegenen Berg Ida herabwehte, kühlte meinen Zorn, während ich über die geflieste Terrasse vor dem Thronsaal auf die zweihundert Stufen zuschritt, die auf die Spitze der Festung führten. Dort, hoch oben über der Ebene, umschlossen meine Hände von Menschen gefügte Steine; denn nicht die Götter, sondern Dardanos hatte die Zitadelle errichtet. Etwas aus diesen sorgfältig bearbeiteten Knochen von Mutter Erde übertrug sich auf mich, und in diesem Augenblick spürte ich die Kraft, die in dem König ruhte. Wie viele Jahre, so fragte ich mich, mussten wohl noch vergehen, bevor ich die goldene Tiara aufsetzte und den Elfenbeinstuhl einnahm, der Trojas Thron war? Die Männer aus dem Hause Dardanos wurden sehr alt, und Laomedon war noch nicht einmal siebzig.

Lange Zeit betrachtete ich das Hin und Her der Männer und Frauen unten in der Stadt, dann sah ich weiter hinaus auf die grünen Weiden, wo König Laomedons Pferde die langen Hälse neigten, um von dem Gras zu fressen. Aber dieser Anblick machte meinen Schmerz nur größer. Also schaute ich hinüber nach Westen zur

Insel Tenedos und dem Rauch der Feuer, die in der kleinen Hafenstadt Sigios gegen die Kälte angezündet worden waren. Nach Norden hin spiegelte sich der Himmel in den blauen Fluten des Hellespont; ich sah die lange graue Linie des Strands zwischen den Mündungen des Skamandros und des Simois, jenen beiden Flüssen, die Troja bewässerten und unser Getreide, Weizen und Gerste, zum Wachsen brachten und sich jetzt unter dem ewig rauschenden Wind kräuselten.

Dieser Wind trieb mich schließlich von der Brüstung wieder in den großen Hof, der vor den Eingängen zu den Palästen lag, und dort wartete ich, bis ein Diener mit meinem Wagen kam.

»Hinunter in die Stadt!«, befahl ich dem Kutscher. »Lass die Pferde einfach laufen.«

Die Hauptstraße führte vom Palast abwärts zu der Rundung der großen Straße, die an der Innenseite der Stadtmauern entlanglief, jener Mauern, die Poseidon erbaut hatte. An der Stelle, wo die beiden Straßen aufeinander trafen, stand eines der drei Stadttore Trojas, das Skäische. Ich konnte mich nicht erinnern, dass es jemals geschlossen gewesen war; man behauptete, das geschehe nur in Kriegszeiten, aber es gab keine Nation auf der Welt, die stark genug war, um gegen Troja Krieg zu führen.

Das Skäische Tor war zwanzig Ellen hoch und bestand aus mächtigen Baumstämmen, die durch Nägel und Bronzeplatten miteinander verbunden waren. Es war so schwer, dass es selbst an den größten von Menschenhand geschmiedeten Angeln nicht bewegt werden konnte. Es öffnete sich vielmehr auf eine Weise, die angeblich Apollo ersonnen hatte, als er in der Sonne lag und Poseidon bei seiner Plackerei zusah. Der Torflügel ruhte auf einem großen runden Felsblock, der seinerseits in einem tiefen, in einer Kurve verlaufenden Graben lag und mit massiven Bronzeketten versehen war. Sollte das Tor geschlossen werden, wurden dreißig Ochsen vor die Ketten gespannt, die den Flügel Stück für Stück voranzogen, während der Felsblock durch den Graben rumpelte.

Als kleiner Junge hatte ich darauf gebrannt, dieses Spektakel mitzuerleben, und meinen Vater angebettelt, die Ochsen anzuspannen. Er hatte nur gelacht und es mir abgeschlagen, aber nun war ich wieder hier, ein Mann von vierzig Jahren, verheiratet mit zehn Frauen und Besitzer von fünfzig Konkubinen, und wollte immer noch so gerne sehen, wie das Skäische Tor geschlossen wurde.

Über dem Tor verband ein vorstehender Bogengang die Mauern auf beiden Seiten, sodass der Pfad, der dort oben verlief, ohne Unterbrechung um die ganze Stadt herumführte. Der Skäische Platz vor der Innenseite des Tors lag ständig im Schatten der gewaltigen, von der Hand des Gottes erbauten Festungswälle; glatt und massiv ragten sie dreißig Ellen über mir empor und schimmerten, wenn das Sonnenlicht auf sie fiel.

Mit einem Nicken befahl ich meinem Kutscher weiterzufahren, aber bevor er noch die Zügel hob, überlegte ich es mir anders und stoppte ihn. Ein paar Männer waren durch das Tor auf den Platz getreten. Griechen. Das sah man an ihrer Kleidung und ihrem Verhalten. Sie trugen Lederröcke oder eng anliegende lederne Kniebundhosen; einige hatten einen nackten Oberkörper, während die anderen gepunzte offene Lederwamse trugen, die ihren Brustkorb zeigten. Ihre Gewänder waren prächtig, mit goldenen Mustern oder mit gefärbten Lederquasten geschmückt; um ihre Taillen hatten sie breite goldene Gürtel geschlungen, die mit bronzegefassten Lapislazulisteinen besetzt waren; an den Ohren trugen sie glänzende Gehänge aus Kristallperlen, um den Hals edelsteinbesetzte Reifen, und ihr sorgfältig gelocktes Haar fiel offen auf ihre Schultern.

Griechen waren ohnehin größer und heller als Trojaner, aber diese Griechen waren noch größer, heller und gefährlicher als alle Männer, die ich je zuvor gesehen hatte. Nur die Erlesenheit ihrer Kleidung und Waffen verriet, dass sie keine gewöhnlichen Räuber waren, denn sie trugen prachtvolle Speere und Schwerter bei sich.

An ihrer Spitze schritt ein Mann, der wirklich einmalig war, ein Riese, der die anderen Mitglieder der Gruppe überragte. Er maß sicher über sechs Ellen und hatte Schultern wie Berge. Ein pechschwarzer und spitzförmig geschnittener Bart bedeckte seinen vorspringenden Unterkiefer, und obwohl sein dunkles Haar kurz geschnitten war, kräuselte es sich ungebärdig über Brauen, die sich wie ein Vordach über seine Augen wölbten. Er war nur mit einem

Löwenfell bekleidet, das er über seine linke Schulter und unter seinen rechten Arm geschlungen hatte. Wie eine Haube hing der Löwenkopf auf seinem Rücken; in dem furchteinflößenden offenen Maul waren die riesigen Reißzähne zu sehen.

Er wandte sich um und fing meinen Blick auf. Wie gebannt sah ich in seine großen ruhigen Augen – Augen, die alles gesehen, alles ertragen, jede Demütigung erfahren hatten, die Götter den Menschen antun können. Augen, in denen Klugheit glimmte. Ich kam mir vor, als würde ich gegen das Haus hinter mir gepresst und mein armer Verstand gleich von ihm, dem Griechen, erobert werden.

Aber dann nahm ich all meinen Mut zusammen und richtete mich stolz auf: Ich war immerhin der Träger eines großen Namens, besaß eine goldbeschlagene Kutsche mit einem Paar weißer Pferde, die edler waren als alle, die er je gesehen hatte. Und meine Stadt war die mächtigste der Welt.

Er schritt durch das Getümmel des Platzes, als ob es gar nicht existierte, und kam, mit zwei seiner Kumpane dicht hinter ihm, direkt auf mich zu. Mit einer Hand von der Größe eines Schinkens streichelte er sanft die schwarzen Nüstern meiner weißen Pferde.

»Ihr kommt aus dem Palast, gehört vielleicht zum Königshaus?«, erkundigte er sich mit einer tiefen Stimme, die aber durchaus nicht anmaßend klang.

»Ich bin Podarkes, genannt Priamos, Sohn und Nachfolger von Laomedon, dem König von Troja«, erwiderte ich.

»Ich bin Herakles«, sagte er.

Ich starrte ihn mit offenem Mund an. *Herakles* war in Troja. Ich leckte meine Lippen. »Herr, es ist uns eine Ehre. Willigt Ihr ein, Gast im Haus meines Vaters zu sein?«

Sein Lächeln war überraschend milde. »Ich danke Euch, Prinz Priamos. Gilt Eure Einladung auch für meine Männer? Sie kommen aus edlen griechischen Häusern und werden weder Eurem Hof noch mir Schande bereiten.«

»Natürlich, Herakles.«

Mit einem Nicken befahl er seinen beiden Gefährten, aus seinem Schatten zu treten. »Darf ich Euch meine Freunde vorstellen?

Das hier ist Theseus, König von Attika, und das Telamon, Sohn des Aiakos, König von Salamis.«

Ich schluckte. Alle Welt kannte Herakles und Theseus; die Barden besangen unaufhörlich ihre Taten. Aiakos, Vater dieses Burschen Telamon, hatte unseren Westwall wieder aufgebaut. Wie viele berühmte Namen gab es noch in dieser Gruppe von Griechen?

Solche Macht verband sich mit dem Namen Herakles, dass sogar mein geiziger Vater sich bemüßigt fühlte, dem berühmten Griechen einen königlichen Empfang zu bereiten. Und daher fand am Abend in der Großen Halle ein Fest statt. Goldgeschirr wurde aufgetragen, Speis und Trank gab es ohne Ende, und Harfenisten, Tänzer und Akrobaten sorgten für Unterhaltung. Wenn ich schon von Ehrfurcht erfüllt gewesen war, so war es mein Vater nun auch; jeder der Griechen in Herakles' Gefolge war selbst ein König. Warum nur, so fragte ich mich, folgten sie einem Mann, der auf keinen Thron Anspruch hatte? Der Ställe ausgemistet hatte. Den jegliche Kreatur von der Stechmücke bis zum Löwen gebissen oder gestochen hatte.

Ich saß am Herrschertisch mit Herakles zu meiner Linken und dem Burschen Telamon zur Rechten; mein Vater saß zwischen Herakles und Theseus. Obwohl der bevorstehende Opfertod von Hesione unsere Gastfreundschaft überschattete, verbargen wir unseren Kummer doch so gut, dass ich mir einredete, die Griechen hätten davon nichts bemerkt. Wir unterhielten uns mühelos, denn sie waren kultivierte Menschen, die in Kopfrechnen ebenso unterwiesen worden waren wie in den Worten der Dichter, die sie, wie wir, auswendig kannten. Nur, was verbarg sich bei den Griechen hinter diesem gepflegten Auftreten?

Zwischen den Staaten Griechenlands und denen Kleinasiens, einschließlich Troja, gab es wenig Kontakte. Und in der Regel interessierten wir uns auch nicht sonderlich für die Griechen. Wir wussten nur so viel, dass sie ein ziemlich verschlagenes Völkchen und für ihre unersättliche Neugier bekannt waren; aber diese Männer hier mussten etwas Besonderes sein, denn die Griechen suchten sich ihre Könige nicht nach ihrer Blutsverwandtschaft aus.

Vor allem mein Vater scherte sich ziemlich wenig um die Griechen. In den vergangenen Jahren hatte er mit den verschiedenen Königreichen Kleinasiens Verträge abgeschlossen, in denen er ihnen die meisten Handelsrechte zwischen dem Marmara- und dem Ägäischen Meer einräumte, was bedeutete, dass er die Anzahl der griechischen Schiffe, die durch den Hellespont fahren durften, stark begrenzt hatte. Mysien und Lydien wollten ebenso wenig wie Dorien und Karien oder Lykien und Kilikien Handel mit den Griechen treiben, und zwar aus einem höchst einfachen Grund: Irgendwie zogen die Griechen sie immer über den Tisch und machten die vorteilhafteren Geschäfte. Und mein Vater suchte sie daran zu hindern, indem er die griechischen Kaufleute von den schwarzen Fluten des Marmarameers fernhielt. All die Smaragde, Saphire, Rubine und das Silber von Kolchis und Skythien gelangten in die Staaten Kleinasiens; die wenigen Griechen, die mein Vater zuließ, konzentrierten sich auf den Handel mit Zinn und Kupfer aus Skythien.

Herakles und seine Begleiter waren allerdings zu gut erzogen, um mit uns so brisante Themen wie Handelsverträge zu diskutieren. Sie beschränkten ihre Konversation auf bewundernde Bemerkungen über unsere gut befestigte Stadt, die Größe unserer Zitadelle und die Schönheit unserer Frauen – obwohl sie das höchstens aus den Sklavinnen schließen konnten, die zwischen den Tischen umhergingen, Brot, Gemüse und Fleisch reichten und Wein einschenkten.

Von Frauen kam die Rede natürlich leicht auf Pferde; ich wartete nur darauf, dass Herakles das Thema aufbrachte, denn mir war nicht entgangen, wie er mit seinen klugen, dunklen Augen wohlgefällig meine weißen Pferde betrachtet hatte.

»Die Pferde, die heute die Kutsche Eures Sohnes gezogen haben, waren wirklich großartig, Majestät«, sagte er schließlich. »Nicht einmal in Thessalien kann man sich solch einer Rasse rühmen. Sind sie zu kaufen?«

Das Gesicht meines Vaters bekam einen habgierigen Ausdruck. »Ja, sie sind hübsch, und ich verkaufe sie tatsächlich – aber ich fürchte, Ihr werdet den Preis zu hoch finden. Für eine gute Stute verlange und bekomme ich tausend Goldtalente.«

Mit reumütiger Miene hob Herakles die mächtigen Schultern. »Den Preis könnte ich mir schon leisten, Majestät, aber es gibt wichtigere Dinge, die ich erwerben muss. Was Ihr fordert, ist ein königliches Lösegeld.«

Er kam nicht mehr auf die Pferde zu sprechen.

Als der Abend fortschritt und das Licht schwand, fiel mein Vater plötzlich in sich zusammen, denn ihm wurde bewusst, dass seine Tochter morgen sterben sollte. Herakles legte die Hand auf seinen Arm.

»König Laomedon, was quält Euch?«

»Nichts, mein Herr, absolut nichts.«

Herakles lächelte sein ganz eigenes sanftes Lächeln. »Großer König, ich weiß, wie ein sorgenvoller Blick aussieht. Erzählt mir, was Euch bedrückt!«

Und die Geschichte kam ans Tageslicht, wobei mein Vater natürlich seine Rolle günstiger darstellte, als es den Tatsachen entsprach: Ein Löwe, der Poseidon gehörte, suchte sein Reich heim; die Priester hatten die Opferung von sechs Jungfrauen in jedem Frühling und Herbst befohlen, und in diesem Herbst gehörte sein Lieblingskind Hesione zu den Auserwählten.

Herakles sah nachdenklich drein. »Was haben die Priester gesagt? Kein *Trojaner* darf seine Hand gegen diese Bestie erheben?«

Die Augen des Königs funkelten. »Ausdrücklich kein Trojaner, mein Herr.«

»Dann können Eure Priester doch nichts dagegen haben, wenn sich eine griechische Hand gegen das Untier erhebt, oder?«

»Ein logischer Schluss, Herakles.«

Herakles warf Theseus einen Blick zu. »Ich habe viele Löwen getötet«, sagte er, »einschließlich den von Nemea, dessen Fell ich trage.«

Mein Vater brach in Tränen aus. »O Herakles, befreit uns von diesem Fluch! Wenn Ihr das tätet, wären wir tief in Eurer Schuld. Ich spreche nicht nur für mich, sondern für mein ganzes Volk. Es hat bereits den Verlust von sechsunddreißig seiner Töchter erlitten.«

Eine wohlige Vorfreude erfasste mich; ich wartete. Herakles war kein Narr, er würde sich nicht erbieten, gottgesandte Löwen zu vernichten, ohne etwas dafür zu verlangen.

»König Laomedon«, sagte er schließlich so laut, dass sich alle Köpfe ihm zuwandten, »ich schlage Euch einen Handel vor. Ich werde Euren Löwen töten und bekomme dafür ein Paar Eurer Pferde, einen Hengst und eine Stute.«

Was konnte mein Vater tun? Nachdem er sich selbst so geschickt in eine Ecke manövriert hatte, gab es für ihn keinen anderen Ausweg, als den Preis zu akzeptieren, oder seine herzlose Selbstsüchtigkeit würde sich am ganzen Hof herumsprechen – bis hin zu seinen entferntesten Verwandten. So nickte er in gut geheuchelter Freude mit dem Kopf. »Wenn es Euch gelingt, den Löwen zu töten, Herakles, gebe ich Euch, was Ihr verlangt.«

»So soll es sein.« Herakles saß sehr still, sah mit weiten Augen starr und blicklos vor sich hin. Dann sammelte er sich mit einem Seufzer, sah aber nicht den König, sondern Theseus an. »Wir gehen morgen, Theseus. Mein Vater sagt, dass der Löwe am Mittag kommt.«

Selbst die anderen Griechen, die mit ihm am Tisch saßen, schienen tief beeindruckt zu sein.

Die zarten Handgelenke von goldenen Ketten beschwert, die Fußgelenke von goldenen Fesseln umschlossen, in festliche Kleider gehüllt, mit frischen Locken und geschminkten Augen, so warteten die sechs Mädchen im Hof vor dem Tempel des Poseidon auf die Priester. Hesione, meine Halbschwester, war unter ihnen. Still und in sich gekehrt stand sie da, obwohl ein kleines Zucken um ihre Mundwinkel ihre Furcht verriet. Die Luft war erfüllt vom Weinen und Wehklagen der Eltern und Verwandten, dem Klirren der schweren Fesseln, dem heftigen Atmen von sechs jungen, angsterfüllten Mädchen. Ich blieb nur so lange, um Hesione noch einmal zu küssen, dann ging ich. Sie wusste nicht, dass Herakles versuchen wollte, sie zu retten.

Ich hatte es ihr vermutlich deswegen nicht gesagt, weil ich befürchtete, dass wir uns des Fluchs nicht so leicht würden entledigen können – dass Poseidon, selbst wenn Herakles den Löwen tötete, ihn durch etwas anderes, weit Schlimmeres ersetzen würde. Doch dann lösten sich meine Bedenken in Luft auf, als wir vom Tempel zu der schmalen Tür auf der Rückseite des Palastes drängten, wo Herakles mit seinem Anhang stand. Er hatte nur zwei Helfer für die Jagd ausgewählt: den weißhaarigen Krieger Theseus und den glatzköpfigen Telamon. Im letzten Augenblick hielt er noch einmal inne, um sich mit einem weiteren aus seinem Gefolge zu beraten, Pirithoos, dem König von Lapith. Ich hörte, wie er ihm auftrug, am Mittag mit allen zum Skäischen Tor zu kommen und dort zu warten. Herakles hatte es eilig, wieder fortzukommen, was ich verstehen konnte; noch vor dem Winter wollten die Griechen das Land der Amazonen erreichen, um den Gürtel ihrer Königin Hippolyte zu rauben.

Nach der außergewöhnlichen Vision am Abend zuvor im Großen Saal zweifelte niemand an Herakles' Überzeugung, dass der Löwe heute auftauchen würde – obwohl er noch nie zuvor so früh nach Süden gezogen war. Herakles *wusste* es. Er war schließlich der Sohn von Göttervater Zeus.

Ich hatte vier leibliche Brüder, alle jünger als ich: Tithonos, Klytios, Lampos und Hiketaon. Wir begleiteten Herakles in der Eskorte unseres Vaters und kamen an dem vereinbarten Ort beim Pferdegehege an, noch ehe die Priester mit den Mädchen eintrafen. Herakles schritt den Boden in jede Richtung ein gutes Stück ab, um das Gebiet zu erkunden, dann kehrte er zu uns zurück und nahm seine Angriffsposition ein. Telamon war mit einem Langbogen bewaffnet, Theseus mit einem Speer. Herakles trug nur einen mächtigen Knüppel bei sich.

Während wir auf einen kleinen abgelegenen Hügel stiegen, blieb unser Vater auf dem Pfad, um auf die Priester zu warten, denn heute war der erste Opfertag. Manchmal mussten die armen Geschöpfe mehrere Tage in ihren goldenen Ketten ausharren, konnten nur auf dem Boden schlafen und bekamen nur von ein paar jungen, sehr ängstlichen Priestern Essen gebracht.

Die Sonne stand hoch am Himmel, als die Prozession vom Poseidon-Tempel endlich auftauchte. Die Priester schoben die weinenden Mädchen vor sich her, wobei sie rituelle Lieder sangen und mit umwickelten Stöcken auf kleine Trommeln schlugen. Im Schatten einer Ulme befestigten sie die Ketten der Mädchen an Krampen, die im Boden steckten, und eilten dann so schnell es ihre Würde erlaubte davon. Mein Vater hastete zu unserem Versteck auf dem Hügel, und wir ließen uns alle im hohen Gras nieder.

Eine Weile hielt ich träge Ausschau. Ich rechnete nicht damit, dass vor Mittag etwas passieren würde. Plötzlich war der junge Telamon zu sehen, wie er zu den am Boden kauernden Mädchen rannte und an ihren Fesseln zerrte. Ich hörte, wie mein Vater irgendetwas über griechische Dreistigkeit knurrte, als der Bursche die Arme um die Schultern meiner Halbschwester legte und ihren Kopf an seiner nackten braunen Brust barg. Hesione war ein hübsches Kind, das einem Mann wohl gefallen mochte, aber wie töricht, sich an ihre Seite zu wagen, wenn jeden Augenblick ein Löwe auftauchen konnte! Ich fragte mich, ob Telamon wohl mit Herakles' Erlaubnis handelte.

Hesiones gefesselte Hände griffen verzweifelt nach seinen Armen; er beugte sich herab, um ihr etwas zuzuflüstern, und dann küsste er sie, so lange und leidenschaftlich, wie noch kein Mann sie in ihrem kurzen Leben hatte küssen dürfen. Danach wischte er mit dem Handrücken ihre Tränen ab und rannte unbekümmert auf seinen Posten zurück. Lautes Gelächter drang von den drei Griechen zu uns herüber; ich bebte vor Zorn. Das Opfer war heilig – doch sie wagten zu lachen! Aber dann sah ich, dass Hesione all ihre Furcht verloren hatte, stolz und aufrecht dastand, und selbst aus der Entfernung konnte ich erkennen, dass ihre Augen glänzten.

Bis zum späten Vormittag hielt die Heiterkeit der Griechen an, doch dann wurden sie plötzlich still. Nur noch das Wehen des unermüdlichen, rastlosen trojanischen Windes war zu hören.

Etwas berührte meine Schulter. Ich dachte schon, es sei der Löwe, mein Herz raste, ich wirbelte herum. Aber es war Tissanes, einer meiner Diener aus dem Palast. Er beugte sich vor und legte die Lippen an mein Ohr.

»Prinzessin Hekabe verlangt nach Euch, Herr. Ihre Zeit ist gekommen, und die Hebammen fürchten, dass ihr Leben nur noch an einem Faden hängt.«

Warum mussten sich Frauen nur immer die falsche Zeit aussuchen? Ich bedeutete Tissanes, sich hinzusetzen und ruhig zu sein, und sah dann wieder hinüber zu der Stelle, wo der Pfad nach einer kleinen Erhebung in eine Senke abfiel. Die Vögel hatten aufgehört zu singen und zu zwitschern, der Wind verstummte. Ich schauderte.

Der Löwe nahm die Anhöhe und trottete den Pfad hinab. Es war die größte Bestie, die ich je gesehen hatte, mit einem lohfarbenen Fell und einer mächtigen schwarzen Mähne; sein Schwanz endete in einem schwarzen Schweif. An seiner rechten Flanke trug er Poseidons Zeichen, einen Dreizack. Als er den Hügel halb herabgekommen war und sich der Stelle näherte, wo Herakles lag, hielt er inne, eine Pranke in der Luft. Sein gewaltiger Kopf ragte empor, die Nüstern bebten, der Schwanz peitschte den Boden. Dann sah er seine vor Angst erstarrten Opfer, und er beschloss, sich in sein Vergnügen zu stürzen. Sein Schwanz senkte, seine Muskeln strafften sich, und immer rascher trabte er dahin. Eines der Mädchen schrie dünn und schrill auf. Meine Schwester fuhr sie an, und sie verstummte.

Herakles erhob sich aus dem Gras, ein Riese von einem Mann, die Keule hielt er locker in der rechten Hand. Der Löwe blieb stehen und bleckte die gelben Zähne. Herakles schüttelte den Knüppel und stieß einen Angriffsschrei aus, während der Löwe sich duckte und dann lossprang. Aber auch Herakles sprang, tauchte unter den gefürchteten Pranken hindurch und versetzte dem Löwen einen solchen Schlag auf den schwarzgesprenkelten Bauch, dass er das Gleichgewicht verlor. Der Löwe richtete sich auf, eine Tatze erhoben, um den Gegner niederzustrecken. Der Knüppel sauste herab. Ein scheußliches Knirschen war zu hören, als die Waffe auf den Schädel schlug; die Pranke wankte, der Mann trat zur Seite. Die Keule kam wieder hoch und sauste erneut nieder, doch diesmal war das Geräusch schon leiser, da der Schädel bereits gebrochen war. Der Kampf war vorüber! Der Löwe lag hingestreckt auf dem Trampelpfad, seine schwarze Mähne dampfte von dem Blut, das darüber rann.

Während Theseus und Telamon jubelnd umhertanzten, zog Herakles sein Messer hervor, um der Bestie die Kehle zu durchtrennen. Mein Vater und meine Brüder machten sich auf, um zu den triumphierenden Griechen zu eilen. Mein Diener Tissanes schlich hinter ihnen her, während ich den Heimweg antrat. Meine Frau Hekabe lag im Wochenbett, und ihr Leben war in Gefahr.

Frauen waren nicht wichtig. Tod im Kindbett war alltäglich, und ich hatte noch neun weitere Frauen, dazu fünfzig Konkubinen und an die hundert Kinder. Aber ich liebte Hekabe wie keine zweite; sie sollte meine Königin sein, wenn ich eines Tages den Thron bestieg. Ihr Kind spielte keine Rolle. Doch was sollte ich tun, wenn *sie* starb? Ja, Hekabe war wichtig, obwohl sie eine Dardanierin war und ihren Bruder Antenor mit nach Troja gebracht hatte.

Als ich in den Palast zurückkehrte, erfuhr ich, dass Hekabe noch in den Wehen lag. Da kein Mann bei diesen weiblichen Mysterien dabei sein durfte, widmete ich mich den Rest des Tages meinen eigenen Angelegenheiten, die vor allem aus Aufgaben bestanden, die der König nicht gern übernahm.

Als es dunkel geworden war, begann ich, unruhig zu werden, denn weder hatte ich etwas von meinem Vater gesehen, noch war irgendwo in dem mächtigen Palast auf dem Hügel von Troja Freudengeschrei zu hören. Keine griechische, keine trojanische Stimme drang zu mir. Stille ringsum. Merkwürdig.

»Hoheit, Hoheit!«

Mein Diener Tissanes stand vor mir, aschfahl, mit schreckgeweiteten Augen. Er zitterte.

»Was ist?«, fragte ich, während mir einfiel, dass er unten beim Löwenpfad geblieben war.

Er fiel auf die Knie und umfing meine Fußgelenke. »Hoheit, bis vor wenigen Augenblicken habe ich mich nicht zu bewegen gewagt! Dann bin ich gerannt! Ich habe mit niemandem gesprochen, sondern bin direkt zu Euch gekommen!«

»Steh auf, Mann! Steh auf und erzähle!«

»Hoheit, Euer Vater, der König, ist tot! Eure Brüder sind tot! Alle sind tot!«

Eine große Ruhe überkam mich. Endlich König. »Die Griechen auch?«

»Nein, Majestät. Die Griechen haben sie umgebracht.«

»Sprich langsam, Tissanes, und berichte, was passiert ist.«

»Der Mann namens Herakles war sehr zufrieden mit seiner Tat. Er lachte und sang, als er dem Löwen das Fell abzog, während Theseus und Telamon zu den Mädchen gingen und ihnen die Ketten abnahmen. Als das Löwenfell zum Trocknen ausgebreitet auf dem Boden lag, bat Herakles den König, ihn zu den Pferdestallungen zu begleiten. Er wollte sich unverzüglich einen Hengst und eine Stute aussuchen, weil er es eilig hatte weiterzukommen.«

Tissanes hielt inne und leckte sich die Lippen.

»Fahr fort.«

»Der König wurde sehr wütend, Hoheit. Er leugnete, Herakles irgendetwas versprochen zu haben. Der Löwe war ein Kinderspiel, sagte er. Herakles habe ihn mit leichter Hand erledigt. Selbst als Herakles und die beiden anderen Griechen ihrerseits zornig wurden, wollte der König nicht nachgeben.«

Vater, Vater! Einen Gott wie Poseidon um seinen Lohn zu betrügen, ist eine Sache – die Götter handeln langsam und bedachtsam bei ihren Vergeltungen. Aber Herakles und Theseus waren keine Götter. Sie waren Helden, und Helden sind viel schneller und gefährlicher.

»Theseus war grau vor Zorn, Hoheit. Er spuckte dem König vor die Füße und schimpfte ihn einen alten Lügner und Dieb. Prinz Tithonos zog sein Schwert, aber Herakles trat dazwischen und wandte sich noch einmal an den König. Er forderte ihn auf nachzugeben und den vereinbarten Preis von einem Hengst und einer Stute zu zahlen. Der König entgegnete, dass er sich nicht von einem Haufen hergelaufener griechischer Söldner ausnehmen lasse; dann bemerkte er, dass Telamon seinen Arm um Prinzessin Hesione gelegt hatte. Er ging zu ihm hinüber und schlug ihm ins Gesicht. Die Prinzessin begann zu weinen – und der König schlug auch sie. Der Rest ist grauenvoll, Hoheit.« Mit zitternder Hand wischte sich mein Diener den Schweiß vom Gesicht.

»Reiß dich zusammen, Tissanes. Erzähl mir, was du gesehen hast.«

»Herakles schien so groß wie ein Auerochse zu werden, Hoheit. Er nahm seine Keule und schlug den König damit zu Boden. Prinz Tithonos versuchte, Theseus zu erschlagen, wurde aber von ihm mit dem Speer durchbohrt. Telamon ergriff seinen Bogen und erschoss Prinz Lampos, dann hob Herakles die Prinzen Klytios und Hiketaon empor und zerquetschte ihre Köpfe wie Beeren.«

»Und was hast du während der ganzen Zeit gemacht, Tissanes?«

»Mich versteckt«, antwortete der Mann mit hängendem Kopf.

»Nun ja, du bist ein Sklave, kein Krieger. Weiter.«

»Die Griechen schienen wieder zur Besinnung zu kommen... Herakles nahm das Löwenfell auf und erklärte, es sei keine Zeit mehr für die Pferde, sie müssten sofort aufbrechen. Theseus wies auf die Prinzessin Hesione und sagte, in dem Fall müsse sie als Preis herhalten. Sie könnten sie Telamon geben, der so hingerissen von ihr sei, und damit sei der Ehre der Griechen Genüge getan. Unverzüglich machten sie sich auf den Weg zum Skäischen Tor.«

»Und haben sie unsere Ufer verlassen?«

»Ich habe mich vorhin erkundigt, Hoheit. Der Wächter am Skäischen Tor sagte, es sei noch früh am Nachmittag gewesen, als Herakles auftauchte. Theseus, Telamon und Prinzessin Hesione hat er nicht gesehen. Alle Griechen nahmen die Straße nach Sigios, wo ihr Schiff lag.«

»Was geschah mit den anderen fünf Mädchen?«

Tissanes ließ wieder den Kopf hängen. »Ich weiß es nicht, Hoheit. Ich habe nur daran gedacht, so schnell wie möglich zu Euch zu kommen.«

»Unsinn. Du hast dich bis zur Dämmerung versteckt, weil du Angst hattest. Such den Verwalter meines Vaters und sag ihm, er soll nach den Mädchen suchen. Außerdem müssen die Leichen meines Vaters und meiner Brüder geborgen werden. Erzähl dem Verwalter alles, was du mir berichtet hast, und befehle ihm in meinem Namen, sich um alles zu kümmern. Und jetzt geh, Tissanes.«

Nur um zwei Pferde hatte Herakles gebeten. Zwei *Pferde*! Gab es kein Heilmittel gegen Geiz, keinen Punkt, an dem Klugheit Großzügigkeit gebot? Wenn Herakles doch gewartet hätte! Er hätte sich an die Versammlung des Hofes wenden können, um sein Recht zu bekommen – wir hatten alle gehört, wie mein Vater sein Versprechen gemacht hatte. Herakles hätte seinen Preis erhalten.

Stattdessen hatten Geiz und Zorn obsiegt. Und ich war König von Troja.

Ohne noch einmal an Hekabe zu denken, ging ich hinunter in den Großen Saal und schlug den Gong, mit dem der Hofstaat zusammengerufen wurde.

Sie kamen rasch, denn alle wollten wissen, wie die Sache mit dem Löwen ausgegangen war – obwohl sie sich ärgerten, zu so später Stunde noch gerufen zu werden. Jetzt war nicht der Augenblick, auf dem Thron zu sitzen; ich stand also daneben und blickte hinab auf die vielen neugierigen Gesichter: die meiner Halbbrüder, meiner Vettern verschiedener Grade, des Hochadels, der uns nur durch Heirat verbunden war. Da stand mein Schwager Antenor mit hellwachen Augen. Ich bedeutete ihm näher zu treten; dann klopfte ich mit dem Stab auf den rotgefliesten Boden.

»Edle Trojas, Poseidons Löwe ist tot, erlegt von Herakles, dem Griechen!«, verkündete ich.

Antenor warf mir einen verwunderten Blick zu. Als Dardanier war er kein Freund Trojas, aber als Hekabes leiblicher Bruder fand ich mich mit ihm ab.

»Danach habe ich die Kampfstätte verlassen, aber mein Diener blieb dort. Erst vor kurzem ist er zurückgekehrt und hat mir berichtet, dass die Griechen unseren König und meine vier Brüder umgebracht haben. Sie sind bereits mit dem Schiff davon, sodass wir sie nicht verfolgen können. Prinzessin Hesione haben sie als Beute mitgenommen.«

In dem jetzt ausbrechenden Aufruhr war es unmöglich weiterzureden. Ich holte tief Luft und überlegte, wie viel ich ihnen noch mitteilen sollte. Nein, nichts über König Laomedons Bruch eines feierlichen Versprechens; er war tot, und sein königliches Angedenken sollte nicht durch sein schmähliches Ende befleckt werden. Da war es wohl besser zu sagen, dass die Griechen diesen Gewaltakt von vornherein geplant hatten, als Vergeltung für seine Politik, griechische Kaufleute vom Marmarameer fernzuhalten.

Ich war König. Troja und Troas gehörten mir. Ich war der Wächter über den Hellespont und der Herrscher des Marmarameers.

Als ich noch einmal mit dem Stab auf den Boden klopfte, erstarb der Lärm sofort. Was für ein Unterschied, wenn man König war!

»Bis zu meinem Tod«, hob ich an, »werde ich nicht vergessen, was die Griechen Troja angetan haben. Das verspreche ich Euch. Von nun an wird dieser Tag alljährlich der Totenklage gewidmet sein, und die Priester werden in der ganzen Stadt von den Schandtaten der griechischen Söldner künden. Und ich werde nicht nachlassen in meiner Suche nach angemessenen Wegen, den Griechen ihre Morde zu vergelten.

Antenor, ich ernenne dich zu meinem Kanzler. Bereite eine öffentliche Erklärung vor: Fortan darf kein griechisches Schiff mehr durch den Hellespont ins Marmarameer fahren. Kupfer kann man auch anderswo erwerben, aber Zinn kommt nur aus Skythien. Und Kupfer und Zinn ergeben zusammen Bronze. Kein Staat kann ohne Bronze überleben. In Zukunft werden die Griechen es zu außergewöhnlich hohen Preisen von den Staaten Kleinasiens kaufen müssen, die das Zinnmonopol besitzen. Die griechischen Staaten werden zerfallen.«

Der Jubel war ohrenbetäubend. Nur Antenor runzelte die Stirn; ja, ich würde ihn beiseite nehmen und ihm die Wahrheit sagen müssen. Doch erst einmal drückte ich ihm meinen Stab in die Hand und eilte zurück in den Palast, wo Hekabe, wie mir plötzlich wieder einfiel, mit dem Tod kämpfte.

Eine Hebamme erwartete mich oben an der Treppe mit tränenüberströmtem Gesicht.

»Ist sie tot, Weib?«

Zahnlos grinste die alte Frau durch ihren Kummer. »Nein, nein, Herr. Ich traure um Euren Vater – die Nachricht hat sich überall verbreitet. Die Königin ist außer Gefahr, und Ihr habt einen gesunden, kräftigen Sohn.«

Sie hatten Hekabe vom Geburtsstuhl zurück in das große Bett gebracht. Dort lag sie nun, weiß und erschöpft, in ihrer linken Armbeuge ein in Windeln gewickeltes Bündel. Sie wusste die Neuigkeiten noch nicht, und ich würde sie ihr erst mitteilen, wenn sie wieder bei Kräften war. Ich beugte mich nieder, um sie zu küssen, und dann zupften ihre Finger das Leinen vom Gesicht des Säuglings, damit ich ihn betrachten konnte. Der fünfte Sohn, den sie mir geboren hatte, lag still und friedlich da, ohne die Gesichtszüge zu verziehen, wie Neugeborene es meist tun. Er war bemerkenswert hübsch, seine Haut so glatt wie Elfenbein, statt rot und runzlig. Dichte dunkle Locken bedeckten seinen Kopf, seine Wimpern waren lang und schwarz, und seine schwarzen Brauen wölbten sich sanft über Augen, die so dunkel leuchteten, dass ich nicht sehen konnte, ob sie blau oder braun waren.

Hekabe kitzelte ihn unter seinem wohlgeformten Kinn. »Wie wirst du ihn nennen?«

»Paris«, antwortete ich unvermittelt.

Sie schreckte zurück. »*Paris*? ›Dem Tod vermählt‹? Das ist ein ominöser Name, mein Gebieter. Warum nicht Alexandros, wie wir es besprochen hatten?«

»Er wird Paris heißen«, sagte ich und wandte mich ab. Sie würde noch früh genug erfahren, dass dieses Kind schon am Tag seiner Geburt mit dem Tod verbunden war.

Ich ließ sie in ihren Kissen zurück, das Bündel kraftlos gegen ihre geschwollenen Brüste gedrückt. »Paris, mein kleiner Mann. Du bist so schön! Oh, all die Herzen, die du brechen wirst. Alle Frauen werden dich lieben. Paris, Paris, Paris…«

KAPITEL 2

ERZÄHLT VON
PELEUS

Als in meinem Königreich Thessalien alles geregelt war und ich darauf vertrauen konnte, dass jene, die ich in Iolkos zurückließ, sich um alles kümmern würden, machte ich mich auf den Weg zur Insel Skyros. Ich war müde und sehnte mich nach dem Beistand eines Freundes, aber bisher hatte ich in Iolkos keinen Freund wie König Lykomedes von Skyros. Er war vom Glück begünstigt: Er war nicht, wie ich, von seinem Vater verbannt worden, hatte nicht, wie ich, mit Klauen und Zähnen kämpfen müssen, um sich ein eigenes Reich zu erwerben, und hatte es nicht, wie ich, im Krieg verteidigen müssen. Seine Vorfahren hatten sein felsiges Eiland von allem Anbeginn der Zeit regiert, und er hatte den Thron bestiegen, nachdem sein Vater in seinem eigenen Bett, umgeben von seinen Söhnen und Töchtern, seinen Frauen und Konkubinen, gestorben war; denn der Vater von Lykomedes hing noch, wie sein Sohn, der Alten Religion an: Für die Herrscher von Skyros gab es keine Monogamie!

Alte oder Neue Religion, Lykomedes konnte gelassen einem ebenso friedlichen Tod entgegensehen, während meine Aussichten nicht so gut waren. Ich beneidete ihn um seine geruhsame Existenz, aber während ich mit ihm durch seine Gärten schlenderte, erkannte ich, dass ihm viele Freuden des Lebens entgangen waren. Sein Reich und seine Königswürde bedeuteten ihm weniger als mir; er erfüllte seine Pflichten gründlich und gewissenhaft, war ein nachsichtiger und zugleich tüchtiger Herrscher, aber es fehlte ihm an der äußersten Entschlossenheit, das zu behalten, was ihm gehörte, weil niemand es ihm je streitig gemacht hatte.

Ich kannte das Gefühl des Verlusts, des Hungers, der Verzweiflung zur Genüge. Und ich liebte mein hart erkämpftes Königreich Thessalien mehr als er je sein Skyros. Thessalien, mein Thessalien! Ich, Peleus, war König von Thessalien! Fürsten schuldeten mir Gefolgschaft, mir, Peleus, der bis vor ein paar Jahren keinen Fuß nördlich von Attika gesetzt hatte. Ich herrschte über die Myrmidonen, das Ameisenvolk von Iolkos.

Lykomedes unterbrach mein Grübeln. »Du denkst an Thessalien«, sagte er.

Er wedelte mit seiner weißen, schlaffen Hand. »Mein lieber Peleus, ich bin nicht mit deinem kraftvollen Enthusiasmus gesegnet. Während ich nur langsam vor mich hinglimme, brennst du hell und klar. Doch ich bin ganz zufrieden damit. Wärst du an meiner Stelle, du hättest nicht geruht, bis du sämtliche Inseln zwischen Kreta und Samothraki besessen hättest.«

Seufzend lehnte ich mich gegen einen Nussbaum. »Und dennoch bin ich sehr müde, alter Freund. Ich bin nicht mehr so jung wie einst.«

»Eine so offensichtliche Tatsache, dass man sie nicht zu erwähnen braucht.« Seine blassen Augen betrachteten mich nachdenklich. »Weißt du eigentlich, Peleus, dass du den Ruf hast, Griechenlands bester Mann zu sein? Selbst in Mykene achtet man dich.«

Ich streckte mich und ging weiter. »Ich bin nicht besser oder schlechter als alle anderen.«

»Streite es ab, wenn du musst, aber es stimmt gleichwohl. Du hast alles, Peleus! Einen gesunden Körper, einen klugen und scharfsinnigen Verstand, eine Begabung zu führen, du bringst deine Untertanen dazu, dich zu lieben – ja, du hast sogar ein gutes Aussehen!«

»Fahr nur fort, mir so zu schmeicheln, Lykomedes, und ich werde meine Sachen packen und heimfahren.«

»Sei still, ich bin schon fertig. Ich möchte übrigens etwas anderes mit dir bereden. Mein Lobgesang war die Einleitung.«

Ich sah ihn verblüfft an. »Oh.«

Er leckte sich die Lippen, runzelte die Stirn, und dann beschloss er, ohne weitere Umschweife zur Sache zu kommen. »Peleus, du bist jetzt dreiunddreißig Jahre alt. Du bist einer der vier vornehmsten Könige Griechenlands und hast dadurch beträchtliche Macht. Aber du hast keine Frau. Keine Königin. Und äh – da du ja der Neuen Religion anhängst und dich dadurch zur Monogamie bekannt hast, wie willst du in Thessalien die Thronfolge sicherstellen ohne eine Frau?«

Ich musste grinsen. »Lykomedes, du Schurke! Du hast eine Frau für mich ausgewählt.«

Er sah verschmitzt drein. »Könnte sein. Es sei denn, du hast andere Pläne.«

»Ich denke oft an eine Heirat. Leider sagt mir nur keine der Kandidatinnen besonders zu.«

»Ich kenne eine Frau, die dir sehr gefallen könnte. Sie wäre sicher eine treffliche Gefährtin.«

»Sprich weiter. Ich bin ganz Ohr.«

»Und voller Ironie. Aber ich fahre trotzdem fort. Die Frau ist Poseidons Hohepriesterin in Skyros. Ihr Gott hat ihr befohlen zu heiraten, aber bis jetzt hat sie es noch nicht getan. Ich kann eine so hochstehende Würdenträgerin nicht zwingen zu gehorchen, aber um das Wohl meines Volkes und meiner Insel willen muss ich sie überreden, sich zu verehelichen.«

Bei diesen Worten starrte ich ihn erstaunt an. «Lykomedes! Ich soll Mittel zum Zweck sein!«

»Nein, nein!«, rief er mit zerknirschter Miene. »Hör mir zu, Peleus!«

»Poseidon hat ihr befohlen zu heiraten?«

»Ja. Die Orakel haben verkündet, wenn sie nicht heiratet, wird der Herr der Meere die Erde von Skyros aufbrechen und meine Insel zu sich in die Tiefe ziehen.«

»Orakel in der Mehrzahl. Du hast also mehrere befragt?«

»Sogar die Pythia in Delphi und deinen Eichenhain in Dodona. Die Antwort war immer die gleiche – verheirate sie oder verdirb.«

»Warum ist sie so wichtig?«, fragte ich fasziniert.

Ehrfurcht erschien auf Peleus' Gesicht. »Weil sie die Tochter von Nereus ist, des Alten Mannes der Meere. Dadurch ist sie eine Halbgöttin – *und* in einem Gewissenskonflikt. Nach ihrer Herkunft gehört sie zur Alten Religion, doch sie dient der Neuen. Du weißt, wie sehr sich unser Griechenland seit dem Niedergang von Kreta und Thera verändert hat, Peleus! Nimm nur Skyros! Das Matriarchat hat bei uns nie eine solche Rolle gespielt wie in Kreta oder Thera oder in den Königreichen auf der Insel Pelops. Bei uns haben immer Männer regiert – aber die Alte Religion ist stark. Poseidon jedoch gehört zum Neuen Glauben, und wir sind ihm untertan – er ist nicht nur der Herr der Meere, die uns umgeben, er ist auch der Beweger der Erde.«

»Ich verstehe«, sagte ich langsam, »dass Poseidon zornig darüber ist, dass eine Frau der Alten Religion seine Hohepriesterin ist. Aber er muss ihrer Ernennung doch zugestimmt haben.«

»Das hat er auch. Aber mittlerweile ist er wütend – du weißt, wie die Götter sind, Peleus. Wann sind sie schon jemals konsequent? Trotz seiner früheren Zustimmung ist er jetzt jedenfalls empört und hat erklärt, er wolle nicht, dass eine Tochter von Nereus seinen Altar betreue.«

»Lykomedes, Lykomedes! Glaubst du wirklich diese Göttergeschichten?«, fragte ich ungläubig. »Ich hätte dich für klüger gehalten! Ein Mann oder eine Frau, die behaupten, einen Gott als Elternteil zu haben, wurde gewöhnlich als Bastard geboren – und meist, weil ein Hütejunge daran nicht ganz unbeteiligt war.«

Er flatterte mit den Armen wie ein aufgeregtes Huhn. »Ja, ja, ja. Das weiß ich alles, Peleus, und dennoch *glaube* ich. Du hast sie nicht gesehen, du kennst sie nicht. Aber ich. Sie ist das merkwürdigste Wesen...! Ein Blick, und du bist felsenfest davon überzeugt, dass sie aus dem Meer kommt.«

Jetzt war ich aufgebracht. »Ich traue meinen Ohren nicht! Vielen Dank für das Kompliment! Du willst dem König von Thessalien irgendeine verrückte Frau aufhalsen? Nun, ich will sie nicht haben!«

Mit beiden Händen ergriff er meinen Arm. »Peleus, traust du mir wirklich einen solchen Trick zu? Ich habe mich ungeschickt ausgedrückt – ich wollte dich nicht beleidigen, ich schwöre es. Es ist nur so: Kaum hatte ich dich nach so vielen Jahren wieder gesehen, war ich mir plötzlich völlig sicher, dass sie die Frau für dich ist. Es fehlt ihr nicht an edlen Freiern, jeder hochgeborene Junggeselle auf Skyros hat ihr schon einen Antrag gemacht. Aber sie hat sie alle verschmäht. Sie sagt, sie warte auf den, der mit dem von ihrem Gott versprochenen Zeichen kommt.«

Ich seufzte. »Schön, Lykomedes, ich werde sie mir ansehen. Aber ich verpflichte mich zu nichts, verstanden?«

Poseidons heiliger Bezirk und Altar – er hatte keinen eigentlichen Tempel – lagen am anderen Ende der Insel, im weniger fruchtbaren und besiedelten Teil: ein ziemlich merkwürdiger Ort für das Hauptheiligtum des Meeresgottes. Sein Wohlwollen war für jede Insel lebenswichtig, da sie schließlich ringsum von seinem Wasserreich eingeschlossen war. Seine Launen und seine Gnade entschieden darüber, ob Wohlstand oder Hunger vorherrschte, und man nannte ihn auch nicht umsonst den Beweger der Erde. Ich hatte selbst die Folgen seines Zorns miterlebt, ganze Städte hatten anschließend flacher dagelegen als Gold unter dem Hammer eines Goldschmieds. Poseidon war jähzornig und sehr auf seine Reputation bedacht; zweimal seit Menschengedenken war Kreta von seiner Rache zermalmt worden, weil dessen Könige so von ihrer eigenen Herrlichkeit überzeugt gewesen waren, dass sie vergessen hatten, was sie ihm schuldeten. Und Thera war es genauso ergangen.

Wenn diese Frau, die Lykomedes mir unbedingt zeigen wollte, wirklich eine Nachfahrin Nereus' sein sollte, der über die Meere geherrscht hatte, als Kronos vom Olymp aus die Welt regierte, konnte ich verstehen, dass die Orakel ihre Abberufung verlangten. Zeus und seine Brüder hatten nichts mehr übrig für die alten Götter, die sie gestürzt hatten – und wer vermochte auch schon einem Vater zu vergeben, der einen *auffraß*?

Ich ging allein und zu Fuß zu dem Bezirk. Ich trug einfache Jagdkleidung und führte meine Opfergabe an einem Seil mit mir. Ich wollte, dass sie mich für einen gewöhnlichen Sterblichen hielt und in mir nicht den König von Thessalien erkannte. Der Altar stand auf einer Landzunge, die eine kleine Bucht überragte. Behutsam bahnte ich mir den Weg durch den geheiligten Hain, der davor lag.

Die Stille und die schwere, erstickende Atmosphäre machten mich benommen. Selbst das Meer war kaum zu hören, obwohl die Wellen gemächlich heranrollten und sich dann in weißer Gischt an den zackigen Felsen am Fuß der Klippe brachen. Vor dem einfachen, quadratischen Altar brannte in einem goldenen Dreifuß das Ewige Feuer. Ich trat vor, blieb stehen und zog meine Opfergabe zu mir heran.

Fast zögernd trat sie ins Sonnenlicht, als ob sie den Aufenthalt an einem kühlen und feuchten Platz vorzog. Fasziniert starrte ich sie an. Klein, schmal und fraulich wie sie war, besaß sie dennoch eine Ausstrahlung, die ganz und gar nicht feminin wirkte. Statt der üblichen Kleidung mit Rüschen und Stickereien trug sie eine einfache Robe aus edlem, durchsichtigen Leinen, wie es die Ägypter weben. Die Farbe ihrer Haut, blass und bläulich, war deutlich zu erkennen. An einigen Stellen hatte der Stoff Streifen, denn er war nicht gleichmäßig gefärbt worden. Ihre vollen Lippen waren blassrosa, und ihre Augen changierten in allen Schattierungen des Meeres – grau, blau, grün und sogar purpur wie dunkler Wein. Sie war nicht geschminkt; nur eine dünne schwarze Linie zog sich um ihre Augen und war weiter nach außen gezogen worden, was ihr ein etwas unheimliches Aussehen verlieh. Ihr Haar war völlig farblos, weiß wie Asche, mit einem leichten Schimmer, der es im Dunkeln bläulich erscheinen ließ.

Ich näherte mich ihr und bot ihr meine Opfergabe an. »Edle Frau, ich bin zu Besuch auf Eurer Insel, und ich bin gekommen, um Vater Poseidon zu opfern.«

Mit einem Nicken streckte sie die Hand aus und ergriff das Seil. Dann musterte sie mit Kenneraugen das weiße Bullenkalb. »Vater Poseidon wird erfreut sein. Es ist lange her, dass ich ein solch schönes Tier gesehen habe.«

»Da ihm Pferde und Bullen heilig sind, hielt ich es für das Beste, ihm darzubringen, was er am liebsten hat.«

Sie starrte eindringlich in die Altarflamme. »Der Augenblick ist nicht günstig für eine Opfergabe. Ich werde es ihm später darbieten.«

»Wie Ihr wünscht, edle Dame.« Ich wandte mich zum Gehen.

»Wartet.«

»Ja?«

»Was soll ich dem Gott sagen, wer ihm da opfert?«

»Peleus, König in Iolkos und von Thessalien.«

Ihre Augenfarbe wechselte unvermittelt von einem hellen Blau in ein dunkles Grau. »Kein gewöhnlicher Mann. Euer Vater war Aiakos, und dessen Vater war Zeus selbst. Euer Bruder Telamon ist König von Salamis, und auch Ihr seid von königlichem Geblüt.«

Ich lächelte. »Ja, ich bin der Sohn des Aiakos und Bruder von Telamon. Wer mein Großvater ist – ich habe keine Ahnung. Obwohl ich bezweifle, dass es der Göttervater selbst war. Wahrscheinlich eher ein Räuber, dem meine Großmutter gefiel.«

»Frevelhaftigkeit, König Peleus«, entgegnete sie in gemessenem Ton, »lassen die Götter nicht ungestraft.«

»Ich kann nicht erkennen, dass ich frevle, edle Frau. Ich bete und opfere im vollen Glauben an die Götter.«

»Dennoch leugnet Ihr Zeus als Euren Großvater.«

»Solche Geschichten werden erzählt, um das Recht eines Mannes auf einen Thron zu bekräftigen, wie es bei meinem Vater Aiakos zweifellos der Fall war.«

Geistesabwesend streichelte sie die Nase des weißen Bullenkalbs. »Ihr hättet im Palast bleiben müssen. Warum ließ König Lykomedes Euch allein und unangemeldet herkommen?«

»Weil ich es wünschte.«

Nachdem sie das Kalb an einen Ring an einer Säule gebunden hatte, wandte sie sich von mir ab.

»Und wer, edle Dame, hat meine Opfergabe angenommen?«

Aus völlig unbeteiligt dreinsehenden grauen Augen warf sie mir über die Schulter einen Blick zu. »Ich bin Thetis, Tochter des Nereus. Und zwar *nicht* vom Hörensagen, König Peleus. Mein Vater ist ein großer Gott.«

Es war Zeit zu gehen. Ich dankte ihr und verließ sie.

Aber ich ging nicht sehr weit. Während ich sorgfältig darauf achtete, dass mich niemand vom Heiligtum beobachten konnte, glitt ich einen gewundenen Pfad hinunter zur Bucht, versteckte Speer und Schwert hinter einem Felsen und legte mich unter einem Felsvorsprung in den warmen gelben Sand. Thetis. Thetis. Sie war wirklich von einer Meeraura umgeben. Ich ertappte mich bei dem Wunsch zu glauben, dass sie tatsächlich die Tochter eines Gottes war, denn ich hatte zu tief in diese Chamäleonaugen geblickt, hatte all die Stürme und Flauten erblickt, die mit dem Meer verbunden sind, hatte den Widerschein eines kalten Feuers entdeckt, das sich jeglicher Beschreibung entzog. Und ich wollte sie zur Frau haben.

Auch sie interessierte sich für mich; ich war alt und erfahren genug, um dies zu spüren. Die Frage war nur, wie stark ihre Zuneinung wohl sein mochte; eine Stimme in mir warnte mich vor einer Niederlage. Thetis würde mich ebenso wenig heiraten wie die anderen Freier, die um sie geworben hatten. Obwohl ich durchaus nicht Männern zugetan war, hatte ich mir nie besonders viel aus Frauen gemacht, außer dass ich bei ihnen Befriedigung für jenen Trieb suchte, unter dem selbst die größten Götter so schmerzhaft wie die Menschen leiden. Gelegentlich schlief ich mit einer der Frauen aus meinem Palast, aber bis jetzt hatte ich noch nie geliebt. Ob sie es wusste oder nicht, Thetis gehörte zu mir. Und da ich der Neuen Religion in allen Geboten folgte, würde sie keine andere Frau neben sich dulden müssen. Ich würde nur der Ihre sein.

Die Sonne brannte immer stärker auf meinen Rücken. Es wurde Mittag; ich zog meinen Jagdanzug aus, damit Helios' Strahlen tief in meine Haut eindringen konnten. Aber ich konnte nicht stillliegen, musste mich aufrichten und hinaus aufs Meer starren, das ich für mein neues Ungemach verantwortlich machte. Dann schloss ich die Augen und kniete nieder.

»Vater Zeus, blicke gnädig auf mich herab! Nur wenn ich wirklich nicht mehr weiter wusste und in großer Not war, habe ich bislang zu dir gebetet, wie ein Mann, der die Unterstützung seines Großvaters sucht. Aber genauso bete ich jetzt, flehe jenen Teil von dir an, der am freundlichsten und großherzigsten ist. Du hast mir immer dein Ohr geliehen, denn ich habe dich nie mit Kleinkram behelligt. Jetzt bitte ich dich: Hilf mir! Gib mir Thetis, wie du mir Iolkos und die Myrmidonen gegeben hast, wie du ganz Thessalien in meine Hände gelegt hast. Gib mir eine Königin, die auf den Myrmidonenthron passt, gib mir starke Söhne, die meinen Platz einnehmen, wenn ich tot bin!«

Mit geschlossenen Augen kniete ich eine ganze Weile. Als ich mich erhob, stellte ich fest, dass sich nichts verändert hatte. Aber das war zu erwarten; die Götter vollbringen keine Wunder, um damit Menschen zum Glauben zu bekehren.

Dann sah ich sie. Sie stand da, ihr dünnes Kleid wie ein Banner im Wind flatternd, ihr Haar kristallen in der Sonne, ihr Gesicht verzückt emporgereckt. Neben ihr stand das weiße Bullenkalb, und in der Rechten hielt sie einen Dolch. Still fügte sich das Tier in sein Schicksal, legte sich sogar über ihre Knie, als sie sich am Rand der Wellen niederkauerte, und ließ sich ohne Widerstand die Kehle durchtrennen. Dann hielt sie es, während leuchtende Purpurstreifen über ihre Schenkel und bloßen Arme liefen. Das Wasser um sie herum färbte sich schwach rot, als die Flut das Blut des Kalbes mit sich nahm.

Sie hatte mich nicht gesehen, sah mich auch nicht, als sie nun weiter ins Wasser glitt, wobei sie das Kalb mit sich zog, bis sie tief genug in den Wellen war, um sich den Körper um die Schultern zu legen und hinauszuschwimmen. In einiger Entfernung vom Ufer streifte sie das Tier von ihren Schultern, und es versank sofort. Ein großer, flacher Felsen ragte aus dem Wasser; auf den hielt sie nun zu, kletterte hinauf und hob sich dann wie eine Silhouette von dem blassen Himmel ab. Schließlich legte sie sich auf den Rücken, bettete den Kopf in ihre im Nacken gekreuzten Arme und schien schlafen zu wollen.

Ein seltsames Ritual, das nicht zur Neuen Religion passte. Thetis hatte meine Opfergabe im Namen von Poseidon angenommen, hatte sie dann aber Nereus dargeboten. *Ein Sakrileg!* Und sie war die Hohepriesterin Poseidons. Oh, Lykomedes, du hattest recht! In ihr schlummern die Samen für die Zerstörung von Skyros. Sie gibt dem Herrn der Meere nicht, was ihm zusteht, und sie respektiert ihn auch nicht als den Beweger der Erde.

Die Luft war milchig und still, das Wasser hell und klar, aber als ich zu den Wellen hinabging, zitterte ich wie im Fieber. Das Meer konnte mich nicht abkühlen, als ich schwamm; Aphrodite hatte mich so fest im Griff, dass sie mir die Knochen hätte brechen können. Thetis gehörte mir, und ich wollte sie haben – egal, was mit dem armen Lykomedes und seiner Insel geschah.

Als ich den Felsen erreichte, fasste ich mit den Händen eine vorstehende Kante und zog mich so heftig empor, dass meine Muskeln schmerzten. Ich hockte über ihr auf dem Stein, noch bevor sie erkannte, dass ich mich durchaus nicht auf den Weg zum Palast über Skyros gemacht hatte. Aber sie schlief nicht. Ihre sanften, träumerisch grünen Augen standen offen. Dann wich sie vor mir zurück und starrte mich düster an.

»Rührt mich nicht an!«, sagte sie schwer atmend. »Niemand wagt es, mich zu berühren! Ich habe mich Gott geweiht!«

Meine Hand zuckte vor, hielt knapp vor ihrem Fußgelenk inne. »Euer Versprechen an Gott ist nicht für die Ewigkeit, Thetis. Ihr seid frei zu heiraten. Und Ihr werdet meine Frau.«

»Ich gehöre meinem Gott!«

»Und wenn, welchem Gott? Leistet Ihr dem einen Lippendienste und opfert dem andern? Ihr gehört zu mir, und ich nehme es mit allen auf. Wenn ein Gott – welcher auch immer! – dafür meinen Tod verlangt, werde ich dieses Urteil akzeptieren.«

Mit einem Aufschrei der Verzweiflung und des Schreckens versuchte sie, vom Felsen ins Meer zu gleiten. Aber ich war schneller, ergriff ihr Bein und zog sie zurück, während ihre Fingernägel über die raue Oberfläche des Steins kratzten. Als ich ihr Handgelenk zu fassen bekam, ließ ich ihr Bein los und stellte sie auf die Füße.

Sie kämpfte wie zehn Wildkatzen, mit Händen und Füßen, biss und kratzte stumm, während ich die Arme um sie schlang. Ein Dutzend Mal entwand sie sich mir, ein Dutzend Mal packte ich sie erneut. Wir waren beide über und über voll mit Blut, meine Schulter war aufgerissen, ihr Mund aufgeplatzt, Haarbüschel von ihr und mir flatterten im Wind davon. Dies war keine Vergewaltigung, und ich hatte auch nicht die Absicht dazu; es handelte sich vielmehr um ein schlichtes Kräftemessen, Mann gegen Frau, die Neue Religion gegen die Alte. Es endete, wie alle diese Kämpfe enden müssen: Der Mann ist der Sieger.

Wir fielen mit solcher Wucht auf den Felsen, dass es uns den Atem verschlug. Während ich meinen Körper auf ihren presste und ihre Schultern niederdrückte, sah ich ihr ins Gesicht.

»Der Kampf ist vorbei. Ich habe dich erobert.«

Ihre Lippen bebten, sie wandte den Kopf zur Seite. »Du bist es. Ich habe es in dem Augenblick gewusst, als du das Heiligtum betreten hast. Als ich in mein Amt eingeführt wurde, verkündete der Gott mir, dass eines Tages ein Mann übers Meer kommen würde, ein Mann des Himmels, der das Meer aus meinen Gedanken vertreiben und mich zu seiner Königin machen würde.« Sie seufzte. »So sei es.«

Ich erklärte Thetis mit allen Ehren und aller Pracht in Iolkos zu meiner Königin. Schon in unserem ersten gemeinsamen Jahr wurde sie schwanger und machte damit das Glück unserer Ehe vollkommen. Wir waren nie so glücklich wie in den langen Monaten, in denen wir auf unseren Sohn warteten. Keiner von uns träumte von einem Mädchen.

Meine eigene Amme Aresune wurde zur ersten Hebamme bestellt, sodass ich, als die Wehen bei Thetis begannen, nicht das Geringste mehr zu sagen hatte; das alte Weib setzte seine ganze Autorität ein und verbannte mich ans andere Ende des Palastes. Einen vollen Umlauf von Phoibos' Triumphwagen saß ich dort allein, ignorierte die Diener, die mir Speis und Trank darboten, und wartete, wartete … Bis Aresune schließlich kam. Sie hatte sich nicht die Mühe gemacht, die blutbespritzte Geburtsschürze abzunehmen; gebeugt und runzlig stand die Alte da, mit schmerzverzerrtem Gesicht. Aus ihren tief eingesunkenen Augen rannen Tränen.

»Es war ein Sohn, Herr, aber er lebte nicht lange genug, um atmen zu können. Die Königin ist in Sicherheit. Sie hat Blut verloren und ist sehr müde, aber ihr Leben ist nicht in Gefahr.« Sie rang die knochigen Hände. »Herr, ich schwöre, ich habe nichts falsch gemacht! So ein großer, schöner Knabe! Aber es ist der Wille der Göttin!«

Ich konnte es nicht ertragen, dass sie mein Gesicht sah. Unfähig zu weinen, wandte ich mich ab und ging davon.

Mehrere Tage verstrichen, ehe ich mich aufraffte, Thetis aufzusuchen. Als ich schließlich ihr Zimmer betrat, entdeckte ich voller Erstaunen, dass sie aufrecht in ihrem großen Bett saß und gesund und glücklich aussah. Sie sagte kein unpassendes Wort, gab auch ihrem Kummer Ausdruck, aber nichts davon meinte sie *wirklich*. Thetis war erfreut!

»Unser Sohn ist tot, Weib!«, platzte ich heraus. »Wie kannst du das so leicht hinnehmen? Nie wird er wissen, was es heißt zu leben! Nie wird er auf meinem Thron sitzen. Neun Monate hast du ihn getragen – vergeblich!«

Sie streckte die Hand aus und tätschelte fürsorglich die meine. »Oh, liebster Peleus, gräme dich nicht! Unser Sohn hat kein sterbliches Leben, hast du denn vergessen, dass ich eine Göttin bin? Weil er keine irdische Luft geatmet hat, habe ich meinen Vater gebeten, ihm das *ewige Leben* zu gewähren, und das hat er nur zu gern getan. Unser Sohn lebt jetzt auf dem Olymp – er isst und trinkt mit den anderen Göttern, Peleus! Nein, er wird nie in Iolkos herrschen, aber ihm ist vergönnt, was keinem Sterblichen vergönnt ist. Indem er gestorben ist, wird er niemals sterben.«

Mein Erstaunen verwandelte sich in Abscheu; ich starrte sie an und fragte mich, wie dieser Gotteswahn jemals eine solche Macht über sie gewinnen konnte. Sie war sterblich wie ich und ihr Kind so sterblich wie wir beide. Dann bemerkte ich, wie vertrauensvoll sie mich anblickte, und brachte es nicht übers Herz, ihr zu sagen, was mir auf der Zunge lag. Wenn der Glaube an diesen Unsinn ihren Schmerz über den Verlust milderte, sollte es mir recht sein. Das Leben mit Thetis hatte mich gelehrt, dass sie nicht wie andere Frauen dachte und handelte. Ich strich ihr übers Haar und verließ sie.

Sechs Söhne gebar sie mir im Lauf der Jahre, und alle kamen tot zur Welt. Als Aresune mir den Tod meines zweiten Sohnes mitteilte, wurde ich fast verrückt und wich Thetis viele Monate aus, denn ich wusste, was sie mir sagen würde – dass unser Sohn ein Gott sei. Aber schließlich brachten Liebe und Gier mich immer wieder zurück zu ihr, und wir durchlebten den schrecklichen Kreislauf von neuem.

Als das sechste Kind tot zur Welt kam – wie *konnte* es nur tot sein, da es doch die volle Zeit ausgetragen worden war und nun, trotz seiner dunkelblauen Haut, so kräftig aussah in seinem kleinen Begräbniswagen? –, gelobte ich, dem Olymp keine Söhne mehr zu schenken. Ich ließ die Pythia in Delphi befragen und bekam zur Antwort, dass es Poseidon war, der mir zürnte, weil er mir den Raub seiner Priesterin nachtrug. Was für eine Scheinheiligkeit! Was für ein Wahnsinn! Erst mochte er sie nicht haben, dann wieder doch. Ein Mensch kann wirklich nicht begreifen, was die Götter nun eigentlich wollen, seien es die alten oder die neuen.

Zwei Jahre wohnte ich Thetis nicht bei, obwohl sie darum bettelte, weitere Söhne für den Olymp zu empfangen. Dann, am Ende des zweiten Jahres, nahm ich ein weißes Fohlen und opferte es Poseidon, der auch der Gott der Pferde ist, in aller Öffentlichkeit, vor meinem Volk der Myrmidonen.

»Hebe deinen Fluch auf und segne mich mit einem lebenden Sohn!«, rief ich.

Aus dem Erdinnern drang ein Grollen, die heilige Schlange schoss wie ein brauner Blitz unter ihrem Altar hervor, der Boden wankte und hob sich. Eine Säule brach neben mir auseinander, doch ich rührte mich nicht. Auch als sich ein Riss zwischen meinen Füßen auftat und ekliger Schwefelgeruch hervordrang, blieb ich stehen, bis das Beben nachließ und die Öffnung sich wieder schloss. Das weiße Fohlen lag ausgeblutet und mitleiderregend still auf dem Altar. Drei Monde später erfuhr ich von Thetis, dass sie mit unserem siebten Kind schwanger war.

In der darauf folgenden, mühseligen Zeit sorgte ich dafür, dass man besser auf sie Acht gab als eine Henne ihr Küken hütet. Aresune musste jede Nacht in ihrem Bett schlafen, ich drohte den Frauen des Hauses unaussprechliche Foltern an, sollten sie Thetis auch nur einen Augenblick allein lassen, wenn Aresune nicht da war. Thetis ertrug diese »Grillen«, wie sie es nannte, mit Geduld und guter Laune; sie stritt nicht und widersetzte sich keiner meiner Anordnungen. Einmal schaffte sie es allerdings, dass mir die Haare zu Berge standen und Schauer über meine Haut liefen, als sie anhub, eine seltsame, klanglose Weise zu singen, die aus der Alten Religion stammte. Aber als ich ihr befahl aufzuhören, gehorchte sie und stimmte sie nie wieder an. Allmählich rückte ihre Zeit heran. Ich begann zu hoffen. *Ganz gewiss* hatte ich immer in gerechter Furcht vor den Göttern gelebt! *Ganz gewiss* waren sie mir einen lebendigen Sohn schuldig!

Ich besaß eine Rüstung, die einst Minos gehört hatte; sie zählte zu meinen größten Schätzen. Das herrliche Stück hatte über vier Bronze- und weiteren drei Zinnschichten eine Goldhaut, die Einlagen aus Lapislazuli und Bernstein, Korallen und Kristallen formten ein großartiges Muster. Der ähnlich gefertigte Schild war mannshoch und sah aus, als hätte man zwei runde Schilde übereinandergesetzt, sodass er in der Mitte eine Art Taille besaß. Harnisch und Beinschienen, Helm, Rock und Armschutz waren für einen größeren Mann als mich gemacht, und ich bewunderte den toten Minos noch im Nachhinein, der mit dieser Rüstung in seinem kretischen Königreich herumspaziert und fest davon überzeugt war, dass er sich nie damit würde schützen müssen, sondern sie nur vorzeigte, um zu demonstrieren, wie reich er war. Doch als er fiel, hatte sie ihm nichts genutzt, denn Poseidon packte ihn mitsamt seinem Reich und zertrümmerte es, weil er sich nicht der Neuen Religion anschließen wollte. Mutter Kubaba, die große Göttin der Alten Religion und allmächtige Königin der Erde, hatte immer über Kreta und Thera geherrscht.

Zu der Rüstung des Minos' hatte ich einen Speer aus Eschenholz gestellt, das von den Hängen des Berges Pelion stammte; seine kleine Spitze bestand aus einem Metall, das Eisen genannt wurde und so selten und kostbar war, dass die meisten es für eine Legende hielten, denn kaum einer hatte es je gesehen. Versuche hatten gezeigt, dass der Speer, der leicht wie eine Feder in meiner Hand lag, unfehlbar zu seinem Ziel flog. Als ich ihn nicht mehr für meine Feldzüge benötigte, legte ich ihn zu der Rüstung. Der Speer hatte einen Namen: Alt-Pelion.

Vor der Geburt meines ersten Sohnes hatte ich diese Kostbarkeiten wieder hervorgeholt, um sie zu reinigen und zu polieren; sicher würde mein Sohn zu einem so stattlichen Mann heranwachsen, dass er sie tragen konnte. Aber als meine Söhne einer nach dem anderen tot zur Welt kamen, hatte ich die Rüstung zurück in die Schatzkammer bringen lassen, wo sie in einer Düsternis lag, die kaum weniger tief als meine Verzweiflung war.

Etwa fünf Tage, bevor Thetis mit unserem siebten Kind niederkommen sollte, nahm ich eine Lampe und stieg damit die ausgetretenen Steinstufen hinab, die in die unteren Räume des Palastes führten. Ich schritt durch etliche Gänge, bis ich an die große Holztür kam, die unsere Schatzkammer versperrt. Was wollte ich hier? fragte ich mich, ohne mir eine befriedigende Antwort geben zu können. Ich öffnete die Tür, um einen Blick in das Halbdunkel zu werfen – und erblickte stattdessen am anderen Ende des riesigen Gewölbes einen golden leuchtenden Lichtfleck. Ich löschte meine Lampe, und mit der Hand am Dolch schlich ich vorwärts. Der Boden war bedeckt mit Krügen und Kisten, Truhen und abgestellten Devotionalien; ich musste mir vorsichtig den Weg bahnen.

Als ich näher kam, hörte ich das unverwechselbare Geräusch einer weinenden Frau. Meine Amme Aresune saß auf dem Boden und wiegte in ihren Armen den Goldhelm, der einst Minos gehört hatte; seine zarten Federn flossen über ihre runzligen Hände. Sie schluchzte leise, aber bitterlich, und in ihr Jammern mischte sich das Klagelied von Aigina, der Insel, von der sie und ich ursprünglich kamen und die zum Königreich des Aiakos gehörte. O Kore! Aresune beweinte bereits meinen siebten Sohn.

Ich konnte sie nicht ungetröstet lassen, konnte nicht wieder davonschleichen und so tun, als hätte ich sie nicht bemerkt. Als meine Mutter ihr befohlen hatte, mir die Brust zu geben, war sie schon eine reife Frau gewesen; sie hatte mich unter den desinteressierten Blicken meiner Mutter aufgezogen; sie war mit mir, treu wie ein Hund, durch ein Dutzend Länder gezogen, und als ich Thessalien erobert hatte, bekam sie eine hohe Stellung in meinem Haushalt. Also trat ich näher, berührte sanft ihre Schulter und bat sie, nicht mehr zu weinen. Ich nahm ihr den Helm ab, zog ihren steifen, alten Körper an mich und sagte viele dumme Dinge, um sie trotz meines eigenen Kummers zu trösten. Schließlich verstummte sie, um mit ihren knochigen Fingern an meinem Hemd zu zupfen.

»Mein Herr, warum?«, krächzte sie. »Warum lässt du sie das tun?«

»Wieso? Was tun? Wen meinst du?«

»Die Königin«, antwortete sie schluchzend.

Hinterher wurde mir bewusst, dass ihr Gram sie so aus der Fassung gebracht hatte; sonst hätte ich ihr das Geheimnis nie entlocken können. Obwohl sie mir weitaus lieber war, als meine Mutter es jemals gewesen war, hatte sie nie den Unterschied unserer Herkunft vergessen. Ich packte sie so hart, dass sie sich wand und wimmerte.

»Was ist mit der Königin? Was tut sie?«

»Ermordet Eure Söhne.«

Ich geriet ins Wanken. »Thetis? Meine Söhne? Was *heißt* das? Sprich!«

Ihre Aufregung verebbte, und stattdessen erkannte sie mit wachsendem Erschrecken, dass ich nichts wusste. Sie starrte mich an.

Ich schüttelte sie. »Du fährst besser fort, Aresune. Wie bringt meine Frau ihre Söhne um? Und warum? *Warum*?«

Aber sie presste die Lippen zusammen und schwieg. Entsetzen lag in ihren Augen. Ich zog meinen Dolch hervor und setzte seine Spitze auf ihre schlaffe, alte Haut.

»Sprich, Frau, oder ich schwöre beim Allmächtigen Zeus, dass ich dein Augenlicht auslösche, dir die Nägel ausreiße – alles werde ich tun, um dir die Zunge zu lösen. Rede, Aresune, rede!«

»Sie würde mich verfluchen, Peleus, und das ist schlimmer als jede Folter«, stammelte sie.

»Der Fluch wäre gottlos. Und gottlose Flüche fallen auf den zurück, der sie ausspricht. Erzähl mir alles, bitte.«

»Ich war mir sicher, Ihr wüsstet es und wäret einverstanden, Herr. Und vielleicht hat sie Recht – vielleicht ist Unsterblichkeit ja wirklich einem Leben auf der Erde vorzuziehen, wenn man dabei nicht alt wird.«

»Thetis ist verrückt«, sagte ich.

»Nein, Herr. Sie ist eine Göttin.«

»Das ist sie nicht, Aresune, ich würde mein Leben darauf verwetten. Thetis ist eine gewöhnliche sterbliche Frau.«

Aresune sah ungläubig drein; ich hatte sie nicht überzeugt.

»Sie hat alle Eure Söhne umgebracht, Peleus, das ist alles. Mit den besten Absichten.«

»Und wie? Gibt sie ihnen Gift?«

»Nein, edler Herr. Viel einfacher. Wenn wir sie auf den Gebärstuhl gehoben haben, schickt sie alle Frauen außer mir aus dem Zimmer. Dann muss ich einen Eimer mit Meerwasser unter sie stellen. Sobald der Kopf hervortritt, taucht sie ihn ins Wasser und hält ihn dort so lange, bis das Kind keine Luft mehr schöpfen kann.«

Meine Fäuste schlossen und öffneten sich. »Deshalb also sind sie so blau!« Ich richtete mich auf. »Geh wieder zu ihr, Aresune, sie wird dich sonst vermissen. Ich gebe dir meinen Eid als König, dass ich nie enthüllen werde, wer mir das erzählt hat. Ich werde dafür sorgen, dass sie keine Gelegenheit erhält, dir ein Leid anzutun. Beobachte sie. Wenn die Wehen einsetzen, sag mir sofort Bescheid. Hörst du?«

Sie nickte. Ihre Tränen waren versiegt, und ihr schreckliches Schuldgefühl war verflogen. Sie küsste mir die Hände und trippelte davon.

Ich stand da, ohne mich zu rühren, bei erloschenem Licht. Thetis hatte meine Söhne getötet – und *wofür*? Für irgendeinen verrückten, unmöglichen Traum. Irrglauben. Einbildung. Sie hatte sie ihres Rechts beraubt, zu Männern heranzuwachsen, sie hatte so ungeheuerliche Verbrechen begangen, dass ich sie am liebsten mit meinem Schwert durchbohrt hätte. Aber noch trug sie mein siebtes Kind in ihrem Leib. Das Schwert musste noch warten. Und Rache stand den Göttern der Neuen Religion zu.

Am fünften Tag, nachdem ich mit Aresune gesprochen hatte, kam die alte Frau mit aufgelöstem, wild im Wind flatterndem Haar zu mir gerannt. Es war spät am Nachmittag, und ich war zu den Pferdegehegen gegangen, um meine Hengste zu begutachten. Die Paarungszeit stand kurz bevor, und die Stallmeister wollten mir berichten, welches Tier von welchem gedeckt werden sollte.

Mit Aresune auf den Schultern eilte ich zurück in den Palast, wobei ich mir selbst wie eine Art Schlachtross vorkam.

»Was werdet Ihr tun?«, fragte sie, als ich sie vor Thetis' Tür absetzte.

»Mit dir hineingehen«, erwiderte ich.

Keuchend schrie sie auf. »Herr, Herr! Das ist verboten!«

»Genau wie das Töten«, sagte ich und öffnete die Tür.

Die Geburt ist ein weibliches Mysterium, das nicht durch männliche Anwesenheit entweiht werden darf. Es ist eine ganz eigene Welt, eine Erde, zu der kein Himmel gehört. Als die Neue Religion die Alte ablöste, blieben einige Dinge gleichwohl unverändert; Mutter Kubaba, die Große Göttin, gebietet immer noch über die Dinge der Frauen. Vor allem über all jenes, was mit dem Heranwachsen einer neuen menschlichen Frucht zu tun hat – und ihrem Pflücken, sei es zur Zeit der Reife oder des Vergehens.

Als ich eintrat, bemerkte mich zunächst niemand; ich hatte Zeit zu beobachten, zu riechen, zu hören. Das Zimmer stank nach Schweiß und Blut und nach anderen fremden und für einen Mann abstoßenden Dingen. Die Wehen waren weit fortgeschritten, denn die Frauen des Hauses waren dabei, Thetis vom Bett zum Gebärstuhl zu geleiten, während die Hebammen herumstanden, Anweisungen gaben, sich wichtig machten. Meine Frau war nackt, ihr grotesk angeschwollener Unterleib glänzte. Vorsichtig legten sie ihre Schenkel auf das harte Holz zu beiden Seiten der großen Öffnung in der Sitzfläche des Stuhls, die das Ende des Geburtskanals bilden sollte. Hier sollte der Kopf des Neugeborenen erscheinen und der Körper folgen.

Ein hölzerner Wassereimer stand daneben auf dem Boden, aber keine der Frauen würdigte ihn eines Blickes, denn sie wussten nicht, weshalb er dastand.

Dann entdeckten sie mich und eilten mit empörten Gesichtern auf mich zu. Sie nahmen an, der König sei verrückt geworden, und waren entschlossen, ihn zu vertreiben. Ich versetzte der nächsten einen Stoß, der sie niederstürzen ließ; die übrigen wichen zurück. Aresune hatte sich über den Eimer gebeugt. Sie murmelte irgendwelche Zaubersprüche, um das Auge des Bösen zu vertreiben, und rührte sich nicht, als ich die Frauen hinausjagte und den Riegel vor die Tür legte.

Thetis hatte alles gesehen. Ihr Gesicht glänzte vor Schweiß, und ihre Augen waren schwarz, aber sie zähmte ihre Wut.

»Geh hinaus, Peleus«, sagte sie leise.

Statt einer Antwort schob ich Aresune beiseite, ging zu dem Eimer mit Seewasser, nahm ihn und schüttete das Wasser auf den Boden.

»Keine Morde mehr, Thetis. Dieser Sohn gehört mir.«

»Mord? *Mord*? Oh, du Narr! Ich habe niemanden getötet! Ich bin eine Göttin! Meine Söhne sind unsterblich!«

Ich packte sie bei den Schultern, als sie sich vornübergebeugt auf den Gebärstuhl setzte. »Deine Söhne sind tot, Weib! Sie sind dazu verdammt, wesenlose Schatten zu sein, weil du ihnen keine Gelegenheit gegeben hast, große Taten zu vollbringen, um damit die Liebe und Bewunderung der Götter zu gewinnen. Keine Elysischen Felder, kein Heldentum, kein Platz zwischen den Sternen. Du bist *keine* Göttin! Du bist eine sterbliche Frau!«

Ihre Antwort war ein gequälter Aufschrei. Sie bog den Rücken durch, und mit den Händen ergriff sie so heftig die Holzlehnen des Stuhls, dass ihre Knöchel weiß hervortraten.

Aresune erwachte zum Leben. »Der Augenblick ist da!«, rief sie. »Es kommt!«

»Du wirst es nicht bekommen, Peleus!«, knurrte Thetis.

Sie fing an, die Beine zusammenzupressen, entgegen allen ihren Instinkten, die sie eigentlich veranlassten, sie weit zu öffnen. »Ich werde den Kopf zu Mus zerquetschen«, fauchte sie, und dann schrie sie unaufhörlich. »O Vater! Vater Nereus! Er reißt mich auseinander!«

Die Adern über ihren Brauen traten hervor wie Purpurstränge, Tränen rollten über ihre Wangen, und immer noch kämpfte sie darum, die Beine zu schließen. Obwohl sie fast wahnsinnig vor Schmerzen war, wandte sie ihren ganzen Willen auf und presste ihre Beine unerbittlich zusammen, kreuzte sie und wand sie umeinander, damit sie nicht mehr zu öffnen waren.

Aresune hockte auf dem Boden, mit dem Kopf unter dem Stuhl. Ich hörte, wie sie aufschrie, dann folgte ein schrilles Auflachen. »Ai! Ai!«, kreischte sie. »Peleus, das ist der Fuß. Es wird eine Steißgeburt, der Fuß ist schon da.« Sie krabbelte hervor, stand auf und riss mich mit der Kraft eines jungen Mannes in ihrem alten Arm herum.

»Wollt Ihr einen lebendigen Sohn?«, fragte sie.

»Ja, ja!«

»Dann öffnet ihr die Beine, Herr. Er kommt mit dem Fuß zuerst, sein Kopf ist noch unverletzt.«

Ich kniete mich nieder und legte meine linke Hand auf Thetis' oberes Knie, dann ließ ich meine Rechte daruntergleiten, um ihr anderes Knie zu packen, und zwang sie auseinander. Thetis hob den Kopf und schleuderte Flüche und Speichel wie einen ätzenden Regen auf mich herab; ihr Gesicht – ich schwöre es –, ihr Gesicht hatte sich, als wir uns anblickten, in das schuppige, keilförmige Antlitz einer Schlange verwandelt. Ihre Knie öffneten sich; ich war zu stark für sie. Wenn das nicht ihre Sterblichkeit bewies, was dann?

Aresune tauchte unter meinen Armen durch. Ich schloss die Augen und wartete. Plötzlich ein scharfes, kurzes Geräusch, ein krampfhaftes Keuchen, und dann war der Raum erfüllt von dem Geschrei eines Neugeborenen.

Meine Augen öffneten sich, ungläubig starrte ich Aresune an und das, was sie kopfüber in einer Hand hielt – ein grässliches, nasses, glitschiges Etwas, das hin- und herzuckte und bis zum Himmel hoch schrie – ein Etwas mit einem Penis und Hoden. Ein Sohn! Ich hatte einen lebendigen Sohn!

Thetis saß stumm da, ihr Gesicht leer und unbewegt. Aber ihre Augen waren nicht auf mich gerichtet, sondern auf meinen Sohn, den Aresune jetzt säuberte, von der Nabelschnur befreite und in frisches weißes Linnen wickelte.

»Ein Sohn, der Euer Herz erfreuen wird, Peleus!«, lachte die Hebamme. »Der größte, gesündeste Säugling, den ich je gesehen habe. Ich habe ihn an seinem kleinen rechten Hacken herausgezogen.«

Panik erfasste mich. »Sein Hacken! Sein rechter Hacken, Alte! Ist er gebrochen? Deformiert?«

Sie hob die Wickelbahnen, um mir einen gesunden – linken – Hacken zu zeigen und einen geschwollenen, verletzten Fuß. »Sie sind beide in Ordnung, Herr. Der rechte wird verheilen, und die Wundmale werden verschwinden.«

Thetis lachte, ein schwaches, heiseres Geräusch. »Seine rechte Ferse. So hat er also irdische Luft eingeatmet. Sein Fuß kam als erstes … Kein Wunder, dass er so an mir gezerrt hat. Ja, die Male werden verschwinden, aber der rechte Hacken wird sein Verderben sein. Eines Tages, wenn er ihn stark und sehnig braucht, wird er sich an den Tag seiner Geburt erinnern und ihn im Stich lassen.«

Ich hörte nicht auf sie, streckte nur meine Arme aus. »Gib ihn mir! Lass ihn mich ansehen, Aresune! Herz meines Herzens, Fleisch von meinem Fleisch, mein Sohn! *Mein Sohn*!«

Ich unterrichtete den Königshof, dass ich einen lebenden Sohn besaß. Dieser Jubel, diese Freude! Ganz Iolkos, ganz Thessalien hatte mit mir die Jahre hindurch gelitten.

Aber nachdem alle wieder gegangen waren, saß ich auf meinem schneeweißen Marmorthron, den Kopf zwischen den Händen, und war so müde, dass ich kaum noch denken konnte. Die Stimmen erstarben allmählich in der Entfernung, und die dunkelste, einsamste Nacht breitete sich aus. Ein Sohn. Ich hatte einen lebenden Sohn, aber ich hätte sieben lebende Söhne haben sollen. Meine Frau war eine Verrückte.

Sie kam barfuß in den kaum erleuchteten Raum, trug wieder das durchsichtige, fließende Gewand wie in Skyros. Ihr Gesicht sah alt aus. Langsam ging sie über den kühlen Fliesenboden; ihr Gang verriet, dass ihr Körper schmerzte.

»Peleus«, sagte sie am Fuß des Throns.

Ich hatte Thetis durch meine Hände schauend kommen sehen, jetzt ließ ich sie sinken und hob den Kopf.

»Ich gehe zurück nach Skyros, mein Ehemann.«

»Lykomedes wird dich nicht mehr haben wollen, Weib.«

»Dann gehe ich dahin, wo ich erwünscht bin.«

»Wie Medea, in einem von Schlangen gezogenen Wagen?«

»Nein. Ich werde auf dem Rücken eines Delphins reiten.«

Ich sah sie nie wieder. Im Morgengrauen kam Aresune mit zwei Bediensteten, stellte mich auf die Füße und brachte mich in mein Bett. Einen vollen Umlauf von Phoibos' endloser Reise um unsere Welt schlief ich, ohne mich später an einen einzigen Traum zu erinnern, dann erwachte ich mit dem Gedanken, dass ich einen Sohn hatte. Auf Hermes' geflügelten Sandalen eilte ich hinauf zu ihm, um gerade noch zu sehen, wie Aresune ihn seiner Amme abnahm – einer gesunden, jungen Frau, die ihr eigenes Kind verloren hatte, wie die Alte ausplauderte. Sie hieß Leukippe: die weiße Stute.

Nun reichte sie ihn mir. Ich nahm ihn in die Arme und fand ihn recht schwer. Doch das war nicht weiter verwunderlich bei einem Kind, das aussah, als sei es aus Gold gemacht. Goldene Locken, goldene Haut, goldene Brauen und Wimpern. Die Augen, die mich unverwandt anblickten, waren dunkel, aber ich stellte mir vor, dass sie später einen goldenen Schimmer annehmen würden.

»Wie werdet Ihr ihn nennen, Herr?«, fragte Aresune.

Das wusste ich nicht. Er sollte seinen eigenen Namen haben, nicht den eines anderen. Aber welchen? Ich betrachtete Nase, Wangen, Kinn, Stirn, Augen und fand alles vortrefflich geformt. Er sah mehr nach Thetis als nach mir aus. Die Lippen waren allerdings ganz seine, denn er besaß keine; ein gerader Schlitz in seiner unteren Gesichtshälfte, der zugleich wild entschlossen und herzzerreißend traurig wirkte, diente ihm als Mund.

»Achilles«, sagte ich.

Sie nickte zustimmend. »Der Lippenlose. Ein guter Name für ihn, lieber Herr.« Dann seufzte sie. »Seine Mutter hat ihm geweissagt. Werdet Ihr das Orakel in Delphi befragen?«

Ich schüttelte den Kopf. »Nein. Meine Frau ist verrückt; ich glaube nicht an ihre Prophezeiungen. Die Pythia jedoch spricht die Wahrheit. Ich will nicht wissen, was meinen Sohn erwartet.«

KAPITEL 3

ERZÄHLT VON
CHIRON

Ich hatte einen Lieblingsplatz vor meiner Höhle, die von den Göttern viele Äonen, bevor Menschen auf den Berg Pelion kamen, in den Stein gemeißelt worden war. Er lag am äußersten Ende des Felsens, und ich saß dort viele Stunden auf einem Bärenfell, um meine alten Knochen vor der harten Liebkosung des Steins zu schützen, und blickte über Land und Meer wie ein König, der ich nie war.

Ich war zu alt. Vor allem im Herbst, wenn die Schmerzen anfingen, die Vorboten des Winters. Keiner erinnerte sich, wie alt ich wirklich war, ich am allerwenigsten. Es kommt eine Zeit, da die Realität des Alters einfriert und einem all die Jahre und Jahreszeiten nur noch wie eine einzige lange Tageswache auf den Tod vorkommen.

Die Morgendämmerung versprach einen schönen und beschaulichen Tag. Also erledigte ich noch vor Sonnenaufgang meine wenigen häuslichen Pflichten und ging hinaus in die klare graue Luft. Meine Höhle lag hoch oben an der Südseite des Pelion, knapp unter dem Gipfel am Rand eines großen Felsvorsprungs. Ich sank auf mein Fell, um die Sonne zu beobachten. Die Aussicht vor mir langweilte mich nie; zahllose Jahre hatte ich von der Spitze des Pelion über die Welt unter mir geblickt, auf die Küste Thessaliens und das Ägäische Meer. Und während ich zusah, wie die Sonne emporstieg, fischte ich eine tropfende Honigwabe aus meiner Alabasterdose mit Süßigkeiten, schob sie in meinen zahnlosen Mund und sog sie hungrig aus. Sie schmeckte nach Wildblüten, Zephirbrisen und Pinienwäldern.

Mein Geschlecht, die Kentauren, haben länger auf dem Pelion gelebt, als Menschen zurückrechnen können. Sie haben den Königen Griechenlands als Erzieher ihrer Söhne gedient, denn sie waren einzigartige Lehrer. Ich sage »waren«, denn ich bin der letzte Kentaur; mit mir werden sie aussterben. Im Interesse unserer Arbeit hatten sich die meisten von uns für Keuschheit entschieden, und zudem paarten wir uns ohnehin nur mit unseren eigenen Frauen; doch eines Tages waren die Kentaurinnen ihr unwichtiges Leben leid, packten ihre Sachen und verließen uns. Immer weniger Nachkommen wurden geboren, denn die meisten Kentauren wollten nicht die Mühe auf sich nehmen, nach Thrakien zu reisen, wo sich unsere Frauen den Mänaden angeschlossen hatten und Dionysos huldigten. Und allmählich entstand eine Legende: dass Kentauren unsichtbar seien, denn sie scheuten sich, vor anderen zu erscheinen, weil sie halb Mensch, halb Pferd seien. Ein interessantes Geschöpf, wenn es denn existiert hätte, aber das war nicht der Fall. Kentauren sind einfach nur Menschen.

Mein Name war in ganz Griechenland bekannt: Ich bin der Chiron, der die meisten der Burschen erzogen hat, die später berühmte Helden geworden sind: Peleus und Telamon, Tydeus, Herakles, Atreus und Thyestes, um nur einige zu erwähnen. Das ist allerdings schon lange her, und ich dachte nicht im geringsten an Herakles und seine Sippe, als ich den Sonnenaufgang betrachtete.

Pelion ist über und über mit Eschenwäldern bedeckt, die hier größer und gerader wachsen als anderswo. Um diese Jahreszeit sind sie ein schimmerndes, hellgelb leuchtendes Meer, denn jedes einzelne Blatt bewegt sich beim leisesten Windhauch. Unter mir fiel der Felsen steil ab, fünfhundert Ellen, an denen nicht der kleinste grüne oder gelbe Fleck zu entdecken war, doch darunter ragte wieder Eschenwald empor, aus dem Vogelgezwitscher erklang. Menschliche Geräusche hörte ich nie, denn zwischen mir und den Höhen des Olymp befand sich kein Sterblicher. Weit unter mir lag Iolkos, reduziert auf die Größe eines Ameisenreiches – ein gar nicht so weit hergeholter Vergleich, denn die Leute in Iolkos werden Myrmidonen genannt, Ameisen.

Als einzige Stadt auf der ganzen Welt (außer denen in Kreta und

Thera, bevor Poseidon sie dem Erdboden gleichmachte) ist Iolkos nicht von Mauern umgeben. Wer würde schon die Heimat der Myrmidonen, dieser unvergleichlichen Krieger, angreifen? Dafür liebte ich Iolkos umso mehr. Mauern empörten mich. In den alten Tagen, als ich noch reiste, konnte ich es nie länger als ein oder zwei Tage aushalten, in Mykene oder Tiryns eingeschlossen zu sein. Mauern waren Gebilde, die der Tod aus Steinen errichtete, die aus den Felsbrüchen von Tartaros kamen.

Ich warf die leere Honigwabe fort und langte nach meinem Weinschlauch – geblendet von der Sonne, die ihr rotes Licht über die weite Bucht von Pagasai warf, die goldenen Figuren auf dem Palastdach von Iolkos erglänzen ließ und die Farben der Säulen und Mauern in der Stadt zum Leuchten brachte.

Von Iolkos führte eine gewundene Straße hinauf in meine Abgeschiedenheit, aber sie wurde nie benutzt – außer an diesem Morgen. Ich hörte, wie sich ein Fahrzeug näherte. Ärger vertrieb meine Meditation. Ich erhob mich und humpelte los, um dem vermeintlichen Eindringling entgegenzutreten und ihm eine Abfuhr zu erteilen. Es war ein Adliger, der in einem schnellen Jagdgefährt saß, das von zwei thessalischen Braunen gezogen wurde. Auf seinem Hemd trug er die Insignien des Königspalastes. Mit blitzenden Augen und lächelnd sprang er so behände, wie es nur die Jugend vermag, von seinem Wagen und kam auf mich zu. Ich wich zurück; Menschengeruch war mir in jenen Tagen verhasst.

»Der König sendet Euch Grüße, mein Herr«, sagte der junge Mann.

»Was ist los, was ist los?«, wollte ich wissen, wobei ich missmutig feststellte, dass meine Stimme rau und brüchig klang.

»Der König hat mich beauftragt, Euch eine Botschaft zu überbringen, edler Chiron. Morgen werden er und sein königlicher Bruder zu Euch kommen und ihre Söhne in Eure Obhut geben, bis sie zu jungen Männern herangewachsen sind. Ihr sollt ihnen alles beibringen, was sie wissen müssen.«

Ich erstarrte. König Peleus sollte es besser wissen! Ich war zu alt, um mich mit wilden Bengeln herumzuschlagen, ich unterrichtete nicht mehr, nicht einmal die Nachkommen aus einem so vornehmen Haus wie dem des Aiakos. »Sagt dem König, dass ich durchaus nicht erfreut bin. Ich wünsche weder seinen noch den Sohn von Telamon zu erziehen. Sagt ihm, dass er seine Zeit verschwendet, wenn er morgen in die Berge kommt. Chiron ist im Ruhestand.«

Mit einem Gesicht, das nur Missbilligung ausdrückte, sah der junge Mann mich an. »Edler Chiron, ich traue mich nicht, ihm diese Nachricht zu überbringen. Ich hatte den Auftrag, Euch zu sagen, dass er kommen wird, und den habe ich erfüllt. Ich bekam keinen Befehl, eine Antwort auszurichten.«

Als der Bote wieder verschwunden war, ging ich zurück zu meinem Platz, um festzustellen, dass die Aussicht von einem scharlachroten Schleier überdeckt wurde. Zorn überkam mich. Wie konnte der König es wagen anzunehmen, ich würde seinen Sprössling erziehen, oder den von Telamon? Vor Jahren war es Peleus selbst gewesen, der Herolde mit der Nachricht, dass Chiron, der Kentaur, sich zurückgezogen habe, durch ganz Griechenland geschickt hatte. Jetzt missachtete er seine eigene Botschaft.

Telamon, Telamon ... Er hatte viele Kinder, aber nur zwei waren seine Lieblinge. Das ältere war ein Bastard, den er mit der trojanischen Prinzessin Hesione gezeugt hatte, er hieß Teukros. Das andere, zwei Jahre jünger, war sein legitimer Nachfolger: Ajax. Peleus andererseits hatte nur ein Kind, einen Sohn, den seine Königin Thetis nach sechs Totgeburten wundersamerweise lebend zur Welt gebracht hatte. Achilles. Wie alt mochten Ajax und Achilles sein? Sie waren sicherlich noch kleine Jungen. Übel riechend, verrotzt, kaum menschenähnlich. Uhh.

Jegliche Freude wich aus mir. Verdrossen kehrte ich in meine Höhle zurück. Ich würde mich der Aufgabe nicht entziehen können. Peleus war König in Thessalien; ich war sein Untertan und musste ihm gehorchen. Und während ich mich in meinem weiten, luftigen Refugium umsah, überkam mich Angst vor den Monaten und Jahren, die mir bevorstanden. Meine Leier lag auf einem Tisch hinten in der Wohnkammer, ihre Saiten staubbedeckt, weil sie so lange nicht benutzt worden war. Mürrisch und widerwillig betrachtete ich sie, ehe ich sie aufnahm und die Spuren meiner Vernachlässigung fortblies. Die Saiten waren schlaff, ich musste jede einzelne spannen und stimmen; erst danach konnte ich sie spielen.

Ach, und erst meine Stimme! Dahin, dahin. Während Phoibos seinen Sonnenwagen von Osten nach Westen lenkte, sang ich und spielte, versuchte, meine steifen Finger wieder geschmeidig zu machen, streckte Hände und Gelenke, während ich die Tonleiter trällerte. Da es ziemlich unangenehm war, vor den eigenen Schülern zu üben, musste ich vor ihrem Eintreffen eingespielt sein. Und so kam es, dass schon Zwielicht in meiner Höhle herrschte und bereits die stummen, schwarzen Schatten der Fledermäuse herumhuschten, die irgendwo tiefer im Berg ihre Ruhe suchten, ehe ich aufhörte zu spielen und zu singen – unsagbar müde, frierend, hungrig und obendrein schlecht gelaunt.

Peleus und Telamon kamen am Mittag. Sie saßen beide im Königswagen, gefolgt von einem weiteren Gefährt und einem rumpelnden Ochsenkarren. Ich ging ihnen auf der Straße entgegen und blieb mit gesenktem Kopf stehen. Es war Jahre her, dass ich den König gesehen hatte, und noch länger war ich Telamon nicht begegnet. Meine Stimmung hob sich, als ich sie näher kommen sah. Ja, sie waren Könige, diese Männer strahlten Kraft und Entschlossenheit aus. Peleus war so groß, Telamon so schlank wie immer. Beide hatten ihre Sorgen dahinschwinden sehen, wenn auch erst nach langen Zeiten voller Streit und Krieg. Und die Schmiede des Schicksals hatten in ihren Herzen unauslöschliche Spuren hinterlassen. Das Gold ihrer Haare erstarb allmählich, um dem Silber Platz zu machen, aber an ihren robusten Körpern und in ihren harten, ernsten Gesichtern konnte ich kein Zeichen des Verfalls entdecken.

Peleus stieg als erster aus und kam auf mich zu, bevor ich noch zurückweichen konnte; ich verspürte eine Gänsehaut, als er mich liebenswürdig umarmte, doch dann schmolz meine Abneigung unter seiner warmen Herzlichkeit.

»Früher oder später, Chiron, erreicht man wohl einen Punkt, an dem man aufhört, älter auszusehen. Geht es dir gut?«

»Alles in allem, Herr, sehr gut.«

Wir schlenderten ein wenig von den anderen fort. Ich warf Peleus einen herausfordernden Blick zu.

»Wie könnt Ihr mich bitten, wieder zu unterrichten, Herr? Habe ich nicht genug getan? Gibt es denn niemanden sonst, der mit Euren Söhnen umgehen könnte?«

»Chiron, niemand ist besser als du.« Während er auf mich herabblickte, ergriff Peleus meinen Arm. »Du kannst dir doch sicher vorstellen, wie viel Achilles mir bedeutet. Er ist mein einziger Sohn, es wird keine weiteren geben. Wenn ich tot bin, muss er beide Throne besteigen, also muss er erzogen werden. Ich kann vieles selbst in die Hand nehmen, aber nicht ohne eine solide Grundlage. Nur du kannst sie schaffen, Chiron, und das weißt du auch. Erbkönige haben in Griechenland einen prekären Stand. Es gibt immer Konkurrenten, die nur auf eine günstige Gelegenheit warten.« Er seufzte. »Und außerdem liebe ich Achilles mehr als mein Leben. Wie kann ich ihm die Ausbildung verweigern, die mir zuteil wurde?«

»Das klingt, als würdet Ihr den Jungen verzärteln.«

»Nein, ich glaube, er lässt sich nicht verderben.«

»Ich will diese Aufgabe nicht übernehmen, Peleus.«

Stirnrunzelnd wandte er den Kopf zur Seite. »Es ist töricht, ein totes Pferd zu schlagen, aber willst du dir die Jungen nicht zumindest einmal ansehen? Du könntest deine Meinung ändern.«

»Nicht eimal für einen neuen Herakles oder Peleus, Herr. Aber wenn Ihr es wünscht, schaue ich sie mir an.«

Peleus drehte sich um und winkte zwei Burschen heran, die neben dem zweiten Gefährt standen. Langsam kamen sie einer hinter dem andern näher; den hinteren der beiden konnte ich nicht erkennen. Kein Wunder: Der Knabe vor ihm zog wirklich den Blick auf sich. Dennoch war ich enttäuscht. War das Achilles, der geliebte einzige Sohn? Nein, bestimmt nicht. Das musste Ajax sein; für Achilles schien er mir zu alt. Vierzehn? Dreizehn? Er hatte schon die Statur eines Mannes, besaß lange Arme und muskulöse Schultern. Kein übel aussehender Bursche, aber auch nicht außergewöhnlich. Nur ein aufgeschossener Jüngling mit einer leichten

Stupsnase und gleichgültigen grauen Augen, in denen kein Funke von wirklicher Intelligenz leuchtete.

»Das ist Ajax«, sagte Telamon stolz. »Er ist erst zehn, obwohl er viel älter aussieht.«

Ich winkte Ajax beiseite.

»Ist das Achilles?« Meine Stimme klang gepresst.

»Ja«, sagte Peleus bemüht beiläufig. »Er ist auch groß für sein Alter. An seinem letzten Geburtstag ist er sechs geworden.«

Meine Kehle fühlte sich trocken an. Ich schluckte. Schon jetzt besaß er eine ganz eigene Ausstrahlung, einen Zauber, den er unbewusst einsetzte, um sich die Menschen geneigt zu machen. Er war nicht so stämmig wie sein Vetter Ajax, aber doch auch ein großer, gutgebauter Junge. Für sein Alter stand er sehr selbstbewusst da, das Gewicht auf das eine Bein verlagert, das andere anmutig ein kleines Stück davorgesetzt; seine Arme hingen locker, aber nicht ungelenk herab. Er wirkte unbewusst königlich und schien aus purem Gold zu bestehen, mit Haaren wie Helios' Strahlen, geschwungenen Brauen wie gelbe Kristalle und einer Haut wie poliertes Edelmetall. Er war sehr schön, bis auf den lippenlosen Mund: schmal wie ein Schlitz und zugleich so herzerweichend traurig und entschlossen, dass er mich dauerte. Ernst sah er mich aus Augen an, die – gelb und umwölkt – die Farbe des späten Morgens hatten; Augen, die erfüllt waren von Neugier, Schmerz, Kummer, Erstaunen und Intelligenz.

Ich schrieb sieben von meinem schwindenden Vorrat an Jahren ab, als ich mich sagen hörte: »Ich werde sie unterrichten.«

Peleus strahlte, und Telamon umarmte mich; sie waren ihrer Sache nicht sicher gewesen.

»Wir können nicht länger bleiben«, sagte Peleus. »In dem Karren ist alles, was die Jungen brauchen, und ich habe Bedienstete mitgebracht, die dir zur Hand gehen werden. Steht das alte Haus noch?«

Ich nickte.

»Dann können die Diener es als Unterkunft benutzen. Sie haben Befehl, dir aufs Wort zu gehorchen. Du sprichst in meinem Namen.«

Kurz darauf fuhren sie davon.

Während die Sklaven mit dem Entladen des Karrens beschäftigt waren, ging ich zu den Knaben. Ajax stand wie ein Berg da; träge und gefügig, mit blanken Augen. Seinem Dickschädel würde man erst mal ein paar kräftige Schläge verpassen müssen, bevor der Geist darin sich seiner richtigen Funktion bewusst wurde. Achilles sah immer noch die Straße hinunter seinem Vater nach; in seinen Augen schimmerten unvergossene Tränen. Dieser Abschied war für ihn von großer Bedeutung.

»Kommt mit, ihr beiden. Ich bringe euch in euer neues Heim.«

Stumm folgten sie, als ich sie zu meiner Höhle führte und ihnen zeigte, wie gemütlich so ein merkwürdiger Wohnort sein konnte. Ich wies sie auf die weichen Felle hin, auf denen sie schlafen würden, zeigte ihnen den Teil des Hauptraums, in dem sie mit mir sitzen und lernen würden. Dann ging ich mit ihnen an den Rand des Felsvorsprungs und setzte mich in meinen Stuhl; sie blieben rechts und links von mir stehen.

»Freut ihr euch auf den Unterricht?«, fragte ich, mehr zu Achilles als zu Ajax gewandt.

»Ja, mein Herr«, antwortete Achilles höflich; sein Vater hatte ihm zumindest schon gute Manieren beigebracht.

»Ich heiße Chiron. Und so werdet ihr mich nennen.«

»Ja, Chiron. Vater sagt, ich soll mich darauf freuen.«

Ich richtete mein Wort an Ajax. »Auf einem Tisch in der Höhle findest du eine Leier. Bring sie mir – und pass auf, dass du sie nicht fallen lässt.«

Der schwerfällige Bursche sah mich ohne gekränkt zu sein an. »Ich lasse nie etwas fallen«, stellte er sachlich fest.

Ich hob die Brauen und erlaubte mir ein kleines amüsiertes Zwinkern, aber das vermochte in den grauen Augen von Telamons Sohn keine Reaktion hervorzurufen. Stattdessen tat er wie ihm geheißen, wie ein guter Soldat, der ohne zu fragen jeden Befehl ausführt. Das war das Beste, was ich für Ajax tun konnte, überlegte ich. Aus ihm einen perfekten Soldaten, voller Kraft und Wendigkeit, zu formen. In den Augen von Achilles hingegen entdeckte ich, dass ihm meine kleine Geste der Heiterkeit nicht entgangen war.

»Ajax wird Euch immer genau beim Wort nehmen«, sagte er in

jener angenehmen, festen und gemessenen Stimme, die ich schon jetzt so gern vernahm. Er streckte die Hand aus, um auf die Stadt weit unten zu weisen. »Iolkos?«

»Ja.«

»Dann muss das dort auf dem Hügel der Palast sein. Wie klein er von hier oben aussieht! Ich dachte immer, der Pelion würde hinter ihm verschwinden, aber vom Pelion aus ist er bloß ein gewöhnliches Haus.«

»Das sind alle Paläste, wenn du dich weit genug von ihnen entfernst.«

»Ja, das wird mir jetzt klar.«

»Du vermisst schon deinen Vater.«

»Ich dachte, ich müsste weinen, aber das ist vorbei.«

»Im Frühjahr wirst du ihn wieder sehen, und die Zeit bis dahin wird wie im Flug vergehen. Und du wirst keine Gelegenheit zum Müßiggang haben, denn daraus erwachsen Unzufriedenheit, Zwietracht, Boshaftigkeit und Übermut.«

Er holte tief Luft.

»Was muss ich lernen, Chiron? Was muss ich wissen, um ein großer König zu werden?«

»Zu viel, um es einzeln aufzuzählen, Achilles. Ein großer König ist eine Quelle des Wissens. Jeder König ist ein Anführer, aber ein großer König weiß, dass er der Vertreter seines Volkes vor Gott ist.«

»Dann kann ich mit dem Lernen gar nicht früh genug beginnen.«

Ajax kam mit der Leier in der Hand zurück, hielt sie sorgfältig über dem Boden. Es war ein großes Instrument, das eher einer Harfe, wie sie die Ägypter spielen, ähnelte. Es bestand aus dem riesigen Panzer einer Schildkröte, glänzte in allen Braun- und Bernsteintönen und hatte goldene Wirbel. Ich legte die Leier über meine Knie und strich so federleicht über die Saiten, dass nur ein hübscher Klang entstand, aber keine Melodie.

»Ihr müsst die Leier spielen können und die Lieder eurer Völker kennen. Die größte Sünde ist, unkultiviert und ungeschlacht zu erscheinen. Ihr werdet die Geschichte und die Geografie der Welt auswendig lernen, all die Wunder der Natur kennen lernen und die Schätze im Schoß von Mutter Kubaba, die unsere Erde ist. Ich werde euch beibringen, wie man jagt, tötet, wie man mit Waffen kämpft und sich seine eigenen herstellt. Ich werde euch die Kräuter zeigen, mit denen man Krankheiten und Wunden heilen kann, und euch lehren, wie man aus ihnen Medizin macht, und ich werde euch beibringen, gebrochene Glieder zu schienen. Ein großer König legt mehr Wert auf das Leben als auf den Tod.«

»Auch Redekunst?«, fragte Achilles.

»Ja, natürlich. Wenn wir fertig sind, wird eure Beredsamkeit euren Zuhörern vor Schmerz oder Freude das Herz in der Brust zusammenziehen. Und ich werde euch lehren, Menschen zu beurteilen, Gesetze zu beschließen und sie zu annullieren. Ich werde euch lehren, was die Götter von euch erwarten, denn ihr seid Auserwählte.« Ich lächelte. »Und das ist erst der Anfang.«

Jetzt nahm ich die Leier, stellte sie auf den Boden und legte die Hände über die Saiten. Ein paar Augenblicke spielte ich nur. Allmählich gewannen die Töne an Kraft, und dann, als der letzte Akkord in der Stille verklang, begann ich zu singen.

»Er war allein, umgeben von Feindseligkeit.
Königin Hera breitete düster die Hände aus,
Und der Olymp schüttelte sein goldenes Gebälk,
Als sie ruhelos sich umwandte, um ihn zu beobachten.
Unversöhnlich ihr göttlicher Zorn! König Zeus
In allen seinen Himmeln war machtlos,
Denn versprochen hatte er der ruhmreichen Hera
Ächzende Knechtschaft für seinen Sohn auf Erden.
Eurystheus, ihr kalter und herzloser Günstling,
Lächelte, als er die Rinnen zählte
Vom Schweiß, mit dem Herakles zahlte.
Denn die Kinder der Götter müssen büßen,
Weil die Götter selbst erhaben sind über Vergeltung,
Und das unterscheidet die Menschen
Von den Göttern, die sie zu ihrer Beute machen.
Bastard, der er war, ohne jenen Tropfen Götterblut,

Nahm Herakles den Preis der Leidenschaft auf sich.
Voll Qual und Pein beglich er ihn,
Während Hera lachend zusah, wie Zeus weinte ...«

Es war das Lied des Herakles, das auch nach so vielen Jahren noch in mir lebendig war; und während ich sang, beobachtete ich die beiden Knaben. Ajax lauschte aufmerksam, aber Achilles hatte sich gespannt vorgebeugt, das Kinn auf die Hände gestützt, beide Ellbogen auf eine Lehne meines Stuhls gelegt, und seine Augen waren nur eine Hand breit von meinem Gesicht entfernt. Als ich die Leier schließlich weglegte, ließ er die Hände mit einem erschöpften Seufzer sinken.

So begann es, und so ging es weiter, während die Jahre dahinflossen. Achilles stürmte in allem voran, während Ajax gewissenhaft seine Aufgaben erfüllte. Doch Telamons Sohn war kein Narr. Er besaß einen Mut und eine Entschlossenheit, um die ihn jeder König beneiden konnte, und es gelang ihm stets, bei allem mitzuhalten. Aber Achilles war mein Knabe, meine Freude. Was immer ich ihm erzählte, er sog es begierig in sich auf – damit er es, wie er lächelnd zu sagen pflegte, benutzen konnte, wenn er ein großer König war. Er genoss es zu lernen und war auf allen Gebieten hervorragend; konnte die Hände ebenso gut gebrauchen wie den Verstand. Noch jetzt besitze ich einige seiner Tonkrüge und kleinen Zeichnungen.

Aber bei aller Wissbegier – Achilles war geboren, um zu handeln, Kriege zu führen und große Taten zu vollbringen. Selbst körperlich überflügelte er seinen Vetter, denn er war behände wie Quecksilber und sorgte sich um seine Waffen wie eine habgierige Frau um ihren Schmuck. Sein Speer verfehlte niemals das Ziel, und mit dem Schwert war er so schnell, dass ich ihm kaum folgen konnte. Wusch, zisch, zack. O ja, er war geboren, um zu befehlen! Mühelos, instinktiv begriff er das Kriegshandwerk. Jäger, der er war, kam er manchmal mit einem Eber im Schlepptau zurück zu meiner Höhle, der zu schwer war, als dass er ihn tragen konnte; und er war auch in der Lage, eigenhändig einen Hirsch zu erlegen.

Nur einmal sah ich, wie er in Schwierigkeiten geriet, als er seiner Beute mit aller Kraft nachsetzte und dabei so schwer stürzte, dass er einige Zeit brauchte, um wieder zu Sinnen zu kommen. Sein rechter Fuß, so erklärte er, habe versagt.

Ajax konnte gelegentlich außerordentlich zornig werden, doch Achilles habe ich nie seinen Gleichmut verlieren sehen. Obwohl er weder schüchtern noch in sich gekehrt war, besaß er eine innere Ruhe und Zurückhaltung. Ein Krieger mit Verstand. Höchst selten. Nur in einer Beziehung verriet der schmale Mund, dass es auch eine andere Seite seines Wesens gab: Wenn er etwas für nicht angemessen hielt, konnte er so kalt und unnachgiebig sein wie der Nordwind, der Schnee mit sich bringt.

Ich genoss diese sieben Jahre mehr als mein ganzes übriges Leben, nicht nur dank Achilles, sondern auch dank Ajax. Die Unterschiede zwischen den beiden Vettern waren so ausgeprägt und ihre Fähigkeiten zugleich so überragend, dass es für mich eine mit viel Liebe erfüllte Pflicht wurde, aus ihnen Männer zu machen. Von allen Knaben, die ich unterrichtet habe, liebte ich Achilles am meisten. Als er schließlich für immer fortging, weinte ich, und viele Monde plagte mich Lebensüberdruss wie eine Mücke, die mich so beharrlich heimsuchte wie jene, die einst Io quälte. Es dauerte lange, ehe ich wieder von meinem Stuhl aufsehen und den goldenen Schmuck am Dach des Palastes von Iolkos betrachten konnte, ohne dass ein Schleier vor meine Augen trat, in dem sich das Gold und die Dachziegel auflösten wie Erz in einem Schmelztiegel.

KAPITEL 4

ERZÄHLT VON
HELENA

Xanthippe lieferte mir einen harten Kampf; keuchend und erschöpft ging ich vom Feld. Wir hatten ein großes Publikum angezogen, und ich schenkte dem Kreis bewundernder Gesichter mein strahlendstes Lächeln. Niemand gefiel es, Xanthippe zum Erfolg zu gratulieren; sie waren gekommen, um *mich* zu sehen. Sie drängten sich um mich, sangen Loblieder auf mich, nutzten jeden Vorwand, um meine Hand oder meine Schulter zu berühren; und ein paar besonders Wagemutige boten mir scherzhaft an, jederzeit zu einem Ringkampf gegen mich anzutreten. Es kostete mich keine Mühe, ihre albernen Bemerkungen zu parieren, grob und dumm, wie sie waren.

Ich war immer noch ein Kind, doch ihre Blicke leugneten das; ihre Augen erzählten mir Dinge, die ich alle schon wusste, denn in meinen Gemächern gab es Spiegel aus poliertem Kupfer, und ich hatte schließlich auch Augen im Kopf. Obwohl sie alle Edle vom Hof waren, spielte keiner von ihnen irgendeine wichtige Rolle. Ich schüttelte sie ab wie Wassertropfen nach dem Bad, griff mir ein Handtuch von meiner Dienerin und wand es mir unter allgemeinem Protestgemurmel um meine bloßen Glieder.

Dann sah ich meinen Vater hinten in der Menge. *Vater* hatte zugesehen? Wie ungewöhnlich! Er war nie dabei, wenn Frauen ihre Parodien auf den Männersport aufführten! Meine Miene veranlasste einige der Edlen, sich umzudrehen; im Nu waren sie alle verschwunden. Ich ging zu meinem Vater und küsste ihn auf die Wange.

»Hast du immer ein so begeistertes Publikum, Kind?«, erkundigte er sich mit einem Stirnrunzeln.

»Ja, Vater«, sagte ich stolz. »Man bewundert mich sehr.«

»Offensichtlich. Ich werde wohl alt, dass ich nicht mehr alles so genau sehe. Gott sei Dank ist dein älterer Bruder weder alt noch blind. Er hat mir heute Morgen geraten, dass es vielleicht ganz ratsam sein könnte, einmal beim Frauensport vorbeizuschauen.«

Ich war empört. »Warum meint Kastor sich um mich kümmern zu müssen?«

»Es stünde schlecht um uns, wenn er es nicht täte.«

Wir erreichten die Tür zum Thronsaal.

»Wasch dir den Schmutz ab, Helena, zieh dich an, und dann kommst du wieder zu mir.«

Sein Gesicht verriet mir nichts, mit einem Schulterzucken rannte ich davon.

Neste wartete auf mich in meinen Gemächern. Sie war besorgt und schalt mit mir. Ich ließ sie mich ausziehen und freute mich auf das bevorstehende Bad, das Kratzen der Bürste auf meiner Haut. Während sie vor sich hinplapperte, warf sie das Handtuch in eine Ecke und öffnete die Träger meines Leinenkleides. Aber ich hörte gar nicht zu, hüpfte über den kalten Fliesenboden, sprang ins Bad und plantschte fröhlich herum. Was für ein herrliches Gefühl, als das Wasser mich umfing, liebkoste und obendrein trübe genug war, um mich selber streicheln zu können, ohne dass Nestes runde Augen es bemerkten. Und wie wunderbar, danach von ihr mit einem duftenden Öl eingerieben zu werden. Es konnte gar nicht genug Augenblicke am Tag geben, um sich zu liebkosen und einzusalben, sich all diese kleinen Erregungen zu gönnen, von denen Mädchen wie Xanthippe nicht annähernd so viel zu halten schienen wie ich. Vielleicht lag es daran, dass sie nicht wie ich einen Theseus gehabt hatten, der es ihnen beibrachte.

Eine meiner anderen Dienerinnen legte meinen Rock im Kreis auf den Boden, sodass ich in ihn hineinsteigen konnte. Sie zogen ihn hoch über meine Beine und befestigten ihn um meine Taille. Er war schwer, aber daran hatte ich mich inzwischen gewöhnt, denn seit meiner Rückkehr aus Athen vor zwei Jahren hatte ich ständig Frauenröcke getragen. Meine Mutter hatte es lächerlich gefunden, mich wieder in Kinderkleidung zu stecken.

Jetzt kamen die Bluse, die unter meinen Brüsten zusammengebunden wurde, der breite Gürtel und die Schürze, die nur geschnürt werden konnte, während ich die Luft anhielt. Eine Frau steckte meine Locken durch die Öffnung in dem goldenen Krönchen, eine andere befestigte ein hübsches Paar Kristallanhänger in meinen Ohrläppchen. Ich streckte meine bloßen Füße aus und ließ sie alle meine Zehen mit kleinen Ringen und Glöckchen schmücken, dann kamen die Arme für Dutzende klimpernder Reifen an die Reihe und danach die Finger für Ringe.

Als sie schließlich fertig waren, stellte ich mich vor den größten Spiegel und betrachtete mich kritisch. Der Rock war der hübscheste, den ich besaß. Er war von der Taille bis zu den Knöcheln mit Rüschen und Fransen besetzt; Kristall- und Bernsteinperlen, Amulette aus Lapislazuli und gehämmertem Gold, goldene Glöckchen und Fayenceanhänger beschwerten ihn, sodass jede Bewegung, die ich machte, von Musik begleitet wurde. Mein Gürtel war noch nicht eng genug gezogen; zwei kräftige Frauen mussten noch einmal an ihm zerren.

»Warum kann ich meine Brustwarzen nicht golden anmalen, Neste?«, fragte ich.

»Da müsst Ihr Euch nicht bei mir beschweren. Fragt Eure Mutter. Aber hebt Euch solche Finessen dafür auf, wenn Ihr sie braucht – wenn Ihr geboren habt und Eure Brustwarzen dunkelbraun geworden sind.«

Ich beschloss, dass sie wohl Recht hatte. Zumal ich zu den Glücklichen zählte, deren Brustwarzen wie zartrosa Knospen aussahen, und meine Brüste waren straff und voll.

Was hatte Theseus gesagt? Wie zwei pummelige Hündchen mit rosa Näschen. Meine Stimmung änderte sich, kaum dass ich an ihn dachte; mit einem Flittergeklingel flüchtete ich vor meinem Ebenbild. Theseus, mein geliebter Theseus. Sein Mund, seine Hände, wie er meinen Körper gereizt hatte, bis er raste, um befriedigt zu werden… Dann waren sie gekommen und hatten mich weggeschleppt, meine ehrenwerten Brüder Kastor und Polydeukes. Wenn er doch nur in Athen gewesen wäre, als sie eintrafen! Aber er war weit fort bei König Lykomedes auf Skyros gewesen, und kein anderer hatte es gewagt, den Söhnen von Tyndareus Einhalt zu gebieten.

Ich erlaubte meinen Frauen, eine Linie aus aufgelöstem schwarzen Pulver um meine Augen zu ziehen und die Lider golden anzumalen, aber Rot für meine Wangen und Lippen lehnte ich ab. Das brauchte ich nicht, hatte Theseus gesagt. Dann ging ich hinunter in den Thronsaal, wo mein Vater in einem Lehnstuhl am Fenster saß. Er stand sofort auf.

»Komm hierher ins Licht!«, befahl er mir.

Ich gehorchte ohne Widerrede; er war zwar mein nachsichtiger Vater, aber er war auch der König. Während ich in der grellen Sonne stand, machte er ein paar Schritte zurück und musterte mich, als habe er mich noch nie gesehen.

»O ja, Theseus hatte ein schärferes Auge als jeder andere Lakedaimon! Deine Mutter hat Recht, du bist erwachsen geworden. Also müssen wir etwas mit dir unternehmen, bevor ein weiterer Theseus auftaucht.«

Mein Gesicht brannte. Ich sagte nichts.

»Es ist Zeit, dass du heiratest, Helena.« Er dachte einen Augenblick nach. »Wie alt bist du?«

»Vierzehn, Vater.« Heiraten! Wie interessant!

»Das ist nicht zu früh«, bemerkte er.

Meine Mutter kam herein. Ich wich ihrem Blick aus und fühlte mich ganz eigenartig, wie ich so vor meinem Vater stand, während er mich mit den Augen eines Mannes betrachtete. Sie trat an die Seite ihres Gatten, um mich ebenfalls prüfend anzusehen. Dann tauschten sie einen langen, bedeutungsvollen Blick.

»Ich habe es dir gesagt, Tyndareus«, erklärte sie.

»Ja, Leda, sie braucht einen Ehemann.«

Meine Mutter lachte ihr hohes, melodisches Lachen, das – wie man sich erzählte – den Allmächtigen Zeus so bezaubert hatte. Sie war etwa in meinem Alter gewesen, als man sie nackt auf einem großen Schwan entdeckt hatte, seufzend und klagend; denn sie begriff schnell. Zeus, Zeus, der Schwan ist Zeus, er hat mich geschändet! Aber ich, ihre Tochter, wusste es besser. Wie sich wohl diese herrlichen weißen Federn anfühlten? Ihr Vater hatte sie drei

Tage später an Tyndareus verheiratet, und sie hatte ihm zweimal Zwillinge geboren: zunächst Kastor und Klytämnestra und einige Jahre später Polydeukes und mich. Obwohl inzwischen alle anzunehmen schienen, Kastor und Polydeukes gehörten zusammen. Oder dass wir alle zusammen als Vierlinge auf die Welt gekommen waren. Wenn das so war, wer stammte dann von Zeus und wer von Tyndareus? Ein Geheimnis.

»Die Frauen meines Hauses wachsen schnell heran und leiden viel«, sagte meine Mutter Leda immer noch lachend.

Mein Vater lachte nicht. Er sagte nur ziemlich mürrisch »Ja«.

»Es sollte nicht schwer sein, einen Mann für sie zu finden. Wahrscheinlich musst du sie eher mit einem Knüppel abwehren, Tyndareus.«

»Nun ja, sie ist hochwohlgeboren und bekommt eine ordentliche Mitgift.«

»Unsinn! Sie ist so hübsch, dass es gar keine Rolle spielt, ob sie eine Aussteuer erhält. Der König von Attika hat uns einen Gefallen getan – von Thessalien bis Kreta hat er ihre Schönheit gepriesen. Es kommt nicht alle Tage vor, dass ein so betagter und abgeklärter Mann wie Theseus sich derartig vernarrt und ein zwölfjähriges Kind entführt.«

Mein Vater presste die Lippen zusammen. »Ich wäre dir dankbar, *jenes* Subjekt nicht zu erwähnen«, sagte er steif.

»Ein Jammer, dass sie schöner als Klytämnestra ist.«

»Klytämnestra passt zu Agamemnon.«

»Dann ist es ein Jammer, dass es nicht zwei Könige von Mykene gibt.«

»Es gibt noch drei andere Könige in Griechenland«, entgegnete er mit selbstsüchtig-berechnendem Blick.

Verstohlen bewegte ich mich aus dem Licht; ich wollte nicht, dass man wieder auf mich aufmerksam wurde und mich womöglich fortschickte. Das Thema – ich selbst – war zu interessant. Ich liebte es, wenn man sagte, dass ich hübsch sei, und vor allem gefiel es mir, wenn man kundtat, dass ich hübscher als Klytämnestra sei, meine ältere Schwester, die Agamemnon, den König von Mykene, geheiratet hatte. Obwohl ich sie nie gemocht hatte, pflegte sie mich als kleines Kind doch zu beeindrucken, wenn sie in einer ihrer berüchtigten Launen durch die Hallen stürmte, mit blitzenden Augen und vor Wut abstehenden Flammenhaaren. Ich lachte in mich hinein. Was für fröhliche Tänze sie ihrem Gatten wohl bei ihren Ausbrüchen aufführte, König hin oder her! Agamemnon sah allerdings so aus, als könne er sie im Zaum halten. Er war mindestens so beherrschend wie Klytämnestra.

Meine Eltern besprachen meine Heirat.

»Am besten schicke ich Herolde zu allen Königen«, meinte mein Vater.

»Ja – und je eher, desto besser. Obwohl die neue Religion Polygamie ablehnt, haben viele Könige noch keine Gemahlin. Idomeneus zum Beispiel. Stell dir vor! Eine Tochter auf dem Thron von Mykene, die andere auf dem von Kreta. Was für ein Triumph!«

Mein Vater hatte Einwände. »Kreta ist nicht mehr so mächtig, wie es einmal war. Die beiden Positionen kann man nicht miteinander vergleichen.«

»Philoktetes?«

»Ja, ein glänzender Mann, der noch Großes vor sich hat, wie man hört. Er ist allerdings König in Thessalien, was bedeutet, dass er sowohl Peleus als auch Agamemnon Respekt schuldet. Ich halte mehr von Diomedes, der gerade vom Theben-Feldzug zurückgekehrt ist und in Ruhm und Reichtum schwelgt. Und außerdem liegt Argos ganz nahe. Wenn Peleus jünger wäre, würde meine Wahl sofort auf ihn fallen, aber er weigert sich ja, wie man hört, wieder zu heiraten.«

»Mit denen, die nicht zu kriegen sind, müssen wir uns nicht aufhalten«, sagte meine Mutter rasch. »Da ist immer noch Menelaos.«

»*Den* habe ich nicht vergessen. Wie könnte ich auch?«

»Schick an alle Einladungen, Tyndareus. Es gibt genug Thronerben und Könige. Odysseus ist jetzt König in Ithaka, da der alte Laertes senil geworden ist. Und Menestheus sitzt in Attika viel fester auf dem Thron als Theseus je zuvor – wir können den Göttern danken, dass wir mit Theseus nichts mehr zu tun haben.«

Ich trat näher. »Was heißt das?«, fragte ich und spürte, wie ich eine Gänsehaut bekam. Insgeheim hatte ich gehofft, dass Theseus kommen und mich als seine Braut heimführen würde. Seit meiner Rückkehr aus Athen war sein Name nie mehr erwähnt worden.

Meine Mutter nahm meine Hände fest in ihre. »Also, es ist am besten, du erfährst es von uns. Theseus ist tot, er wurde auf Skyros erschlagen.«

Ich entwand mich ihr und rannte aus dem Raum. Meine Träume waren zu Asche zerfallen. Tot? Theseus *tot*? Theseus war tot, und ein Teil von mir erstarb für immer.

Zwei Monde später kam mein Schwager Agamemnon mit seinem Bruder Menelaos im Gefolge. Als sie den Thronsaal betraten, durfte ich dabei sein – ein neues Erlebnis für mich, das mir Spaß machte; plötzlich war ich diejenige, die im Mittelpunkt stand. Vom Löwentor waren Boten gekommen, um uns vorzuwarnen, und so wurden der König von Mykene und ganz Griechenland mit Fanfarenklängen empfangen, und für seine königlichen Füße war ein goldener Teppich ausgerollt worden.

Ich wusste nie, ob er mir nun gefiel oder nicht, doch ich konnte verstehen, dass er Ehrfurcht einflößte. Groß, aufrecht und diszipliniert wie ein Soldat schritt er einher, als gehöre ihm die Welt. Sein tiefschwarzes Haar war kaum von Grau durchzogen, die dunklen, scharfen Augen konnten bedrohlich aussehen. Er hatte eine schmale Hakennase, und seine dünnen Lippen waren stets verächtlich herabgezogen.

So dunkle Männer waren ungewöhnlich in Griechenland, wo es überwiegend große, blonde Menschen gab, aber anstatt sich dessen zu schämen, prahlte Agamemnon damit. Obwohl es üblich war, das Kinn glatt zu rasieren, trug er einen dunklen, lockigen Bart, den er mit Goldbändern in Form hielt, und so ähnlich verfuhr er mit seinem Haar. Gekleidet war er in ein langes Gewand aus purpurner Wolle, das von einem komplizierten Muster aus Goldfäden durchwoben war, und in der rechten Hand hielt er das Herrscherzepter aus purem Gold, das er so mühelos schwenkte, als sei es aus Kreide.

Mein Vater stieg von seinem Thron herab und kniete nieder, um ihm die Hand zu küssen und damit jene Ehre zu erweisen, die alle griechischen Könige dem Herrscher von Mykene schuldeten. Meine Mutter trat vor, um es ihm gleichzutun. Für den Augenblick ignorierte man mich, was mir Gelegenheit gab, meinen zukünftigen Freier Menelaos in Augenschein zu nehmen. Irgendwie hatte ich die Vorstellung entwickelt, ein Abbild von Agamemnon zu heiraten, aber dieser Mann war kein Agamemnon. War er wirklich ein leiblicher Bruder des Königs von Mykene, ein Sohn des Atreus und aus demselben Schoß? Es schien unmöglich. Er war klein. Stämmig. Mit Beinen so dick und unförmig, dass sie albern aussahen in den engen Hosen, die er so gerne trug. Runde hängende Schultern. Ein sanfter, schüchterner Mann von gewöhnlichem Aussehen. Seine Haare waren allerdings genauso flammend rot wie die meiner Schwester. Ich wäre vielleicht ein wenig mehr von ihm eingenommen gewesen, wenn seine Haare eine andere Farbe gehabt hätten.

Mein Vater winkte mich herbei. Ich stolperte vorwärts und streckte die Hand aus. Der königliche Besucher lenkte sein Augenmerk auf mich und schenkte mir einen ebenso leidenschaftlichen wie bewundernden Blick. Zum ersten Mal machte ich eine Erfahrung, die mir in den nächsten Tagen sehr vertraut werden sollte: Ich war nicht mehr und nicht weniger als eine Art Gut, das auf einer Auktion vom Höchstbietenden ersteigert wurde.

»Sie ist vollkommen«, sagte Agamemnon zu meinem Vater. »Wie gelingt es Euch nur, so hübsche Kinder zu zeugen, Tyndareus?«

Mein Vater lachte und legte den Arm um die Taille meiner Mutter. »Ich bin nur eine Hälfte davon, Euer Ehren«, sagte er.

Dann wandten sie sich ab, damit ich mich Menelaos zuwenden konnte, aber zuvor hörte ich noch die letzte Frage, die Agamemnon stellte.

»Wie war das nun wirklich, diese Sache mit Theseus?«, erkundigte er sich.

»Er entführte sie, Agamemnon«, beeilte meine Mutter sich zu antworten. »Glücklicherweise war das für die Athener der Tropfen, der das Fass zum Überlaufen brachte, und sie vertrieben ihn, bevor er sie entjungfern konnte. Kastor und Polydeukes brachten sie unberührt zurück.«

Lügner! Lügner!

Menelaos starrte mich an; ich blickte stolz drein.

»Ihr seid noch nie in Amyklai gewesen?«, fragte ich.

Er murmelte etwas und ließ den Kopf hängen.

»Wie bitte?«, fuhr ich fort.

»Nei-ei-ei-ein«, brachte er hervor.

Er stotterte!

Die Freier versammelten sich. Menelaos war der einzige, der im Palast residieren durfte, dank seiner Verwandtschaft mit unserer Familie – und dank der Stellung seines Bruders. Die anderen wurden bei Angehörigen des Hofs und in Gästehäusern untergebracht. Es waren an die Hundert, und die erfreulichste Entdeckung, die ich machte, war die, dass keiner so langweilig oder unattraktiv war wie der stotternde, rothaarige Menelaos.

Philoktetes und Idomeneus reisten zusammen an: Der große Philoktetes mit seinem goldfarbenen Haar barst fast vor Energie, während der hagere Idomeneus mit der Arroganz eines Menschen herumstolzierte, der zum Geschlecht des Minos gehörte und nach Katreus König von Kreta werden sollte.

Als Diomedes eintraf, lernte ich den Besten von allen kennen. Ein wirklicher König und Krieger. Er verbreitete die gleiche Art von Weltläufigkeit, wie Theseus sie besaß, allerdings war er so dunkel, wie Theseus hell gewesen war – so dunkel wie Agamemnon. *Und hübsch!* Groß und geschmeidig, wie ein schwarzer Panther. Seine Augen blitzten vor Übermut, sein Mund schien ständig zu lachen. Ich wusste vom ersten Augenblick an, dass ich ihn nehmen würde. Als er mich ansprach, verzauberte mich sein Blick, eine Welle des Begehrens durchflutete mich, mein Schoß schmerzte. Ja, ich würde auf jeden Fall König Diomedes aus Argos-um-die-Ecke nehmen.

Sobald der letzte Freier angekommen war, veranstaltete mein Vater ein großes Fest. Ich saß auf dem Podium wie eine Königin und tat so, als würde ich die Blicke, die mir aus hundert glutvollen Augenpaaren zuflogen, nicht bemerken. Aber ich wagte es, manchmal mit flatternden Lidern zu Diomedes hinzuschauen. Der allerdings wandte seine Aufmerksamkeit plötzlich einem Mann zu, der sich einen Weg durch die Reihen bahnte und dessen Ankunft von einigen mit Jubel, von anderen mit Murren begleitet wurde. Diomedes eilte auf ihn zu, riss den Fremden herum und umarmte ihn heftig. Sie wechselten rasch ein paar Worte, dann klopfte der Fremde Diomedes auf die Schulter und setzte seinen Weg zum Podium fort, um dort meinen Vater und Agamemnon zu begrüßen, die beide aufgestanden waren. *Agamemnon* war aufgestanden? Der König von Mykene erhob sich vor niemandem!

Aber der Neuankömmling war anders als die anderen. Ohnehin schon hochgewachsen, wäre er noch größer gewesen, wenn die Beine die richtigen Proportionen zum übrigen Körper gehabt hätten. Es waren ungewöhnlich kurze O-Beine; und sein muskulöser Rumpf schien im Gegensatz dazu viel zu groß geraten zu sein. Er hatte ein schönes Gesicht mit edlen Zügen und großen, strahlenden grauen Augen. Sein Haar war rot, das leuchtendste und wildeste Rot, das ich je gesehen hatte; das von Klytämnestra und Menelaos verblasste daneben.

Als seine Augen auf mir ruhten, spürte ich seine Kraft. Er brachte mich zum Zittern. *Wer war er nur?*

Mein Vater winkte ungeduldig einem Diener, der einen königlichen Stuhl zwischen ihn und Agamemnon rückte. *Wer war er,* dass er so geehrt wurde? Und sich so wenig aus dieser Ehre machte?

»Das ist Helena«, stellte mein Vater mich vor.

»Kein Wunder, dass sich halb Griechenland hier versammelt hat, Tyndareus«, entgegnete er fröhlich, nahm ein Stück Huhn und biss mit seinen weißen Zähnen tief hinein. »Jetzt glaube ich, was überall erzählt wird – sie *ist* die schönste Frau der Welt. Ihr werdet Eure Mühe mit dieser Bande von Heißspornen haben, wenn Ihr nur einen glücklich machen könnt und so viele enttäuschen müsst.«

Wehmütig sah Agamemnon meinen Vater an; dann lachten beide.

»Das sieht dir ähnlich, dass du das Problem schon bei deiner Ankunft auf den Punkt bringst, Odysseus«, meinte der König.

Meine Überraschung und Neugier schwand, ich kam mir wie eine Närrin vor. Natürlich, Odysseus. Wer sonst hätte es gewagt, Agamemnon wie seinesgleichen anzusprechen? Wer sonst hätte auf dem Podium einen Platz bekommen?

Ich hatte viel von ihm gehört. Wann immer von Gesetzen, Entscheidungen, neuen Steuern oder Krieg die Rede war, tauchte sein Name auf. Mein Vater hatte einmal sogar eine schreckliche Reise nach Ithaka unternommen, um seinen Rat einzuholen. Er galt als der klügste Mensch der Welt, klüger sogar noch als Nestor und Palamedes. Und er war nicht nur klug, er war auch noch weise. Kein Wunder also, dass ich mir Odysseus als ehrwürdigen alten Graubart vorgestellt hatte, gebeugt von den Mühen eines hundertjährigen Lebens und damit so alt wie König Nestor von Pylos. Wenn Agamemnon wichtige Dinge zu bereden hatte, tat er das mit Palamedes, Nestor und Odysseus, aber dessen Stimme gab meist den Ausschlag.

Was hatte man sich nicht schon alles über den Fuchs von Ithaka, wie er genannt wurde, zugeraunt. Sein Königreich bestand aus vier kleinen kargen Felsinseln vor der Westküste, ein ziemlich armes und trostloses Reich. Sein Palast war bescheiden, er war ein Bauer, denn seine Gefolgschaft konnte nicht genug Steuern eintreiben, um ihn zu unterstützen, und dennoch hatte sein Name Ithaka, Leukas, Zakynthos und Kephallenai berühmt gemacht.

Als er nach Amyklai kam und ich ihn zum ersten Mal sah, war er kaum älter als fünfundzwanzig – und hätte durchaus noch jünger sein können, wenn Weisheit denn nicht das Gesicht eines Mannes reifen ließe.

Sie plauderten weiter miteinander und hatten offensichtlich ganz vergessen, dass ich zur Linken meines Vaters saß und alles mit anhören konnte. Da sich auf meiner anderen Seite Menelaos befand, lenkte mich von dort keine Unterhaltung ab.

»Werdet Ihr um Helena anhalten, mein schlauer Freund?«

Odysseus machte ein schelmisches Gesicht. »Ihr habt mich durchschaut, Tyndareus.«

»Natürlich, aber warum? Ich hätte gedacht, dass Ihr Euch nur dann eine bezaubernde Schönheit angeln würdet, wenn sie auch eine stattliche Mitgift erhält.«

Er zog wieder ein Gesicht: »Meine Neugier – denkt an meine Neugier! Könnt Ihr Euch vorstellen, dass ich mir ein Theater wie dieses hier entgehen ließe?«

Agamemnon grinste, aber mein Vater lachte laut auf.

»Theater ist gut! Was soll ich machen, Odysseus? Seht sie Euch an! Eine Hundertschaft von Königen und Prinzen, die sich gegenseitig anknurren und zu gerne wüssten, wer denn nun der Glückliche ist – fest entschlossen, die Entscheidung, wie logisch oder politisch klug sie auch sein mag, sofort anzufechten.«

Jetzt ergriff Agamemnon das Wort. »Es ist eine Art Wettbewerb geworden. Wer wird vom König von Mykene und dessen Schwiegervater Tyndareus von Lakedaimon am meisten geschätzt? Alle wissen, dass Tyndareus meinen Rat befolgen muss! Daraus wird nach meiner Einschätzung nur dauernde Feindschaft erwachsen.«

»Absolut. Seht nur, wie Philoktetes schnaubt und den stolzen Rücken strafft. Ganz zu schweigen von Diomedes und Idomeneus. Oder Menestheus. Eurypylos. Und so weiter.«

»Was sollen wir tun?«, fragte der König.

»Ist das eine formelle Bitte um einen Rat?«

»In der Tat.«

Ich erstarrte, denn ich erkannte, welch unbedeutende Rolle ich in diesem Theater spielte. Ich wäre am liebsten in Tränen ausgebrochen. *Ich* hatte die Wahl? Nein! Die hatten *sie,* Agamemnon und mein Vater. Obwohl, wie ich jetzt begriff, Odysseus mein Schicksal in Händen hielt. Und interessierte er sich für mich? In diesem Augenblick zwinkerte er mir zu. Mein Herz sank. Nein, ich interessierte ihn nicht. Es lag nicht der Hauch eines Begehrens in seinen schönen grauen Augen. Er war nicht gekommen, weil er um meine Hand anhalten wollte, sondern weil er wusste, dass sein Rat gefragt sein würde. Er war nur gekommen, um sein Ansehen zu mehren.

»Wie immer bin ich hocherfreut, wenn ich helfen kann«, sagte er glattzüngig und richtete dabei den Blick auf meinen Vater.

»Doch bevor wir uns dem Problem zuwenden, Helena gut und vernünftig zu verheiraten, Tyndareus, möchte ich Euch um einen kleinen Gefallen bitten.«

Agamemnon schien ärgerlich zu sein, und ich fragte mich, was hier gespielt wurde.

»Wollt Ihr Helena für Euch selbst?«, fragte mein Vater geradeheraus.

Odysseus warf den Kopf zurück und lachte so dröhnend, dass für einen Augenblick der ganze Saal verstummte. »Nein, nein! Ich würde nicht wagen, um sie anzuhalten, bei meinem geringen Vermögen und meinem kümmerlichen Königreich! Arme Helena! Mein Verstand schreckt vor der Vorstellung zurück, solch eine Schönheit auf einem Felsen im Ionischen Meer gefangen zu sehen. Nein, ich will Helena nicht zur Braut. Ich will eine andere.«

»Aha!«, sagte Agamemnon besänftigt. »Und wen?«

Odysseus richtete seine Antwort lieber an meinen Vater. »Die Tochter Eures Bruders Ikaros, Tyndareus. Penelope.«

»Das sollte nicht allzu schwierig sein«, antwortete mein Vater überrascht.

»Aber Ikaros mag mich nicht, und es hat weitaus bessere Angebote für sie gegeben.«

»Ich werde sehen, was sich machen lässt«, erwiderte mein Vater.

»Betrachtet die Sache als erledigt«, setzte Agamemnon hinzu.

Ich war wie vom Donner gerührt! Wenn sie begriffen, was Odysseus an Penelope fand, ich tat es gewiss nicht. Ich kannte sie gut, sie war meine Base. Sie sah nicht übel aus und würde ein großes Erbe in den Handel einbringen, aber sie war so *langweilig*! Einmal hatte sie mich dabei erwischt, wie ich einem Höfling erlaubte, meine Brüste zu küssen – mehr hätte ich ihm ganz bestimmt nicht gestattet! –, und mir daraufhin eine Strafpredigt gehalten, wie gewöhnlich und erniedrigend fleischliche Begierden doch seien. Ich täte besser daran, hatte sie mit ihrer gemessenen, farblosen Stimme erklärt, mein Augenmerk auf wirklich frauliche Beschäftigungen wie *Weben* zu richten. Ich hatte sie angestarrt, als ob sie nicht ganz bei Trost wäre. *Weben!*

Odysseus begann zu reden; ich verscheuchte meine Gedanken an Penelope und lauschte aufmerksam.

»Ich glaube, ich weiß ungefähr, weshalb Ihr Eure schönste Tochter verheiraten wollt, Tyndareus, und ich verstehe Eure Gründe. Wen Ihr jedoch erwählt, ist nicht so wichtig. Wichtig ist, dass Ihr Eure und Agamemnons Interessen wahrt – Eure Beziehungen zu jenen unglücklichen Hundert, nachdem Ihr Eure Wahl getroffen habt. Ich kann dies erreichen, vorausgesetzt, Ihr macht genau das, was ich sage.«

»Das tun wir«, antwortete Agamemnon.

»Gut.« Odysseus beugte sich vor, die beiden Könige folgten seinem Beispiel. »Ihr werdet Eure Entscheidung heute Nacht im Thronsaal bekannt geben. Ich möchte, dass der Ort gedämpftes Licht und eine heilige Stimmung hat, da ist die Nacht gerade richtig. Ruft alle Priester zusammen. Verbrennt reichlich Weihrauch. Die Sinne der Freier sollen benebelt sein, und das schafft man nur mit einem Ritual. Ihr könnt es Euch nicht leisten, dass der Name Eurer Wahl mit Kriegsgeschrei aufgenommen wird.«

»Wie Ihr wollt«, seufzte mein Vater. Er hasste Einzelheiten.

»Das, Tyndareus, ist erst der Anfang. Wenn Ihr redet, werdet Ihr den Bewerbern mitteilen, wie sehr Ihr dieses Juwel von Tochter anbetet und wie sehr Ihr die Götter um Beistand angefleht habt. Eurer Wahl, so werdet Ihr sagen, ist auf dem Olymp zugestimmt worden. Die Omen sind günstig und die Orakel eindeutig. Aber der allmächtige Zeus hat eine Bedingung gestellt. Nämlich, dass *alle* Bewerber, bevor sie den Namen des glücklichen Gewinners erfahren, einen Eid ablegen müssen, dass sie die Wahl anerkennen. Doch damit nicht genug: Jeder muss auch schwören, Helenas Ehemann uneingeschränkte Unterstützung zu gewähren, dass ihm sein Wohlergehen genau so sehr am Herzen liegt wie den Göttern. Das heißt, wenn es sein muss, zieht jeder von ihnen in den Krieg, um die Rechte und Ansprüche von Helenas Gemahl zu verteidigen.«

Agamemnon saß schweigend da, starrte vor sich hin und biss sich auf die Lippen. Offensichtlich brannte in seinem Innern ein Feuer. Mein Vater blickte nur verblüfft drein. Odysseus lehnte sich zurück, griff wieder nach seinem Teller mit Huhn und schien sehr zufrieden mit sich zu sein. Plötzlich wandte Agamemnon sich ihm zu und packte ihn so fest bei den Schultern, dass seine Knöchel ganz weiß wurden. Er sah ihn düster an. Doch Odysseus, unerschrocken, erwiderte seinen Blick mit Gelassenheit.

»Bei Mutter Kubaba, Odysseus, Ihr seid ein Genie!« Er wandte sich an meinen Vater. »Tyndareus, wisst Ihr, was das bedeutet? Wer immer Helena heiratet, kann sich des ewigen, unverbrüchlichen Beistands von fast ganz Griechenland sicher sein. Seine Zukunft ist sicher, seine Stellung um ein Tausendfaches gestärkt!«

Mein Vater wirkte zwar sehr erleichtert, runzelte aber gleichwohl die Stirn. »Welchen Eid kann ich ihnen auferlegen?«, fragte er. »Welcher Eid ist so schrecklich, dass er sie dazu bringt, etwas zu tun, was sie verabscheuen?«

»Es gibt nur einen«, entgegnete Agamemnon langsam, »den Eid des Gevierteilten Pferdes. Im Namen von Zeus, dem Donnerer, von Poseidon, dem Beweger der Erde, im Namen der Töchter von Kore, des Flusses und der Toten.«

Seine Worte fielen wie Blutstropfen vom Haupt der Medusa. Mein Vater erschauerte und barg das Gesicht in den Händen.

Odysseus, der offensichtlich unbeeindruckt war, wechselte abrupt das Thema. »Was passiert mit dem Hellespont?«, fragte er Agamemnon beiläufig.

Die Miene des Königs verfinsterte sich. »Ich weiß es nicht. Aber was ficht König Priamos von Troja eigentlich an? Warum mag er die Vorteile nicht erkennen, die griechische Kaufleute im Marmarameer hätten?«

»Ich glaube«, bemerkte Odysseus und nahm sich einen Honigkuchen, »dass es Priamos ganz gut passt, griechische Händler auszuschließen. Er nimmt auch so genug Zölle am Hellespont ein. Außerdem hat er die Verträge mit den anderen Königen Kleinasiens, und zweifellos kriegt er seinen Teil von den maßlosen Preisen, die wir Griechen zahlen müssen, wenn wir – wie es nun mal nicht anders geht – Zinn und Kupfer aus Kleinasien beziehen wollen. Der Ausschluss der Griechen aus dem Marmarameer bedeutet für Troja mehr Geld, nicht weniger.«

»Telamon hat uns einen schlechten Dienst erwiesen, als er Hesione entführte«, sagte mein Vater ärgerlich.

Agamemnon schüttelte den Kopf. »Telamon hatte durchaus das Recht dazu. Herakles wollte nur den angemessenen Lohn für eine große Tat. Und als dieser alte Knauser Laomedon ihn nicht rausrücken wollte, konnte jeder Dummkopf vorhersehen, was passieren würde.«

»Herakles ist jetzt schon über zwanzig Jahre tot«, sagte Odysseus und goss Wasser in seinen Wein. »Theseus ist auch tot. Nur Telamon lebt noch. Er würde sich nie von Hesione trennen, selbst wenn sie bereit wäre zu gehen. Entführung und Vergewaltigung sind doch altbekannte Geschichten«, fuhr er unbekümmert fort, als wüsste er nicht das Geringste über Helena und Theseus, »und mit Politik haben sie meist wenig zu tun, wenn überhaupt. Griechenland steigt auf; Kleinasien weiß das. Was können Troja und der Rest von Kleinasien also Besseres tun, als Griechenland zu verweigern, was es braucht – Zinn und Kupfer, um daraus Bronze zu machen?«

»Stimmt«, sagte Agamemnon. Er zupfte an seinem Bart. »Was wird also bei Trojas Handelssperre herauskommen?«

»Krieg«, sagte Odysseus friedlich. »Früher oder später muss es Krieg geben. Wenn wir den Knebel hart genug spüren, wenn unsere Kaufleute in jedem Thronsaal zwischen Knossos und Iolkos nach Gerechtigkeit schreien, wenn wir nicht mehr genug Zinn und Kupfer zusammenkratzen können, um daraus die Bronze für unsere Schwerter, Schilde und Pfeilspitzen herzustellen – dann wird es Krieg geben.«

Ihre Unterhaltung wurde noch langweiliger, aber es ging ja auch nicht mehr um mich. Und außerdem war ich Menelaos herzlich überdrüssig. Der Wein fing an, Wirkung in der Versammlung zu zeigen, immer weniger bewundernde Gesichter wandten sich mir zu. Ich zog meine Füße unter dem Tisch hervor und stahl mich durch die Tür hinter dem Stuhl meines Vaters davon. Dann ging ich den Gang hinunter, der parallel zum Esssaal verlief, wobei ich mir wünschte, ich hätte etwas Leiseres als diesen Klingelrock angehabt. Die Treppe zum Frauenflügel lag am anderen Ende, wo der Gang zu anderen öffentlichen Räumen führte. Ich erreichte sie, ohne zurückgerufen zu werden. Jetzt musste ich nur noch an den Gemächern meiner Mutter vorbei. Ich neigte den Kopf und zog an dem Vorhang.

Hände legten sich auf meine Arme, hielten mich zurück, und mein Aufschrei wurde durch eine Hand über meinem Mund erstickt. Diomedes! Mit klopfendem Herzen starrte ich ihn an. Bis jetzt hatte ich noch keine Gelegenheit gehabt, mit ihm allein zu sein oder mehr als ein paar Grußworte zu wechseln.

Das Lampenlicht ließ seine Haut bernsteinfarben schimmern, an seiner Kehle pochte eine Ader; meine Augen begegneten seinem dunklen, heißen Blick, und ich spürte, wie er die Hand von meinem Mund nahm. Wie schön er war! Und wie sehr ich Schönheit liebte! Und nirgends mehr als bei einem Mann!

»Wir treffen uns draußen im Garten«, flüsterte er.

Ich schüttelte heftig den Kopf. »Ihr müsst verrückt sein! Lasst mich gehen, und ich werde nichts davon sagen, dass ich Euch vor den Räumen meiner Mutter getroffen habe. *Lasst mich gehen!*«

Seine Zähne blitzten auf, er lachte leise. »Ich werde mich nicht vom Fleck rühren, bis du mir versprochen hast, mich im Garten zu treffen. Sie werden noch eine ganze Weile da drinnen im Speisesaal bleiben – niemand wird uns vermissen. Helena, ich will dich! Ihre Entscheidungen und Taktierereien sind mir egal, ich will dich, und ich bin entschlossen, dich zu besitzen.«

Mein Kopf war noch benommen von der Hitze im Saal; ich fasste mir an die Stirn. Und plötzlich, als hätte er seinen eigenen Willen, nickte mein Kopf. Diomedes ließ mich sofort gehen. Ich floh in mein Gemach.

Dort wartete Neste, um mich zu entkleiden.

»Geh ins Bett, alte Frau. Ich werde mich selbst ausziehen.«

Sie kannte meine Launen und entfernte sich nur zu gern. Mit zitternden Fingern zog ich an den Bändern, riss mein Mieder und meine Bluse herunter, kämpfte mich aus dem Rock. Ich streifte die Glocken, Reifen und Ringe ab, fand meinen leinenen Bademantel und wickelte mich darin ein. Dann huschte ich wieder in den Korridor, die Hintertreppe hinunter und hinaus in die Nacht. Im Garten, hatte er gesagt. Ich entdeckte die Reihen mit Kohl und anderen essbaren Wurzeln und musste lächeln. Wer würde schon im Gemüse nach uns suchen?

Er wartete nackt unter einem Lorbeerbaum. Mein Bademantel flog davon, und ich war noch weit genug von ihm entfernt, dass er mich im Mondlicht betrachten konnte. Dann war er an meiner Seite, zog mich auf sich und presste mich fest an sich, während er auf Mutter Erde lag, die den Frauen Kraft gibt und sie den Männern nimmt. So wollen es die Götter nun mal.

»Nur Finger und Zunge, Diomedes«, flüsterte ich. »Ich will mein Ehebett mit unversehrtem Jungfernhäutchen besteigen.«

Er erstickte sein Lachen zwischen meinen Brüsten. »Hat Theseus dir beigebracht, wie man eine Jungfrau bleibt?«

»Das musste mir niemand zeigen«, antwortete ich und streichelte seufzend seine Arme und Schultern. »Ich bin nicht sehr alt, aber ich weiß, dass ich meinen Kopf einbüße, wenn ich meine Jungfräulichkeit an irgendjemand anderen verliere als an meinen Ehemann.«

Als er mich verließ, war er, glaube ich, befriedigt, wenn vielleicht auch nicht so, wie er erwartet hatte. Weil er mich wirklich liebte, hatte er meine Bedingungen respektiert, wie einst Theseus. Nicht dass es mich sonderlich interessierte, ob Diomedes befriedigt war. *Ich* war es jedenfalls.

Und jeder hätte es am nächsten Abend, als ich neben dem Thron meines Vaters saß, sehen können, wenn er denn Augen dafür gehabt hätte. Diomedes saß mit Philoktetes und Odysseus irgendwo im Gedränge, zu weit entfernt von mir, als dass ich in dem schummrigen Licht erkennen konnte, wie er aussah. Der Raum mit seinen leuchtenden Fresken von tanzenden Kriegern und seinen scharlachroten Säulen war fast völlig in dunkle, flackernde Schatten getaucht. Die Priester kamen, dicht in Weihrauch gehüllt, und unvermittelt verbreitete sich eine feierliche, lastende Atmosphäre wie in einem Heiligtum.

Ich hörte, wie mein Vater die Worte vortrug, die Odysseus für ihn vorbereitet hatte; und jetzt war die allgemeine Bedrückung fast körperlich zu spüren. Das Opferpferd wurde hereingeführt, ein makelloser weißer Hengst mit rosa Augen und keinem einzigen schwarzen Haar an seinem Körper. Seine Hufe rutschten auf den ausgetretenen Fliesen, sein Kopf ruckte in dem goldenen Halfter hin und her. Agamemnon ergriff die große doppelschneidige Axt und führte einen Meisterhieb. Das Pferd stürzte so langsam nieder, dass Mähne und Schwanz wie Pflanzenbüschel in einem Wasserlauf zu schwimmen schienen, während das Blut aus ihm herausschoss.

Während mein Vater die Versammlung über den Eid aufklärte, den er ihr abnehmen wollte, beobachtete ich voller Entsetzen, wie die Priester das schöne Tier in vier Teile zerhackten. Nie werde ich diese Szene vergessen: Die Freier treten einer nach dem anderen vor, balancieren mit ihren Füßen auf vier schlaffen, warmen Fleischstücken und legen diesen schrecklichen Treue- und Beistandsschwur für meinen zukünftigen Ehemann ab. Ihre Stimmen klangen dumpf und apathisch, denn Stärke und Männlichkeit erstarben in diesem furchtbaren Augenblick. Bleiche und verschwitzte Gesichter tauchten im flackernden Schein der Fackeln auf und verschwanden wieder; von irgendwoher blies ein Wind und heulte wie ein verlorener Schatten.

Endlich war es geschafft. Der dampfende Kadaver des Pferdes lag unbeachtet am Boden, die Freier standen auf ihren Plätzen und sahen wie betäubt zu König Tyndareus empor.

»Ich gebe meine Tochter an Menelaos«, sagte mein Vater.

Ein großes Seufzen war zu hören, sonst nichts. Kein Protest wurde laut, nicht einmal Diomedes sprang zornig auf. Meine Augen fanden seine, als die Bediensteten darangingen, die Lampen anzuzünden; über ein halbes Hundert Köpfe hinweg sagten wir uns Lebewohl. Wir wussten, wir hatten verloren. Ich glaube, Tränen liefen mir über die Wangen, als ich ihn ansah, aber keiner machte ein Bemerkung darüber. Ich überließ meine taube Hand dem feuchten Griff von Menelaos.

KAPITEL 5

ERZÄHLT VON
PARIS

Ich kehrte allein und zu Fuß nach Troja zurück, meinen Bogen und Köcher auf den Schultern. Sieben Monde hatte ich in den Wäldern und Sümpfen am Berg Ida zugebracht, aber nicht ein Stück Beute konnte ich jetzt zu Hause vorweisen. Sosehr ich die Jagd liebte, den Anblick eines Tiers, das von einem Pfeil durchbohrt zu Boden stürzte, konnte ich nicht ertragen; viel lieber sah ich es so gesund und frei, wie ich selber war. Bei meinen schönsten Jagderlebnissen ging es ohnehin um eine begehrenswertere Beute als Hirsch oder Wildschwein. Für mich bestand der Spaß einer Jagd darin, den Bewohnern der Wälder am Ida nachzustellen, den wilden Mädchen und Hirtinnen. Wenn ein Mädchen besiegt niedersank, allerdings nur von einem Pfeil Eros' getroffen, dann gab es keinen Blutstrom oder Todesschrei, nur einen Seufzer zärtlicher Zustimmung, wenn ich sie in die Arme nahm; und das Keuchen der Hatz wurde bald von einem Stöhnen der Lust abgelöst.

Ich verbrachte das Frühjahr und den Sommer immer am Ida; denn das Leben am Hof langweilte mich entsetzlich. Wie ich nur diese geölten und braunpolierten Dachsparren aus Zedern hasste, diese ausgemalten Säle und säulenbewehrten Türme! Hinter hohen Mauern zu leben, hieß zu ersticken, ein Gefangener zu sein. Ich wollte lieber zwischen Gras und Bäumen umherstreifen, erschöpft niederfallen und mein Gesicht in herabgefallene Blätter drücken. Doch jeden Herbst musste ich nach Troja zurückkehren und meiner Pflicht nachkommen, nämlich den Winter mit meinem Vater verbringen. Dabei war ich nur der vierte Sohn von vielen. Niemand beachtete mich sonderlich, was ich begrüßte.

Es war ein düsterer Tag, als ich am Ende einer Versammlung den Thronsaal betrat. Ich trug noch Jagdkleidung und ignorierte die herablassenden Blicke und missbilligend geschürzten Lippen. Die Dämmerung wich schon der Dunkelheit; die Beratung hatte sehr lange gedauert.

Mein Vater saß auf seinem Thron aus Gold und Elfenbein hoch oben auf einem purpurnen Marmorpodest am anderen Ende des Saals. Sein langes weißes Haar war sorgfältig gelockt, und seinen mächtigen weißen Bart durchzogen dünne Gold- und Silberfäden. Stolz, wie er auf sein stattliches Alter war, gefiel es ihm sehr, wenn er wie ein Gott aus Urzeiten auf einem hohen Postament thronen und alles überblicken konnte, was er beherrschte.

Wäre der Raum weniger eindrucksvoll gewesen, hätte auch mein Vater weniger imposant gewirkt, aber die Halle war nun mal, wie man sich erzählte, größer als selbst der alte Thronsaal im Palast von Knossos auf Kreta. Er bot genug Platz für dreihundert Menschen, ohne dass es dann drangvoll eng gewesen wäre. Die hohe Decke zwischen den Zedernbalken war blau bemalt und mit goldenen Sternbildern geschmückt. Die massiven tiefblauen und purpurroten Säulen verjüngten sich nach unten; sie besaßen goldene Sockel und glatte runde Kapitelle. Die Wände waren mannshoch mit rotem Marmor ohne Reliefs bedeckt, darüber gab es auf einem blassblauen Hintergrund bunte Fresken, die Jagdszenen mit Löwen, Leoparden, Bären, Wölfen und Menschen zeigten. Hinter dem Thron befand sich ein erhöhter Altar aus schwarzem ägyptischen Ebenholz mit goldenen Einlegearbeiten, und die Stufen, die hinaufführten, waren mit Gold eingefasst.

Ich nahm meinen Bogen und Köcher ab, gab beides einem Diener und arbeitete mich durch die Gruppen von Höflingen hindurch, bis ich endlich das Thronpodest erreichte. Als mein Vater mich erblickte, beugte er sich vor, um meinen gesenkten Kopf sanft mit dem Smaragdknopf seines Elfenbeinzepters zu berühren: das Zeichen dafür, dass ich näher treten durfte. Ich küsste seine welke Wange.

»Gut, dass du wieder da bist, mein Sohn«, sagte er.

»Ich wünschte, das könnte ich auch sagen, Vater.«

Mit einem Seufzen bedeutete er mir, zu seinen Füßen Platz zu nehmen. »Ich hoffe jedes Mal, du würdest bleiben, Paris. Ich könnte etwas aus dir machen, wenn du nur wolltest.«

Ich hob die Hand, um seinen Bart zu streicheln, denn das liebte er. »Ich möchte nicht die Rolle eines Prinzen spielen.«

»Aber du *bist* ein Prinz!« Er seufzte wieder und wiegte sich leicht hin und her. »Allerdings bist du noch sehr jung. Wir haben noch Zeit.«

»Nein, Majestät, wir haben keine Zeit mehr. Ihr denkt immer noch, ich sei ein Knabe, aber ich bin ein Mann. Ich bin dreiunddreißig Jahre alt.«

Ich vermute, er hörte mir nicht zu, denn er wandte den Kopf ab und winkte mit seinem Stab jemandem ganz hinten in der Menge zu. Hektor.

»Paris besteht darauf, dreiunddreißig zu sein, mein Sohn«, sagte er, als Hektor am Fuß der drei Stufen angekommen war. Selbst von da unten war er groß genug, um unserem Vater auf selber Höhe ins Gesicht sehen zu können.

Hektors dunkle Augen musterten mich eindringlich. »Ich denke, du musst es sein, Paris. Ich wurde zehn Jahre nach dir geboren, und ich bin jetzt seit sechs Monden dreiundzwanzig.« Er grinste. »Obwohl du wirklich nicht so alt aussiehst.«

Ich lachte zurück. »Vielen Dank, kleiner Bruder! Aber *du* siehst eher nach meinem Alter aus. Das kommt davon, wenn man Thronerbe ist. Das macht einen Mann alt – an den Staat, die Armee, die Krone gebunden zu sein. Gebt mir jeden Tag aufs Neue die ewige Jugend der Verantwortungslosigkeit!«

»Was für den einen gut ist, muss nicht unbedingt auch für den anderen gelten«, gab er gelassen zur Antwort. »Ich finde weitaus weniger Geschmack an Frauen, was spielt es da für eine Rolle, wenn ich älter aussehe, als ich bin? Während du dich an deinen kleinen Abenteuern mit Frauen erfreust, genieße ich es, die Armee ins Manöver zu führen. Und mag mein Gesicht auch vorzeitig faltig werden, mein Körper wird noch lange straff und schlank sein, wenn du schon einen Bauch vor dir herträgst.«

Ich zuckte zurück. Man konnte sicher sein, dass Hektor einen an seiner schwächsten Stelle traf! Er konnte blitzschnell den wunden Punkt eines Gegners erkennen und dann wie ein Löwe zuschlagen. Und er scheute sich nicht, seine Klauen einzusetzen. Thronerbe zu sein, hatte ihn reifen lassen. Verschwunden war die überschäumende, verstörende Jugendlichkeit von einst; seine zweifellos starken Kräfte waren in sichere Bahnen gelenkt worden. Ich war auch nicht eben ein Schwächling, aber Hektor überragte mich und war fast doppelt so breit. Er kleidete sich sehr einfach – was ihm eine gewisse Würde verlieh: Er trug Rock und Hemd aus Leder, das lange schwarze Haar zu einem strengen Zopf geflochten. Alle Söhne von Priamos und Hekabe waren berühmt für ihr gutes Aussehen, aber Hektor besaß noch mehr: natürliche Autorität.

Einen Augenblick später wurde mir kurzerhand bedeutet, ich solle mich entfernen; der alte Antenor machte mir auf seine grämliche Art klar, dass er vor seinem Weggang mit unserem Vater sprechen wollte. Hektor und ich entfernten uns, ohne noch einmal zurückgerufen zu werden.

»Ich habe eine Überraschung für dich«, sagte mein jüngerer Bruder schmunzelnd zu mir, als wir durch die endlosen Gänge schlenderten, die die Flügel und kleineren Plätze der Festung verbanden.

Der Palast des Thronfolgers lag rechts neben dem unseres Vaters, sodass wir nicht allzu weit gehen mussten. Als er mich in den großen Empfangsraum führte, sah ich mich erstaunt um.

»Hektor! Wo *ist* sie?«

Was einst ein Warenlager, vollgestopft mit Speeren, Schilden, Schwertern und Rüstungen, gewesen war, hatte sich in einen ansehnlichen Saal verwandelt. Es roch auch nicht nach Pferden, obwohl Hektor Pferde liebte. Ich konnte mich nicht erinnern, jemals so viel Schmuck an den Wänden gesehen zu haben. Fresken mit jadegrünen und blauen Bäumen sowie purpurroten Blumen, zwischen denen schwarz-weiß gefleckte Pferde herumtollten, leuchteten mir entgegen. Der Boden war so sauber, dass die schwarz-weißen Fliesen schimmerten. Dreifüße und Ziergerät waren poliert worden, und wundervoll bestickte Purpurvorhänge hingen an goldenen Ringen vor Türen und Fenstern.

»Wo ist sie?«, fragte ich noch einmal.

Er wurde rot. »Sie kommt«, knurrte er.

Sie erschien wie ein Echo auf seine Worte. Ich betrachtete sie kurz und musste ihn zu seinem Geschmack beglückwünschen; sie war außerordentlich hübsch. So dunkel wie er, groß und kräftig und ebenso linkisch in gesellschaftlichem Umgang. Nachdem sie mir einen Blick zugeworfen hatte, schaute sie beharrlich in eine andere Richtung.

»Das ist meine Frau Andromache«, stellte Hektor sie mir vor.

Ich küsste sie auf die Wange. »Mein Kompliment, kleiner Bruder, mein Kompliment. Aber sie stammt sicher nicht aus dieser Gegend.«

»Nein. Sie ist die Tochter von König Eetion von Kilikien. Ich war für Vater im Frühjahr dort und habe sie mit hierher gebracht. Es war nicht vorgesehen, aber«, er holte tief Luft, »es ist passiert.«

Schüchtern brachte sie endlich einen Satz heraus. »Hektor, wer ist das?«

Er schlug sich vor Verzweiflung so heftig auf den Schenkel, dass ich zusammenzuckte. »Oh, wann werde ich das endlich lernen? Das ist Paris.«

Für einen Moment tauchte in ihren Augen etwas auf, was mir nicht gefiel. Ah! Dieses Mädchen durfte nicht unterschätzt werden, wenn sich ihre Verlegenheit und Scheu erst einmal gelegt hatten.

»Meine Andromache ist sehr mutig«, erklärte Hektor stolz. »Sie hat ihre Heimat und ihre Familie verlassen, um mit mir nach Troja zu kommen.«

»In der Tat«, sagte ich, und damit hatte es sein Bewenden.

Bald gewöhnte ich mich wieder an die Eintönigkeit des Lebens im Palast. Während der Hagel gegen die Fensterläden aus Schildpanzer trommelte, der Regen in Strömen von den Mauern herunterrann oder der Schnee die Höfe zudeckte, trieb ich mich unter den Frauen herum, immer auf der Suche nach einer neuen und interessanten, die wenigstens ein Zehntel so begehrenswert war wie die Hirtinnen am Ida. Hektor hatte recht. Wenn ich keine bessere Methode fand, mich in Form zu halten, als auf verbotenen Gängen herumzuschleichen, würde ich bald eine Wampe haben.

Vier Monde nach meiner Rückkehr kam Helenos in meine Gemächer und machte es sich auf einem gepolsterten Fensterplatz bequem. Es war ein schöner und zur Abwechslung auch einmal warmer Tag, und ich hatte von meinen Zimmern einen weiten Blick über die Stadt bis hin zum Hafen von Sigios und der Insel Tenedos.

»Ich wünschte, ich könnte mit Vater so umgehen wie du, Paris«, sagte Helenos.

»Na ja, du bist ein ganzes Stück jünger, aber das wirst du mit der Zeit schon noch lernen.«

Er war ein hübscher Junge, mit dunklen Haaren und sehr dunklen Augen – so wie wir alle, die Hekabe zur Mutter hatten und zum Königsgeschlecht gehörten. Er war ein Zwilling und galt als seltsam; die merkwürdigsten Dinge wurden über ihn und seine Schwester Kassandra erzählt. Die beiden waren jetzt siebzehn, und somit war er viel zu jung, als dass sich zwischen uns eine größere Vertrautheit hätte entwickeln können. Darüber hinaus besaßen er und Kassandra das zweite Gesicht. Eine Aura umgab sie, die andere, selbst ihre Geschwister, als unangenehm empfanden. Bei Helenos war sie nicht so ausgeprägt wie bei Kassandra. Kassandra war verrückt.

Als Kleinkinder waren sie dem Dienst an Apollo geweiht worden, und selbst wenn sie mit dieser willkürlichen Entscheidung über ihr Schicksal nicht einverstanden gewesen wären, sagten sie es doch nie. Nach den Gesetzen, die König Dardanos erlassen hatte, sollten die Orakel von Troja von einem Sohn und einer Tochter des Königspaares abgehalten werden, am besten von Zwillingen. Womit die Wahl automatisch auf Kassandra und Helenos fiel. Im Augenblick besaßen sie noch ein gewisses Maß an Freiheit, aber wenn sie zwanzig wurden, kamen sie formell unter die Obhut des Trios, das die Verehrung Apollos in Troja überwachte: Kalchas, Laokoon und Theano, Antenors Frau.

Helenos trug das lange, fließende Gewand eines Gottesdieners. Der träumerische Ausdruck, mit dem er von meinem Fenster über die Stadt blickte, und seine Schönheit nahmen mich gefangen. Er mochte mich lieber als alle seine anderen Brüder – ob sie nun von Hekabe, einer anderen Frau oder einer Konkubine stammten –, weil ich mir nichts aus Krieg und Töten machte. Obwohl sein ernstes, asketisches Wesen meine Vorliebe für Frauen nicht gutheißen konnte, gefiel ihm meine Konversation sehr, weil sie eher friedlich als martialisch war.

»Ich habe eine Botschaft für dich«, sagte er, ohne sich umzudrehen.

Ich seufzte. »Was habe ich diesmal gemacht?«

»Nichts, was zu bemängeln wäre. Man hat mir nur gesagt, ich solle dich bitten, heute nach dem Abendessen zu einem Treffen zu kommen.«

»Ich kann nicht. Ich habe schon eine Verabredung.«

»Du sagst sie besser ab. Die Botschaft kommt von Vater.«

»Herrje! Wieso ich?«

»Ich habe keine Ahnung. Es handelt sich um eine sehr kleine Zusammenkunft. Ein paar von den Herrschersöhnen sowie Antenor und Kalchas.«

»Eine merkwürdige Mischung. Ich frage mich, was er von uns will.«

»Geh hin, und du findest es heraus.«

»Oh, das werde ich, das werde ich. Bist du auch eingeladen?«

Helenos antwortete nicht. Sein Gesicht hatte sich verzogen, seine Augen hatten jenen merkwürdigen nach innen gerichteten Blick des Sehers angenommen. Ich hatte diesen visionären Zustand schon einmal miterlebt und starrte ihn fasziniert an. Plötzlich lief ein Schauer durch seinen Körper, und er sah wieder normal aus.

»Was hast du gesehen?«, fragte ich.

»Nichts«, entgegnete er träge und wischte sich den Schweiß von der Stirn. »Ich habe eine große Verwirrung gespürt… Den Anfang einer Verstrickung, die zu einem unvermeidlichen Ende führt.«

»Du musst doch auch etwas gesehen haben, Helenos.«

»Flammen… Griechen in Rüstungen… Eine Frau, so schön, dass es Aphrodite gewesen sein muss… Schiffe – Hunderte und Aberhunderte von Schiffen… Dich, Vater, Hektor…«

»*Mich!* Aber ich bin doch ganz unwichtig!«

»Glaub mir, Paris, du bist wichtig«, sagte er mit müder Stimme, um danach abrupt aufzustehen. »Ich muss Kassandra suchen. Ganz oft sehen wir dieselben Dinge, selbst wenn wir nicht zusammen sind.«

Aber auch ich spürte ein wenig von dieser dunklen, verhängnisvollen Vorahnung und schüttelte den Kopf. »Nein. Kassandra wird alles zerstören.«

Helenos hatte recht gehabt; die Gruppe war sehr klein. Ich kam als Letzter und setzte mich auf das Ende der Bank, wo schon meine Brüder Troilos und Ilios hockten. Warum gerade die? Troilos war acht Jahre alt, Ilios gerade sieben. Sie waren die letzten zwei Kinder meiner Mutter und nach jenem schattenhaften Mann benannt, der den Thron von König Dardanos übernommen hatte. Hektor war da und unser ältester Bruder, Deiphobos. Nach dem Gesetz war eigentlich er der Thronerbe, aber alle, die ihn kannten – einschließlich meines Vaters –, waren sich darüber im Klaren, dass er ein Jahr nach der Amtsübernahme alles zunichte machen würde. Habgierig, gedankenlos, hitzig, selbstsüchtig, unbeherrscht – so wurde Deiphobos beschrieben. Wie er uns hasste! Vor allem Hektor, der ihn seines rechtmäßiges Platzes beraubt hatte – so sah er das jedenfalls.

Die Teilnahme von Onkel Antenor war logisch. Als Kanzler nahm er an allen Treffen teil. Aber wieso Kalchas? Ein höchst beunruhigender Mann.

Antenor sah mich durchdringend an, und zwar nicht, weil ich zu spät kam. Vor zwei Sommern war einer meiner Pfeile, der eigentlich ein Ziel an einem Baum treffen sollte, von einer Windböe unversehens abgelenkt worden. Ich entdeckte ihn im Rücken von Onkel Antenors jüngstem Sohn, den er mit seiner Lieblingskonkubine gezeugt hatte; der arme Knabe hatte sich versteckt, um einer Schäferin zuzusehen, die nackt in einer Quelle badete. Er war tot, und ich wurde des Totschlags beschuldigt. Kein Verbrechen im eigentlichen Sinn, aber dennoch ein Tod, der gesühnt werden musste. Und das Einzige, was ich tun konnte, war herumzureisen und einen fremden König zu finden, der sich bereit erklärte, die Zeremonien der Reinigung zu übernehmen. Onkel Antenor war nicht in der Lage gewesen, Vergeltung zu verlangen, aber verziehen hatte er mir nicht. Was mich daran erinnerte, dass ich noch immer nicht dieses Reise zu einem fremden König unternommen hatte. Könige waren die einzigen Priester, die berechtigt waren, die Riten zu zelebrieren, die Menschen von einem Totschlag reinigten.

Vater klopfte mit dem Ende seines Elfenbeinzepters, dessen mit einem riesigen, makellosen Smaragd besetzter runder Kopf grün leuchtete, auf den Boden. »Ich habe diese Versammlung einberufen, weil ich etwas besprechen möchte, das mich viele Jahre beschäftigt hat«, sagte er mit seiner festen, kräftigen Stimme. »Es hat sich erneut in mein Bewusstsein gedrängt, weil mir wieder einfiel, dass es genau an jenem Tag passierte, an dem mein Sohn Paris vor dreiunddreißig Jahren geboren wurde. Ein Tag des Todes und des Verlustes. Mein Vater Laomedon wurde ermordet, ebenso meine vier Brüder. Meine Schwester Hesione wurde entführt und vergewaltigt. Nur die Geburt von Paris hat verhindert, dass es der schwärzeste Tag meines Lebens wurde.«

»Vater, warum hast du *uns* zu dir gerufen?«, fragte Hektor sanft. Mir war aufgefallen, dass er in letzter Zeit die Aufgabe übernommen hatte, unseren Vater wieder zu einem Thema zurückzuführen, wenn er, wie es mittlerweile häufiger geschah, abzuschweifen begann.

»Oh, habe ich euch das nicht gesagt? Du, weil du der Thronfolger bist, Hektor. Deiphobos, weil er mein ältester Herrschersohn ist. Helenos, weil er die Orakel von Troja übernehmen wird, Kalchas, weil er bis dahin die Orakel in seiner Obhut hat. Troilos und Ilios, weil es laut Kalchas Prophezeiungen für sie gibt. Antenor, weil er an jenem Tag dabei war. Und Paris, weil er damals geboren wurde.«

»Und aus welchem Grund sind wir hier?«, fuhr Hektor fort.

»Ich beabsichtige, eine formelle Botschaft an Telamon in Salamis zu schicken, sobald die Meere sicher sind«, sagte mein Vater mit für mich durchaus einleuchtender Logik, obwohl Hektor die

Stirn krauste, als ob ihm die Antwort Sorgen bereitete. »Darin werde ich verlangen, dass Telamon meine Schwester an Troja zurückgibt.«

Tiefes Schweigen folgte. Antenor stand auf, um sich zwischen meine Bank und die nächste zu stellen, dann wandte er sich meinem Vater auf dem Thron zu. Der arme Mann hatte seit einer schweren Gelenkerkrankung, die er sich vor undenklichen Zeiten zugezogen hatte, einen ganz krummen Rücken; jedermann war davon überzeugt, dass die damit verbundenen Anfälle die Ursache für seinen berüchtigten Jähzorn waren. »Majestät, das ist ein törichtes Unterfangen«, erklärte er knapp. »Warum Trojas Gold verschwenden? Ihr wisst genauso gut wie ich, dass Hesione sich in den dreiunddreißig Jahren ihres Exils nie über ihr Schicksal beklagt hat. Ihr Sohn Teukros mag ein Bastard sein, aber er genießt am Hof von Salamis hohes Ansehen und ist Freund und Berater des Thronerben Ajax. Ihr werdet ein Nein zur Antwort bekommen, Priamos, also warum sich dann die Mühe machen?«

Wütend sprang der König auf. »Beschuldigst du mich der Torheit, Antenor? Es ist mir völlig neu, dass Hesione mit ihrem Exil zufrieden ist! Nein, Telamon hindert sie daran, uns um Hilfe zu bitten!«

Antenor schüttelte die knorrige Faust. »Ich habe das Wort, mein König! Ich bestehe auf dem Recht zu reden! Warum meint Ihr nach all den Jahren immer noch, uns sei Unrecht geschehen? Herakles ist Unrecht zugefügt worden, und in Eurem Herzen wisst Ihr das auch. Ich möchte Euch außerdem daran erinnern, dass Hesione gestorben wäre, wenn Herakles den Löwen nicht erlegt hätte.«

Mein Vater zitterte von Kopf bis Fuß. Sie schätzten sich nicht besonders, er und Antenor, obwohl sie verschwägert waren. Antenor war im Geist ein Dardanier geblieben, ein Feind in den eigenen Mauern.

»Wenn wir beide noch jung wären«, herrschte mein Vater ihn an, »hätten unsere ständigen Streitereien noch einen Sinn. Wir könnten unsere Schwerter und Schilde aufnehmen und ihnen ein Ende setzen. Aber du bist ein Krüppel, und ich bin auch schon zu alt. Ich wiederhole: Ich schicke eine Botschaft nach Salamis, sobald ich kann. Haben das alle verstanden?«

Antenor schnaubte. »Ihr seid der König, Majestät, die Entscheidung liegt bei Euch. Und was Duelle angeht – Ihr mögt Euch für zu alt halten, aber wie könnt Ihr es wagen anzunehmen, ich sei zu verkrüppelt, um aus Euch Hackfleisch zu machen? Nichts würde mir größeres Vergnügen bereiten.«

Während seine Worte verklangen, ging er davon. Mein Vater setzte sich wieder auf seinen Stuhl und kaute an seinem Bart.

Zu meinem Erstaunen erhob ich mich, und zu meiner noch größeren Verwunderung fing ich an zu reden. »Majestät, ich erkläre mich bereit, Eure Botschaft zu überbringen. Ich muss sowieso in die Fremde, um Reinigung für den Tod von Onkel Antenors Sohn zu finden.«

Hektor klatschte lachend in die Hände. »Paris, ich salutiere vor dir!«

Aber Deiphobos murrte. »Warum nicht ich, Majestät? Ich *sollte* es sein! Ich bin der Älteste!«

Helenos ergriff Deiphobos' Partei; ich traute meinen Ohren nicht, denn ich wusste, wie sehr er unseren Ältesten verabscheute. »Vater, schickt bitte Deiphobos! Ich spüre es in meinem Innern, dass Troja Tränen des Blutes vergießen wird, wenn Paris geht.«

Tränen des Blutes oder nicht, König Priamos hatte sich entschieden. Er übertrug mir die Aufgabe.

Nachdem die anderen gegangen waren, blieb ich noch bei ihm.

»Paris, ich bin erfreut«, sagte er und strich mir übers Haar.

»Ich fühle mich belohnt, Vater.« Plötzlich lachte ich. »Wenn ich meine Tante Hesione nicht zurückbringen kann, bringe ich an ihrer Stelle vielleicht eine griechische Prinzessin mit.«

Schmunzelnd wiegte er sich in seinem Stuhl vor und zurück; mein kleiner Scherz hatte ihm gefallen. »Griechenland hat Prinzessinnen im Überfluss, mein Sohn. Ich gebe zu, es geschähe den Griechen ganz recht, wenn wir es ihnen heimzahlten.«

Ich küsste seine Hand. Sein unnachgiebiger Hass auf Griechenland und alles Griechische waren in Troja allgemein bekannt; ich hatte ihn jetzt glücklich gemacht. Was spielte es für eine Rolle, dass mein Spaß bedeutungslos war, wenn er ihn wenigstens zum Schmunzeln brachte?

Da es so aussah, als würde der milde Winter früh zu Ende gehen, machte ich mich ein paar Tage später auf den Weg nach Sigios, um dort mit Schiffsführern und Kaufleuten die Zusammenstellung einer Flotte zu besprechen. Ich wollte zwanzig große Schiffe, voll bemannt und mit leeren Laderäumen; da der Staat die Kosten übernahm, wusste ich, dass es reichlich Bewerber geben würde. Obwohl ich nicht begriffen habe, welcher Teufel mich seinerzeit geritten hat, den Auftrag zu übernehmen, freute ich mich jetzt auf die Reise. Bald würde ich weit entfernte Orte sehen, griechische Orte.

Nachdem alle Vorbereitungen getroffen waren, schlenderte ich vor der Hütte des Hafenmeisters umher, um die kalte Seeluft einzuatmen und das vielfältige Treiben an der Küste zu beobachten. An den Schiffen, die für den Winter auf den Strand gezogen worden waren, machten sich jetzt Scharen von Männern zu schaffen, um die geteerten Rümpfe zu inspizieren und auf ihre Seetüchtigkeit hin zu prüfen. Ein großes scharlachrotes Schiff manövrierte dicht am Ufer, die Galionsfigur an seinem Heck stellte offensichtlich meine Lieblingsgöttin Aphrodite dar. Welchem Schiffsbauer war sie wohl in welchem Traum erschienen, dass er sie so großartig geformt hatte?

Endlich hatte der Kapitän genug Platz gefunden, um sein Schiff im Kies auflaufen zu lassen; schon fielen die Strickleitern herab. In diesem Moment bemerkte ich die Königsstandarte am Bug, rotverziert und golden eingefasst – ein fremder König war an Bord! Langsam ging ich weiter, wobei ich meinen Mantel raffte.

Der Herrscher stieg vorsichtig herab. Ein Grieche. Das sah man an seiner Kleidung und der Überlegenheit, die selbst der geringste Grieche noch zeigte, wenn er dem Rest der Welt gegenübertrat. Aber als die königliche Person näher kam, verlor ich meine Ehrfurcht. So ein gewöhnlich aussehender Mann! Nicht besonders groß, nicht besonders schön und *rothaarig*. Ja, er musste ein Grieche sein. Sein Lederrock war purpur gefärbt und mit Gold beschlagen, der Saum aus Gold, der breite Gürtel golden und mit Edelsteinen besetzt, sein purpurnes Hemd weit ausgeschnitten, um eine magere Brust bloßzulegen, und um den Hals trug er einen großen Reif aus Gold und Juwelen. Ein sehr reicher Mann.

Als er mich sah, änderte er die Richtung.

»Willkommen an den Ufern Trojas, edler Herr«, sagte ich förmlich. »Ich bin Paris, Sohn von König Priamos.«

Er ergriff meine ausgestreckte Hand. »Danke, Hoheit. Ich bin Menelaos, König von Lakedaimon und Bruder von Agamemnon, dem König von Mykene.«

Meine Augen weiteten sich. »Würdet Ihr in meinem Wagen in die Stadt fahren, König Menelaos?«, fragte ich.

Mein Vater hielt seine täglichen Konferenzen ab und ging seinen üblichen Geschäften nach. Ich wandte mich flüsternd an den Herold, der aufsprang und die Doppeltüren aufriss.

»König Menelaos von Lakedaimon!«, dröhnte er.

Wir gingen zusammen hinein und trafen auf eine erstarrte Menge. Hektor stand am anderen Ende, die Hand ausgestreckt und den Mund geöffnet, um etwas zu sagen; Antenor war uns halb zugewandt, und mein Vater saß kerzengerade auf seinem Thron, die Hand so fest um seinen Stab geklammert, dass er zitterte. Falls meinem Begleiter der Gedanke kam, dass ein Grieche hier nicht willkommen war, ließ er sich das nicht anmerken; nachdem ich ihn besser kennen gelernt hatte, kam ich zu dem Schluss, dass es ihm vermutlich nicht aufgefallen war. Gänzlich unbeeindruckt sah er sich im Saal um, was mich zu der Überlegung brachte, wie griechische Paläste wohl aussahen.

Mein Vater stieg mit ausgestreckter Hand vom Thron herab. »Wir fühlen uns geehrt, König Menelaos«, sagte er. Dann wies er auf einen breiten, mit vielen Kissen ausgestatteten Diwan und ergriff den Arm des Besuchers. »Würdet Ihr Euch bitte setzen? Paris, schließ dich uns an, aber bitte erst Hektor, sich auch zu uns zu gesellen. Und lass Erfrischungen bringen.«

Der Hofstaat verharrte in Schweigen. Neugierig blickte man zu uns herüber, aber schon zwei Schritte vom Diwan entfernt war kein Wort mehr zu verstehen.

Nachdem die Höflichkeiten ausgetauscht waren, fragte mein Vater: »Was führt Euch nach Troja, König Menelaos?«

»Eine Angelegenheit, die für mein Volk in Lakedaimon von lebenswichtiger Bedeutung ist, König Priamos. Ich weiß, dass ich das, was ich suche, in Troas nicht finde, aber Troja erschien mir der beste Platz, um meine Erkundungen zu beginnen.«

»Fragt.«

Menelaos neigte sich vor, sodass er die ausdruckslose Miene meines Vaters sehen konnte. »Majestät, mein Land wird von einer Plage heimgesucht. Als meine Priester die Ursache nicht ergründen konnten, ließ ich die Pythia in Delphi befragen. Sie teilte mir mit, dass ich persönlich die Gebeine der Söhne des Prometheus finden und sie nach Amyklai bringen müsse – in meine Hauptstadt. Dort sollen sie erneut beigesetzt werden. Dann wird die Plage aufhören.«

Aha! Seine Mission hatte also nichts mit Tante Hesione zu tun oder mit der Knappheit von Zinn und Kupfer oder mit dem Handelsembargo am Hellespont. Es handelte sich um eine weitaus simplere Angelegenheit. Durchaus üblich. Plagen abzuwehren erforderte außergewöhnliche Maßnahmen; ständig war irgendein König zu Wasser oder zu Land unterwegs, um irgendetwas, das ihm das Orakel aufgetragen hatte, heimzubringen. Manchmal fragte ich mich, ob der ganze Zweck eines Orakelspruchs nicht darin bestand, den König so lange herumzuschicken, bis die Plage von allein ein Ende nahm. Ein Weg, um den Herrscher selbst vor Ungemach zu schützen; wenn er zu Hause blieb, erlag er womöglich selbst der Krankheit oder wurde ihr geopfert.

Natürlich musste man König Menelaos gefällig sein. Wer wusste schon, ob nicht nächstes Jahr das Orakel König Priamos aufforderte, bei König Menelaos um Hilfe zu bitten? Die Königshäuser, gleichgültig welcher Nationalität oder welche Differenzen sie untereinander hatten, hielten in gewissen Situationen zusammen. Und so konnte sich König Menelaos ungehindert in der Stadt umsehen, während Späher meines Vaters auszogen, um die Knochen der Söhne von Prometheus ausfindig zu machen. Sie erfuhren, dass sie in Dardanien lagen. König Anchises von Dardanien protestierte zwar heftig, doch das nutzte ihm wenig. Ob es ihm gefiel oder nicht, die Gebeine würden das Land verlassen.

Ich bekam die Aufgabe, mich so lange um Menelaos zu kümmern, bis er mit großem Pomp nach Lyrnessos aufbrechen und sich der Gebeine bemächtigen konnte. Was bedeutete, dass ich ihm ein übliches Gastgeschenk anbot: Er durfte sich eine Frau seiner Wahl aussuchen, vorausgesetzt, sie gehörte nicht zum Königshaus.

Er lachte und schüttelte heftig den Kopf. »Ich brauche keine andere außer meiner Frau Helena«, erklärte er.

Ich spitzte die Ohren. »Wirklich?«

Sein Gesicht glühte, er sah entzückt vor sich hin. »Ich bin mit der schönsten Frau der Welt verheiratet«, verkündete er feierlich.

Ohne unhöflich zu wirken, verriet meine Miene doch eine gewisse Ungläubigkeit. »Tatsächlich?«

»Ja, tatsächlich, Paris. An Helena reicht keine heran.«

»Ist sie schöner als die Frau meines Bruders Hektor?«

»Die Prinzessin Andromache ist die bleiche Selene im Vergleich zum Glanz von Helios«, sagte er.

»Erzählt mir mehr.«

Seufzend ließ er die Arme sinken. »Wer könnte Aphrodite beschreiben? Geht auf mein Schiff, Paris, und schaut Euch die Galionsfigur an. Das ist Helena.«

Ich schloss die Augen und erinnerte mich. Nicht dass ich ihm glaubte. Das Vorbild konnte gar nicht so schön sein wie die Figur. Keine Statue der Aphrodite, die ich je gesehen hatte, konnte es mit dem Gesicht dieser Galionsfigur aufnehmen (obwohl, um die Wahrheit zu sagen, die Bildhauer ein armes Völkchen waren, das darauf beharrte, seine Statuen mit einfältigem Lächeln, starren Gesichtszügen und noch starreren Leibern auszustatten).

»Majestät«, sagte ich spontan, »ich muss demnächst mit einer Gesandtschaft nach Salamis reisen, um mich bei König Telamon nach dem Wohlergehen meiner Tante Hesione zu erkundigen. Und während ich mich in Griechenland aufhalte, will ich auch Reinigung von einem Totschlag suchen. Ist es weit von Salamis nach Lakedaimon?«

»Nun, das eine ist eine Insel vor der attischen Küste und das andere liegt auf der Insel Pelops, aber – nein, das ist leicht zu bewerkstelligen.«

»Würdet Ihr es übernehmen, mich zu reinigen, Menelaos?«

Er strahlte. »Natürlich, natürlich! Das ist das Mindeste, was ich tun kann, um Euch Eure Freundlichkeit zu vergelten, Paris. Kommt im Sommer nach Lakedaimon, und ich werde die Riten vollziehen.« Er sah selbstgefällig drein. »Ihr habt mir nicht geglaubt, als ich von Helenas Schönheit sprach – nicht wahr? Eure Augen haben Euch verraten. Also kommt nach Amyklai und überzeugt Euch selbst. Und danach erwarte ich eine Entschuldigung.«

Wir besiegelten die Verabredung mit einem Schluck Wein, dann vertieften wir uns in die Vorbereitungen für die Reise nach Lyrnessos, wo die Gebeine der Söhne des Prometheus unter den indignierten Blicken von König Anchises und seinem Sohn Aineas ausgegraben werden sollten. Also Helena sollte tatsächlich so schön sein wie Aphrodite? Ich fragte mich, wie Anchises und Aineas *diesen* Vergleich verdauen würden, wenn Menelaos damit prahlte, was er sicher tun würde. Schließlich wusste jeder, dass Anchises in seiner Jugend so schön gewesen war, dass Aphrodite in Liebe zu ihm entbrannte. Dann verließ sie ihn und brachte Aineas zur Welt. Nun ja! Wie einen die Torheiten der Jugend doch irgendwann wieder einholten.

KAPITEL 6

ERZÄHLT VON
HELENA

Als die Gebeine der Söhne des Prometheus' – umgeben von kostbaren Kunstschätzen und jeder Schädel mit einer Goldmaske bedeckt – im Boden von Amyklai beerdigt waren, ebbte die Plage allmählich ab. Wie wunderbar, endlich wieder durch die Stadt fahren oder den sportlichen Wettkämpfen in der Arena hinter dem Palast zusehen zu können. Wie wunderbar, wieder die lächelnden Gesichter der Menschen zu erblicken und zu hören, wie sie uns priesen, wenn wir uns in ihrer Mitte aufhielten. Der König hatte die Plage besiegt, und alles war wieder gut.

Außer mit Helena. Menelaos lebte mit einem Schatten. Im Lauf der Jahre wurde ich immer stiller, immer ernster, blieb aber stets würdevoll und pflichtbewusst. Ich gebar Menelaos zwei Töchter und einen Sohn. Jede Nacht schlief er in meinem Bett. Niemals verweigerte ich ihm den Zutritt zu meinen Gemächern, wenn er klopfte. Und er liebte mich. In seinen Augen konnte ich kein Arg entdecken. Und das war der Grund, weshalb ich seine würdevolle und pflichtbewusste Gattin blieb; es war zu schön, wie eine Göttin behandelt zu werden. Es gab allerdings noch einen anderen Grund: Ich wollte den Kopf auf den Schultern behalten.

Wenn ich nur in der Lage gewesen wäre, kühl und unbeteiligt zu bleiben, als er nach der Hochzeit zu mir kam! Aber das konnte ich nicht. Helena war ein Geschöpf aus Fleisch und Blut, nicht gefeit gegen die Berührung eines Mannes, selbst wenn er so grässlich und tölpelhaft wie mein Gatte war. Immer noch besser als gar kein Mann.

Der Sommer kam, der heißeste, an den sich alle erinnern konnten. Es hörte auf zu regnen, und die Flüsse trockneten aus, die Priester vor ihren Altären murmelten Unheilvolles. Die Plage hatten wir überlebt – sollte uns nun eine Hungersnot heimsuchen? Zweimal fühlte ich, wie Poseidon, der Beweger der Erde, aufstöhnte und ruhelos in den Eingeweiden der Erde herumwühlte. Die Menschen fingen an, von bösen Vorzeichen zu reden, und die Priester erhoben die Stimme, als der Weizen taub zu Boden sank und die robustere Gerste ihm zu folgen drohte.

Aber als die Sommerhitze ihren Höhepunkt erreicht hatte, meldete sich der Donnerer mit seinen schwarzen Brauen zu Wort. An einem windstillen, erstickend heißen Tag schickte er seine Boten, die Sturmwolken, die er am metallweißen Himmel immer höher aufeinandertürmte. Am Nachmittag verschwand die Sonne, Düsternis breitete sich aus; endlich brach es aus Zeus heraus. Er brüllte uns seine Macht in die ertaubenden Ohren, und seine Blitze schleuderte er mit einer solchen Wucht hernieder, dass Mutter Erde erzitterte und zusammenfuhr. Jeder Strahl fiel wie eine Feuersäule aus seiner furchtbaren Hand.

Bebend vor Angst, schwitzend und Gebete vor mich hinstammelnd, kauerte ich mich auf eine Liege und hielt mir die Ohren zu, wenn der Donner krachte und das weiße Licht aufzuckte. Menelaos, Menelaos, wo bist du?

Dann hörte ich in der Ferne, wie er ungewohnt lebhaft mit jemandem sprach, dessen Griechisch verzerrt und lispelnd klang – ein Fremder. Ich stürzte zur Tür und eilte in meine Gemächer. Ich wollte keinen Unwillen hervorrufen, denn wie alle Frauen am Hof hatte ich mir angewöhnt, in der Hitze nur ein Hemd aus durchsichtigem ägyptischem Leinen zu tragen.

Kurz vor dem Abendessen erschien Menelaos, um zuzusehen, wie ich ein Bad nahm. Er versuchte nie, mich dabei anzufassen; er wollte mich einfach nur betrachten.

»Meine Liebe«, sagte er und räusperte sich, »wir haben einen Gast. Würdest du heute Abend bitte deine Staatsrobe tragen?«

Ich war verblüfft. »Ist er so bedeutend?«

»Allerdings. Es ist mein Freund, Prinz Paris aus Troja.«

»Ah ja, ich erinnere mich.«

»Du musst einfach hinreißend aussehen, Helena, denn ich habe mit deiner Schönheit geprahlt, als ich in Troja war. Er wollte mir nicht glauben.«

Lächelnd wandte ich mich ihm zu; das Wasser schwappte über. »Ich werde hinreißend aussehen, lieber Gatte, das verspreche ich.«

Und das tat ich dann wohl auch, als ich den Speisesaal betrat, kurz bevor sich der Hof versammelte, um mit dem Königspaar das letzte Mahl bei Tageslicht einzunehmen. Menelaos war schon da. Er stand an unserem Tisch und unterhielt sich mit einem Mann, der mir den Rücken zuwandte. Ein sehr interessanter Rücken. Er war viel größer als Menelaos, eine Mähne dichter schwarzer Locken fiel über seine Schultern, und von der Mitte an aufwärts war er nach Art der Kreter nackt. Ein breiter, in Gold eingefasster Juwelenkragen lag um seine Schultern; seine beiden kräftigen Arme umspannten Gold- und Kristallreifen. Ich betrachtete seinen Purpurrock, die wohlgeformten Beine und fühlte eine Erregung in mir aufsteigen, wie ich sie seit Jahren nicht gekannt hatte. Von hinten sah er gut aus, aber vermutlich, so dachte ich sarkastisch, hatte er ein Pferdegesicht.

Als ich über meine Volants strich, um sie zum Klingeln zu bringen, wandten sich die beiden Männer um. Ich sah den Besucher an – und war verliebt. Genauso einfach geschah es. Ich war verliebt. Wenn ich die vollendete Frau war, so war er der vollendete Mann. Ich starrte ihn ziemlich verdutzt an. Er hatte keinen Makel. Und ich liebte ihn.

»Meine Liebe«, sagte Menelaos und trat auf mich zu, »das ist Prinz Paris. Wir müssen ihm jede Freundlichkeit und Aufmerksamkeit erweisen – er war mir ein vortrefflicher Gastgeber in Troja.« Mit hochgezogenen Brauen warf er Paris einen Blick zu. »Und, mein Freund, habt Ihr immer noch Zweifel?«

»Nein«, sagte Paris. Und dann wiederholte er: »Nein.«

Menelaos strahlte. Er hatte den Abend für sich entschieden.

Das Essen war ein Alptraum! Der Wein floss reichlich, obwohl ich (als Frau) nicht an dessen Genuss teilhaben durfte. Aber welch arglistiger Gott trieb Menelaos, der sonst so abstinent war, ihn in sich hineinzuschütten? Paris saß zwischen uns, sodass ich nicht in der Lage war, meinen Mann von seinem Kelch abzulenken. Und dieser trojanische Prinz benahm sich auch nicht gerade diplomatisch. Natürlich hatte ich gesehen, wie seine Augen voll Interesse aufblitzten, als er sie auf mich gerichtet hatte; aber so reagierten viele Männer, um sich dann eher schüchtern zurückzuziehen. Nicht so Paris. Während des ganzen Essens machte er mir ungehörige Komplimente, und dabei sah er mich so ungeniert an, als habe er völlig vergessen, dass wir am Tisch des Königs saßen und von mehr als hundert Männern und Frauen des Hofs umgeben waren.

Verwirrt und erschrocken, wie ich war, versuchte ich den Beobachtern (über die Hälfte davon Spione Agamemnons) vorzuspielen, dass nichts Unschickliches geschah. So gesittet und beiläufig wie möglich fragte ich Paris, wie es sich lebte in Troja, ob man in Kleinasien so etwas wie Griechisch sprach, wie weit es von Troja nach Assyrien und Babylon war und ob man dort auch die griechische Sprache verstand.

Er kannte sich aus mit Frauen, und so antwortete er leicht und bestimmt, während seine dreisten Augen von meinen Lippen zu den Haaren, von den Fingerspitzen zu den Brüsten wanderten.

Je länger sich das Mahl hinzog, desto undeutlicher sprach Menelaos, der nichts von dem mitzubekommen schien, was sich jenseits seines Kelchrandes abspielte. Und umso kühner wurde Paris. Er lehnte sich so nah an mich, dass ich seinen Atem auf meiner Haut spüren, seine Süße riechen konnte. Ich rutschte bis ans Ende der Bank.

»Die Götter sind grausam«, flüsterte er, »dass sie soviel Schönheit einem einzigen Mann schenken.«

»Mein Herr, hütet Eure Zunge! Seid diskret, ich bitte Euch!«

Ein Lächeln war seine Antwort. Meine Brust wurde mir eng, Hitze stieg in mir auf, und ich presste die Knie zusammen.

»Ich habe Euch heute Nachmittag gesehen«, sagte er, als gebe es nichts anderes zu bereden, »wie Ihr in Eurem Gazehemd vor uns geflohen seid.«

Scharlachröte bedeckte meine Haut; ich betete, dass niemand im Saal es bemerkte.

Er legte seine Hand auf meinen Arm. Ich sprang auf; die Berührung war kaum zu ertragen. Ein Schauer durchfuhr mich.

»Mein Herr, *bitte*! Mein Gatte!«

Lachend zog er seine Hand zurück, doch das geschah so abrupt, dass er mit dem Ellbogen seinen Kelch umstieß und der Rotwein sich in einem See auf das helle Holz ergoss. Noch während ich einem Diener winkte, er möge den Tisch säubern, beugte er sich zu mir.

»Ich liebe dich, Helena«, sagte er.

Hatte der Bedienstete etwas gehört? Warum waren ihre Gesichter immer so gleichmütig, während sie ihre Herrschaft bedienten? Ich warf einen Blick auf Menelaos; er starrte schläfrig und trunken ins Leere.

Er war so betrunken, dass er in dieser Nacht nicht zu mir kam. Seine Männer trugen ihn in seine Gemächer und ließen mich allein die meinen aufsuchen. Lange Zeit saß ich im Salon am Fenster und dachte nach. Was sollte ich tun? Wie konnte ich die Tage überstehen, die dieser gefährliche Mann unser Gast war? Schon nach dem Essen in seiner Gesellschaft war ich völlig durcheinander. Unbekümmert machte er mir den Hof, da er meinen Mann wohl für zu unbedarft hielt, dies zu bemerken. Aber daran war der Wein schuld, und ich wusste, dass Menelaos beim Abendessen am nächsten Tag nüchtern bleiben würde. Selbst der törichteste Mann besaß ein gewisses Maß an Wachsamkeit; und darüber hinaus konnte es einen Höfling geben, der etwas ausplaudern wollte. Sie wurden von Agamemnon bezahlt, auf mich aufzupassen. Wenn nur einer von ihnen befand, ich sei untreu, würde Agamemnon es innerhalb eines Tages erfahren. Trojanischer Prinz oder nicht, Paris würde seinen Kopf verlieren. Und ich auch. *Ich auch!*

Hin und her gerissen zwischen Angst und Verlangen, krümmte ich mich zusammen. Oh, wie sehr ich ihn liebte! Aber was war das für eine Liebe, die so plötzlich, ohne jede Warnung kam? Der schieren Lust konnte ich widerstehen; das hatte ich im Lauf meiner Ehe gelernt. Die Liebe jedoch war unwiderstehlich. Ich verzehrte mich danach, bei Paris zu sein. Ich verzehrte mich danach, mein Leben mit ihm zu teilen. Ich wollte wissen, wie er dachte, wie er lebte, wie er fühlte, wie er aussah, wenn er schlief. Der Pfeil hatte mich durchbohrt, jener Pfeil, der Phädra dazu gebracht hatte, sich umzubringen, der Danae in eine Truhe steigen ließ, die ihr Vater ins Meer warf, der Odysseus den Mut gab, auf der Suche nach Eurydike das Reich des Hades zu durchqueren. Mein Leben gehörte mir nicht mehr; es gehörte von nun an Paris. Ich würde für ihn sterben. Aber … welche Lust, für ihn *leben* zu können!

Wenige Minuten nachdem ich erschöpft ins Bett gefallen war, kam Menelaos. Die Hähne krähten bereits, und der östliche Saum des nebligen Himmels färbte sich weiß. Er sah einfältig drein und weigerte sich, mich zu küssen.

»Mein Atem riecht nach Wein, Liebe, es würde dich abstoßen. Merkwürdig, dass ich so viel getrunken habe. Es gab doch gar keinen Grund.«

Ich zog ihn neben mich auf das Bett. »Wie fühlst du dich heute Morgen, abgesehen von deinem Atem?«

Er grinste. »Ein bisschen unwohl.« Dann wurde er ernst. »Helena, ich habe ein Problem.«

Mein Mund wurde trocken; ich merkte, wie ich mir die Lippen leckte. Einer der Höflinge hatte es ihm erzählt! Eine Ausrede! Ich *musste* eine Ausrede finden. »Was für ein Problem?«, brachte ich mühsam hervor.

»Man hat mich geweckt, weil ein Bote aus Kreta eingetroffen ist. Mein Großvater Katreus ist gestorben, und Idomeneus hat die Beerdigung verschoben, bis entweder Agamemnon oder ich kommen kann. Natürlich erwartet er, dass ich reise. Agamemnon muss in Mykene bleiben.«

Mit offenem Mund setzte ich mich auf. »Menelaos! Du kannst nicht weggehen!«

Meine Erregung überraschte ihn, aber er fasste sie als Kompliment auf. »Ich habe keine Wahl, Helena. Ich muss nach Kreta.«

»Wirst du lange fort sein?«

»Ein halbes Jahr mindestens – ich wünschte, deine geografischen Kenntnisse wären etwas besser. Die Herbstwinde tragen mich zwar hinunter, aber ich muss auf die Sommerwinde warten, die mich zurückbringen.«

»Oh«, sagte ich seufzend. »Wann musst du aufbrechen?«

Er drückte meinen Arm. »Noch heute, Liebste. Ich muss erst nach Mykene zu Agamemnon, und da ich von Lerna oder Nauplia absegle, werde ich vorher nicht mehr zurückkommen. Ein Jammer«, meinte er und freute sich über meine Bestürzung.

»Aber du kannst nicht fort, Menelaos. Du hast einen Gast im Haus.«

»Paris wird es verstehen. Ich werde heute Morgen noch für ihn die Reinigungsriten vollziehen, ehe ich nach Mykene reise, aber ich werde ihm auch zu verstehen geben, dass er so lange bleiben kann, wie es ihm gefällt.«

»Nimm ihn mit nach Mykene«, schlug ich eifrig vor.

»Helena, wirklich! In solcher Eile? Natürlich sollte er nach Mykene reisen, aber doch erst dann, wenn es ihm beliebt«, entgegnete mein törichter Ehemann, der nur darauf bedacht war, es seinem Besucher so angenehm wie möglich zu machen, ohne zu sehen, welche Gefahr er bedeutete.

»Menelaos, du kannst mich nicht mit Paris hier allein lassen!«, schluchzte ich.

Er zwinkerte mir zu. »Warum nicht? Du bist gut behütet, Helena.«

»Agamemnon sieht das vielleicht nicht so.«

Meine Hand lag auf seinem Arm; er beugte sich vor, um sie zu küssen. »Helena, beruhige dich. Deine Sorge ist zwar bezaubernd, aber unnötig. Ich vertraue dir, und Agamemnon tut es auch.«

Wie sollte ich ihm erklären, dass ich mir nicht traute?

Am Nachmittag stand ich am Fuß der Palasttreppe und sagte meinem Gatten Lebewohl. Paris war nirgends zu sehen.

Als die Wagen und Karren in der Ferne verschwunden waren, ging ich in meine Gemächer und blieb dort. Meine Mahlzeiten wurden mir gebracht. Wenn Paris mich nicht zu sehen bekam, würde er vielleicht des Spiels müde, das er spielte, und machte sich davon nach Mykene oder Troja. Und die Höflinge hatten keine Möglichkeit, uns zusammen zu sehen.

Aber als es Nacht wurde, konnte ich nicht einschlafen. Ruhelos wanderte ich in meinem Schlafzimmer auf und ab, dann ging ich zum Fenster. Amyklai lag in völliger Dunkelheit, nirgends brannte Licht, und die Berge waren düstere Buckel unter einem sternenübersäten Himmel. Der Mond sandte ein sanftes Licht in das Tal von Lakedaimon. Entzückt gab ich mich diesem Anblick hin, und beugte mich dann hinaus, um die Stille ganz in mich aufzunehmen. Und während mich dieser Zauber noch erfüllte, spürte ich ihn hinter mir, wie er die himmlische Schönheit über meine Schulter hinweg betrachtete. Ich schrie weder auf, noch wandte ich mich um, aber er wusste genau, wann ich seine Gegenwart wahrgenommen hatte. Seine Hände umfassten meine Arme, und er zog mich sanft an sich.

»Helena von Amyklai, du bist so schön wie Aphrodite.«

Mein Körper gab nach, ich legte meinen Kopf an seine Wange.

»Versucht die Göttin nicht, Paris. Sie mag keine Rivalinnen.«

»Dich mag sie. So versteh doch. Aphrodite hat dich mir gegeben. Ich gehöre ihr, ich bin ihr Liebling.«

»Erzählt man sich deshalb von Euch, dass Ihr nie ein Kind gezeugt habt?«

»Ja.« Seine Hände kreisten langsam um meine Hüften, ohne Eile, als habe er alle Zeit der Welt, um mich zu lieben. Seine Lippen fanden meinen Nacken. »Helena, hast du dich nie danach gesehnt, da draußen in der Nacht zu sein, tief in einem Wald? Hast du dir nie gewünscht, so behände wie ein Reh zu sein? Wolltest du nie laufen und springen, so frei und leicht sein wie der Wind und dann erschöpft unter dem einzigen Mann, den es für dich gibt, zu Boden sinken?«

Meine Nerven fibrierten, aber mit trockenem Mund erwiderte ich: »Nein. Ich träume niemals von solchen Dingen.«

»Ich schon. Von dir. Ich kann dein langes, blondes Haar fliegen sehen, deine langen Glieder mühen sich, in der Jagd mich nicht näher kommen zu lassen. So hätte ich dich treffen sollen, nicht in diesem leeren, leblosen Palast.« Er öffnete mein Nachtgewand, seine Handflächen lagen so leicht wie Federn auf meinen Brüsten. »Du hast dir die Schminke abgewaschen.«

Damit war es um mich geschehen. Ich drehte mich in seinen Armen um und vergaß alles, außer dass er der Mann war, den mir die Natur zugedacht hatte. Und dass ich ihn liebte, von ganzem Herzen liebte.

Wie eine fügsame Sklavin lag ich in seinen Armen, so willenlos wie die Stoffpuppe meiner kleinen Tochter, und wünschte, die Morgenröte möge verschwinden.

»Komm mit mir nach Troja«, sagte er plötzlich.

Ich richtete mich auf, um sein Gesicht zu sehen, und entdeckte, dass meine Liebe erwidert wurde und sich in seinen wunderbaren dunklen Augen spiegelte. »Das ist Wahnsinn«, sagte ich.

»Nein, das ist nur vernünftig.« Eine Hand lag auf meinem Leib, die andere spielte mit meinem Haar. »Du gehörst nicht zu einem gefühllosen Klotz wie Menelaos. Du gehörst zu mir.«

»Ich bin in diesem Land geboren. Ich bin die Königin. Meine Kinder leben hier.« Ich wischte mir die Tränen ab.

»Helena, du gehörst Aphrodite, genau wie ich! Ich habe ihr einst einen heiligen Eid geschworen, ihr alles zu geben – ich habe Hera und Pallas Athene zu ihren Gunsten verschmäht, wenn sie mir dafür gab, was ich verlangte. Und alles, was ich will, bist du.«

»Ich *kann nicht* fort!«

»Du kannst nicht bleiben, wenn *ich* nicht mehr hier sein werde.«

»Oh, ich liebe dich. Wie soll ich ohne dich leben?«

»Diese Frage gibt es nicht, Helena.«

»Du verlangst Unmögliches«, jammerte ich. Meine Tränen flossen immer schneller.

»Unsinn! Was ist so schwierig? Deine Kinder zu verlassen?«

Das ließ mich innehalten. Ich antwortete aufrichtig: »Nicht wirklich. Nein. Sie sind so schrecklich gewöhnlich. Sie kommen ganz nach Menelaos, bis hin zu den Haaren. Und sie haben *Sommersprossen.*«

»Wenn es nicht die Kinder sind, muss es Menelaos sein.«

Stimmte das? Nein. Der arme, geschundene Menelaos, der mit eiserner Hand von Mykene aus unterdrückt wurde. War ich ihm überhaupt etwas schuldig? Ich hatte ihn nie heiraten wollen. Ich schuldete ihm nicht mehr als seinem Bruder mit den buschigen Augenbrauen, diesem abstoßenden Mann, der uns wie Figuren auf einem riesigen Spielbrett benutzte. Agamemnon nahm nicht die geringste Rücksicht auf mich – auf meine Wünsche, Bedürfnisse, Gefühle.

»Ich komme mit dir nach Troja«, sagte ich. »Hier hält mich nichts. Gar nichts.«

KAPITEL 7

ERZÄHLT VON
HEKTOR

Der Hafenmeister von Sigios hatte mir die Nachricht gesandt, dass Paris' Flotte endlich aus Salamis zurückgekehrt war; als ich mich der täglichen Versammlung anschloss, schickte ich einen Pagen, der meinem Vater die Neuigkeit ins Ohr flüstern sollte. Es war die übliche, ermüdende, sich hinziehende Audienz: ein paar Streitereien über Eigentum, Sklaven, Land und dergleichen; eine Botschaft aus Babylon; eine Klage über Weiderechte von unseren noblen Verwandten in Dardanien, wie immer von Onkel Antenor vorgetragen.

Die Botschaft aus Babylon war abgehandelt worden, und der König wollte gerade seine Entscheidung in irgendeiner unwichtigen Sache verkünden, als unter Fanfarenklängen Paris in den Thronsaal trat. Bei seinem Anblick musste ich lächeln: Er hatte sich ein bisschen zu sehr in einen Kreter verwandelt. Von seinem fransenbesetzten Purpurrock bis hin zu seinen Juwelen und Locken – der reine Modenarr. Er sah sehr gut und sehr selbstzufrieden aus. Was er wohl angestellt hatte, dass er wie ein Schakal dreinschaute, der dem Löwen die Beute weggeschnappt hatte? Unser Vater betrachtete ihn natürlich mit liebevoller Nachsicht – wie konnte sich ein Mann, der weise genug war, um auf einem Thron zu sitzen, so von bloßem Charme und gutem Aussehen blenden lassen?

Paris schritt durch die Halle zum Podium und ließ sich gerade auf der obersten Stufe nieder, als ich ihn erreichte. Der unverbesserliche Schnüffler Antenor trieb sich ebenfalls in Hörweite herum. Ich nahm neben dem Thron Aufstellung.

»Hast du gute Nachrichten, mein Sohn?«, fragte der König.

»Nicht von Tante Hesione«, erwiderte Paris mit einem Kopfschütteln, sodass seine Locken flogen. »König Telamon war freundlich zu mir, hat aber auch klargemacht, dass er auf Tante Hesione nicht verzichten werde.«

Der König wurde beängstigend ruhig. Wie tief saß dieser alte Hass in ihm? Warum hegte Vater selbst nach so vielen Jahren noch eine so große Abneigung gegenüber den Griechen? Das Zischen, mit dem er die Luft einsog, ließ den ganzen Saal verstummen.

»Wie kann er es wagen! Wie kann Telamon es wagen, mich zu beleidigen! Hast du deine Tante gesehen, konntest du mit ihr sprechen?«

»Nein, Vater.«

»Dann sollen sie alle verflucht sein!« Er reckte den Kopf in die Höhe und schloss die Augen. »Oh, allmächtiger Apollo, Gott des Lichts, Herrscher über Sonne, Mond und Sterne, gib mir die Möglichkeit, den Stolz der Griechen zu brechen!«

Ich beugte mich zum Thron hinab. »Beruhigt Euch, Majestät! Ihr habt doch sicher keine andere Antwort erwartet?«

Er wandte den Kopf zu mir und öffnete die Augen. »Nein, ich glaube nicht. Danke, Hektor. Wie immer bringst du mich zurück in die nüchterne Wirklichkeit. Aber sag mir, warum sollen die Griechen immer mit allem davonkommen? Warum sollten sie eine trojanische Prinzessin entführen dürfen?«

Paris legte die Hand auf das Knie unseres Vaters und gab ihm einen leichten Klaps. Als der König zu ihm hinabblickte, wurden seine Züge weicher.

»Vater, ich habe die Arroganz der Griechen angemessen bestraft«, sagte Paris mit leuchtenden Augen.

Ich wollte mich schon entfernen, aber etwas in seiner Stimme ließ mich innehalten.

»Und wie, mein Sohn?«

»Auge um Auge, Majestät! Auge um Auge! Die Griechen haben Eure Schwester gestohlen, also habe ich Euch aus Griechenland eine Beute mitgebracht, die wertvoller ist als jedes fünfzehnjährige Mädchen!« Er sprang auf, denn er war so stolz auf sich, dass er es nicht einen Augenblick länger zu Füßen seines Vaters aushielt.

»Majestät«, rief er so laut, dass es von den Wänden widerhallte, »ich habe Euch Helena mitgebracht! Königin von Lakedaimon, Gattin von Menelaos, dem Bruder Agamemnons, und Schwester von Agamemnons Königin Klytämnestra!«

Ich taumelte vor Schreck, und für einen Moment verschlug es mir die Sprache. Das war tragisch, denn es gab Onkel Antenor die Gelegenheit, als erster zu reagieren. Er sprang herbei, und die geschwollenen Gelenke ließen seine Hände wie riesige, missgestaltete Klauen erscheinen.

»Du törichter, unwissender, vorwitziger Narr!«, brüllte er los. »Du milchbärtiger Frauenheld! Warum hast du nicht gleich Klytämnestra selbst entführt? Die Griechen stöhnen schon genug über unsere Handelsblockade und ihren Mangel an Zinn und Kupfer, aber glaubst du etwa, dies würden sie sich auch noch gefallen lassen? *Du Dummkopf!* Du hast Agamemnon die Handhabe geliefert, auf die er seit Jahren wartet! Du hast einen Brand gelegt, der Trojas Verderben sein wird! Du hirnloser, eingebildeter Tölpel! Warum hat dein Vater dich nicht ausgesetzt? Warum hat er deinen liederlichen Werdegang nicht beendet, bevor er so viel Unheil anrichten konnte? Wenn wir die Folgen deiner Tat überstanden haben, wird kein Trojaner mehr deinen Namen aussprechen, ohne dabei auszuspucken!«

Innerlich gab ich dem alten Mann Recht, denn genau das waren auch meine Empfindungen. Aber zugleich verfluchte ich Antenor. Was hätte mein Vater wohl beschlossen, wenn er seine Zunge gehütet hätte? Wenn Antenor irgendetwas für falsch erachtete, war der König prompt dafür. Gleichgültig, was Vater von der Sache hielt, Antenor hatte ihn auf Paris' Seite getrieben.

Paris stand wie vom Donner gerührt da. »Vater, ich habe es für Euch getan!«, sagte er flehentlich.

Antenor schnaubte. »O ja, natürlich! Und hast du das berühmteste aller unserer Orakel vergessen? ›*Hütet euch vor der Frau, die als Preis für Troja aus Griechenland geholt wird!*‹ Spricht das nicht für sich selbst?«

»Nein, das habe ich nicht vergessen!«, rief mein Bruder. »Helena ist kein Preis! Sie ist aus freien Stücken mit mir gekommen!

Sie ist nicht das Opfer einer Entführung, sie kam freiwillig, weil sie mich heiraten möchte! Und zum Beweis dafür hat sie einen großen Schatz mitgebracht – genug Gold und Juwelen, um davon ein Königreich zu erwerben! Eine Mitgift, Vater, eine Mitgift!« Er kicherte. »Ich habe den Griechen eine weitaus größere Kränkung zugefügt, als eine Königin zu entführen – ich habe ihnen *Hörner aufgesetzt*!«

Antenor wirkte erschöpft. Während er langsam sein weißes Haupt schüttelte, schlurfte er zurück in die Menge. Paris sah mich eindringlich an.

»Hektor, unterstütze mich!«

»Wie sollte ich?«, knurrte ich durch die Zähne.

Er wandte sich ab, fiel auf die Knie und umfasste die Beine des Königs. »Was für Unheil könnte denn schon daraus entstehen, Vater?«, fragte er schmeichelnd. »Wann hat die freiwillige Flucht einer Frau jemals Krieg bedeutet? Helena ist aus eigenem Antrieb hier! Und sie ist kein unerfahrenes Mädchen! Sie ist zwanzig Jahre alt! Seit sechs Jahren ist sie verheiratet – sie hat Kinder! Und könnt Ihr Euch vorstellen, wie schrecklich ihr Leben gewesen sein muss, wenn sie ein Königreich und ihre Kinder aufgibt? Vater, ich liebe sie! Und sie liebt mich!«, sagte er voller Pathos, dann versagte ihm die Stimme, und Tränen rannen über seine Wangen.

Sanft berührte der König sein Haar, streichelte und tätschelte es. »Ich werde sie mir ansehen«, beruhigte er ihn.

»Nein, wartet!« Antenor trat wieder vor. »Bevor Ihr diese Frau seht, Majestät, bestehe ich darauf, dass Ihr mich anhört! Schickt sie nach Hause, Priamos, schickt sie nach Hause! Schickt sie ungesehen zurück zu Menelaos – mit einer aufrichtigen Entschuldigung, mit allen Schätzen, die sie mitgebracht hat, und mit der Empfehlung, ihren Kopf vom Hals zu trennen. Nichts weniger hat sie verdient. *Liebe*! Was ist das für eine Liebe, wenn eine Mutter ihre Kinder zurücklässt. Sagt Euch das nichts? Sie bringt Troja einen großen Schatz mit, aber nicht ihre Kinder.«

Mein Vater mochte ihn nicht ansehen, aber er musste gewusst haben, was wir Übrigen dachten, und so machte er keinen Versuch, Antenors Tirade zu beenden. Dieser fuhr fort: »Priamos, ich fürchte den König von Mykene, und das solltet Ihr auch! Ihr habt sicher letztes Jahr eben jenen Menelaos davon schwafeln gehört, wie Agamemnon ganz Griechenland zum gehorsamen Vasallen von Mykene gemacht hat. Was ist, wenn er sich jetzt für Krieg entscheidet? Selbst wenn wir ihn schlagen, wird er uns ruinieren. Trojas Reichtum hat sich seit undenklichen Zeiten nur deshalb vermehrt, weil es vermieden hat, Krieg zu führen. Kriege stürzen Völker ins Verderben, Priamos – das hast du selbst gesagt! Das Orakel verkündet, dass eine Frau aus Griechenland unser Untergang sein wird. Dennoch wollt Ihr sie sehen! Hütet Euch vor unseren Göttern! Hört auf die Weisheit ihrer Orakel! Was sind sie denn anderes als die uns von Gott gegebene Möglichkeit, auf dem Webstuhl der Zeit das Muster der Zukunft zu erblicken? Ihr habt das Werk Eures Vaters Laomedon fortgesetzt und es noch verschlimmert – während er die Zahl der griechischen Kaufleute im Marmarameer nur begrenzt hat, habt Ihr allen den Zugang verwehrt. Die Griechen *schmachten* nach Zinn. Ja, Kupfer können sie – für viel Geld! – aus dem Westen beziehen, aber sie können kein Zinn bekommen. Was allerdings nichts daran ändert, dass sie reich und mächtig sind.«

Paris hob sein tränenüberströmtes Gesicht zum König empor. »Vater, ich habe es Euch bereits gesagt. Helena ist kein Preis. Sie ist aus freiem Willen gekommen. Darum kann sie nicht die Frau aus dem Orakelspruch sein – sie kann es einfach nicht sein!«

Diesmal gelang es mir, mich vor Antenor einzumischen. Ich stieg vom Podium herab. »*Du* sagst, dass sie freiwillig hier ist, Paris – aber sagen das auch die Griechen? Glaubst du, dass Agamemnon den übrigen Königen erzählen wird, dass sein Bruder der lächerlichste aller Männer, nämlich ein Hahnrei, ist? Nicht Agamemnon, stolz wie er ist! Nein, er wird die Geschichte verbreiten, dass Helena entführt worden ist. Antenor hat Recht, Vater. Wir stehen am Rande eines Krieges. Und wir können nicht so tun, als beträfe ein Krieg mit Griechenland nur uns. Wir haben Verbündete, Vater! Wir sind Teil des kleinasiatischen Staatenbundes. Wir haben Handels- und Freundschaftsverträge mit allen Küstenstaaten zwischen Dardanien und Kilikien, im Landesinnern reichen sie bis nach

Assyrien, im Norden bis nach Skythien. Die Küstenländer sind reich und unterbevölkert – es gibt viel zu wenig Männer, um eine griechische Invasion abzuwehren. Sie unterstützen uns bei unserer Blockade, und sie sind durch den Verkauf von Zinn und Kupfer an die Griechen fett geworden. Glaubt Ihr, dass sich Agamemnon bei einem Krieg auf uns beschränken wird! Nein! Es wird überall Krieg geben!«

Vater sah mich unverwandt an; ich hielt furchtlos seinem Blick stand. Erst vor wenigen Minuten hatte er gesagt: »Wie immer bringst du mich zurück in die Wirklichkeit.« Aber jetzt, dachte ich verzweifelt, war ihm die Wirklichkeit egal. Antenor und ich hatten nur seinen Starrsinn geweckt.

»Ich habe alles gehört, was ich wollte«, verkündete er mit eisiger Stimme. »Herold, hol Königin Helena.«

Wir warteten. In der Halle war es totenstill wie in einem Grab. Ich starrte Paris an und fragte mich, wie er nur zu einem solchen Narren geworden war. Er hatte sich auf dem Podest umgedreht (wobei er mit einer Hand weiter das Knie unseres Vaters streichelte) und blickte mit einem selbstgefälligen Grinsen hinüber zu den Türen. Er war sich sicher, dass uns eine große Überraschung erwartete, und ich erinnerte mich, wie Menelaos gesagt hatte, dass sie eine schöne Frau sei. Aber ich hatte immer Vorbehalte, wenn Männer Königinnen oder Prinzessinnen für schön befanden. Zu viele bekamen dieses Beiwort zusammen mit ihrem Titel.

Die Türen wurden aufgestoßen, und sie stand einen Augenblick auf der Schwelle, bevor sie sich anschickte, auf den Thron zuzugehen. Ihr Rock gab ein zartes Klingeln von sich, während sie näher kam, und verwandelte sie in eine leibhaftige Melodie. Ich merkte, wie ich die Luft anhielt und mich zwingen musste, wieder auszuatmen. Sie war wirklich die schönste Frau, die ich je gesehen hatte. Selbst Antenor verschlug es den Atem.

Aufrecht und mit stolz erhobenem Haupt durchquerte sie ebenso würdevoll wie anmutig den Saal, zeigte weder Scheu noch Scham. Für eine Frau war sie groß, und sie besaß den wohlgeformtesten Körper, den Aphrodite je einem weiblichen Wesen geschenkt hatte. Eine schmale Taille, sanft gerundete Hüften und lange Beine, die sich unter ihrem Rock abzeichneten. Nein, es gab nichts an ihr auszusetzen. Ihre Brüste! Sie waren nackt, wie bei den unzüchtigen Griechen üblich, straff und voll und bedurften nicht des geringsten Schmucks, außer dass ihre Brustwarzen goldbemalt waren. Wir brauchten eine Weile, bis unsere Blicke an ihrem schwanengleichen Hals und dem ebenmäßigen Gesicht ankamen. Wenn ich mich heute an jenen Tag erinnere, dann war sie einfach… *schön.* Üppiges hellblondes Haar, dunkle Brauen und Wimpern, Augen in der Farbe von Gras im Frühling und mit schwarzen Lidstrichen umrandet, die nach Art der Kreter und Ägypter weit nach außen gezogen waren.

Wie viel davon war echt, wie viel ein Zauber? Ich werde es nie erfahren. Helena ist das größte Kunstwerk, das die Götter je zu Mutter Erde gesandt haben.

Für meinen Vater wurde sie zum Schicksal. Er war noch nicht alt genug, als dass er die Freuden vergessen hätte, die er in den Armen einer Frau gefunden hatte. Er sah sie an und verfiel ihr. In Liebe. Oder in Lust. Aber weil er schon zu alt war, um sie seinem Sohn wegzunehmen, beschloss er, es als Ehre aufzufassen, dass es einem seiner Söhne gelungen war, sie von ihrem Ehemann, ihren Kindern, ihrer Heimat fortzulocken. Voller Stolz richtete er seinen Blick auf Paris.

Sie waren wirklich ein hinreißendes Paar: er so dunkel wie Ganymed, sie so blond wie Artemis. Und schon mit diesem kleinen Auftritt hatte sie den ganzen Saal auf ihre Seite gebracht. Keiner der Männer konnte Paris noch für seine Torheit tadeln.

Als der König die Versammlung aufgelöst hatte, ging ich zu ihm, wobei ich absichtlich das Podest am anderen Ende betrat und mich nur langsam dem Thron näherte. Damit war ich drei Stufen über den beiden Liebenden und überragte auch deutlich meinen Vater. Normalerweise nutzte ich meine Größe nicht aus, aber Helena machte mich nervös; ich wollte ihr zeigen, wo Paris' Platz war – und wo meiner. Sie hob ihren Blick und sah mich mit ihren unergründlich grünen Augen an.

»Mein liebes Kind, das ist Hektor, mein Erbe«, sagte Vater.

Würdevoll und anmutig neigte sie den Kopf. »Es ist mir ein großes Vergnügen, Hektor.« Ihre Augen blitzten kokett. »Nein, was für ein *großer* Mann Ihr seid!«

Sie wollte mich provozieren, aber nicht, um Begierde in mir zu wecken; ihr Geschmack waren mehr milchbärtige Schönlinge wie Paris und nicht raue Krieger wie ich. Was mir nur recht sein konnte, denn ich war mir nicht sicher, ob ich ihr hätte widerstehen können.

»Der größte in Troja«, erwiderte ich steif.

Sie lachte. »Das bezweifle ich nicht.«

»Majestät«, sagte ich zu meinem Vater, »würdet Ihr mich entschuldigen?«

Er lachte heiser. »Sind meine Söhne nicht prächtig, Königin Helena? Der hier ist mein ganzer Stolz – ein großer Mann! Eines Tages wird er ein großer König sein.«

Sie sah mich nachdenklich an, ohne ein Wort zu sagen; aber hinter ihrem strahlenden Blick beschäftigte sich ihr Verstand wohl mit der Frage, ob man mich nicht als Thronerbe durch Paris ersetzen konnte. Ich überließ sie diesem Gedanken. Mit der Zeit würde ihr klarwerden, dass Paris nicht die geringste Neigung hatte, Verantwortung zu übernehmen.

Ich war schon an der Tür, als der König mir nachrief: »Warte, warte! Hektor, schick Kalchas zu mir.«

Ein Befehl, der mich verwirrte. Warum wollte der König diesen abstoßenden Mann sehen, aber nicht auch Laokoon und Theano? Es wurden viele Götter in der Stadt verehrt, aber unser besonderer Gott war Apollo. Ihm war ein eigener trojanischer Kult gewidmet, was seine drei Priester – Kalchas, Laokoon und Theano – zu den mächtigsten geistlichen Würdenträgern Trojas machte.

Ich fand Kalchas, wie er im Innenhof gemessenen Schrittes im Schatten des Zeus-Altars umherspazierte. Ich fragte ihn nicht, weshalb er hier war; er gehörte zu jenen, denen man keine Fragen stellte. Ein paar Momente sah ich ihm unbemerkt zu und versuchte, mir über seine wahre Natur klar zu werden. Er trug lange, wallende schwarze Gewänder, die mit seltsamen Symbolen und Zeichen bestickt waren, und die kränklich blasse Haut seines völlig kahlen Kopfes schimmerte matt im letzten Tageslicht. Als ich noch ein Knabe und zu allen möglichen Schandtaten bereit war, hatte ich einmal tief unten in den Palastgewölben ein Nest schneeweißer Schlangen entdeckt, aber nachdem ich diese blinden, mickrigen Geschöpfe der Göttin Kore gesehen hatte, wagte ich mich nie wieder hinab in die Gewölbe. Kalchas rief bei mir genau die gleichen Empfindungen hervor.

Man erzählte sich, dass er die ganze Welt bereist hatte, von den Hyperboreern bis zum Strom Okeanos, von den Ländern im Osten Babylons bis zu den Ländern südlich von Äthiopien. Die Art, wie er sich kleidete, stammte von den Sumerern, und in Ägypten hatte er Rituale kennen gelernt, die seit dem Anfang der Götter und der Menschen von einer erlauchten Priestergeneration an die nächste weitergegeben wurden. Und man flüsterte sich über ihn zu: Er könne einen Leichnam so perfekt konservieren, dass er in hundert Jahren noch genauso frisch wie am Tag seiner Beisetzung aussehe; er habe sogar den Phallus von Osiris geküsst und dadurch überirdische Geisteskräfte erlangt. Ich konnte ihn noch nie ausstehen.

Ich trat aus dem Säulengang hervor und ging in den Hof. Er wusste, wer zu ihm kam, obwohl er nicht einmal in meine Richtung geblickt hatte.

»Ihr sucht mich, Prinz Hektor?«

»Ja, heiliger Priester. Der König erwartet Euch im Thronsaal.«

»Damit ich die Frau aus Griechenland befrage. Ich komme.«

Ich ging ihm voran – wie es mein Recht war –, denn ich hatte schon von Priestern gehört, die sich einbildeten, im Schatten des Throns selbst zu Macht zu gelangen. Ich wollte nicht, dass sich Kalchas in dieser Hinsicht Hoffnungen machte.

Während Helena ihn beunruhigt und voller Abneigung betrachtete, küsste er meinem Vater die Hand und wartete darauf, ihm zu Diensten zu sein.

»Kalchas, mein Sohn hat sich aus Griechenland eine Braut mitgebracht. Ich möchte, dass Ihr die beiden morgen verheiratet.«

»Wie Ihr befehlt, Majestät.«

Als nächstes entließ der König Paris und Helena. »Geh und zeig Helena ihr neues Heim«, forderte er meinen törichten Bruder auf.

Hand in Hand schlenderten sie davon. Ich wandte den Blick ab. Kalchas stand schweigend da, ohne sich zu rühren.

»Ihr wisst, wer sie ist, Priester?«, fragte mein Vater.

»Ja, Majestät. Helena. Die Frau, die als Preis aus Griechenland entführt wurde. Ich habe sie erwartet.«

Hatte er? Oder waren nur seine Späher so tüchtig wie immer?

»Kalchas, ich habe eine Mission für Euch.«

»Ja, Majestät.«

»Ich brauche den Rat der Pythia in Delphi. Reist nach der Vermählung hin und findet heraus, was Helena für uns bedeutet.«

»Ja, Majestät. Muss ich der Pythia gehorchen?«

»Natürlich. Sie ist die Stimme Apollos.«

Was hatte das alles nur zu bedeuten?, fragte ich mich. Wer hielt hier wen zum Narren? Zurück nach Griechenland, um eine Antwort zu erhalten. Alle Wege führten offensichtlich nach Griechenland zurück. Aber war das Orakel von Delphi dem trojanischen Apollo zu Diensten oder dem griechischen? Oder handelte es sich gar um ein und denselben Gott?

Als der Priester gegangen war, war ich mit meinem Vater endlich allein.

»Du wirst bereuen, was du tust, Vater«, sagte ich.

»Nein, Hektor, ich tue nur das, was ich tun kann.« Er streckte die Hände aus. »Du verstehst doch sicher, dass ich sie nicht zurückschicken kann? Das Unglück ist schon passiert, Hektor, in dem Moment, als sie den Palast von Amyklai verlassen hat.«

»Dann schick nicht alles von ihr zurück, Vater. Nur ihren Kopf.«

»Dafür ist es zu spät«, entgegnete er und murmelte wie abwesend vor sich hin: »Zu spät. Zu spät…«

KAPITEL 8

ERZÄHLT VON AGAMEMNON

Meine Frau stand an dem hohen Fenster, überflutet von Sonnenlicht. Es ließ ihr Haar kupfern auflodern, so hell und strahlend wie sie selbst war. Nein, sie hatte nicht Helenas Schönheit, aber ich fand sie interessanter, attraktiver. Klytämnestra war eine ständig sprudelnde Quelle der Kraft, nicht ein bloßes Ornament.

Der Ausblick zog sie immer wieder an, vielleicht weil er die herausragende Stellung ahnen ließ, die Mykene besaß. Hoch über allen anderen Burgen. Der Blick ging über den Löwenberg ins grüne Tal von Argos und weiter zu den Hängen mit ihren Olivenhainen und dichten Pinienwäldern.

Draußen gab es plötzlich Tumult; ich konnte die protestierenden Stimmen der Wachen hören: Der König und die Königin wünschten, nicht gestört zu werden. Stirnrunzelnd erhob ich mich, als die Tür aufflog und Menelaos hereinstürmte. Er kam direkt auf mich zu, barg den Kopf an meiner Brust und schluchzte. Mein Blick flog zu Klytämnestra, die ihn verwundert anstarrte.

»Was ist los?«, fragte ich, zog ihn hoch und drückte ihn in einen Sessel.

Aber er konnte nur vor sich hinweinen. Er war unrasiert, sein Haar zerzaust und schmutzig und seine Kleidung in Unordnung. Klytämnestra füllte einen Kelch mit Wein und gab ihn mir. Als er getrunken hatte, beruhigte er sich ein wenig und hörte auf, so herzzerreißend zu schluchzen.

»Menelaos, was ist passiert?«

»Helena ist fort!«

Klytämnestra machte einen Schritt vom Fenster weg. »*Tot?*«

»Nein, fort! Weg! Sie ist weg, Agamemnon! Hat mich verlassen!« Er setzte sich auf und versuchte, sich zu sammeln.

»Erzähl der Reihe nach, Menelaos«, sagte ich.

»Vor drei Tagen bin ich aus Kreta zurückgekehrt. Sie war nicht da … Sie ist weggelaufen – nach Troja mit Paris.«

Entsetzt starrten wir ihn an.

»Nach Troja mit Paris«, wiederholte ich, als ich die Sprache wieder gefunden hatte.

»Ja, ja. Sie hat die Schatzkammer leergeräumt und ist geflohen.«

»Ich kann es nicht glauben!«, rief ich.

»Oh, ich schon! Diese dumme, lüsterne Harpyie!«, zischte Klytämnestra. »Was konnten wir anderes erwarten von einer, die schon mit Theseus durchgebrannt ist? Schlampe! Hure! Räudige Hündin!«

»Hüte deine Zunge, Weib!«

Sie bleckte die Zähne, aber sie gehorchte.

»Wann war das, Menelaos? Doch sicher nicht vor fünf Monaten?«

»Vor fast sechs – einen Tag, nachdem ich nach Kreta aufgebrochen bin.«

»Das ist unmöglich. Ich gebe zu, ich bin in deiner Abwesenheit nicht in Amyklai gewesen, aber ich habe gute Freunde dort – ich hätte bestimmt sofort davon erfahren.«

»Sie hat sie mit dem bösen Blick verzaubert, Agamemnon. Sie ist zum Orakel von Mutter Kubaba gegangen und hat es veranlasst zu erklären, dass ich ihr das Recht auf den Thron von Lakedaimon entrissen habe. Dann brachte sie Mutter Kubaba dazu, alle meine Höflinge mit einem Bann zu belegen. Niemand wagte, mir ein Wort zu sagen.«

Mühsam zügelte ich meinen Zorn. »Sie hängen also immer noch an Mutter Kubaba und der Alten Religion in Lakedaimon, wie? Ich werde mich darum kümmern! Seit über fünf Monaten ist sie fort …« Ich zuckte mit den Schultern. »Nun, jetzt bekommen wir sie nicht mehr zurück.«

»*Nicht zurück?*« Menelaos sprang protestierend auf. »Nicht zurück? Agamemnon, du bist König von Mykene. Du musst sie zurückholen!«

»Hat sie die Kinder mitgenommen?«, fragte Klytämnestra.

»Nein«, antwortete er. »Nur den Inhalt der Schatzkammer.«

»Das zeigt ja wohl, was für sie Vorrang hat«, schnaubte meine Gattin. »Vergiss sie! Ohne sie bist du weitaus besser dran, Menelaos!«

Weinend fiel er wieder auf die Knie. »Ich will sie zurückhaben! Agamemnon! Gib mir eine Armee und lass mich nach Troja segeln!«

»Steh auf, Bruder! Reiß dich zusammen!«

»Gib – mir – eine – Armee!«, stieß er zwischen den Zähnen hervor.

Ich seufzte. »Menelaos, hier geht es um eine private Angelegenheit. Ich kann dir keine Armee geben, um eine Hure der Gerechtigkeit zuzuführen! Ich gebe zu, dass wir Griechen Grund genug haben, Troja und die Trojaner zu hassen, aber keiner unserer Könige wird Helenas freiwillige Flucht für einen ausreichenden Grund halten, um in den Krieg zu ziehen.«

»Ich bitte dich nur um eine Armee aus deinen und meinen Truppen, Agamemnon!«

»Troja würde sie zermalmen. Priamos' Heer soll fünfzigtausend Mann stark sein«, gab ich zu bedenken.

Klytämnestra bohrte mir ihren Ellbogen in die Rippen. »Hast du den Eid vergessen?«, fragte sie. »Den Eid des Gevierteilten Pferdes, dass ihr eine Armee aufstellen würdet? Hundert Könige und Prinzen haben ihn abgelegt.«

Eigentlich wollte ich ihr entgegnen, dass Frauen Närrinnen seien, doch dann schwieg ich lieber und ging in den Thronsaal. Dort setzte ich mich in den Löwenstuhl, umklammerte seine Prankenlehnen und dachte nach.

Erst gestern hatte ich eine Abordnung von Königen aus ganz Griechenland empfangen, die mir ihr Leid geklagt hatten, die fortdauernde Blockade des Hellespont setze ihnen derart zu, dass sie nicht länger in der Lage seien, Zinn und Kupfer von den Staaten

Kleinasiens zu erwerben. Unsere Metallreserven – vor allem die an Zinn – waren fast erschöpft; Pflugscharen wurden bereits aus Holz und Messer aus Knochen hergestellt. Wenn die griechischen Staaten überleben wollten, durfte Troja seine Blockadepolitik im Marmarameer nicht fortsetzen. Im Norden und Westen sammelten sich Barbarenstämme, die darauf warteten einzufallen und uns auszulöschen, genau wie wir einst die Urgriechen ausgelöscht hatten. Und wo sollten wir die Bronze für die unzähligen Waffen hernehmen, die wir brauchten, um ihnen Einhalt zu gebieten?

Ich hatte ihnen zugehört und versprochen, eine Lösung zu finden. Mir war klar, dass es außer Krieg keine gab – aber ich wusste auch, dass viele Könige, die diese Delegation geschickt hatten, vor dieser äußersten Verzweiflungstat zurückschreckten. Aber jetzt wusste ich, wie ich sie dazu bringen konnte. Klytämnestra hatte mir den Weg aufgezeigt. Ich stand in der Blüte meiner Jahre, hatte manchen Krieg mitgemacht und mich dabei gut geschlagen. Ich konnte eine Armee zur Eroberung Trojas anführen! Helena würde mir den Anlass dazu liefern. Der schlaue Odysseus hatte es vor sieben Jahren schon geahnt, als er Tyndareus geraten hatte, allen Freiern Helenas einen Eid abzunehmen.

Wenn mein Name nach meinem Tod noch etwas gelten sollte, musste ich große Taten vollbringen. Und gab es eine größere, als Troja zu erobern? Der Eid würde mir an die hunderttausend Männer zuführen – genug, um die Sache in zehn Tagen zu erledigen. Und wenn Troja erst in Trümmern lag, wer sollte mich dann daran hindern, mein Augenmerk auf die Küstenstaaten Kleinasiens zu richten und sie zu Trabanten eines griechischen Reichs zu machen? Ich dachte an die Bronze, das Gold, das Silber, die Legierungen, die Juwelen, die Länder. Zum Greifen nahe, wenn ich an den Eid des Gevierteilten Pferdes erinnerte. Ja, ich hatte es in der Hand, für mein Volk ein Reich zu errichten.

Klytämnestra und Menelaos standen im Saal und beobachteten mich. Ich richtete mich auf und sah sie ernst an.

»Helena ist entführt worden«, verkündete ich.

Menelaos schüttelte betrübt den Kopf. »Ich wünschte, es wäre so, Agamemnon, aber Helena musste nicht gezwungen werden.«

Ich unterdrückte den heftigen Drang, ihm eine Tracht Prügel zu verabreichen, wie ich es als Junge getan hatte. Herrje, was war er nur für ein Dummkopf! Wie hatte unser Vater Atreus nur einen solchen Tölpel wie Menelaos zeugen können?

»Es ist mir gleichgültig, was *wirklich* passiert ist!«, knurrte ich. »Du wirst erklären, dass sie entführt wurde, Menelaos. Der kleinste Hinweis darauf, dass sie freiwillig mitgegangen ist, würde alles ruinieren, das siehst du doch hoffentlich ein? Wenn du meine Befehle befolgst und ohne Widerrede gehorchst, werde ich mit Hilfe des Eids eine Armee aufstellen.«

Eben noch ein Häufchen Elend, jetzt Feuer und Flamme. Menelaos glühte. »Ja, Agamemnon, ja!«

Ich warf Klytämnestra einen Blick zu; sie lächelte säuerlich. Wir wussten beide, dass wir Toren zu Geschwistern hatten.

Ich befahl einem Diener: »Schick Kalchas zu mir!«

Wenige Augenblicke später erschien der Priester und fiel vor uns auf die Knie. Ich betrachtete seinen Nacken und fragte mich erneut, was ihn wirklich nach Mykene verschlagen hatte. Er gehörte zu den höchsten Würdenträgern Trojas, wo er bis vor kurzem Hohepriester von Apollo gewesen war. Dann hatte er sich auf eine Pilgerreise nach Delphi begeben, und die Pythia hatte ihn angewiesen, dem Apollo von Mykene zu dienen. Er hatte den Befehl erhalten, weder nach Troja zurückzukehren noch weiter dem trojanischen Apollo zu huldigen. Nachdem er bei uns vorstellig geworden war, hatte ich seine Geschichte in Delphi überprüfen lassen, und die Pythia hatte sie bestätigt. Kalchas sollte in Zukunft mein Mann sein, denn der Gott des Lichtes wollte es so. Und er hatte mir keinen Grund gegeben, ihn des Verrats zu bezichtigen. Mit der Gabe des zweiten Gesichts ausgestattet, hatte er mir erst vor ein paar Tagen prophezeit, dass mein Bruder in große Schwierigkeiten geraten würde.

Er bot einen unerfreulichen Anblick, denn er zählte zu jenen überaus seltenen Menschen, die echte Albinos sind. Sein Kopf war völlig kahl, seine Haut so weiß wie der Bauch eines Fisches. Die dunkelrosa Augen schielten aus einem großen runden Gesicht, das den Eindruck schierer Einfalt vermittelte. Doch das täuschte, denn Kalchas war durchaus nicht dumm.

Als er sich aufrichtete, versuchte ich, seine Gedanken zu lesen, aber in seinen dunklen, blind dreinblickenden Augen war nichts zu entdecken.

»Kalchas, wann genau habt Ihr Priamos' Dienste verlassen?«

»Vor fünf Monaten, Majestät.«

»War Prinz Paris bereits aus Salamis zurückgekehrt?«

»Nein, Majestät.«

»Ihr könnt gehen.«

Er war starr vor Wut darüber, dass er mit so knappen Worten entlassen wurde; in Troja hatte man ihm wohl mehr Respekt gezollt. Aber Troja verehrte Apollo als den Allmächtigen, während in Mykene Zeus diese Stellung einnahm. Wie musste es ihn als Trojaner kränken, dass Apollo ihn angewiesen hatte, jetzt an einem Ort zu dienen, für den sein Herz nichts empfand.

Ich klatschte noch einmal in die Hände. »Schickt mir den Oberherold.«

Mit einem Seufzer erinnerte Menelaos mich daran, dass er immer noch vor mir stand; Klytämnestras Anwesenheit hingegen hatte ich nicht für eine Sekunde vergessen.

»Fass Mut, Bruder. Wir holen sie zurück. Der Eid des Gevierteilten Pferdes ist unauflöslich. Im nächsten Frühjahr hast du dein Heer.«

Der Oberherold erschien.

»Herold, Ihr werdet Botschaften an alle Könige und Prinzen in Griechenland und Kreta schicken, die vor sieben Jahren bei König Tyndareus den Eid des Gevierteilten Pferdes abgelegt haben. Der Schreiber von damals kennt ihre Namen. Eure Boten werden wiederholen, was ich Euch jetzt diktiere: ›König – Prinz, Herr oder was immer –, ich, Euer Herrscher, Agamemnon, König der Könige, befehle Euch, umgehend nach Mykene zu kommen, um über den Eid zu beraten, den Ihr bei der Verlobung von Königin Helena mit König Menelaos ablegtet.‹ Habt Ihr das?«

Voller Stolz auf sein Gedächtnis nickte der Oberherold. »Jawohl, Majestät.«

»Dann macht Euch ans Werk.«

Klytämnestra und ich schickten Menelaos weg, indem wir ihm erklärten, er müsse ein Bad nehmen. Glücklich gehorchte er; sein großer Bruder Agamemnon hatte die Sache in die Hand genommen, also konnte er aufatmen.

»König der Könige ist ein stolzer Titel«, sagte Klytämnestra, »aber König der Könige des Griechischen Reiches klingt besser.«

Ich grinste. »Das finde ich auch.«

»Mir gefällt die Vorstellung, dass Orestes ihn erben wird«, sann sie weiter.

Und das war typisch für Klytämnestra. Im Grunde ihres wilden Herzens war sie eine Führernatur, meine Königin, eine Frau, die es empörend fand, dass sie sich dem Willen eines Stärkeren beugen musste. Ich war mir ihres Ehrgeizes durchaus bewusst; wie sehr sie sich danach sehnte, meinen Platz einzunehmen, die Alte Religion wieder einzuführen und den König nur noch als lebendes Symbol ihrer Fruchtbarkeit zu benutzen. Ihn zu opfern, wenn das Land von einer Plage heimgesucht wurde. Der Kult von Mutter Kubaba schlummerte auf der Insel des Pelops immer noch unter der Oberfläche. Unser Sohn Orestes war noch sehr jung, er kam erst zur Welt, als ich die Hoffnung auf einen Nachfolger schon aufgegeben hatte. Seine beiden Schwestern, Elektra und Chrysothemis plagten sich schon mit der Pubertät herum, als er geboren wurde. Der Knabe kam Klytämnestra höchst ungelegen; sie hatte gehofft, über Elektra herrschen zu können, später allerdings hatte sie sich mehr Chrysothemis zugewandt. Elektra bewunderte ihren Vater, nicht ihre Mutter. Doch Klytämnestra war überaus wendig. Nun, da Orestes, ein kräftiger Säugling, mich mit großer Sicherheit beerben würde, hoffte sie, dass ich das Zeitliche segnete, bevor er erwachsen war. Dann würde sie über ihn regieren. Oder durch unsere jüngste Tochter, Iphigenie.

Einige der Männer, die den Eid des Gevierteilten Pferdes abgelegt hatten, trafen in Mykene ein, bevor Menelaos mit König Nestor von Pylos zurückkehrte. Es war eine lange Reise von Pylos nach Mykene, andere Königreiche lagen bedeutend näher. Palamedes, der Sohn von Nauplios, kam rasch, und ich war froh, ihn zu sehen. Nur Odysseus und Nestor übertrafen ihn an Klugheit.

Ich sprach mit Palamedes im Thronsaal, als in die kleine Gruppe der rangniedrigen Könige, die sich unten in der Halle versammelt hatten, Bewegung kam. Palamedes unterdrückte ein Lachen.

»Beim Herakles, was für ein Koloss! Das muss Ajax sein, der Sohn von Telamon. Warum ist er gekommen? Er war ein Kind, als der Eid abgelegt wurde, und sein Vater hat ihn nie geschworen.«

Er stapfte zu uns herüber, der größte Mann in ganz Griechenland, der alle im Raum um Haupteslänge überragte. Er gehörte zu einer Gruppe junger Männer, die sich einer streng athletischen Lebensweise verschrieben hatten, weshalb er nicht die übliche Kleidung trug. Das ganze Jahr über und bei jedem Wetter zog er weder Hemd noch Schuhe an. Ich konnte die Augen nicht abwenden von seiner massigen Brust und den gewaltigen Muskeln, an denen kein Gramm Fett war. Jedes Mal, wenn er einen seiner riesigen Füße auf meine Marmorfliesen setzte, hatte ich den Eindruck, die Wände bebten.

»Man sagt, sein Vetter Achilles sei fast genauso groß«, bemerkte Palamedes.

»Was kümmert's uns. Die Herrschaften im Norden kommen nie, um Mykene ihren Respekt zu erweisen. Sie glauben, Thessalien sei stark genug, um unabhängig zu bleiben«, gab ich zurück.

»Willkommen, Sohn des Telamon«, fuhr ich fort. »Was führt dich zu uns?«

Seine kindlichen grauen Augen musterten mich gelassen. »Ich komme, um die Dienste von Salamis anzubieten, Euer Majestät, anstelle meines Vaters, der krank ist. Er sagte, es würde eine gute Erfahrung für mich sein.«

Ich war hocherfreut. Ein Jammer nur, dass Peleus, der andere Sohn von König Aiakos, so hochmütig war. Telamon wusste, was er dem König der Könige schuldig war, doch auf Peleus, Achilles und die Myrmidonen würde ich vergebens warten.

»Wir danken dir, Sohn des Telamon.«

Mit einem Lächeln ging Ajax in Richtung einiger Freunde davon, wobei er ihnen heftig zuwinkte. Plötzlich blieb er stehen und wandte sich noch einmal zu mir um. »Ich habe vergessen, Majestät, dass ich meinen Bruder Teukros mitgebracht habe. Er hat den Eid abgelegt.«

Palamedes lachte immer noch hinter vorgehaltener Hand. »Machen wir hier eine Schule für Kleinkinder auf, Majestät?«

»Ja, schade, dass er ein solcher Tolpatsch ist. Aber die Truppen von Salamis sind nicht zu verachten.«

Beim Essen am späten Nachmittag war ich umgeben von Palamedes, Ajax, Teukros, dem anderen Ajax aus Lokris, der gewöhnlich der Kleine Ajax genannt wird, ferner waren Menestheus, der König von Attika, Diomedes aus Argos, Thoas aus Ätolien, Eurypylos aus Ormenion und noch einige mehr dabei. Zu meinem Erstaunen waren etliche gekommen, die den Eid nicht abgelegt hatten. Ich erklärte ihnen, dass ich die Absicht hatte, die trojanische Halbinsel anzugreifen, die Stadt Troja zu erobern und den Hellespont für uns zu öffnen. Meinem abwesenden Bruder zuliebe verweilte ich vielleicht ein wenig zu lange bei der Gerissenheit von Paris, aber darauf fiel keiner von ihnen herein; sie kannten die wirklichen Gründe für diesen Krieg.

»Wir alle haben Kaufleute, die uns in den Ohren liegen, den Hellespont für sie zu öffnen. Wir brauchen mehr Zinn und Kupfer. Die kannibalischen Barbaren im Norden und Westen haben ein Auge auf uns geworfen. Einige von uns herrschen über Staaten, die überbevölkert sind, mit all den bekannten Begleiterscheinungen: Armut, Unruhen, Aufstände, Verschwörungen.« Ich sah sie ernst an. »Machen wir uns nichts vor, ich ziehe nicht in den Krieg, nur um Helena zurückzuholen. Der Feldzug gegen Troja und die Küstenstaaten Kleinasiens gibt uns nicht nur die Gelegenheit, Reichtümer zu erobern und uneingeschränkten Zugang zu billiger Bronze zu erhalten. Er gibt uns auch die Möglichkeit, Teile unseres stark angewachsenen Volkes in reichen und kaum bewohnten Gebieten anzusiedeln, die nicht allzu weit entfernt liegen. Die Welt am Ägäischen Meer spricht bereits auf die eine oder andere Art Griechisch. Aber nun stellen wir uns vor, die ägäische Welt ist ganz und gar griechisch. Stellt sie Euch vor als Griechisches Reich.«

Ah, wie ihnen das gefiel! Selbst der Letzte von ihnen schluckte gierig diesen Köder; am Ende musste ich nicht einmal den Eid beschwören. Habgier ist ein besserer Lehrmeister als Furcht. Natürlich war Athen ohnehin von Anfang an auf meiner Seite; ich hatte nie bezweifelt, dass Menestheus mich unterstützen würde. Das würde auch für Idomeneus von Kreta, den dritten Oberkönig, gelten, wenn er erst einmal anwesend war. Aber der vierte – Peleus – würde nicht mitmachen. Ich konnte nur auf einige seiner Unterkönige hoffen.

Einige Tage später kam Menelaos mit Nestor zurück. Ich ließ den alten Mann sofort zu mir rufen. Wir saßen mit Palemedes in meinen Privatgemächern; Menelaos hatte ich allerdings weggeschickt. Die Vorsicht gebot, dass er weiter daran glaubte, Helena sei der einzige Grund für den bevorstehenden Krieg. Die unvermeidliche Folge ihrer Zurückeroberung war ihm glücklicherweise noch nicht klar geworden: Sobald sie wieder in unseren Händen war, würde sie ihren Kopf verlieren.

Ich hatte keine Ahnung, welches Alter der König von Pylos hatte. Schon als ich noch ein Knabe war, erschien er mir uralt mit seinen weißen Haaren. Seine Weisheit war legendär, und seine Fähigkeit, eine Situation zu erfassen, heute so ausgeprägt wie einst; in seinen kühnen blauen Augen war kein Anzeichen von Senilität zu entdecken und auch kein Zittern an seinen beringten Fingern.

»Also was hat das alles zu bedeuten, Agamemnon?«, wollte er wissen. »Euer Bruder wird immer dümmer statt klüger! Das Einzige, was ich von ihm erfahren habe, ist eine wüste Geschichte darüber, dass Helena entführt worden sei – ha! Wäre das erste Mal, dass man bei einer jungen Frau hätte Gewalt anwenden müssen! Und erzählt mir bloß nicht, dass Ihr ihm diesen Unsinn glaubt!« Er schnaubte. »Krieg wegen einer Frau? Wirklich, Agamemnon!«

»Wir ziehen in den Krieg für Zinn, Kupfer, Handelserweiterungen, freie Fahrt durch den Hellespont und griechische Kolonien entlang der kleinasiatischen Küste. Helenas Entführung, bei der sie auch noch die gesamte Schatzkammer meines Bruders geplündert hat, liefert den idealen Vorwand, das ist alles.«

»Hmm.« Er schürzte die Lippen. »Ich bin froh, das von Euch zu hören. Mit wie viel Mann rechnet Ihr?«

»Nach jetzigem Stand mit rund achtzigtausend Soldaten, mit Hilfstruppen werden es gut über hunderttausend sein. Wir dürften wohl mit tausend Schiffen im nächsten Frühjahr aufbrechen.«

»Ein gewaltiges Unternehmen. Ich hoffe, Ihr plant es sorgfältig.«

»Natürlich«, entgegnete ich von oben herab. »Obwohl es eine kurze Veranstaltung sein wird – so viele Männer werden Troja in wenigen Tagen erobern.«

Seine Augen weiteten sich. »Meint Ihr wirklich? Agamemnon, seid Ihr jemals in Troja gewesen?«

»Nein.«

»Aber Ihr müsst doch Geschichten über die Mauern von Troja gehört haben.«

»Ja, ja, selbstverständlich. Aber, Majestät, keine Mauer auf dieser Welt kann hunderttausend Mann widerstehen.«

»Mag sein… Aber Ihr solltet abwarten, bis Eure Schiffe vor Troja gelandet sind und Ihr die Lage besser einschätzen könnt. Troja, hat man mir berichtet, ist nicht Athen, mit einer befestigten Zitadelle und einer einzigen Mauer, die zum Meer hinabführt. Troja ist ganz von Bollwerken umgeben. Ich glaube, Ihr werdet Euren Feldzug gewinnen, aber ich glaube auch, dass es lange dauern wird.«

»Wir müssen uns darauf einigen, dass wir verschiedener Meinung sind, Majestät«, erwiderte ich fest.

Er seufzte. »Wie auch immer, weder ich noch einer meiner Söhne haben seinerzeit den Eid abgelegt, doch Ihr könnt auf uns zählen. Wenn wir die Macht von Troja und den kleinasiatischen Staaten nicht brechen, Agamemnon, werden wir – und Griechenland! – untergehen.« Er betrachtete seine Ringe. »Wo ist Odysseus?«

»Ich habe einen Boten nach Ithaka geschickt.«

Er schnalzte mit der Zunge. »Tsss! Odysseus wird nicht kommen.«

»Er muss. Er hat mit den anderen den Eid geschworen.«

»Was bedeuten Odysseus schon Eide? Nicht dass wir ihn irgendeines Vergehens beschuldigen könnten – aber er ist schließlich damals auf die *Idee* mit dem Schwur gekommen! Vielleicht hat er ihn flüsternd und nur unter Vorbehalt abgelegt. Im Grunde ist er ein friedliebender Mann, und ich vermute, dass er es sich inzwischen daheim gutgehen lässt. Man hat mir berichtet, dass er viel von seiner Lust am Intrigieren eingebüßt hat. Das geschieht, wenn Männer glücklich verheiratet sind. Nein, Agamemnon, er wird nicht in den Krieg ziehen wollen. Aber Ihr braucht ihn.«

»Das weiß ich, Majestät.«

»Dann geht und holt ihn selbst«, erwiderte Nestor. »Und nehmt Palamedes mit.« Er schmunzelte. »Einen Dieb, um einen Dieb zu fangen.«

»Sollte Menelaos nicht auch mitkommen?«

Er zwinkerte mit seinen hellen Augen. »Unbedingt. Das verhindert, dass er allzu viel über Ökonomie und zu wenig über Sex hört.«

Wir reisten zu Lande, und erst in einem kleinen Dorf an der Westküste der Insel des Pelops gingen wir an Bord eines Schiffes, um die böige Überfahrt nach Ithaka anzutreten. Als wir landeten, betrachtete ich bekümmert das armselige kleine, felsige Eiland – kaum das richtige Reich für den klügsten aller Köpfe. Während ich den schmalen Pfad zu der einzigen Stadt dieser Insel entlangging, verfluchte ich Odysseus dafür, dass er es nicht für nötig befunden hatte, sein einzig begehbares Ufer mit einer Transportmöglichkeit auszustatten. In der Stadt fanden wir dann allerdings ein paar von Flöhen zerstochene Esel; und während ich erleichtert darüber war, dass keiner meiner Höflinge sehen konnte, wie sein König auf so einem Tier hockte, ritt ich zum Palast.

Das kleine Bauwerk erwies sich als Überraschung. Es sah prächtig aus mit seinen hochragenden Säulen und Wandmalereien, von denen die besten schon ankündigten, dass das Innere vortrefflich sein musste. Natürlich hatte seine Gemahlin riesige Ländereien, Truhen voller Gold und Juwelen als Mitgift in die Ehe eingebracht – wie hatte sich ihr Vater Ikaros damals geweigert, sie einem Mann zu geben, der keinen Wettlauf ohne eine List gewinnen konnte!

Ich hatte mit einem Empfang Odysseus' in der Säulenhalle gerechnet, weil die Nachricht von unserer Ankunft aus der Stadt bereits bis hierher gedrungen sein musste. Aber als wir müde von den uns unwürdigen Grautieren absaßen, lag alles leer und verlassen da. Nicht einmal ein Diener erschien. Mehr verwundert als empört ging ich voraus ins Innere – beim Zeus, was für herrliche Fresken! –, um schließlich festzustellen, dass im ganzen Palast kein Leben herrschte. Selbst dieser verfluchte Hund Argos, den Odysseus überallhin mitnahm, kläffte uns nicht an.

Ein Paar wunderbarer Bronzetüren verrieten uns, wo der Thronsaal lag; Menelaos stieß sie auf. Verblüfft standen wir auf der Schwelle, bestaunten die vorzügliche Kunst, die perfekte Harmonie der Farben und den Anblick einer Frau, die weinend auf der untersten Stufe des Thronpodestes kauerte. Sie hatte den Kopf in ihrem Mantel verborgen, aber als sie ihn hob, wussten wir genau, wer sie war, denn ihr Gesicht war mit einem blauen Netz tätowiert, in dem auf ihrer linken Wange eine karmesinrote Spinne saß: die Insignien einer Frau, die Pallas Athene in ihrer Rolle als Herrin des Webstuhls verehrte. Penelope pflegte zu weben.

Sie sprang auf und fiel auf die Knie, um den Saum meines Rockes zu küssen. »Majestät! Wir haben Euch nicht erwartet! Euch in diesem Aufzug zu empfangen – oh, Majestät!« Woraufhin sie erneut in Tränen ausbrach.

Ich stand da, starrte vor mich hin und fühlte mich lächerlich, mit einer hysterischen Frau, die sich um meine Fußgelenke wand. Dann sah ich den Blick von Palamedes und musste lächeln. Wieso erwartete ich Normalität, wenn ich es mit Odysseus und den Seinen zu tun hatte?

Palamedes beugte sich herüber, um mir etwas ins Ohr zu flüstern. »Majestät, ich könnte mehr herausfinden, wenn ich mich ein wenig umsehe. Erlaubt Ihr?«

Ich nickte, dann zog ich Penelope auf die Füße. »Kommt, Base, beruhigt Euch. Was ist passiert?«

»Der König, Majestät! Der König ist verrückt geworden! Total verrückt! Er erkennt nicht einmal mehr *mich*! Er ist jetzt unten im geheiligten Obstgarten und plappert wie ein Mondsüchtiger!«

Palamedes war rechtzeitig zurückgekehrt, um das noch zu hören.

»Wir müssen mit ihm sprechen, Penelope«, drängte ich sie.

»Ja, Majestät«, antwortete sie mit einem Schluckauf, und dann ging sie uns voraus.

Wir verließen den Palast an seiner rückwärtigen Seite. Bis weit in die Ebene hinein breitete sich Ackerland in alle Richtungen aus. In der Mitte war Ithaka fruchtbarer als an den Rändern. Wir wollten gerade die Stufen hinabsteigen, als aus dem Nichts eine alte Frau mit einem Säugling im Arm auftauchte.

»Gnädige Frau, der Prinz weint. Er hätte längst gefüttert werden müssen.«

Penelope nahm ihn sofort und wiegte ihn in ihren Armen.

»Ist das Odysseus' Sohn?«, fragte ich.

»Ja, das ist Telemachos.«

Mit einem Finger strich ich über seine Pausbacke, dann ging ich weiter; das Schicksal seines Vaters interessierte mich im Augenblick weitaus mehr. Wir kamen durch einen Hain mit Olivenbäumen, die so alt waren, dass ihre geschundenen Stämme dicker als ein Stier waren, um schließlich auf einem ummauerten Stück Land zu stehen, in dem es mehr kahlen Boden als Obstbäume gab. Und da entdeckten wir Odysseus. Menelaos murmelte etwas mit erstickter Stimme, aber ich konnte ihn nur mit offenem Mund anstarren. Er pflügte den Boden mit dem ältesten Gespann, das ich je vor einem Pflug gesehen hatte: einem Ochsen und einem Maultier. Sie zogen und zerrten in verschiedene Richtungen, der Pflug kippte und scherte aus, und die Furche war so krumm wie Sisyphos. Auf seinem roten Schopf trug Odysseus die Filzkappe eines Bauern; und irgendetwas warf er aufs Geratewohl über die linke Schulter.

»Was macht er da?«, fragte Menelaos.

»Er sät Salz«, antwortete Penelope dumpf.

Sinnlos vor sich hinbrabbelnd und verrückt auflachend pflügte und säte Odysseus sein Salz. Obwohl er uns entdeckt haben musste, trat kein Funke des Erkennens in seine Augen; stattdessen war in ihnen das untrügliche Flackern des Wahnsinns zu sehen. Der

Mann, den wir mehr als jeden anderen brauchten, stand uns nicht zur Verfügung.

Ich konnte den Anblick nicht ertragen. »Kommt, lassen wir ihn allein«, sagte ich.

Der Pflug kam jetzt ganz in unsere Nähe, das Gespann wurde immer wütender und war kaum noch zu bändigen. Und da, ohne uns zu warnen, machte Palamedes einen Satz. Während Menelaos und ich wie erstarrt dastanden, entriss er Penelope das Kind und setzte es fast unter die Hufe des Ochsen. Mit einem Aufschrei versuchte sie, den Säugling zurückzuholen, aber Palamedes hielt sie fest. Sofort kam das Gespann zum Stehen, und Odysseus rannte vor den Ochsen und hob seinen Sohn auf.

»Was ist los?«, fragte Menelaos. »Ist er etwa doch bei Verstand?«

»So sehr, wie es ein Mensch nur sein kann«, antwortete Palamedes lächelnd.

»Er hat die Verrücktheit *vorgetäuscht*?«, fragte ich.

»Natürlich, Majestät. Wie sonst könnte er sich vor dem Eid drücken, den er abgelegt hat?«

»Aber wie konntet Ihr das wissen?«, erkundigte Menelaos sich verwundert.

»Vor dem Thronsaal fand ich einen gesprächigen Diener. Er erzählte mir, dass Odysseus gestern das Hausorakel befragt hat. Offensichtlich darf er, wenn er gegen Troja zieht, erst nach zwanzig Jahren nach Ithaka zurückkehren«, erklärte Palamedes, der seinen Triumph genoss.

Odysseus gab den Jungen seiner Mutter zurück, die nun wirklich weinte. Jedermann wusste, dass Odysseus ein großer Schauspieler war, aber Penelope konnte durchaus mithalten. Sie passten schon wirklich gut zusammen. Er hatte jetzt den Arm um sie gelegt und seine grauen Augen fest auf Palamedes geheftet. Sie blickten nicht freundlich drein. Palamedes hatte sich den Hass von einem zugezogen, der ein Leben lang auf die richtige Gelegenheit zur Vergeltung warten würde.

»Ich bin überlistet worden«, sagte Odysseus unbußfertig. »Ich nehme an, Ihr braucht meine Dienste, Majestät?«

»Allerdings. Aber warum seid Ihr so zögerlich, Odysseus?«

»Ein Krieg gegen Troja wird eine lange und blutige Angelegenheit sein, Majestät. Ich möchte nicht daran teilnehmen.«

Noch einer, der darauf beharrte, dass es ein langer Feldzug werden würde! Aber wie konnte Troja – und waren seine Mauern auch noch so stark – hunderttausend Mann standhalten?

Ich kehrte mit Odysseus im Gefolge nach Mykene zurück, nachdem ich ihm die Ereignisse geschildert hatte. Zwecklos, *ihn* davon überzeugen zu wollen, Helena sei entführt worden. Wie immer hatte er unerschöpflich Rat und Wissen parat. Doch er hatte sich nicht einmal umgewandt, um Ithaka über den Wellen verschwinden zu sehen; noch hatte ich den Eindruck, dass er seine Frau vermissen würde – oder sie ihn. Sie konnten beide die Haltung wahren und steckten voller Geheimnisse, Odysseus und Penelope mit dem Netzgesicht.

Als wir in den Löwenpalast zurückkehrten, erfuhr ich, dass auch mein Vetter Idomeneus aus Kreta eingetroffen war. Er hatte sich durchaus bereit erklärt, an einem Feldzeug gegen Troja teilzunehmen – für einen Preis, versteht sich. Er verlangte, mit mir zusammen das Heer zu führen, was ich ihm gern einräumte. Mitbefehlshaber oder nicht, er würde sich mir unterordnen müssen. Er war einst sehr verliebt in Helena gewesen und nahm ihre Flucht (auch ihm musste ich die Wahrheit sagen) sehr übel auf.

Schließlich waren fast alle Verbündeten versammelt, überall begannen die Kriegsvorbereitungen, und die griechischen Schiffsbauer waren fleißig wie die Bienen. Glücklicherweise bauten wir Griechen die weitaus besten Schiffe, und wir verfügten auch über riesige Wälder, um große, feste Kiefern und Tannen fällen und aus ihrem Harz soviel Pech wie nötig gewinnen zu können. Es gab genug Sklaven, die ihr Haar opferten, um es in dem Pech zu tränken, und genug Vieh für die Ledersegel. Am Schluss war das Ergebnis sogar besser, als ich erwartet hatte: Zwölfhundert Schiffe würden es sein und über hunderttausend Mann.

Sobald die Flotte im Bau war, berief ich den Inneren Rat ein. Nestor, Idomeneus, Palamedes und Odysseus waren dabei, als wir noch einmal alles gründlich durchsprachen. Anschließend befahl ich Kalchas eine Wahrsagung.

»Ein guter Gedanke«, stimmte Nestor zu. Er verließ sich gern auf die Götter.

»Was sagt Apollo, Priester?«, fragte ich Kalchas. »Wird alles gut gehen mit unserem Feldzug?«

Er zögerte nicht. »Nur dann, Majestät, wenn Ihr Achilles mitnehmt, den siebten Sohn von König Peleus.«

»Oh, Achilles, Achilles!«, rief ich wütend. »Wo immer ich mich hinwende, höre ich diesen Namen!«

Odysseus hob die Schultern. »Ein großer Name, Agamemnon.«

»Pah! Er ist nicht mal zwanzig Jahre alt!«

»Trotzdem«, bemerkte Palamedes, »wir sollten mehr über ihn erfahren.« Er wandte sich an Kalchas. »Wenn Ihr hinausgeht, Priester, bittet Ajax, den Sohn des Telamon, zu uns zu kommen.«

Er mochte es nicht, von den Griechen herumkommandiert zu werden. Aber er ging, der schielende Albino. Wusste er, dass ich ihn Tag und Nacht überwachen ließ? Nur zur Vorsicht.

Ajax erschien, kurz nachdem Kalchas verschwunden war.

»Erzählt mir von Achilles«, forderte ich ihn auf.

Diese einfache Bitte löste eine Flut von Belobigungen aus, die ich nur schwer ertragen konnte. Allerdings erfuhren wir nichts Neues. Ich dankte dem Sohn des Telamon und entließ ihn. Was für ein Tölpel.

»Nun?«, fragte ich anschließend in die Runde.

»Was wir *denken,* spielt sicher keine Rolle, Agamemnon«, erwiderte Odysseus. »Der Priester sagt, wir müssen Achilles dabeihaben.«

»Der einer Einladung nicht Folge leisten wird«, wandte Nestor ein.

»Danke, das ist mir zur Genüge bekannt!«, schimpfte ich.

»Mäßigt Euch, Majestät«, gab der alte Mann zurück. »Peleus ist nicht mehr jung. Er hat den Eid nicht abgelegt. Nichts zwingt ihn, uns beizustehen, noch hat er uns seine Hilfe angeboten. Aber denkt doch einmal nach, Agamemnon! Was könnten wir nicht alle erreichen, wenn die Myrmidonen zu unserem Heer zählten!«

Bei diesem magischen Namen wurde seine Stimme kräftiger. Das tiefe Schweigen, das darauf folgte, brach er selber. »Ich hätte lieber *einen* Myrmidonen hinter mir als eine halbe Hundertschaft anderer«, sagte er.

»Dann«, erklärte ich, entschlossen, einige von ihnen das ausbaden zu lassen, »schlage ich vor, dass Odysseus mit Nestor und Ajax nach Iolkos reist, um König Peleus um die Dienste von Achilles und den Myrmidonen zu bitten.«

KAPITEL 9

ERZÄHLT VON ACHILLES

Ich war ihm jetzt so nahe, dass ich seinen Schweiß und seine Wut riechen konnte. Mit dem Speer in der Hand kroch ich im Dickicht auf ihn zu. Sein hechelnder Atem war zu hören und das Geräusch, wenn er mit einem Fuß am Boden scharrte. Dann sah ich ihn. Er war so groß wie ein kleiner Stier, sein Rumpf saß auf kurzen, kräftigen Beinen, sein schwarzes Fell war borstig, und er entblößte seine gebogenen, gelblichen Hauer. Seine Augen waren die Augen einer Kreatur, die dem Tartaros geweiht war; er sah schon die Furien vor sich, und er war erfüllt von dem schrecklichen Zorn einer alten, grausamen Bestie, ohne Verstand – ein Menschentöter.

Ich stieß einen Schrei aus, um ihn auf mich aufmerksam zu machen. Erst bewegte er sich nicht, dann drehte er den massigen Kopf, um mich ins Visier zu nehmen. Staub stieg auf, als er mit den Füßen scharrte und dann den Rüssel senkte, um Kraft für seinen Angriff zu sammeln. Ich trat hervor, und mit meinem Speer Alt-Pelion in der Hand forderte ich ihn heraus. Der Anblick eines Mannes, der ihm kühn entgegentrat, war ihm neu. Unsicher hielt er einen Augenblick inne. Dann verfiel er in einen schwerfälligen, die Erde erschütternden Trab, der in einen wilden Galopp überging. Erstaunlich, dass ein so gewaltiges Tier so schnell laufen konnte.

Ich versuchte, seinen Angriff abzuschätzen, und blieb stehen, wo ich war. Alt-Pelion lag fest in meinen Händen, die Spitze nach oben, das Ende gesenkt. Er kam näher. Mit seinem Gewicht konnte er glatt einen Baumstamm fällen. Als ich das Rote in seinen Augen blitzen sah, duckte ich mich, machte dann einen Sprung nach vorn und versenkte Alt-Pelion in seiner Brust. Er rannte mich um, und gemeinsam gingen wir zu Boden, während der dampfende Saft seines Lebens sich über mich ergoss. Aber dann kam ich wieder auf die Beine und zerrte seinen Kopf mit hoch, um – die Hände fest um den Speerschaft gelegt und die Füße in seinem glitschigen Blut – seinen wilden Todeskampf unbeschadet zu überstehen. Und so starb er, voller Erstaunen darüber, dass jemand stärker war als er. Ich zog Alt-Pelion aus seiner Brust, schnitt seine Hauer heraus – eine schöne Trophäe für einen Kriegshelm – und überließ ihn der Vergänglichkeit.

In der Nähe entdeckte ich eine kleine Bucht, und über einen Pfad stieg ich hinab zu einer Stelle, wo ein Bach sich ins Meer schlängelte. Ich ignorierte das verführerische Glitzern des Flüsschens und ging über den Sand bis ans Wasser, wo die Wellen an den Strand schlugen. Dort wusch ich das Blut des Keilers von meinen Händen und Füßen, von meinem Jagdgewand und Alt-Pelion, um dann aus dem Wasser zu waten und meine Sachen am Strand trocknen zu lassen. Anschließend schwamm ich eine Weile müßig herum, ehe ich mich neben meine Ausrüstung in die Sonne legte.

Vielleicht habe ich ein wenig geschlafen. Oder vielleicht ist schon damals jener böse Zauber über mich gekommen. Ich entsinne mich nicht, ich kann mich nur daran erinnern, dass mein Bewusstsein mich verließ. Als es zurückkehrte, sank die Sonne hinter die Baumspitzen, und eine leichte Kühle lag in der Luft. Zeit zu gehen. Patroklos würde sich schon Sorgen machen.

Ich stand auf, um meine Sachen einzusammeln, und in dem Augenblick geschah etwas Merkwürdiges mit mir. Wie soll ich das Unerklärliche beschreiben? Im Nachhinein stellte es sich für mich als ein böser Zauber dar, eine Spanne außerhalb der Zeit, in der ich von allem, was wirklich war, abgeschnitten war, aber dennoch die Welt um mich in irgendeiner Weise wahrnahm. Ein unangenehmer Geruch, den ich mit dem Tod verband, stieg mir in die Nase. Der Strand wurde ganz klein, und plötzlich nahm ein Altar über mir so gewaltige Ausmaße an, dass ich fürchtete, er würde vornüberkippen und auf mich herabstürzen. Es war eine Welt voller Gegensätze, in der einige Dinge riesig groß und andere geschrumpft waren.

Während mir brackiges Salzwasser aus den Mundwinkeln floss, sank ich voller Entsetzen auf die Knie. Verzweiflung überfiel mich, und Tränen stiegen in mir auf. Trotz all meiner Jugend und Kraft konnte ich nichts tun, um die Todesfurcht zu bannen, die mich überkam. Meine linke Hand begann zu zittern, meine linke Gesichtshälfte zuckte, mein Rückgrat krümmte sich. Dennoch klammerte ich mich an mein Bewusstsein, fest entschlossen, diesen schrecklichen Krämpfen Einhalt zu gebieten. Ich habe keine Ahnung, wie lange mich dieser Zustand gefangen hielt, aber als meine Kraft zurückkehrte, sah ich, dass die Sonne verschwunden war und der Himmel sich rosa gefärbt hatte. Die Luft war lau und erfüllt von Vogelgezwitscher.

Zitternd wie ein Mann, der vom Wechselfieber befallen war, kam ich auf die Beine. Im Mund hatte ich einen fauligen Geschmack. Ich dachte gar nicht daran, meine Sachen und Alt-Pelion aufzunehmen, ich wollte nur noch zurück ins Lager und in den Armen von Patroklos sterben.

Als er mich kommen hörte, lief er auf mich zu, erschrak und bettete mich in warme Felle beim Feuer. Nachdem ich ein wenig Wein getrunken hatte, spürte ich, wie allmählich Leben in meinen Leib zurückkehrte. Die letzte Verwirrung und Panik wichen, ich setzte mich auf und lauschte voller Dankbarkeit den Schlägen meines Herzens.

»Was ist passiert?«, erkundigte sich Patroklos.

»Ein böser Zauber«, antwortete ich krächzend. »Ein böser Zauber.«

»Hat der Keiler dich verletzt? Bist du gestürzt?«

»Nein, ich habe den Eber mühelos erlegt. Danach bin ich hinunter zum Meer gegangen, um das Blut abzuwaschen. Und da überfiel mich der böse Zauber.«

Mit weit aufgerissenen Augen hockte er sich zu mir. »Was für ein Zauber, Achilles?«

»Als ob der Tod mir nahe wäre. Ich roch ihn, schmeckte ihn im

Mund. Die Bucht schrumpfte, der Altar wurde riesengroß – die Welt wand und verwandelte sich wie Gott Proteus. Ich dachte, ich würde sterben, Patroklos! Noch nie habe ich mich so allein gefühlt! Ich war gelähmt wie ein Greis, den der Schlag getroffen hat, und zugleich fürchtete ich mich wie eine Memme. Aber ich bin weder alt noch feige, also was ist mit mir geschehen? Was war das für ein Zauber? Habe ich wider einen Gott gesündigt? Habe ich den Herrn des Himmels oder den Herrn der Meere erzürnt?«

Patroklos blickte düster und besorgt drein; später erzählte er mir, dass ich in der Tat ausgesehen hätte, als wäre ich dem Tod begegnet, denn ich war bleich und zitterte wie ein Schössling im Wind, außerdem war ich nackt und am ganzen Körper von Schrammen und Schnitten bedeckt.

»Leg dich nieder, Achilles, lass mich dich zudecken gegen die Kälte. Vielleicht war es kein Zauber, vielleicht war es nur ein Traum.«

»Ein Alptraum, kein Traum.«

»Iss etwas und trink noch ein bisschen Wein. Ein paar Bauern sind mit vier Schläuchen ihrer besten Tropfen vorbeigekommen, als Dank für die Erlegung des Bären.«

Ich berührte seinen Arm. »Ich wäre verrückt geworden, wenn ich es nicht mehr bis zu dir geschafft hätte, Patroklos. Den Gedanken, allein zu sterben, konnte ich nicht ertragen.«

Er nahm meine Hände und küsste sie. »Ich bin viel mehr dein Freund als dein Vetter, Achilles. Ich werde immer bei dir bleiben.«

Müdigkeit überkam mich, ein sanftes Behagen, das keinen Schrecken in sich barg. Lächelnd streckte ich die Hand aus, um ihm durchs Haar zu streichen. »Du für mich und ich für dich. So ist es immer gewesen.«

»Und so wird es immer sein«, antwortete er.

Am nächsten Tag fühlte ich mich wie immer. Patroklos war vor mir erwacht; das Feuer brannte, und über den Flammen briet ein Hase für unser Frühstück. Und es gab auch Brot, das die Bauersfrauen zum Dank für die Erlegung des Bären gebracht hatten.

»Du siehst wieder wie du selbst aus«, sagte Patroklos grinsend und reichte mir in einer Brotschüssel gerösteten Hasen.

»So fühle ich mich auch«, entgegnete ich und nahm das Essen.

»Kannst du dich noch an gestern Abend erinnern?«

Die Frage ließ mich erschauern, aber Hase und Brot verscheuchten die Angst, die mich bei der Erinnerung überfiel. »Ja und nein. Ein böser Zauber, Patroklos. Irgendein Gott hat zu mir gesprochen, aber ich habe die Botschaft nicht verstanden.«

»Die Zeit wird das Rätsel lösen«, sagte er und machte sich an all die kleinen Aufgaben, die er für meine Bequemlichkeit übernommen hatte. Ich wollte ihm dabei helfen, aber ich konnte ihm seine Dienstbarkeit nicht abgewöhnen.

Er war fünf Jahre älter als ich. König Lykomedes von Skyros hatte ihn adoptiert und zu seinem Erben erklärt, als sein eigener Vater Menoetes in Skyros an einer Krankheit gestorben war. Das war lange her. Er war mein Vetter linker Hand, da Menoetes ein unehelicher Sohn meines Großvaters Aiakos gewesen war; wir spürten unsere Blutsverwandtschaft leidenschaftlich, zumal wir beide auch noch einzige Söhne ohne Schwestern waren. Lykomedes hielt große Stücke auf ihn, was nicht verwunderlich war. Patroklos war das seltene Beispiel eines wirklich *guten* Menschen.

Nachdem wir gegessen und das Lager abgebrochen hatten, zog ich Rock und Sandalen an, nahm einen Bronzedolch und suchte mir einen anderen Speer. »Warte hier auf mich, Patroklos. Es dauert nicht lang. Meine Kleidung und die Trophäe liegen noch am Strand. Und Alt-Pelion auch.«

»Ich gehe mit dir«, sagte er rasch. Er sah besorgt aus.

»Nein. Das ist eine Sache zwischen mir und dem Gott.« Er senkte den Blick und nickte. »Wie du willst, Achilles.«

Diesmal fand ich den Weg leichter; behend wie ein Löwe glitt ich über den Boden. Die Bucht sah harmlos aus, als ich den Pfad hinuntereilte, um meine Kleidung, die Hauer und Alt-Pelion einzusammeln. Nein, die Bucht war nicht der Ursprung des Zaubers. Und in diesem Augenblick fiel mein Blick, der über die Klippen schweifte, auf den Altar. Mein Herz begann heftig zu schlagen. Meine Mutter war eine inoffizielle Priesterin des Nereus irgendwo auf dieser Seite der Insel – war das hier ihr Reich? War ich aus Versehen in ihre Domäne eingedrungen, hatte irgendein Geheimnis der Alten Religion entweiht und war dafür niedergestreckt worden?

Langsam kletterte ich wieder nach oben und näherte mich dem Altar. Ich erinnerte mich, wie groß er sich über mir erhoben hatte, als der böse Zauber begann. O ja, hier war das Reich meiner Mutter. Und hatte mich König Lykomedes nicht gewarnt, mich nie an den Ort zu wagen, wohin meine Mutter sich, nachdem sie ihn verlassen hatte, zurückgezogen hatte?

Sie stand wartend im Schatten des Altars. Plötzlich musste ich mich auf Alt-Pelion stützen; meine Beine gaben nach, und ich konnte mich kaum noch aufrecht halten. *Mutter*! Meine Mutter, die ich noch nie gesehen hatte.

Wie klein sie war! Sie reichte mir nur bis zur Hüfte. Ihre Haare waren weißlich-blau, ihre Augen grau, und ihre Haut war so durchsichtig, dass ich jede Ader darunter erkennen konnte.

»Du bist mein Sohn, derjenige, dem Peleus die Unsterblichkeit verweigert hat.«

»Der bin ich.«

»Hat er dich geschickt, mich zu suchen?«

»Nein. Ich bin zufällig hier«, antwortete ich und stützte mich matt auf Alt-Pelion.

Was hat ein Mann zu empfinden, wenn er das erste Mal seine Mutter trifft? Ödipus hatte Lust empfunden und sie zu seiner Frau und Königin gemacht. Aber ich hatte offensichtlich gar nichts von Ödipus in mir, denn mich überkam weder Lust, noch überfiel mich Bewunderung für ihre Schönheit und offensichtliche Jugend. Vielleicht kann man das, was ich verspürte, am besten als Verwunderung, Unbehagen und ja – Ablehnung umschreiben. Diese merkwürdige kleine Frau hatte meine sechs Brüder ermordet und meinen Vater, den ich liebte, betrogen.

»Du hasst mich!«, sagte sie, und ihre Stimme klang gekränkt.

»Ich empfinde keinen Hass«, entgegnete ich, »nur Abneigung.«

»Wie hat dich Peleus genannt?«

»Achilles.«

Sie betrachtete meinen Mund und nickte verächtlich. »Sehr passend. Selbst Fische haben Lippen, aber du hast keine. Ihr Fehlen lässt dein Gesicht unfertig aussehen. Ein Sack mit einem Schlitz darin.«

Sie hatte recht. Ich hasste sie wirklich.

»Was machst du in Skyros? Ist Peleus bei dir?«

»Nein. Ich komme jedes Jahr für sechs Monde hierher. Ich bin der Schwiegersohn von König Lykomedes.«

»Schon *verheiratet?*«, fragte sie boshaft.

»Ich bin seit meinem dreizehnten Lebensjahr verheiratet – jetzt bin ich fast zwanzig. Mein Sohn ist sechs.«

»Was für ein Fiasko! Und deine Frau? Ist sie auch noch ein Kind?«

»Sie heißt Deidamia und ist älter als ich.«

»Nun, das ist ja alles sehr schön für Lykomedes. Und auch für Peleus. Sie führen dich am Zügel.«

Da mir keine Antwort einfiel, schwieg ich. Auch sie sagte nichts mehr. Die Stille wurde unerträglich. Ich, der ich von meinem Vater und Chiron gelernt hatte, Älteren gegenüber immer Respekt zu zeigen, wollte das Schweigen nicht brechen, denn es wäre mir nicht gelungen, höflich zu bleiben. Vielleicht war sie wirklich eine Göttin, obwohl mein Vater das immer bestritt, wenn er ein bisschen zuviel Wein getrunken hatte.

»Du hättest unsterblich sein sollen«, sagte sie schließlich.

Das brachte mich zum Lachen. »Ich will keine Unsterblichkeit! Ich bin ein Krieger, ich genieße es, ein Mann zu sein. Ich huldige den Göttern, aber ich habe mich nie danach gesehnt, einer von ihnen zu sein.«

»Dann hast du nie bedacht, was Sterblichkeit bedeutet.«

»Was kann sie schon bedeuten, außer dass ich sterben muss?«

»Genau«, sagte sie leise. »Du musst sterben, Achilles. Und macht dir der Gedanke an den Tod keine Angst? Du sagst, du seist ein Mann, ein Krieger. Aber Krieger sterben früher als Männer des Friedens.«

Ich zuckte mit den Schultern. »Was auch immer geschieht, der Tod ist mein Los. Ich sterbe lieber jung und ruhmreich als alt und schmählich.«

Einen Augenblick lang trübten sich ihre Augen blau, und auf ihrem Gesicht erschien ein Ausdruck der Trauer, den ich ihr nicht zugetraut hätte. Eine Träne rann über ihre durchscheinende Wange, doch sie wischte sie ungeduldig fort und wurde wieder ein Geschöpf, das kein Mitleid kannte. »Es ist zu spät, um darüber zu streiten, mein Sohn. Du *musst* sterben. Aber ich kann dir eine Wahl anbieten, denn mir ist es gegeben, in die Zukunft zu sehen. Ich kenne dein Schicksal. Bald werden Männer zu dir kommen, um dich zu bitten, an einem großen Krieg teilzunehmen. Aber wenn du ihnen folgst, wirst du sterben. Wenn nicht, wirst du sehr alt werden und viel Glück erfahren. Jung und ruhmreich oder alt und schmählich. Du hast die Wahl.«

Ich lachte. »Was für eine Wahl ist das schon? Keine! Ich entscheide mich dafür, jung und ruhmreich zu sterben.«

»Warum denkst du nicht zuerst ein wenig über den Tod nach?«, schlug sie vor.

Ich spürte, wie das Gift ihrer Worte in mich einsickerte. Ich starrte in ihre Augen, sah, wie sie verschwammen und sich auflösten, wie ihr Gesicht seine Konturen verlor, der Himmel über ihr schmolz und unter ihren kleinen Füßen dahinglitt. Als sie so sehr gewachsen war, dass ihr Kopf durch die Wolken drang, wusste ich, dass mich der böse Zauber wieder ergriffen hatte – und von wem er kam. Salzwasser floss aus meinen Mundwinkeln, der Gestank von Verwesung stieg mir in die Nase, Entsetzen und Verlorenheit zwangen mich vor ihr auf die Knie. Meine linke Hand begann zu zucken, meine linke Gesichtshälfte verzerrte sich. Aber diesmal trieb sie den Zauber noch weiter. Ich verlor das Bewusstsein.

Als ich wieder zu mir kam, kniete sie neben mir auf dem Boden und zerrieb süß riechende Kräuter zwischen den Handflächen.

»Steh auf!«, befahl sie.

Unfähig, meine Gedanken zu ordnen, und geschwächt an Körper und Seele, erhob ich mich mühsam.

»Achilles, hör mir zu!«, herrschte sie mich an. *»Hör mir zu!* Du wirst jetzt einen Eid der Alten Religion ablegen, und der ist viel mächtiger als jeder, den es in der Neuen gibt. Du schwörst ihn Nereus, meinem Vater, dem Alten Mann der Meere – der Mutter, die uns alle trägt – Kore, der Königin des Schreckens – den Herrschern von Tartaros, dem Ort der Qualen – und mir in meiner Gottheit. Du wirst ihn jetzt ablegen, im Bewusstsein, dass er nicht gebrochen werden kann. Solltest du ihn brechen, wirst du für alle Ewigkeit verrückt werden, und Skyros wird in den Wellen versinken wie einst Thera nach dem großen Sakrileg.« Mit hartem Griff schüttelte sie meinen Arm. »Hörst du mich, Achilles?«

»Ja«, murmelte ich.

»Ich muss dich vor dir retten«, fuhr sie fort, zerbrach ein zähes, altes Ei über schmierigem Blut und ließ das Blut über den Altar spritzen. Dann nahm sie meine rechte Hand, presste sie in diese ekelerregende Mischung und hielt sie dort fest. »Jetzt schwöre!«

Ich wiederholte die Worte, die sie mir vorsagte: »Ich, Achilles, Sohn des Peleus, Enkel des Aiakos und Urenkel des Zeus, schwöre, dass ich sofort in den Palast von König Lykomedes zurückkehren und Frauenkleider anlegen werde. Für die Dauer eines Jahres werde ich mich in dem Palast aufhalten und immer Frauenkleider tragen. Wann immer sich jemand nach Achilles erkundigt, werde ich mich im Frauenhaus verbergen und keinen Kontakt mit ihm aufnehmen, auch nicht durch Vermittler. Ich werde König Lykomedes in allen Dingen für mich sprechen lassen und ihm ohne Widerrede gehorchen. Und dies alles schwöre ich bei Nereus, der Mutter und Kore, bei den Herrschern von Tartaros und Thetis, die eine Göttin ist.«

Kaum waren diese schrecklichen Worte gesprochen, ließ meine Verwirrung nach; die Welt nahm ihre normalen Farben und Konturen an, und ich konnte wieder klar denken. Aber es war zu spät. Kein Mensch konnte einen solch furchtbaren Eid ablegen und ihn brechen. Meine Mutter hatte mich mit Hand und Fuß an ihren Willen gebunden.

»Ich verfluche dich!«, schrie ich und begann zu weinen. »Ich verfluche dich! Du hast mich zu einer Frau gemacht!«

»In allen Menschen steckt eine Frau«, lächelte sie.

»Du hast mir meine Ehre genommen!«

»Ich habe dich davor bewahrt, in einen frühen Tod zu gehen«, antwortete sie und gab mir einen Stoß. »Jetzt geh zurück zu Lykomedes. Du brauchst ihm nichts zu erklären. Wenn du in den Palast kommst, wird er schon alles wissen.« Ihre Augen wurden wieder blau. »Ich tue dies alles aus Liebe, mein armer, lippenloser Sohn. Ich bin deine Mutter.«

Ich sagte kein Wort zu Patroklos, als ich wieder zu ihm zurückkehrte. Ich nahm nur meinen Teil der Ausrüstung und machte mich auf den Weg zum Palast. Und er, der wie immer fühlte, wie es um mich stand, stellte mir keine Fragen. Vielleicht wusste er aber auch schon, was Lykomedes wusste, als wir durch die Tore in den Palasthof traten. Dort erwartete er uns. Er sah eingefallen und niedergeschlagen aus.

»Ich habe eine Botschaft von Thetis erhalten«, sagte er.

»Dann wisst Ihr, was von uns verlangt wird.«

»Ja.«

Meine Gemahlin saß am Fenster, als ich in ihr Gemach trat. Beim Geräusch der Tür wandte sie den Kopf, und mit einem schläfrigen Lächeln breitete sie die Arme aus. Ich küsste sie auf die Wange und starrte aus dem Fenster hinunter auf den Hafen und die kleine Stadt.

»Ist das dein ganzer Willkommensgruß?«, fragte sie freundlich. Deidamia war nie verärgert.

»Du weißt sicher, was alle wissen«, sagte ich seufzend.

»Dass du dich wie eine Frau kleiden und in Vaters Frauengemach verstecken musst«, sagte sie mit einem Nicken. »Aber nur, wenn Fremde kommen, und das geschieht nicht oft.«

Der Fensterladen unter meiner Hand begann zu splittern, so groß war meine Qual. »Wie kann ich damit leben, Deidamia? Diese Demütigung! Was für eine vortreffliche Art, sich zu rächen! Sie spottet meiner Männlichkeit, diese Kuh!«

Zitternd machte meine Frau mit der rechten Hand das Zeichen, das den bösen Blick abwehrt. »Achilles, erzürne sie nicht noch mehr! Sie ist eine Göttin! Sprich mit Ehrerbietung von ihr.«

»Niemals!«, stieß ich zwischen den Zähnen hervor. »Sie hat auch keinen Respekt vor mir, vor meiner Männlichkeit. Wie alle über mich lachen werden!«

Deidamia zitterte erneut. »Es ist nicht zum Lachen«, sagte sie.

KAPITEL 10

ERZÄHLT VON
ODYSSEUS

Auf dem Seeweg mit seinen günstigen Winden und Strömungen kam man immer besser voran als auf dem langen, entbehrungsreichen Landweg, und so segelten wir entlang der Küste nach Iolkos. Als wir in den Hafen einliefen, stand ich mit Ajax an Deck; dies war mein erster Besuch in der Heimat der Myrmidonen, und ich fand Iolkos schön, eine Stadt wie ein Kristall, das in der Wintersonne strahlte. Keine Mauern. Hinter dem Palast ragte der Pelion empor, eingehüllt in makellosen weißen Schnee. Ich zog meine Pelze enger um die Schultern, blies mir in die Hände und warf einen Blick auf Ajax, der neben mir stand.

»Werdet Ihr als erster von Bord gehen, mein edler Recke?«, fragte ich.

Er nickte gleichmütig; Scherze waren bei ihm verlorene Liebesmüh. Ein mächtiges Bein stieg über die Reling, fand die oberste Stufe der Strickleiter, und der Rest folgte rasch hinterher. Er trug nicht mehr als damals, als ich ihn in den Hallen von Mykene gesehen hatte: einen Kampfrock. Doch seine glatte Haut verriet nicht im Geringsten, ob er fror. Ich ließ ihn hinunter an den Strand klettern und rief ihm von oben zu, er solle nach irgendeinem Transportmittel Ausschau halten. Man kannte ihn in Iolkos, sodass sie ihm alles geben würden, was wir brauchten.

Nestor war damit beschäftigt, in der Unterkunft auf dem Achterdeck seine persönlichen Sachen zusammenzupacken.

»Ajax ist losgezogen, um uns ein Gefährt zu besorgen. Fühlt Ihr Euch wohl genug, um die Leiter hinabzusteigen, oder wollt Ihr lieber hier warten?«, fragte ich ihn ein wenig hinterhältig.

»Und was bringt Euch auf die Idee, ich sei schon im Greisenalter?«, gab er bissig zurück und sprang auf. »Ich werde selbstverständlich am Strand warten.«

Vor sich hin murrend trat er rasch an Deck, schlug ungeduldig die helfende Hand eines Seemanns aus und kletterte so behände wie ein Knabe das Schiff hinunter.

Peleus bat uns persönlich in seine Gemächer. Als ich noch jung und er in den besten Jahren war, hatte ich ihn oft getroffen, aber seitdem nicht mehr. Auch jetzt im fortgeschrittenen Alter, hielt er sich noch immer aufrecht, eine stolze, königliche Gestalt. Gut aussehend und klug obendrein. Ein Jammer, dass er nur den einen Sohn besaß, der ihm nachfolgen sollte; mit Peleus als Vater musste sich der junge Achilles schon sehr anstrengen, um dessen Ruhm zu übertreffen.

Ich saß bequem, mit dem Glühwein neben mir, vor dem großen Dreifuß mit dem Feuer, als ich das Gespräch auf den Grund unseres Besuchs brachte. Obwohl Nestor der Älteste war, hatte man mich zum Sprecher ernannt; sollte es Missverständnisse geben, konnte sich der Schurke elegant aus der Affäre ziehen.

»Agamemnon von Mykene hat uns geschickt, Euch um einen Gefallen zu bitten, Majestät.«

Seine klugen Augen musterten mich. »Helena«, sagte er.

»Neuigkeiten sprechen sich rasch herum.«

»Ich hatte einen offiziellen Boten erwartet, aber keiner erschien. Meine Schiffbauer haben noch nie so viele Aufträge erhalten.«

»Da Ihr den Eid des Gevierteilten Pferdes nicht geschworen habt, Peleus, konnte Agamemnon Euch auch keinen Kurier schicken. Nichts verpflichtet Euch, die Sache des Menelaos zu unterstützen.«

»Umso besser. Ich bin zu alt, um in den Krieg zu ziehen, Odysseus.«

Nestor befand, dass ich zu umständlich vorging. »Eigentlich, Peleus, seid Ihr es auch gar nicht, den wir brauchen«, erklärte er. »Wir sind gekommen, um herauszufinden, ob wir uns der Dienste Eures Sohnes versichern können.«

Thessaliens König schien in sich zusammenzufallen.

»Achilles … Nun, ich hatte zwar gehofft, es würde nicht so kommen, aber ich habe es befürchtet. Ich habe keinen Zweifel, dass er Agamemnons Aufforderung bereitwillig Folge leisten wird.«

»Wir dürfen ihn also fragen?«, meinte Nestor.

»Natürlich«, erwiderte Peleus.

Ich lächelte erleichtert. »Agamemnon dankt Euch, Peleus. Und ich danke Euch auch. Von ganzem Herzen.«

Er sah mich lange und unverwandt an. »*Habt* Ihr ein Herz, Odysseus? Ich bildete mir immer ein, Ihr hättet nur einen Kopf.«

Für einen Augenblick empfand ich einen Schmerz in der Brust: Penelope, dachte ich, und dann verblasste ihr Bild. Ich erwiderte seinen Blick. »Nein, ich habe kein Herz. Wozu sollte ein Mann eines brauchen. Ein Herz ist eine große Belastung.«

»Dann stimmt es, was man von Euch erzählt.« Er nahm sein Trinkglas vom Dreifuß, ein sehr schönes Exemplar ägyptischer Kunstfertigkeit. »Wenn Achilles beschließt, nach Troja zu ziehen«, sagte er, »wird er die Myrmidonen führen. Seit über zwanzig Jahren sehnen sie sich nach einem Waffengang.«

Jemand trat ein; Peleus lächelte und streckte die Hand aus. »Ah, Phoinix! Meine Herren, das ist Phoinix, mein Freund und Kamerad seit vielen Jahren. Wir haben sehr hohen Besuch, Phoinix: König Nestor von Pylos und König Odysseus von Ithaka.«

»Ich habe draußen Ajax gesehen«, sagte Phoinix und machte eine tiefe Verbeugung. An Jahren befand er sich zwischen Peleus und Nestor, ein sehr aufrechter und soldatischer Bursche, der ganz wie ein Myrmidone aussah – blond, groß, in guter Verfassung.

»Du wirst mit Achilles nach Troja gehen, Phoinix«, sagte Peleus. »Für mich auf ihn aufpassen, ihn vor dem Tod bewahren.«

»Und wenn es mich das Leben kostet, Majestät.«

Ich wurde allmählich etwas ungeduldig. »Dürfen wir selbst mit Achilles sprechen?«, warf ich ein.

Die beiden Thessalier sahen mich verständnislos an.

»Achilles ist nicht in Iolkos«, sagte Peleus.

»Wo ist er dann?«, erkundigte sich Nestor.

»In Skyros. Er verbringt dort jedes Jahr sechs kalte Monde; er ist mit Deidamia verheiratet, der Tochter von Lykomedes.«

Ärgerlich schlug ich mir auf den Schenkel. »Dann müssen wir also noch eine Winterreise machen.«

»Durchaus nicht«, meinte Peleus entgegenkommend. »Ich werde nach ihm schicken.«

Aber irgendwie wusste ich, dass wir uns selbst darum kümmern mussten, wenn wir sehen wollten, wie Achilles mit Schiffen aus Iolkos vor Aulis landete. Ich schüttelte den Kopf.

»Nein, Majestät. Agamemnon würde es für angemessener halten, wenn wir Achilles selbst bitten.«

Und so liefen wir in einen weiteren Hafen ein und machten uns von einer Stadt auf den Weg zu einem Palast – mit dem Unterschied, dass dieser Palast nicht viel mehr als ein großes Haus war. Skyros war nicht reich. Lykomedes hieß uns willkommen, aber als wir uns zu einer kleinen Mahlzeit niederließen, spürte ich, wie meine Haut prickelte. Etwas stimmte nicht, und das hatte nicht nur mit Lykomedes zu tun. Eine eigentümliche Spannung lag über dem Palast. Die Bediensteten – alle männlich – eilten umher, ohne uns anzusehen. Lykomedes trug die Miene eines Mannes zur Schau, den eine schwere Furcht quälte, sein Erbe Patroklos erschien und verschwand so rasch, dass ich ihn fast für eine Ausgeburt meiner Fantasie hielt, und – am beunruhigendsten – keine einzige weibliche Stimme war zu hören. Nicht mal in der Ferne lachte oder schimpfte, schrie oder heulte eine Frau. Wie seltsam! Gewiss, Frauen nahmen an den Angelegenheiten der Männer nicht teil, aber sie waren sich durchaus ihrer Bedeutung im Geschehen der Dinge bewusst und genossen Freiheiten, die kein Mann ihnen je verweigern würde. Sie hatten schließlich unter der Alten Religion das Zepter geschwungen.

Das Prickeln auf meiner Haut hatte sich in Nadelstiche verwandelt, meine Nase juckte, weil sie den alten, vertrauten Geruch von Gefahr witterte; ich fing Nestors Blick auf. Ja, er hatte es auch gespürt. Er hob die Augenbrauen, und ich seufzte. Ich hatte mich nicht getäuscht: Wir hatten ein Problem.

Der hübsche junge Mann namens Patroklos tauchte wieder auf. Ich musterte ihn eindringlich, während ich mich fragte, welche

Rolle ihm in diesem merkwürdigen Schauspiel wohl zufiel. Er war ein sanfter, zarter Bursche, dem es sicher nicht an Mut fehlte, aber der vermutlich ziemlich einseitig in seinen Gefühlen war. Gefühlen, entschied ich, die nicht Frauen betrafen. Nun, das war sein gutes Recht. Keiner würde schlecht von ihm denken, weil er Männer bevorzugte. Diesmal nahm er jedoch Platz und sah recht unglücklich aus.

Ich räusperte mich. »König Lykomedes, unsere Mission ist sehr dringend. Wir suchen Euren Schwiegersohn, Achilles.«

Eine merkwürdige Pause trat ein; Lykomedes ließ fast sein Glas fallen, dann erhob er sich schwerfällig. »Achilles ist nicht in Skyros, edle Herren.«

»Nicht hier?«, fragte Ajax erschrocken.

»Nein.« Lykomedes wirkte verlegen. »Er – er hatte einen heftigen Streit mit seiner Frau, meiner Tochter, und ist aufs Festland gereist. Mit der Drohung, nie mehr zurückzukehren.«

»Er ist nicht in Iolkos«, warf ich sanft ein.

»Ich gebe zu, damit hatte ich auch nicht gerechnet, Odysseus. Er sagte etwas von Thrakien.«

Nestor seufzte. »Meine Güte! Es sieht so aus, als würden wir diesen jungen Mann nirgendwo antreffen, oder?«

Die Frage war an mich gerichtet, aber ich antwortete nicht sofort, denn ich spürte plötzlich so etwas wie eine große Erleichterung. Mein Instinkt hatte mich nicht getrogen: Etwas war hier von Grund auf faul, und das hatte mit Achilles zu tun. Ich stand auf. »Da Achilles nicht hier ist, denke ich, wir sollten sofort aufbrechen, Nestor.«

Ich hielt inne, denn ich wusste, dass Lykomedes noch die angemessenen Höflichkeitsfloskeln vorbringen musste, wenn er sich nicht beim gastfreundlichen Zeus versündigen wollte. Und während ich wartete, drehte ich mich so, dass nur Nestor mein Gesicht sehen konnte, und warf ihm einen warnenden Blick zu.

Lykomedes machte das übliche Angebot. »Bleibt wenigstens über Nacht, Odysseus. König Nestor sollte sich ein wenig ausruhen.«

Wie gut, dass ich ihn gewarnt hatte; statt loszupoltern, dass er sich durchaus in der Lage fühle, dem Olymp den Krieg zu erklären, sackte er in sich zusammen wie ein mitleiderregendes Häufchen Elend. Der alte Schurke.

»Dank Euch, König Lykomedes!«, rief ich und sah erleichtert drein. »Erst heute Morgen berichtete Nestor mir, wie müde er sei. Die Winterstürme auf dem Meer haben ihm zugesetzt.« Ich senkte die Augen. »Ich hoffe, unsere Gegenwart bereitet Euch keine Unannehmlichkeiten.«

Sie bereitete ihm Unannehmlichkeiten. Er hatte nicht im Traum daran gedacht, dass ich seine formelle Einladung annehmen würde, obwohl unsere Mission gescheitert war und wir nach Mykene zurückkehren mussten, um Agamemnon die Nachricht zu überbringen. Doch trotz seiner Enttäuschung ließ er sich nichts anmerken. Ebenso wenig wie Patroklos.

Später suchte ich Nestor in seinem Zimmer auf und hockte mich auf eine Stuhllehne, während er sich in ein dampfendes Bad setzte und von einem älteren Bediensteten – männlich, wie außergewöhnlich! – das Salz und den Schmutz von der welken Haut schrubben ließ. Als Nestor schließlich in Leintücher gehüllt neben mir stand, verschwand der Diener.

»Was denkt Ihr?«, fragte ich ihn.

»Über diesem Haus liegt ein Schatten«, antwortete er bestimmt. »Ich vermute, wenn Achilles sich mit seiner Frau gestritten hat und nach Thrakien gereist ist, könnte das der Grund für diese merkwürdige Stimmung sein, aber ich glaube es eigentlich nicht. Was immer hier im Argen liegt, damit hat es nichts zu tun.«

»Ich glaube, Achilles befindet sich hier im Palast.«

Er bekam große Augen. »Nein! Versteckt, ja, aber nicht hier.«

»Er ist hier«, beharrte ich. »Wir haben genug von ihm gehört, um zu wissen, dass er ebenso impulsiv wie kriegslüstern ist. Würde er sich in einiger Entfernung von Lykomedes und Patroklos aufhalten, könnten sie ihn nicht mehr kontrollieren. Er ist hier im Palast.«

»Aber *warum*? Weder er noch Peleus haben den Eid geschworen. Es wäre nicht unehrenhaft, wenn sie es ablehnten, gegen Troja zu ziehen.«

»Oh, aber er möchte bestimmt gern. Es sind andere, die ihn nicht gehen lassen. Und irgendwie haben sie ihn in der Gewalt.«

«Was sollen wir also tun?«

»Was denkt Ihr?«, entgegnete ich.

Er zog eine Grimasse. »Dass wir überall in diesem kleinen Palast herumwandern müssen. Bei Tageslicht am besten ich. Ich kann so tun, als sei ich senil. Wenn alle schlafen, könnt Ihr die Suche übernehmen. Denkt Ihr wirklich, sie halten ihn gefangen?«

Aber das konnte ich nicht glauben. »Das würden sie nicht wagen, Nestor. Wenn Peleus davon erführe, würde er diese Insel noch gründlicher als Poseidon zerstören. Nein, sie müssen ihn mit einem Eid gebunden haben.«

»Logisch.« Er begann sich anzukleiden. »Wie lange noch bis zum Abendessen?«

»Noch eine Weile.«

»Dann legt Euch schlafen, Odysseus, während ich herumstreife.«

Er kehrte rechtzeitig zurück, um mich fürs Abendessen zu wecken. Er sah mürrisch aus. »Die Seuche soll sie holen!«, knurrte er. »Wenn sie ihn hier versteckt halten, weiß ich nicht, wo. Ich habe in jede einzelne Ecke vom Dach bis in den Keller geschaut, ohne eine Spur von ihm zu entdecken. Der einzige Ort, den ich nicht betreten durfte, waren die Gemächer der Frauen. Da steht eine Wache davor.«

»Dann wird er genau da sein«, erwiderte ich und stand auf. »Hmm.«

Auf dem Weg zum Mahl fragten wir uns, ob Lykomedes wohl so orientalisch geworden war, dass er keine Frauen im Speisesaal zuließ. Ein männlicher Diener beim Bad? Nirgends eine Frau zu sehen? Ein Wache vor den Räumen der Frauen? Sehr merkwürdig. Lykomedes wollte nicht, dass wir irgendwelchen Klatsch erfuhren, und daher musste er die Frauen von uns fern halten.

Aber sie waren da, wenngleich in die dunkelste, entlegenste Ecke verbannt. Ich hatte schon vermutet, dass Lykomedes sie zur Hauptmahlzeit herauslassen würde; die Größe seiner Küche und seines Palastes hätten es nicht erlaubt, sie ihn ihren Räumen zu verköstigen, ohne für seine königlichen Gäste ein kulinarisches Chaos heraufzubeschwören.

Achilles jedoch war nicht zu entdecken. Keine dieser kaum zu unterscheidenden weiblichen Gestalten war groß genug, um Achilles zu sein.

»Warum sind die Frauen ganz für sich?«, fragte Nestor, als das Essen kam und wir mit Lykomedes und Patroklos an der großen Tafel saßen.

»Sie haben Poseidon beleidigt«, antwortete Patroklos rasch.

»Und?«

»Für fünf Jahre dürfen sie sich nicht mit Männern zusammentun.«

Ich hob die Augenbrauen. »Auch nicht geschlechtlich?«

»Das ist erlaubt.«

»Klingt mehr so, als würde das die Große Mutter verlangen und nicht Poseidon«, bemerkte Nestor und nahm einen Schluck Wein.

Lykomedes zuckte mit den Schultern. »Es kam von Poseidon, nicht von der Mutter.«

»Durch seine Priesterin Thetis?«, erkundigte sich der König von Pylos.

»Thetis ist nicht seine Priesterin«, erwiderte Lykomedes verlegen. »Der Gott hat es abgelehnt, sie wieder zurückzunehmen. Sie dient jetzt Nereus.«

Als das Essen beendet war und die Frauen wieder verschwanden, setzte ich mich mit Patroklos zum Reden nieder und überließ Lykomedes der Gnade Nestors.

»Es tut mir sehr Leid, dass ich Achilles nicht angetroffen habe«, sagte ich.

»Er hätte Euch gefallen«, entgegnete Patroklos tonlos.

»Ich vermute, er hätte mit Freuden die Gelegenheit ergriffen, nach Troja zu ziehen.«

»Ja. Achilles ist für den Krieg geboren.«

»Nun, ich habe nicht die Absicht, ganz Thrakien nach ihm abzusuchen! Er wird traurig sein, wenn er erfährt, was ihm entgangen ist.«

»Ja, sehr traurig.«

»Erzählt mir, wie er aussieht«, schlug ich vor, denn eines wusste ich inzwischen über Patroklos: Seine ganze Liebe gehörte Achilles.

Das junge Gesicht leuchtete auf. »Er ist ein bisschen kleiner als Ajax ... Und wie – wie *anmutig* er sich bewegt! Und er ist sehr schön.«

»Ich habe gehört, dass er keine Lippen hat. Wie kann er dann schön sein.«

»Weil ... weil«, Patroklos suchte nach Worten, »Ihr müsstet ihn sehen, um es zu begreifen. Sein Mund rührt einen zu Tränen – vor Schmerz! Achilles ist die personifizierte Schönheit.«

»Das kann ich einfach nicht glauben«, erwiderte ich.

Fast wäre er darauf hereingefallen. Fast hätte er zu mir gesagt, dass ich ein Narr sei, ihm nicht zu glauben«, dass er sein Idol herbeiholen könnte, um mich selbst zu überzeugen. Doch er presste die Lippen fest zusammen, schluckte die leidenschaftlichen Worte hinunter. Aber sie waren so gut wie ausgesprochen. Ich hatte meine Antwort.

Bevor wir uns zurückzogen, beriet ich mich noch kurz mit Nestor und Ajax, dann ging ich zu Bett und schlief tief und fest. Sehr früh am nächsten Morgen machte ich mich mit Ajax auf den Weg hinunter in die Stadt. Dort hatte ich meinen Vetter Sinon einquartiert; es war nie klug, alle seine Trümpfe auf einmal auszuspielen, und Sinon war ein Trumpf. Gleichmütig hörte er zu, als ich ihn davon in Kenntnis setzte, was zu tun war. Dann gab ich ihm einen Beutel Gold aus dem kleinen Vorrat, den Agamemnon mir mitgegeben hatte, um daraus unsere Ausgaben zu bestreiten. Was mir gehörte, gab ich nur ungern weg; eines Tages sollte es meinem Sohn gehören. Aber Agamemnon war durchaus in der Lage, für Achilles zu bezahlen.

Der Hof schlief noch, als ich in den Palast zurückkehrte, ohne Ajax; er hatte noch andere Aufgaben zu erledigen. Nestor war schon wach und packte; wir hatten nicht die Absicht, Lykomedes' weiter zu beunruhigen. Natürlich machte er die üblichen Einwendungen, als wir verkündeten, wir würden absegeln, bat uns, noch länger zu bleiben, aber diesmal lehnte ich zu seiner großen Erleichterung höflich ab.

»Wo ist Ajax?«, fragte Patroklos.

»In der Stadt unterwegs, um die Leute zu fragen, ob sie irgendeine Idee haben, wohin Achilles gegangen sein könnte«, erwiderte ich, um mich dann an Lykomedes zu wenden: »Majestät, könntet Ihr mir einen kleinen Gefallen tun und Euren gesamten freien Hofstaat hier im Thronsaal zusammenrufen?«

Er sah mich verblüfft an, dann wurde er sehr vorsichtig. »Nun ...«

»Ich stehe unter dem Befehl von Agamemnon, Majestät, sonst würde ich nicht darum bitten. Ich bin beauftragt – wie in Iolkos! –, jeder freien Person an Eurem Hof den Dank des Königs von Mykene zu entrichten. Bedingung ist jedoch, dass *alle* anwesend sein müssen, Frauen wie Männer. Auf den Frauen mag ein Bann liegen, gleichwohl gehören sie zu Euch.«

Kaum waren meine Worte verklungen, traten einige meiner Seeleute ein, die Arme voller Geschenke. Es waren Dinge für Frauen: Perlen, Blusen, Parfümflakons, Krüge mit Öl, Salben und Essenzen, feine Wolle und hauchdünnes Leinen. Ich bat um Tische, sodass die Männer ihre Last abladen konnten. Jetzt kamen noch mehr Seeleute, diesmal mit Geschenken für Männer: bronzeüberzogene Waffen, Schilder, Speere, Schwerter, Harnische, Helme und Beinschienen. Ich ließ sie auf weitere Tische ablegen.

In den Augen des Königs war zu sehen, wie Habgier und Vorsicht miteinander kämpften; als Patroklos warnend eine Hand auf seinen Arm legte, schüttelte er sie ab und klatschte nach seinem Haushofmeister.

»Ruft den gesamten Hofstaat zusammen, und stellt die Frauen in einiger Entfernung auf, damit Poseidons Bann eingehalten wird.«

Der Raum füllte sich mit Männern, dann kamen die Frauen. Nestor und ich musterten vergebens die Reihen. Achilles konnte nicht darunter sein.

»Majestät«, sagte ich und trat vor, »König Agamemnon möchte Euch und den Eurigen für Eure Hilfe und Gastfreundschaft danken.« Ich deutete auf die Sachen für die Frauen. »Hier sind Geschenke für Eure Frauen.« Dann wandte ich mich den Waffen und Rüstungen zu. »Und das hier ist für Eure Männer.«

Alle murmelten beifällig, doch niemand rührte sich, ehe der König es erlaubte. Dann drängten sie sich um die Tische und griffen freudig nach den Geschenken.

»Dies hier, Majestät«, sagte ich und nahm einem Seemann einen in Leinen gewickelten Gegenstand ab, »ist für Euch.«

Sein Gesicht leuchtete, als er das Tuch auseinanderschlug und eine kretische Axt mit zweischneidiger Bronzeklinge und eichenem Schaft vor ihm lag. Ich nahm sie, um sie ihm zu überreichen, und strahlend vor Freude streckte er die Hände danach aus.

Genau in diesem Moment ertönte von draußen ein schriller, hoher Alarmschrei. Jemand blies ein Horn, und in der Ferne hörten wir Ajax einen salamischen Kriegsruf ausstoßen. Danach folgte das unverwechselbare Geräusch, wenn Waffen angelegt wurden; und Ajax rief erneut, diesmal aber näher. Die Frauen kreischten und begannen zu fliehen, die Männer redeten wild durcheinander, und König Lykomedes, der totenbleich geworden war, vergaß seine Axt.

»Piraten!«, rief er und schien nicht zu wissen, was er tun sollte.

Ajax ließ, noch näher und lauter, einen Kriegsschrei ertönen, den nur Chiron lehrte. Wir standen wie angewurzelt; aber ich packte die Axt fest mit beiden Händen und hob sie angriffsbereit.

Plötzlich stürmte jemand mit solcher Wucht in den Thronsaal, dass die entsetzten Frauen, die sich an der Tür drängten, wie Garnrollen durcheinanderpurzelten. Darunter eine ganz besondere Frau – kein Wunder, dass Lykomedes nicht bereit war, sie vorzuzeigen. Ungeduldig riss sie sich das Leinenkleid vom Leib, um darunter einen äußerst bewundernswerten muskulösen Brustkorb zu enthüllen. Sie ging auf den Tisch mit den Waffen zu. Endlich bekamen wir Achilles zu Gesicht.

Krachend fegte er die Dinge auf einem der Tische zu Boden, nahm einen Schild und einen Speer und stand da in voller Größe, jede Faser seines Körpers kampfbereit. Mit erhobener Axt ging ich auf ihn zu.

»Hier, meine Dame, nehmt diese! Das scheint mehr Eure Größe zu sein.« Ich schwang die Axt, bis meine Arme schmerzten. »Habe ich die Ehre mit Prinz Achilles?«

Oh, er bot schon einen bemerkenswerten Anblick! Er war durchaus nicht schön, trotz der Lobgesänge von Patroklos. Aber es lag nicht an seinem Mund. Der verlieh ihm eher etwas Anrührendes. Sein Mangel an Schönheit, so denke ich heute, kam vielmehr aus ihm selbst. Die gelben Augen waren voller Stolz und Intelligenz; er war kein Tölpel wie Ajax.

»Meinen Dank!«, rief er und erwiderte mein Lachen.

Ajax trat in den Raum. Er trug immer noch die Waffen, mit denen er draußen die Panik erzeugt hatte. Als er Achilles erblickte, brach er in Freudengeheul aus, und im nächsten Augenblick packte er Achilles und umarmte ihn mit einer Kraft, die einem anderen die Knochen gebrochen hätte. Achilles schüttelte ihn ab und legte lachend einen Arm um seine Schulter.

»Ajax, Ajax! Dein Kriegsruf hat mich wie ein Pfeil durchbohrt! Ich musste dir antworten, ich konnte nicht einen Moment länger untätig bleiben. Mit dem Warnruf des alten Chiron hast du mich gerufen – wie sollte ich da widerstehen?« Er warf einen Blick auf Patroklos und streckte eine Hand aus. »Komm her zu mir! Wir ziehen gegen Troja in den Krieg! Mein größter Wunsch ist erfüllt worden, Vater Zeus hat meine Gebete erhört.«

Lykomedes war außer sich. Weinend rang er die Hände. »Mein Sohn, mein Sohn, was wird nun mit uns geschehen? Du hast den Eid gebrochen, den du deiner Mutter geschworen hast! Sie wird uns in Stücke reißen!«

Stille trat ein. Achilles wurde auf der Stelle ernst, sein Gesicht verfinsterte sich. Mit hochgezogenen Brauen sah ich Nestor an; wir seufzten beide auf.

»Ich finde nicht, dass ich ihn gebrochen habe, Vater«, sagte Achilles schließlich. »Ich bin einem Reflex gefolgt, ich habe ohne nachzudenken auf einen Ruf reagiert, der mir beigebracht wurde, als ich ein Junge war. Ich habe Ajax gehört und geantwortet. Ich habe keinen Eid gebrochen. Die List eines anderen hat ihn zerstört.«

»Achilles sagt die Wahrheit«, erklärte ich laut. »Ich habe Euch einen Streich gespielt. Kein Gott kann Euch vorwerfen, dass Ihr Euren Eid nicht eingehalten habt.«

Sie misstrauten mir natürlich, aber der Bann war gebrochen.

Achilles reckte triumphierend die Arme in die Höhe, dann packte er Patroklos und Ajax und umarmte sie. »Vettern, wir ziehen in den Krieg!«, verkündete er mit einem grimmigen Lächeln, dann sah er mich dankbar an. »Es ist unser Schicksal. Selbst mit ihrem schlimmsten Zauber konnte mich meine Mutter nicht vom Gegenteil überzeugen. Ich wurde geboren, um ein Krieger zu sein und an der Seite der größten Männer unserer Zeit zu kämpfen, um ewigen Ruhm und unvergängliche Ehre zu erlangen!«

Es stimmte vermutlich, was er sagte. Ich sah sie skeptisch an, diese drei famosen jungen Männer, und dachte an meine Frau und meinen Sohn und die endlosen Jahre, die vom Beginn meiner Verbannung bis zu meiner Rückkehr verstreichen würden. Achilles würde vor Troja ewigen Ruhm und unvergängliche Ehre erringen, aber ich hätte nur zu gern meinen Anteil an diesen beiden weit überschätzten Gütern gegen das Recht eingetauscht, morgen nach Hause zurückkehren zu können.

Schließlich gelang es mir doch, noch einmal nach Ithaka zu fahren, unter dem Vorwand, dass ich mein Kontingent für Troja selbst zusammenstellen müsste. Agamemnon ließ mich nur höchst ungern ziehen; er konnte seine eigenen Angelegenheiten weit besser erledigen, wenn ich in seiner Nähe war.

Ich verbrachte drei kostbare Monde mit meiner netzgesichtigen Penelope – Zeit, mit der wir nicht gerechnet hatten. Aber schließlich konnte ich nicht länger bleiben. Während meine kleine Flotte die stürmische Küste Pelops' entlangsegelte, machte ich die Reise nach Aulis über Land. Rasch durchquerte ich Ätolien und war Tag und Nacht unterwegs, bis ich das gebirgige Delphi erreichte, wo Apollo, der Gott der prophetischen Weissagung, sein Heiligtum hatte und seine Priesterin Pythia ihre unfehlbaren Orakelsprüche verkündete. Ich befragte sie, ob mein Hausorakel mir zu Recht vorhergesagt habe, dass ich zwanzig Jahre meinen Herd nicht wieder sehen würde. Ihre Antwort war einfach und eindeutig »ja«. Dann fügte sie noch hinzu, dass es der Wille meiner Schutzgöttin Pallas Athene sei, dass ich zwanzig Jahre nicht nach Hause zurückkehren dürfe. Ich wollte wissen warum, bekam aber außer einem Gekicher keine Antwort.

Niedergeschlagen eilte ich weiter nach Theben, wo ich mich mit Diomedes verabredet hatte, der von Argos dorthin kommen wollte. Aber die zerstörte Stadt lag verlassen da; keine Spur von Diomedes. Ich trat mit meinem Gefolge die letzte kurze Etappe meiner Reise an, die auf einem holprigen Weg hinunter zum Golf von Euböa und an den Strand von Aulis führte.

Die Einzelheiten des Aufbruchs unseres Feldzugs waren lange und sorgfältig geplant worden: Tausend Schiffe benötigten ziemlich viel Liegeplatz, und der musste geschützt sein. Dafür war Aulis gut geeignet. Das Ufer zog sich über zwei Meilen hin und war durch die nahe gelegene Insel Euböa von Stürmen und wilder See abgeschirmt.

Als ich ankam, ließ ich mich auf die Anhöhe über dem Strand fahren und blickte hinunter. Selbst die Pferde schienen zu spüren, dass etwas Ungewöhnliches sie erwartete, denn sie blieben stehen, scheuten und drängten zurück, wie sie es auch tun, wenn sie sich Aas nähern sollen. Mein Wagenlenker hatte Mühe, sie zu bändigen.

Endlos zogen sie sich vor meinen Augen dahin! In zwei Reihen lagen dort unten unsere schwarz-roten Schiffe mit dem hohen Bug. Jedes konnte mindestens hundert Mann aufnehmen, hatte Raum für fünfzig an den Rudern, während die anderen fünfzig sich zwischen dem Seezeug ausruhten, und jedes besaß noch einen hohen Mast für ein Segel. Ich fragte mich, wie viele Bäume wohl gefällt worden waren, um diese mehr als tausend Schiffe zu bauen, wie viele Schweißtropfen wohl in ihre geteerten Spanten geflossen waren, bis der letzte Bolzen eingeschlagen war und sie leicht durch das Wasser gleiten konnten. Schiff, Schiffe und abermals Schiffe; klein sahen sie von hier oben aus. Genug Schiffe, um achtzigtausend Krieger und Tausende von nichtkämpfenden Männern nach Troja zu bringen. Innerlich zollte ich Agamemnon Beifall. Er hatte gewagt, und er hatte gewonnen. Selbst wenn er diese vielen Schiffe nie über den Strand von Aulis hinausbrachte, war es eine großartige Leistung. Für die Schönheit der Landschaft hatte ich keinen Blick mehr. Ich lachte laut auf und rief: »Agamemnon, du hast gesiegt!«

Im flotten Trab fuhr ich durch das kleine Fischerdorf Aulis, ohne auf die Soldaten zu achten, die sich auf der einzigen Straße dort drängten. Als ich die Häuser hinter mir gelassen hatte, hielt ich an. Ich wusste nicht weiter. Wo befand sich zwischen all diesen vielen Schiffen eigentlich das Hauptquartier? Ich rief einen Offizier herbei.

»Wo geht es zum Zelt von Agamemnon, dem König der Könige?«

Er musterte mich ohne Eile, und während er in den Zähnen herumstocherte, betrachtete er meine Rüstung: den mit Hauern geschmückten Helm und den mächtigen Schild, der einst meinem Vater gehört hatte.

»Wer will das wissen?«, fragte er frech.

»Ein Wolf, der schon größere Ratten als Euch verschlungen hat.«

Er zuckte erschrocken zusammen und antwortete manierlich. »Folgt der Straße noch ein Stück, edler Herr, und fragt dann ein weiteres Mal.«

»Odysseus von Ithaka dankt Euch.«

Agamemnon hatte nur ein vorübergehendes Quartier in großen und bequemen Lederzelten bezogen. Außer einem Marmoraltar unter einer einsamen Platane, einem armen, zerzausten Ding, hatte er nichts Beständiges errichten lassen. Nachdem ich mein Gefolge und meinen Wagenlenker bei einer der Wachen zurückgelassen hatte, wurde ich zu dem größten Zelt geleitet.

Alle, denen eine wichtige Rolle zukam, waren da: Idomeneus, Diomedes, Nestor, Ajax und sein Namensvetter, der Kleine Ajax, Teukros, Phoinix, Achilles, Menestheus, Menelaos, Palamedes, Meriones, Philoktetes, Eurypylos, Thoas, Machaon und Podalieros. Kalchas, der Albino-Priester, saß still in einer Ecke, sein Blick huschte – prüfend und argwöhnisch – von Mann zu Mann. Sein

Schielen konnte mich nicht täuschen; ich betrachtete ihn einige Augenblicke unbeobachtet und versuchte, aus ihm schlau zu werden. Ich mochte ihn nicht, aber nicht nur wegen seines abstoßenden Äußeren, sondern weil etwas weniger Fassbares in seinem Wesen ein starkes Gefühl des Misstrauens in mir hervorrief. Ich wusste, dass Agamemnon anfangs ebenso empfunden hatte, aber nachdem er den Mann monatelang hatte überwachen lassen, war er von Kalchas Loyalität überzeugt.

Ich war mir da nicht so sicher. Der Bursche war sehr raffiniert. Und er war Trojaner.

Achilles stieß einen Freudenschrei aus. »Odysseus, was hat Euch aufgehalten? Eure Schiffe sind schon vor einem halben Monat eingetroffen.«

»Ich bin über Land gekommen. Hatte noch einiges zu erledigen.«

»Ihr kommt gerade rechzeitig, alter Freund«, begrüßte ihn Agamemnon. »Wir sind gerade dabei, unsere erste formelle Ratssitzung abzuhalten.«

»Dann bin ich wirklich der Letzte?«

»Von denen, die wichtig sind, ja.«

Wir nahmen unsere Plätze ein. Kalchas löste sich aus seiner Nische, um den vergoldeten Debattierstab lässig in einer Hand zu halten. Trotz des schönen Frühlingswetters draußen brannten Lampen, denn nur durch die Eingangsklappe des Zeltes fiel ein wenig Licht. Wie es sich für einen formellen Kriegsrat gehörte, trugen wir alle volle Rüstung. Agamemnon hatte eine besonders schöne goldene mit Einlegearbeiten aus Amethyst und Lapislazuli angelegt; ich hoffte, dass er zum Kampf noch eine praktischere besaß. Er nahm Kalchas den Debattierstab ab und wandte sich stolz an uns.

»Ich habe diesen ersten Rat natürlich einberufen, um mehr unsere Überfahrt als den Feldzug zu besprechen. Aber statt Befehle zu geben, halte ich es für besser, Fragen zu beantworten. Eine strenge Tagesordnung ist nicht nötig. Kalchas wird den Stab halten. Wenn allerdings jemand länger reden möchte, bitte.« Mit zufriedener Miene gab er Kalchas den Stab zurück.

»Wann plant Ihr loszusegeln?«, fragte Nestor friedlich.

»Beim nächsten Neumond. Ich habe den Hauptteil der Organisation an Phoinix delegiert, den erfahrensten Seemann unter uns. Er hat bereits eine Sondergruppe von Offizieren damit beauftragt, den Aufbruch der Flotte festzulegen: welche Kontingente am schnellsten und welche am langsamsten sind, auf welchen Schiffen sich unentbehrliche Truppenteile befinden und auf welchen Pferde und nichtkämpfende Einheiten. Seid versichert, es wird kein Chaos geben, wenn wir landen.«

»Wer ist der oberste Schiffsführer?« fragte Achilles.

»Telephos. Er segelt mit mir auf meinem Flaggschiff. Jeder Schiffsführer bekommt Befehl, sein Schiff in Sichtweite von mindestens einem Dutzend anderen zu halten. Auf diese Weise wird gewährleistet, dass die Flotte beisammen bleibt – das heißt, bei gutem Wetter. Bei Stürmen sieht die Sache anders aus, aber die Jahreszeit ist für uns günstig, und Telephos weist alle Schiffsführer sorgfältig ein.«

»Wie viele Versorgungsschiffe haben wir?«, wollte ich wissen.

Agamemnon sah ein bisschen verärgert aus; mit solch profanen Fragen hatte er nicht gerechnet. »Fünfzig sind für Versorgungsfahrten ausgerüstet, Odysseus. Es wird ein kurzer, vernichtender Feldzug sein.«

»Nur fünfzig? Für über hunderttausend Mann? Die Verpflegung werden sie in weniger als einem Monat aufgebraucht haben.«

»In weniger als einem Monat«, erwiderte der König von Mykene, »werden wir uns an den Nahrungsmitteln Trojas delektieren.« Sein Gesicht verriet mehr als seine Worte: Er hatte sich nun einmal für etwas entschieden und wollte sich davon nicht abbringen lassen, und schon gar nicht in diesem Punkt – dem schwächsten, am wenigsten vorhersehbaren. So war er nun einmal, und alles, was Nestor, Palamedes oder ich vorbringen würden, konnte ihn nicht umstimmen.

Achilles erhob sich und nahm den Stab. »Das beunruhigt mich, König Agamemnon. Solltet Ihr der Versorgung nicht ebenso viel Aufmerksamkeit widmen wie dem Einschiffen, der Abfahrt und sogar der Kampftaktik? Über hunderttausend Mann verzehren an einem Tag über hunderttausend Kellen Korn, über hunderttausend Stück Fleisch, über hunderttausend Eier oder Käse – und sie trinken über hunderttausend Gläser gewässerten Wein pro Tag. Wenn der Nachschub nicht sorgfältig geplant ist, wird die Armee hungern. Fünfzig Schiffe reichen, wie Odysseus gesagt hat, nicht einmal einen Monat. Warum lassen wir sie nicht ständig zwischen Griechenland und Troas pendeln und neuen Nachschub bringen? Und was passiert, wenn der Feldzug doch länger dauert?«

Wenn Nestor, Palamedes oder ich Agamemnon nicht umstimmen konnten, wie sollte es da einem Grünschnabel wie Achilles gelingen? Mit zusammengepressten Lippen stand Agamemnon da, auf jeder Wange einen roten Fleck. »Ich weiß Eure Besorgnis zu schätzen, Achilles«, entgegnete er steif. »Ich schlage dennoch vor, dass Ihr diese Dinge mir überlasst.«

Unbeeindruckt gab Achilles den Stab zurück an Kalchas, setzte sich und ließ dabei die Bemerkung fallen: »Wie mein Vater immer sagt, nur ein dummer Mann kümmert sich nicht selbst um seine Soldaten. Ich werde also auf meinen Schiffen für meine Myrmidonen zusätzlichen Proviant einlagern und ein paar Händler anheuern, um noch mehr mitzunehmen.«

Die Botschaft kam an. Ich sah, wie einige andere offensichtlich beschlossen, es ihm gleichzutun.

Agamemnon sah es auch. Ich beobachtete, wie seine dunklen, zornigen Augen das lebhafte Gesicht des jungen Mannes fixierten, und seufzte. Agamemnon war eifersüchtig. Was war in meiner Abwesenheit in Aulis geschehen? Sammelte Achilles auf Kosten Agamemnons Anhänger?

Am folgenden Morgen versammelten wir uns, um die Armee zu inspizieren. Ein ehrfurchtgebietender Anblick. Wir brauchten fast den ganzen Tag, um von einem Ende des Strandes zum anderen zu gelangen. Meine Knie zitterten, nachdem ich stundenlang in voller Rüstung in meinem Kampfwagen gestanden hatte. Zwei Reihen von Schiffen ragten über uns empor, mächtige Gefährte mit von schwarzen Pechfugen gestreiften roten Seiten. Ihre Bugschnäbel waren blau und rosa gestrichen, die großen runden Löcher an den Bugseiten starrten uns ausdruckslos an.

Die Armee stand im Schatten der Flotte, jeder Mann voll bewaffnet mit Schild und Speer. Endlose Reihen von Soldaten, alle treu ergeben einer Sache, von der sie nichts wussten, außer dass Kriegsbeute in Aussicht stand. Niemand jubelte, niemand drängte sich vor, um einen besseren Blick auf seinen König zu haben.

Ganz am Ende lagen die Schiffe von Achilles und jenen Männern, von denen wir schon so viel gehört hatten, ohne sie jemals gesehen zu haben: die Myrmidonen. Ich war erfahren genug, um nicht zu erwarten, dass sie irgendwie anders aussahen – aber das taten sie. Sie waren groß und blond, unter ihren Bronzehelmen blitzten blaue, grüne oder graue Augen, und statt der sonst üblichen Lederrüstung bestand die ihre aus Bronze. Jeder hielt ein Bündel von zehn Speeren statt der üblichen zwei oder drei in der Hand; sie trugen mannshohe Schilde, und statt mit Bogen und Steinschleuder waren sie mit Schwertern und Dolchen bewaffnet. Ja, das waren Truppen für die vorderste Front, die besten, die wir hatten.

Was Achilles selbst anging, so musste Peleus ein Vermögen ausgegeben haben, um seinen einzigen Sohn für den Krieg auszurüsten. Sein Kampfwagen war vergoldet, seine Pferde waren das weitaus beste Gespann der ganzen Parade: drei weiße Zuchthengste aus thessalischer Rasse, deren Geschirr von Gold und Juwelen funkelte. Wo immer seine Rüstung herstammte, ich kannte nur eine, die kostbarer war, und die gehörte mir. Wie die von Agamemnon war sie goldgepanzert, aber obendrein durch Bronze und Zinn noch so verstärkt, dass vermutlich nur er oder Ajax das Gewicht tragen konnten. Sie war über und über von heiligen Symbolen und Zeichen bedeckt und mit Bernstein und Kristallen geschmückt. Er hatte nur einen Speer bei sich, ein stumpfes und hässliches Ding. Sein Vetter Patroklos lenkte den Wagen. Sehr schlau! Denn als die Parade der Könige für einen Augenblick zum Stehen kam, fingen die Pferde von Achilles plötzlich zu sprechen an.

»Seid gegrüßt, Myrmidonen!«, rief das nächststehende und warf den Kopf zurück.

»Wir werden ihm tapfer zur Seite stehen, Myrmidonen!«, kam es von den Lippen des mittleren, des besonnenen.

»Bangt nicht um Achilles, solange wir diesen Wagen ziehen!«, verkündete das äußere Pferd, das lauter wieherte als die anderen beiden.

Grinsend standen die Myrmidonen da und senkten die Speerspitzen zum Salut, während Idomeneus mit offenem Mund im Wagen vor Achilles das Schauspiel verfolgte.

Aber ich, der dicht hinter dem goldenen Wagen folgte, hatte das Kunststück durchschaut. Patroklos sprach für die Pferde, wobei er die Lippen kaum bewegte. Sehr geschickt!

Das Wetter blieb sonnig, die Brise ein leichter Zephir; alle Vorzeichen deuteten auf eine ungestörte Überfahrt hin. Aber in der Nacht vor unserem Aufbruch konnte ich nicht schlafen, sondern musste aufstehen und lange ruhelos unter den Sternen umherwandern. Ich betrachtete gerade den Umriss eines nahen Schiffes, als ich jemanden durch die Dünen kommen hörte.

»Könnt Ihr auch nicht schlafen?«

Ich brauchte nicht hinzusehen, um zu wissen, wer es war. Nur Diomedes würde Odysseus vor allen anderen aufsuchen. Ein guter Freund, mein narbenbedeckter Kamerad, der kampferfahrendste von all den Helden, die gegen Troja fuhren. Er hatte an jedem Feldzug zwischen Kreta und Thrakien teilgenommen, und zu den zweiten »Sieben gegen Theben« gehört, die die Stadt eroberten und zerstörten, nachdem es ihren Vätern nicht gelungen war. Er war von einer rücksichtslosen Leidenschaft, die mir fehlte. Ich war zwar rücksichtslos, aber nicht leidenschaftlich; mein Wesen wurde für immer gezügelt durch die eisige Kälte meines Verstandes. Gelegentlich hatte ich so etwas wie Neid verspürt, denn Diomedes hatte geschworen, aus den Schädeln seiner Feinde ein Heiligtum zu erbauen, und er hatte den Schwur tatsächlich gehalten. Sein Vater war Tydeus gewesen, ein sehr berühmter König von Argos, aber sein Sohn war der bessere Mann. Diomedes würde sich auch vor Troja bewähren. Er hatte sich mit der ganzen wilden Entschlossenheit, derer er fähig war, von Argos nach Mykene aufgemacht, denn er hatte Helena bis zur Raserei geliebt, und wie der arme Menelaos weigerte er sich zu glauben, dass sie freiwillig gegangen war. Für mich hatte er immer Hochachtung empfunden, eine Regung, die meiner Meinung nach manchmal schon an Heldenverehrung grenzte. Heldenverehrung? *Für mich?* Merkwürdig.

»Morgen wird es regnen«, sagte er, reckte den langen Hals und starrte in die Weite des Himmels.

»Es gibt keine Wolken«, wandte ich ein.

Er zuckte mit den Schultern. »Meine Knochen tun mir weh, Odysseus. Ich erinnere mich, wie mein Vater zu sagen pflegte, dass bei einem Mann, dessen Körper im Feld oft genug von Speeren und Pfeilen geschunden worden ist, vor Regen und Kälte immer Schmerzen auftreten. Heute Nacht ist es so schlimm, dass ich nicht schlafen kann.«

Ich hatte von diesem Phänomen schon gehört und geriet ins Grübeln. »Um unser aller willen, Diomedes, dieses eine Mal hoffe ich, dass deine Knochen sich irren. Aber warum bist du zu mir gekommen?«

Er grinste. »Ich wusste, dass der Fuchs von Ithaka nicht schlafen würde, bis er die Wellen unter seinem Schiff spürte. Ich wollte dich sprechen.«

Ich legte den Arm um seine breiten Schultern und zog ihn in Richtung meines Zelts. »Dann lass uns reden. Ich habe Wein und ein gutes Feuer im Dreifuß.«

Wir setzten uns mit vollen Kelchen auf mit Kissen gepolsterte Lager, das Feuer zwischen uns. Im Zelt war es schummrig und trocken; der Wein war ungewässert, damit er uns irgendwann den ersehnten Schlaf brachte. Niemand würde uns stören, aber um ganz sicher zu gehen, zog ich den Vorhang vor die Zeltklappe.

»Odysseus, du bist der größte Mann bei dieser Unternehmung«, sagte er ernst.

Ich musste lachen. »Nein, nein. Das ist Agamemnon. Und wenn nicht er, dann Achilles.«

»*Agamemnon*? Dieser steifbeinige, schweinsköpfige Autokrat? Nein, niemals! Er mag dafür gelten, aber das liegt an seinem Titel, nicht weil er wirklich der Größte ist. Achilles ist fast noch ein

Kind. Oh, ich gebe zu, dass er das Zeug zur Größe hat! Er ist willensstark. In der Zukunft mag er Bedeutendes leisten. Aber jetzt ist er noch unerfahren. Wer weiß? Vielleicht zieht er den Schwanz ein und rennt davon, wenn er Blut sieht.«

Ich lächelte. »Nein. Nicht Achilles.«

»Schön, zugegeben. Aber er kann nicht der Größte in unserem Heer sein, weil du das bist, Odysseus. Du bist es! Es wird dein Werk sein und niemandes anderen, das Troja in unsere Hände fallen lässt.«

»Unsinn, Diomedes«, sagte ich sanft. »Was kann Intelligenz in zehn Tagen schon ausrichten?«

»Zehn Tage?« Er schnaubte. »Bei der Großen Mutter, eher werden es zehn Jahre! Das ist ein richtiger Krieg, kein Jagdausflug.« Er stellte den leeren Kelch auf den Boden. »Aber ich bin nicht gekommen, um über Kriege zu reden. Ich wollte dich um deine Hilfe bitten.«

»*Meine* Hilfe? *Du* bist der erfahrene Krieger, nicht ich!«

»Nein, nein. Es hat nichts mit Schlachtfeldern zu tun! Da kenne ich mich aus. Ich brauche deine Hilfe in anderen Dingen, Odysseus. Ich möchte dir zusehen und lernen, wie du die Beherrschung behältst.« Er beugte sich vor. »Siehst du, ich brauche jemanden, der mein schreckliches Temperament zügelt, der mir beibringt, den Dämon in meinem Innern zu bändigen, anstatt ihn zu meinem Schaden loszulassen. Ich habe mir gedacht, wenn ich dir lange genug zuschaue, könnte ein wenig von deiner Gelassenheit auf mich abfärben.«

Seine Einfachheit rührte mich. »Dann nenn mein Quartier das deine, Diomedes. Lege deine Schiffe neben meinen an, stell deine Truppen neben meinen zum Kampf auf, begleite mich auf all meinen Unternehmungen. Jeder Mann braucht einen guten Freund, der zu ihm hält. Das ist das Allheilmittel gegen Einsamkeit und Heimweh.«

Ohne auf die Flammen zu achten, reichte er mir über das Feuer die Hand. Ich umfasste mit den Fingern seinen Unterarm, und so besiegelten wir unseren Freundschaftspakt, teilten unsere Einsamkeit und machten sie leichter erträglich.

Irgendwann im Lauf der Nacht müssen wir eingeschlafen sein, denn ich erwachte im Morgengrauen vom Heulen eines aufkommenden Windes, der in den Wanten der Schiffe sang und laut und boshaft um ihre Buge pfiff. Jenseits des blakenden, erlöschenden Feuers richtete sich Diomedes mit einem Stöhnen auf.

»Meine Knochen schmerzen heute Morgen noch mehr«, sagte er, während er sich aufsetzte.

»Aus gutem Grund. Draußen tobt ein Sturm.«

Vorsichtig richtete er sich auf und ging zum Zeltausgang. Er warf einen Blick nach draußen und kehrte zu seinem Lager zurück.

»Von Norden kommt der Vater aller Stürme auf uns zu. Noch ist er da oben, und ich rieche, dass er Schnee bringt. Heute können wir nicht auslaufen. Wir würden nach Ägypten geblasen.«

Eine Sklavin, die einen Dreifuß mit einem neuen Feuer vor sich herschob, kam herein, richtete unsere Lager und brachte uns frisches Wasser zum Waschen. Wir mussten uns nicht beeilen; Agamemnon würde so verärgert sein, dass er vor Mittag keinen Rat einberief. Meine Dienerin servierte uns dampfende Honigkuchen und Gerstebrot, Schafskäse und zum Abschluss Glühwein. Es war eine gute Mahlzeit, umso mehr, als wir sie uns teilten; danach wärmten wir uns noch so lange die Hände über dem Feuer, bis Diomedes zurück in sein Zelt ging, um sich für den Rat umzukleiden. Ich zog einen Lederrock und ein Hemd an, schnürte meine hohen Stiefel und warf einen pelzbesetzten Umhang über die Schultern.

Agamemnons Gesicht war so finster und sturmzerzaust wie der Himmel; Wut und Enttäuschung verzerrten seine strengen Züge: Alle seine Pläne lagen vernichtet vor seinen goldenen Füßen. Ihn beschlich das Gefühl, dass er sich lächerlich machte, dass sein großes Unternehmen gescheitert war, noch ehe es begonnen hatte.

»Ich habe Kalchas eine Weissagung befohlen!«, schnauzte er.

Seufzend zogen wir unsere Umhänge fester und traten wieder hinaus in den tobenden Wind. Das Opfertier lag schon festgebunden auf dem Marmoraltar unter der Platane. Und Kalchas war in Purpur gewandet! *Purpur?* Was war in Aulis vor meiner Ankunft geschehen? Agamemnon musste große Stücke auf ihn halten, wenn er ihm erlaubte, Purpur zu tragen.

Das konnte einfach kein Zufall sein, dachte ich, während ich darauf wartete, dass die Zeremonie begann. Zwei Monate lang hatten wir ausgezeichnetes Wetter – und just an dem Tag, an dem wir aufbrechen wollten, verbündeten sich die Elemente gegen uns. Die meisten Könige hatten beschlossen, in ihre Quartiere zurückzukehren, statt im eiskalten Wind und Schneeregen den Ausgang der Weissagung abzuwarten. Nur jene, die ihn an Alter oder Autorität übertrafen, harrten aus, um Agamemnon zu unterstützen: ich selbst, Nestor, Diomedes, Menelaos, Palamedes, Philoktetes and Idomeneus.

Ich hatte Kalchas noch nie bei seiner Arbeit zugesehen und musste zugeben, dass er sie sehr gut machte. Mit Händen, die so sehr zitterten, dass sie kaum das Juwelenmesser halten konnten, und wachsbleichem Gesicht durchschnitt er mit einem Ruck die Kehle des Opfers. Anschließend warf er fast den goldenen Kelch um, in dem er das Blut auffing. Als er den scharlachroten Strahl auf den kalten Marmor goss, schien er zu dampfen. Dann schlitzte er den Bauch des Tieres auf und begann, die zahlreichen Falten der Eingeweide zu deuten, wie es bei den Priestern in Kleinasien Brauch war. Seine Bewegungen waren fahrig und unrhythmisch, und sein Atem ging so röchelnd, dass ich ihn hören konnte, wenn der Wind für einen Augenblick nachließ.

Plötzlich wirbelte er herum, um uns anzustarren. »Hört das Wort Gottes, Könige von Griechenland! Ich habe den Willen von Zeus erblickt, dem Herrscher über Alles! Er hat sich von Euch abgewandt, er weigert sich, Eurem Unternehmen seinen Segen zu erteilen! Seine Gründe werden von seinem Zorn verdunkelt, aber auf seinem Knie sitzt Artemis und bittet ihn, unbeugsam zu bleiben. Mehr kann ich nicht sehen, seine Wut überwältigt mich!«

Wie ich es erwartet hatte, dachte ich bei mir, wobei die Erwähnung von Artemis ein geschickter Schachzug war. Aber das musste man ihm lassen: Kalchas sah wirklich aus wie einer, dem die Töchter der Kore zugesetzt hatten und dem von einem Augenblick auf den anderen alles außer seinem Leben genommen worden war. In seinen Augen stand echte Todesangst. Wieder überraschte er mich, denn er glaubte offensichtlich, was er sagte, selbst wenn er sich alles vorher ausgedacht hatte. Jeder, der die Fähigkeit besitzt, andere zu beeinflussen, interessiert mich, aber kein Priester hatte je mein Interesse so geweckt wie Kalchas.

Und nein, du bist noch nicht fertig mit deiner Vorstellung, dachte ich; es gibt noch eine Fortsetzung.

Am Fuß des Altars drehte Kalchas sich jetzt im Kreis und riss die Arme hoch, wobei seine weiten Ärmel im Wind flatterten. Den Kopf hielt er weit nach hinten geneigt; die Haltung verriet, dass er in die Platane sah. Ich folgte seinem Blick hinauf, wo die Äste noch kahl waren und die pelzigen Knospen sich noch nicht geöffnet hatten. In einer Astgabel befand sich ein Nest, in dem ein ganz gewöhnlicher brauner Vogel brütete.

Die Altarschlange wand sich den Stamm empor, die kalten grauen Augen voller Gier. Kalchas schloss die immer noch erhobenen Arme, bis beide Hände auf das Nest wiesen. Wir verfolgten das Schauspiel mit angehaltenem Atem. Das mächtige Reptil öffnete den Rachen, um den Vogel zu packen und ihn zu verschlingen. Dann verschluckte das Vieh hastig ein Ei nach dem anderen: sechs, sieben, acht, neun – ich zählte mit. Die Mutter und ihre neun Eier.

Nach beendeter Mahlzeit verharrte die Schlange plötzlich, wie sie es alle tun, und lag unbeweglich um den Ast gewickelt, als sei sie aus Stein gemeißelt. Ihre völlig ausdruckslosen Augen waren auf den Priester gerichtet; kein menschliches Zwinkern unterbrach die Kälte ihres unverwandten Starrens.

Kalchas wand sich mit einem leisen Stöhnen, als ob ein unsichtbarer Stab durch seinen Bauch gebohrt würde. Dann fing er wieder an zu reden: »Hört mir zu, Ihr Könige Griechenlands! Ihr habt die Botschaft Apollos vernommen! Er spricht, wenn Göttervater Zeus sich weigert! Die heilige Schlange hat den Vogel und seine neun unausgebrüteten Jungen verschlungen. Der Vogel ist die kommende Jahreszeit; seine neun ungeborenen Kinder sind die neun Jahreszeiten, die von der Großen Mutter noch nicht zur Welt gebracht worden sind. Die Schlange ist Griechenland! Der Vogel und seine Brut sind die Jahre, die es dauern wird, bis Troja erobert ist! Zehn Jahre, um Troja zu erobern! *Zehn Jahre!*«

Die folgende Stille war so tief, dass sie selbst den Sturm zu überwältigen schien. Lange Zeit bewegte sich niemand, keiner sprach. Ich wusste nicht, was ich von dieser Vorstellung halten sollte. War dieser fremde Priester wirklich ein Seher? Oder hatte er uns nur ein raffiniertes Schauspiel geboten? Ich warf einen Blick auf Agamemnon und fragte mich, was wohl die Oberhand gewinnen würde: seine Überzeugung, dass der Krieg in ein paar Tagen vorüber sein würde, oder sein Glaube an den Priester. Es war ein heftiger Kampf, denn von Natur aus war er ein religiöser, zum Aberglauben neigender Mensch, aber am Ende triumphierte sein Stolz. Er zuckte mit den Schultern und machte auf dem Absatz kehrt. Ich folgte ihm als letzter, ohne Kalchas dabei aus den Augen zu lassen. Er stand stocksteif da, den Blick auf Agamemnons Rücken geheftet, und seine Augen funkelten vor Hass und Empörung, denn seine erste große Machtprobe hatte er verloren.

Sturm und Regen hielten an, bis wir mitten im Frühling waren. Gewaltige Brecher, die bis zu den Decks der Schiffe reichten, machten jede Hoffnung auf ein Ablegen zunichte. Jeder verbrachte die Wartezeit auf seine Weise. Achilles drillte unbarmherzig seine Männer. Diomedes stapfte mit wachsender Ungeduld in meinem Zelt auf und ab. Idomeneus lag in den Armen der Kurtisanen, die er aus Kreta mitgebracht hatte. Phoinix gluckte wie eine verrückte Henne über seiner Flotte. Agamemnon kaute an seinem Bart und weigerte sich, auf irgendeinen Rat zu hören. Und die Truppen trödelten herum, würfelten, stritten und tranken. Es war gar nicht so einfach, sie bei einem solchen Wetter mit genügend Nahrung zu versorgen.

Ich empfand wenig. Mir war es egal, wie ich die erste Zeit meines zwanzigjährigen Exils verbrachte. Ein paar von uns versammelten sich jeden Mittag, um dem Deuten der Omen beizuwohnen. Keiner erwartete, von Kalchas einen hinreichenden Grund dafür zu erfahren, weshalb der Gott aller Götter sich gegen uns gewandt hatte. Der nächste Mond wuchs und nahm wieder ab, ohne dass der Sturm sich auch nur einmal gelegt hätte. Langsam sah es danach aus, dass wir überhaupt nicht lossegeln konnten. Ein weiterer Mond, und die Winde würden noch unberechenbarer werden, und am Ende des Sommers würde Troja für uns bis zum nächsten Jahr unerreichbar sein.

Es lag mehr an meiner Faszination für Kalchas als an irgendeiner Hoffnung, der Gott würde den Schleier lüften und uns seine Absichten kundtun, dass ich das mittägliche Ritual nie versäumte. Nichts wies allerdings darauf hin, dass dieser Tag anders als die vorherigen sein würde. Wie immer ging ich nur hin, um Kalchas zu beobachten. Agamemnon, Nestor, Menelaos, Diomedes und Idomeneus waren die einzigen, die mir Gesellschaft leisteten. Im Vorbeigehen war mir aufgefallen, dass die Schlange wieder in ihrer Nische lag.

Plötzlich nahm der Tag eine überraschende Wende. Während Kalchas noch die Eingeweide des Opfertiers untersuchte, fuhr er herum und wies mit einem langen, knochigen, blutigen Finger direkt auf Agamemnon.

»Da steht derjenige, der die Abfahrt verhindert!«, rief er schrill. »Agamemnon, König der Könige, Ihr habt der Bogenschützin verweigert, was ihr zusteht! Ihr lange schlummernder Zorn ist erwacht, und ihr göttlicher Vater Zeus hat ihre Bitte um Gerechtigkeit vernommen. Bis Ihr Artemis nicht gebt, was Ihr ihr vor sechzehn Jahren versprochen habt, König Agamemnon, wird Eure Flotte nicht in See stechen!«

Keine schlechte Prophezeiung. Agamemnon geriet ins Wanken, sein Gesicht war totenblass. Kalchas *wusste,* wovon er sprach.

Steif vor unterdrücktem Zorn schritt der Priester die Stufen herab. »Gebt Artemis, was Ihr zusteht, und Ihr könnt lossegeln! Sonst nicht. Der allmächtige Zeus hat gesprochen.«

Agamemnon bedeckte das Gesicht mit den Händen und wich vor der purpurgewandeten Gestalt zurück. »Ich kann nicht!«, schrie er auf.

»Dann schickt Eure Armee nach Hause«, entgegnete Kalchas.

»Ich kann der Göttin nicht geben, was sie haben will! Sie hat kein Recht, es zu verlangen! Wenn ich mir je hätte träumen lassen, was dabei herauskommt – oh, ich hätte es nie versprochen! Sie ist Artemis, keusch und heilig. Wie kann sie so etwas von mir verlangen?«

»Sie verlangt, was ihr zusteht, nicht mehr. Gebt es ihr, und Ihr könnt segeln«, wiederholte Kalchas mit kalter Stimme. »Wenn Ihr Euer sechzehn Jahre altes Versprechen nicht einlösen wollt, wird das Haus des Atreus untergehen, und Ihr werdet als gebrochener Mann enden.«

Ich trat vor und zog Agamemnon die Hände vom Gesicht. »Was habt Ihr der Bogenschützin versprochen, Agamemnon?«

Die Augen voller Tränen klammerte er sich an mich wie ein Ertrinkender an einen Strohhalm. »Ein törichtes, unbedachtes Versprechen, Odysseus! *Töricht!* Vor sechzehn Jahren war Klytämnestra kurz davor, unser letztes Kind zur Welt zu bringen, aber ihre Wehen dauerten schon drei Tage, ohne dass etwas geschah. Das Kind wollte nicht kommen. Ich betete zu allen Göttern. Keiner erhörte mich – keiner!«

Die Tränen rannen, doch er bezwang sich. »In meiner Verzweiflung rief ich schließlich Artemis an, obwohl sie eine Jungfrau ist, die ihr Gesicht von Schwangeren abwendet. Ich flehte sie an, meiner Gemahlin beizustehen, ein gesundes und unversehrtes Kind zu gebären. Zum Dank versprach ich ihr das schönste Wesen, das in jenem Jahr in meinem Königreich zur Welt kommen sollte. Wenige Augenblicke, nachdem ich dieses Versprechen gegeben hatte, kam Klytämnestra mit unserer Tochter Iphigenie nieder. Und am Ende des Jahres schickte ich Kuriere durch ganz Mykene, damit sie mir die Nachkömmlinge brachten, die sie für die schönsten hielten. Kinder, Kälber, Lämmer, sogar Vögel. Ich sah sie mir alle an und bot sie alle dar, aber in meinem Herzen wusste ich, dass sie die Göttin nicht zufrieden stellen würden. Sie lehnte alle ab.«

Änderte sich denn nie etwas? Ich sah das Ende dieser schrecklichen Geschichte so deutlich vor mir, als wäre es auf eine Wand gemalt. *Warum* waren die Götter so grausam?

»Kommt zum Ende, Agamemnon«, forderte ich ihn auf.

»Eines Tages hielt ich mich bei dem Säugling und Klytämnestra auf, als diese die Bemerkung machte, dass Iphigenie das schönste Geschöpf in ganz Griechenland sei – schöner sogar, meinte sie, als Helena. Noch bevor sie zu Ende gesprochen hatte, wusste ich, dass Artemis sie beim Wort nehmen würde. Die Bogenschützin verlangte meine Tochter. Mit nichts sonst würde sie sich zufrieden geben. Aber das war mir nicht möglich, Odysseus. Wir setzen Kinder nach der Geburt aus, aber rituelle Menschenopfer gibt es in Griechenland nicht mehr, seit die Neue Religion die Alte abgelöst hat. Also flehte ich die Göttin an, sie möge verstehen, dass ich nicht tun könne, was sie von mir verlangte. Und da die Zeit verging, ohne dass sie etwas unternahm, habe ich geglaubt, sie hätte verstanden. Aber jetzt sehe ich, dass sie nur auf den richtigen Augenblick gewartet hat. Nun fordert sie, was ich ihr nicht geben kann, das Leben, das sie beginnen ließ und das nun enden soll, während es noch jungfräulich ist. Das Schicksal meiner Tochter soll sich erfüllen. Aber ich *kann* keine Menschenopfer zulassen!«

Ich beschloss, hartherzig zu sein. Ich hatte meinen Sohn verloren – warum sollte er seine Tochter behalten? Er besaß noch zwei andere. Sein Ehrgeiz hatte mich von allem getrennt, was *mir* lieb war – warum sollte *er* nicht auch leiden? Wenn die einfachen Menschen gezwungen wurden, den Göttern zu gehorchen, dann sollte es ihr König wohl auch tun, der schließlich ihr Repräsentant vor den Göttern war. Er hatte ein Versprechen gegeben und es dann sechzehn Jahre nicht eingelöst, nur weil es ihn persönlich betraf. Wenn das Schönste, das in jenem Jahr in seinem Reich das Licht der Welt erblickt hätte, das Kind eines anderen gewesen wäre, hätte er es reinen Gewissens geopfert. Also sah ich ihn eindringlich an, und während ich in der Brust den Schmerz des Exils spürte, ergab ich mich dem Drängen eines Dämons, der von mir an jenem Tag Besitz ergriffen hatte, als mir das Hausorakel mein Schicksal vorhergesagt hatte.

»Ihr habt eine schreckliche Sünde begangen, Agamemnon«, erwiderte ich. »Wenn Iphigenie der Preis ist, den Artemis verlangt, dann müsst Ihr ihn zahlen. Opfert Eure Tochter! Wenn Ihr's nicht tut, zerfällt Euer Königreich, und Euer Unternehmen gegen Troja wird Euch für alle Zeiten zum Gespött machen.«

Wie er es hasste, sich lächerlich zu machen! Das liebste Mitglied seiner Familie konnte Agamemnon nicht so viel bedeuten wie seine Königswürde, sein Stolz. Ich sah, wie sich der Konflikt auf seinem Gesicht widerspiegelte, die Verzweiflung und der Kummer, die

Vorstellung seines trostlosen Abstiegs in die Schande und den Hohn. Er wandte sich Hilfe suchend an Nestor.

»Nestor, was soll ich tun?«

Hin und her gerissen zwischen Entsetzen und Mitleid, rang der alte Mann weinend die Hände. »Schrecklich, Agamemnon, schrecklich! Aber den Göttern *muss* man gehorchen. Wenn der allmächtige Zeus Euch befiehlt, der Bogenschützin zu geben, was sie verlangt, dann habt Ihr keine Wahl. Es tut mir sehr leid, aber ich muss Odysseus beipflichten.«

Der König der Könige schluchzte verzweifelt, als er sich nacheinander an jeden in der Runde wandte; einer nach dem anderen stellte sich, bleich und ernst, auf meine Seite.

Ich war der einzige, der dabei Kalchas im Auge behielt. Ob er wohl ein paar diskrete Nachforschungen in Agamemnons Vergangenheit angestellt hatte? Wer konnte den Hass und die Rachsucht in seinem Gesicht an dem Tag vergessen, an dem der Sturm begonnen hatte? Ein gerissener Bursche. Und ein Trojaner.

Zum Schluss war es nur noch eine Frage der Logistik. Nachdem Agamemnon sich wieder gefangen hatte und – dank meiner Nachhilfe – überzeugt war, dass ihm nichts anderes übrig blieb, als seine Tochter zu opfern, erklärte er, wie schwierig es sein würde, das Mädchen von seiner Mutter zu trennen.

»Klytämnestra würde nie zulassen, dass Iphigenie nach Aulis gebracht wird, um hier unter dem Messer des Priesters zu sterben«, sagte er und sah dabei alt und krank aus. »Sie würde sich als Königin an das Volk wenden, und das Volk würde sie unterstützen.«

»Es gibt Wege«, warf ich ein.

»Dann beschreibt sie mir.«

»Schickt mich zu Klytämnestra, Agamemnon. Ich werde ihr erzählen, dass Achilles durch die Stürme sehr unruhig geworden ist und davon spricht, mit seinen Myrmidonen zurück nach Iolkos zu fahren. Dann werde ich ihr sagen, Ihr hättet die großartige Idee gehabt, ihm Iphigenie als Frau zu geben, wenn er in Aulis bliebe. Das wird Klytämnestra glauben. Sie hat mir einmal anvertraut, es sei ihr Ehrgeiz Iphigenie mit Achilles zu verheiraten.«

»Aber wir können Achilles nicht einfach übergehen«, gab Agamemnon zu bedenken. »Er würde nie zustimmen. Ich habe ihn gut genug kennen gelernt, um zu wissen, dass er keine krummen Sachen mag. Er ist immerhin der Sohn des Peleus.«

Verzweifelt wandte ich die Augen zum Himmel. »Majestät, *er wird es nie erfahren!* Ihr wollt doch sicher nicht der ganzen Welt von dieser Angelegenheit berichten, oder? Jeder von uns wird hier heute gern ein Schweigegelübde ablegen. Ein Menschenopfer wird bei unseren Truppen nicht gerade gut ankommen – man fängt an, sich zu fragen, wer wohl der nächste sein wird. Aber wenn nichts davon nach außen dringt, richtet es keinen Schaden an, und Artemis ist besänftigt. *Achilles wird nichts davon erfahren!*«

»Nun gut, dann macht es so«, stimmte er mir zu.

Als wir gingen, nahm ich Menelaos beiseite. »Menelaos, wollt Ihr Helena zurückhaben?«, fragte ich ihn.

Ein Ausdruck des Schmerzes erschien auf seinem Gesicht. »Wie könnt Ihr nur fragen?«

»Dann helft mir, oder unsere Flotte läuft niemals aus.«

»Was immer Ihr wollt, Odysseus.«

»Agamemnon wird vor mir einen Boten zu Klytämnestra schicken. Der Mann wird sie warnen, meine Geschichte nicht zu glauben, und sie anweisen, mir Iphigenie nicht anzuvertrauen. Ihr müsst ihn abfangen.«

Sein Mund verwandelte sich in eine dünne, harte Linie. »Ich schwöre, Odysseus, dass Ihr der einzige sein werdet, der mit Klytämnestra spricht.«

Ich war zufrieden. Für Helena würde er es tun.

Es verlief dann auch alles wie geplant. Klytämnestra war hocherfreut über die Wahl, die Agamemnon angeblich für ihr geliebtes jüngstes Kind getroffen hatte, und es gefiel ihr, das Mädchen mit einem Mann zu verheiraten, der sich anschickte, in einem fremden Land Krieg zu führen. Sie vergötterte Iphigenie, und die Heirat mit Achilles gab ihr die Möglichkeit, die Tochter bei sich in Mykene zu behalten, bis Achilles aus Troja zurückkehrte. Und so hallte der Löwenpalast wider von Gelächter und Jubel, während Klytämnestra eigenhändig den Hochzeitsstaat einpackte und das Mädchen in die Geheimnisse des Weiblichen und der Ehe einweihte. Die Sänfte passierte schon das Löwentor, als sie immer noch auf Iphigenie einredete, während ihre mittlere, schon heiratsfähige, aber immer noch unverehelichte Tochter Chrysothemis vor Enttäuschung und Neid vor sich hinweinte. Elektra hingegen, die Älteste, ein mageres, starrköpfiges und unattraktives Abbild ihres Vaters, stand auf dem Schutzwall und hielt ihren kleinen Bruder Orestes zärtlich in den Armen. Zwischen ihr und der Mutter gab es keine Liebe, das hatte ich wohl bemerkt.

Am Ende des Wegs beugte sich Klytämnestra durch die Vorhänge, um Iphigenie zu küssen. Mich schauderte. Die Königin war eine Frau, die leidenschaftlich hassen und lieben konnte. Was würde sie wohl tun, wenn sie schließlich eines unvermeidlichen Tages die Wahrheit erfuhr? Wenn sie irgendwann beschloss, Agamemnon zu hassen, hatte er guten Grund, ihre Rache zu fürchten.

Ich trieb die Träger der Sänfte zu höchster Eile an, denn ich wollte möglichst bald wieder in Aulis sein. Wann immer wir einen Halt einlegten, redete Iphigenie unablässig auf mich ein, wie sehr sie Achilles bewundert und ihm heimliche Blicke zugeworfen hatte, als er im Löwenpalast weilte, wie leidenschaftlich sie sich in ihn verliebt hatte und wie wunderbar es sei, dass sie ihn nun heiraten würde, denn das sei ihr größter Herzenswunsch.

Ich hatte mir vorgenommen, kein Mitleid mit ihr zu empfinden, manchmal jedoch fiel es mir schwer: Ihre Augen waren so unschuldig und glücklich. Aber wenn es darauf ankommt, ist Odysseus stärker und ausdauernder als andere Männer und erringt den Sieg auch unter widrigen Umständen.

Nach Anbruch der Nacht ließ ich die Sänfte mit geschlossenen Vorhängen ins königliche Lager bringen und schaffte Iphigenie unverzüglich in ein kleines Zelt in der Nähe ihres Vaters. Dort ließ ich sie mit ihm allein, während Menelaos unermüdlich ausharrte, weil er befürchtete, ihr Anblick könnte Agamemnons Entschluss ins Wanken bringen. Da ich es für klüger hielt, ihre Ankunft nicht allgemein bekannt zu machen, stellte ich keine Wachen vor ihr Zelt. Menelaos musste dafür sorgen, dass sie blieb, wo sie war.

KAPITEL 11

ERZÄHLT VON ACHILLES

Jeden Tag rückte ich mit meinen Männern bei Kälte und Regen aus, sorgte mit harter Arbeit dafür, dass ihnen warm wurde. Andere Heerführer mochten die Zügel schleifen lassen, die Myrmidonen aber kannten ihren Herrn. Sie schätzten die Bedingungen, unter denen sie hier lebten, mochten die strenge Disziplin und genossen das Gefühl der Überlegenheit gegenüber anderen Soldaten, denn sie wussten, dass sie besser ausgebildet waren.

Ins königliche Hauptquartier begab ich mich nie, weil ich mir nichts davon versprach. Und als der Mond zum zweiten Mal abnahm, gingen wir alle davon aus, dass es keinen Feldzug gegen Troja geben würde. Wir warteten nur noch auf den Befehl, uns aufzulösen.

Als der Mond dann wieder zunahm, verbrachte Patroklos den ersten Abend mit Ajax, Teukros und dem Kleinen Ajax. Ich war auch eingeladen worden, hatte aber beschlossen, nicht mitzukommen, denn angesichts des schmachvollen Endes, das unserem großen Unternehmen bevorstand, war mir nicht nach Spaß zumute. Eine Zeit lang spielte ich auf der Leier und sang dazu, dann fing ich an, vor mich hinzudösen.

Das Geräusch von jemandem, der an mein Zelt trat, ließ mich den Kopf heben. Ich sah eine Frau, die in einen nassen Umhang gehüllt war und die Zeltklappe hochhielt. Verstört starrte ich sie an; ich mochte kaum meinen Augen trauen. Dann trat sie ein, schloss den Vorhang, nahm die Haube ihres Mantels ab und schüttelte den Kopf, um ihr Haar von ein paar Regentropfen zu befreien.

»Achilles!«, rief sie, und ihre Augen glänzten wie klares Bernstein. »Ich habe Euch in Mykene gesehen, als ich heimlich durch die Tür hinter Vaters Thron gelugt habe. Oh, ich bin so glücklich!«

Inzwischen war ich aufgestanden, starrte sie aber immer noch verwundert an.

Sie war höchstens fünfzehn oder sechzehn, das hatte ich schon bemerkt, bevor sie den Umhang ablegte, um mir ihre milchweiße, wie Marmor geäderte Haut und zwei volle Brüste zu zeigen. Ihr sanft geschwungener Mund war zartrosa, ihr Haar leuchtete wie die Glut eines Feuers. Die Luft um sie herum schien zu sprühen von ihrer Lebendigkeit; in ihren Gesichtszügen lag ein Lachen, und hinter ihrer Jugend verbarg sich eine außergewöhnliche Stärke.

»Meine Mutter musste mich nicht überreden«, fuhr sie rasch fort, als ich nichts sagte. »Ich konnte einfach nicht bis morgen warten, um Euch zu sagen, wie glücklich ich bin! Iphigenie wird Euch nur zu gerne heiraten!«

Ich stutzte. *Iphigenie*? Die einzige Iphigenie, die ich kannte, war die Tochter von Agamemnon und Klytämnestra! Aber was redete sie da? Mit wem mochte sie mich verwechseln? Verwirrt und sprachlos starrte ich sie weiter wie ein Narr an.

Als sie sich meines Schweigens und meiner Verblüffung bewusst wurde, verschwand das überglückliche Strahlen aus ihrem Gesicht. In ängstlicher Ungewissheit sah sie mich an.

»Was tut Ihr hier in Aulis?«, brachte ich endlich hervor.

In diesem Augenblick trat Patroklos ein, sah uns und blieb wie angewurzelt stehen. »Besuch, Achilles?« Er zwinkerte mir zu. »Dann gehe ich wieder.«

Rasch trat ich zu ihm und hielt ihn am Arm. »Patroklos, sie sagt, sie sei Iphigenie!«, flüsterte ich. »Sie muss Agamemnons Tochter sein! Und nach dem, was sie erzählt, glaubt sie, ich hätte nach ihrer Mutter in Mykene gesandt und um die Erlaubnis gebeten, sie zu heiraten.«

Seine Heiterkeit verflog. »Herrjeh! Ist das ein Versuch, dich hereinzulegen oder deine Loyalität auf die Probe zu stellen?«

»Ich weiß es nicht.«

»Sollen wir sie zurück zu ihrem Vater bringen?«

Ich war inzwischen ruhiger geworden und überlegte. »Nein. Offensichtlich hat sie sich davongestohlen, um mich zu sehen, also weiß niemand, dass sie bei mir ist. Am besten behalte ich sie noch hier, während du möglichst nahe an Agamemnon heranzukommen versuchst, um herauszufinden, was eigentlich los ist. Mach so schnell du kannst.«

Er verschwand.

»Setzt Euch», sagte ich zu dem Mädchen, und es sank auf einen Stuhl. »Möchtet Ihr etwas Wasser? Kuchen?«

Doch statt einer Antwort setzte sie sich auf meinen Schoß, legte die Arme um meinen Hals und bettete mit einem leisen Seufzer ihren Kopf an meine Schulter. Ich wollte sie schon wegschieben, doch dann sah ich herab auf ihre wilde Haarpracht und überlegte es mir anders. Sie war noch ein Kind, und sie liebte mich. In ihren Augen war ich bedeutend älter – eine ganz neue Erfahrung für mich. Ich hatte Deidamia zuletzt vor einem halben Jahr gesehen, und dieses Mädchen hier erweckte in mir ganz andere Gefühle. Meine träge, selbstzufriedene Frau war sieben Jahre älter als ich, und sie hatte damals um mich geworben – großartig für einen dreizehnjährigen Knaben, der gerade die Sexualität entdeckte. Jetzt ertappte ich mich bei dem Gedanken, was ich wohl für Deidamia empfinden würde, wenn ich als kampferprobter Mann aus Troja zurückkehrte. Es war sehr angenehm, Iphigenie im Arm zu halten und kein Parfüm, sondern nur den süßen und natürlichen Duft der Jugend zu riechen.

Zufrieden hob sie den Kopf, um mich mit einem Lächeln anzusehen, dann lehnte sie ihn wieder an meine Schulter. Ich spürte, wie ihre Lippen meine Kehle liebkosten und ihre Brüste sich warm an meinen Körper schmiegten. *Patroklos, Patroklos, beeil dich!* Dann sagte sie etwas, das ich nicht verstand. Ich grub meine Hand in ihr Flammenhaar und zog ihren Kopf hoch, bis ich ihr verzücktes Gesicht sehen konnte.

»Was möchtet Ihr?«, fragte ich leise.

Sie errötete. »Ich habe nur gefragt, ob Ihr mich küssen werdet.«

Ich fuhr zusammen. »Nein. Seht Euch meinen Mund an, Iphigenie. Er taugt nicht zum Küssen. Das Gefühl zum Küssen liegt in den Lippen.«

»Dann lasst mich Euch küssen, überall.«

Ein Vorschlag, nach dem ich sie wirklich hätte abweisen sollen, aber ich konnte es nicht. Stattdessen ließ ich sie mit ihren Lippen, die so sanft wie eine Schwanenfeder waren, über mein Gesicht und meine gesenkten Augenlider gleiten, bis zu der Stelle an meinem Hals, an der die Nerven das Herz eines Mannes zum Pochen bringen. Voller Verlangen, sie an mich zu pressen, musste ich mit mir kämpfen, um mich von ihr zu befreien und ihr ernst in die Augen zu blicken.

»Genug, Iphigenie. Hört auf.« Und so saßen wir, bis Patroklos endlich zurückkam.

Er blieb im Eingang stehen und musterte mich mit spöttischem Blick. Ich nahm die Arme von ihr und warf sie, halb lachend, halb verärgert, in die Höhe. Es sah Patroklos nicht ähnlich, sich über mich lustig zu machen. Dann berührte ich ihre Wange und schob sie von meinem Schoß auf den Stuhl. Der Spott war aus seinem Gesicht verschwunden; er sah jetzt grimmig und sehr wütend aus und sprach erst, als er sicher war, dass sie ihn nicht verstehen konnte.

»Sie haben sich da eine hübsche Sache ausgedacht, Achilles.«

»Ich habe nichts anderes erwartet. Was für eine Sache?«

»Ich hatte Glück. Agamemnon und Kalchas saßen allein im Zelt und unterhielten sich. Ich konnte mich verstecken und das meiste hören, was sie sagten.« Er holte tief Luft. »Achilles, sie haben deinen Namen benutzt, um dieses Kind von seiner Mutter wegzulocken! Sie haben Klytämnestra erzählt, dass du darum bittest, Iphigenie noch vor dem Auslaufen der Flotte heiraten zu dürfen, um sie so nach Aulis zu bringen. Morgen wird sie Artemis geopfert, um eine alte Missetat, die Agamemnon der Göttin zugefügt hat, zu sühnen.«

Zorn ist eine Erfahrung, die jeder Mann macht, mancher mehr als andere. Ich hatte mich nie für einen unbeherrschten Menschen gehalten, aber jetzt bebte ich vor Wut, und sie war so groß, dass sie jeglichen Verstand ausschaltete und alle Moral, alle Grundsätze und allen Anstand vergessen ließ. Die Götter des Olymp müssen zurückgewichen sein. Ich zitterte, als ob der böse Zauber mich ergriffen hätte, und ich wäre auf der Stelle hinaus in den Regen gestürzt und hätte Agamemnon samt seinem Priester mit meiner Axt erschlagen, wenn Patroklos mich nicht mit einer ungeahnten Kraft zurückgehalten hätte.

»Achilles, *denk nach*!«, flüsterte er. »*Denk nach!* Was bringt es, wenn du ihren Vater tötest? Ihr Blut muss fließen, damit die Flotte auslaufen kann! Nach dem, was Agamemnon und Kalchas besprachen, ist für mich klar, dass der König zu dieser Sache gezwungen wurde!«

Ich befreite mich aus seinem Griff. »Erwartest du etwa von mir, dass ich dastehe und ihnen applaudiere? Sie haben meinen Namen missbraucht, um ein Verbrechen zu begehen, das die Neue Religion verbietet! Ein barbarisches Vorhaben! Es verpestet die Luft, die wir atmen! Und das alles in *meinem* Namen!« Ich schüttelte ihn, bis seine Zähne klapperten. »Sieh sie dir an, Patroklos! Kannst du dastehen und zuschauen, wenn sie wie ein Lamm geopfert wird?«

»Nein, du verstehst mich falsch!«, entgegnete er rasch. »Ich wollte nur sagen, dass wir die Sache mit kühlem Kopf angehen sollten und nicht in blinder Wut! Achilles, denk nach! *Denk nach!*«

Ich versuchte es. Ich kämpfte. Der Dämon des Zorns kochte so heftig in mir, dass es alle meine Kräfte kostete, ihn zu besiegen. Ich war fahl vor Erschöpfung, als der Verstand endlich wieder die Oberhand gewann. Es musste einen Weg geben, sie hereinzulegen! Ich nahm die Hände meines Freundes.

»Patroklos, würdest du alles tun, was ich von dir verlange?«

»Alles, Achilles!«

»Dann geh und finde Automedon und Alkimos. Auf sie können wir uns verlassen, sie sind Myrmidonen. Sag Alkimos, dass er einen jungen Hirschen finden und sein Geweih golden anmalen muss. Er *muss* das Tier bis morgen früh haben! Dann zieh Automedon ins Vertrauen. Ihr beide sollt euch morgen, bevor die Opferung beginnt, hinter dem Altar verstecken. Den Hirsch habt ihr an einer goldenen Kette bei euch. Kalchas lässt bei seinen Zeremonien immer viel Rauch aufsteigen. Wenn Iphigenie auf dem Altar liegt und der Rauch sich ausbreitet – der Priester wird es nicht wagen, ihr direkt vor den Augen des Vaters die Kehle durchzuschneiden –, dann ergreift ihr das Mädchen und legt den Hirsch an seine Stelle. Kalchas wird das Spiel natürlich durchschauen, aber Kalchas möchte weiterleben. Er wird nichts sagen, außer dass es sich um ein Wunder handle.«

»Ja, es könnte klappen … Aber wie bringen Automedon und ich sie in Sicherheit?«

»Hinter dem Altar gibt es einen kleinen Unterstand für die Opfertiere. Versteckt sie dort, bis alle gegangen sind. Dann bringt sie in mein Zelt. Ich schicke sie mit einer Botschaft, in der ich die Intrige erkläre, zurück zu Klytämnestra. Kannst du dir das alles merken?«

»Ja, Achilles. Was ist mit dir?«

»Ich habe schon seit vielen Tagen nicht mehr an Kalchas' Weissagungszeremonie teilgenommen, aber morgen werde ich mich zur genau richtigen Zeit dort einfinden. Jetzt schicke ich Iphigenie erst mal zurück in ihr Zelt. Ich habe keine Ahnung, wie sie unbeobachtet hierhergelangt ist, aber es ist zumindest ebenso wichtig, dass sie auch unbemerkt zurückkehrt. Ich werde sie selbst hinbringen.«

»Vielleicht wurde sie gesehen, als sie herkam«, meinte Patroklos.

»Nein. Sie hätten ihr nie erlaubt, so viel Zeit mit mir zu verbringen, dass ich sie hätte entjungfern können. Artemis mag Jungfrauen.«

Patroklos runzelte die Stirn. »Achilles, wäre es nicht besser, sie jetzt gleich zu ihrer Mutter zurückzuschicken?«

»Das geht nicht, Patroklos. Das wäre ein offener Bruch mit Agamemnon. Wenn morgen bei der Opferung alles gut geht, sind wir ausgelaufen, bevor Klytämnestra davon erfährt.«

»Dann glaubst du also, der Tod von Iphigenie ist notwendig, damit das Wetter sich bessert?«, fragte er in eigenartigem Tonfall.

»Nein, ich denke, das Wetter wird sich in den nächsten Tagen sowieso bessern. Patroklos, ich kann keinen offenen Bruch mit Agamemnon riskieren, das verstehst du doch bestimmt? *Ich will nach Troja!*«

»Ich verstehe.« Er zuckte mit den Schultern. »Nun, ich sollte jetzt wohl gehen. Der arme Alkimos wird vor Angst sterben, wenn er erfährt, dass er einen jungen Hirschen fangen muss! Ich werde den Rest der Nacht mit Automedon verbringen. Wenn du nichts von mir hörst, kannst du davon ausgehen, dass wir morgen Mittag hinter dem Altar warten.«

»Gut.«

Er schlüpfte hinaus in den Regen.

Iphigenie hatte uns mit großen Augen beobachtet. »Wer war das?«, fragte sie neugierig.

»Mein Vetter Patroklos. Es gibt Probleme bei den Soldaten.«

»Oh.« Sie überlegte einen Augenblick, dann sagte sie: »Er sieht Euch sehr ähnlich, außer dass er blaue Augen hat und kleiner ist.«

»Und Lippen besitzt.«

Sie kicherte. »Das macht ihn zu einem ganz gewöhnlichen Mann. Ich mag Euren Mund so, wie er ist, Achilles.«

Ich zog sie hoch. »Jetzt muss ich Euch zurück in Euer Zelt bringen, bevor jemand merkt, dass Ihr verschwunden seid.«

»Noch nicht«, protestierte sie und streichelte meinen Arm.

»Doch, Iphigenie.«

»Wir heiraten morgen. Warum kann ich die Nacht nicht hier bleiben.«

»Weil Ihr die Tochter des großen Königs von Mykene seid, und die Tochter des Königs von Mykene muss an ihrem Hochzeitstag noch eine Jungfrau sein. Die Priesterinnen werden sich vorher davon überzeugen, und hinterher muss ich das Hochzeitslaken vorzeigen, um zu beweisen, dass ich in jeder Beziehung Euer Ehemann bin«, erwiderte ich fest.

Sie schmollte. »Ich will aber nicht gehen!«

»Ob Ihr wollt oder nicht, Ihr geht, Iphigenie.« Ich nahm ihr Gesicht in meine Hände. »Aber bevor ich Euch in Euer Zelt bringe, verlange ich ein Versprechen von Euch.«

»Jedes«, sagte sie mit leuchtenden Augen.

»Erwähnt diesen Besuch weder gegenüber Eurem Vater noch sonst jemandem. Tut Ihr es doch, ist Eure Jungfräulichkeit in Frage gestellt.«

Sie lächelte. »Also nur noch einmal schlafen! Das kann ich ertragen. Bringt mich zurück, Achilles.«

Von Patroklos kam keine Nachricht, dass mit unserem Plan etwas schief gelaufen sei. Lange bevor es Mittag wurde, legte ich die leichte Rüstung an, die mein Vater von den Horden des Minos erbeutet und mir geschenkt hatte, und machte mich auf den Weg zum Altar unter der Platane. Alles erweckte einen ganz normalen Eindruck, und ich atmete erleichtert auf. Patroklos und Automedon waren an ihrem Platz.

Aber die Gesichter der Könige, als sie mich erblickten! Odysseus packte unverzüglich Agamemnons Arm, Nestor wurde zwischen Diomedes und Menelaos ganz klein, während Idomeneus mich verblüfft und unbehaglich anstarrte. Sie wussten also Bescheid. Nachdem ich sie beiläufig gegrüßt hatte, stellte ich mich etwas abseits und tat so, als sei ich aus purem Zufall heute anwesend. Hinter uns im feuchten Gras war Fußgetrappel zu hören; Odysseus zuckte mit den Schultern, als ob er begriffen hätte, dass es nun zu spät war, mich zum Weggehen zu überreden. Sonst war ihm nichts anzumerken. Aber gerade dieser Gleichmut bewies, wie raffiniert er war. Der gefährlichste Mann auf der Welt. Rothaarig und linkshändig. Beides schlechte Zeichen.

Gelangweilt dreinblickend wandte ich mich um und sah, wie Iphigenie langsam und stolz auf den Altar zuschritt. Sie hielt den Kopf hoch erhoben, und nur ein gelegentliches Beben der Lippen verriet, welches Grauen sie erfüllte. Als sie mich entdeckte, zuckte sie zusammen. Ihre Augen verrieten mir, dass soeben ihre letzte Hoffnung zerstört worden war. Ihr Schrecken verwandelte sich in Zorn, einen Zorn, der ganz anders war als der, den ich empfunden hatte, als Patroklos mir die Intrige mitteilte. Sie hasste mich, sie verachtete mich, sie starrte mich an wie meine Mutter. Ich wiederum sah benommen auf den Altar und sehnte den Augenblick herbei, da ich ihr alles erklären konnte.

Diomedes und Odysseus stellten sich rechts und links von Agamemnon auf, um ihn zu stützen. Sein zerfurchtes Gesicht war kalkweiß. Kalchas trieb Iphigenie vorwärts, indem er ihr mit einem Finger ins Kreuz stieß. Sie trug keine Ketten. Ich stellte mir vor, wie sie sie von sich gewiesen hatte – schließlich war sie die Tochter von Agamemnon und Klytämnestra und unbeugsam in ihrem Stolz.

Am Fuß des Altars wandte sie sich um und sah uns mit Augen an, die vor Verachtung glühten. Dann schritt sie die wenigen Stufen empor und legte sich ohne Umstände auf den Altar, die Hände über der Brust gekreuzt, ihr Profil gestochen scharf vor dem Hintergrund des grauen, wogenden Meers. Es hatte nicht geregnet diesen Morgen, ihr Marmorbett war trocken.

Kalchas warf verschiedene Pulver in die Feuer, die in den drei Dreifüßen rings um den Altar brannten. Grüner und gallegelber Rauch stieg auf und verbreitete einen Geruch von Schwefel und Verwesung. Jetzt schwang der Priester ein langes, juwelenbesetztes Messer und flatterte umher wie eine riesige Fledermaus. Entsetzt und zugleich fasziniert sah ich ihm zu, unfähig, mich zu bewegen, selbst als er den Arm hob und das Messer aufblitzte. Die Klinge fuhr herab; Rauch umfing den Priester und löschte ihn aus. Jemand schrie auf – ein schriller, gurgelnder Verzweiflungsschrei, der in einem Röcheln erstarb. Wir standen wie Statuen. Dann kam eine Windbö und fegte den Rauch hinweg. Iphigenie lag immer noch auf dem Altar, ihr Blut rann durch eine Rinne im Stein bis zu einem großen goldenen Kelch, den Kalchas in den Händen hielt.

Agamemnon erbrach sich. Selbst Odysseus sackte zusammen. Aber ich konnte meinen Blick nicht von Iphigenie abwenden, während ich innerlich zu Asche wurde und mein Mund sich zu einem einzigen Schmerzensschrei öffnete. Wahnsinn floss in meinen Adern. Mit gezücktem Schwert sprang ich auf Agamemnon zu; und wenn Odysseus und Diomedes nicht gewesen wären, hätte ich ihn mit einem einzigen Streich niedergestreckt, wie er da schlaff zwischen den beiden hing und das Erbrochene aus seinem Bart troff. Aber sie ließen ihn wie einen Stein fallen, um sich auf mich zu stürzen und mir das Schwert zu entwinden, während ich sie wie Puppen durcheinanderpurzeln ließ. Idomeneus und Menelaos eilten ihnen zu Hilfe; und selbst der alte Nestor warf sich noch ins Getümmel. Zu fünft rangen sie mich schließlich zu Boden, wo ich mit dem Gesicht eine knappe Handbreit von Agamemnon entfernt lag und ihn verfluchte, bis meine Stimme nur noch ein Kreischen war. Plötzlich war ich mit meiner Kraft am Ende, und ich begann zu weinen. Dann wanden sie das Schwert aus meiner Hand und stellten uns beide auf die Füße.

»Ihr habt meinen Namen missbraucht, um diese schreckliche Tat zu begehen, Agamemnon«, stieß ich unter Tränen hervor. Mein Zorn war verflogen, doch der Hass blieb. »Ihr habt zugelassen, dass Eure Letztgeborene für Euren Stolz geopfert wurde. Von diesem Tag an bedeutet Ihr mir weniger als der gemeinste Sklave. Ihr seid nicht besser als ich, gleichwohl bin ich schlimmer. Wäre ich nicht meinem Ehrgeiz erlegen, hätte ich das hier verhindern können. Aber eins solltet Ihr noch wissen, König der Könige: Ich werde eine Botschaft an Klytämnestra schicken und ihr mitteilen, was hier heute geschehen ist. Ich werde niemanden schonen – weder Euch noch die anderen und am wenigsten mich selbst. Unsere Ehre ist unauslöschlich befleckt. Wir sind verdammt.«

»Ich habe versucht, dem Ganzen Einhalt zu gebieten«, protestierte Agamemnon lahm. »Ich habe eine Botschaft an Klytämnestra geschickt, um sie zu warnen, aber der Mann wurde ermordet. Ich hab's versucht, ich hab's versucht... Sechzehn Jahre habe ich versucht, diesen Tag abzuwenden. Schiebt es auf die Götter. Sie haben uns alle getäuscht.«

Ich spuckte ihm vor die Füße. »Macht nicht die Götter für Eure Verfehlungen verantwortlich, König. Wir sind unvollkommen. *Wir* sind sterblich.«

Irgendwie erreichte ich mein Zelt, wo mein erster Blick auf den Stuhl fiel, auf dem ich sie im Arm gehalten hatte. Patroklos saß weinend auf dem anderen. Als er mich bemerkte, nahm er ein Schwert, das vor ihm auf dem Teppich lag, und kniete vor mir nieder.

»Was soll das?«, fragte ich. Noch mehr Qualen konnte ich nicht ertragen.

Die Spitze des Schwertes lag an seiner Kehle, er hielt mir den Griff hin. »Töte mich! Ich habe dich enttäuscht, Achilles. Ich habe dir deine Ehre genommen.«

»Ich habe mich selbst enttäuscht, Patroklos. *Ich* habe mir die Ehre genommen.«

»Töte mich!«, beharrte er.

Ich nahm das Schwert und schleuderte es fort. »Nein.«

»Ich verdiene es zu sterben.«

»Wir verdienen es alle zu sterben, aber noch ist es nicht so weit!«, rief ich und öffnete mit fahrigen Fingern die Spangen meines Harnisches.

Er kam mir zu Hilfe – manche Gewohnheiten sind unauslöschlich, sogar im Schmerz.

»Ich bin schuld, Patroklos. Mein Stolz und mein Ehrgeiz! Wie konnte ich ihr Schicksal an einem solch dünnen, schwachen Faden hängen lassen. Ich fing gerade an, sie zu lieben, hätte sie überglücklich geheiratet. Von Deidamia hätte ich mich ohne Schande scheiden lassen können – diese Verbindung war nur ein kluger Schachzug meines Vaters und Lykomedes', um mir Ärger zu ersparen. Du hast mir gesagt, ich solle Iphigenie auf der Stelle zu ihrer Mutter zurückschicken, und das war ein vernünftiger Ratschlag. Ich habe abgelehnt, weil ich es nicht ertragen konnte, meine Stellung im Heer zu gefährden. Ich habe auf meinen Stolz und meinen Ehrgeiz gehört und bin gefallen.«

Die Rüstung war abgelegt, und Patroklos verstaute sie in ihrer Kiste. Immer war er mein Diener.

»Was ist passiert?«, fragte ich, als er uns Wein einschenkte.

»Alles lief gut«, erwiderte er, als er mir gegenüber Platz nahm. »Wir hatten den Hirsch.« Seine Augen nahmen eine dunkle Färbung an und füllten sich mit Tränen. »Aber dann beschloss ich, den Ruhm nicht mit Automedon zu teilen. Ich wollte dein Lob ganz für mich. Also versteckte ich mich mit dem Hirschen allein hinter dem Altar. Dann wurde das Tier unruhig und fing an zu röhren. Ich hatte vergessen, es zu betäuben! Wäre Automedon bei mir gewesen, hätten wir es zum Schweigen gebracht. Aber ich alleine – das war unmöglich. Kalchas entdeckte mich. Er ist ein Krieger, Achilles! Eben noch starrte ich zu ihm empor, da hatte er schon den Kelch genommen und mich damit niedergeschlagen. Als ich wieder zu mir kam, war ich an Händen und Füßen gefesselt und hatte einen Knebel im Mund. Und darum bitte ich dich, mich zu töten. Hätte ich Automedon mitgenommen, wäre das alles nicht passiert.«

»Dich umzubringen, Patroklos, würde bedeuten, dass ich mich selbst umbringe. Zu einfach. Nur wenn wir leben, können wir unsere Strafe auf uns nehmen. Tote empfinden nichts, Schatten kennen weder Freude noch Schmerz. Keine angemessene Vergeltung«, sagte ich und spürte, wie der Wein auf meiner Zunge sauer wurde.

Er nickte. »Ja, ich verstehe. Solange ich lebe, muss ich mich an die schrecklichen Folgen meiner Eifersucht erinnern. Und solange du lebst, wirst du dich an die Schuld erinnern, die du mit deinem Ehrgeiz auf dich geladen hast. Ein weitaus schlimmeres Schicksal als der Tod.«

Aber Patroklos war nicht dazu verdammt, mit der Erinnerung an den Blick aus ihren Augen, an ihre Verachtung weiterzuleben. Was musste in ihrem Kopf vorgegangen sein von dem Augenblick an, als sie die Wahrheit erfahren hatte, bis zu dem, als Kalchas' Messer ihre Kehle fand? Was musste sie von mir gedacht haben, der sich erst wie ein Liebender verhalten hatte, um sie dann schnöde ihrem Mörder preiszugeben? Ihr Schatten würde mich für den Rest meines Lebens verfolgen. Kurz und ruhmreich, also! Mochte mein Leben kurz und ruhmreich sein.

»Wann kehren wir nach Iolkos zurück?«, fragte Patroklos.

»*Iolkos?* Nein. Wir fahren gen Troja.«

»Nach allem, was geschehen ist?«

»Troja ist Teil meiner Strafe. Und Troja bedeutet, dass ich nicht meinem Vater begegnen muss, denn ich werde dort sterben. Was würde er von mir denken, wenn er von meiner Schmach erführe. Mögen die Götter ihm das ersparen.«

KAPITEL 12

ERZÄHLT VON AGAMEMNON

Ich ließ meine Tochter mitten in der Nacht in einem tiefen, nicht gekennzeichneten Grab unter einem Steinhaufen an der grauen See beisetzen. Nicht einmal mit angemessenen Totengaben konnte ich sie ausstatten, außer dass ich sie prächtig anziehen und ihr all ihren Mädchenschmuck anlegen ließ.

Achilles hatte gedroht, eine Botschaft an Klytämnestra zu schicken, in der er uns alle der Schuld an ihrem Tod bezichtigte; ich konnte versuchen, ihm zuvorzukommen. Aber ich fand dafür weder die richtigen Worte noch den richtigen Mann. Wem, der nicht mit uns lossegelte, konnte ich trauen? Und welche Worte konnten den Schmerz lindern, den ich Klytämnestra zugefügt hatte, welche ihren Verlust mindern? Trotz der Unstimmigkeiten, die es immer wieder zwischen uns gegeben hatte – Klytämnestra hatte mich stets für einen großen Mann gehalten, den einzigen, der würdig war, ihr Gatte zu sein. Doch sie war eine Lakedaimonierin, und der Einfluss von Mutter Kubaba war bei ihr immer noch deutlich spürbar. Wenn sie von Iphigenies Tod erfuhr, würde sie versuchen, die Alte Religion wieder einzuführen, und an meiner Statt als Königin die Macht übernehmen.

In diesem Augenblick fiel mir ein, wen ich aus meinem Gefolge entbehren konnte: meinen Vetter Aigisthos.

Die Geschichte unseres Hauses – des Hauses des Pelops – ist schrecklich. Mein Vater Atreus und Thyestes, der Vater von Aigisthos, waren Brüder, die beide nach dem Tod von Eurystheus den Thron besteigen wollten. Eigentlich stand er Herakles zu, doch der war ermordet worden. Für den Löwenthron von Mykene sind viele Verbrechen begangen worden. Mein Vater verübte das unerhörteste: Er brachte seine Neffen um, schmorte sie und setzte sie Thyestes als Gericht vor, das eines Königs würdig sei. Obwohl die Tat bekannt war, wählte das Volk Atreus zum König und verbannte Thyestes, der daraufhin mit einer Frau aus dem Geschlecht des Pelops Aigisthos zeugte und das Kind anschließend Atreus als *dessen* Sohn unterzuschieben versuchte, nachdem Atreus die Frau geheiratet hatte. Aber damit nicht genug. Thyestes war an der Ermordung meines Vaters beteiligt, bestieg den Thron und regierte, bis ich alt genug war, ihn zu stürzen und zu vertreiben.

Aber ich hatte meinen Vetter Aigisthos immer gemocht. Er war bedeutend jünger als ich, ein hübscher und liebenswerter Bursche, mit dem ich besser zurechtkam als mit meinem eigenen Bruder Menelaos. Klytämnestra allerdings mochte ihn nicht und traute ihm auch nicht, weil er der Sohn des Thyestes war und damit Anspruch auf jenen Thron hatte, den nach ihrem Willen niemand außer Orestes besteigen sollte.

Ich schickte nach ihm, sobald ich mir zurechtgelegt hatte, was ich ihm erzählen wollte. Er war völlig auf mein Wohlwollen angewiesen, was bedeutete, dass es nur zu seinem Nutzen war, wenn er mir einen Gefallen tat. Also schickte ich ihn, sorgfältig instruiert und mit Geschenken beladen, zu Klytämnestra. Iphigenie war tot, ja, aber ich hatte es nicht befohlen. Er sollte meiner Gemahlin sagen, Odysseus habe die Tat geplant und durchgeführt. *Das* würde sie glauben.

»Ich werde nicht lange fort sein«, sagte ich zu Aigisthos, bevor er aufbrach, »aber es ist lebenswichtig, dass Klytämnestra nicht das Volk auf ihre Seite bringt und die Alte Religion wieder einführt. Du bist mein Wachhund.«

»Artemis ist immer deine Feindin gewesen«, erwiderte er und kniete nieder, um meine Hand zu küssen. »Mach dir keine Sorgen, Agamemnon. Ich werde darauf achten, dass Klytämnestra nichts gegen dich unternimmt.« Er räusperte sich. »Ich hatte mir natürlich Hoffnung auf Kriegsbeute aus Troja gemacht. Ich bin ein armer Mann.«

»Du wirst deinen Anteil an der Beute erhalten«, erwiderte ich.

Am Morgen nach der Opferung erwachte ich aus einem von Wein schweren Schlaf und sah, dass die Wolken und der Wind verschwunden waren und nur noch das vom Zelt tropfende Wasser an die Sturmmonate erinnerte. Ich zwang mich, Artemis für ihre Hilfe zu danken, aber nie wieder würde ich die Bogenschützin um Hilfe bitten. Meine arme kleine Tochter war dahingeschieden, und nicht einmal eine Grabstele bewahrte sie vor dem Vergessen. Ich konnte ihr Grab nicht ansehen.

Phoinix stand im Zelteingang und wartete begierig darauf, mit dem Einschiffen zu beginnen. Ich entschied mich für den nächsten Tag, wenn das Wetter hielt.

»Es wird halten«, sagte der alte Mann zuversichtlich. »Das Meer zwischen Aulis und Troja wird so glatt wie Milch in einer Schale sein.«

»Was bedeutet«, entgegnete ich, wobei ich mich plötzlich daran erinnerte, wie Achilles meinen Versorgungsplan kritisiert hatte, »dass wir Poseidon ein Opfer bringen und unser Glück versuchen. Stopft die Schiffe voll, Phoinix. Stopft sie bis unter die Decks voll mit Verpflegung. Ich werde die Gegend dafür plündern lassen.«

Er sah überrascht aus, dann grinste er. »Wird gemacht, Majestät, wird gemacht!«

Der Gedanke an Achilles quälte mich. Seine Verfluchungen hallten in meinem Gedächtnis wider, seine Verachtung versengte mir das Mark. Warum er sich selbst anklagte, wollte mir nicht in den Kopf; er konnte den Göttern nicht mehr trotzen als ich. Gleichzeitig hegte ich eine widerwillige Bewunderung für ihn. Er hatte den Mut besessen, sich vor seinen höher gestellten Gefährten zu seiner Schuld zu bekennen. Ich wünschte, dass Odysseus und Diomedes nicht so sehr um meine Sicherheit bemüht gewesen wären und Achilles mir den Kopf abgeschlagen hätte, damit es ein für alle Mal ein Ende gehabt hätte.

Am nächsten Morgen, als die Dämmerung den bleichen Himmel rosa überzog, schoben sie mein Flaggschiff von den Stützen ins Meer. Die Hände fest die Reling umklammernd, stand ich am Bug, fühlte es ins Wasser gleiten und leicht erzittern. Endlich brachen wir auf! Ich ging hinunter zum Achterdeck, wo die Seitenplanken des Schiffs in einer Verschalung zusammenliefen und die Galionsfigur des Amphitryon emporragte. Ich wandte den Ruderern den Rücken zu, froh darüber, dass mein Schiff ein Deck besaß, auf dem diese saßen und so unten genügend Platz ließen für mein Gepäck, meine Dienerschaft, die Kriegskasse und all die anderen Dinge, die der König der Könige mit sich führen musste. Meine Pferde waren zusammen mit einem Dutzend anderer nicht weit von mir entfernt festgebunden, und knapp unter Deckshöhe glitt die See sanft dahin. Wir waren schwer beladen.

Hinter mir stachen sie nun alle in See, große rot-schwarze Schiffe, die wie riesige Tausendfüßler mit Rudern statt Beinen über Poseidons unergründliche, ewige Tiefen krochen. Zwölfhundert insgesamt, mit achtzigtausend Mann Kampftruppe und noch mal zwanzigtausend zur Unterstützung. Auf einigen der Sonderschiffe befanden sich nur Ruderer und Pferde, denn wir ziehen mit Kampfwagen in den Krieg wie die Trojaner. Ich war immer noch davon überzeugt, dass es ein kurzer Waffengang werden würde, mir war aber auch klar, dass wir keines der berühmten Trojanerpferde zu Gesicht bekommen würden, bevor Troja nicht gefallen war.

Fasziniert beobachtete ich die Szene. Ich konnte es kaum fassen, dass ich wirklich an der Spitze dieser gewaltigen Streitmacht stand, dass der König von Mykene demnächst vielleicht der König des Griechischen Reiches sein würde. Erst ein Zehntel aller Schiffe waren auf dem Wasser, als mich meine Mannschaft schon in die Mitte des Golfs von Euböa gerudert hatte und der Strand langsam verschwand. Einen Augenblick überkam mich Panik, als ich mich fragte, wie eine solch riesige Flotte wohl auf der offenen See beisammenbleiben konnte.

Wir umsegelten die Südspitze Euböas bei strahlendem Sonnenschein, fuhren nördlich an der Insel Andros vorbei, und während der Berg Ocha am Heck zurückblieb, erfassten uns die Winde der offenen Ägäis. Die Ruder wurden eingezogen und verwandelten sich in Stützen; um den Mast schwärmten Männer herum, und bald blähte sich unter dem warmen, sanften Südwind das scharlachrote Ledersegel des königlichen Flaggschiffs.

Ich schlenderte zwischen den Ruderbänken zurück über das Deck und stieg die kurzen Stufen zum Vorderdeck hinauf, wo sich meine Kabine befand. In unserem Kielwasser folgten unzählige Schiffe. Es sah so aus, als würden wir zusammen bleiben; Telephos stand direkt vor mir, und manchmal drehte er den Kopf, um den Männern, die über den Steuerrudern lehnten, Befehle zuzurufen, damit sie den richtigen Kurs hielten. Er lächelte mir zuversichtlich zu.

»Ausgezeichnet, Majestät! Wenn das Wetter so bleibt, können wir dieses Tempo halten, der Wind ist bestens. Für einen Zwischenstopp in Chios oder Lesbos besteht keine Notwendigkeit. Wir werden Tenedos in kürzester Zeit erreichen.«

Ich war zufrieden. Telephos war der beste Seemann Griechenlands und der einzige, der uns nach Troja führen konnte, ohne befürchten zu müssen, an einem Strand weitab von unserem Ziel zu landen. Er war auch der einzige, dem ich das Schicksal unserer zwölfhundert Schiffe anvertrauen mochte. Helena, dachte ich, deine Freiheit ist nur von kurzer Dauer! Ehe du dich versiehst, bist du schon wieder in Amyklai, und es wird mir ein ganz besonderes Vergnügen sein, den Befehl zu erteilen, dir deinen hübschen Kopf mit der heiligen Doppelaxt abzutrennen.

Die Tage vergingen aufs Erfreulichste. Wir sahen Chios, segelten aber weiter. Wir brauchten noch keine neue Verpflegung, und das Wetter war so gut, dass weder Telephos noch ich unser Glück strapazieren wollten, indem wir an Land Zeit vergeudeten. Die Küste Kleinasiens lag schon fast in Sichtweite, und Telephos kannte die Gewässer hier genau, denn er war die Küste im Lauf seines Lebens schon Hunderte von Malen hinauf- und hinabgesegelt. Gut gelaunt wies er mich auf die riesige Insel Lesbos hin, an der er westlich vorbeifuhr, damit wir von Land aus nicht zu sehen waren. Die Trojaner sollten nicht wissen, dass wir kamen.

Am elften Tag nach unserem Auslaufen von Aulis erreichten wir die Westküste von Tenedos, einer Insel, die knapp vor dem trojanischen Festland liegt. Es gab nicht genug Platz, um alle Schiffe an Land zu ziehen; so blieb uns nichts anderes übrig, als so nahe am Ufer wie möglich Anker zu werfen und zu hoffen, das gute Wetter möge noch ein paar Tage anhalten. Tenedos war ein fruchtbarer Ort, aber dank seiner Nähe zu der Stadt, die als die größte der Welt galt, nur dünn besiedelt. Als wir an Land gingen, versammelten sich die Bewohner in Scharen am Strand; ihr hilfloses Gestikulieren verriet ihre Ehrfurcht.

Ich klopfte Telephos auf die Schulter. »Gute Arbeit, Schiffsführer! Ihr habt Euch einen fürstlichen Anteil an der Kriegsbeute verdient.«

Er lachte, und mit vor Stolz geschwellter Brust kletterte er die Stufen nach mittschiffs hinunter, wo ihn bald die hundertdreißig Mann umringten, die mit mir gesegelt waren.

Bei Anbruch der Dunkelheit war auch das letzte Schiff angelangt; alle Heerführer versammelten sich in meinem provisorischen Hauptquartier in der Stadt Tenedos. Die wichtigste Aufgabe war bereits erledigt: Ich hatte alle Bewohner der Insel zusammentreiben lassen, denn niemand sollte das Festland erreichen und König Priamos davon Kunde geben, wer an der Westseite von Tenedos gelandet war. Die Götter, dachte ich, standen geeint hinter Griechenland.

Am nächsten Morgen machte ich mich zu Fuß auf den Weg zur Spitze der Hügel, die in der Mitte der Insel lagen. Einige der Könige begleiteten mich, froh, dass sie wieder festen Boden unter den Füßen hatten. Mit wehenden Umhängen standen wir schließlich oben und sahen über das stille, blaue Wasser hinüber aufs Festland, das ein paar Seemeilen entfernt lag.

Troja war nicht zu übersehen; mein erster Blick auf die Stadt ließ mein Herz sinken. Ich hatte sie mir natürlich so vorgestellt wie die Städte, die ich aus Griechenland kannte: Mykene, das auf dem Löwenberg lag; Iolkos, den gewaltigen Handelshafen; Korinth, das beide Seiten des Isthmus beherrschte; das sagenhafte Athen. Aber sie verblassten im Vergleich mit Troja, das nicht nur hoch emporragte, sondern sich auch machtvoll wie ein riesiger Stufenturm ausbreitete und nur zu weit entfernt lag, um Einzelheiten erkennen zu können.

»Was nun?«, fragte ich Odysseus.

In Gedanken versunken starrte er vor sich hin. Aber bei meiner Frage kam er wieder zu sich und grinste. »Mein Rat ist, heute nicht im Schutz der Dunkelheit hinüberzusegeln, sondern die Truppen im Morgengrauen aufzustellen und Priamos anzugreifen, bevor er die Tore schließen kann. Morgen Abend, Majestät, habt Ihr Troja eingenommen.«

Nestor stieß einen Schrei aus, Diomedes und Philoktetes sahen erschrocken drein. Ich begnügte mich mit einem Lächeln, während Palamedes schmunzelte.

Nestor ersparte mir den Ärger und sprach als erster.

»Odysseus, Odysseus, habt Ihr denn *gar keinen* Sinn mehr für richtig oder falsch?«, fragte er. »Für alles gibt es Gesetze, auch für das Führen von Kriegen, und ich jedenfalls möchte nicht teilnehmen an einer Unternehmung, bei der die Regeln nicht eingehalten werden! *Ehre*, Odysseus! Wo bleibt bei Eurem Plan die Ehre? Unsere Namen würden den Olymp entweihen! Wir können das Recht nicht missachten!« Er wandte sich an mich. »Hört nicht auf ihn, Majestät! Die Gesetze der Kriegführung sind eindeutig. Wir *müssen* sie einhalten!«

»Beruhigt Euch, Nestor, ich kenne die Gesetze so gut wie Ihr.« Ich fasste Odysseus an den Schultern und rüttelte ihn ein wenig. »Ihr erwartet sicher nicht, dass ich auf einen solch ruchlosen Ratschlag höre?«

Statt einer Antwort lachte er. »Nein, Agamemnon, nein! Aber Ihr habt mich gefragt, wie Ihr nun vorgehen sollt. Ich fühlte mich verpflichtet, Euch nach bestem Wissen zu beraten. Wenn ich auf taube Ohren stoße, warum sollte ich murren? Ich bin nicht der König von Mykene. Ich bin nur Euer getreuer Untertan Odysseus von der Felseninsel Ithaka, wo ein Mann gelegentlich Dinge wie Ehre vergessen muss, um zu überleben. Ich habe Euch gesagt, wie man die Aufgabe in einem Tag erledigen kann – und anders wird es nicht gehen. Denn wenn Priamos die Möglichkeit erhält, seine Tore zu schließen, werdet Ihr die ganzen zehn Jahre, die Kalchas Euch prophezeit hat, vor den Mauern wehklagen.«

»Mauern können eingerissen, Tore zertrümmert werden«, entgegnete ich.

»Wirklich?« Wieder lachte er, und sein Blick wandte sich nach innen, als ob er uns vergessen habe.

Sein Verstand war ein merkwürdiges Ding; er konnte von einem Augenblick auf den anderen eine Situation auf den Punkt bringen. Obwohl ich im Innern wusste, dass sein Ratschlag richtig war, so wusste ich doch auch, dass mir keiner folgen würde, wenn ich ihn annahm. Er bedeutete eine Sünde gegen Zeus und die Neue Religion. Was mich immer an Odysseus faszinierte, war seine Fähigkeit, stets einer Strafe für seine ruchlosen Vorschläge zu entgehen. Es hieß allerdings, Pallas Athene würde ihn mehr als jedes andere menschliche Wesen lieben und sich beim allmächtigen Göttervater immer wieder für ihn verwenden. Sie liebte ihn, so sagte man, für seinen vortrefflichen Verstand.

»Jemand muss mit den Kriegssymbolen für Priamos nach Troja fahren und die Rückkehr von Helena verlangen«, sagte ich.

Alle blickten neugierig drein, aber ich wusste schon, wen ich schicken wollte.

»Menelaos, du bist Helenas Mann. Natürlich musst du gehen. Odysseus, Ihr und Palamedes werdet ihn begleiten.«

»Warum nicht ich?«, fragte Nestor gekränkt.

»Weil ich einen meiner Hauptberater hier brauche«, entgegnete ich und hoffte, dass es überzeugend klang. Wenn er auf die Idee kam, ich wolle ihn absichtlich schonen, würde er wütend auf mich losgehen. Er sah mich misstrauisch an, aber die lange Seereise forderte anscheinend ihren Tribut, denn er haderte nicht weiter mit mir.

Odysseus meldete sich aus seiner Träumerei zurück. »Majestät, wenn ich an dieser Mission teilnehmen soll, bitte ich um einen Gefallen. Kein Wort davon, dass wir schon hier sind und hinter Tenedos auf der Lauer liegen. Lassen wir den alten Priamos in dem Glauben, wir befänden uns noch in Griechenland und bereiteten uns erst auf einen Krieg vor. Die Regeln schreiben nur vor, dass wir ihn vor einem Angriff formell über den Kriegszustand informieren müssen. Mehr brauchen wir nicht zu tun. Außerdem sollte Menelaos angemessene Entschädigung für den seelischen Schmerz verlangen, den er seit der Entführung seiner Gemahlin erlitten hat. Er sollte die Forderung stellen, dass Priamos den Hellespont wieder für unsere Händler öffnet und die Handelsbeschränkungen aufhebt.«

Ich nickte. »Guter Vorschlag.«

Wir machten uns auf den Weg zurück in die Stadt. Die Kräftigeren von uns gingen vor mir, und ganz an der Spitze befanden sich Odysseus und Philoktetes, die wie zwei Jungen schwatzten und lachten. Beides vortreffliche Männer, aber Philoktetes war der bessere Krieger. Herakles selbst hatte ihm auf dem Totenbett seinen Bogen und seine Pfeile übergeben, obwohl Philoktetes damals noch ein Knabe gewesen war.

Beflügelt von der würzigen Luft hüpften sie über Grasbüschel; Odysseus sprang gar über einen Busch und schlug dabei die Hacken zusammen, um seine Beweglichkeit zu demonstrieren. Philoktetes tat es ihm nach und landete leicht und geschmeidig. Doch einen Augenblick später stieß er einen kurzen Schreckensschrei aus, und mit verzerrtem Gesicht sank er auf ein Knie, während er das andere Bein ausstreckte. Wir befürchteten, er habe es sich gebrochen, und eilten zu der Stelle, wo er keuchend das ausgestreckte Bein zwischen den Händen hielt. Odysseus zog sein Messer aus der Scheide.

»Was ist los?«, fragte Nestor.

»Ich bin auf eine Schlange getreten!«, ächzte Philoktetes.

Ich erstarrte vor Angst. Schlangen mit tödlichem Biss waren selten in Griechenland und ganz anders als die Haus- und Altarschlangen, die wir so sehr liebten und in Ehren hielten, weil sie Ratten und Mäuse jagten.

Odysseus schnitt mit seinem Messer tief in das Fleisch, dort, wo der Schlangenbiss war, beugte sich dann über die Wunde, sog einige Male Blut und Gift aus ihr und spuckte es aus. Dann winkte er Diomedes herbei.

»Los, Sohn des Argos, hebt ihn hoch und tragt ihn zu Machaon. Versucht ihn ruhig zu halten, sonst gerät das Gift zu nah an seine lebenswichtigen Organe. Mein Freund«, wandte er sich nun an Philoktetes, »liegt ganz still und seid guten Mutes. Machaon ist nicht umsonst der Sohn Äskulaps. Er wird wissen, was zu tun ist.«

Diomedes machte sich uns voran auf den Weg. Er trug seine schwere Last so mühelos, als ob Philoktetes ein Kind wäre.

Natürlich suchten auch wir sofort Machaon auf. Er hatte ein schönes Haus zugewiesen bekommen, das er sich mit seinem schüchternen Bruder teilte. Männer kränkeln, sogar vor einem Krieg. Philoktetes lag mit geschlossenen Augen auf einem Sofa und atmete röchelnd.

»Wer hat den Biss behandelt?«, fragte Machaon.

»Ich«, antwortete Odysseus.

»Gut gemacht, Ithaker. Wenn Ihr nicht so schnell gehandelt hättet, wäre er auf der Stelle gestorben. Selbst jetzt könnte das noch geschehen. Das Gift muss sehr stark sein. Er hat vier Krämpfe gehabt, und ich kann fühlen, wie sein Herz flattert.«

»Wann werden wir wissen, ob er durchkommt?«, fragte ich.

Wie jeder Arzt hasste er es, eine endgültige Prognose abzugeben, und schüttelte den Kopf. »Ich habe keine Ahnung, Majestät. Hat jemand die Schlange gefangen oder wenigstens gesehen?«

Wir verneinten.

»Dann weiß ich es nicht«, seufzte Machaon.

Die Delegation nach Troja machte sich am folgenden Tag auf den Weg, in einem großen Schiff mit unordentlichem Deck, um den Eindruck zu erwecken, man habe soeben ganz allein die weite Fahrt von Griechenland hierher gemacht. Wir anderen warteten auf ihre Rückkehr, verhielten uns ganz ruhig und sorgten dafür, dass der Rauch unserer Feuer nicht über die Hügel stieg und so möglichen Beobachtern auf dem Festland unsere Anwesenheit verriet. Die Bewohner von Tenedos machten uns keine Schwierigkeiten. Sie waren immer noch überwältigt von der Größe der Flotte, die aus heiterem Himmel aufgetaucht war.

Die jüngeren Heerführer zeigten sich kaum. Sie hatten Achilles zu ihrem Oberhaupt erkoren und nahmen sich an ihm ein Beispiel. Seit dem Tag, an dem Iphigenie gestorben war, mied er mich. Ich hatte ihn mehr als einmal gesehen, ihn an seiner Größe und Haltung erkannt, doch er hatte so getan, als hätte er mich nicht bemerkt, und war seiner Wege gegangen. Dennoch war mir nicht entgangen, wie er mit seinen Myrmidonen umging, wie er keine Zeit verschwendete und sie auf Trab hielt, ganz im Gegensatz zu allen anderen Truppen. Jeden Tag übte und exerzierte er mit ihnen; seine siebentausend Mann waren die schlagkräftigste Armee, die ich je erlebt hatte. Ich war ein wenig erstaunt gewesen, dass er nicht mit mehr Männern in Aulis aufgekreuzt war, doch inzwischen hatte ich erkannt, dass Peleus und sein Sohn weniger auf Masse denn auf Klasse setzten. Keiner seiner Leute war über zwanzig, und alle waren Berufssoldaten statt Freiwillige, die sonst einen Pflug lenkten oder Trauben zerstampften. Keiner, so wurde mir berichtet, war verheiratet. Sehr klug. Nur wenn man jung ist und weder Frau noch Kind hat, stürzt man sich, ohne sein Schicksal zu bedenken, in die Schlacht.

Sieben Tage nach ihrem Aufbruch kehrte unsere Delegation zurück. Ihr Schiff legte nach Einbruch der Dunkelheit an, und meine drei Botschafter suchten mich sofort auf. Ihre Gesichter verrieten mir, dass sie keinen Erfolg gehabt hatten, aber ich wartete, bis Nestor kam, ehe ich sie berichten ließ. Idomeneus brauchten wir nicht dabei.

»Sie haben sich geweigert, sie auszuliefern, Agamemnon!«, sagte mein Bruder und schlug mit der Faust auf den Tisch.

»Beruhige dich, Menelaos. Damit habe ich gerechnet. Was ist denn wirklich geschehen? Habt Ihr Helena gesehen?«

»Nein, sie haben sie versteckt. Wir wurden in den Palast geführt – sie haben mich von meinem vorigen Besuch wieder erkannt, sogar in Sigios. Priamos saß auf seinem Thron und fragte mich, was ich dieses Mal von ihm wolle. Ich sagte: Helena, und er lachte mir ins Gesicht. Wenn sein elender Sohn dagewesen wäre, hätte ich ihn auf der Stelle umgebracht!« Er setzte sich und barg das Gesicht in den Händen.

»Und wärst selber umgebracht worden. Weiter.«

»Priamos erklärte, dass Helena aus freiem Willen gekommen sei, dass sie nicht nach Griechenland zurückkehren wolle, dass sie Paris als ihren Ehemann betrachte und den Schatz, den sie mitgenommen habe, in Troja belassen wolle, um ihrer neuen Heimat nicht zur Last zu fallen. Und dann deutete er doch wahrhaftig an, ich hätte den Thron von Lakedaimon an mich gerissen, kannst du dir das vorstellen? Er sagte, dass *sie* nach dem Tod ihrer Brüder Kastor und Polydeukes die rechtmäßige Herrscherin gewesen wäre. *Sie* sei die Tochter von Tyndareus! *Ich* sei nur eine Marionette von Mykene!«

»Nun ja«, schmunzelte Nestor. »Das klingt ja so, als hätte Helena einen Aufstand geplant, wenn sie bei Euch in Amyklai geblieben wäre.«

Mein Bruder starrte den alten Mann wütend an, und ich klopfte mit meinem Stab auf den Boden. »Weiter, Menelaos.«

»Also überreichte ich Priamos die rote Tafel mit dem Symbol des Ares darauf, und er glotzte mich an, als habe er so etwas noch nie gesehen. Seine Hand zitterte so, dass er sie zu Boden fallen ließ. Hektor hob sie wieder auf und ging mit ihr hinaus.«

»Das alles muss vor einigen Tagen passiert sein. Warum seid Ihr nicht sofort zurückgekommen?«, fragte ich.

Statt einer Antwort blickte er zerknirscht drein, und Nestor und ich wussten sofort, warum. Er hatte gehofft, Helena wieder zu sehen.

»Ihr habt nicht erzählt, wie die erste Audienz endete«, warf Palamedes ein.

»Werd ich schon, wenn man mich lässt!«, maulte Menelaos. »Priamos' ältester Sohn Deiphobos bat seinen Vater öffentlich, uns ermorden zu lassen. Dann trat Antenor vor und bot an, uns zu beherbergen. Er berief sich auf den gastlichen Zeus und verbot den Trojanern, die Hand gegen uns zu erheben.«

»Interessant, dass ein Dardanier das sagt.« Ich tätschelte Menelaos begütigend. »Sei guter Dinge, Bruder! Du wirst bald die Gelegenheit haben, dich zu revanchieren. Jetzt geh schlafen.«

Erst als Nestor und ich mit Odysseus und Palamedes allein waren, erfuhr ich, was ich wirklich wissen wollte. Menelaos war als einziger von uns schon einmal in Troja gewesen, aber in dem Jahr unserer Kriegsvorbereitungen hatte er uns keine einzige nützliche Information geben können. Wie hoch waren die Mauern? Sehr hoch. Wie viele Männer konnte Priamos zu den Waffen rufen? Eine Menge. Wie gut waren seine Verbindungen zum übrigen

Kleinasien? Ziemlich gut. Es war fast so unmöglich, von ihm etwas zu erfahren, wie von Kalchas, aber mein Bruder hatte dafür nicht so elegante Erklärungen wie der Priester: dass Apollo ihm den Mund versiegelt habe.

»Wir müssen rasch handeln, Majestät«, sagte Palamedes leise.

»Warum?«

»Troja ist ein merkwürdiger Ort, der von klugen Männern wie von Narren beherrscht wird. Beides kann gefährlich sein. Priamos ist eine Mischung aus weise *und* töricht. Der Sohn, den Menelaos erwähnte, ist ein übler Heißsporn. Er ist allerdings nicht der Thronerbe, sondern nur einer der Herrschersöhne, den Königin Hekabe Priamos geboren hat.«

»Als Ältester sollte er doch sicher der Erbe sein.«

»Priamos ist in seinen guten Tagen ein ziemlicher Bock gewesen. Er rühmt sich der unglaublichen Zahl von fünfzig Söhnen – gezeugt mit der Königin, seinen anderen Ehefrauen und etlichen Konkubinen. Bei Töchtern hat er es, wenn ich recht gehört habe, auf über hundert gebracht; er bekomme mehr Mädchen als Jungen, erzählte er mir. Ich habe ihn gefragt, weshalb er nicht einige der Mädchen vorzeige. Er kicherte und erklärte, dass die hübscheren gute Ehefrauen für seine Verbündeten abgäben, während die hässlicheren Stoffe webten, um damit den Palast zu schmücken.«

»Erzählt mir von dem Palast.«

»Er ist riesig, Majestät. Ich meine, er ist so groß wie der alte Palast des Minos in Knossos. Jedes der verheirateten Kinder von Priamos hat einen Trakt mit eigenen Gemächern, und alle leben im Luxus. In der Zitadelle gibt es noch weitere Paläste. Antenor besitzt einen und auch der Thronerbe.«

»Wer ist das? Ich erinnere mich, dass Menelaos den Namen Hektor erwähnte und hatte natürlich angenommen, er sei der älteste.«

»Hektor ist ein jüngerer Sohn Königin Hekabes. Er war da, als wir ankamen, aber dann brach er sofort zu einer wichtigen Mission nach Phrygien auf. Ich sollte hinzufügen, dass er darum bat, von dieser Aufgabe entbunden zu werden, aber Priamos bestand darauf, dass er sie erfüllte. Da er die Armee anführt, fehlt ihr im

Augenblick der Oberbefehlshaber, woraus ich schließe, dass Hektor klüger als sein Vater ist. Er ist noch jung, höchstens fünfundzwanzig, schätze ich. Ein sehr großer Bursche. Ungefähr die Statur wie Achilles.«

Nun wandte ich mich an Odysseus, der sich übers Gesicht strich. »Und was ist mit Euch, Odysseus?«

»Was Hektor angeht, möchte ich noch hinzufügen, dass die Soldaten und die einfachen Leute ihn verehren.«

»Ich verstehe. Also habt Ihr Eure Aktivitäten nicht auf den Palast beschränkt.«

»Nein, das hat Palamedes getan. Ich bin durch die Stadt gestreift. Eine sehr nützliche und aufschlussreiche Tätigkeit. Troja, Majestät, ist eine Nation innerhalb von Mauern. *Zwei* Ringe von Mauern. Die um die Burg sind schon eindrucksvoll genug – höher als die um Mykene oder Tiryns. Aber der äußere Ring, der die ganze Stadt umschließt, ist einfach gewaltig. Troja *ist* wirklich eine Stadt, Agamemnon. Sie ist vollständig innerhalb der äußeren Mauern errichtet und nicht noch außerhalb verstreut wie unsere Städte. Die Menschen müssen nicht nach drinnen fliehen, wenn ein Feind sie bedroht. Es gibt viele enge Straßen und zahllose hohe Häuser, die sie Wohngebäude nennen und in denen mehrere Dutzend Familien Platz haben.«

»Antenor erzählte mir«, unterbrach ihn Palamedes, »dass bei der letzten Volkszählung einhundertsiebzigtausend Bürger ihre Anwesenheit erklärt hatten. Daraus schließe ich, dass Priamos allein in der Stadt ein Heer von vierzigtausend Mann aufstellen könnte – vielleicht sogar fünfzigtausend, wenn er auch die Älteren einzieht.«

Ich dachte an meine eigenen achtzigtausend Soldaten und lächelte. »Nicht genug, um uns draußen zu halten.«

»Mehr als genug«, entgegnete Odysseus. »Der Umfang der Stadt beträgt einige Meilen; sie ist mehr rechteckig als rund. Die äußeren Wallanlagen sind beeindruckend. Ein Stein ist so groß, wie die Entfernung zwischen meinen Fingerknöcheln und meinem Ellbogen, und dann habe ich die Reihen gezählt. Die Mauern sind dreißig Ellen hoch und an ihrer Basis mindestens zwanzig Ellen dick. Sie sind so alt, dass keiner sich erinnert, wann sie gebaut wurden und warum. Einer Legende nach liegt ein Fluch auf ihnen, und sie müssen wegen einer Schuld, die Priamos' Vater Laomedon auf sich geladen hat, für immer verschwinden. Aber ich bezweifle, dass sie das schon aufgrund unseres Angriffs tun. Sie fallen leicht nach unten ab, und die Steine sind poliert worden. Kein Halt für Leitern oder Enterhaken.«

Niedergeschlagenheit befiel mich, und ich fragte: »Nirgendwo ein wunder Punkt, Odysseus? Keine niedrigeren Mauern? Was ist mit den Toren?«

»Doch, es gibt einen wunden Punkt – obwohl ich auf den nicht zählen würde, Majestät. Auf der Westseite ist während eines Erdbebens, das vermutlich dasselbe war, das Kreta zerstörte, ein Teil der ursprünglichen Mauern eingestürzt. Aikos reparierte die Stelle, die bei den Trojanern jetzt der Westliche Vorhang heißt. Sie ist ungefähr fünfhundert Schritt lang und roh behauen. Viele Kanten und Ritzen für Enterhaken. Es gibt nur drei Tore: eins in der Nähe des Westlichen Vorhangs, das Skäische genannt; eins auf der Südseite, das Dardanische; und eins im Südosten, das Idaische. Die einzigen anderen Öffnungen in der Mauer sind leicht zu bewachende Abflusskanäle, so schmal, dass sie höchstens einen Mann durchlassen. Die Tore selbst sind massiv. Zwanzig Ellen hoch, und darüber befindet sich ein breit angelegter Wehrgang, der rund um die Stadt oben auf der äußeren Mauer verläuft und das rasche Verlegen von Truppen von einem Teil in den anderen ermöglicht. Die Tore bestehen aus Holzstämmen, die mit Bronzeplatten und Beschlägen verstärkt sind. Ein Rammbock würde sie nicht mal zum Erzittern bringen. Wenn diese Tore nicht offen sind, Agamemnon, muss schon ein Wunder geschehen, damit man nach Troja hineingelangen kann.«

Palamedes studierte den Inhalt seines Weinbechers und sagte kein einziges Wort; Nestor war genauso schweigsam. Odysseus fuhr fort.

»Agamemnon«, erklärte er ernst, »wenn die Tore von Troja geschlossen sind, haben sie mehr als genug Männer, Euch draußen zu halten. Ihr habt nur einen Angriffspunkt, wo Ihr es versuchen könnt: den Westlichen Vorhang. Aber er ist nur fünfhundert Schritt lang. Vierzigtausend Soldaten würden dort so eng zusammengedrängt sein wie Fliegen auf einem Stück Kadaver. Glaubt mir, sie können Euch jahrelang standhalten. Alles hängt davon ab, ob sie wirklich glauben, dass wir mit unserer Armee immer noch in Griechenland sind. Aber lass sie nur mit einem Fischerboot auf diese Seite von Tenedos kommen, und wir sind verraten. Ich vermute, Ihr müsst Euch auf einen langen Feldzug einrichten.« Er kniff die Augen zusammen. »Ihr könnt sie natürlich aushungern.«

Nestor schnaubte empört. »Odysseus, Odysseus! Geht das schon wieder los! Wir würden zu ewigem Wahnsinn verdammt!«

Er zog die roten Brauen zusammen, unbeugsam wie immer. »Ich weiß, Nestor. Aber so weit ich sehen kann, begünstigen die Regeln des Kriegs offensichtlich den Gegner. Was ein großer Jammer ist. Aushungern macht Sinn.«

Ich war plötzlich sehr müde und stand auf. »Wehe der menschlichen Rasse, wenn Leute wir Ihr das Kommando haben, Odysseus. Geht zu Bett. Morgen werde ich einen großen Kriegsrat einberufen. Den Tag danach brechen wir in der Dämmerung auf.«

Im Hinausgehen drehte sich Odysseus noch einmal um. »Wie geht es Philoktetes?«

»Machaon sagt, es gibt keine Hoffnung für ihn.«

»Das tut mir Leid. Was soll mit ihm geschehen?«

»Was können wir schon machen? Er wird hier bleiben müssen. Es wäre eine große Torheit, ihn mit in unser Feldlager zu schleppen.«

»Ich stimme zu, dass er nicht mitkommen kann, Majestät, aber wir können ihn auch nicht hier lassen. Kaum haben wir den Bewohnern den Rücken gekehrt, schlitzen sie ihm die Kehle auf. Schickt ihn nach Lemnos. Die Leute dort sind kultivierter, sie werden einem kranken Mann nichts tun.«

»Ihr habt Recht, Odysseus«, erwiderte ich. »Lemnos ist der richtige Ort.«

»Ich danke Euch. Er hat es verdient, dass man alles Menschenmögliche für ihn tut.« Odysseus sah plötzlich wieder munter aus.

»Ich werde es ihm gleich sagen.«

»Er würde Euch nicht hören. Er ist seit drei Tagen bewusstlos«, erwiderte ich.

KAPITEL 13

ERZÄHLT VON
ACHILLES

Kalchas machte noch eine Prophezeiung, und die brachte Agamemnon von seinem Entschluss ab, als erster der Könige trojanischen Boden zu betreten; denn der Herrscher, der das tut, so der Priester, werde in der ersten Schlacht fallen. Ich warf Patroklos einen Blick zu und zuckte mit den Schultern. Wenn die Götter mich dazu ausersehen hatten, warum sollte ich mir Sorgen machen? Ich konnte nur Ruhm dadurch erlangen.

Wir hatten unsere Auslauf- und Landebefehle, wir wussten, wann wir das Ufer erreichen und unsere Männer losschicken würden. Patroklos und ich standen auf dem Vorderdeck meines Flaggschiffs und beobachteten die Schiffe vor uns. Es waren weit weniger als hinter uns, denn wir aus Iolkos gehörten zur Spitze. Agamemnons Flaggschiff hatte die Führung, mit seinem riesigen mykenischen Konvoi zur Linken und der Streitmacht von Iolaos von Phylake, einem der Unterkönige meines Vaters, zur Rechten. Danach kam ich, hinter mir Ajax, und dann folgte der ganze Rest.

Vor unserem Aufbruch hatte Agamemnon erklärt, dass er nicht damit rechne, von feindlichen, bewaffneten Männern empfangen zu werden; er erwarte vielmehr, die Stadt ohne organisierten Widerstand zu erreichen.

Aber die Götter waren an diesem Tag nicht auf unserer Seite. Als das siebte Schiff hinter Agamemnon um die Südspitze von Tenedos segelte, stiegen auf dem Festland bei Sigios große Rauchschwaden empor. Sie hatten erfahren, dass wir uns in der Nähe versteckt hielten, und waren auf uns vorbereitet.

Unser Befehl lautete, Sigios einzunehmen und dann unverzüglich auf Troja vorzurücken. Als mein Schiff durch die Meerenge fuhr, konnte ich die trojanischen Truppen entlang des Ufers erkennen.

Nicht einmal die Winde waren uns gewogen. Wir mussten die Segel einziehen und die Ruder benutzen, was bedeutete, dass die Hälfte unserer Männer zu müde sein würde, um gut zu kämpfen. Und um das Maß voll zu machen, mussten wir auch noch gegen die Strömung ankämpfen, die aus dem Hellespont in die offene See strebte. Wir brauchten den ganzen Morgen, um die kurze Strecke zum Festland zurückzulegen.

Ich lächelte säuerlich, als ich feststellte, dass sich die Schlachtordnung geändert hatte; Iolaos von Phylake fuhr jetzt mit seinen Männern auf den vierzig Schiffen und der mächtigen Flotte des Oberkönigs zu seiner Linken vor Agamemnon. Verfluchte Iolaos sein Schicksal, oder begrüßte er es, fragte ich mich. Er sollte als erster König an Land gehen, er war derjenige, der laut Kalchas sterben musste.

Die Ehre verlangte, dass ich meine Ruderer zu größerem Einsatz antrieb, aber die Vorsicht gebot, dafür zu sorgen, dass meine Männer genug Atem für die Schlacht behielten.

»Du kannst Iolaos nicht einholen«, sagte Patroklos, der meine Gedanken erriet. »Was sein muss, muss sein.«

Dies war nicht mein erstes militärisches Unternehmen, denn ich hatte neben meinem Vater gefochten, als ich nach den Jahren bei Chiron vom Pelion gekommen war; aber all diese Kämpfe waren nichts gegen das, was uns am Strand von Sigios erwartete. Die Trojaner waren zu Tausenden aufmarschiert, und es wurden immer mehr; und die wenigen Schiffe, die gestern noch auf dem Trockenen gelegen hatten, befanden sich nun hinter dem Dorf im Landesinnern.

Als ich Patroklos' Arm berührte, spürte ich, dass er zitterte, ich hingegen war ganz ruhig.

»Patroklos, geh zum Heck und ruf Automedon auf dem nächsten Schiff zu, dass seine Leute die Lücke zwischen uns schließen sollen, und bitte ihn, die Botschaft weiterzugeben, nicht nur an unsere, sondern an alle Schiffe. So werden wir bei der Landung nur ein wenig auf dem Wasser herumgleiten und dadurch verhindern, dass die Bugschnäbel die Rümpfe zerstören. Sag Automedon, er soll seine Männer über mein Deck an Land schicken, und so sollen es auch die anderen halten. Sonst kriegen wir nie genug Truppen ans Ufer, um ein Gemetzel zu verhindern.«

Er eilte nach hinten, legte die Hände wie einen Trichter um den Mund und rief dem aufmerksamen Automedon die Botschaft zu. Dessen Rüstung blinkte in der Sonne, als er antwortete. Dann sah ich, wie sein Schiff zu unserem aufschloss, bis der Bugschnabel fast auf unserer Höhe war. Die anderen Schiffe in Sicht folgten seinem Beispiel, sodass wir uns in eine schwimmende Brücke verwandelten. Unter mir erhoben sich die Männer von ihren Rudern und griffen zu ihren Waffen; wir hatten genug Schwung, um aufzulaufen. Vor mir befanden sich jetzt nur noch zehn Schiffe, und das erste gehörte Iolaos.

Es bohrte seinen Rumpf in den Kies und kam zitternd zum Stehen. Einen Augenblick verweilte Iolaos zögernd am Bug, dann stieß er den Schlachtruf der Phylaker aus und sprang hinunter aufs Deck. Schon war er mit seinen Männern im Gefolge über Bord. Obwohl sie hoffnungslos unterlegen waren, richteten sie dennoch einigen Schaden an. Dann stach ein stämmiger Krieger in goldener Rüstung Iolaos nieder und hackte ihn mit einer Axt in Stücke.

Jetzt stürmten andere ans Ufer. Zu meiner Linken landeten Schiffe an, deren Männer ohne auf Leitern zu warten über Bord sprangen und sich ins Getümmel stürzten. Ich zog meinen Helm fest, drehte seine Goldfeder zur Seite, rückte meinen goldbesetzten Harnisch zurecht und packte mit beiden Händen meine Axt. Sie war ein hübsches Ding, eines der Stücke, die Minos während eines Feldzugs erbeutet hatte. Sie war größer und schwerer als jede kretische Axt. Mein Schwert streifte mein Bein, und nur Alt-Pelion lag in einer Ecke; für den Nahkampf taugte er nicht. Hier war die Axt gefragt, und meine Arme konnten die Schöne mit der Doppelklinge den ganzen Tag vor- und zurückschwingen, ohne zu ermüden. Nur Ajax und ich wählten eine Axt für den Nahkampf; für einen gewöhnlichen Mann war sie zu schwer, denn sie musste eine bestimmte Größe haben, um dem Schwert überlegen zu sein. Und ich dürstete geradezu danach, dem Riesen in der Goldrüstung entgegenzutreten, der Iolaos getötet hatte.

Ich war so sehr auf das Ufer konzentriert und achtete so sehr darauf, was um mich herum geschah, dass ich mich nicht mehr daran erinnere, was in diesen Augenblicken in meinem Kopf vorging. Kaum verriet mir ein Beben des Schiffs, dass wir gelandet waren, als ein zweites so heftig an das unsere stieß, dass ich fast das Gleichgewicht verlor. Ein Blick zurück, und ich sah, dass Automedon mit seinem Schiff an meinem angelegt hatte und seine Männer bereits über mein Deck strömten. Wie der verwöhnte Affe einer Kreterin machte ich einen Satz auf den Bugschnabel zu, und als ich dort hing, sah ich unter mir ein solches Durcheinander, dass ich kaum Freund von Feind unterscheiden konnte. Aber ich musste unbedingt von den Männern gesehen werden, die von hinten nachdrängten, die von Alkimos' Schiff auf Automedons Deck sprangen und immer mehr wurden, während in immer größerer Entfernung weitere Schiffe aufliefen.

Dann schwang ich meine Axt hoch über dem Kopf, stieß mit gewaltiger Stimme den Schlachtruf der Myrmidonen aus und sprang vom Bug in das brodelnde Chaos unter mir. Das Glück war mir hold. Unter der Wucht meiner Hacken zerbarst der Schädel eines Trojaners. Ich fiel auf ihn, die Axt fest umklammert. Den Schild hatte ich auf Deck gelassen, in einem Kampf wie diesem hier war er nur hinderlich. Sofort war ich wieder auf den Beinen und brüllte mit aller Kraft unseren Schlachtruf, bis meine Männer ihn aufnahmen und die Luft erfüllt war von dem furchterregenden Gesang der Myrmidonen, die sich daran machten zu töten. Wir hatten ein weiters Mal Glück: Die Trojaner trugen Purpurfedern an ihren Helmen; Purpur aber war allen Griechen verboten, außer den vier Oberkönigen – und Kalchas.

Augen glotzten mich an, ein Dutzend Schwerter bedrohten mich, doch ich richtete mich zu voller Größe auf und schlug mit der Axt so kräftig zu, dass ich einen Mann vom Schädel bis zu den Eingeweiden spaltete. Sie hielten inne. Das hatte mein Vater jedem Myrmidonen eingeschärft: Im Nahkampf lässt brutale Grausamkeit und Kampfeslust den Gegner instinktiv zurückweichen. Wieder setzte ich die Axt ein, diesmal schwang ich sie im Kreis wie die Speiche eines Rades, und wer mir zu nahe kam, dem schlitzte die Klinge durch seine Bronzerüstung hindurch den Bauch auf. Trojaner trugen kein Leder! Sie besaßen schließlich das Bronzemonopol. Wie reich musste ihre Stadt sein.

Patroklos war mit seinem Schild hinter mir, um mir den Rücken freizuhalten, und von den Schiffen sprangen zahllose Myrmidonen an Land. Die alten Gefährten waren wieder im Einsatz. Ich stürmte vorneweg und mähte mit der Axt alles nieder, was eine Purpurfeder trug. Diese Schlacht war eine einzige Kraftprobe; es blieb weder Zeit noch Raum, einen einzelnen Prinzen oder König herauszugreifen oder die widerstreitenden Truppen zu trennen. Wir waren ein Haufen Krieger aller Ränge, die Brust an Brust miteinander kämpften. Vor Jahren hatte ich mir einmal vorgenommen, die Gegner zu zählen, die ich erschlug, aber bald war meine Erregung für derlei zu groß, genoss ich es doch zu sehr, wie das weiche Fleisch unter der harten Bronze nachgab, wenn die Axt hineinfuhr.

Für mich gab es nur noch Blut, Entsetzen und Wut, tapfere Männer, die versuchten, mit dem Schwert meiner Axt standzuhalten, und starben, Feiglinge, die angstschlotternd ihrem Schicksal entgegensahen, und jene, die noch schlimmer waren, weil sie sich umwandten und zu fliehen versuchten. Ich fühlte mich unbesiegbar, ich *wusste*, dass mir auf diesem Schlachtfeld niemand gewachsen war. Und ich fand Vergnügen an dem Anblick blutverschmierter, zerfetzter Gesichter; die Lust zu töten drang mir bis ins Mark. Eine Art Wahnsinn ergriff mich. Die Axt troff vor Blut, Blut rann ihren Stiel hinab und hinein in die groben Fasern, die um ihren Griff gewunden waren, damit meine Hand nicht abrutschte. Ich vergaß alles. Ich wollte nur noch sehen, wie sich Purpurfedern blutig färbten. Wenn mir jemand einen Trojanerhelm aufgesetzt und mich auf meine eigenen Männer losgelassen hätte, ich hätte sie ebenso abgeschlachtet. Richtig oder falsch gab es nicht mehr, nur noch die Lust zu töten. Dafür hatte ich all die Jahre unter der Sonne verbracht, das war aus mir Sterblichem geworden: eine vollkommene Tötungsmaschine.

Unter unseren Stiefeln zermalmten wir den Boden von Sigios. Obwohl ich in späteren Schlachten mit mehr Verstand kämpfte und auch an meine Männer dachte – in dieser einen war für ihr Wohlergehen in meinem Kopf kein Platz. Es war mir gleichgültig, wer siegte oder verlor, solange *ich* nur siegte. Selbst wenn Agamemnon neben mir gekämpft hätte, wäre es mir entgangen. In meiner Besessenheit nahm ich nicht einmal Patroklos wahr, obwohl ich es ausschließlich ihm verdankte, dass ich diesen ersten Kampf lebend überstand, denn er wehrte die Trojaner in meinem Rücken ab.

Plötzlich schwang jemand seinen Schild in meinen Weg. Ich schlug mit aller Macht zu, um das Gesicht dahinter zu entdecken, aber blitzschnell trat dieser Jemand zur Seite, und sein Schwert sauste um Haaresbreite an meinem rechten Arm vorbei. Ich keuchte, als sei ich in eiskaltes Wasser geworfen worden, und dann bebte ich vor Freude, als er seinen Schild senkte, um mich besser zu sehen. Endlich ein Prinz! Ganz in Gold gekleidet. Die Axt, mit der er Iolaos erschlagen hatte, war durch ein Langschwert ersetzt worden. Mordgier erfasste mich. Er war ein sehr großer Bursche und schien ans Siegen gewöhnt zu sein – und er war der erste, der es wagte, mich anzugreifen. Vorsichtig umkreisten wir uns, meine Axt schleifte an ihrem Riemen über den Boden, bis ich bei ihm eine Angriffsmöglichkeit entdeckte. Als ich lossprang und meine Waffe schwang, machte er blitzschnell einen Satz zur Seite, aber ich war auch nicht langsam: Ich wich dem Hieb seines Schwertes ebenso leicht aus wie er meiner Axt. Jetzt wussten wir, dass wir ebenbürtige Gegner waren, und stellten uns auf einen langen Zweikampf ein. Bronze schlug auf bronzeverstärktes Gold, jede Attacke wurde pariert, keinem gelang es, den anderen zu treffen. Wir hatten beide bemerkt, dass die Soldaten, Trojaner wie Griechen, zurückgewichen waren, um uns Platz zu machen.

Jedes Mal, wenn ich mein Ziel verfehlte, lachte er, obwohl sein goldenes Schild an vier Stellen aufklaffte und darunter die Bronze und sogar die Zinnschichten zu sehen waren. Ich musste gegen meine steigende Wut genauso hart ankämpfen wie gegen ihn – und er wagte es zu lachen! Zweikämpfe waren eine heilige Sache, die nicht ins Lächerliche gezogen werden durfte, und es erboste mich, dass er sich so benahm. Ich machte rasch hintereinander zwei mächtige Ausfälle, verfehlte ihn aber. Da richtete er das Wort an mich.

»Wie heißt Ihr, Tolpatsch?«, fragte er lachend.

»Achilles«, presste ich zwischen den Zähnen hervor.

Das ließ ihn nur noch lauter lachen. »Nie von Euch gehört, Tolpatsch! Ich bin Kyknos, Sohn des Poseidon in der Tiefe.«

»Alle Toten stinken gleich, Sohn des Poseidon, ob sie nun von Göttern oder Menschen abstammen!«, schrie ich.

Was ihm nur ein weiteres Lachen entlockte.

Die gleiche Wut stieg in mir auf, die mich beim Anblick der toten Iphigenie auf dem Altar gepackt hatte, und ich vergaß alle Kampfregeln, die Chiron und mein Vater mir beigebracht hatten. Mit einem Aufschrei stürmte ich, die Axt erhoben, auf ihn zu, vorbei an seiner Schwertspitze. Er stolperte nach hinten, verlor sein Schwert, und ich zerbrach es in hundert Stücke. Sein taillierter, mannshoher Schild fuhr herum, um seinen Rücken zu schützen, während er sich abwandte und weglief. Voller Verzweiflung stürzte er sich zwischen die uns beobachtenden trojanischen Soldaten und verlangte nach einem Speer. Jemand drückte ihm die Waffe in die Hand, aber ich war ihm zu dicht auf den Fersen, als dass er sie hätte benutzen können. Er wich weiter zurück.

Durch die trojanischen Reihen, die sich wieder schlossen, setzte ich ihm nach. Keiner der Männer führte einen Schlag gegen mich, ob sie zu ängstlich waren oder nur die ehrwürdigen Regeln des Zweikampfs einhielten, habe ich nie herausgefunden. Das Gedränge nahm ab, bis das Schlachtfeld hinter uns lag und ein aufragender Felsen Kyknos, den Sohn des Poseidon, zum Stehen brachte. Sein Speer beschrieb einen Kreis, er wandte sich zu mir um. Auch ich hielt inne, um seinen Wurf zu erwarten, doch er zog es vor, seinen Speer als Lanze zu benutzen. Sehr schlau, denn ich hatte sowohl Axt als auch Schwert. Als er die Spitze vorstieß, sprang ich zur Seite. Wieder und wieder zielte sie auf meine Brust, aber ich war jung und behände genug, um ihr auszuweichen. Schließlich bekam ich meine Chance, ergriff sie und zerbrach seinen Speer. Jetzt besaß er nur noch den Dolch. Weit entfernt davon aufzugeben, tastete er danach.

Noch nie hatte ich jemandem so den Tod gewünscht wie diesem Trojaner – doch er sollte nicht durch die Axt oder das Schwert sterben. Ich ließ die Axt fallen und zog das schwere Wehrgehänge, das mein Schwert hielt, über den Kopf. Mein Dolch folgte. Endlich wich das Grinsen aus seinem Gesicht, zollte er mir den Respekt, der mir gebührte. Aber er war *immer noch* in der Lage zu sprechen!

»Wie war Euer Name, Tolpatsch? Achilles?«

Schmerz überwältigte mich; ich war unfähig zu antworten. Er stand seinem Gott nicht nahe genug, um zu begreifen, dass ein Zweikampf königlicher Gegnern nicht nur eine heilige, sondern auch eine schweigende Angelegenheit war.

Ich sprang ihn an und warf ihn zu Boden, bevor er seinen Dolch gezogen hatte. Er rappelte sich auf und wich zurück, bis seine Hacken an die Ausläufer des Felsens stießen. Er stürzte und lag ausgestreckt auf dem sanft ansteigenden Gestein. Ideal. Ich nahm sein Kinn in eine Hand und benutzte die andere als Hammer, und so schlug ich sein Gesicht zu Brei und brach jeden Knochen darin, ohne darauf zu achten, wie viel Schaden ich mir selbst zufügte. Sein Helm war verrutscht; ich ergriff die langen, herunterhängenden Riemen, band sie unter seinem Kinn, wand sie um sein Genick und zog, ein Knie in seinen Bauch gerammt, so lange an ihnen, bis sein zermalmtes Gesicht schwarz anlief und seine entsetzten Augen als glotzende Bälle hervortraten.

Er musste schon einige Zeit tot gewesen sein, als ich die Riemen losließ; vor mir sah ich mehr eine Kreatur als einen Menschen. Einen Augenblick lang war mir übel bei dem Gedanken, dass ich eine solch tiefe Mordlust empfunden hatte, doch dann überwand ich diese Schwäche, schwang mir Kyknos auf die Schulter, wobei ich seinen Schild zum Schutz über meinen hing, und trat den Rückweg durch die trojanischen Reihen an. Ich wollte meinen Myrmidonen und den übrigen Griechen zeigen, dass ich weder meinen Gegner noch den Kampf verloren hatte.

Eine kleine, von Patroklos geführte Mannschaft empfing mich

am Rande des Schlachtfelds, unbehelligt erreichten wir unsere Truppen. Doch auf halbem Weg blieb ich stehen, um Kyknos seinen eigenen Leuten vor die Füße zu werfen.

»Mein Name«, schrie ich, »ist Achilles!«

Die Trojaner flohen entsetzt. Der Mann, den sie für unsterblich gehalten hatten, war ein genauso gewöhnlicher Mensch wie sie selbst.

Dann folgte das Ritual, das am Ende eines tödlichen Zweikampfs zwischen Angehörigen von Königshäusern steht: Ich zog ihm seine Rüstung als meine Trophäe aus und ließ seinen Leichnam in die Abfallgrube von Sigios werfen, wo sich die Hunde der Stadt darüber hermachen würden. Zuvor hackte ich ihm noch den Kopf ab und steckte ihn auf einen Speer: Es war ein grausiger Anblick! Ich übergab ihn Patroklos, der ihn wie ein Banner in den Kies des Ufers pflanzte.

Der Widerstand der Trojaner brach plötzlich zusammen. Da sie die Fluchtwege kannten, ließen sie uns weit hinter sich, und ihr Rückzug verlief einigermaßen geordnet. Das Schlachtfeld und Sigios waren in unserer Hand.

Agamemnon ließ die Verfolgung einstellen, ein Befehl, den ich nur ungern befolgte, bis Odysseus mich am Arm packte, als ich an ihm vorbeilaufen wollte, und mich herumriss. Er war stark! Viel stärker als er aussah.

»Lasst es gut sein, Achilles«, sagte er. »Die Tore werden geschlossen sein – schont Eure Kräfte und Eure Männer für den Fall, dass es die Trojaner morgen noch einmal versuchen. Es ist noch eine ganze Menge vor Einbruch der Dunkelheit zu tun.«

Da mir der Sinn seiner Worte einleuchtete, ging ich mit ihm zusammen zurück zum Ufer. Patroklos war wie immer an meiner Seite, dann folgten die Myrmidonen, die ein Siegeslied anstimmten. Den Häusern schenkten wir keine Beachtung; falls Frauen darin waren, ließen wir sie unbehelligt. Als wir den Rand des Ufers erreichten, blieben wir erschrocken stehen. Überall lagen hingestreckt Männer; man hörte Schreie, Ächzen, Stöhnen und Hilferufe. Einige der Körper bewegten sich, andere lagen still da: Ihre

Schatten waren bereits ins Reich der Finsternis, in den Hades eingegangen.

Odysseus und Agamemnon standen nebeneinander, als Männer sich auf den Schiffen verteilten und diese auseinanderzogen, wo sich Bugschnäbel in die Seiten oder ins Heck gebohrt hatten. Am Ufer wurde unterdessen aufgeräumt, unsere Soldaten kehrten zurück auf ihre Schiffe, und die äußere Reihe der Flotte legte ab. Als ich einen Blick auf die Sonne warf, sah ich, dass sie sich bereits dem Horizont zuneigte: ein Drittel des Tages blieb uns noch. Meine Knochen waren schwer wie Blei, mein Arm schleifte die Axt an ihrem Riemen über den Boden. Mir fiel nichts anderes ein, als zu Agamemnon zu gehen, der mich mit offenem Mund anstarrte. Offensichtlich hatte auch er gekämpft, denn sein Harnisch war verbogen und sein Gesicht blutverschmiert. Odysseus, den ich nun genauer betrachten konnte, bot ebenfalls einen bemerkenswerten Anblick. Unter seiner zersplitterten Brustplatte war sein Oberkörper zu sehen, doch seine Haut schien unversehrt.

»Habt Ihr Euch in Blut gebadet?«, fragte der König. «Seid Ihr verletzt?«

Ich schüttelte stumm den Kopf. Jetzt setzte die Reaktion auf den Gefühlssturm ein, der mich fortgerissen hatte, und was ich dabei über mich selbst erfahren musste, drohte die Töchter der Kore für immer in meinem Kopf zu versammeln. Konnte ich mit einer solchen Bürde leben, ohne verrückt zu werden? Dann dachte ich an Iphigenie und begriff, dass ein Teil meiner Strafe darin bestand, mit der Verantwortung für mein Handeln weiterzuleben.

»Ihr wart das also mit der Axt!«, fuhr Agamemnon fort. »Ich dachte, es wäre Ajax. Aber Ihr habt Euch unseren Dank verdient. Als Ihr mit der Leiche des Mannes zurückkehrtet, der Iolaos getötet hatte, verließ die Trojaner der Mut.«

»Ich bezweifle, dass es an mir gelegen hat«, erwiderte ich. »Die Trojaner hatten so schon genug, und von uns kamen immer neue Soldaten an Land. Der Zweikampf mit Kyknos war eine persönliche Angelegenheit. Er hatte sich über meine Ehre lustig gemacht.«

Odysseus ergriff wieder meinen Arm, aber diesmal sachter. »Euer Schiff liegt dort drüben. Geht an Bord, bevor es lossegelt.«

»Wohin?«, fragte ich verblüfft.

»Ich weiß es nicht, aber hier können wir nicht bleiben. Sollen sich die Trojaner um die Leichen kümmern. Telephos meint, in einer Bucht auf der anderen Seite des Hellespont gibt es einen schönen Strand. Wir sollten ihn uns ansehen.«

Am Ende segelten die meisten Könige an Deck von Agamemnons Schiff nach Norden die Küste entlang, bis wir die Mündung des Hellespont erreichten. Wir waren die ersten Griechen, die seit einer Generation in diesen Wassern kreuzten, und unbekümmert fuhren wir dahin. Nur ein oder zwei Meilen weiter wurden die Hügel, die bis ans Meer reichten, von einem Strand abgelöst, der länger und weitaus breiter als der von Sigios war. Er zog sich mindestens eine Meile hin. An seinen beiden Enden mündeten Flüsse in die See, deren Sandbänke eine fast völlig geschlossene Lagune bildeten. Den einzigen Zugang zu ihr stellte eine schmale Durchfahrt in der Mitte dar; das Wasser darin war spiegelglatt. Auf den äußeren Sandbänken erhoben sich Hügelketten, und neben dem größeren der beiden Flüsse, der ziemlich schmutzig war, stand eine Festung. Sie war aufgegeben worden, ihre Truppen zweifellos nach Troja geflohen. Niemand kam heraus, um zu sehen, wie Agamemnons Flaggschiff hereinsegelte, und das kleine Kriegsschiff, mit dem sonst der Wegezoll eingefordert wurde, blieb am Strand liegen.

Als wir uns an der Reling versammelten, wandte sich Agamemnon an Nestor. »Reicht das für uns?«, fragte er.

»Für mein ungeübtes Auge sieht das großartig aus, aber fragt lieber Phoinix.«

»Es ist ein guter Platz, Majestät«, warf ich bescheiden ein. »Wenn sie versuchen, uns hier anzugreifen, haben sie eine schwere Aufgabe vor sich. Die Flüsse verhindern, uns von der Seite zu attackieren, aber wer davor liegt, hat nichts zu lachen.«

»Wer zieht also freiwillig mit seinen Schiffen zu den Flüssen?«, fragte Agamemnon, um dann ein wenig beschämt hinzuzufügen: »Meins wird in der Mitte des Strands liegen – wegen des leichteren Zugangs.«

»Ich nehme den größeren Fluss«, sagte ich rasch, »und umgebe mein Lager mit einem Palisadenzaun, für den Fall, dass ein Angriff erfolgt – eine Verteidigung innerhalb der Verteidigung.«

Agamemnon hob die Brauen. »Das klingt so, als ob Ihr davon ausgeht, dass wir längere Zeit hier verbringen werden, Sohn des Peleus.«

Ich blickte ihm in die Augen. »Das werden wir, Majestät. Stellt Euch darauf ein.«

Doch das hatte er nicht vor. Er fing an, Befehle zu geben, wer mit seinen Schiffen wohin fahren sollte, und betonte dabei immer wieder, das ganze Manöver sei nur vorübergehend.

Das Flaggschiff blieb in der Mitte der Lagune liegen, während ein Schiffen nach dem anderen langsam hereingerudert wurde. Bei Einbruch der Dunkelheit hatte noch nicht ein Drittel der Flotte festgemacht. Sowohl meine Schiffe als auch die von Ajax, dem Kleinen Ajax, Odysseus und Diomedes trieben noch immer auf dem offenen Hellespont. Wir würden die Letzten sein. Glücklicherweise hielt das Wetter, und die See blieb unbewegt.

Als die Sonne im Meer versank, nahm ich den Platz zum ersten Mal genauer in Augenschein und war zufrieden. Mit einem gut befestigten Verteidigungswall hinter den Schiffsreihen würde unser Lager fast so uneinnehmbar sein wie die Stadt Troja, die im Osten wie ein Berg emporragte und uns hier näher war als in Sigios. Wir brauchten diesen Verteidigungswall. Agamemnon irrte sich, Troja würde nicht an einem Tag fallen, denn es war auch nicht an einem Tag errichtet worden.

Als alle Schiffe eingelaufen waren und geordnet am Strand lagen, die Keile unter ihre Rümpfe geschlagen und die Masten umgelegt, beerdigten wir König Iolaos von Phylake. Seine Leiche wurde von seinem Flaggschiff geholt. Dann legte man ihn auf eine Bahre, die auf einem Grashügel stand. Anschließend defilierten Männer der griechischen Staaten an ihm vorbei, während Priester sangen und Könige die Trankopfer ausschütteten. Als Bezwinger seines Bezwingers hatte ich die Pflicht, die Totenrede zu halten. Ich berichtete der schweigenden Zuhörerschaft, wie gefasst er sein Schicksal hingenommen, wie tapfer er bis zum Schluss gekämpft hatte und dass ein Sohn Poseidons ihn getötet habe. Dann schlug ich vor, seinen Mut durch etwas Dauerhafteres als einen Nachruf zu würdigen, und bat Agamemnon, ihn in Protesilaos umzubenennen, »den Ersten des Volkes«.

Dem wurde feierlich zugestimmt, und fortan hieß er bei den Phylakern Protesilaos. Die Priester passten ihm die Totenmaske aus gehämmertem Gold an, ehe sie das Leichentuch entfernten und er noch einmal in seinem funkelnden Totenkleid aus gesponnenem Gold zu sehen war. Danach brachten wir ihn auf einen Kahn und ruderten ihn über den größeren Fluss zu seinem Grab auf der Landzunge, das die Steinmetze eilig in den Berg gehauen hatten. Die Totenbahre wurde hineingeschoben, das Grab geschlossen, und die Steinmetze begannen, Erde über den mit Steinen gefüllten Eingang zu schütten. Nach ein paar Monaten würde selbst das schärfste Auge nicht mehr erkennen können, wo König Protesilaos beigesetzt worden war.

Er hatte die Prophezeiung erfüllt und sein Volk stolz gemacht.

KAPITEL 14

ERZÄHLT VON ODYSSEUS

Über elfhundert Schiffe an den Strand zu bringen, erforderte meine ganze Energie in den Tagen nach der ersten Schlacht auf trojanischem Boden. Die Zahl hatte sich ein wenig verringert, denn einige der ärmeren von Helenas Freiern besaßen nicht so stabil gebaute Schiffe wie etwa Agamemnon. Ein paar Dutzend von ihnen waren bei dem wilden Ansturm auf das Ufer von Sigios leckgeschlagen und untergegangen, aber wir hatten keines unserer Versorgungsschiffe verloren und keines mit den Pferden für unsere Kampfwagen an Bord.

Zu meiner Überraschung wagten sich die Trojaner nicht in die Nähe unseres schnell errichteten Lagers, was Agamemnon als sicheres Zeichen dafür nahm, dass ihr Widerstand gebrochen war. Und so nutzte er die Gelegenheit, einen Rat abzuhalten. Beflügelt von seinem Sieg bei Sigios ließ er sich nicht davon abhalten, Dinge zu verkünden, die meiner Meinung nach wenig Bestand haben würden. Ich mischte mich nicht ein, fragte mich allerdings, ob es außer mir wohl noch jemanden gab, der seine Zuversicht in Zweifel zog. Wie es Sitte war, hörte man ihm schweigend zu, doch kaum hatte er Nestor den Debattierstab übergeben (Kalchas war aus einem Grund, den ich nicht kannte, abwesend), erhob sich Achilles und verlangte ihn.

Ja, natürlich musste es Achilles sein. Ich gab mir keine Mühe, mein Lächeln zu verbergen. Der Löwenkönig hatte den Mund vor dem Burschen aus Iolkos reichlich voll genommen, und aus seinen zusammengezogenen Brauen schloss ich, dass er unter Verdauungsstörungen litt. Hatte jemals ein so kühnes und mutiges Unternehmen wie das unsere so schlecht begonnen? Stürme und Menschenopfer, Eifersüchteleien und Habgier, und kein Vertrauen zwischen denen, die am Ende vielleicht doch aufeinander angewiesen waren. Und *was* hatte Agamemnon dazu bewogen, seinen Vetter Aigisthos nach Mykene zu schicken, um ein Auge auf Klytämnestra zu haben? Eine Aktion, die ich genauso töricht fand wie Menelaos' Reise nach Kreta, während Paris in seinem Haus weilte. Aigisthos hatte einen rechtmäßigen Anspruch auf den Thron! Vielleicht lag die Schwierigkeit darin, dass die Söhne von Atreus sich nicht mehr daran erinnerten, was dieser den Söhnen von Thyestes angetan hatte. Er hatte sie gekocht und sie ihrem Vater bei einem Bankett aufgetischt. Der viel jüngere Aigisthos war dem Schicksal seiner älteren Brüder entronnen. Nun, das war nicht mein Problem. Aber die breiter werdende Kluft zwischen Agamemnon und Achilles war es schon.

Wäre Achilles nur von so schlichter Natur wie sein Vetter Ajax gewesen, hätte sich diese Kluft erst gar nicht aufgetan. Aber Achilles war ein Mann mit Verstand, der sich obendrein noch auf dem Schlachtfeld auszeichnete. Das Lächeln verschwand aus meinem Gesicht, als mir klar wurde, dass ich vermutlich die Welt erobert hätte, wenn ich mit der Statur und den Möglichkeiten dieses jungen Mannes geboren worden wäre und dazu einen klaren Kopf behalten hätte. Meine Lebenslinie war stärker als seine; gut möglich, dass ich zusehen würde, wenn das lippenlose Antlitz von Achilles mit einer Goldmaske bedeckt wurde. Aber dafür umgab ihn eine Aura des Ruhms, die ich nie besitzen würde. Ich empfand so etwas wie Verlust, als ich begriff, dass Achilles einen Schlüssel zum Sinn des Lebens besaß, den mir das Schicksal für immer vorenthalten würde. War es von Vorteil, so unvoreingenommen, so kühl zu sein? Oh, nur einmal zu brennen, so wie Diomedes sich danach sehnte, nur einmal zu Eis zu erstarren!

»Ich bezweifle, Majestät«, sagte der Sohn des Peleus gemessen, »dass wir Troja einnehmen können, wenn die Trojaner nicht herauskommen, um zu kämpfen. Meine Weitsicht ist besser als die der meisten, und ich habe mir diese Mauern, die Ihr für nicht so unüberwindbar haltet, genau angesehen. Ich kann Euch nicht zustimmen. Ich glaube, wir unterschätzen sie. Der einzige Weg, Troja zu zerstören, besteht darin, die Trojaner aus der Stadt zu holen und sie im offenen Kampf zu besiegen. Und auch das ist nicht einfach. Wir müssten sie umzingeln, ihnen den Rückweg in die Stadt abschneiden, damit sie am nächsten Tag nicht weiterkämpfen können. Glaubt Ihr nicht, dass es klug wäre, dies bei unseren Beratungen zu bedenken? Fällt uns nicht irgendeine List ein, mit der wir die Trojaner herauslocken könnten?«

Ich lachte. »Achilles, wenn Ihr hinter Mauern säßet, die so dick und hoch sind wie die von Troja, würdet Ihr hinausmarschieren, um draußen zu kämpfen? Ihre beste Gelegenheit hatten sie in Sigios bei unserer Landung. Nicht einmal dort konnten sie uns schlagen. Wenn ich Priamos wäre, würde ich meine Truppen oben auf der Mauer lassen und sie auffordern, uns eine Nase zu zeigen.«

Er fühlte sich nicht im Geringsten beleidigt. »Es war nicht mehr als eine schwache Hoffnung, Odysseus. Aber ich kann mir nicht vorstellen, wie wir diese Mauern stürmen oder diese Tore einrennen sollten. Ihr etwa?«

Ich zog ein Gesicht. »Oh, ich schweige lieber. Ich habe mich dazu schon geäußert. Wenn ich Gehör finde, werde ich es gern wieder tun. Vorher nicht.«

»*Meine* Ohren sind bereit, Euch anzuhören«, erwiderte er rasch.

»Eure Ohren sind nicht prominent genug, Achilles.«

Nicht einmal dieser kleine Scherz kam bei Agamemnon gut an. Er beugte sich vor. »Troja *kann* uns *nicht* widerstehen!«, brüllte er.

»Dann, Majestät«, fuhr Achilles hartnäckig fort, »können wir wohl, wenn sich morgen die trojanische Armee nicht zeigt, zu den Mauern fahren, um sie zu inspizieren?«

»Natürlich«, erwiderte der König steif.

Als die Versammlung beendet war, ohne mehr beschlossen zu haben, als die Mauern zu besichtigen, nickte ich Diomedes zu. Kurz danach kam er in mein Zelt. Aber erst nachdem der Wein eingeschenkt war und die Dienerschaft meine Unterkunft verlassen hatte, gab er seiner Neugier nach. Diomedes übte, nicht zu brennen.

»Was gibt es?«, fragte er eifrig.

»Muss es was geben? Ich genieße deine Gesellschaft.«

«Ich frage nicht nach unserer *Freundschaft.* Ich frage, warum du so ein Gesicht gemacht hast, als du mir zunicktest. Was geht vor, Odysseus?«

»Ah! Du hast schnell gelernt, meine kleinen Eigenheiten zu durchschauen.«

»Mein Denkvermögen hat vielleicht im Krieg gelitten, aber ich kann immer noch erkennen, wann etwas nicht stimmt.«

»Dann ist das hier eine private Beratung, Diomedes. Von uns allen kennst du dich am besten mit Kriegen aus, und von uns allen solltest du am besten wissen, wie man eine befestigte Stadt einnimmt. Du hast Theben erobert und aus den Schädeln deiner Feinde ein Heiligtum erbaut – bei allen Göttern, was für eine Leidenschaft gehört dazu, um so etwas zu tun!«

»Troja ist nicht Theben«, entgegnete er nüchtern. »Theben ist griechisch, ein Teil unserer vereinten Staaten. Hier geht es um einen Krieg mit Kleinasien. Warum will Agamemnon das nicht begreifen? Es gibt nur zwei Mächte, die in der Ägäis eine Rolle spielen: Griechenland und der Staatenbund Kleinasiens, der Troja *einschließt.* Babylon und Ninive machen sich keine großen Sorgen über das, was in der Ägäis geschieht, und Ägypten ist so weit entfernt, dass Ramses sich überhaupt nicht dafür interessiert.« Verlegen hielt er inne. »Aber wer bin ich, dass ich dir Vorträge halte.«

»Schätze dich nicht zu gering ein. Das war eine ausgezeichnete Zusammenfassung. Ich wünschte, bei der Ratsversammlung heute wären ein paar mehr nur halb so realistisch gewesen.«

Er nahm einen großen Schluck, um seine Verlegenheit hinunterzuspülen. »Ja, ich habe Theben erobert, aber erst nach einem grausamen Gemetzel vor seinen Mauern. Ich habe die Stadt über die Leichen ihrer Männer betreten. Daran hat Achilles vermutlich gedacht, als er davon sprach, man müsse die Trojaner erst ins Freie locken. Aber Troja? Eine Hand voll Frauen und Kinder kann uns für immer vor diesen Toren in Schach halten.«

»Hungere sie aus«, sagte ich.

Das brachte ihn zum Lachen. »Odysseus, du bist unverbesserlich! Du weißt genau, dass die Gesetze des gastfreundlichen Zeus das verbieten. Könntest du den Furien gegenübertreten, wenn du eine Stadt durch Aushungern zur Aufgabe gezwungen hättest?«

»Ich fürchte mich nicht vor den Töchtern der Kore. Ich habe ihnen vor Jahren schon in die Augen gesehen.«

War das ein weiterer Beweis meiner Gottlosigkeit?, fragte er sich wohl. Aber er fragte nicht *mich*. Statt dessen erkundigte er sich: »Und zu welchem Schluss bist du nun gekommen?«

»Bislang nur zu einem: dass dieser Feldzug sehr lange dauern wird – Jahre. Unter diesem Gesichtspunkt werde ich meine Angelegenheiten regeln. Mein Hausorakel hat verkündet, dass ich zwanzig Jahre meine Heimat nicht sehen werde.«

»Wie kannst du so selbstverständlich an ein Hausorakel glauben und zugleich für Aushungern sein?«

»Das Hausorakel«, erwiderte ich geduldig, »gehört der Großen Mutter, der Erde. Sie ist uns in allen Dingen sehr nah. Sie wirft uns in diese Welt und ruft uns zurück an ihre Brust, wenn unser Weg vollendet ist. Aber der Krieg ist eine Domäne der Männer. Es sollte ausschließlich ihnen überlassen bleiben, wie sie ihn führen wollen. Jedes elende Gesetz, das ihn regeln will, scheint mir die andere Seite zu schützen. Eines Tages wird ein Mann einen Krieg so unbedingt gewinnen wollen, dass er diese Gesetze bricht – und danach wird alles anders sein. Hungere eine Stadt bis zu ihrer Aufgabe aus, und es wird einen Umbruch durch Hunger geben. Ich möchte dieser erste Mann sein! Nein, Diomedes, ich bin *nicht* gottlos! Ich bin nur Einschränkungen leid. Zweifellos wird die Welt von Achilles reden, bis Kronos die Große Mutter wieder heiratet und die Tage der Menschheit zu Ende sind. Aber ist es überheblich, wenn ich will, dass die Welt von Odysseus redet? Ich verfüge nicht über die Vorzüge von Achilles: Ich besitze weder seine Statur, noch bin ich der Sohn eines Oberkönigs – ich muss mit dem auskommen, was mir mitgegeben wurde: Schlauheit, Gerissenheit, Umsichtigkeit. Auch keine schlechten Voraussetzungen.«

Diomedes reckte sich. »Nein, wirklich nicht. Was nimmst du dir also für diesen langen Feldzug vor?«

»Damit fange ich morgen an, wenn wir von der Inspektion der trojanischen Mauern zurückkehren. Ich habe vor, aus den Reihen dieser viel zu großen Armee meine eigene kleine auszuwählen.«

»Deine eigene Armee?«

»Ja, meine ganz eigene. Aber nicht die übliche und auch nicht die übliche Art von Truppen. Ich werde mir die größten Draufgänger, Unruhestifter und Nörgler greifen.«

Verblüfft starrte er mich an. »Du scherzt! Unruhestifter? Nörgler? Draufgänger? Was für eine Truppe soll das werden?«

»Diomedes, lass uns einen Augenblick vergessen, ob mein Hausorakel mit seiner Prophezeiung von den zwanzig Jahren recht hat oder Kalchas mit seinen zehn. Es ist auf jeden Fall eine lange Zeit.« Ich stellte meinen Weinkelch ab und richtete mich auf. »In einem kurzen Feldzug kann ein guter Offizier seine Unruhestifter beschäftigt halten und seine Draufgänger so im Auge behalten, dass sie bei den übrigen Männern kein Unheil anrichten, und seine Nörgler kann er von denen fern halten, die vielleicht auf sie hören. Aber bei einem langen Waffengang gibt es unweigerlich Ärger. Wir werden im Verlauf von zehn oder zwanzig Jahren nicht jeden Tag Schlachten führen – nicht einmal jeden Monat. Es wird endlose Wochen des Müßiggangs geben, vor allem im Winter. Und in diesen Zeiten wird soviel Unfug geredet, dass aus der allgemeinen Unzufriedenheit ein großes Heulen wird.«

Diomedes sah amüsiert drein. »Was ist mit den Feiglingen?«

»Oh, ich muss den Offizieren genug unqualifizierte Männer zum Ausheben der Abfallgruben übrig lassen!«

Da musste er lachen. »Also schön, dann hast du deine kleine Armee zusammen. Was machst du mit ihr?«

»Sie die ganze Zeit beschäftigen. Ihren Mitgliedern etwas zu tun geben, was ihren Talenten entspricht. Die Art von Leuten, die ich meine, ist nicht zimperlich. Sie suchen Streit. Störenfriede sind dazu da, Unfrieden zu stiften. Draufgänger sind unglücklich, wenn sie nicht sich oder andere in Gefahr bringen können. Und Nörgler würden sich noch bei Zeus über die Qualität von Nektar und Ambrosia auf dem Olymp beschweren. Morgen suche ich jeden einzelnen kommandierenden Offizier auf und bitte ihn um drei seiner verhasstesten Männer, Feiglinge ausgenommen. Natürlich werden sie alle froh sein, sie loszuwerden. Wenn ich sie beisammen habe, lasse ich sie arbeiten.«

Obwohl er wusste, dass ich ihn aufzog, konnte Diomedes diesem Köder nicht widerstehen. »*Was für* Arbeit?«, fragte er.

Ich fuhr fort, ihn zu necken. »Nicht weit von meinen Schiffen entfernt gibt es am Rand des Strands eine natürliche Senke. Niemand kann sie einsehen, aber sie befindet sich noch so nahe am Lager, dass sie innerhalb der Mauer liegt, die Agamemnon errichten will, um unsere Schiffe und Männer vor Angriffen der Trojaner zu schützen. Es ist eine ziemlich tiefe Senke, groß genug, um darin bequeme Unterkünfte für dreihundert Mann zu errichten. Meine Armee wird in dieser Senke leben, und dort, in völliger Abgeschiedenheit, werde ich sie auf ihre Arbeit vorbereiten.«

»*Welche* Arbeit?«

»Ich werde eine Kundschaftertruppe aufstellen.«

Diese Antwort hatte er nicht erwartet. Verwirrt starrte er mich an. »Eine Kundschaftertruppe? Was soll denn das heißen? Was können Späher hier schon ausrichten?«

»Eine ganze Menge«, erwiderte ich und begann, mich für das Thema zu erwärmen. »Denk doch mal nach, Diomedes! Zehn Jahre sind eine lange Zeit im Leben eines Mannes. Unter meinen dreihundert Leuten werden einige sein, die sich auch in einem Palast bewegen können, und genau das werden sie tun. Innerhalb des nächsten Jahres werde ich ein paar von ihnen in der Zitadelle von Troja einschleusen, andere in die Mittel- und Unterschicht der Stadt, bei Sklaven, Händlern und Kaufleuten. Ich will über jede Bewegung Priamos' unterrichtet werden.«

»Beim Donner!«, sagte Diomedes langsam. Dann sah er mich skeptisch an. »Sie werden auf der Stelle entlarvt werden.«

»Wieso? Sie gehen ja nicht blauäugig nach Troja. Du hast anscheinend nicht begriffen, dass meine dreihundert Mann überaus intelligent sind – alle guten Unruhestifter, Draufgänger und Nörgler sind gescheite Burschen. Ein Dummkopf ist keine Gefahr für den Gegner. Ich bin schon einmal in Troja gewesen, und damals habe ich trojanisches Griechisch gelernt: Aussprache, Grammatik, Vokabeln. Ich bin sehr gut in Sprachen.«

»Ich weiß«, sagte Diomedes und grinste breit.

»Außerdem habe ich eine ganze Menge Dinge entdeckt, die ich unserem lieben Freund Agamemnon nicht mitgeteilt habe. Bevor *einer* meiner Späher seinen Fuß in die Stadt setzt, weiß er alles, was er wissen muss. Diejenigen, die kein Talent für Sprachen haben, werden vorgeben, dass sie entwichene Sklaven aus unserem Lager sind. So brauchen sie ihr Griechentum nicht zu verbergen und sind für uns besonders wertvoll. Andere, die ein wenig sprachbegabter sind, werden sich als Lykier oder Karer ausgeben. Und das«, sagte ich fröhlich und verschränkte die Arme hinter dem Kopf, »ist erst der Anfang!«

Doimedes holte tief Luft. »Ich danke den Göttern, dass du auf unserer Seite bist, Odysseus. Ich hätte dich wirklich ungern zum Feind.«

Ganz Troja stand auf den Mauern, um zu sehen, wie der König von Mykene unten seinen königlichen Tross anführte. Ich bemerkte, wie die Röte auf Agamemnons Wangen zunahm, als er das Gejohle und Gebrüll hörte, das der nimmermüde trojanische Wind zu uns herübertrug, und ich war überaus froh darüber, dass er die Armee nicht mitgenommen hatte.

Mein Nacken schmerzte vom ständigen Hinaufschauen, aber als wir zum Westlichen Vorhang kamen, nahm ich ihn sehr genau in Augenschein, denn während meines Besuchs in Troja hatte ich ihn nicht von außen gesehen. Es war die einzige Stelle, die eine Möglichkeit bot, die Festung anzugreifen, obwohl Agamemnon selbst diese Idee verwarf, nachdem er gesehen hatte, wie kurz sie war. Vierzigtausend Verteidiger würden kochendes Öl, heiße Felsbrocken, Kohle und Exkremente über uns schütten.

Als er die Rückkehr zum Lager anordnete, machte Agamemnon ein langes Gesicht.

Er berief keinen Rat ein, und die nächsten Tage vergingen, ohne dass etwas geschah oder beschlossen wurde. Ich ließ ihn in seinem

Saft schmoren, denn ich hatte Besseres zu tun, als mich mit ihm zu streiten. Ich fing an, die Männer für meine Spähertruppe zusammenzusuchen.

Die kommandierenden Offiziere hatten nichts dagegen; sie waren nur zu froh, ihr schlimmstes Problem loszuwerden. Inzwischen hatten sich schon Maurer und Zimmerleute in der Senke an die Arbeit gemacht, um dreißig massive Steinhäuser und ein größeres Gebäude für den Unterricht, das Essen und die Freizeit zu errichten. Als meine Rekruten eintrafen, wurden sie ebenfalls zur Arbeit eingesetzt. Eine Wache aus ithakischen Soldaten, die um den Rand der Senke postiert war, schirmte sie nach außen hin ab. Die kommandierenden Offiziere gingen davon aus, dass ich ein Straflager einrichtete, in dem ich die Missetäter einsperren wollte.

Im Herbst war alles fertig. Ich versammelte meine Männer in der großen Halle des Hauptgebäudes, um sie zu begrüßen. Dreihundert Augenpaare folgten mir auf meinem Weg zum Podium: vorsichtig oder neugierig, misstrauisch oder besorgt. Sie waren inzwischen lange genug in der Senke, um die furchtbare Entdeckung gemacht zu haben, dass hier alle gleich waren.

Ich saß auf einem Königsstuhl mit geschnitzten Klauenfüßen, Diomedes zu meiner Rechten. Als Ruhe eintrat, legte ich die Hände auf die Lehnen und streckte in der Pose eines Königs einen Fuß aus.

»Ihr fragt euch, weshalb ich euch hierher gebracht habe und was euch hier erwartet. Bis jetzt gab es nur Mutmaßungen. Doch jetzt werdet ihr es erfahren. Zunächst einmal, jeder von euch hat gewisse Charakterzüge, die einem Offizier verhasst sind. Keiner von euch in diesem Raum ist ein guter Soldat, sei es, weil er das Leben anderer gefährdet oder mit seinem Unfug oder Gemecker allen auf die Nerven geht. Ich möchte nicht, dass ihr euch darüber täuscht, weshalb ihr ausgewählt worden seid. Ich habe euch ausgewählt, weil ihr überall höchst unbeliebt seid.«

Ich hielt inne und wartete, ohne mich um die verblüfften Gesichter, den Zorn und die Empörung der Männer zu kümmern. Einige der Mienen blieben allerdings auch völlig unbeteiligt, und die merkte ich mir; das waren die Burschen, die über besondere Fähigkeiten und Intelligenz verfügten.

Alles war vorbereitet. Meine ithakische Wache hatte das Gebäude umstellt; auf ihren Kommandeur Hakios konnte ich mich verlassen. Er hatte Befehl, jeden zu töten, der vor mir aus der Tür kam. Keiner, der meine Bedingungen nicht akzeptierte, durfte in die Reihen der Armee zurückkehren. Er musste sterben.

»Seid ihr euch der Schwere dieser Beleidigung bewusst?«, fragte ich. »Ich bestehe darauf, dass ihr es seid. Genau die Eigenschaften, die anständige Menschen verabscheuen, werde ich zu eurem Vorteil nutzen. Es wird Belohnungen für eure Dienste geben – ihr werdet in Quartieren wohnen, die wie für Prinzen ausgestattet sind, ihr werdet nicht mit euren Händen arbeiten müssen, und die ersten Frauen, die der Oberkönig aus der Kriegsbeute freigibt, gehören euch. Zwischen euren einzelnen Aufträgen werdet ihr angemessene Ruhepausen erhalten. Kurz, ihr werdet eine Elitetruppe unter meinem alleinigen Kommando sein und fortan weder Befehle von euren jeweiligen Königen entgegennehmen noch vom König von Mykene. Ihr untersteht ausschließlich mir, Odysseus von Ithaka.«

Danach teilte ich ihnen mit, dass die Aufgaben, die sie erwarteten, sehr gefährlich und ungewöhnlich sein würden. Ich beendete diesen Teil meiner Rede mit folgender Ankündigung: »Eines Tages werden Leute eures Schlages berühmt sein. Von der Arbeit, die ihr erledigen werdet, wird es abhängen, ob Kriege gewonnen oder verloren werden. Jeder von euch ist für mich tausend einfache Soldaten wert, also solltet ihr euch darüber im Klaren sein, dass es etwas Besonderes ist, dafür ausgewählt worden zu sein. Aber bevor ich fortfahre, gebe ich euch die Möglichkeit, die Angelegenheit unter euch zu diskutieren.«

Eine kurze Weile herrschte Stille; sie waren zu verblüfft, um gleich miteinander zu reden. Als die Gespräche dann begannen, sah ich mir ihre Gesichter genau an. Es gab ungefähr ein Dutzend, die beschlossen hatten, nicht auf meinen Vorschlag einzugehen. Einer erhob sich und ging, ein paar andere folgten ihm, und hinter der offenen Tür lauerte Hakios. Acht weitere folgten. Und Hakios folgte wiederum seinen Instruktionen. Wenn sie nicht zu ihren Kompanien zurückkehrten, ging man davon aus, dass sie hier waren. Wenn sie nicht hier waren, glaubte man, dass sie zu ihren

Einheiten zurückgekehrt waren. Nur Hakios und seine Männer wussten die Wahrheit, und auf die konnte ich mich verlassen. Sie waren Ithaker, und sie kannten ihren König.

Zwei Männer interessierten mich besonders. Der eine war ein Vetter von Diomedes und der schlimmste Stachel im Fleisch eines Vorgesetzten, den ich während meiner Rekrutierung getroffen hatte. Er hieß Thersites. Neben seinen Fähigkeiten gab es noch etwas, was meine Aufmerksamkeit erregt hatte: Man munkelte, dass Diomedes' Tante ihn von Sisyphos empfangen habe. Dasselbe wurde von mir erzählt, dass Sisyphos und nicht Laertes mein Vater sei. Dieser vermeintliche Makel meiner Geburt bereitete mir nicht einen Augenblick Pein; das Blut eines vortrefflichen Außenseiters konnte einem Mann vermutlich nützlicher sein als das eines Königs wie Laertes.

Den anderen Mann kannte ich sehr gut, und er war der einzige unter den dreihundert, der genau wusste, weshalb er hier war. Es war mein Vetter Sinon, der sich mir angeschlossen hatte. Ein überaus nützlicher Bursche, der sich auf seine neue Aufgabe freute.

Beide, Thersites wie Sinon, saßen ohne sich zu bewegen da, die dunklen Augen unverwandt auf mich geheftet, und nur gelegentlich drehten sie den Kopf, um die anderen Männer einzuschätzen.

Plötzlich räusperte Thersites sich. »Fahrt fort, Majestät, erzählt uns den Rest«, sagte er.

Und das tat ich. »Jetzt wisst ihr also, weshalb ich euch für die wertvollsten Männer in der Armee halte«, beendete ich meine Rede. »Ob ihr nun Informationen an mich überbringen sollt oder vor allem denen, die in Troja das Sagen haben, Ärger machen sollt – ihr spielt eine wichtige Rolle. Wir werden ein sicheres Kommunikationssystem einrichten, Verbindungen und Treffpunkte arrangieren zwischen denen von euch, die fast ständig in Troja sein werden, und jenen, die nur gelegentlich in die Stadt kommen. Obwohl eure Aufgaben äußerst gefährlich sind, werdet ihr mit allen Risiken umgehen können, wenn ihr den Befehl erhaltet, eure Arbeit aufzunehmen.« Ich grinste. »Im Übrigen werdet ihr eure Arbeit sehr interessant finden.« Dann stand ich auf. »Denkt darüber nach, bis ich zurückkehre.«

Diomedes und ich verschwanden in einem Vorraum, um uns zu unterhalten und Wein zu trinken, während auf der anderen Seite des Vorhangs die Stimmen anschwollen und verebbten.

»Ich vermute«, sagte Diomedes, »dass auch wir beide von Zeit zu Zeit in Troja sein werden.«

»Allerdings. Wenn man Männer wie die da unter Kontrolle halten will, muss man ihnen zeigen, dass man selbst größere Risiken eingeht als jene, die man von ihnen verlangt. Wir sind Könige, unsere Gesichter sind bekannt.«

»Helena«, sagte er.

»Genau.«

»Wann fangen wir mit unseren Besuchen an?«

»Heute Nacht«, erwiderte ich gelassen. »Ich habe im Nordwestteil der Mauern einen Kanal gefunden, der groß genug ist, um einen Mann durchzulassen. Seine Öffnung auf der Innenseite ist unauffälliger als die meisten anderen, und sie wird nicht bewacht. Wir kleiden uns wie arme Bürger, erkunden die Straßen, reden mit den Leuten und verschwinden morgen Nacht auf demselben Weg, den wir gekommen sind. Mach dir keine Sorgen, wir sind sicher genug.«

Er lachte. »Das bezweifle ich nicht, Odysseus.«

»Es ist Zeit, wieder zu den anderen zu gehen«, sagte ich.

Thersites war zum Sprecher der Gruppe erwählt worden; stehend erwartete er uns.

»Sprich, Vetter von König Diomedes!«, befahl ich ihm.

»Majestät, wir sind dabei. Von denen, die noch da waren, als Ihr den Raum verließet, haben sich nur zwei gegen Euer Angebot entschieden.«

»Sie spielen keine Rolle«, entgegnete ich.

Er sah mich spöttisch an; er kannte ihr Schicksal. »Das Leben, das Ihr uns beschrieben habt«, fuhr er fort, »ist viel besser als das, welches uns beim Herumlungern während einer Belagerung erwartet. Wir sind Eure Männer.«

»Darauf verlange ich von jedem von euch einen Eid.«

»Den werden wir ablegen«, erklärte er gleichmütig. Er kannte den Schwur und wusste, dass er so schrecklich war, dass selbst er ihn nicht brechen würde.

Nachdem der letzte Mann geschworen hatte, teilte ich ihnen mit, dass sie in Einheiten zu zehn Mann zusammengefasst werden sollten und einer von ihnen ihr Offizier sein würde. Den würde ich bestimmen, wenn ich sie besser kennen gelernt hätte. Zwei kannte ich schon jetzt gut genug: Ich ernannte Thersites und Sinon zu gleichberechtigten Anführern der Spähertruppe.

Troja betraten wir in der Nacht ohne Schwierigkeiten. Ich ging als erster; Diomedes folgte dichtauf. Seine Schultern passten gerade noch durch den Kanal. Drinnen schlüpften wir in eine kleine Gasse, wo wir bis zum Morgen schliefen. Dann erhoben wir uns und mischten uns unter das Volk. Auf dem großen Markt hinter dem Skäischen Tor kauften wir Honigkuchen und Gerstenbrot und zwei Becher Schafsmilch und hörten uns um. Die Leute machten sich keine Sorgen über die Griechen, die am Strand des Hellespont lagen; die allgemeine Stimmung war fröhlich. Liebevoll betrachteten sie ihre hoch emporragenden Festungsanlagen, und bei der Vorstellung des griechischen Ungeheuers, das machtlos ein paar Meilen entfernt lag, mussten sie lachen. Durchweg schienen sie der Meinung zu sein, dass Agamemnon aufgeben und davonsegeln würde. Nahrungsmittel und Geld gab es reichlich, das Dardanische und das Idaische Tor waren geöffnet, und alles nahm dort wie immer seinen gewohnten Gang. Nur das komplizierte System von Beobachtungsposten und Wachen auf den Mauern zeigte, dass die Stadt darauf vorbereitet war, auch diese beiden Tore unverzüglich zu schließen, falls Gefahr drohte.

Troja besaß, so erfuhren wir, eine ganze Reihe von Süßwasserbrunnen und zudem etliche Speicher und Vorratshäuser, in denen nichtverderbliche Lebensmittel gelagert waren.

Keiner dachte an eine Schlacht draußen vor den Toren; die Soldaten, die wir sahen, fläzten oder schäkerten herum, Waffen und Rüstung hatten sie zu Hause gelassen. Über Agamemnon und seine große Armee wurde offen gelacht.

Nach unserer Rückkehr begannen Diomedes und ich mit der Arbeit in der Spähertruppe. Wir hatten viel zu tun. Einige zeigten ebenso viel Begabung wie Begeisterung, aber es gab auch welche, die aufgaben und mit langen Gesichtern umhergingen. Ich nahm Thersites und Sinon beiseite, und wir kamen überein, dass die Untauglichen verschwinden mussten. Von den dreihundert Männern, die ich rekrutiert hatte, blieben mir schließlich zweihundertvierundfünfzig. Nicht schlecht, fand ich.

KAPITEL 15

ERZÄHLT VON DIOMEDES

Ein bemerkenswerter Mann, dieser Odysseus. Selbst wenn man ihm beim Umgang mit einem Sklaven zusah, konnte man noch etwas lernen. Am Ende eines einzigen Monats hatte er seine zweihundertvierundfünfzig Mann genau da, wo er sie haben wollte, obwohl sie noch nicht bereit für einen Einsatz waren. Ich verbrachte fast genauso viel Zeit mit ihm wie mit meinen Männern aus Argos, und was ich mir von ihm abschaute, gab mir die Möglichkeit, meine Soldaten besser zu kontrollieren und zu befehligen als vorher, und das in der Hälfte der Zeit. In meiner Abwesenheit gab es keine Anzeichen von Unzufriedenheit mehr, die Streitereien unter den Offizieren hörten auf; ich machte mit Odysseus' Methoden nur gute Erfahrungen. Natürlich kamen mir ein paar Spötteleien zu Ohren, sah ich die verstohlenen Blicke, die meine höheren Offiziere austauschten, wenn sie mich mit Odysseus sahen, und selbst die anderen Könige schienen sich Gedanken über unsere Freundschaft zu machen. Das beunruhigte mich nicht im Geringsten. Wenn es gestimmt hätte, was sie annahmen, wäre es mir auch gleichgültig gewesen, zumal damit – nach dem Motto: Jedem das Seine – keine Boshaftigkeit oder Missbilligung verbunden war. Allen Männern stand es frei, ihre sexuellen Bedürfnisse mit dem Geschlecht ihrer Wahl zu befriedigen. Üblicherweise waren es Frauen, aber bei einem längeren Feldzug in der Fremde waren sie nicht immer verfügbar. Fremde Frauen konnten niemals den Platz einer Ehefrau oder Liebsten einnehmen, einer Frau in der Heimat. Unter solchen Umständen war es besser, sich der sanfteren Liebe eines Freundes zu versichern, der mit dir in den Kampf zog und den Feind mit seinem Schwert aufhielt, während du dein eigenes wieder aufhobst.

Als der Herbst gekommen war, bat Odysseus mich, Agamemnon einen Besuch abzustatten. Ich ging, voller Neugier, was wohl im Anzug war; Odysseus hatte in letzter Zeit viel mit dem alten Nestor zusammengehockt, mir jedoch nicht erzählt, was sie dabei besprochen hatten.

Seit fünf Monaten hatten wir nichts von der trojanischen Armee gesehen, und die Stimmung im Lager war düster. Die Verpflegung hatte sich nicht als Problem erwiesen, denn die Küste nördlich von Troas und das gegenüberliegende Ufer des Hellespont lieferten reichlich Nahrung. Die Stämme, die dort lebten, warfen nur einen Blick auf unsere Plünderbanden und verzogen sich dann. Vom König der Könige war kein einziger Befehl gekommen, weder zum Rückzug noch zum Angriff, noch zu *irgend etwas* anderem.

Als ich Agamemnons Behausung betrat, war Odysseus bereits da. Er blickte unbeteiligt vor sich hin.

»Ich hätte wissen sollen, dass Ihr nicht weit seid, als Odysseus auftauchte«, bemerkte Agamemnon.

Ich lächelte, schwieg jedoch.

»Was wollt Ihr, Odysseus?«

»Eine Ratsversammlung, Majestät. Es gibt viel zu bereden.«

»Da bin ich ganz Eurer Meinung! Zum Beispiel: Was passiert in einer gewissen Senke, und warum kann ich weder Euch noch Diomedes nach Einbruch der Dunkelheit finden? Ich hatte schon gestern Abend die Absicht, einen Rat einzuberufen.«

Odysseus entzog sich dem herrscherlichen Missfallen mit der üblichen Geschmeidigkeit. Sein Lächeln erschien, jenes Lächeln, mit dem er selbst unversöhnliche Feinde gewann und noch abweisendere Männer als Agamemnon bezauberte.

»Ich werde alles erklären, Majestät – aber im Rat.«

»Gut. Bleibt hier, bis die anderen kommen. Wenn ich Euch gehen lasse, kommt Ihr womöglich nicht wieder.«

Menelaos erschien als erster, niedergeschlagen wie immer. Schüchtern nickte er uns zu und hockte sich in die dunkelste, entfernteste Ecke des Zeltes. Armer, unterdrückter Menelaos. Vielleicht fing er gerade an zu begreifen, dass Helena in den Plänen seines gebieterischen Bruders nur eine sehr untergeordnete Rolle spielte, oder es dämmerte ihm, dass er sie vielleicht nie zurückbekommen würde. Der Gedanke an sie weckte fast neun Jahre alte Erinnerungen; als welch liederliches Frauenzimmer hatte sie sich doch erwiesen! Nur auf ihre eigenen Bedürfnisse bedacht, ohne sich um die ihres Mannes zu kümmern. *So* schön! Und *so* selbstsüchtig! Oh, wie sie Menelaos auf der Nase herumgetanzt sein musste! Ich könnte ihn nie hassen; er war einfach ein zu kümmerlicher Bursche, der eher Mitleid statt Verachtung verdient hatte. Und er liebte sie mehr, als ich je eine Frau lieben könnte.

Achilles schlenderte mit Patroklos herein, und dann kam Phoinix, der ihnen folgte wie Odysseus' Hund Argos seinem Herrn, wenn der in Ithaka weilte. Er war ebenso treu wie wachsam. Sie machten ihre Verbeugungen, Achilles die seine steif und mit erkennbarem Widerwillen. Er war schon merkwürdig. Odysseus, das hatte ich festgestellt, war er ziemlich egal. Meine eigenen Gefühle ihm gegenüber waren jedoch so, dass ich mir vorgenommen hatte, ihm zu raten, entgegenkommender zu Agamemnon zu sein. Selbst wenn er die Myrmidonen anführte, sollte er seine Ablehnung nicht so deutlich zeigen. Nur zu leicht war man plötzlich in einer Schlacht von den anderen abgeschnitten – und das auf mehr als schlechte Feldherrnkunst zurückzuführen, war sehr schwer. Als ich den Blick in Patroklos' Augen sah, musste ich lächeln: Hier gab es *wirklich* eine zarte Freundschaft! Zumindest auf einer Seite. Achilles verließ sich völlig auf ihn, und im Übrigen sehnte er sich weitaus mehr nach Krieg als nach körperlichen Freuden.

Machaon kam allein und nahm schweigend Platz. Er und sein Bruder Podalieros waren die besten Ärzte Griechenlands und für unsere Armee wichtiger als ein Kavallerieregiment. Podalieros – ein Einsiedler – heilte lieber, als dass er an Kriegsräten teilnahm, aber Machaon war ein rastloser und energischer Mann, der befehlen konnte und wie zehn Myrmidonen kämpfte. Idomeneus spazierte mit Meriones im Schlepptau durch die Tür und nutzte seine Stellung als Mitbefehlshaber und König von Kreta, sich mehr vor

Agamemnon zu verneigen als das Knie zu beugen. Agamemnons Augen blitzten auf bei dieser Kränkung, und ich fragte mich, ob er wohl der Meinung war, dass Kreta sich zu sehr aufspielte, aber seinem Gesichtsausdruck war nichts zu entnehmen. Idomeneus war ein Geck, aber kräftig gebaut und ein guter Anführer. Meriones, sein Vetter und Erbe, war vermutlich der Bessere von beiden. Ich hatte immer gern mit ihm gefeiert und gekämpft. Beide besaßen die gleiche freigebige Art der Kreter.

Nestor trottete rasch zu seinem besonderen Stuhl und nickte im Vorbeigehen Agamemnon kurz zu, der das aber nicht übel nahm. Er hatte uns alle als Kleinkinder auf den Knien geschaukelt. Wenn er einen Fehler hatte, dann den, dass er dazu neigte, sich allzu ausführlich an »die alten Tage« zu erinnern und die Könige von heute für Weichlinge zu halten. Dennoch musste man ihn einfach lieben. Odysseus, vermutete ich, verehrte ihn.

Ajax erschien mit seinen Zechgenossen, seinem Halbbruder Teukros und seinem Vetter aus Lokris, dem Kleinen Ajax, dem Sohn des Oileus. Sie setzten sich schweigend an die gegenüberliegende Wand und blickten unbehaglich drein. Ich sehnte mich nach dem Tag, an dem ich Ajax auf dem Schlachtfeld sah (in Sigios war er nicht in meiner Nähe gewesen) und mit eigenen Augen beobachten konnte, wie seine mächtigen Arme die berühmte Axt schwangen.

Menestheus folgte ihnen auf den Fersen: ein guter Oberkönig in Attika und klug genug, sich nicht als ein neuer Theseus aufzuspielen. Er besaß nicht ein Zehntel des Formats von diesem – aber wer hatte das schon? Palamedes kam als Letzter. Er setzte sich zwischen mich und Odysseus. Ich stand zu sehr auf Odysseus' Seite, als dass ich mich traute, ihn zu mögen, da Odysseus ihn hasste. Warum, wusste ich nicht, doch ich hatte gehört, dass Palamedes ihn irgendwie hereingelegt hatte, als er und Agamemnon nach Ithaka gekommen waren, um ihn für den Krieg zu gewinnen. Odysseus war geduldig genug, um auf seine Rache zu warten, da war ich sicher. Es würde keine blutige sein, denn Odysseus genoss seine Rache kalt. Der Priester Kalchas tauchte nicht auf, was ich äußerst merkwürdig fand.

Agamemnon begann steif. »Dies ist der erste richtige Rat, den ich seit unserer Landung vor Troja einberufen habe. Da Ihr Euch alle unserer Lage bewusst seid, halte ich nichts davon, sie jetzt ausführlich zu besprechen. Odysseus wird zu Euch reden, nicht ich. Obwohl ich über die Oberhoheit verfüge, habt Ihr mir großmütig Eure Truppen zur Verfügung gestellt, und ich respektiere Euer Recht, Eure Unterstützung zurückzuziehen, wenn Ihr es ungeachtet des Eides des Gevierteilten Pferdes, für richtig haltet. Patroklos, nehmt den Stab und gebt ihn Odysseus.«

Er stand in der Mitte des Raums (Agamemnon hatte sich der zunehmenden Kälte gebeugt und ein Steinhaus erbauen lassen, wenngleich dies den Eindruck von Dauerhaftigkeit vermittelte). Seine rote Lockenmähne umrahmte ein gut geschnittenes Gesicht, und seine grauen Augen drangen durch uns hindurch und sahen das, was wir wirklich waren: Könige zwar, aber vor allem Männer. Wir Griechen haben Voraussicht immer geschätzt, und Odysseus besaß sie in hohem Maß.

»Patroklos, schenkt Wein ein«, war alles, was er zu Anfang sagte, und dann wartete er, bis der junge Mann die Runde gemacht hatte. »Es ist fünf Monate her, dass wir hier sind. Nichts ist seither außerhalb einer Senke in der Nähe meiner Schiffe geschehen.«

An diese Bestandsaufnahme schloss sich eine lebhafte Erklärung an, dass er es auf sich genommen habe, sich mit den unbeliebtesten Soldaten der Armee an einen Ort zurückzuziehen, wo sie kein Unheil anrichten konnten. Ich wusste, weshalb er sich nicht über den wahren Zweck jener Senke auslassen wollte: Er traute weder Kalchas noch einigen anderen, selbst wenn sie durch einen Eid gebunden waren.

»Obwohl wir keinen offiziellen Rat abgehalten haben«, fuhr er in seiner geschliffenen Sprache fort, »ist es nicht schwer gewesen, Eure vorherrschenden Gefühle auszumachen. Keiner von Euch möchte zum Beispiel Troja belagern. Ich respektiere Euren Wunsch, aus denselben Gründen, die Machaon vermutlich anführen würde: dass eine Belagerung leicht mit Epidemien und anderen Krankheiten verbunden ist, denen wir erliegen könnten. Ich werde also eine Belagerung nicht zur Diskussion stellen.«

Er hielt inne, um uns zu mustern. »Diomedes und ich haben Troja viele nächtliche Besuche abgestattet, und wir haben erfahren, dass sich unsere Situation im nächsten Frühjahr, sollten wir dann noch hier sein, radikal ändern wird. Priamos hat Botschaften an seine Verbündeten entlang der kleinasiatischen Küste geschickt, und sie haben ihm alle versprochen, Truppen zu schicken. Wenn der Schnee in den Bergen getaut ist, wird Priamos über zweihunderttausend Mann verfügen. Und wir werden verjagt.«

Achilles unterbrach ihn. »Ihr malt ein düsteres Bild, Odysseus. Haben wir deswegen unsere Heimat verlassen, um Schimpf und Schande von einem Feind hinzunehmen, mit dem wir nur einmal zusammengetroffen sind? Ihr behauptet, wir hätten uns auf einen fruchtlosen Feldzug begeben, der überaus teuer ist und keine Aussicht bietet, die Kosten durch Kriegsbeute wieder wettzumachen. Wo sind die Schätze, die Ihr uns versprochen habt, Agamemnon? Was ist aus Eurem Zehn-Tage-Krieg geworden? Was aus Eurem schnellen Sieg? Wie wir es drehen und wenden, wir sehen nur Niederlage. Und angesichts dieser Situation wollen einige von uns heute schon Menschenopfer darbringen. Es gibt schlimmere Niederlagen, als in einer Schlacht unterzugehen. Die schlimmste ist, schmählich von diesem Strand vertrieben zu werden und nach Hause zurückkehren zu müssen.«

Odysseus schmunzelte. »Sind die anderen hier genauso niedergeschlagen wie Achilles? Dann tut es mir für Euch Leid. Dennoch kann ich nicht leugnen, dass der Sohn des Peleus die Wahrheit gesagt hat. Und es kommt noch hinzu, dass Verpflegung, wenn wir hier überwintern sollten, schwer zu kriegen sein wird. Im Augenblick können wir uns noch alles, was wir brauchen, aus Thrakien und Bithynien beschaffen, aber die Winter hier sollen kalt und schneereich sein.«

Achilles sprang auf und fuhr Agamemnon an. »Das habe ich Euch schon in Aulis lange vor unserem Auslaufen gesagt! Ihr habt Euch nicht dafür interessiert, wie man eine riesige Armee satt bekommt! Und haben wir jetzt noch die Wahl hier zu bleiben oder heimzukehren? Ich glaube nicht. Wir haben nur noch die Möglichkeit, mit den frühen Winterwinden nach Griechenland zurückzusegeln, um niemals wiederzukommen. Ihr seid ein Narr, König Agamemnon! Ein eitler Narr!«

Agamemnon saß sehr still. Er versuchte sich zu beherrschen.

»Achilles hat Recht«, grollte Idomeneus. »Die Planung war miserabel.« Er machte einen tiefen Atemzug und starrte seinen Mitbefehlshaber an. »Ich frage Euch, Odysseus: Können wir die trojanischen Mauern erstürmen oder nicht?«

»Es gibt keine Möglichkeit, sie zu überwinden, Idomeneus.«

Die Spannung stieg. Achilles hatte sie ausgelöst, und sie wurde noch verstärkt dadurch, dass Agamemnon schwieg. Sie waren drauf und dran, über ihn herzufallen, und er wusste es. Er saß da, biss sich auf die Lippen, und sein Körper war ganz steif von der Anstrengung, seinen Zorn im Zaum zu halten.

»Warum konntet Ihr nicht zugeben, dass Ihr nicht in der Lage wart, einen so großen Feldzug wie diesen hier zu planen?«, fragte Achilles. »Wärt Ihr nicht dank der Götter das, was Ihr seid, ich würde Euch niederstrecken. Ihr habt uns nach Troja geführt und dabei nur an Euren eigenen Ruhm gedacht! Ihr habt den Eid benutzt, um Eure große Armee aufstellen zu können, aber um die Wünsche und Bedürfnisse Eures Bruders habt Ihr Euch nie geschert – wie sehr kümmert Euch Menelaos überhaupt? Könnt Ihr wirklich in aller Aufrichtigkeit sagen, dass Ihr das hier alles Eurem Bruder zuliebe tut? Natürlich nicht! Von Anfang an habt Ihr nur das Ziel gehabt, Euch an Troja zu bereichern und in Kleinasien Euer eigenes Reich zu errichten! Wir hätten alle etwas davon gehabt, das gebe ich zu, aber nicht soviel wie Ihr!«

Menelaos schrie auf, Tränen liefen über sein Gesicht, und sein Kummer verriet, wie entsetzlich enttäuscht er war. Während er wie ein geschlagenes Kind schluchzte, drückte Achilles beruhigend seine Schulter. Die Atmosphäre war zum Zerreißen gespannt; noch ein Wort, und sie wären Agamemnon an die Gurgel gefahren. Ich spürte, wie mein Schwertarm zu jucken begann, und sah hinüber zu Odysseus. Er stand reglos mit dem Stab in der Hand da, während Agamemnon die Hände in den Schoß legte und stumm auf sie hinunterblickte.

Am Ende war es Nestor, der sich in die Bresche warf. Empört

wandte er sich an Achilles. »Junger Mann, für Euren Mangel an Respekt verdient Ihr eine Tracht Prügel! Was gibt Euch das Recht, unseren Oberkönig zu kritisieren, wenn Männer wie ich es nicht tun? Odysseus hat keine Vorwürfe erhoben – wie kommt *Ihr* dazu? Hütet Eure Zunge!«

Das schluckte Achilles, ohne zu murren. Mit einer leichten Beugung des Knies bat er Agamemnon um Verzeihung und setzte sich. Er war kein Heißsporn von Natur aus, aber seit Iphigenies Tod in Aulis gab es böses Blut zwischen ihm und Agamemnon. Verständlich. Sein Name war benutzt worden, um das Mädchen von Klytämnestra wegzulocken, und Agamemnon hatte ihn nicht gefragt, ob er einverstanden war. Achilles schien niemandem von uns für unsere Rolle in dem Komplott vergeben zu können, und Agamemnon am allerwenigsten.

»Odysseus«, sagte Nestor, »Ihr habt nicht das Alter, um diese Runde edler Autokraten zu leiten, also gebt mir den Stab und lasst mich reden.« Er starrte uns vorwurfsvoll an. »Diese Versammlung ist eine Schande! In meiner Jugend hätte niemand gewagt, solche Dinge zu sagen, wie ich sie vorhin gehört habe! Das waren wirklich noch andere Zeiten, als *ich* noch jung und Herakles in aller Munde war.«

Wir lehnten uns zurück und überließen uns einer von Nestors berühmten Moralpredigten. Im Nachhinein war ich mir allerdings sicher, dass der alte Mann absichtlich mit seinem Sermon begonnen hatte: Während wir ihm zuhören mussten, beruhigten sich unsere Gemüter.

»Nehmt zum Beispiel Herakles«, fuhr Nestor fort. »Ungerechterweise an einen König gebunden, der nicht geeignet war, die heilige Purpurfarbe seines Amts zu tragen, musste er eine Reihe von Aufgaben bewältigen, die man nur ausgewählt hatte, um ihn zu töten oder zu erniedrigen. Doch Herakles protestierte nicht einmal. Das Wort seines Herrn war ihm heilig. Er besaß sowohl den Adel des Geistes als auch die Stärke des Arms. Vielleicht war er gottgezeugt, aber er war auf jeden Fall ein *Mann*! Ein besserer, als Ihr je zu werden hoffen dürft, junger Achilles. Und Ihr, junger Ajax. Der König ist der König. Herakles hat das nie vergessen – nicht, wenn er bis zu den Knien im Dreck stand, nicht, wenn er vor Verzweiflung fast wahnsinnig wurde. Es war seine Mannhaftigkeit, die ihn über Eurystheus erhob, den Mann, dem er diente. *Das* war es, was alle anderen an ihm bewunderten und verehrten. Er wusste, was er den Göttern schuldig und was des Königs war. Jedem gab er stets, was ihm zustand. Obwohl es meinem Herzen gut tat, ihn wie einen Bruder zu behandeln, hat er sich durch meine Freundlichkeit nie zu etwas ermutigen lassen – ich blieb der Erbe von Nereus, und er war kaum mehr als ein hergelaufener Bursche. Weil er sich immer bewusst war, ein Sklave zu sein, weil er immer ehrerbietig und bescheiden blieb, erwarb er sich unsterbliche Liebe und wurde zum Helden. Ah! Einen solchen wird die Welt nie wieder sehen.«

Gut! Er war fertig. Jetzt konnte er den Stab an Odysseus zurückgeben, und der Rat konnte fortgesetzt werden. Aber er war noch nicht fertig; stattdessen setzte er zu einem neuen Sermon an.

»Theseus!«, rief er. »Theseus ist ein weiteres Beispiel! Der Wahnsinn hat ihn heimgesucht, aber er ist stets nobel geblieben und hat nie vergessen, was dem König zusteht. Er war selbst ein Oberkönig, aber ich habe ihn immer nur als *Mann* kennen gelernt. Oder nehmt Euren Vater, Diomedes. Er war der mächtigste Krieger seiner Zeit, ja, das war Tydeus, und er starb vor genau jenen Mauern, die Ihr eine Generation später erobert habt, Diomedes, und kein Schatten von Schande fiel je auf sein Leben. Wenn ich gewusst hätte, was für Männer sich heute hier am Strand von Troja Könige und Thronerben nennen, hätte ich das sandige Pylos nie verlassen, wäre nicht übers Meer gesegelt. Ich würde gern weitersprechen, aber meine Kehle ist ausgetrocknet.«

Langsam erhob sich Patroklos, der von uns allen am ärgerlichsten war; man sah es ihm an, wie sehr ihn die Schelte Achilles' verletzt hatte.

Ohne mit der Wimper zu zucken, leerte der alte König von Pylos ein Glas Wein, leckte sich die Lippen und setzte sich neben Agamemnon auf einen leeren Stuhl.

»Odysseus, ich will Euch die Trümpfe aus der Hand nehmen. Ich möchte Euch damit nicht zu nahe treten, aber es ist nun mal so, dass offensichtlich ein Älterer her muss, um diese überheblichen jungen Leute in ihre Schranken zu weisen«, sagte er.

Odysseus grinste. »Bitte, Majestät! Ihr könnt die Sache genauso gut erledigen wie ich, wenn nicht besser.«

Jetzt kam mir die Angelegenheit doch verdächtig vor. Die beiden hatten die letzten Tage immer wieder zusammengesessen. War das hier zuvor abgesprochen worden?

»Das bezweifle ich«, sagte Nestor und zwinkerte mit seinen hellen, blauen Augen. »Für jemanden so jung wie Ihr, tragt Ihr einen bemerkenswerten Kopf auf den Schultern. Ich werde hier sitzen, alles Persönliche vergessen und mich an die Tatsachen halten. Wir *müssen* uns dieser Aufgabe ohne Emotionen widmen, Verwirrung und Fehler können wir uns nicht leisten. Was geschehen ist, das ist geschehen – das gilt vor allem. Die Vergangenheit muss ruhen und darf nicht für neuen Groll sorgen.«

Er beugte sich in seinem Stuhl vor. »Stellt Euch das vor: Wir haben eine Armee von hunderttausend Mann, Kämpfer und Nichtkämpfer, und sie liegt rund drei Meilen vor den Mauern von Troja. Unter den Nichtkämpfern sind Köche, Sklaven, Seeleute, Waffenschmiede, Pferdeknechte, Zimmerleute, Steinmetzen und Baumeister. Mir scheint, wenn die Expedition so schlecht geplant worden wäre, wie Prinz Achilles es gern darstellt, dann hätten wir keine geschickten Handwerker. Sehr gut. Das bedarf keiner Diskussion. Dann müssen wir noch den Zeitfaktor berücksichtigen. Unser geschätzter Priester Kalchas hat von zehn Jahren gesprochen, und ich bin geneigt, ihm zu glauben. Wir sind nicht hier, um eine Stadt zu besiegen! Wir sind hier, um viele Staaten zu besiegen, die sich von Troja bis nach Kilikien erstrecken. Eine Aufgabe von solcher Größe kann nicht im Handumdrehen erledigt werden. Selbst wenn wir Trojas Mauern niederreißen würden, wäre das nicht zu schaffen. Und sind wir Piraten? Banditen? Räuber? Wenn wir das wären, würden wir eine Stadt angreifen und mit der Beute nach Hause fahren. Aber ich sage, wir sind keine Piraten. Wir können uns nicht mit Troja zufrieden geben! Wir müssen weitermachen und Dardanien, Mysien, Lydien, Karien, Lykien und Kilikien besiegen.«

Achilles war wie gebannt; er starrte Nestor an, als habe er ihn nie zuvor gesehen. Genauso erging es Agamemnon, wie ich feststellte.

»Was würde geschehen«, fragte Nestor fast nachdenklich, »wenn wir unsere Armee teilten? Die eine Hälfte bleibt vor Troja, und die andere Hälfte übernimmt andere Aufgaben. Die Streitkräfte hier behalten die Stadt im Auge und sind zumindest so stark, dass sie es mit jeder Armee aufnehmen können, die Priamos ihnen vielleicht entgegenschickt. Die übrigen Truppen würden die kleinasiatische Küste entlangziehen und jede Siedlung zwischen Andramyttios und dem fernen Kilikien angreifen, plündern und niederbrennen. Sie würden zerstören und verwüsten, Sklaven nehmen, Städte ausrauben, ganze Landstriche in Schutt und Asche legen, nie da auftauchen, wo man sie erwartet. Damit würden sie zweierlei erreichen: unsere beiden Armeehälften mit genügend Nahrungsmitteln und anderen Dingen – vielleicht sogar Luxus – versorgen und darüber hinaus Trojas Verbündete in Kleinasien ständig so in Angst und Schrecken versetzen, dass sie Priamos keine Unterstützung mehr schicken können. Nirgendwo an der ganzen Küste gibt es eine solche Ansammlung von Menschen, dass sie einer großen und gut geführten Armee standhalten könnte. Aber ich bezweifle ohnehin, dass die kleinasiatischen Könige klug genug sind, ihre eigenen Länder aufzugeben, um sich in Troja gegen uns zu verbünden.«

Natürlich hatten die beiden diesen Plan vorher ausgebrütet! Das Ganze lief Nestor so glatt von der Zunge wie Honig von einem Kuchen. Odysseus saß zufrieden und beifällig lächelnd da, und Nestor war in seinem Element.

»Die Armeehälfte vor Troja würde die Trojaner davon abhalten, unser Lager oder unsere Flotte anzugreifen«, fuhr er fort. »Zudem würde sie ständig dafür sorgen, dass sich die Moral in der Stadt verschlechtert. Wir müssen dafür sorgen, dass die Bewohner ihre uneinnehmbaren Mauern nicht mehr als Schutz, sondern als Gefängnis empfinden. Ich will jetzt nicht in Einzelheiten gehen, aber es gibt Wege, das Denken der Trojaner zu beeinflussen, vom Palast bis hin zu der kleinsten Hütte. Glaubt mir, es gibt sie. Es bedarf einer gewissen Listigkeit, aber mit Odysseus haben wir ausreichend davon.«

Er seufzte, wand sich und verlangte neuen Wein; aber als Patroklos diesmal die Runde machte, tat er es mit größerem Respekt vor dem alten König aus Pylos.

»Wenn wir beschließen, diesen Krieg fortzusetzen«, sagte Nestor, »gibt es am Ende für uns eine ganze Menge von Belohnungen, die wir nur aufsammeln müssen. Troja ist reicher, als wir es uns träumen lassen. Die Beute dort wird alle unsere Staaten reicher machen und uns selbst auch – da hatte Achilles schon Recht. Ich möchte Euch daran erinnern, dass Agamemnon immer die Vorteile gesehen hat, die in der Zerstörung der kleinasiatischen Verbündeten liegen. Wenn wir sie vernichten, können wir Kolonien errichten, unsere Leute großzügiger ansiedeln als daheim in unserem beengten Griechenland. Und«, fuhr er leiser, aber umso eindringlicher fort, »was am Allerwichtigsten ist, der Hellespont und das Marmarameer gehören *uns*. Wir können auch die Ägäis kolonisieren. Wir werden all das Zinn und Kupfer haben, das wir brauchen, um Bronze herzustellen. Wir werden das Gold der Skythen besitzen. Smaragde. Saphire. Rubine. Silber. Wolle. Weizen. Gerste. Gold. Andere Metalle. Andere Lebensmittel. Andere Waren. Eine aufregende Vorstellung, findet Ihr nicht?«

Wir erschauerten, fingen an, uns zuzulächeln, während Agamemnon sichtbar wieder auflebte.

»Die Mauern von Troja müssen auf jeden Fall unangetastet bleiben«, fuhr der alte Mann entschlossen fort. »Die Armeehälfte, die hierbleibt, hat ausschließlich die Aufgabe, die Trojaner zu verunsichern und sich höchstens auf kleine Scharmützel einzulassen. Wir haben hier einen ausgezeichneten Feldlagerplatz, ich sehe keinen Grund umzuziehen. Odysseus, wie heißen die beiden Flüsse?«

Odysseus antwortete umgehend. »Der größere mit dem gelben Wasser heißt Skamandros. Er ist durch trojanische Abwässer verunreinigt, darum darf man in ihm weder baden noch aus ihm trinken. Der kleinere, saubere heißt Simois.«

»Danke. Unsere erste Aufgabe ist also, ungefähr eine halbe Meile landeinwärts von der Bucht zwischen Skamandros und

Simois einen Verteidigungswall zu bauen. Er muss mindestens fünfzehn Ellen hoch sein. Davor errichten wir eine Palisade mit angespitzten Pfählen und heben einen fünfzehn Ellen tiefen Graben aus, der am Boden ebenfalls spitze Pfähle hat. Damit ist die Armeehälfte vor Troja den kommenden Winter gut beschäftigt – und die Arbeit wird unsere Männer warm halten.«

Plötzlich hielt er inne und gab Odysseus ein Zeichen. »Ich habe genug. Odysseus, fahrt fort.«

Natürlich hatten sie sich das zusammen ausgedacht! Odysseus übernahm, als hätte er die ganze Zeit geredet. »Keine unserer Truppen sollte längere Zeit untätig sein, und darum werden sich die beiden Heere bei den Aufgaben abwechseln: sechs Monate vor Troja, sechs Monate Überfälle entlang der Küste. So bleiben alle auf Trab. Ich kann gar nicht nachdrücklich genug betonen«, sagte er, »dass wir den Eindruck erwecken und aufrechterhalten müssen, dass wir die Absicht haben, auf dieser Seite der Ägäis bleiben zu wollen – wenn es sein muss, für immer! Und ob es nun Trojaner oder Lykier sind, ich will, dass die Bewohner der kleinasiatischen Staaten verzweifeln, zu Grunde gehen, mit jedem weiteren Jahr mehr die Hoffnung verlieren. Die bewegliche Hälfte unserer Truppen wird Priamos und seine Verbündeten ausbluten. Ihr Gold wird in *unseren* Truhen landen. Ich schätze, dass es zwei Jahre dauern wird, bis sie die Botschaft begriffen haben, aber sie werden sie begreifen. Wir werden sie dazu zwingen.«

»Ich schließe daraus«, meldete sich Achilles sehr höflich zu Wort, »dass die bewegliche Hälfte der Armee nicht hier stationiert sein wird?«

»Nein, sie wird ihr eigenes Hauptquartier haben«, entgegnete Odysseus, erfreut über die Höflichkeit Achilles'. »Weiter im Süden, vermutlich dort, wo Dardanien an Mysien stößt. Es gibt dort einen Hafen, der Assos heißt. Ich habe ihn noch nicht gesehen, aber Telephos meint, er eignet sich für unsere Zwecke. Unsere Beute von der Küste wird dorthin gebracht, ebenso die Nahrungsmittel und alle anderen Dinge. Zwischen Assos und unserem Lager hier wird eine ständige Versorgungsverbindung eingerichtet. Die Schiffe werden nahe an der Küste segeln, damit sie bei jedem Wetter sicher sind. Phoinix ist der einzige erfahrene Seemann unter uns, daher schlage ich vor, dass er die Verantwortung für die Versorgungslinie übernimmt. Ich weiß, dass er Peleus versprochen hat, bei Achilles zu bleiben, und das kann er in dieser Position.«

Odysseus hielt einen Augenblick inne, um jeden einzelnen in der Runde anzusehen. »Zum Schluss möchte ich alle daran erinnern, dass Kalchas gesagt hat, dieser Krieg werde zehn Jahre dauern. Auch ich glaube, dass er vorher nicht beendet sein wird. Und das müssen sich alle hier klarmachen. Zehn Jahre, in denen Ihr nicht zu Hause sein werdet. Zehn Jahre, in denen Eure Kinder heranwachsen. Zehn Jahre, in denen Eure Frauen das Zepter führen müssen. Die Heimat ist zu weit weg und die Aufgabe hier zu groß, als dass wir zwischendurch nach Griechenland reisen könnten. Zehn Jahre sind eine sehr lange Zeit.« Er machte eine Verbeugung zu Agamemnon hin. »Der Plan, den Nestor und ich entwickelt haben, bedarf Eurer Zustimmung. Wenn er Euch missfällt, werden Nestor und ich nichts weiter sagen. Wir sind, wie immer, Eure Diener.«

Zehn Jahre fern von zu Hause. Zehn Jahre in der Fremde. War die Eroberung Kleinasiens dieses Opfer wert? Ich wusste es nicht. Nur soviel wusste ich: Wenn es Odysseus nicht gegeben hätte, wäre ich noch am nächsten Morgen heimgesegelt; doch da er offensichtlich beschlossen hatte hier zu bleiben, gab ich meinem Herzenswunsch nicht nach.

Agamemnon seufzte tief. »Sei's drum. Zehn Jahre. Ich denke, der Preis ist es wert. Wir haben so viel zu gewinnen. Gleichwohl werde ich darüber abstimmen lassen. Ihr müsst genauso dafür sein wie ich.«

Er stand auf und richtete sich vor uns auf. »Ich möchte Euch daran erinnern, dass die meisten von Euch hier Könige sind oder es dereinst sein werden. Wir in Griechenland haben unser Königtum auf der Gnade der Götter aufgebaut. Wir haben das Joch des Matriarchats abgeworfen, als wir die Alte Religion durch die Neue ersetzt haben. Aber während ihrer Herrschaft müssen die Männer auf die Unterstützung der Götter bedacht sein, denn Männer sind weder fruchtbar, noch haben sie eine enge Verbindung zu Kindern oder zu Mutter Erde. Wir gehen mit unseren Völkern anders um als die, welche unter der Alten Religion herrschten. Damals waren wir heilige Opfer, unglückliche Geschöpfe, die von den Königinnen der Großen Mutter dargebracht wurden, wenn die Ernte schlecht ausfiel oder ein Krieg verloren ging oder eine schreckliche Plage das Land heimsuchte. Die Neue Religion hat die Männer von diesem Schicksal errettet, hat uns Souveränität verliehen. Heute sind wir für unser Volk selbst verantwortlich. Und darum bin ich für dieses gewaltige Unternehmen. Es wird eine Erlösung für unsere Völker sein, es wird unsere Sitten und Gebräuche verbreiten. Wenn ich jetzt in die Heimat zurückkehre, bin ich gedemütigt und muss meine Niederlage bekennen. Wie kann ich dann widerstehen, wenn das Volk meine Erniedrigung ausnutzt und beschließt, zur Alten Religion zurückzukehren, mich opfert und meine Gemahlin auf den Schild hebt?«

Er setzte sich wieder und legte die weißen, wohlgeformten Hände auf die purpurbedeckten Knie. »Ich will Euer Votum sehen. Wer immer nach Griechenland zurückkehren will, möge es zeigen.«

Keiner hob den Arm. Es war völlig still im Saal.

»So sei es. Wir bleiben. Odysseus, Nestor, habt Ihr weitere Vorschläge zu machen?«

»Nein, Majestät«, antwortete Odysseus.

»Nein, Majestät«, antwortete Nestor.

»Idomeneus?«

»Ich bin ganz und gar einverstanden, Agamemnon.«

»Dann kümmern wir uns am besten um die Einzelheiten. Patroklos, da Ihr zu unserem Mundschenk ernannt worden seid, geht und besorgt uns zu essen.«

»Wie werdet Ihr die Armee aufteilen?«, fragte Meriones.

»Wie vorgeschlagen, die Einheiten werden sich ablösen. Ich werde da allerdings eine Einschränkung machen. Ich denke, in der zweiten Armee sollte es einen Kern von Männern geben, die während des ganzen Krieges bei ihr bleiben. In diesem Raum gibt es ein paar junge Männer, von denen wir uns viel versprechen. Es würde sie ersticken, vor Troja auszuharren. Ich muss das ganze

Jahr hier bleiben, genauso wie Idomeneus, Odysseus, Nestor, Diomedes, Menestheus und Palamedes. Aber Achilles, die beiden Ajax', Teukros und Meriones, sie sind jung. Ihnen vertraue ich die Zweite Armee an. Achilles bekommt das Oberkommando. Achilles, Ihr erstattet mir oder Odysseus Bericht. Ihr trefft alle Entscheidungen im Einsatz oder in Assos, gleichgültig, wie viel älter die Männer sind, die von Troja für ihren Sechs-Monate-Dienst zu Euch kommen. Ist das klar? Wollt Ihr das Oberkommando übernehmen?«

Achilles sprang bebend auf. Ich konnte das Blitzen in seinen Augen, die so golden und hell wie die Sonne Helios strahlten, kaum ertragen. »Ich schwöre bei allen Göttern, dass Ihr nie Grund haben werdet, Euer Vertrauen in meine Führungsqualitäten zu bereuen, Majestät.«

»Dann nehmt das Oberkommando von mir entgegen, Sohn des Peleus, und sucht Euch Eure Unterführer aus«, sagte Agamemnon.

Kopfschüttelnd sah ich Odysseus an. Er hob eine Augenbraue und zwinkerte mir zu. Ich konnte es kaum erwarten, ihn allein zu treffen. Da hatte er wirklich was Schönes ausgeheckt.

KAPITEL 16

ERZÄHLT VON
HELENA

Im Schatten von Troja errichtete Agamemnon Stein für Stein eine Stadt. Jeden Tag ging ich auf meinen Balkon und sah über die Mauern hinunter zu den Griechen, die am Ufer des Hellespont lagerten. Wie Ameisen plackten sie sich in der Entfernung ab, rollten Felsbrocken umher und richteten mächtige Baumstämme zu einem Wall auf, der sich vom blinkenden Simois bis zum schattigen Skamandros erstreckte. Hinter dem Ufer entstanden immer mehr Bauten, große Kasernen für die Soldaten im Winter und Getreideschuppen, um den Weizen und die Gerste vor den Ratten und dem Wetter zu schützen.

Seit der Ankunft der griechischen Flotte war mein Leben schwerer geworden, obwohl es ohnehin nie so war, wie ich es mir vorgestellt hatte, als ich nach Troja kam. Warum können wir die Zukunft auf dem Webstuhl der Zeit nie klar erkennen, selbst wenn sie dort deutlich abgebildet ist? Ich hätte es wissen müssen. Aber Paris war mein Ein und Alles; ich konnte immer nur Paris, Paris, Paris denken.

In Amyklai war ich die Königin gewesen. Es war *mein* Blut, das Menelaos auf den Thron gebracht hatte. Das Volk von Lakedaimon wandte sich an mich, die Tochter von Tyndareus, wenn es um sein Wohlergehen und seinen Umgang mit den Göttern ging. Ich war wichtig. Wenn ich in meinem königlichen Wagen durch die Straßen von Amyklai fuhr, verneigten sich die Bewohner vor mir. Ich wurde verehrt. Ich wurde bewundert. Ich war Königin Helena, die einzige von Ledas göttlichen Vierlingen, die zu Hause geblieben war. Und in der Rückschau erkannte ich, wie reich mein Leben dort gewesen war: die Jagden, die sportlichen Wettkämpfe, die Feste, der Hof, die vielen angenehmen Abwechslungen. Einst hatte ich geklagt, dass mir die Zeit in Amyklai an den Fingern kleben bleibe, aber jetzt weiß ich, dass ich damals keine Ahnung hatte, was Langeweile wirklich bedeutet.

Ich habe sie gründlich kennen gelernt, seit ich in Troja weile. Hier bin ich keine Königin. Hier spiele ich nirgends eine Rolle. Ich bin die Frau eines unbedeutenden Königssohns. Ich bin eine verachtete Fremde. Ich werde von Regeln und Vorschriften eingeengt, die ich weder ändern könnte noch dürfte. Und es gibt nichts zu tun, und nirgendwo kann ich hin! Ich kann nicht mit einem Fingerschnipsen ein Gefährt herbeirufen und hinaus aufs Land fahren oder zusehen, wie die Männer spielen oder die Soldaten exerzieren. Ich kann nicht einmal aus dem Palast fliehen. Als ich versuchte, einen Ausflug in die Stadt zu unternehmen, warfen mir von Hekabe bis Antenor alle vor, ich sei leichtlebig, unmoralisch und kapriziös. Ob ich denn nicht begriffe, dass ein paar Männer in einer üblen Schenke nur meine bloßen Brüste zu sehen brauchten, um mich zu überfallen? Selbst als ich anbot, sie zu bedecken, blieb Priamos bei seinem Nein.

Meine Gemächer (da war der König großzügig gewesen, Paris und ich bewohnten eine ganze Reihe schöner, großer Räume) und die Zimmer, in denen sich die adligen Frauen trafen, waren nun plötzlich die Grenzen meiner Welt, während Paris, mein wunderbarer Paris, sich bald als ein typischer Mann entpuppte. Er machte nur, was er wollte. Und seiner Frau Gesellschaft zu leisten, gehörte nicht dazu. Ich war nur für die Liebe da, und die ist eine kurze Angelegenheit, wenn die Liebenden nichts Neues mehr aneineinander entdecken.

Als die Griechen kamen, wurde mein Leben, obwohl es mir schon langweilig genug vorgekommen war, noch schlimmer. Die Leute sahen mich an, als brächte ich Unglück, und machten mich für Agamemnons Ankunft verantwortlich. Diese Idioten! Anfangs versuchte ich, Trojas Edle davon zu überzeugen, dass Agamemnon niemals für eine Frau Krieg führen würde, nicht einmal für seine Schwägerin, und dass er schon damals, als der Priester das Pferd gevierteilt hatte und ich Menelaos zum Mann nehmen musste, von einem Waffengang gegen Troja gesprochen habe. Aber niemand hörte mir zu. Niemand *wollte* mir zuhören. *Ich* war der Grund, dass die Griechen nun am Ufer des Hellespont lagen. *Ich* war der Grund, dass die Griechenstadt wuchs hinter dem mächtigen Wall, den sie zwischen dem blinkenden Simois und dem schattigen Skamandros errichteten. Alles war *meine* Schuld!

Priamos, der arme alte Mann, machte sich große Sorgen. Angespannt hockte er ganz vorn auf der Kante seines Gold- und Elfenbeinstuhls anstatt, wie früher, in ihn hineinzusinken. Er zupfte nervös an seinem Bart und schickte einen Mann nach dem anderen auf den westlichen Wehrturm, um dann ihre Berichte über den Baufortschritt der Griechen anzuhören. Seit dem Tag, an dem ich in diesen Thronsaal gekommen war, hatte er die ganze Bandbreite von Gefühlen durchlebt: von der Schadenfreude darüber, dass er Agamemnon an der Nase herumgeführt hatte, bis hin zu großer Bestürzung. Als die Griechen keine Anzeichen machten zu bleiben, schmunzelte er zufrieden; als die Hilfsversprechen seiner Verbündeten eintrafen, sah er glücklich aus. Doch als dann der griechische Verteidigungswall emporwuchs, wurde sein Gesicht lang, und seine Schultern fielen herab.

Ich mochte ihn schon, obwohl ihm die Stärke und Entschlossenheit griechischer Könige fehlten. In Griechenland musste ein Mann sehr stark sein, wenn er behalten wollte, was ihm gehörte – oder er musste einen Bruder haben, der stark genug für zwei war. Priamos' Vorfahren hatten dagegen seit Ewigkeiten in Troja geherrscht. Das Volk liebte ihn, wie es die Griechen nie vermöchten, und er nahm seine Pflichten nicht sonderlich ernst, denn er konnte sich seines Thrones sicher sein. Das Wort der Götter bedeutete ihm wenig.

Der alte Antenor, sein königlicher Schwager, krittelte ständig an mir herum; ich hasste ihn mehr, als Priamos es tat, und das wollte schon etwas bedeuten. Wann immer Antenor mich mit seinen wässrigen Augen anblickte, sah ich die Feindschaft, die in ihnen glimmte. Dann öffnete er den Mund, und sein endloser Sermon begann. Warum weigerte ich mich, meine Brüste zu bedecken? Warum schlug ich meine Dienerin? Warum konnte ich nicht wie die anderen Frauen weben oder sticken? Warum durfte ich bei den Beratungen der Männer dabei sein? Warum sagte ich so offen meine Meinung, obwohl Frauen doch eigentlich keine hatten? Immer gab es etwas zu kritisieren, dafür sorgte Antenor schon.

Als der Wall am Hellespont fertig war, hatte Priamos' Geduld ein Ende.

»Sei still, alter Dummkopf!«, zischte er. »Agamemnon ist nicht gekommen, um Helena zurückzuholen. Warum sollten er und die anderen Könige so viel Geld verschwenden, um eine Frau zurückzuholen, die Griechenland aus freiem Willen verlassen hat? Agamemnon will Troja und Kleinasien haben, nicht Helena. Er will hier griechische Kolonien errichten, er will seine Kisten und Truhen mit unseren Schätzen vollstopfen, er will mit seinen Schiffen durch den Hellespont ins Marmarameer fahren. Die Frau meines Sohns ist nur ein Vorwand, nichts weiter. Sie zurückzugeben, würde nur bedeuten, in Agamemnons Hände zu spielen; ich will also nichts mehr über Helena von dir hören! Hörst du, Antenor?«

Antenor senkte die Augen und verneigte sich huldvoll.

Die kleinasiatischen Staaten fingen an, Botschafter nach Troja zu schicken; die nächste Versammlung, an der ich teilnahm, war voll von ihnen. Ich konnte mir die Namen der Staaten nicht alle merken; Namen wie Paphlagonien, Kilikien, Phrygien. Einige ihrer Abgesandten waren für Priamos wichtiger als andere, allerdings wurde keiner herablassend behandelt. Am herzlichsten begrüßte Priamos den Delegierten aus Lykien. Er regierte das Land zusammen mit seinem ersten Vetter und hieß Glaukos. Der Name seines Vetters war Sarpedon. Paris, der zur Teilnahme abkommandiert worden war, flüsterte mir zu, dass Glaukos und Sarpedon unzertrennlich wie Zwillinge und obendrein auch noch Liebende waren. Für Könige nicht gerade vorteilhaft: Sie hatten weder Ehefrauen noch Erben.

»Seid versichert, König Glaukos, dass Lykien ein Großteil der Beute erhalten wird, wenn wir die Griechen erst einmal von unseren Ufern vertrieben haben«, sagte Priamos mit Tränen in den Augen.

Glaukos, ein ziemlich junger – und sehr gut aussehender – Mann, lächelte. »Lykien ist nicht hier, weil es einen Teil der Beute will, Onkel Priamos. König Sarpedon und ich wollen nur eines: die Griechen schlagen und sie mit einem Aufheulen auf ihre Seite der Ägäis zurückschicken. Für uns ist der Handel lebenswichtig, denn wir liegen im südlichen Teil dieser Küste. Durch unser Land führt sowohl die Handelsroute zu unseren nördlichen Nachbarn als auch die hinunter in den Süden nach Rhodos, Zypern, Syrien und Ägypten. Lykien ist das Bindeglied. Wir glauben, dass wir uns aus schierer Not verbünden müssen und nicht aus Habgier. Seid versichert, dass Ihr im Frühling unsere Truppen und weitere Hilfe zur Verfügung haben werdet. Zwanzigtausend Mann, samt Waffen und Verpflegung.«

Die Tränen flossen; Priamos weinte vor Erleichterung. »Meinen tief empfundenen Dank an Euch und Sarpedon, liebster Neffe.«

Jetzt traten die anderen vor. Manche waren genauso großzügig wie die Lykier, aber andere feilschten um Geld oder Privilegien. Priamos versprach jedem, was er wollte, und so wurde die Anzahl der Männer und das Ausmaß der Unterstützung immer größer. Am Ende fragte ich mich, was Agamemnon dem entgegensetzen wollte. Zweihunderttausend Soldaten konnte Priamos aufs Schlachtfeld führen, wenn die Krokusse im nächsten Frühjahr durch den schmelzenden Schnee brachen. Wenn mein früherer Schwager keine Verstärkung bekam oder nicht doch noch irgendwelche Trümpfe in seinem Purpurärmel hatte, würde er untergehen. Warum machte ich mir trotzdem weiter Sorgen? Weil ich mein Volk kannte. Man musste einem Griechen nur genug Seil geben, und er hängte alle auf, derer er ansichtig wurde – nur nicht sich selbst. Ich kannte Agamemnons alte Ratgeber, und ich lebte inzwischen lange genug in Troja, um zu wissen, dass Priamos niemanden hatte, der es mit Nestor, Palamedes oder Odysseus aufnehmen konnte.

Oh, wie langweilig diese Versammlungen waren! Ich nahm nur daran teil, weil mein übriges Leben noch eintöniger war. Niemand außer dem König durfte sitzen, schon gar nicht eine Frau. Meine Füße schmerzten. Und während ein Paphlagonier, der offensichtlich ein Gewand aus bestickten Häuten trug, in einem Dialekt, den ich nicht verstand, vor sich hinschwatzte, wanderten meine Augen langsam über die Menge, bis sie an einem Mann ganz hinten hängen blieben, der wohl gerade erst hereingekommen war. Er sah gut aus! *Sehr* gut!

Mühelos bahnte er sich einen Weg durch das Gedränge. Von Statur war er größer als die anderen Männer hier, mit Ausnahme von Hektor, der wie immer neben dem Thron stand. Den Neuankömmling umgab der ganze Hochmut eines Königs, der auf sich selbst große Stücke hielt. Ich musste unweigerlich an Diomedes denken; er besaß den gleichen geschmeidigen Gang und die gleiche starke Aura eines Kriegers. Er war dunkelhaarig, hatte schwarze Augen und trug teure Gewänder; der Umhang, den er achtlos über die Schulter geworfen hatte, war mit dem schönsten Pelz besetzt, den ich je gesehen hatte, lang und flauschig und lohfarben gesprenkelt. Am Fuß des Thronpodiums verneigte er sich knapp und förmlich, wie ein König, der Mühe hat, den höheren Rang des anderen anzuerkennen.

»Aeneas!«, rief Priamos mit einem merkwürdigen Unterton. »Ich habe schon seit vielen Tagen nach Euch Ausschau gehalten.«

»Jetzt bin ich hier, Majestät«, erwiderte der Mann, der Aeneas hieß.

»Habt Ihr die Griechen gesehen?«

»Noch nicht, Majestät. Ich bin durchs *Dardanische* Tor gekommen.«

Er betonte den Namen des Tors absichtlich, und jetzt fiel mir ein, wo ich seinen Namen schon einmal gehört hatte. Er war der Thronfolger in Dardanien. Sein Vater, König Anchises, residierte in einer Stadt namens Lyrnessos und herrschte über den südlichen Teil dieses Landes. Priamos schnaubte immer verächtlich, wenn er über Dardanien, Anchises oder Aeneas sprach; ich vermutete, dass alle drei in Troja für Emporkömmlinge gehalten wurden, obwohl mir Paris erzählt hatte, dass König Anchises ein direkter Vetter von Priamos war und Dardanos sowohl das Königshaus in Troja als auch das in Lyrnessos begründet hatte.

»Dann schlage ich vor, dass Ihr auf den Balkon geht und einen

Blick in Richtung Hellespont werft«, sagte Priamos voller Sarkasmus.

»Wie Ihr wünscht.«

Aeneas verschwand für ein paar Augenblicke und kehrte mit einem Schulterzucken zurück. »Es sieht aus, als wollten sie eine Weile hier bleiben, hab ich Recht?«

»Eine scharfsinnige Schlussfolgerung.«

Aeneas überhörte diese Spitze. »Warum habt Ihr mich gerufen?«

»Das ist doch wohl nicht schwer zu erraten. Wenn Agamemnon sich erst einmal in Troja festgebissen hat, kommt Dardanien mit Lyrnessos als nächstes dran. Ich brauche Eure Truppen, um die Griechen im Frühjahr zu schlagen.«

»Griechenland hat keinen Streit mit Dardanien.«

»Sie brauchen keine Kriegserklärung. Sie sind hinter Land, Bronze und Gold her.«

»Nun, Majestät, wenn ich mir diese eindrucksvolle Versammlung von Verbündeten hier ansehe, dann glaube ich nicht, dass Ihr die Hilfe der Dardanier braucht, um die Griechen zu vernichten. Wenn Ihr wirklich in Not seid, bringe ich Euch eine Armee. Aber nicht im Frühjahr.«

»Im Frühjahr bin ich wirklich in Not.«

»Das bezweifle ich.«

Priamos stieß mit seinem Elfenbeinzepter auf den Boden; der Smaragd an seiner Spitze sprühte blaue Funken. »Ich brauche Eure Männer!«

»Ohne die ausdrückliche Zustimmung meines Vaters kann ich Euch nichts versprechen, Majestät, und die habe ich nicht.«

Wortlos wandte Priamos den Kopf ab.

Neugierig fragte ich Paris, als ich mit ihm allein war, was dieser merkwürdige Streit zu bedeuten habe.

»Was trennt deinen Vater und Prinz Aeneas?«

Paris zupfte lässig an meinem Haar. »Rivalität.«

»Rivalität? Aber der eine regiert in Dardanien, der andere in Troja.«

»Schon, aber ein Orakel hat verkündet, dass Aeneas eines Tages über Troja herrschen wird. Mein Vater fürchtet das Wort der Götter. Aeneas kennt das Orakel auch, und darum erwartet er immer, wie der Thronerbe behandelt zu werden. Aber wenn du bedenkst, dass mein Vater fünfzig Söhne hat, ist Aeneas' Anspruch ziemlich lächerlich. Nach meiner Theorie bezieht sich das Orakel auf einen anderen Aeneas, irgendwann in der Zukunft …«

»Er scheint ein ganzer Kerl zu sein«, meinte ich nachdenklich. »Sehr attraktiv.«

Seine Augen funkelten mich an. »Vergiss nie, wessen Frau du bist, Helena. Lass die Finger von Aeneas.«

Die Zuneigung zwischen mir und Paris schwand. Wie konnte das geschehen, wo ich mich doch auf den ersten Blick in ihn verliebt hatte? Dennoch war es so, vermutlich wohl deshalb, weil ich bald entdeckte, dass er trotz seiner Leidenschaft für mich seinem Drang, andere Frauen zu besitzen, nicht widerstehen konnte. Genauso wenig wie seinem Drang, im Sommer am Berg Ida herumzuziehen und allerlei Unsinn anzustellen. In dem einen Sommer zwischen meiner Ankunft in Troja und der Landung der Griechen verschwand Paris für ganze sechs Monate. Als er schließlich wieder auftauchte, entschuldigte er sich nicht einmal. Und er konnte auch nicht begreifen, wie sehr ich während seiner Abwesenheit gelitten hatte.

Einige Frauen am Hof dachten sich immer neue Bosheiten aus, um mir das Leben schwer zu machen. Königin Hekabe hasste mich; für sie war ich diejenige, die ihren geliebten Paris ins Unglück stürzte. Hektors Frau Andromache hasste mich, weil ich ihr den Rang als die Schönste abgelaufen hatte – und weil sie fürchtete, Hektor könne eines Tages meinen Reizen erliegen. Als ob ich darauf Wert legte! Hektor war ein Pedant und ein Nervtöter, so stur und steif, dass er für mich bald der langweiligste Mann an einem Hof voller langweiliger Männer war.

Vor der jungen Priesterin Kassandra allerdings fürchtete ich mich. Sie fegte mit ihrem wehenden schwarzen Haar durch die Hallen und Flure, die Augen starr vor Wahnsinn, das weiße Gesicht verzerrt. Jedes Mal, wenn sie mich sah, hob sie ein schrilles

Gezeter voller unsinniger Beschuldigungen an. Ich sei ein Dämon. Ein Pferd. Eine Provokateurin. Stünde auf der Seite Dardaniens. Stünde auf der Seite Agamemnons. War Trojas Verderben. Und so weiter und so fort. Sie brachte mich aus der Fassung, was Hekabe und Andromache nicht lange verborgen blieb. Sie stifteten Kassandra dazu an, mir aufzulauern, in der Hoffnung, ich würde mich fortan nicht mehr aus meinen Räumen wagen. Aber Helena ist aus härterem Holz geschnitzt. Anstatt mich zurückzuziehen, entwickelte ich die für sie lästige Angewohnheit, mich Hekabe, Andromache und den anderen Damen vom Hochadel in ihrem Ruheraum anzuschließen, um sie dort durch das Streicheln meiner (wirklich herrlichen) Brüste direkt vor ihren empörten Augen zu verunsichern (keine von ihnen konnte mit ihrem Busen wirklich Staat machen). Als mir das langweilig wurde, fing ich an, die Bediensteten zu schlagen, Milch zu verschütten und Monologe über Vergewaltigung, Feuer und Plünderei zu halten. Eines denkwürdigen Morgens brachte ich Andromache so in Rage, dass sie mit Klauen und Zähnen über mich herfiel, um dann allerdings festzustellen, dass Helena als Mädchen gerungen hatte und es mit einer gut erzogenen Dame durchaus aufnehmen konnte. Ich brachte sie zu Fall und versetzte ihr einen Schlag aufs Auge, das daraufhin anschwoll, sich schloss und schließlich fast einen Monat lang blau war. Dann machte ich die Runde im Palast und flüsterte allen verstohlen zu, dass Hektor das getan habe.

Paris wurde immer wieder gedrängt, mich zu disziplinieren; vor allem seine Mutter lag ihm damit ständig in den Ohren. Aber jedes Mal, wenn er versuchte, mir Vorhaltungen zu machen, oder mich bat, netter zu sein, lachte ich ihn aus und zählte auf, was die anderen Frauen mir alles angetan hatten – was dazu führte, dass ich Paris immer seltener zu Gesicht bekam.

Zu Anfang des Winters bemächtigte sich eine erste Unruhe des trojanischen Hofs. Man munkelte, die Griechen hätten den Strand verlassen und zögen jetzt raubend die Küste Kleinasiens entlang, um weit auseinander liegende Orte und Städte zu überfallen. Als jedoch schwer bewaffnete Einheiten losgeschickt wurden, um den

Strand in Augenschein zu nehmen, waren die Griechen durchaus noch da, jederzeit bereit auszubrechen und irgendwelche Scharmützel anzufangen. Gleichwohl stellte sich heraus, dass auch das Gerücht von den Raubzügen stimmte; von Priamos' Verbündeten ließ einer nach dem anderen wissen, dass er sein Versprechen, im Frühjahr Truppen zu schicken, nicht einhalten könne. Ihre eigenen Länder waren bedroht. Tarses in Kilikien ging in Flammen auf, seine Bewohner wurden umgebracht oder als Sklaven verkauft; die Felder und Wiesen im Umkreis von fünfzig Meilen wurden abgebrannt, das Getreide an Bord griechischer Schiffe gebracht, das Vieh geschlachtet und in Kilikien für griechische Bäuche geräuchert. Aus den Tempeln wurden die Schätze geraubt und König Eetions Palast wurde geplündert. Als nächstes war Mysien an der Reihe. Lesbos schickte Hilfe und wurde daraufhin ebenfalls angegriffen. Mitylene wurde dem Erdboden gleichgemacht; die Lesbier leckten ihre Wunden und überlegten sich, ob es nicht vielleicht klüger war, wenn sie sich auf die griechische Hälfte ihrer Herkunft besannen und auf die Seite Agamemnons wechselten. Als dann auch noch Priene und Miletos in Karien erobert wurden, verbreitete sich Panik. Sogar Sarpedon und Glaukos, die Doppelkönige, waren gezwungen, in ihrer Heimat Lykien zu bleiben.

Jeder Streich der Griechen wurde uns auf eine ganz neue Art und Weise mitgeteilt. Ein griechischer Herold baute sich vor dem Skäischen Tor auf und rief dem Wachhabenden des westlichen Turms die Botschaft für Priamos zu. Er verkündete Einzelheiten aus der geplünderten Stadt, die Zahl der toten Bürger, die Zahl der Frauen und Kinder, die als Sklaven verkauft worden waren, den Wert der Kriegsbeute, die Menge des geraubten Getreides. Und immer beendete er seine Botschaft mit den gleichen Worten: »Sagt Priamos, dem König von Troja, dass Achilles, der Sohn des Peleus, mich schickt!«

Allmählich lernte Troja den Namen Achilles fürchten. Im Frühjahr musste Priamos den Anblick des griechischen Lagers am Strand schweigend ertragen, denn keine verbündeten Truppen verstärkten seine eigenen Reihen, und es kam auch kein Geld, um Söldner bei den Hethitern, in Assyrien oder in Babylon anzuwerben. In Troja musste gespart werden; die Griechen kassierten nun die Zölle am Hellespont.

Eine gewisse Düsternis zog in die Herzen und die Häuser der Trojaner ein. Und da ich die einzige Griechin im Palast war, wollten alle – von Priamos bis Hekabe – von mir wissen, wer dieser Achilles war. Ich berichtete ihnen alles, woran ich mich erinnern konnte, aber als ich ihnen erklärte, dass er fast noch ein Knabe war, wenngleich aus bestem Haus, wollten sie mir nicht glauben.

Im Lauf der Zeit steigerte sich die Angst vor Achilles noch; schon die bloße Erwähnung seines Namens ließ Priamos erbleichen. Nur Hektor zeigte keine Furcht. Er brannte darauf, Achilles gegenüberzutreten. Jedes Mal, wenn der griechische Herold vor dem Skäischen Tor erschien, fingen seine Augen an zu leuchten, und seine Hand griff nach dem Dolch. Achilles zu begegnen wurde für ihn zu einer solchen Besessenheit, dass er an jedem Altar ein Opfer brachte und um die Möglichkeit betete, Achilles erschlagen zu dürfen. Als er mich aufsuchte, um mich über ihn zu befragen, weigerte er sich, meinen Antworten Glauben zu schenken.

Als der Herbst des zweiten Jahres ins Land zog, verlor Hektor die Geduld und bat seinen Vater, an der Spitze des gesamten trojanischen Heers ins Feld ziehen zu dürfen.

Priamos starrte ihn an, als ob der Thronfolger den Verstand verloren hätte. »Nein, Hektor!«

»Majestät, wir haben herausgefunden, dass am Strand weniger als die Hälfte der griechischen Truppen zurückgeblieben ist! Wir könnten sie vernichten! Und dann muss Achilles mit seiner Armee nach Troja zurückkehren! Dann vernichten wir auch ihn!«

»Oder werden selbst vernichtet.«

»Majestät, wir sind in der Überzahl!«, rief Hektor.

»Das glaube ich nicht.«

Hektor ballte die Fäuste und versuchte mit immer neuen Argumenten den furchtsamen alten Mann davon zu überzeugen, dass er im Recht war. »Dann, Majestät, lasst mich zu Aeneas nach Lyrnessos gehen – gemeinsam mit den Dardaniern werden wir Agamemnon *wirklich* überlegen sein!«

»Aeneas möchte nichts mit unseren Problemen zu tun haben.«

»Er würde mir zuhören, Vater.«

Wütend erhob sich Priamos. »Ich soll meinen Sohn, meinen Thronfolger, ermächtigen, die Dardanier um Hilfe zu *bitten*? Bist du von Sinnen, Hektor? Ich möchte lieber tot sein, als vor Aeneas im Staub zu kriechen!«

In diesem Augenblick entdeckte ich Aeneas. Er hatte gerade erst den Thronsaal betreten, aber genug von dem Wortwechsel auf dem Podium mitbekommen. Seine Mundwinkel waren herabgezogen, und seine Augen, die nichts von seinen Gedanken verrieten, wanderten von Hektor zu Priamos. Bevor ihn jemand von Bedeutung sah – *ich* war nicht von Bedeutung –, wandte er sich um und ging.

»Majestät!«, rief Hektor verzweifelt. »Ihr könnt nicht damit rechnen, dass wir für alle Ewigkeit hinter unseren Mauern ausharren können! Die Griechen sind dabei, alle unsere Verbündeten zu vernichten. Unsere Reichtümer schwinden, denn wir haben keine Einkünfte mehr, und Lebensmittel zu besorgen, wird immer teurer. Wenn ich schon nicht mit der ganzen Armee in die Schlacht ziehen kann, dann lasst mich sie wenigstens gelegentlich Überfälle verüben, mit denen sie nicht rechnen, lasst mich ihre Beutezüge plündern und sie davon abbringen, frech vor unsere Mauern zu ziehen und uns zu beleidigen!«

Priamos schwankte. Er stützte sein Kinn in die Hände und dachte lange nach. Schließlich seufzte er und sagte: »Nun gut. Fang an, deine Männer auszubilden. Wenn du mich davon überzeugst, dass es keine verrückte Idee ist, kannst du tun, was du willst.«

Hektors Gesicht leuchtete. »Ich werde Euch nicht enttäuschen, Majestät.«

»Das hoffe ich«, entgegnete Priamos müde.

Irgendjemand im Thronsaal fing zu lachen an. Verdutzt sah ich mich um; ich hatte gedacht, dass Paris wieder fort war. Aber da stand er und lachte hemmungslos vor sich hin. Hektors Miene verfinsterte sich; er stieg vom Podium herab und drängte sich durch die Menge.

»Was ist so lustig, Paris?«

Mein Gatte beruhigte sich ein wenig und legte den Arm um

Hektors Schultern. »Du, Hektor, du! Möchtest unbedingt ein paar Scharmützel führen, obwohl du eine so schöne Frau zu Hause hast. Wieso ziehst du den Krieg den Frauen vor?«

»Weil«, entgegnete Hektor mit Nachdruck, »ich ein Mann bin, Paris, und kein hübscher Frauenheld.«

Ich erstarrte. Mein Gatte war nicht nur ein Narr, sondern auch noch ein Feigling. Oh, diese Erniedrigung! Von allen Seiten trafen mich verächtliche Blicke. Ich verließ den Saal.

Zwei hübsche Narren, Paris und ich. Ich hatte meinen Thron, meine Freiheit und meine Kinder aufgegeben – warum vermisste ich sie kaum? – für ein Leben im Gefängnis und an der Seite eines hübschen Narren, der obendrein noch eine Memme war. Warum vermisste ich sie kaum? Die Antwort war einfach. Sie gehörten zu Menelaos, und irgendetwas in mir zwang mich jetzt, für Menelaos, die Kinder und Paris die gleiche Geringschätzung zu empfinden. Gab es ein schlimmeres Schicksal für eine Frau, als zu wissen, dass niemand in ihrem Leben ihrer wert war?

Ich brauchte frische Luft und ging in den Hof unter meinen Gemächern. Dort wanderte ich auf und ab, bis mein Kummer nachließ. Schließlich wandte ich mich entschlossen um und prallte auf einen Mann, der mir entgegenkam. Unwillkürlich streckten wir unsere Hände aus, und einen Augenblick lang hielt er mich auf Armeslänge entfernt fest, um mich aufmerksam zu betrachten. Der Ärger in seinen dunklen Augen verflog.

»Ihr müsst Helena sein«, sagte er.

»Und Ihr Aeneas.«

»Ja.«

»Ihr kommt nicht oft nach Troja«, fuhr ich fort. Er gefiel mir.

»Könnt Ihr Euch einen Grund denken, weshalb ich das sollte?«

Es hatte keinen Zweck zu heucheln. Ich lächelte. »Nein.«

»Ich mag Euer Lächeln«, sagte er, »aber Ihr seid zornig. Weshalb?«

»Das ist meine Sache.«

»Streit mit Paris, nicht wahr?«

»Nein«, antwortete ich mit einem Kopfschütteln. »Sich mit Paris zu streiten ist ebenso schwierig, wie Quecksilber festzuhalten.«

»Da habt Ihr Recht.«

Woraufhin er meine linke Brust streichelte. »Eine interessante Mode, sie zu entblößen. Aber sie bringen das Blut eines Manns in Wallung, Helena.«

Ich senkte die Lider und lächelte. »Das ist gut zu wissen«, erwiderte ich leise und neigte mich ihm entgegen, damit er mich küssen konnte. Aber als nichts geschah, blickte ich auf und entdeckte, dass er gegangen war.

Von Langweile war jetzt keine Rede mehr. Mit der Absicht, Aeneas zu verführen, ging ich in die nächste Versammlung. Doch er war nicht da. Als ich Hektor beiläufig fragte, wo sein Vetter aus Dardanien geblieben sei, antwortete er, dass Aeneas noch in der Nacht seine Pferde gesattelt hatte und nach Hause geritten war.

KAPITEL 17

ERZÄHLT VON PATROKLOS

Die Völker Kleinasiens leckten ihre Wunden und zogen sich missmutig in Richtung der riesigen Berge zurück, die zum Reich der Hethiter gehörten. Sie fürchteten sich davor, nach Troja zu gehen oder sich an einem anderen Ort zusammenzuschließen, weil sie nicht ahnten, wo wir Griechen sie als nächstes angreifen würden. Tatsächlich gehörte der Sieg schon uns, bevor wir zu unserem ersten Raubzug aufbrachen. Wir hatten alle Vorteile auf unserer Seite: Wir segelten so weit draußen vor der Küste, dass wir vom Land aus nicht entdeckt werden konnten, und stets waren wir schneller als sie, denn es gab keine guten Straßen zwischen den Siedlungszentren, die verstreut in der Region mit ihren Flusstälern und zerklüfteten Gebirgszügen lagen. Die kleinasiatischen Staaten verkehrten miteinander über das Meer, und das beherrschten wir.

Im ersten Jahr fingen wir viele Schiffe ab, die Waffen und Verpflegung nach Troja bringen wollten, aber diese Fahrten wurden eingestellt, als sie erkannten, dass nicht Troja, sondern *wir* davon profitierten. Wir waren zu viele für sie, keine der Städte entlang der sich endlos hinziehenden Küste konnte hoffen, genügend Kräfte zu mobilisieren, um uns in einer Schlacht zu besiegen, und ihre Mauern waren nicht stark genug, um uns zu widerstehen. So nahmen wir in zwei Jahren zehn Städte ein, Orte jenseits von Rhodos bis Tarsus ganz unten in Kilikien sowie Orte oben in Mysien und Lesbos in der Nähe von Troja.

Wenn wir übers Meer zogen, überließ Phoinix das Kommando auf der Versorgungsroute zwischen Assos und Troja immer seinem Stellvertreter und schloss sich uns an, um die zweihundert leeren

Schiffe zu befehligen, die unsere Kriegsbeute aufnahmen. Sie lagen immer tief im Wasser, wenn der Rauch einer brennenden Stadt sich endlich verzogen hatte und unsere Schiffe mit den Truppen an Bord ächzten unter der Last des Raubguts, das sie zusätzlich transportieren mussten. Achilles war unbarmherzig. Wenige überlebten, um uns dereinst neuen Widerstand zu leisten. Wer nicht in die Sklaverei verschleppt oder nach Ägypten oder Babylon verkauft werden konnte, wurde erschlagen: alte Weiber und verdorrte Greise, für die niemand Verwendung hatte. Sein Name verbreitete Schrecken entlang der Küste, und ich brachte es nicht über mich, die Menschen für ihren Hass auf Achilles zu verdammen.

Wir gingen ins dritte Jahr. Assos erwachte träge wieder zum Leben; der Schnee schmolz, die Bäume blühten. Von Streit und Differenzen keine Spur, denn wir hatten längst alle Loyalitäten vergessen und fühlten uns nur noch Achilles und der Zweiten Armee verpflichtet.

Fünfundsechzigtausend Mann waren in Assos einquartiert; ein Kern von zwanzigtausend Veteranen, die nie nach Troja kamen, weitere dreißigtausend, die bei uns blieben, solange die Jahreszeit Raubzüge erlaubte, und fünfzehntausend Händler und Handwerker, von denen etliche das ganze Jahr über in Assos lebten. Einer der Heerführer war immer in Assos stationiert, für den Fall, dass ein Angriff aus Dardanien drohte, während die Flotte unterwegs war. Auch Ajax übernahm diese Aufgabe; nur Achilles war ständig unterwegs. Da ich mich nicht von ihm trennen mochte, war auch ich dauernd im Einsatz. Er war ein grausamer Feldherr, der keine Gnade kannte und nicht auf Kapitulationen einging. Sobald er seine Rüstung trug, war er kalt und unerbittlich wie der Nordwind. Wir sind dazu da, pflegte er zu sagen, die Vorherrschaft der Griechen zu sichern und jede Opposition zu vernichten, damit die griechischen Staaten eines Tages Teile ihrer Bevölkerung zum Kolonisieren nach Kleinasien schicken konnten.

Als wir nach einem Feldzug, der uns am Ende des Winters nach Lykien geführt hatte (Achilles schien mit den Göttern des Meeres im Bunde zu sein, denn wir segelten im Winter genauso sicher wie im Sommer), in den Hafen von Assos einliefen, stand Ajax am

Ufer, um uns zu begrüßen. Er winkte fröhlich und ließ uns wissen, dass er während unserer Abwesenheit nicht bedroht worden war und darauf brannte, wieder in den Krieg zu ziehen. Der Frühling war mit Macht gekommen, das Gras stand knöchelhoch. Die ersten Blumen sprenkelten die Wiesen, die Lagerpferde tollten auf den Weiden, die Luft war lau und berauschend wie unverdünnter Wein. Wir füllten die Lungen mit dem Duft der Heimat und drängelten uns, auf den Kiesstrand zu springen.

An Land trennten wir uns, um uns später wieder zu versammeln. Ajax legte seine mächtigen Arme um den Kleinen Ajax und Teukros und verschwand mit ihnen, während Meriones voll kretischer Würde davonstolzierte. Ich machte mich mit Achilles auf den Weg, voller Freude, wieder in Assos zu sein. Die Frauen waren in unserer Abwesenheit fleißig gewesen: zartgrüne Schösslinge in ihren Gartenbeeten versprachen Kräuter und Gemüse für die Kochtöpfe und Blumengirlanden für unsere Häupter. Ein hübscher Ort, dieses Assos, nicht zu vergleichen mit dem kargen Feldlager, das Agamemnon vor Troja errichtet hatte. Die Soldatenunterkünfte lagen zwischen Hainen verstreut und waren wie in einer gewöhnlichen Stadt durch Straßen miteinander verbunden. Natürlich waren wir hier sicher. Eine zwanzig Ellen hohe Mauer samt Palisade und Graben umgab uns und wurde ständig bewacht, selbst in den kältesten Wintermonaten. Nicht dass unser nächster Feind, Dardanien, Interesse an uns gezeigt hätte; König Anchises, so hieß es, liege im ständigen Streit mit Priamos.

Überall im Lager gab es Frauen, einige waren hochschwanger. Im Winter hatte es eine wahre Schwemme von Neugeborenen gegeben. Der Anblick der Säuglinge und ihrer Mütter erfreute mich, denn er linderte die Schrecken des Krieges, die Monotonie des Tötens. Es waren weder Kinder von mir noch von Achilles dabei. Ich finde, dass Frauen interessante Geschöpfe sind, obwohl ich mich nicht zu ihnen hingezogen fühle. Alle diese Frauen hier hatten wir mit Gewalt gefangen genommen – doch nachdem die Angst und die Verwirrung darüber erst einmal nachgelassen hatten, schienen sie vergessen zu können, welches Leben sie davor gehabt, welche Männer sie geliebt hatten. Sie wurden sesshaft, verliebten sich wieder, hatten Familien und nahmen griechische Gewohnheiten an. Nun gut, sie sind keine Krieger. Sie sind Trophäen von Kriegern. Ich wage zu behaupten, dass ihnen das, was ein Frauendasein ausmachte, schon als kleines Mädchen von ihren Müttern beigebracht wurde. Frauen sind Nestbauer, und daher ist das Nest für sie am wichtigsten. Natürlich gab es immer auch solche, die nicht vergessen konnten, die weinten und klagten. Die blieben nicht in Assos, sondern wurden zur Arbeit auf die glitschigen, matschigen Felder zwischen Euphrat und Tigris geschickt, um dort, so vermute ich, jämmerlich zu sterben.

Die Halle war der größte Raum in unserem Haus; sie wurde sowohl zum Wohnen als auch als Versammlungsort genutzt. Achilles und ich betraten sie gemeinsam; nebeneinander passten wir gerade so durch den Türrahmen. Ich verspürte dabei immer ein kleines Freudengefühl, als würde das irgendwie belegen, was aus uns geworden war: Anführer, Herrscher.

Ich legte meine Rüstung selbst ab, doch Achilles ließ das von Frauen besorgen. Wie ein Turm stand er da, während ein halbes Dutzend von ihnen an seinen Bändern und Knoten zog und aufseufzte, als es das lange schwarze Band einer halb verheilten Wunde auf seinem Oberschenkel entdeckte. Ich brachte es nie über mich, mir von Sklavinnen aus der Rüstung helfen zu lassen; ich hatte den Hass in ihren Gesichtern gesehen, als wir sie aus der Kriegsbeute als unseren Anteil ausgewählt hatten. Aber Achilles störte das nicht. Er ließ sich von ihnen Schwert und Dolch abnehmen, ohne auch nur daran zu denken, dass sich eine mit der Waffe in der Hand gegen ihn wenden und ihn töten konnte, während er wehrlos dastand. Von der Jüngsten bis zur Ältesten waren alle verliebt in ihn. Unsere Bäder waren schon mit warmem Wasser gefüllt, frische Röcke und Hemden bereitgelegt.

Später, als der Wein eingeschenkt und die Essensreste fortgeräumt waren, entließ Achilles die Frauen und lehnte sich mit einem Seufzer zurück. Wir waren beide müde, doch an Schlaf war trotzdem nicht zu denken. Helles Tageslicht drang durch die Fenster, und es konnte gut sein, dass uns noch Freunde besuchten.

Achilles war den ganzen Tag über sehr still gewesen – das war nicht ungewöhnlich, doch die heutige Schweigsamkeit ließ ahnen, dass er sich wieder einmal zurückzog. Ich mochte diese Stimmungsumschwünge nicht. Er schien sich irgendwo hinzubegeben, wohin ich ihm nicht folgen konnte: in eine Welt, die nur ihm gehörte, und mich ließ er vergeblich weinend an ihren Toren zurück. Ich lehnte mich zu ihm hinüber, um seinen Arm zu berühren, mit mehr Nachdruck, als ich beabsichtigt hatte.

»Achilles, du hast kaum vom Wein getrunken.«

»Mir ist nicht danach.«

»Fehlt dir etwas?«

Die Frage überraschte ihn. »Nein. Ist es ein Zeichen von Krankheit, wenn ich keinen Wein mag?«

»Nein. Mehr ein Zeichen für deine Stimmung, vermute ich.«

Er seufzte tief und ließ seinen Blick durch die Halle schweifen. »Ich liebe diesen Raum mehr als alle, die ich kenne. Er gehört *mir*; denn es gibt hier nichts, das ich nicht mit meinem Schwert erkämpft hätte. Alles sagt mir, dass ich *Achilles* bin, nicht der Sohn von Peleus.«

»Ja, es ist ein schöner Raum«, stimmte ich zu.

Er runzelte die Stirn. »Schönheit ist eine Verzärtelung der Sinne, ich verachte sie genauso wie Schwäche. Nein, ich liebe diesen Raum, weil er meine Trophäe ist.«

»Eine prächtige Trophäe«, sagte ich lahm.

Er ignorierte diese Bemerkung und versank wieder in seinen Gedanken. Ich versuchte erneut, ihn zurückzuholen.

»Auch nach so vielen Jahren sagst du Dinge, die ich nicht verstehe. Du magst doch sicher Schönheit in *irgendeiner* Form. Zu leben und es für eine Schwäche zu halten, ist kein Leben, Achilles.«

Er knurrte. »Es interessiert mich wenig, wie oder wie lange ich lebe, solange mein Ruhm gesichert ist. Die Menschen sollen mich nie vergessen, wenn ich in meinem Grab liege.« Wieder änderte sich seine Stimmung. »Meinst du, ich habe den falschen Weg zum Ruhm eingeschlagen?«

»Das ist eine Sache zwischen dir und den Göttern«, antwortete ich. »Du hast dich nicht gegen sie versündigt – hast weder schwangere Frauen erschlagen noch Kinder, die zu jung waren, um Waffen zu tragen. Es ist keine Sünde, sie in die Gefangenschaft zu schicken. Du hast auch keine Stadt ausgehungert. Selbst wenn du hart gewesen bist, hast du nie ein Verbrechen begangen. Ich bin nur weicher, das ist alles.«

Ein Lächeln breitete sich aus. »Du unterschätzt dich, Patroklos. Ein Schwert in deiner Hand, und du bist genauso hart wie wir alle.«

»Eine Schlacht ist etwas anderes. Da kann ich gnadenlos töten. Aber ich habe manchmal düstere und schwere Träume.«

»Wie ich. Iphigenie hat mich verflucht, bevor sie starb.«

Unfähig weiterzusprechen, hing er wieder seinen Gedanken nach. Ich betrachtete ihn so hingebungsvoll, als gebe es nichts, was ich lieber täte. Viele seiner Eigenschaften waren mir fremd, doch wenn irgendjemand Achilles kannte, dann war ich es. Er konnte die Menschen dazu bringen, ihn zu lieben, seien es die Myrmidonen oder seine Sklavinnen – oder ich. Aber das hatte nichts mit seiner körperlichen Anziehungskraft zu tun; es hing mit einer besonderen Seite seiner Persönlichkeit zusammen, mit einer ungeheuren Ausstrahlung, die anderen Männern offensichtlich fehlte.

Seit wir vor drei Jahren Aulis verlassen hatten, war er immer verschlossener geworden; manchmal fragte ich mich, ob seine Gemahlin ihn bei seiner Rückkehr wieder erkennen würde. Natürlich hatte seine Veränderung ihren Ursprung im Tod von Iphigenie. Das konnte ich noch nachvollziehen. Aber nicht, wohin ihn seine Gedanken führten und wie es in seinem Innersten aussah.

Ein kalter Windstoß bauschte plötzlich die Vorhänge an beiden Seiten des Fensters. Ich erschauerte. Achilles lag immer noch auf der Seite, den Kopf in eine Hand gestützt, aber seine Miene hatte sich verändert. Ich rief seinen Namen. Er antwortete nicht.

Panik ergriff mich. Ich sprang auf, um mich direkt neben ihm niederzulassen. Ich legte die Hand auf seine nackte Schulter, aber er schien sie nicht zu bemerken. Klopfenden Herzens spürte ich seine Haut unter meiner Handfläche und neigte den Kopf, bis meine Lippen auf seinen lagen. Tränen rannen so rasch unter meinen Lidern hervor, dass eine auf seinen Arm fiel. Erschrocken zog ich mich zurück, während er erzitterte und den Kopf wandte, um mich anzusehen. Etwas wie Überraschung lag in seinen Augen – als hätte er in diesem Augenblick zum ersten Mal den wahren Patroklos erblickt.

Er öffnete den lippenlosen Spalt, um zu sprechen, aber was immer es war, es wurde nie gesagt. Seine Augen irrten zu der offenen Tür, und er sagte »Mutter.«

Erschrocken stellte ich fest, dass er nicht bei Sinnen war. Seine linke Hand zuckte, die linke Hälfte seines Gesichts verzerrte sich. Dann fiel er vom Ruhebett; sein Körper verkrampfte, sein Rücken bog sich, und seine Augen waren so blind und weiß, dass ich fürchtete, er werde sterben. Ich warf mich neben ihn auf den Boden, um ihn zu umfangen und zu warten, bis ein fleckiges Grau in sein schwarz verfärbtes Gesicht trat und das Zucken aufhörte. Als es vorbei war, wischte ich den Speichel von seinem Kinn, bettete ihn bequem und strich ihm das verschwitzte Haar aus dem Gesicht.

»Was ist passiert, Achilles?«

Er sah mich mit umwölktem Blick an, kam allmählich wieder zu sich. Dann atmete er wie ein erschöpftes Kind. »Mutter hat mich mit ihrem bösen Zauber heimgesucht. Ich glaube, ich habe den ganzen Tag gespürt, dass sie kommen würde.«

Der Zauber! War *das* der böse Zauber gewesen? Für mich hatte es eher nach einem Anfall von Fallsucht ausgesehen, obwohl die Leute, die ich kannte und die darunter litten, immer mehr den Verstand verloren, bis sie schließlich ganz dem Schwachsinn verfielen und bald darauf starben. Was immer Achilles befallen hatte, sein Verstand war nicht in Mitleidenschaft gezogen worden, und der Zauber kam auch nicht häufiger über ihn. Wenn ich mich recht entsinne, war es der erste Anfall seit jenem damals in Skyros.

»Warum ist sie gekommen, Achilles?«

»Um mich daran zu erinnern, dass ich sterben werde.«

»Das kannst du nicht sagen! Wie willst du das wissen?« Ich half ihm auf die Füße, legte ihn auf das Lager und setzte mich neben ihn. »Ich habe dich in diesem Zustand gesehen, Achilles, und wie ich glaube, war das die Fallsucht.«

»Vielleicht ist es Fallsucht. Und wenn, dann schickt meine Mutter sie mir, um mich an meine Sterblichkeit zu erinnern. Und sie hat recht. Ich muss sterben, bevor Troja fällt. Der böse Zauber ist ein Vorgeschmack auf den Tod, auf eine Existenz als Schatten, ohne Liebe und Zuneigung.« Sein Mund wurde noch schmaler. »Lang und schmählich oder kurz und ruhmreich. Es gibt keine andere Wahl, was sie aber nicht einsehen will. Ihre Heimsuchungen ändern nichts. Mein Leben hat sich in Skyros entschieden.«

Ich wandte mich ab und legte den Kopf auf den Arm.

»Weine nicht um mich, Patroklos. Ich habe das Schicksal gewählt, das ich wollte.«

Ich wischte mir mit der Hand über die Augen. »Ich weine nicht um dich. Ich weine um mich.«

Obwohl ich ihn nicht ansah, fühlte ich, wie sich sein Blick veränderte.

»Wir haben dasselbe Blut«, sagte er schließlich. »Kurz bevor mich der Zauber überfiel, habe ich etwas an dir erkannt, das mir vorher immer entgangen war.«

»Meine Liebe für dich«, sagte ich mit zusammengeschnürter Kehle.

»Ja. Es tut mir Leid. Ich muss dich viele Male aus bloßem Unverstand verletzt haben. Aber warum weinst du?«

»Wenn Liebe nicht erwidert wird, weinen wir.«

Er erhob sich vom Lager und hielt mir beide Hände entgegen. »Ich erwidere deine Liebe«, sagte er. »Ich habe es immer getan.«

»Aber du bist kein Mann für Männer, und das ist die Liebe, die ich mir wünsche.«

»Vielleicht wäre es so, wenn ich mich für ein langes und würdeloses Leben entschieden hätte. Aber wie mein Schicksal nun einmal ist – ich habe nichts dagegen, dich zu lieben. Wir sind hier beide im Exil, und es erscheint mir sehr angenehm, dieses Exil sowohl im Fleisch als auch im Geist mit dir zu teilen«, sagte Achilles.

Und so wurden wir beide Liebende, obwohl ich nicht die Ekstase fand, die ich mir erträumt hatte. Finden wir sie je? Achilles entflammte für viele Dinge, aber die körperliche Befriedigung gehörte nicht dazu. Egal. Ich hatte mehr von ihm als jede Frau und fand schließlich auch eine Art von Erfüllung. Liebe ist in Wahrheit nicht körperlich. Liebe ist die Freiheit, im Herzen und im Kopf des Geliebten sein zu dürfen.

Es dauerte fünf Jahre, ehe wir Troja und Agamemnon wieder sahen. Ich begleitete Achilles wie immer, und er nahm noch Ajax und Meriones mit. Ich wusste, dass dieser Besuch lange überfällig war, aber er wäre vermutlich auch jetzt noch nicht aufgebrochen, wenn er sich nicht mit Odysseus hätte beraten müssen. Die Staaten Kleinasiens waren wachsam geworden und hatten Strategien entwickelt, um auf unsere Angriffe vorbereitet zu sein.

Der lange, staubige Strand zwischen dem Simois und dem Skamandros hatte keine Ähnlichkeit mehr mit dem Ort, den wir vor über vier Jahren verlassen hatten. Alles Provisorische, Behelfsmäßige war verschwunden; alles sah nach Dauerhaftigkeit und Planmäßigkeit aus. Die Befestigungen waren fachmännisch und umsichtig angelegt. Es gab zwei Eingänge zum Lager, einen am Skamandros und einen am Simois: Steinbrücken waren über den Graben gebaut worden, und in der Mauer gähnten große Tore.

Ajax und Meriones gingen beim Simois an Land, während Achilles und ich am Skamandros das Schiff verließen. Dort waren, wie wir feststellten, Gebäude errichtet worden, um die Myrmidonen bei ihrer Rückkehr zu beherbergen. Wir gingen die Hauptstraße entlang, die quer durchs Lager führte, und suchten Agamemnons neues Haus, das, so hatte man uns gesagt, sehr groß sei?

Männer saßen in der Sonne und versorgten ihre Wunden, andere pfiffen fröhlich vor sich hin, während sie ihre Lederrüstung einölten oder Bronze polierten, und einige waren dabei, die Purpurfedern aus trojanischen Helmen zu ziehen, um sie selbst in der Schlacht zu tragen. Das geschäftige, muntere Treiben bewies uns, dass die Truppen in Troja weit davon entfernt waren, sich dem Müßiggang hinzugeben.

Odysseus trat gerade aus Agamemnons Haus, als wir dort ankamen. Kaum hatte er uns entdeckt, lehnte er seinen Speer gegen eine Säule und breitete mit einem Grinsen die Arme aus. Es gab zwei oder drei frische Narben an seinem stämmigen Körper. Hatte er sich die im offenen Kampf oder bei seinen nächtlichen Ausflügen erworben? Er war der einzige Mann, den ich je getroffen hatte, der sich bei aller Verschlagenheit nicht fürchtete, in einem ordentlichen Kampf Leib und Leben zu riskieren. Vielleicht war das der Krieger in ihm oder aber seine Überzeugung, dass er unter dem besonderen Schutz von Pallas Athene stand.

»Das wurde aber auch Zeit!«, rief er aus und umarmte uns. Und zu Achilles gewandt fügte er hinzu: »Der siegreiche Eroberer!«

»Wohl kaum. Die Küstenstädte haben gelernt, sich auf meine Ankunft vorzubereiten.«

»Darüber können wir später reden.« Er schickte sich an, uns ins Haus zu geleiten. »Ich muss mich bei Euch für Eure Großzügigkeit bedanken, Achilles. Ihr habt uns reichlich Beute und ein paar sehr schöne Frauen geschickt.«

»Wir sind nicht habgierig in Assos. Aber es sieht so aus, als wärt Ihr hier auch nicht untätig gewesen. Gab es viele Kämpfe?«

»Genug, um alle in Form zu halten. Hektor kann einem ziemlich unangenehm zusetzen.«

Achilles' Interesse war geweckt. »Hektor?«

»Priamos' Erbe und der Anführer der Trojaner.«

Agamemnon war geziemend erfreut, uns bei sich zu begrüßen, doch er lud uns nicht ein, länger zu bleiben oder den Morgen mit ihm zu verbringen. Achilles hätte allerdings auch keinen Wert darauf gelegt; seit der Name Hektor gefallen war, brannte er darauf, mehr über ihn zu erfahren, und er wusste, dass Agamemnon dafür nicht die richtige Person war.

Keiner hier hatte sich verändert oder war gealtert, außer dass einige ein paar neue Narben besaßen. Nestor sah sogar jünger aus als vorher. Er war in seinem Element, nahm ich an, immer beschäftigt und immer aufs Neue herausgefordert. Idomeneus hatte seine Trägheit abgelegt, was seiner Figur bekommen war. Nur Menelaos schien von dem Lagerleben nicht profitiert zu haben; der arme Mann vermisste immer noch seine Helena.

Wir blieben als Gäste von Odysseus und Diomedes, die ebenfalls ein Liebespaar geworden waren, zum Teil, weil es sich so ergeben, zum Teil, weil sie einfach Gefallen aneinander gefunden hatten. Frauen waren nur hinderlich, wenn Männer ein Leben wie dieses führten, und Odysseus, vermute ich, nahm sowieso nie eine andere Frau außer Penelope wahr, obwohl ich seinen Erzählungen entnahm, dass er durchaus nicht abgeneigt war, eine trojanische Frau zu verführen, wenn er so an Informationen kam. Achilles und ich erfuhren voller Verwunderung von der Existenz der Spähertruppe. Schon eine erstaunliche Geschichte. Kein Wort darüber war je nach außen gedrungen.

»Das ist wirklich bemerkenswert«, meinte Achilles. »Bei den Göttern, wenn sie davon wüssten! Aber weder ich noch die, mit denen ich umgehe, haben je etwas davon erfahren.«

»Nicht einmal Agamemnon weiß davon«, sagte Odysseus.

»Wegen Kalchas?«, fragte ich.

»Gut geraten, Patroklos. Ich traue dem Burschen nicht.«

»Also, weder er noch Agamemnon werden von uns etwas erfahren«, erklärte Achilles.

Wir blieben bis zum nächsten Vollmond in Troja, und Achilles hatte die ganze Zeit nur eines im Sinn: auf Hektor zu treffen.

»Das vergesst Ihr am besten, Achilles«, sagte Nestor am Ende eines Mahls, das Agamemnon uns zu Ehren gab. Ihr könntet den ganzen Sommer hier Eure Zeit verschwenden, ohne ihn zu sehen. Seine Attacken kommen ganz unvermittelt. Sie können nicht vorhergesagt werden, trotz Odysseus' erstaunlicher Kenntnisse darüber, was in Troja vor sich geht. Und wir selbst planen im Augenblick auch keine Angriffe.«

»Angriffe?«, fragte Achilles entsetzt. »Wollt Ihr die Stadt in meiner Abwesenheit einnehmen?«

»Nein, nein!«, rief Nestor. »Wir sind nicht in der Lage, Troja zu stürmen, selbst wenn der Westliche Vorhang morgen einstürzen würde. Der bessere Teil unserer Armee ist bei Euch in Assos, und das wisst Ihr auch. Kehrt dorthin zurück! Wartet nicht hier auf Hektor!«

»Es gibt nicht die geringste Aussicht, dass Troja in Eurer Abwesenheit fällt, Prinz Achilles«, sagte eine leise Stimme hinter uns. Es war der Priester Kalchas.

»Was meint Ihr damit?«, fragte Achilles, offensichtlich verwirrt durch diese schielenden, rosafarbenen Augen.

»Troja kann in Eurer Abwesenheit nicht fallen. Das sagen die Orakel.« Er ging davon, seine Purpurrobe funkelte von Gold und Edelsteinen. Odysseus tat gut daran, einige seiner Aktivitäten geheim zu halten. Agamemnon schätzte den Seher sehr; dessen Residenz befand sich gleich neben seiner und war prächtig ausgestattet. Er bekam seinen Anteil von all den Frauen, die wir aus Assos herschickten. Diomedes berichtete mir, dass Idomeneus einmal so in Zorn geriet, weil Kalchas ihm eine Frau wegschnappte, dass er den Fall vor die Ratsversammlung brachte und Agamemnon zwang, dem Priester die Frau wegzunehmen und seinem Mitbefehlshaber zu überlassen.

Und so verließ Achilles voller Enttäuschung Troja. Und genauso erging es Ajax, wie sich herausstellte. Beide waren kreuz und quer über die windige Ebene vor Troja gezogen, um Hektor herauszulocken, aber weder von ihm noch von seinen trojanischen Truppen war auch nur das Geringste zu sehen gewesen.

Die Jahre vergingen unerbittlich, eines nach dem anderen. Die kleinasiatischen Staaten versanken allmählich in Schutt und Asche, während die Sklavenmärkte der Welt überfüllt waren mit Lykiern, Karern, Kilikiern und einem Dutzend anderer Völker. König Nebukadnezar raffte alles an sich, was wir ihm nach Babylon schickten, während Tiglatpileser, der Herrscher von Assyrien, seine trojanisch-hethitischen Verbindungen vergaß, um auch noch etliche Tausende abzunehmen. Kein Land, stellte ich fest, besaß jemals genug Sklaven, und es hatte schon seit langem keinen Krieg mehr gegeben, der so viele lieferte, wie es jetzt Achilles tat.

Auch außerhalb unserer Raubzüge verlief unser Leben nicht immer friedlich. Es gab Zeiten, da Achilles täglich von dem furchtbaren Zauber seiner Mutter heimgesucht wurde; dann wieder ließ sie ihn monatelang in Frieden. Aber ich hatte inzwischen gelernt, wie ich ihm die Zauberanfälle erleichtern konnte; und er hatte sich daran gewöhnt, sich bei *all* seinen Bedürfnissen auf mich zu verlassen. Und gibt es etwas Erfreulicheres als das Wissen, dass ein geliebtes Wesen von einem abhängig ist?

Aus Iolkos traf ein Schiff ein und brachte Nachrichten von Peleus, Lykomedes und Deidamia. Dank des ständigen Nachschubs an Bronze und anderen Gütern, die aus unserer Kriegsbeute über die Ägäis geschifft wurden, gediehen die Dinge in der Heimat bestens. Während Kleinasien ausblutete, setzte Griechenland Fett an. In Athen und Korinth wurden die ersten Ansiedler für die eroberten Gebiete ausgewählt.

Die wichtigste Nachricht für Achilles betraf seinen Sohn Neoptolemos. Er wuchs jetzt immer rascher zum Mann heran! Wo waren die Jahre geblieben? Deidamia teilte ihm mit, dass er schon fast so groß wie sein Vater war und die gleiche Vorliebe für Kampf und Waffen entwickelte. Er war allerdings ungebärdiger, neigte zum Umherstreifen und machte ständig Eroberungen bei Frauen. Gar nicht zu reden von seinem Jähzorn und seiner Neigung, zu viel unverdünnten Wein zu trinken. Demnächst, so Deidamia, werde er sechzehn.

»Ich werde Deidamia und Lykomedes bitten, den Sohn zu meinem Vater zu schicken«, verkündete Achilles, nachdem er den Boten entlassen hatte. »Er braucht die Hand eines Mannes.« Sein Gesicht verzog sich schmerzlich. »Oh, Patroklos, was für Söhne Iphigenie und ich gehabt hätten!«

Ja, das quälte ihn noch immer – sogar mehr, dachte ich, als seine Mutter und ihr Zauber.

Wir brauchten neun Jahre, um Kleinasien zu bezwingen. Am Ende des neunten Sommers war die Arbeit getan. An Orten wie Kolophon und Appasos kamen die ersten Schiffe mit griechischen Siedlern an, die nur darauf warteten, in einer ihnen fremden Umgebung ein neues Leben zu beginnen. Einige würden Bauern, einige Händler werden, einige vermutlich nach Osten oder Norden weiterziehen. Für uns, die wir den Kern der zweiten Armee in Assos bildeten, hatte das keine Bedeutung. Unsere Aufgabe war erledigt, vor uns lag nur noch ein Angriff im Herbst auf Lyrnessos, das Zentrum des Königreichs Dardanien.

KAPITEL 18

ERZÄHLT VON
ACHILLES

Dardanien lag näher an Assos als jeder andere Staat Kleinasiens, aber ich hatte es absichtlich geschont während unseres neunjährigen Feldzugs, in dem wir die Küste in Schutt und Asche gelegt hatten. Ein Grund dafür war, dass es im Landesinneren lag und eine gemeinsame Grenze mit Troja hatte, ein anderer war etwas subtiler: Die Dardanier sollten sich in Sicherheit wiegen und glauben, dass ihre Entfernung vom Meer sie unangreifbar machte. Im Übrigen traute Dardanien Troja nicht. Solange ich sie in Frieden ließ, blieben König Anchises und sein Sohn Aeneas auf Distanz zu Troja.

Doch jetzt sollte sich das alles ändern. Der Einfall in Dardanien stand kurz bevor. Statt auf die übliche lange Seereise bereitete ich meine Truppen auf einen mühsamen Marsch vor. Wenn Aeneas überhaupt einen Angriff erwartete, dann rechnete er bestimmt damit, dass wir die Spitze der Halbinsel umsegeln und an der Küste jenseits der Insel Lesbos an Land gehen würden. Von da war es nur noch ein Fünfzehn-Meilen-Marsch nach Lyrnessos. Ich hingegen plante, von Assos aus landeinwärts durch hundert Meilen Wildnis über die Hänge des Berges Ida hinunter in das fruchtbare Tal zu stoßen, in dem Lyrnessos lag.

Odysseus hatte mir ausgebildete Späher mitgegeben, die unsere Route auskundschafteten. Sie berichteten, dass sie dicht bewaldet war, nur wenige Gehöfte an unserem Weg lagen und die Jahreszeit für die Schäfer schon zu weit fortgeschritten war, um noch auf der Weide zu sein. Pelze und feste Schuhe kamen aus den Vorratslagern, denn der Ida war schon fast zur Hälfte an seinen Flanken mit

Schnee bedeckt, und es war möglich, dass wir in einen Schneesturm gerieten. Ich schätzte, dass wir ungefähr vier Meilen am Tag zurücklegen konnten; nach zwanzig Tagen sollten wir unser Ziel erreicht haben. Am fünfzehnten dieser zwanzig Tage sollte Phoinix, so lautete der Befehl, mit seiner Flotte in den verlassenen Hafen von Andramyttios einlaufen, den nächsten Anlegeplatz an der Küste. Mit Widerstand brauchte er nicht zu rechnen, denn ich hatte Andramyttios Anfang des Jahres bis auf seine Grundmauern niedergebrannt – zum zweiten Mal.

In aller Stille brachen wir auf, und die Tage unseres Marsches verliefen ohne Zwischenfall. Keine Hirten warteten auf uns in den verschneiten Hügeln, um anschließend nach Lyrnessos zu eilen und dort unser Erscheinen anzukündigen. Am sechzehnten Tag kamen wir ziemlich nahe an die Stadt heran. Ich befahl einen Halt und verbot das Anzünden von Feuern, bis ich sicher sein konnte, dass man uns nicht entdeckt hatte.

Ich hatte mir angewöhnt, diesen letzten Punkt immer selbst zu überprüfen, und so machte ich mich, ohne auf die Proteste von Patroklos zu achten, der mich manchmal an eine alte Glucke erinnerte, allein auf den Weg. Warum führt Liebe immer zu Besitzgier und Einschränkung der Freiheit?

Nach drei Meilen erklomm ich einen Hügel und sah Lyrnessos unter mir liegen. Die Stadt erstreckte sich über ein weites Stück Land, besaß feste Mauern und eine große Festung. Ich betrachtete sie einige Zeit und verband das, was ich sah, mit dem, was Odysseus' Späher mir berichtet hatten. Nein, es würde kein leichter Angriff werden, aber andererseits auch nicht halb so schwierig wie etwa in Smyrna.

Ich konnte der Versuchung nicht widerstehen und stieg den Abhang ein Stück hinunter, wobei ich mich freute, dass ich mich auf der windabgewandten Seite des Hügels befand, auf der kaum Schnee lag und der Boden noch erstaunlich warm war. Ein Fehler, Achilles! Ich trat fast auf ihn. Geschmeidig rollte er sich beiseite und kam in einer einzigen fließenden Bewegung auf die Füße. Blitzschnell rannte er davon, bis er außer Reichweite meines Speers war, dann blieb er stehen, um mich zu mustern. Er erinnerte mich lebhaft an Diomedes: Diesen Mann umgab dieselbe tödliche Aura, und sowohl aus seiner Kleidung als auch seiner Haltung konnte ich schließen, dass er von hohem Stand war. Ich hatte die Liste aller trojanischen und der mit ihnen verbündeten Heerführer, die Odysseus für uns aufgestellt und durch Boten hatte verteilen lassen, auswendig gelernt und kam zu dem Schluss, dass mein Gegenüber Aeneas war.

»Ich bin Aeneas und unbewaffnet!«, rief er mir zu.

»Zu schade, Dardanier! Ich bin Achilles und bewaffnet!«

Unbeeindruckt hob er die Augenbrauen. »Es gibt wirklich Zeiten im Leben eines vorsichtigen Mannes, da Klugheit der bessere Teil des Mutes ist. Auf Wiedersehen in Lyrnessos!«

Da ich wusste, dass ich schneller zu Fuß war als die meisten, setzte ich ihm in gemäßigtem Tempo nach, um ihn allmählich zu ermüden. Doch er war sehr behände und kannte sich hier aus. Ich hingegen nicht. So folgte ich ihm durch dorniges Gebüsch, und er ließ mich durch Löcher von Fuchs- und Kaninchenbauten stolpern, bis wir schließlich an eine breite Flussfurt kamen, wo er leichten Fußes über verborgene Steine sprang, während ich bei jedem Tritt nach dem nächsten Ausschau halten musste. Also verlor ich ihn, blieb stehen und verfluchte meine eigene Dummheit. Lyrnessos blieb ein ganzer Tag Zeit, sich auf unseren Angriff vorzubereiten.

Bei Anbruch der Morgenröte brach ich missgestimmt auf. Dreißigtausend Mann strömten in das Tal von Lyrnessos, umschlossen die Stadtmauern wie Sirup. Ein Meer aus Pfeilen und Speeren regnete auf sie herab, aber die Soldaten wehrten sie, wie sie es gelernt hatten, mit ihren Schilden ab, und es gab keine Verwundeten. Es drängte sich mir der Eindruck auf, dass sich hinter den Befestigungen nicht viel an Verteidigungskraft verbarg, und ich fragte mich, ob die Dardanier vielleicht ein Volk von Schwächlingen waren. Aber Aeneas hatte nicht wie der Anführer einer degenerierten Sippe ausgesehen.

Die Leitern wurden aufgestellt. An der Spitze der Myrmidonen erreichte ich den schmalen Pfad oben auf der Mauer, ohne dass mich ein Stein oder ein Krug mit kochendem Öl traf. Als eine kleine Gruppe von Verteidigern auftauchte, schlug ich sie mit meiner Axt nieder, ohne auch nur nach Unterstützung rufen zu müssen. Wir kamen mit geradezu lächerlicher Leichtigkeit voran, und bald wussten wir auch, warum. Unsere Gegner waren alte Männer und Knaben.

Aeneas, so fand ich heraus, war am Tag zuvor in die Stadt zurückgekehrt und hatte unverzüglich seine Männer zu den Waffen gerufen. Aber nicht, um gegen mich zu kämpfen. Er hatte sich mit seiner Armee nach Troja abgesetzt.

»Sieht so aus, als hätten die Dardanier einen Odysseus in ihrer Mitte«, sagte ich zu Patroklos und Ajax. »Welch ein Fuchs! Jetzt hat Priamos zwanzigtausend Mann mehr, die von einem Odysseus angeführt werden. Lasst uns hoffen, dass die Vorurteile des alten Mannes ihn blind machen für das, was Aeneas ist und kann.«

KAPITEL 19

ERZÄHLT VON BRISEIS

Lyrnessos starb, faltete die Flügel und legte sein Gefieder über die Verwüstung mit einem Aufschrei, in dem sich die Klagen aller Frauen vereinigten. Wir hatten Aeneas in die Obhut seiner unsterblichen Mutter Aphrodite gegeben, froh darüber, dass er die Gelegenheit erhielt, unsere Armee zu retten. Alle Bürger waren sich darin einig gewesen, dass es das einzige war, was man tun konnte, damit ein Teil von Dardanien weiterlebte und den Griechen einen Schlag versetzte.

Uralte Rüstungen waren aus Truhen gezerrt worden, von knochigen Händen, die dabei vor Anstrengung zitterten; Knaben zogen mit bleichem Gesicht Spielzeugrüstungen an, die nie dafür geschaffen waren, den Hieb einer Bronzeklinge abzuwehren. Natürlich fielen sie. Ehrwürdige Bärte sogen sich voll mit dardanischem Blut, das Kriegsgeschrei kleiner Soldaten verwandelte sich in das angstvolle Schluchzen von Knaben. Mein Vater hatte sogar mir den Dolch abgenommen, wobei er mir mit Tränen in den Augen erklärte, dass er mir nicht die Möglichkeit lassen konnte, mich der Sklaverei zu entziehen; alle Dolche, auch die der Frauen, wurden gebraucht.

Ich stand am Fenster, sah hilflos zu, wie Lyrnessos unterging, und betete zu Artemis, der gnädigen Tochter Letos, mir rasch einen ihrer Pfeile in mein Herz zu bohren, ehe mich ein paar Griechen packten und auf die Sklavenmärkte von Hattusas oder Ninive verschleppten. Unsere mitleiderregende Verteidigung wurde niedergemetzelt, bis mich nur noch die Palastmauern von einer mordlüsternen Soldateska trennten. Von diesem Augenblick an stellte ich mir die Töchter der Kore groß und hell vor. Mein einziger Trost bestand darin, dass Aeneas und die Armee in Sicherheit waren. Wie auch unser guter alter König Anchises, der als junger Mann so schön war, dass die Göttin Aphrodite sich in ihn verliebte und ihm Aeneas gebar. Und dieser hatte sich als braver Sohn selbstverständlich geweigert, seinen Vater zurückzulassen, und auch seine Frau Kreusa und den kleinen Sohn Askanios mitgenommen.

Obwohl ich mich nicht vom Fenster losreißen konnte, hörte ich, wie man sich in den Räumen hinter mir auf einen Kampf vorbereitete: alte Füße tappten umher, piepsige Stimmen flüsterten aufgeregt. Die meines Vaters war auch darunter. Nur die Priester blieben zurück, um an den Altären zu beten. Nur einer von ihnen, mein Onkel Chryses, hatte beschlossen, seine heilige Robe auszuziehen und eine Rüstung anzulegen. Er wollte kämpfen, erklärte er, um den asiatischen Apollo zu verteidigen, der nicht derselbe Gott war wie der griechische.

Sie stießen mit Rammböcken gegen das Tor. Der Palast erzitterte bis in seine Grundfesten, und durch den Lärm, der an mein Ohr drang, glaubte ich, den Beweger der Erde klagend brüllen zu hören. Denn Poseidon stand auf ihrer Seite, nicht auf unserer. Wir sollten zur Strafe für Trojas Stolz und Trotz geopfert werden. Er konnte uns nur sein Mitgefühl bekunden. Das Holz zersplitterte, die Angeln gaben nach, und krachend fiel das Tor zu Boden. Die Speere erhoben und die Schwerter gezückt, strömten die Griechen in den Palasthof, ohne Gnade für unsere klägliche Verteidigung, sondern nur voller Wut, dass Aeneas ihnen entwischt war.

Der Mann an ihrer Spitze war ein Riese in einer mit Gold eingefassten Bronzerüstung. Er schwang eine gewaltige Axt und fegte die alten Männer beiseite, als wären sie Ungeziefer. Voller Verachtung schlug er sie in Stücke. Dann stürmte er in die Große Halle, seine Männer hinter ihm her. Ich schloss die Augen vor dem Gemetzel draußen und flehte die keusche Artemis an, sie möge die Griechen dazu bringen, mich zu töten. Lieber Tod als Vergewaltigung und Versklavung. Rote Nebel tanzten vor meinen Lidern, das Licht des Tages drängte unerbittlich hinein, und meine Ohren hörten die erstickten Schreie und stammelnden Bitten um Erbarmen.

Die Alten hängen am Leben. Sie wissen, wie schwer es erkämpft ist. Aber die Stimme meines Vaters vernahm ich nicht. In meinem Herzen fühlte ich, dass er ebenso stolz gefallen war, wie er gelebt hatte.

Als das Geräusch von schweren, entschlossenen Schritten näher kam, öffnete ich die Augen und wandte mich um, damit ich die Tür am anderen Ende des schmalen Raums sehen konnte. Ein Mann tauchte dort auf, der die Türöffnung winzig erscheinen ließ. Die Axt hing an seiner Seite, das Gesicht unter dem Bronzehelm mit den Goldfedern war schmutzbedeckt. Sein Mund war grausam, denn die Götter, die ihn geschaffen hatten, mussten versäumt haben, ihm Lippen zu geben. Ich begriff, dass ein lippenloser Mann weder Mitleid noch Freundlichkeit kannte. Einen Augenblick starrte er mich an, als sei ich soeben aus der Erde gewachsen, dann trat er ins Zimmer, wobei er den Kopf schieflegte wie ein Hund. Ich richtete mich auf und beschloss, weder einen Schrei noch ein Winseln von mir zu geben, egal, was er mir antat. Ich würde ihm beweisen, dass es den Dardaniern nicht an Mut fehlte.

Er schien den Raum mit einem Schritt zu durchqueren, packte mich bei den Handgelenken und hob mich an den Armen hoch, sodass meine Zehen knapp über dem Boden hingen.

»Schlächter! Alte Männer und Kaben hinzumetzeln! Ihr seid ein Tier!«, keuchte ich und trat nach ihm.

Meine Handgelenke wurden so fest zusammengepresst, dass die Knochen knackten. Am liebsten hätte ich vor Schmerz aufgeschrien, aber ich verbot es mir – ich *verbot* es mir! Seine gelben Löwenaugen verrieten seinen Zorn. Ich hatte seine Selbstachtung dort getroffen, wo sie noch empfindlich war. Er mochte es gar nicht, ein Schlächter alter Männer und Knaben genannt zu werden.

»Hütet Eure Zunge, Mädchen! Auf den Sklavenmärkten treiben sie Euch den Trotz mit einer Stachelpeitsche aus.«

»Entstellt zu werden wäre ein Geschenk!«

»Aber in Eurem Fall ein Jammer«, entgegnete er, setzte mich ab und ließ meine Gelenke los. Stattdessen packte er mich an den Haaren und zerrte mich zur Tür, während ich nach ihm trat und so oft gegen seinen Metallpanzer schlug, bis sich meine Füße und Fäuste gebrochen anfühlten.

»Lasst mich alleine gehen!«, schrie ich. »Lasst mir soviel Würde, dass ich alleine gehen kann. Ich will mich nicht kriechend und wimmernd wie eine Dienerin vergewaltigen und versklaven lassen!«

Er blieb stehen und wandte den Kopf, um mich verwirrt anzustarren. »Ihr habt ihren Mut«, sagte er langsam. »Ihr seid nicht wie sie, dennoch habt Ihr eine Ähnlichkeit mit ihr... Meint Ihr wirklich, Euer Schicksal sei Vergewaltigung und Sklaverei?«

»Gibt es ein anderes Los für eine Gefangene?«

Mit einem Grinsen, das ihn mehr wie andere Männer aussehen ließ – denn Grinsen macht die Lippen schmaler –, ließ er mich los. Ich fasste mit der Hand auf meinen Kopf, um zu fühlen, ob er mich skalpiert hatte, dann schritt ich vor ihm her. Seine Hand fuhr nach vorn, und seine Finger schlossen sich so fest um mein verletztes Handgelenk, dass ich mich seinem Griff unmöglich entziehen konnte.

»Ungeachtet Eurer Würde, Mädchen, ich bin kein Narr. Ihr werdet mir nicht dank schierer Unachtsamkeit entkommen.«

»Wie Euer Anführer unseren Aeneas auf dem Hügel entwischen ließ?«, höhnte ich.

Er verzog keine Miene. »Genau«, sagte er gleichmütig.

Er führte mich durch Räume, die ich kaum wieder erkannte: Die Wände waren blutbespritzt, die Einrichtung gestapelt, um auf einen Beutewagen verbracht zu werden. Als wir in die Große Halle kamen, stieß er mit dem Fuß an ein paar Leichen, die ohne Ansehen ihres Alters oder Ranges achtlos übereinandergeworfen worden waren. Ich hielt inne, um zu sehen, ob vielleicht irgendetwas unter diesen namenlosen toten Körpern auf meinen Vater hinwies. Mein Bezwinger versuchte halbherzig, mich weiterzuziehen, aber ich widerstand ihm.

»Mein Vater könnte darunter sein! Lasst mich nachsehen!«, bat ich.

»Welcher ist es?«, fragte er gleichgültig.

»Wenn ich das wüßte, brauchte ich nicht darum zu bitten, nachsehen zu dürfen.«

Obwohl er mir keine Hilfe anbot, ließ er sich von mir überall hinziehen, wo ich nach Schuhen oder Kleidung sehen wollte. Schließlich entdeckte ich den Fuß meines Vaters, unverwechselbar in seiner granatbesetzten Sandale. Wie die meisten alten Männer hatte er seine Rüstung behalten, aber nicht seine Kampfstiefel. Doch ich konnte ihn nicht befreien. Es waren zu viele Leichen.

»Ajax!«, rief mein Eroberer. »Komm und hilf der Dame!«

Ermattet von den Greueln des Tages sah ich zu, wie ein weiterer Riese auf uns zukam. Er war noch größer als der neben mir.

»Kannst du ihr nicht selber helfen?«, fragte der Neuankömmling.

»Und sie entwischen lassen? Ajax, Ajax! Die hier hat Mut, ich kann ihr nicht trauen.«

»Hast eine Schwäche für sie entwickelt, Vetter? Na ja, wird auch Zeit, dass du dich einmal jemand anderem zuwendest außer Patroklos.«

Ajax schob mich zur Seite, als sei ich eine Feder, und dann, mit der Axt in der Hand, stieß er die Leichen auseinander, bis mein Vater vor mir lag. Seine toten Augen starrten mich an, sein Bart steckte in einer klaffenden Wunde, die fast seinen Brustkorb spaltete. Sie stammte von einem Axthieb.

»Das ist der Alte, der mich wie ein Kampfhahn anfiel«, sagte derjenige, der Ajax hieß, anerkennend. »Hitziger alter Bursche!«

»Wie der Vater, so die Tochter«, entgegnete der, der mich festhielt. Er zerrte an meinem Arm. »Kommt, Mädchen. Ich habe nicht die Zeit, Eurem Kummer nachzugeben.«

Schwerfällig erhob ich mich und zerraufte mir die Haare, als ich mich von meinem Vater verabschiedete. Weitaus besser zu gehen und zu wissen, dass er tot war, als sich immer fragen zu müssen, ob er wohl überlebt hatte, sich der törichtesten aller Hoffnungen hinzugeben. Ajax verließ uns mit der Bemerkung, er werde alle Überlebenden zusammentreiben lassen, bezweifle aber, dass es noch welche gebe.

Wir blieben am Eingang zum Hof stehen, damit mein Bezwinger einem Toten, der auf den Stufen lag, einen Gürtel abnehmen konnte. Er band das Leder fest um meine Handgelenke, dann befestigte er ein Ende an seinem eigenen Arm, sodass ich immer nah an seiner Seite gehen musste. Ich stand zwei Stufen über ihm und betrachtete seinen gebeugten Nacken, während er die wenigen Handgriffe mit einer Gründlichkeit erledigte, die vermutlich typisch für ihn war.

»Ihr habt meinen Vater nicht umgebracht«, sagte ich.

»Doch, das habe ich«, erwiderte er. »Ich bin der Anführer, den Euer Aeneas übertölpelt hat. Das bedeutet, dass ich für jeden einzelnen Toten verantwortlich bin.«

»Wie ist Euer Name?«, fragte ich.

»Achilles«, sagte er knapp, überprüfte den Ledergurt und zog mich hinter sich her in den Hof des Palastes. Ich musste laufen, um mit ihm Schritt zu halten. Achilles. Ich hätte es wissen müssen. Aeneas hatte ihn zuletzt erwähnt, obwohl er mir schon seit Jahren bekannt war.

Wir verließen Lyrnessos durch das offene Haupttor, durch das die Griechen ein- und ausgingen; einige hatten geplündert, andere waren bei Huren gewesen; wieder andere hielten Fackeln in der Hand, andere Weinschläuche. Achilles machte keine Anstalten, sie zur Ordnung zu rufen. Er übersah sie.

Am höchsten Punkt der Straße wandte ich mich um und blickte hinunter in das Tal von Lyrnessos. »Ihr habt meine Heimat zerstört. Hier habe ich zwanzig Jahre gelebt, hier hoffte ich zu bleiben, bis man mir eine Hochzeit ausrichtet. Aber das hier habe ich nicht erwartet.«

Er zuckte die Schultern. »So ist das nun mal im Krieg, Mädchen.«

Ich zeigte auf die kleinen Gestalten der plündernden Soldaten. »Könnt Ihr nicht verhindern, dass sie sich wie Tiere aufführen? Muss das sein? Ich habe die Frauen schreien hören – und ich habe *gesehen*, was sie ihnen angetan haben!«

Seine Augen wurden schmal; er sah mich zynisch an. »Was wisst Ihr von Griechen in der Fremde und ihren Gefühlen? Ihr hasst uns, und das verstehe ich. Aber ihr hasst uns nicht so, wie diese Männer Troja und seine Verbündeten hassen! Priamos hat sie bereits zehn Jahre fern von der Heimat gekostet. Sie genießen es, sie dafür zahlen zu lassen. Ich könnte sie nicht einmal aufhalten, auch wenn ich es wollte. Und offen gestanden, mir ist auch gar nicht danach.«

»Ich habe die Geschichten seit Jahren gehört, aber nicht gewusst, wie der Krieg wirklich ist«, flüsterte ich.

»Nun wisst Ihr's«, gab er zur Antwort.

Sein Lager war drei Meilen entfernt; als wir ankamen, rief er einen Offizier aus dem Tross zu sich.

»Polides, dies hier ist meine eigene Beute. Nehmt den Gürtel und bindet sie an einen Amboss, bis Ihr ordentliche Ketten geschmiedet habt. Lasst sie nicht einen Augenblick frei, selbst dann nicht, wenn sie den Abort benutzen will. Wenn Ihr sie in Ketten gelegt habt, bringt sie an einen Ort, wo sie alles hat, was sie braucht – einschließlich guter Verpflegung, einem ordentlichen Bett und Nachtgeschirr. Morgen geht Ihr mit ihr zu der Flotte in Andramyttios und übergebt sie Phoinix. Sagt ihm, dass ich ihr nicht traue und sie nicht die geringste Freiheit haben darf.« Er nahm mein Kinn und zwickte es leicht. »Auf Wiedersehen, Mädchen.«

Polides fand leichte Ketten für meine Fußgelenke, polsterte die Manschetten aus und brachte mich auf einem Esel zur Küste. Dort wurde ich Phoinix übergeben, einem aufrechten, alten Adligen mit den blauen Augen und dem wiegenden Gang eines Seemanns. Als er meine Fesseln sah, schnalzte er mit der Zunge, doch er machte keine Anstalten, sie abzunehmen, nachdem er mich an Bord seines Flaggschiffs gebracht hatte. Höflich forderte er mich auf, Platz zu nehmen, doch ich bestand darauf zu stehen.

»Es tut mir so Leid wegen der Ketten«, sagte er mit kummervollem Blick. Doch sein Kummer galt nicht mir, wie ich feststellte. »Armer Achilles!«

Es ärgerte mich, dass der alte Mann so gering von mir dachte. »Dieser Achilles hat eine bessere Vorstellung von meinem Mut als Ihr! Lasst mich nur in die Nähe eines Dolches kommen, und ich werde mir den Weg aus diesem Elend schon freikämpfen oder dabei zu Grunde gehen!«

Er schmunzelte. »Ai, Ai. Was für eine wilde Kämpferin Ihr doch seid! Macht Euch keine Hoffnung, Mädchen. Was Achilles gebunden hat, wird Phoinix nicht lösen.«

»Ist sein Wort ein solch geheiligtes Gesetz?«

»Allerdings. Er ist der Prinz der Myrmidonen.«

»Prinz der Ameisen. Wie passend.«

Statt einer Antwort schmunzelte er wieder und schob mir einen Stuhl zu. Voller Abscheu betrachtete ich ihn, aber mein Rücken schmerzte von dem Eselsritt, und meine Beine zitterten, denn seit meiner Gefangennahme hatte ich mich geweigert zu essen oder zu trinken. Mit harter Hand drückte Phoinix mich auf den Sitz und zog den Stöpsel aus einem goldenen Weinflakon.

»Trinkt, Mädchen. Wenn Ihr Euren Stolz behalten wollt, müsst Ihr Euch ernähren. Seid nicht töricht.«

Ein vernünftiger Rat. Ich befolgte ihn – und merkte schnell, dass mein Blut dünn war und der Wein mir den Geist vernebelte. Ich konnte nicht länger kämpfen. Ich stützte den Kopf in die Hand und schlief auf dem Stuhl ein. Als ich viele Stunden später aufwachte, stellte ich fest, dass man mich auf ein Bett gelegt und an einen Balken gekettet hatte.

Am nächsten Tag wurde ich an Deck gebracht und meine Kette an der Reling festgemacht, sodass ich in der schwachen Wintersonne stehen und das lebhafte Treiben am Strand verfolgen konnte. Dann erschienen vier Schiffe am Horizont, und ich beobachtete, wie eine große Aufregung die Männer da unten erfasste, vor allem ihre Führer. Plötzlich tauchte Phoinix auf und band mich von der Reling los, um mich in einen Unterstand auf dem Achterdeck zu schieben, der nach Pferden stank. Er brachte mich hinein und kettete mich an eine Stange.

»Was ist los?«, fragte ich neugierig.

»Agamemnon, der König der Könige«, antwortete Phoinix.

»Warum versteckt Ihr mich? Bin ich nicht gut genug, um dem König der Könige zu begegnen?«

Er seufzte. »Habt Ihr keinen Spiegel daheim in Dardanien besessen, Mädchen. Ein Blick auf Euch, und Ihr gehört Agamemnon statt Achilles.«

»Ich könnte schreien«, sagte ich nachdenklich.

Er starrte mich an, als ob ich verrückt geworden sei. »Ihr würdet es bereuen, wenn Ihr das tätet; das verspreche ich Euch. Was hättet Ihr davon, wenn Ihr den Herrn wechselt? Glaubt mir, am Ende seid Ihr mit Achilles besser dran.«

Etwas in seiner Stimme überzeugte mich, und so hockte ich mich hinter einen Trog, als ich vor dem Eingang Stimmen hörte, und lauschte den reinen, fließenden Kadenzen eines makellosen Griechisch – und der Kraft und Autorität, die eine der Stimmen besaß.

»Ist Achilles noch nicht zurück?«, erkundigte sie sich herrisch.

»Nein, Majestät, aber er sollte noch vor Anbruch der Nacht eintreffen. Er musste noch die Plünderung überwachen. Eine reiche Beute. Die Wagen waren voll beladen.«

»Ausgezeichnet! Ich warte in seiner Kabine.«

»Ihr solltet dies besser in dem Zelt am Ufer tun, Majestät. Ihr kennt Achilles. Bequemlichkeit bedeutet ihm nichts.«

»Wie Ihr meint, Phoinix.«

Ihre Stimmen wurden leiser; ich kroch aus meinem Versteck. Der Klang dieser kalten, stolzen Stimme hatte mir Angst eingejagt. Achilles war auch ein Ungeheuer, aber von zwei Übeln war immer noch jenes das bessere, das man kannte.

Niemand kam während des Nachmittags in meine Nähe. Anfangs saß ich auf dem Bett, von dem ich annahm, dass es Achilles gehörte, und inspizierte neugierig den Inhalt der kargen Kabine. Ein paar Speere lehnten an einem Pfosten, es war kein Versuch unternommen worden, die einfachen Balkenwände zu streichen, und der ganze Raum war winzig. Er enthielt nur zwei bemerkenswerte Dinge: Das eine war eine herrliche weiße Pelzdecke auf dem Bett, das andere ein massiver Goldkelch mit vier Henkeln. Er war verziert mit einer Abbildung des Himmlischen Vaters auf seinem Thron, und jeden Henkel krönte ein Pferd in vollem Galopp.

In diesem Augenblick überfiel mich meine ganze Trauer, vielleicht weil ich mich zum ersten Mal seit meiner Gefangennahme keiner gefährlichen Situation gegenübersah. Während ich hier saß, lag mein Vater in Lyrnessos auf dem Leichenhaufen, Abfall, Futter für die ewig hungrigen Stadthunde. Das war seit jeher das Schicksal, das hohe Adlige erwartete, die in der Schlacht gefallen waren. Tränen rannen mir übers Gesicht, ich warf mich auf die weiße Felldecke und weinte hemmungslos. Der weiße Pelz wurde nass unter meiner Wange, doch ich konnte nicht aufhören zu schluchzen.

Mein Herz raste plötzlich in meiner Brust, als ich eine Hand auf meiner Schulter spürte. Alle meine hehren Gedanken von Aufbegehren wurden hinweggefegt; ich konnte nur noch denken, dass der Oberkönig Agamemnon mich gefunden hatte, und krümmte mich zusammen.

»Ich gehöre Achilles, ich gehöre Achilles!«, wimmerte ich.

«Das weiß ich. Was habt Ihr geglaubt, wer hereingekommen ist?«

Ich ließ mir meine Erleichterung nicht anmerken, als ich das Gesicht hob und mir mit dem Handrücken die Tränen abwischte.

»Agamemnon?«

Ich nickte.

»Wo ist er?«

»In dem Zelt an Land.«

Achilles ging zu einer Truhe an der gegenüberliegenden Wand, öffnete sie, wühlte darin herum und warf mir ein Stück feines Tuch zu. »Hier, putzt Euch die Nase, und trocknet Euer Gesicht ab. Ihr werdet sonst noch krank.«

Ich tat wie mir geheißen. Er trat wieder ans Bett und betrachtete wehmütig die Decke.

»Hoffentlich trocknet sie ohne Flecken. Sie ist ein Geschenk meiner Mutter.« Er sah mich kritisch an. »Überstieg es Phoinix' Möglichkeiten, Euch ein Bad und ein sauberes Kleid zu besorgen?«

»Er hat es mir angeboten, aber ich habe abgelehnt.«

»Aber mir würdet Ihr es nicht abschlagen. Wenn die Bediensteten Euch einen Zuber und frische Kleidung bringen, werdet Ihr beides annehmen. Andernfalls werde ich anordnen, dass es mit Gewalt geschieht – und nicht von Frauen. Habt Ihr verstanden?«

»Ja.«

»Gut.« Seine Hand lag bereits auf dem Türknauf, als er noch einmal innehielt. »Wie heißt Ihr, Mädchen?«

»Briseis.«

Er lächelte anerkennend. »Briseis. ›Die den Sieg davonträgt‹. Seid Ihr sicher, dass Ihr den nicht erfunden habt?«

»Der Name meines Vaters war Briseus. Er war ein Vetter ersten Grades von König Anchises und Kanzler von Dardanien. Wir sind königlicher Abstammung.«

Am Abend kam ein Myrmidonen-Offizier, nahm meine Kette von dem Balken ab und führte mich an ihr zu einer Seite des Schiffs. Eine Strickleiter wurde von der Reling herabgelassen; stumm bedeutete er mir hinabzusteigen, wobei er mir höflicherweise den Vortritt ließ, damit er mir nicht unter den Rock schauen konnte. Das Schiff lag hoch auf den Kieselsteinen, die mir die Füße verletzten.

Ein riesiges Lederzelt stand am Strand; ich konnte mich nicht erinnern, es bei meiner Ankunft gesehen zu haben. Der Myrmidone führte mich durch eine Klappe auf der Rückseite hinein in einen Raum, in dem etwa hundert Frauen aus Lyrnessos zusammengepfercht waren, von denen ich nicht eine kannte. Ich war die einzige, die Ketten trug. Viele Augenpaare musterten mich neugierig, während ich die Menge nach einem vertrauten Gesicht absuchte. Da, in der Ecke! Eine Woge wunderbaren goldenen Haares, die nur einer gehören konnte. Mein Wächter hielt immer noch meine Fesseln, aber als ich auf die Ecke zustrebte, ließ er mich gewähren.

Meine Base Chryseis hatte die Hände vors Gesicht geschlagen; als ich sie berührte, schreckte sie hoch und ließ die Arme sinken. Verwundert sah sie mich an, dann warf sie sich weinend in meine Arme.

»Was machst du hier?«, fragte ich sie verwirrt. »Du bist die Tochter von Apollos Hohepriester und damit unantastbar.«

Ihre Antwort war ein Heulen. Ich schüttelte sie.

»Hör auf zu weinen!«, fuhr ich sie an.

Da ich sie seit den Tagen unserer gemeinsamen Kindheit herumkommandiert hatte, gehorchte sie. »Sie haben mich trotzdem mitgenommen, Briseis.«

»Das ist ein Frevel!«

»Sie sagen nein. Mein Vater hat eine Rüstung angezogen und gekämpft. Priester dürfen nicht kämpfen. Also haben sie ihn als Krieger behandelt und es mir vergolten.«

»*Vergolten?* Bist du schon vergewaltigt worden?«, stieß ich hervor.

»Nein, nein! Wenn man den Frauen glauben darf, die mich angezogen haben, werden nur die einfachen Frauen den Soldaten überlassen. Die in diesem Raum hier sind einem besonderen Zweck vorbehalten.« Sie sah an mir hinab und entdeckte meine Fußfesseln. »Oh, Briseis! Sie haben dich ja in Ketten gelegt!«

»So kann man mir zumindest meinen Status ansehen. Mit ihnen wird mich niemand für einen Mitläufer halten.«

»Briseis!«, sagte sie mit erstickter Stimme und einer Miene, die mir vertraut war. Es gelang mir immer wieder, die arme, kleine Chryseis zu erschrecken. »Und Onkel Briseus?«, fragte sie schließlich.

»Tot. Wie all die andern.«

»Und warum beklagst du ihn nicht?«

»Ich beklage ihn«, murmelte ich. »Ich bin allerdings schon lange genug in den Händen der Griechen, um zu wissen, dass eine gefangene Frau hier ihren Verstand braucht.«

Sie sah mich ängstlich an. »Warum sind wir hier?«

Ich wandte mich an meinen Bewacher. »Warum sind wir hier?«

Er grinste zwar über meinen Ton, doch er antwortete einigermaßen respektvoll. »Der Oberkönig von Mykene ist zu Gast bei der zweiten Armee. Sie teilen sich die Kriegsbeute. Die Frauen in diesem Raum werden den Königen zugewiesen.«

Wir warteten eine Ewigkeit. Zu müde zum Reden hockten Chryseis und ich uns auf den Boden. Ab und zu trat eine Wache ein und nahm eine kleine Gruppe von Frauen mit, entsprechend der Farbschilder an ihren Handgelenken. Es waren alles sehr hübsche Mädchen. Keine alten Weiber, keine Huren, keine Pferdegesichter, keine dürren Gerippe. Weder Chryseis noch ich trugen ein Farbschild. Die Zahl der Frauen schwand, wir wurden ignoriert. Schließlich blieben wir allein in dem Raum zurück.

Ein Wächter trat ein und warf uns Schleier über das Gesicht; dann wurden wir in den nächsten Raum geführt. Durch das dünne

Gewebe vor meinen Augen sah ich einen gewaltigen Lichterglanz, der von tausend Lampen auszugehen schien, einen Baldachin über mir und ein Meer von Männern um mich herum. Sie saßen auf Bänken an Tischen, mit Weinbechern vor sich, und Diener eilten hin und her. Chryseis und ich wurden zu einem langen Podium geleitet, auf dem der Tisch der Obersten stand.

Vielleicht zwanzig Männer saßen an seiner einen Seite und blickten herab auf die anderen Gäste. In der Mitte thronte auf einem Stuhl mit hoher Rückenlehne ein Mann, der aussah, wie ich mir immer Göttervater Zeus vorgestellt hatte. Sein vornehmes Gesicht sah missgelaunt aus, sein sorgfältig gelocktes Grauhaar fiel in Wellen über seine schimmernde Kleidung, und ein mächtiger Bart mit Goldfäden darin reichte hinab bis auf seine Brust, Edelsteine funkelten an den Gewandspangen. Ein dunkles Augenpaar musterte uns düster, während eine weiße, aristokratische Hand mit dem Schnurrbart spielte. Der große Agamemnon, Oberfeldherr von Mykene und Griechenland, König der Könige. Anchises hatte nicht einen Bruchteil so majestätisch ausgesehen.

Ich wandte den Blick von ihm ab, um die anderen zu betrachten. Achilles saß zur Linken von Agamemnon, war allerdings kaum wiederzuerkennen. Ich hatte ihn in seiner Rüstung gesehen, schmutzig und ruppig. Jetzt befand er sich in Gesellschaft von Königen. Seine unbehaarte nackte Brust schimmerte unter einer massiven Kette aus Gold und Edelsteinen, die um seine Schultern hing; an seinen Armen glitzerten Reifen, an seinen Fingern glänzten Ringe. Er war glattrasiert, und sein hellblondes Haar war locker aus der Stirn gekämmt; die Ohren schmückten goldene Anhänger. Seine gelben Augen blickten klar und ausgeruht; unter den stark ausgeprägten Brauen fiel ihre ungewöhnliche Farbe noch mehr auf, zumal er die Lider nach Art der Kreter bemalt hatte. Ich wandte den Blick ab. Verwirrt. Bestürzt.

Neben ihm saß ein wirklich vornehm aussehender Mann aufrecht in seinem Stuhl. Volles rotes Haar umrahmte seine breite, hohe Stirn, seine weiße Haut war makellos. Unter erstaunlich dunklen Brauen leuchtete ein Paar wunderschöner grauer Augen, die faszinierendsten Augen, die ich je gesehen hatte. Als ich den

Blick auf seine bloße Brust senkte, sah ich voller Mitleid, wie zernarbt sie war; sein Gesicht schien der einzige Teil von ihm zu sein, der unversehrt war.

Zur Rechten von Agamemnon saß ein weiterer rothaariger Mann, ein unbeholfener Bursche, der unentwegt auf den Tisch starrte. Als er seinen Becher an die Lippen hob, bemerkte ich, dass seine Hand zitterte. Sein Nachbar war ein überaus königlicher alter Mann, groß und aufrecht, mit einem silberweißen Bart und offenen blauen Augen. Obwohl er nur ein schlichtes weißes Leinenkleid trug, waren seine Finger voller Ringe. Neben ihm thronte der riesige Ajax; ich musste blinzeln, denn ich brachte ihn nur schwer mit dem Mann in Verbindung, der die Leiche meines Vaters freigelegt hatte.

Doch allmählich wurden meine Augen der verschiedenen Gesichter überdrüssig, die alle so täuschend nobel aussahen. Der Wächter zerrte Chryseis vorwärts und riss ihr den Schleier herunter. Mein Magen flatterte. Sie war sehr schön in diesen fremden Gewändern, griechische Sachen aus irgendeiner Truhe, die so gar keine Ähnlichkeit hatten mit den langen, strengen, vom Hals bis zu den Fußknöcheln reichenden Kleidern der lyrnessischen Frauen. In Lyrnessos verbargen wir uns vor allen außer unseren Ehemännern. Griechische Frauen hingegen zogen sich offensichtlich wie Huren an. Rot vor Scham bedeckte Chryseis ihren nackten Busen mit den Händen, bis der Wächter sie ihr herunterschlug, damit die stumme Tischrunde ihre schmale Taille unter dem engen Gürtel und ihre vollkommenen Brüste betrachten konnte. Agamemnon blickte nicht länger wie Vater Zeus drein, sondern verwandelte sich in Pan. Er wandte sich zu Achilles.

»Bei der Großen Mutter, sie ist außerordentlich!«

Achilles lächelte. »Wir freuen uns, dass sie Euch gefällt, Majestät. Sie gehört Euch – als Zeichen der Wertschätzung der Zweiten Armee. Sie heißt Chryseis.«

»Kommt her, Chryseis.« Die elegante, weiße Hand machte eine Geste, und Chryseis wagte nicht, sich ihr zu widersetzen. »Kommt, seht mich an. Ihr braucht keine Angst zu haben, Mädchen, ich werde Euch nicht wehtun.« Seine weißen Zähnen blitzten, als er sie anlächelte, dann streichelte er ihren Arm, ohne zu bemerken, wie sie zusammenzuckte. »Bringt sie unverzüglich auf mein Schiff.«

Sie wurde weggeführt. Jetzt kam ich an die Reihe. Der Wächter riss mir den Schleier vom Gesicht, damit mich alle in meinem schamlosen Aufzug sehen konnten. Ich richtete mich so gerade wie möglich auf, die Hände an den Seiten, das Gesicht ausdruckslos. Sie mussten sich schämen, nicht ich. Ich begegnete der Lust in den Augen des obersten Königs, bis er schließlich zur Seite blickte. Achilles sagte kein Wort. Ich bewegte ein wenig die Beine, damit meine Fesseln klirrten. Agamemnon hob die Brauen.

»Ketten? Wer hat das befohlen?«

»Ich, Majestät. Ich traue ihr nicht.«

»Oh!« Das eine Wort schien eine ganze Menge bedeuten zu können. »Und wessen Eigentum ist sie?«

»Meines. Ich habe sie selbst gefangen genommen«, erwiderte Achilles.

»Ihr hättet mir die Wahl zwischen den beiden Mädchen lassen sollen«, bemerkte Agamemnon mürrisch.

»Ich sagte Euch bereits, Majestät, dass ich sie selbst gefangen genommen habe, und deshalb gehört sie mir. Im Übrigen traue ich ihr nicht. Griechenland wird ohne mich weiterleben, aber nicht ohne Euch. Ich habe genügend Beweise, dass dieses Mädchen gefährlich ist.«

Der Oberfeldherr knurrte vor sich hin, ohne wirklich besänftigt zu sein. Dann seufzte er. »Ich habe noch nie derart rotgoldenes Haar gesehen und auch noch nie so blaue Augen.« Ein weiterer Seufzer. »Noch schöner als Helena.«

Der nervöse rothaarige Mann zu seiner Rechten schlug mit der Faust so heftig auf den Tisch, dass die Becher einen Satz machten. »Helena ist unübertroffen!«, schrie er.

»Ja, Bruder, das wissen wir«, sagte Agamemnon gleichmütig. »Beruhige dich.«

Achilles nickte meinem Bewacher zu. »Bring sie weg.«

Ich wartete auf einem Stuhl in seiner Kabine. Die Lider sanken mir herab, aber ich wagte nicht einzuschlafen. Nie ist eine Frau hilfloser als im Schlaf.

Es dauerte lange, bis Achilles endlich kam. Als sich der Türriegel hob, war ich trotz aller Entschlossenheit eingenickt. Erschrocken fuhr ich hoch und presste die Hände aneinander. Der Augenblick der Wahrheit war gekommen. Aber Achilles schien nicht voller Begierde zu sein; er beachtete mich nicht und ging zu seiner Truhe, um sie zu öffnen. Dann riss er sich achtlos die Kette vom Hals und nahm die Ringe, Armreifen und den Juwelengürtel ab. Aber nicht den Rock.

»Ich kann diese Sachen gar nicht schnell genug loswerden«, sagte er und starrte mich an.

Verwirrt starrte ich zurück. Wie fing eine Vergewaltigung an?

Die Tür öffnete sich, und ein anderer Mann trat ein. Er sah Achilles sehr ähnlich, doch war er kleiner und sein Gesicht weicher. Er hatte hübsche Lippen. Seine blauen Augen musterten mich mit einem besorgten Flackern.

»Patroklos, das ist Briseis.«

»Agamemnon hatte Recht. Sie ist schöner als Helena.« Der Blick, den er Achilles zuwarf, war bedeutungsvoll und zugleich schmerzerfüllt. »Ich geh schon wieder. Ich wollte nur sehen, ob du irgend etwas brauchst.«

»Warte draußen. Ich komme bald nach«, sagte Achilles abwesend.

Auf dem Weg zur Tür blieb Patroklos noch einmal stehen und sah Achilles mit einem Blick an, den niemand missverstehen konnte. Völliges Glück und völlige Hingabe lagen darin.

»Er ist mein Liebhaber«, sagte Achilles, als er gegangen war.

»Das habe ich mir gedacht.«

Mit einem Seufzer der Erschöpfung ließ er sich auf seinem schmalen Bett nieder und wies auf meinen Stuhl. »Setzt Euch wieder.«

Das tat ich, und dann starrte ich ihn eine Weile unverwandt an, während er mich mit offensichtlicher Gleichgültigkeit betrachtete. In mir stieg der Verdacht auf, dass er mich nicht im Geringsten begehrte. Aber warum hatte er mich dann für sich beansprucht?

»Ich habe Euch Frauen von Lyrnessos für sehr behütet gehalten«, sagte er schließlich, »aber Ihr scheint Euch mit den Gepflogenheiten der Welt auszukennen.«

»Mit einigen. Die überall gelten. Was wir nicht verstehen, sind Moden wie diese.« Ich berührte meine bloßen Brüste. »Vergewaltigung muss in Griechenland weit verbreitet sein.«

»Nicht mehr als anderswo. Eine Sache verliert den Reiz des Neuen, wenn sie – allgegenwärtig ist.«

»Was habt Ihr mit mir vor, Prinz Achilles?«

»Ich habe keine Ahnung.«

»Ich bin von Natur aus nicht gerade einfach.«

»Das weiß ich.« Er lächelte schief. »Eure Frage war sehr interessant. Aber ich habe wirklich keine Ahnung.« Er bedachte mich mit einem Blick aus seinen gelben Augen. »Könnt Ihr die Leier spielen? Könnt Ihr singen?«

»Sehr gut sogar.«

Er stand auf. »Dann werdet Ihr fortan für mich spielen und singen«, erklärte er, und dann bellte er: »Setzt Euch auf den Boden!«

Ich gehorchte. Er schlug den schweren Rock über meine Schenkel und verließ den Raum. Als er zurückkam, hielt er einen Hammer und ein Stemmeisen in den Händen. Einen Augenblick später war ich von meinen Ketten befreit.

»Ihr habt den Fußboden beschädigt«, sagte ich und zeigte auf die tiefen Scharten, die das Stemmeisen hinterlassen hatte.

»Das hier ist doch nicht mehr als ein Unterstand auf einem Vordeck«, entgegnete er, erhob sich von den Knien und zog mich auf die Füße. Seine Hände waren fest und trocken. »Geht schlafen«, sagte er und verließ den Raum.

Aber bevor ich in das Bett kroch, sprach ich ein Dankgebet an Artemis. Die jungfräuliche Göttin hatte mich erhört; der Mann, der mich als Trophäe genommen hatte, war kein Frauenheld. Ich war in Sicherheit. Warum trauerte ich dann nicht wenigstens ein bisschen um meinen geliebten Vater?

Am nächsten Morgen wurde das Flaggschiff zu Wasser gelassen. Seeleute und Soldaten rannten auf dem Deck und zwischen den

Ruderbänken umher. Die Luft war erfüllt mit ihrem Gelächter und ihren Flüchen. Sie waren ganz offensichtlich froh, das rußgeschwärzte, trostlose Andramyttios zu verlassen. Vielleicht konnten sie hören, wie die Stimmen Tausender unschuldiger Schattenwesen sie anklagten.

Der sanfte Patroklos bahnte sich leichtfüßig den Weg durch das Gewimmel mittschiffs und stieg die paar Stufen zum Vordeck empor, wo ich stand und das Treiben beobachtete.

»Geht es Euch gut heute Morgen?«

»Danke, ja.«

Ich wandte mich ab, doch er blieb an meiner Seite und machte sich offensichtlich nichts aus meiner abweisenden Haltung.

»Im Lauf der Zeit werdet Ihr Euch eingewöhnen«, fuhr er fort.

Ich sah ihn an. »Eine dümmere Bemerkung ist kaum vorstellbar«, erklärte ich. »Könntet Ihr Euch daran gewöhnen, bei dem Mann leben zu müssen, der für den Tod Eures Vaters und die Zerstörung Eurer Heimat verantwortlich ist?«

»Wahrscheinlich nicht«, antwortete er errötend. »Aber so ist der Krieg, und Ihr seid eine Frau.«

»Der Krieg«, entgegnete ich bitter, »ist eine Männerangelegenheit. Frauen sind seine Opfer, genauso wie sie Opfer der Männer sind.«

»Der Krieg«, konterte er belustigt, »spielte eine ebenso große Rolle, als die Frauen unter der Ägide der Großen Mutter die Herrschaft innehatten. Die Königinnen waren damals genauso habsüchtig und ehrgeizig wie die heutigen Könige. Der Krieg hat nichts mit dem Geschlecht zu tun. Er ist Teil des menschlichen Wesens.«

Da das unbestreitbar war, wechselte ich das Thema. »Warum liebt Ihr, ein Mann mit Feingefühl und Empfindungsvermögen, einen Mann, der so hart und grausam ist wie Achilles?«

Seine blauen Augen starrten mich verwundert an. »Aber Achilles ist nicht hart und grausam!«, sagte er fassungslos.

»Das glaube ich nicht.«

»Achilles ist nicht so, wie er zu sein scheint«, sagte sein treuer Hund.

»Wie ist er dann?«

Er schüttelte den Kopf. »Das, Briseis, müsst Ihr schon selbst herausfinden.«

»Ist er verheiratet?« Warum Frauen wohl immer diese Frage stellen?

»Ja. Mit der einzigen Tochter von König Lykomedes in Skyros. Er hat einen sechzehn Jahre alten Sohn, Neoptolemos. Und als einziger Sohn von Peleus ist er der Thronfolger im Königreich Thessalien.«

»Nichts davon ändert meine Meinung über ihn.«

Zu meiner Überraschung ergriff Patroklos meine Hand und küsste sie. Dann ging er davon.

Ich stand an Deck, solange noch ein Fleckchen Land am Horizont zu sehen war. Unter mir lag das Meer, und ich würde nie zurückkehren können. Mein Schicksal war besiegelt: Ich würde fortan eine Musikantin sein, ich, die ich gehofft hatte, einen König zu heiraten. Und eigentlich schon hätte mit einem König verheiratet sein müssen, wenn die Griechen nicht dafür gesorgt hätten, dass die Männer, die zu anderen Zeiten um meine Hand angehalten hätten, plötzlich mit anderen Dingen beschäftigt waren.

Das Wasser rauschte um den Rumpf und wurde von den Ruderschlägen in weiße Gischt verwandelt. Das gleichmäßige, einschläfernde Geräusch machte mich so benommen, dass es eine Weile dauerte, bis mir klar wurde, was ich tun wollte. Die Reling war kein Hindernis; ich kletterte hinauf und schickte mich an zu springen.

Jemand riss mich hart zurück. Patroklos.

»Lasst mich! Vergesst, dass Ihr mich gesehen habt!«, rief ich.

»Nicht noch einmal«, sagte er mit bleicher Miene.

»Patroklos, ich bin nicht wichtig, ich bedeute niemandem etwas! Lasst mich gehn! Lasst mich!«

»Nein, nicht noch einmal. Euer Schicksal bedeutet ihm etwas. Nicht noch einmal.«

Lauter Geheimnisse. Wer? Was? *Nicht noch einmal?*

Wir brauchten sieben Tage bis Assos. Nachdem wir die Halbinsel gegenüber von Lesbos umrundet hatten, waren die Ruder nutzlos. Die Winde bliesen unbeständig, mal trieben sie uns in die Nähe des Ufers, dann wieder hinaus aufs offene Meer. Die meiste Zeit saß ich allein in einem verhängten Alkoven auf dem Achterdeck, und wann immer ich mich sehen ließ, warf Patroklos alles beiseite, um an meine Seite zu eilen. Von Achilles keine Spur, und schließlich erfuhr ich, dass er sich an Bord eines Schiffes befand, das einem Mann namens Automedon gehörte.

Am Morgen des achten Tages gelang es uns, an Land zu gehen. Ich wickelte mich in meinen Umhang, um mich vor dem bitterkalten Wind zu schützen, und verfolgte voller Faszination das Landemanöver. So etwas hatte ich noch nie zuvor gesehen. Unser Schiff wurde als zweites auf seine Keile gezogen; davor kam Agamemnons. Kaum war die Leiter herabgelassen worden, durfte ich hinunter auf den Kiesstrand klettern. Als Achilles ein paar Ellen entfernt an mir vorüberging, reckte ich das Kinn und bereitete mich auf Gegenwehr vor, doch er bemerkte mich nicht einmal.

Dann erschien die Wirtschafterin, eine stämmige und fröhliche alte Frau, die Laodike hieß. Sie führte mich zu dem Haus von Achilles.

»Ihr habt ein seltenes Privileg, kleines Täubchen«, flötete sie. »Ihr werdet ein eigenes Gemach im Haus des Herrn bekommen – das ist mehr, als ich habe, von den anderen ganz zu schweigen.«

»Hat er nicht Hunderte von Frauen?«

»Ja. Aber sie leben nicht bei ihm.«

»Er lebt mit Patroklos«, sagte ich.

»Patroklos?« Laodike grinste. »Er pflegte hier zu wohnen, bis sie ein Liebespaar wurden. Ein paar Monate später hat Achilles ihn angewiesen, sich ein eigenes Haus zu bauen.«

»Warum? Das macht keinen Sinn.«

»O doch, wenn man den Herrn kennt! Er ist gern für sich allein.«

Nun, vielleicht kannte ich Achilles auch nicht, aber ich lernte schnell dazu. Er war also gern für sich allein, wie? Die Einzelteile des Rätsels waren alle vorhanden, genau wie in meiner Kindheit. Die Schwierigkeit war nur, sie zusammenzusetzen.

Damit war ich den ganzen langen Winter beschäftigt, eine Gefangene der Kälte. Achilles war ständig unterwegs, aß oft anderswo – schlief auch gelegentlich woanders. Mit Patroklos, vermutete ich, dem armen Kerl, den seine Liebe mehr zu quälen schien, als sie ihn glücklich machte. Die anderen Frauen hatten sich vorgenommen, mich zu hassen, weil ich im Haus des Herrn lebte und sie nicht, doch ich kann gut mit Frauen umgehen, und so kamen wir bald freundlich miteinander aus. Sie erzählten mir den ganzen Klatsch über Achilles.

Es gab immer wieder Zeiten, in denen er krank war und die in einer Art bösem Zauber ihren Höhepunkt fanden (sie hatten gehört, wie er über diesen Zauber sprach); er konnte merkwürdig in sich gekehrt sein; seine Mutter war eine Göttin, ein Meeresgeschöpf namens Thetis, das seine körperliche Erscheinung so schnell ändern konnte wie die Sonne hinter Wolken verschwand und wieder auftauchte. Mal war sie ein Tintenfisch, ein Wal oder eine Elritze, mal ein Krebs, ein Seestern, ein Seeigel oder ein Hai; der Großvater seines Vaters war Zeus höchstselbst; er war von einem Kentaur erzogen worden, einem Fabelwesen, das den Kopf, die Arme und den Körper eines Menschen besaß, doch im Übrigen ein Pferd war; der Riese Ajax war sein Vetter ersten Grades und ein guter Freund; er lebte für den Kampf, nicht für die Liebe. Nein, sie hielten ihn nicht für einen, der nur Männern zugetan war. Aber er war auch keiner, der Frauen liebte.

Gelegentlich ließ er mich rufen, damit ich für ihn spielte und sang, was ich dankbar tat, denn mein Leben war langweilig genug. Dann saß er vor sich hinbrütend in seinem Stuhl und hörte nur mit einem Teil seines Geistes zu, während der andere irgendwo unterwegs war, wo es weder Musik noch mich gab. Und nie auch nur ein Aufflackern von Begierde. Kein Hinweis darauf, weshalb er mich behielt. Es gelang mir auch nicht herauszufinden, was sich hinter den Worten verbarg, die Patroklos gesagt hatte, als ich ins Meer springen wollte. *Nicht noch einmal!* Wer? Was hatte jedes Begehren in Achilles erlöschen lassen?

Zu meinem Kummer stellte ich fest, dass Lyrnessos und mein Vater allmählich nicht mehr den ersten Platz in meinen Gedanken einnahmen. Mehr und mehr interessierte mich, was in Assos vorging, und nicht, was in Dardanien geschehen war. Dreimal speiste Achilles allein in seinem Haus, und jedes Mal befahl er, dass ich ihn bedienen und keine andere Frau anwesend sein sollte. Die törichte Laodike putzte mich jedes Mal heraus und besprühte mich mit Düften, denn sie war überzeugt, dass ich schließlich doch noch die Seine werden würde. Aber er sagte kein Wort und unternahm nichts.

Gegen Ende des Winters zogen wir von Assos nach Troja. Phoinix fuhr zahllose Male hin und her; nach und nach leerten sich die Lagerhäuser, Kornkammern und Kasernen, und schließlich segelte die ganze Armee nach Norden.

Troja. Selbst in Lyrnessos hatte Troja den Ton angegeben, denn Troja war der Mittelpunkt unserer Welt. Nicht dass König Anchises oder Aeneas das gefallen hätte, aber so war es nun einmal. Jetzt bekam ich Troja zum ersten Mal zu sehen. Der unermüdliche Wind fegte den Schnee von der Ebene; die eisbedeckten Türme und Zinnen der Stadt funkelten in der Sonne. Sie sah aus wie ein Palast auf dem Olymp: entrückt, kalt, wunderschön. Aeneas lebte darin mit seinem Vater, seiner Frau und seinem Sohn.

Der Umzug nach Troja belastete mich in einer Weise, die ich anfangs nicht begriff; ich wurde niedergeschlagen, von Weinkrämpfen geschüttelt und grundlos launisch.

Es war das zehnte Kriegsjahr, und die Orakel verkündeten, dass nun bald das Ende nahte. War ich deshalb so bedrückt? Weil ich wusste, dass Achilles mich mit nach Iolkos nehmen würde, wenn das hier vorbei war? Oder weil ich fürchtete, dass er mich als Musikantin verkaufen würde? Auf eine andere Weise schien ich ihm keine Freude bereiten zu können.

In den allerersten Frühlingstagen begannen die Überfälle der Trojaner aus der Stadt. In dem riesigen Lager der Griechen vermuteten sie genug Nahrungsmittel, um die eigenen Vorräte wieder aufzufüllen. Hektor lag auf der Lauer, um die Nachschubtransporte abzufangen, während Griechen wie Achilles und Ajax auf der Lauer lagen, um Hektor abzufangen. Inzwischen wusste ich, wie verzweifelt Achilles sich danach sehnte, Hektor im Kampf gegenüberzutreten; der Wunsch, den Thronfolger Trojas zu töten, verzehrte ihn fast, sagten die anderen Frauen. Den ganzen Tag und die halbe Nacht hallte das Haus wider von männlichen Stimmen. Ich lernte die anderen Anführer mit Namen kennen.

Dann erfüllte der Frühling die Luft mit berauschenden Düften, der Boden war übersät mit kleinen weißen Blumen, und die Wasser des Hellespont wurden blauer. Jeden Tag kam es zu kleinen Scharmützeln; und Achilles' Hunger auf Hektor nahm zu. Doch das Kriegsglück war weiterhin nicht auf seiner Seite. Es gelang ihm nicht, Hektor zu stellen. Und auch Ajax vermochte es nicht.

Obwohl Laodike meinte, ich sei von zu hoher Geburt, um niedere Arbeiten zu verrichten, machte ich mich jedes Mal nützlich, sobald sie verschwunden war. Arbeiten war besser, als mit einer stumpfen Nadel an irgendeiner überflüssigen Stickerei herumzunesteln.

Eine der spannendsten Geschichten über Achilles handelte davon, wie er – nach vielen Jahren der Freundschaft, in denen körperliches Verlangen keine Rolle gespielt hatten – Patroklos zu seinem Liebhaber gemacht hatte. Nach Laodikes Aussage war es dazu während einer von Thetis' Heimsuchungen gekommen. Dann war unser Herr, so erzählte sie, besonders empfänglich für die Wünsche und das Begehren anderer, und Patroklos hatte die Gelegenheit genutzt. Ich hielt das für eine ziemlich kümmerliche Erklärung, denn ich hatte an Patroklos nichts entdeckt, das auf ein solches gewissenloses Verhalten hinwies. Aber die Wege der Göttin der Liebe sind oft merkwürdig: Wer hätte vorhergesagt, dass auch ich unter dem bösen Zauber leiden würde? Vielleicht bestand die Wahrheit darin: Achilles wappnete sich so gut, dass er auch unter anderen Umständen nicht die geringste Blöße zeigte.

Es geschah eines Tages, als ich mich zu der Arbeit davonstahl, die ich am liebsten tat: die Rüstung polieren, die in einem besonderen Raum aufbewahrt wurde. Dabei wurde ich erwischt. Achilles kam herein. Er ging langsamer als gewöhnlich und bemerkte mich gar nicht, obwohl ich mitten im Raum stand, mit dem Lappen in der Hand und Ausflüchten auf den Lippen. Er sah müde und abgespannt aus. Blutsprenkel bedeckten seinen rechten Arm. Nicht sein eigenes! Ich atmete auf. Der Helm wurde heruntergezogen und fiel zu Boden; dann legte er beide Hände an den Kopf, als ob er schmerzte. Voller Angst begann ich zu zittern, während er an den Riemen seines Harnischs zerrte, ihn abnahm und auch den Rest der Rüstung ablegte. Wo war Patroklos?

In dem Flickenhemd, das er unter all dem Metall trug, stolperte er zu einem Sitz, wobei er mir sein ausdrucksloses Gesicht zuwandte. Doch anstatt auf den Stuhl zu sinken, brach er auf dem Boden zusammen, fing an zu beben und sich zu winden und wirres Zeug zu reden. Dann verdrehte er die Augen, wurde steif und streckte alle viere von sich. Zuckungen durchliefen seinen Körper. Sein Speichel bildete große Schaumblasen, sein Gesicht lief schwarz an.

Ich konnte nichts tun, während er sich so heftig bewegte, aber als es aufhörte, kniete ich mich neben ihn.

»Achilles! Achilles!«

Er hörte mich nicht; grau im Gesicht lag er auf dem Boden und ruderte hilflos mit den Armen. Als seine Hände mich berührten, tasteten sie sich empor bis zu meinem Kopf und wiegten ihn sanft hin und her.

»Mutter, lass mich in Ruhe!«

Seine Stimme klang so undeutlich und fremd, dass ich sie kaum erkannte; ich war so erschrocken, dass ich zu weinen begann.

»Achilles, ich bin's! Briseis!«

»Warum quälst du mich so?«, fragte er, doch er meinte nicht mich. »Warum glaubst du mich immer wieder daran erinnern zu müssen, dass ich in den Tod gehe? Ich habe auch ohne dich genug Sorgen – kannst du dich nicht mit Iphigenie zufrieden geben? Lass mich in Ruhe, lass mich in Ruhe!«

Danach verfiel er in eine völlige Starre. Ich floh aus dem Raum, um Laodike zu suchen.

»Ist das Bad des Herrn schon fertig?«, fragte ich atemlos.

Sie hielt meine Erregung für Vorfreude und fing an, mich aufzuziehen. »Wird aber auch Zeit, dummes Mädchen! Ja, es ist fertig. Ihr könnt ihn baden, ich habe anderes zu tun. Hi-hi!«

Ich badete ihn, obwohl er nicht bemerkte, dass ich es statt Laodike tat. Was mir die Freiheit gab, ihn zu betrachten, und mir endlich klarmachte, was ich bis dahin nicht wahrhaben wollte: wie schön er war und wie sehr ich ihn begehrte. Der Raum war voller Dampf, mein dardanisches Kleid klebte an meinem verschwitzten Körper, und ich schalt mich meiner Dummheit. Briseis hatte es den anderen gleichgetan: Wie alle seine Frauen hatte Briseis sich in ihn verliebt. In einen Mann, der weder für Männer noch für Frauen bestimmt war. Einen Mann, für den es nur eines gab: den Kampf auf Leben und Tod.

Ich tauchte ein Tuch in kaltes Wasser und wrang es aus, dann stieg ich auf den Stuhl neben dem Bad, um sein Gesicht abzuwischen. Ein Schimmer von Bewusstsein trat in seine Augen. Er hob die Hand und legte sie auf meine Schulter.

»Laodike?«, fragte er.

»Ja, Herr. Kommt, hier ist Euer Bett. Nehmt meine Hand.«

Der Druck seiner Finger wurde fester; ohne ihn anzusehen wusste ich, dass er meine Stimme erkannt hatte. Ich entschlüpfte seinem Griff und nahm einen Krug mit Öl vom Tisch. Als ich ihm einen kurzen Blick zuwarf, lächelte er mir zu – ein Lächeln, das ihm fast einen richtigen Mund verlieh und unerwartet sanft war.

»Danke«, sagte er.

»Ist schon gut«, entgegnete ich und konnte über das Klopfen meines Herzens kaum meine eigenen Worte hören.

»Wie lange seid Ihr schon hier?«

Ich konnte ihn nicht belügen. »Von Anfang an.«

»Dann habt Ihr mich also gesehen?«

»Ja.«

»Dann haben wir keine Geheimnisse mehr.«

»Wir *teilen* das Geheimnis«, erwiderte ich.

Und dann lag ich in seinen Armen, ohne zu wissen, wie. Nur dass er mich nicht küsste; später sagte er mir, dass ihm, da er keine Lippen besaß, Küsse kaum Vergnügen bereiteten. Oh, der Körper dafür umso mehr. Seiner und meiner. Es gab keine Faser an mir, die seine Hände nicht wie eine Leier zum Klingen bringen konnten; sprachlos und wie geblendet lag ich da und spürte die Kraft, die von Achilles ausging. Und ich, die ich so viele Monde gehungert hatte, ohne zu wissen worauf, lernte endlich die Macht der Göttin kennen. Wir wurden weder getrennt noch vernichtet; für eine kurze Zeitspanne fühlte ich, wie die Göttin in uns beiden war.

Er liebe mich, sagte er hinterher. Er habe mich von Anfang an geliebt. Denn obwohl ich nicht wie sie war, hatte er Iphigenie in mir gesehen. Dann erzählte er mir ihre schreckliche Geschichte, und ich stellte mir vor, dass er zum ersten Mal seit ihrem Tod so etwas wie Frieden gefunden hatte. Und ich fragte mich, wie ich je den Mut aufbringen würde, Patroklos gegenüberzutreten, der mit der Reinheit seiner Liebe versucht hatte zu helfen, doch gescheitert war. Alle Teile des Rätsels fügten sich nun.

KAPITEL 20

ERZÄHLT VON AENEAS

Ich brachte tausend Kampfwagen und fünfzehntausend Mann Infanterie mit nach Troja. Priamos überwand seine Abneigung und machte viel Aufhebens um mich, nahm meinen armen, verrückten alten Vater in die Arme und begrüßte herzlich meine Frau Kreusa – seine und Hekabes Tochter. Als er unseren Sohn Askanios entdeckte, strahlte er und verglich ihn mit Hektor. Was mich weitaus mehr erfreute, als wenn er ihn mit Paris verglichen hätte, dem er sehr ähnlich sah.

Meine Truppen wurden auf Quartiere überall in der Stadt verteilt, während ich und meine Familie einen eigenen kleinen Palast in der Zitadelle bekamen. Ich lächelte spöttisch, als mich niemand beobachtete; es war kein Fehler gewesen, meine Hilfe so lange hinauszuschieben. Priamos wollte den griechischen Blutegel, der Troja aussaugte, unbedingt loswerden, und darum tat er so, als sei Dardanien ein Geschenk der Götter.

Die Stadt hatte sich verändert. Die Straßen waren grauer und ungepflegter als einst; die Ausstrahlung grenzenlosen Reichtums und grenzenloser Macht war verschwunden, ebenso wie einige der Goldbeschläge an den Toren der Festung. Antenor, der mich voller Freude begrüßte, ließ mich wissen, dass ein Großteil des trojanischen Goldes dafür draufgegangen war, Söldner von den Hethitern und Assyriern anzuwerben. Doch weder waren Söldner erschienen, noch war das Gold zurückgekommen.

Während des ganzen Winters zwischen dem neunten und zehnten Kriegsjahr waren Botschaften von unseren Verbündeten an der Küste eingetroffen, in denen sie ankündigten, welche Hilfe sie uns schicken würden. Diesmal waren wir geneigt zu glauben, dass sie tatsächlich kämen, die Herrscher von Karien, Lydien, Lykien und all die übrigen. Die Küste war von einem Ende bis zum anderen dem Erdboden gleichgemacht worden, es gab nichts mehr, das zu verteidigen sich gelohnt hätte. Kleinasiens letzte Hoffnung bestand darin, sich Troja anzuschließen und die Griechen vereint anzugreifen. Nach einem Sieg konnten unsere Verbündeten in ihre Heimat zurückkehren und die Eindringlinge vertreiben.

Alle meldeten sich, selbst einige von denen, die wir längst abgeschrieben hatten. König Glaukos kam, um auch im Namen seines Mitherrschers König Sarpedon mitzuteilen, dass man sich an die Spitze der noch verbliebenen Truppen gestellt habe: Zwanzigtausend Mann konnten in den einst so volkreichen Staaten zwischen Mysien und dem fernen Kilikien noch aufgestellt werden. Priamos weinte, als Glaukos ihm das ganze Ausmaß der Katastrophe beschrieb.

Die Amazonenkönigin Penthesilea versprach, eine zehntausend Kriegerinnen starke Reitertruppe zu schicken; der Hethiterkönig Memnon, Priamos' Blutsverwandter, der in Hattusia residierte, wollte mit fünftausend Soldaten und fünfhundert Kampfwagen anrücken. Vierzigtausend trojanische Soldaten hatten wir bereits; wenn alle kamen, die ihre Unterstützung zugesagt hatten, waren wir den Griechen im Sommer zahlenmäßig deutlich überlegen.

Als erste trafen Sarpedon und Glaukos ein. Ihre Armee war gut ausgerüstet, aber als ich meinen Blick über ihre Reihen schweifen ließ, sah ich, wie schwer Achilles die Küste heimgesucht hatte. Sarpedon war gezwungen gewesen, ganz junge Männer ebenso wie ergraute alte zu rekrutieren, die schon die Last der Jahre spürten, Bauernbengel ebenso wie Hüteburschen aus den Bergen, die vom Soldatenhandwerk nichts verstanden. Aber alle waren sie voller Begeisterung, und Sarpedon war kein Narr. Er würde sie schon anleiten.

Hektor und ich saßen in seinem Palast beim Wein und besprachen unsere Lage.

»Eure fünfzehntausend Fußsoldaten, zwanzigtausend Mann

aus den Küstentstaaten, fünftausend Hethiter, zehntausend Amazonenkriegerinnen zu Pferde und vierzigtausend trojanische Infanteristen – und dazu noch zehntausend Kampfwagen –, Aeneas, wir können es schaffen!«, sagte Hektor.

»Hunderttausend... wie viele Griechen, schätzt Ihr, gibt es noch, die gegen uns antreten werden?«, fragte ich.

»Das ist schwer zu sagen, aber es gibt ein paar Sklaven, die im Lauf der Jahre aus dem griechischen Lager geflohen sind«, erwiderte Hektor. »Einen habe ich besonders schätzen gelernt – einen Mann namens Demetrios. Von Geburt Ägypter. Durch ihn und andere habe ich erfahren, dass Agamemnon nur noch über fünfzigtausend Mann und tausend Kampfwagen verfügt.«

Ich runzelte die Stirn. »Fünfzigtausend? Das scheint mir unwahrscheinlich.«

»Nicht unbedingt. Es waren nur achtzigtausend, als sie ankamen. Demetrios erzählte mir, dass zehntausend Griechen inzwischen zu alt sind, um noch Waffen zu tragen, und dass Agamemnon keine neuen Männer mehr aufgerufen hat, ihm aus Griechenland zu folgen – stattdessen haben sie viele von ihnen an unsere Küste geschickt, um sie zu besiedeln. Fünftausend Mann sind vor zwei Jahren einer Epidemie zum Opfer gefallen, zehntausend Soldaten der Zweiten Armee inzwischen entweder gefallen oder kriegsuntauglich und fünftausend aus schierem Heimweh nach Griechenland zurückgekehrt. Daher meine Schätzung. Nicht mehr als fünfzigtausend, Aeneas.«

»Dann sollten wir Hackfleisch aus ihnen machen«, erwiderte ich.

»Einverstanden«, sagte Hektor ungeduldig. »Ihr werdet mich also in der Versammlung unterstützen, wenn ich meinen Vater darum bitte, die Armee ins Feld zu führen?«

»Aber bislang sind weder die Hethiter noch die Amazonen da!«

»Wir brauchen sie nicht.«

»Ihr dürft ihre Erfahrenheit und unsere Unerfahrenheit nicht vergessen, Hektor. Die Griechen sind kampferprobt, wir nicht. Und ihre Männer wissen, dass sie gut geführt werden.«

»Unsere Unerfahrenheit gebe ich zu, aber was ihre Führungsqualitäten angeht, bin ich anderer Meinung. Wir haben auch unser gerüttelt Maß an berühmten Kriegern – Euch, zum Beispiel. Dann ist da Sarpedon, ein Sohn des Zeus! Seine Truppen verehren ihn.« Hektor hüstelte verlegen. »Und dann gibt es noch Hektor.«

»Das ist nicht das gleiche«, widersprach ich. »Was wissen die Dardanier von Hektor oder die Trojaner von Aeneas? Und wer kennt außerhalb von Lykien den Namen Sarpedon, Zeus-Sohn oder nicht? Nehmt dagegen die Griechen! Agamemnon, Idomeneus, Nestor, Achilles, Ajax, Teukros, Diomedes, Odysseus, Meriones – und viele, viele mehr! Selbst ihr oberster Arzt, Machaon, ist noch ein großartiger Kämpfer. Und jeder griechische Soldat kennt ihre Namen. Wahrscheinlich kann er Euch sogar sagen, was ein bestimmter Anführer gern verzehrt oder welches seine Lieblingsfarbe ist. Nein, Hektor, die Griechen sind eine Nation, die unter ihrem obersten König, Agamemnon, kämpft, während wir ein bunter Haufen sind, voller Rivalitäten und Eifersüchteleien.«

Hektor sah mich eine Weile an, dann seufzte er. »Natürlich habt Ihr Recht. Aber wenn die Schlacht erst einmal begonnen hat, wird unsere vielsprachige Armee nur noch den einen Gedanken haben: die Griechen aus Kleinasien zu vertreiben. Unsere Gegner kämpfen um den Sieg. Wir kämpfen um unser Leben.«

Ich lachte. »Hektor, Ihr seid ein unverbesserlicher Idealist! Wenn ein Mann seinen Speer an Eure Kehle legt, überlegt Ihr Euch dann noch, dass er um den Sieg kämpft? Sie kämpfen genauso um ihr Leben wie wir.«

Er ersparte es sich, darauf zu antworten, und füllte stattdessen wieder unsere Weinkelche.

»Ihr wollt also darum bitten, die Armee ins Feld zu führen?«

»Ja«, sagte Hektor. »Noch heute. Wenn ich nur daran denke, dass mir unsere Mauern als Barrieren erscheinen und mein Heim ein Gefängnis ist!«

»Manchmal kommt es vor, dass genau die Dinge, die wir am meisten lieben, uns zerstören«, bemerkte ich.

Er lächelte, aber er war nicht belustigt. »Was für ein seltsamer Bursche Ihr seid, Aeneas! Glaubt Ihr an nichts? Liebt Ihr nichts?«

»Ich glaube an mich und liebe mich«, antwortete ich.

Priamos schwankte, sein gesunder Menschenverstand kämpfte mit dem überwältigenden Wunsch, die Griechen zu vertreiben. Aber am Ende hörte er auf Antenor und nicht auf Hektor.

»Tut es nicht, Majestät!«, beschwor Antenor ihn. »Es wäre der Tod für alle unsere Hoffnungen, wenn wir vorzeitig auf die Griechen träfen. Wartet auf Memnon, die Hethiter und die Amazonenkönigin! Wenn Agamemnon nicht Achilles und die Myrmidonen hätte, sähe die Sache vielleicht anders aus, aber er hat sie nun einmal, und ich fürchte sie sehr. Vom Tag seiner Geburt an lebt ein Myrmidone nur für den Kampf. Sein ganzer Körper besteht aus Bronze, sein Herz aus Stein, und er selbst ist so beharrlich wie die Ameise, nach der er benannt ist. Solange sich die Amazonen nicht der Myrmidonen annehmen, wird schon Eure Vorhut in Stücke gehauen. Wartet ab, Majestät!«

Priamos beschloss zu warten. Hektor schien die Entscheidung seines Vaters mit Gelassenheit hinzunehmen, aber ich kannte den Thronfolger besser. Er sehnte sich nach nichts so sehr, wie auf Achilles zu treffen, doch an der Furcht seines Vaters vor eben diesem Mann scheiterte er.

Achilles ... Ich erinnerte mich, dass ich ihm vor den Toren von Lyrnessos begegnet war, und fragte mich, wer wohl der Bessere war, Achilles oder Hektor. Sie hatten eine ähnliche Statur und waren beide gleich kriegerisch. Aber irgendwie schien ich zu spüren, dass Hektor zum Untergang verdammt war. Tugendhaftigkeit wird meiner Meinung nach überschätzt; und Hektor war *so* tugendhaft. Ich für mein Teil, ich verzehrte mich nach anderen Dingen.

Als ich den Thronsaal verließ, erfüllte mich Ruhelosigkeit. Wegen der uralten Prophezeiung, dass ich eines Tages über Troja herrschen würde, hatte sich Priamos mir und meiner Familie entfremdet. Trotz aller Höflichkeit, die mir seit meiner Ankunft zuteil wurde, war die kaum verhüllte Missgunst immer noch zu spüren. Nur meiner Truppen wegen war ich willkommen. Aber wie sollte ich wohl fünfzig Söhne überleben? Es sei denn, Troja verlor den Krieg, denn dann könnte Agamemnon womöglich auf den Gedanken kommen, *mich* auf den Thron zu setzen. Ein hübsches Dilemma für jemanden, in dessen Adern das gleiche Blut floss wie in denen von Priamos.

Ich ging in den großen Hof des Palastes und wanderte dort unruhig auf und ab, verwünschte Priamos und begehrte Troja. Dann bemerkte ich, dass jemand im Schatten stand und mich beobachtete. Ein kalter Schauer lief mir über den Rücken. Priamos hasste mich. Würde er den Frevel begehen und einen nahen Verwandten ermorden?

Ich entschied, dass er es tun würde, zog meinen Dolch und kroch hinter den blumengeschmückten Zeusaltar, der im Hof stand. Als ich nur noch eine gute Armlänge von meinem Beobachter entfernt war, sprang ich hervor, presste die Hand vor seinen Mund und setzte ihm die Klinge an die Kehle. Aber die Lippen, die sich sanft in meine Handfläche schmiegten, gehörten ebenso wenig einem Mann wie die nackten Brüste unter meinem Dolch. Ich ließ sie los.

»Habt Ihr mich für eine Meuchelmörderin gehalten?«, fragte sie keuchend.

»Es ist albern, sich zu verstecken, Helena.«

Ich entdeckte eine Lampe auf der Altarstufe und entzündete sie an dem ewigen Feuer; dann hielt ich das Licht hoch und betrachtete lange mein Gegenüber. Acht Jahre waren vergangen, seit ich sie zuletzt gesehen hatte. Unglaublich! Sie musste jetzt zweiunddreißig sein. Aber Lampen sind nachsichtig; später, bei besserem Licht, konnte ich schon die sanften Spuren der Zeit erkennen: die feinen Linien um ihre Augen, das leichte Herabsinken ihrer Brüste.

Bei den Göttern, sie war schön! Helena, Helena von Troja und Amyklai. Helena, die Blutsaugerin. Die ganze Grazie von Artemis, der Jägerin, lag in ihrer Haltung, die ganze Schönheit und Lüsternheit von Aphrodite erglänzte auf ihrem Gesicht. Helena, Helena, Helena ... Erst jetzt, als ich sie wieder sah, wurde mir klar, in wie vielen Nächten sie meine Träume heimgesucht hatte, wie oft sie in meinem Schlaf den edelsteinbesetzten Gürtel gelöst und die Röcke auf ihre elfenbeinfarbenen Füße hatte gleiten lassen. In Helena war Aphrodite in sterblicher Hülle geboren worden, in Helena erkannte ich die strahlende Schönheit der göttlichen Mutter, die ich nie gesehen, sondern von der ich nur in den Schwärmereien meines Vaters gehört hatte, der über seine amouröse Beziehung mit der Göttin der Liebe verrückt geworden war.

Helena war die verkörperte Sinnlichkeit, eine Pandora, die lächelte und ihre Geheimnisse für sich behielt, die fesselnd war und zu fesseln verstand; sie war Erde und Liebe, Wasser und Luft, Feuer vermischt mit Eis, das einem Mann die Adern platzen lassen konnte. Sie spielte mit der Faszination von Tod und Mysterium, trieb ihren Spott.

Sie legte die Hand, deren polierte Nägel wie das Innere einer Muschel schimmerten, auf meinen Arm. »Ihr seid schon seit vier Monden in Troja, und dennoch sehe ich Euch heute das erste Mal, Aeneas.«

Empört und wie von Sinnen stieß ich ihre Hand fort. »Warum sollte ich nach Euch suchen? Und was würde wohl Priamos sagen, wenn er erführe, dass ich der Großen Hure meine Aufwartung mache?«

Ungerührt hörte sie mir mit gesenkten Augen zu. Dann hoben sich ihre schwarzen Lider, und ihre grünen Augen blickten mich ernst an. »Ich stimme Euch in allem zu«, sagte sie, ließ sich auf einem Sitz nieder und strich die Rüschen und Falten ihres Rockes glatt, wobei ein leises Klingeln zu hören war. »In den Augen eines Mannes«, fuhr sie gemessen fort, »sind Frauen bewegliche Güter. Ein Stück Eigentum. Wenn er will, kann er sich daran vergehen, ohne Strafe befürchten zu müssen. Frauen sind passive Geschöpfe. Unsere Stimme zählt nichts, denn logisches Denken traut man uns nicht zu. Wir gebären Kinder, und damit hat es sich.«

Ich gähnte. »Selbstmitleid steht Euch nicht«, bemerkte ich.

»Ihr gefallt mir«, entgegnete sie lächelnd. »Weil Ihr Euch so ganz auf Eure Ambitionen konzentriert. Und weil Ihr wie ich seid.«

»Wie *Ihr*?«

»O ja. Ich bin Aphrodites Spielzeug. Ihr seid ihr Sohn.«

Voller Verlangen und Zärtlichkeit drängte sie sich in meine Arme; ich hob sie empor und trug sie durch die stillen Flure in mein Gemach. Niemand sah uns. Ich vermute, dafür sorgte meine Mutter, die Zauberin.

Selbst als die Tiefe ihrer Leidenschaft mich bis in mein Innerstes erschütterte, gab es einen Teil von ihr, der nicht einmal ahnte, dass sie besessen war; ein Teil ihres Wesens blieb verborgen und geheimnisvoll. Wir vereinten uns in qualvoller Lust, aber während sie mir den Verstand raubte, blieb ihrer verschlossen in einem fernen Versteck, und ich hatte keine Hoffnung, je den Schlüssel dafür zu finden.

KAPITEL 21

ERZÄHLT VON AGAMEMNON

Die Schlachtbefehle waren längst an die Armee ausgegeben worden, aber Priamos blieb hinter seinen Mauern. Selbst die trojanischen Raubzüge hörten auf. Meine Truppen litten unter Ungewissheit und Untätigkeit. Da es nichts zu besprechen gab, berief ich keine Ratsversammlung ein, bis Odysseus erschien.

»Majestät, würdet Ihr für heute Mittag den Rat einberufen?«, bat er.

»Warum? Es gibt nichts zu bereden.«

»Möchtet Ihr nicht wissen, wie Ihr Priamos herauslocken könnt?«

»Worauf wollt Ihr hinaus, Odysseus?«

Er sah mich mit einem strahlenden Lächeln an. »Majestät! Wie könnt Ihr verlangen, dass ich meine Geheimnisse jetzt preisgebe? Genausgut könntet Ihr um Unsterblichkeit bitten!«

»Na schön. Eine Versammlung um zwölf Uhr.«

»Gewährt Ihr mir noch einen Gefallen, Majestät?«

»Welchen?«, fragte ich vorsichtig. Er setzte das unwiderstehliche Grinsen auf, das er für die Momente aufsparte, wenn er unbedingt etwas erreichen wollte. Ich wurde schwach; mir blieb nichts anderes übrig, wenn Odysseus so lächelte.

»Keinen allgemeinen Rat. Nur ausgewählte Männer.«

»Es ist Eure Versammlung, sagt, wen Ihr wollt. Gebt mir ihre Namen.«

»Nestor, Idomeneus, Menelaos, Diomedes und Achilles.«

»Kalchas nicht?«

»Kalchas am allerwenigsten.«

»Ich wünschte, ich wüsste, warum Ihr den Mann so wenig mögt, Odysseus. Wenn er ein Verräter wäre, würden wir es inzwischen herausgefunden haben. Dennoch besteht Ihr darauf, ihn von jeder wichtigen Beratung auszuschließen. Die Götter können bezeugen, dass es zahllose Gelegenheiten gegeben hat, unsere Geheimnisse an Troja zu verraten, aber er hat es nie getan.«

»Von einigen unserer Geheimnisse, Agamemnon, weiß er so wenig wie Ihr. Ich glaube, er wartet auf das eine Geheimnis, das es wert ist, an die verraten zu werden, denen sein Herz gehört.«

Missmutig nagte ich an meiner Lippe. »Nun gut, kein Kalchas.«

»Und auch keine Erwähnung ihm gegenüber. Mehr noch, ich möchte, dass die Fenster und Türen mit Brettern vernagelt werden, nachdem wir uns versammelt haben, und die Posten davor sollen so eng stehen, dass sie sich berühren.«

»Odysseus! Geht das nicht zu weit?«

Er lächelte boshaft. »Ich möchte nicht, dass Kalchas wie ein Narr dasteht, Majestät, und darum müssen wir die Sache in ihrem zehnten Jahr zu einem Ende bringen.«

Die Hand voll Männer, um deren Erscheinen Odysseus gebeten hatte, erwarteten eine richtige Ratsversammlung und waren voller Neugier, als sie erfuhren, dass mehr nicht kommen würden.

»Warum nicht Meriones?«, fragte Idomeneus ein wenig ungehalten.

»Und warum nicht Ajax?«, fragte Achilles streitsüchtig.

Ich räusperte mich; sie nahmen Platz. »Odysseus hat mich gebeten, Euch zusammenzurufen», erklärte ich. »Nur Euch fünf, er und ich. Der Lärm, den Ihr hört, kommt von den Wachen, die den Raum mit Brettern vernageln. Was Euch nachdrücklicher klarmacht, als ich es mit Worten vermöchte, wie geheim unser Treffen ist. Ich werde jedem von Euch einen Eid abnehmen: Nichts von dem, was hier besprochen wird, darf außerhalb dieser Wände erwähnt werden, nicht einmal im Schlaf.«

Einer nach dem anderen kniete nieder und legte den Schwur ab.

Odysseus begann mit gedämpfter Stimme zu reden; einer seiner Tricks. Er begann so leise, dass man sich anstrengen musste, ihn zu verstehen, und während er seine Ideen darlegte, wurde er immer lauter, bis seine Worte zum Schluss wie Getrommel von der Decke widerhallten.

»Bevor ich Euch den wahren Grund für diesen sehr kleinen Rat mitteile«, hob er kaum vernehmlich an, »muss ich einigen von Euch etwas sagen, was die anderen bereits wissen. Nämlich die wirkliche Funktion des Gefängnisses da draußen in der Senke.«

Mit wachsendem Zorn und Erstaunen hörte ich zu, wie Odysseus uns erzählte, was Nestor und Diomedes schon seit Jahren wussten. Warum war niemand von uns je auf die Idee gekommen nachzuforschen, was dort vor sich ging? Vielleicht, so musste ich trotz aller Empörung zugeben, weil es uns durchaus in den Kram passte, keine Fragen zu stellen; Odysseus hatte uns einige unserer ärgsten Probleme abgenommen, und sie waren nie wieder aufgetaucht. Aber nicht, wie ich jetzt erfuhr, aufgrund harter Gefängnisstrafen. Die Übeltäter waren seine Späher geworden.

»Nun«, sagte ich am Ende schmallippig, »zumindest wissen wir jetzt, weshalb Ihr so unheimlich genau vorhersagen könnt, was Troja als nächstes unternehmen wird! Aber warum diese Geheimniskrämerei? Ich bin der König der Könige, Odysseus! Ich hatte das Recht, von Anfang an eingeweiht zu werden!«

»Nicht«, entgegnete Odysseus, »solange Kalchas Euer Günstling war.«

»Er ist immer noch mein Günstling.«

»Aber nicht mehr so wie früher, nehme ich an.«

»Vielleicht. Vielleicht. Fahrt fort, Odysseus. Was haben Eure Spione mit diesem Treffen zu tun?«

»Sie sind nicht so untätig wie unsere Armee gewesen«, sagte er. »Ihr habt alle die Gerüchte gehört, weshalb Priamos keine Anstalten gemacht hat, hinter seinen Mauern hervorzukommen. Das bekannteste ist, dass er nicht soviel Unterstützung bekommen hat wie erwartet – dass er uns zahlenmäßig unterlegen ist. Das stimmt nicht. Im Augenblick verfügt er über fünfundsiebzigtausend Mann, die knapp zehntausend Kampfwagen nicht mitgerechnet. Wenn Penthesilea mit den Amazonen und Menon mit den Hethitern eintreffen, ist er uns deutlich überlegen. Hinzu kommt noch, dass er irrtümlich glaubt, wir könnten nur fünfzigtausend Mann aufbieten. Ihr dürft mir glauben, dass meine Informationen der Wahrheit entsprechen. Ich habe Leute, die das Vertrauen von Priamos und Hektor besitzen.«

Er wanderte ein wenig in dem Raum umher, der viel Platz bot, da nur so wenig Männer anwesend waren. »Bevor ich fortfahre, muss ich über den König von Troja sprechen. Priamos ist ein sehr alter Mann, der den Zweifeln und dem Wankelmut, den Ängsten und den Vorurteilen ausgesetzt ist, die dieses Alter mit sich bringt. Kurz, er ist kein Nestor. Nie und nimmer. Er herrscht über Troja weitaus autokratischer als jeder König Griechenlands – er ist buchstäblich Herrscher über alles, was er überblickt. Nicht einmal sein Sohn und Thronfolger wagt es, ihm zu *sagen,* was zu tun ist. Agamemnon beruft Räte ein, Priamos Versammlungen. Agamemnon hört zu, was wir zu sagen haben und berücksichtigt es. Priamos hört nur sich selbst zu – und allen, die wiederholen, was er denkt.«

Er blieb stehen, um uns zu mustern. »Das ist der Mann, den wir überlisten, der Mann, dem wir unseren Willen aufzwingen müssen, ohne dass er es überhaupt merkt. Hektor weint, wenn er die Festungsmauern entlanggeht, seine Mannen zählt und uns am Ufer des Hellespont sieht: wie eine reife Frucht, die nur noch gepflückt werden muss. Aeneas reibt sich auf und verzehrt sich. Nur Antenor tut nichts, und weil Priamos macht, was Antenor will – tut auch Priamos nichts.«

Eine weitere Runde um die Stühle; alle Köpfe folgten ihm. »Was ist also der wirkliche Grund, dass Priamos nicht losschlägt, obwohl jetzt die beste Gelegenheit ist, uns aus Troas zu vertreiben? Wartet er wirklich auf Memnon und Penthesilea?«

Nestor nickte. »Zweifellos«, sagte er. »Das ist jedenfalls das, was ein sehr alter Mann tun sollte.«

Odysseus atmete tief ein; seine Stimme schwoll an. »Aber wir dürfen ihm nicht erlauben zu warten! Er *muss* aus der Stadt gelockt werden, bevor er es sich leisten kann, Männer zu Tausenden und Abertausenden zu verlieren. Meine Informationsquellen sind weitaus besser als die von Priamos, und ich kann Euch sagen, dass Penthesilea und Memnon eintreffen werden, bevor der Winter die Pässe aus dem Landesinnern unpassierbar macht. Die Amazonen kommen zu Pferde, gelten also als Reiterheer. Mit ihnen verfügt Troja über eine zwanzigtausendköpfige Reiterarmee. In weniger als zwei Monden wird sie da sein, mit Memnon hart auf den Fersen.«

Ich schluckte. »Odysseus, das war mir nicht klar, hättet Ihr mir das nicht früher sagen können?«

»Meine Information ist erst jetzt vollständig.«

»Ich verstehe. Fahrt fort.«

»Hält sich Priamos aus reiner Vorsicht zurück, oder steckt mehr dahinter?«, fragte Odysseus in die Runde. »Die Antwort heißt: nicht aus Vorsicht. Er würde Hektor die Erlaubnis zum Losschlagen geben, wenn da nicht Achilles und die Myrmidonen wären. Er fürchtet Achilles und seine Männer mehr als alle unsere anderen Truppen und deren Anführer zusammen. Ein Teil seiner Angst geht auf gewisse Orakel über Achilles zurück – dass *er* es sein wird, der für die Zerstörung der Elite Trojas sorgen wird. Ein anderer Teil beruht auf der allgemeinen Einschätzung in den trojanischen Truppen, dass die Myrmidonen unschlagbar sind – dass Zeus sie aus einer Ameisenarmee geschaffen hat, um Peleus mit den besten Soldaten der Welt auszustatten. Nun, wir wissen alle, wie die einfachen Leute sind: abergläubisch und einfältig. Aber beides zusammen bedeutet, dass Priamos eine andere Armee braucht, die er gegen Achilles und die Myrmidonen ins Feld schicken kann.«

»Penthesilea oder Memnon?«, fragte Achilles mit grimmiger Miene.

»Penthesilea. Sie und ihre berittenen Kriegerinnen sind von Geheimnissen umgeben, und sie sollen mit weiblichen Zauberkräften anrücken. Versteht Ihr, Priamos kann nicht Hektor auf Achilles treffen lassen. Selbst wenn Apollo einen trojanischen Sieg garantierte, würde Priamos Hektor nicht gegen jenen Mann schicken, der nach seinen Orakeln die Besten Trojas auslöschen wird.«

Achilles blickte freudlos drein, doch er schwieg.

»Achilles hat seltene Gaben«, kommentierte Odysseus trocken. »Er kann eine Armee befehligen wie Kriegsgott Ares selbst. Und er führt die Myrmidonen an.«

Nestor seufzte. »Nur zu wahr.«

»Kein Grund zur Verzweiflung, Nestor!«, entgegnete Odysseus fröhlich. »Ich besitze noch alle *meine* Fähigkeiten.«

Diomedes – natürlich wusste er schon Bescheid, was kommen würde – saß grinsend da. Achilles und mein Blick trafen sich, während Odysseus uns beide beobachtete. Dann stieß er mit dem Stab so heftig auf den Boden, dass wir zusammenzuckten, und als er weitersprach, klang seine Stimme wie Donnerhall.

»*Es muss einen Streit geben!*«

Wir sperrten den Mund auf.

»Den Trojanern ist Auskundschaften durchaus vertraut«, fuhr Odysseus in normalem Tonfall fort. »Tatsächlich haben mir trojanische Kundschafter in unserem Lager fast genauso viel genutzt wie meine in Troja. Ich kenne jeden einzelnen von ihnen und versorge sie mit gezielten Informationen, die sie an Polydamas weitergeben, der sie angeworben hat – ein interessanter Mann, dieser Polydamas, der allerdings nicht so geschätzt wird, wie er es verdient. Wofür wir den Göttern, die auf unserer Seite sind, danken müssen. Ich brauche wohl nicht darauf hinzuweisen, dass seine Männer nur das weiterleiten, was ich sie wissen lasse, also etwa die dürftige Zahl der Soldaten, über die wir noch verfügen. Aber in den letzten Monden habe ich sie auch ermutigt, Polydamas ein bestimmtes Gerücht zuzutragen.«

»Gerücht?«, fragte Achilles stirnrunzelnd.

»Ja, Gerücht. Die Leute glauben zu gern Gerüchten.«

»Was für ein Gerücht?«, fragte ich.

»Dass es zwischen Euch, Agamemnon, und Euch, Achilles, nicht zum Besten steht.«

Ich glaube, es verschlug mir länger den Atem, als es sollte, denn ich musste plötzlich hörbar nach Luft schnappen. »Es steht also nicht zum Besten zwischen Achilles und mir«, sagte ich langsam.

»So ist es«, bestätigte Odysseus und sah sehr zufrieden mit sich aus. »Die gemeinen Soldaten reden immer über ihre Heerführer. Und unter ihnen ist allgemein bekannt, dass es zwischen Euch ab und an Differenzen gegeben hat. In letzter Zeit habe ich das Gerücht gestreut, Euer Verhältnis verschlechtere sich zusehends.«

Mit bleichem Gesicht stand Achilles auf. »Mir gefällt dieses Gerücht nicht, Ithaker!«, erklärte er zornig.

»Das habe ich auch nicht erwartet, Achilles. Aber setzt Euch bitte wieder!« Odysseus machte ein nachdenkliches Gesicht. »Es passierte Ende letzten Herbstes, als die Beute aus Lyrnessos in Andramyttios aufgeteilt wurde.« Er seufzte. »Wie traurig mit anzusehen, wie sich große Männer wegen einer Frau zerstreiten!«

Ich umklammerte die Stuhllehnen, um nicht aufzuspringen, und sah gekränkt hinüber zu Achilles. Seine Augen funkelten.

»Natürlich ist es unvermeidlich, dass ein solcher Grad gegenseitiger Abneigung schließlich zum großen Krach führt«, redete Odysseus munter weiter. »Niemand wäre im Geringsten verwundert, wenn es zwischen Euch zum Streit käme.«

»Worüber?«, wollte ich wissen. *»Worüber?«*

»Geduld, Agamemnon, Geduld! Zunächst einmal muss ich näher auf die Geschehnisse in Andramyttios eingehen. Ihr habt von der zweiten Armee als Zeichen ihres Respekts eine besondere Trophäe erhalten. Das Mädchen Chryseis, dessen Vater Hohepriester des Apollo in Lyrnessos war. Er zog eine Rüstung an, griff zum Schwert und wurde im Kampf getötet. Doch nun sagt Kalchas, die Omen seien sehr ungünstig, wenn das Mädchen nicht in die Obhut der Apollo-Priester in Troja zurückkehren werde. Offensichtlich müssen wir mit dem Zorn der Götter rechnen, wenn wir dieser Forderung nicht nachkommen.«

»Das stimmt, Odysseus«, erklärte ich schulterzuckend. »Aber wie ich Kalchas schon gesagt habe, vermag ich nicht zu erkennen, was Apollo uns noch tun kann – er ist ohnehin völlig auf Seiten Trojas. Chryseis gefällt mir, und ich habe nicht die geringste Absicht, sie aufzugeben.«

Odysseus schnalzte mit der Zunge. »Tja! Ich habe freilich festgestellt, dass Kalchas Widerstand nicht schätzt. Ich bin sicher, dass er seine Ermahnung wiederholen wird, das Mädchen nach Troja zu schicken. Und um ihn zu unterstützen, sollten wir dafür sorgen, dass eine Epidemie in unserem Lager ausbricht. Ich kenne ein Kraut, das einen Mann für acht Tage heftig erkranken lässt; danach wird er wieder völlig gesund. Sehr eindrucksvoll! Wenn die

Epidemie erst ausgebrochen ist, muss Kalchas noch dringlicher fordern, dass Ihr Chryseis herausgebt, Majestät. Und angesichts des geballten göttlichen Zorns in Form dieser Epidemie *werdet* Ihr nachgeben, Majestät.«

»Wohin soll das führen?«, fragte Menelaos gereizt.

»Das werdet Ihr sehr bald erfahren. Ich verspreche es.« Odysseus konzentrierte seine Aufmerksamkeit auf mich. »Ihr seid natürlich, Majestät, nicht irgendein Prinz, dem man einfach wegnimmt, was ihm zusteht. Ihr seid der König der Könige. Und deshalb muss man Euch Genugtuung verschaffen. Ihr könntet verlangen, dass die Zweite Armee, die Euch das Mädchen geschenkt hat, auch für Ersatz sorgt. Nun ist aus derselben Beute ein zweites Mädchen Achilles zugesprochen worden – ziemlich willkürlich. Sie heißt Briseis. Alle Könige und zweihundert höhere Offiziere haben gesehen, wie gern der oberste König sie für sich gehabt hätte – lieber jedenfalls als Chryseis. Klatsch verbreitet sich schnell, Agamemnon. Inzwischen weiß die ganze Armee, dass Ihr Briseis vorgezogen hättet. Es ist allerdings auch allgemein bekannt, dass Achilles eine hohe Wertschätzung für Briseis hegt und sich höchst ungern von ihr trennen würde. Patroklos, wie Ihr wisst, läuft jedenfalls mit einem ziemlich langen Gesicht umher.«

»Odysseus, Ihr begebt Euch auf einen sehr schmalen Grat«, erklärte ich, bevor Achilles etwas sagen konnte.

Er ignorierte mich und plauderte weiter. »Ihr und Achilles werdet Euch über eine Frau zerstreiten, Agamemnon. Die Erfahrung hat mich gelehrt, dass Zwistigkeiten wegen Frauen von allen und jedem sofort akzeptiert werden – schließlich wissen wir alle, dass solche Zerwürfnisse überaus häufig vorkommen und für den Tod so manchen Mannes verantwortlich sind. Ich möchte mal vermuten, mein lieber Menelaos, dass man Helena zu diesen Streitfällen zählen darf.«

»Vermutet besser nicht!«, knurrte mein Bruder.

Odysseus zwinkerte. Oh, welch ein Schurke! Wenn er einmal in Fahrt war, konnte ihn niemand stoppen. »Ich selbst«, fuhr er fröhlich fort, »werde mir erlauben, unserem werten Priester Kalchas ein paar Omen unter die Nase zu halten, und ich werde auch die

Epidemie auslösen. Ich verspreche Euch, die Krankheit wird selbst Podalieros und Machaon irreführen! Einen Tag nach ihrem Ausbruch werden Angst und Schrecken im Lager herrschen. Wenn Ihr von dem Ernst der Lage unterrichtet worden seid, Agamemnon, werdet Ihr unverzüglich Kalchas aufsuchen und ihn fragen, was welchen Gott erbost hat. Das wird ihm gefallen. Aber noch mehr wird ihm Euer Wunsch nach einer öffentlichen Wahrsagung gefallen. Vor den versammelten Offizieren der Armee wird er verlangen, dass Ihr Chryseis nach Troja schickt. Eure Position, Majestät, wird völlig unhaltbar. Ihr müsst einwilligen. Ich bin allerdings sicher, dass Euch niemand Vorwürfe machen wird, wenn Ihr daran Anstoß nehmt, dass Achilles über Euch lacht. Bei einer öffentlichen Weissagung! Unverzeihlich!«

Spätestens jetzt waren wir sprachlos, obwohl ich bezweifle, dass Odysseus innegehalten hätte, auch wenn Zeus ihm einen Blitz vor die Füße geschleudert hätte.

»Ihr werdet natürlich zornig sein, Agamemnon, und von Achilles verlangen, dass er Euch Briseis gibt. Dann appelliert Ihr an die versammelten Offiziere: Eure Trophäe ist Euch entrissen worden, und deshalb muss Achilles die seine an Euch abtreten. Achilles wird sich weigern, aber seine Position ist genauso unhaltbar wie die Eure, als Kalchas Chryseis verlangte. Er muss Euch Briseis überlassen, und zwar an Ort und Stelle. Aber nachdem er das getan hat, wird er Euch daran erinnern, dass weder er noch sein Vater den Eid des Gevierteilten Pferdes abgelegt haben. Vor der Versammlung wird er verkünden, dass er sich mit seinen Myrmidonen aus dem Krieg zurückzieht.« Odysseus lachte dröhnend und reckte die Fäuste. »Für einen bestimmten Trojaner, den ich kenne, werde ich ein besonderes Versteck reservieren. Innerhalb eines Tages wird ganz Troja von dem Streit wissen.«

Wir saßen da, als seien wir vom Blick der Medusa in Stein verwandelt worden. Wie sehr er die anderen aufgewühlt hatte, konnte ich nur vermuten; meine eigene Erregung war erschreckend genug. Aus einem Augenwinkel heraus sah ich, dass Achilles sich regte, und voller Neugier, was er wohl unternehmen würde, richtete ich meine Aufmerksamkeit auf ihn. Odysseus konnte mehr verborgene Skelette aus verborgenen Gräbern hervorholen und sie schütteln als jeder andere, den ich je kennen gelernt habe. Bei der Großen Mutter, er war einzigartig.

Achilles war nicht wütend, was mich verwunderte. In seinen Augen lag blanke Bewunderung.

»Was seid Ihr nur für ein Mensch, Odysseus, dass Ihr Euch solch eine Geschichte ausdenkt! Es ist ein listiger Plan – einfach umwerfend! Ihr müsst allerdings zugeben, dass er weder für Agamemnon noch für mich sehr schmeichelhaft ist. Wir müssen uns der Lächerlichkeit und der Verachtung preisgeben, wenn wir tun, was Ihr verlangt. Und darum sage ich Euch jetzt: Selbst wenn ich dafür sterben muss, werde ich Briseis nicht aufgeben.«

Nestor hüstelte. »Ihr werdet überhaupt nichts aufgeben, Achilles. Die beiden jungen Frauen kommen in meine Obhut, wo sie bleiben, bis sich die Dinge so entwickelt haben, wie Odysseus es plant. Ich werde sie an einen geheimen Ort bringen, sodass niemand weiß, wo sie sich befinden. Nicht einmal Kalchas.«

Achilles war noch nicht überzeugt. »Ein redliches Angebot, Nestor, und eins, dem ich traue. Aber Ihr versteht sicher, warum mir der Plan missfällt. Was ist, wenn es uns gelingt, Priamos hereinzulegen? Ohne die Myrmidonen in vorderster Reihe erleiden wir Verluste, die wir uns einfach nicht leisten können. Ich übertreibe nicht: Im Kampf haben wir die Aufgabe, die Vorhut zu bilden. Ich kann keinen Plan akzeptieren, der so viele Leben gefährdet.« Er blickte düster drein. »Und was ist mit Hektor? Ich habe geschworen, ihn zu töten, aber was, wenn er fällt, während ich nicht mitkämpfe? Und wie lange soll ich eigentlich der Schlacht fernbleiben?«

Odysseus antwortete ihm. »Ja, wir werden Männer verlieren, die nicht fallen würden, wenn die Myrmidonen da wären. Aber die Griechen sind auch keine schlechten Krieger. Ich zweifle nicht daran, dass wir uns gut schlagen werden. Eure große Frage – wie lange Ihr nicht mitkämpfen werdet – beantworte ich im Augenblick nicht. Ich möchte lieber darüber reden, wie wir Priamos aus seinen Mauern herauslocken. Ich frage Euch: Was ist, wenn sich dieser Krieg noch Jahre hinzieht? Wenn unsere Männer alt werden, ohne die Heimat wieder zu sehen? Oder wenn Priamos zum Kampf antritt, nachdem Penthesilea und Memnon eingetroffen sind? Ob mit oder ohne Myrmidonen: Wir werden in Stücke gehauen.« Er lächelte. »Was Hektor angeht, er wird so lange leben, bis er Euch gegenübersteht, Achilles. Ich spüre es in meinen Knochen.«

Nestor ergriff das Wort. »Wenn die Trojaner erst einmal hinter ihren Mauern hervorgekommen sind, gibt es für sie kein Zurück mehr«, sagte er. »Wenn sie schwere Verluste erleiden, erhält Priamos Informationen, dass unsere noch schlimmer sind. Wenn wir sie herausgelockt haben, wird der Damm brechen. Sie werden nicht eher ruhen, bis sie uns vertrieben haben oder der Letzte von ihnen tot ist.«

Achilles breitete die Arme aus, die mächtigen Muskeln dehnten sich unter der Haut. »Ich bezweifle, dass ich die Kraft habe, nicht zu kämpfen, wenn alle anderen es tun, Odysseus. Zehn lange Jahre habe ich darauf gewartet, beim Töten dabeizusein. Und noch etwas gilt es zu bedenken. Was wird die Armee von einem Mann halten, der ihr einer Frau wegen in der Stunde der Not den Rücken kehrt – und was werden meine Myrmidonen von mir denken?«

»Niemand wird freundlich über Euch reden, Achilles, das ist sicher«, entgegnete Odysseus nüchtern. »Um das zu tun, was ich verlange, braucht man einen ganz besonderen Mut, mein Freund. Mehr Mut, als morgen den Westlichen Vorhang zu erstürmen. Dass mich keiner falsch versteht! Achilles hat die ganze Sache nicht einen Deut düsterer beschrieben, als sie in Wirklichkeit ist. Viele werden Euch verunglimpfen, Achilles. Viele werden Euch verdammen, Agamemnon. Einige werden Euch verfluchen. Einige werden vor Euch ausspucken.«

Achilles setzte ein schiefes Lächeln auf und sah mich nicht unbedingt ablehnend an. Odysseus war es gelungen, uns einander näher zu bringen, als ich es nach den Ereignissen in Aulis für möglich gehalten hätte. Meine Tochter! Meine arme kleine Tochter! Ich saß schweigend da und versuchte, mich an die wenig schmeichelhafte Rolle zu gewöhnen, die ich zu übernehmen hatte. Wenn Achilles wie ein unbeherrschter Narr aussehen sollte, was für einen Narren sollte ich dann abgeben? War Narr überhaupt das richtige Wort? Idiot wäre wohl passender.

Achilles schlug sich heftig auf die Schenkel. »Es ist ein starkes Stück, das Ihr da von uns verlangt, Odysseus, aber wenn Agamemnon sich bereit erklärt, seinen Teil der Last zu tragen, wie kann ich dann ablehnen?«

»Wie lautet Eure Entscheidung, Majestät?«, fragte Idomeneus in einem Ton, der klarmachte, dass *er* nie zustimmen würde.

Ich schüttelte den Kopf, stützte das Kinn in die Hand und überlegte, während die anderen mich beobachteten. Achilles unterbrach mein Sinnen, indem er sich erneut an Odysseus wandte.

»Beantwortet mir die eine große Frage, Odysseus. Wie lange?«

»Es wird zwei oder drei Tage dauern, um die Trojaner herauszubringen.«

»Das ist keine Antwort. Wie lange muss ich mich aus der Sache heraushalten?«

»Lasst uns erst die Entscheidung des obersten Königs abwarten. Majestät, wie habt Ihr Euch entschieden?«

Meine Hand sank herab. »Ich mache es unter einer Bedingung: dass jeder in diesem Raum einen feierlichen Eid ablegt, bis zum völligen Ende dieses Unternehmens dabeizubleiben, gleichgültig, wie dieses Ende sein wird. Odysseus ist der einzige, der uns durch dieses Labyrinth führen kann – für solche Ränkespiele sind die hohen Könige von Mykene nicht geschaffen. Das ist das Los der Könige auf den Äußeren Inseln. Seid Ihr bereit zu schwören?«

Sie waren bereit. Ohne einen Priester schworen wir auf die Häupter unserer männlichen Kinder, auf ihre Kraft, sich fortzupflanzen, und auf das Erlöschen unserer Dynastien. Das wog schwerer als das Gevierteilte Pferd.

»So, Odysseus«, sagte Achilles, »bringt es zu Ende.«

»Überlasst Kalchas mir. Ich sorge dafür, dass er tut, was wir erwarten, ohne zu wissen, was wir erwarten. Er wird genauso an sich glauben wie der arme Hirtenjunge, der aus der Menge ausgewählt wird, um bei den Gelagen der Mänaden den Dionysos zu spielen. Achilles, sobald Ihr Briseis übergeben und Euren Standpunkt erklärt habt, sammelt Ihr Eure Myrmidonen-Offiziere und zieht Euch unverzüglich in Euer Lager zurück. Nur gut, dass Ihr damals darauf bestanden habt, einen Palisadenzaun auf unserem Gelände zu errichten. So wird man Eure Abkehr leicht bemerken. Ihr werdet den Myrmidonen verbieten, das abgesperrte Gebiet zu verlassen, und auch Ihr selbst müsst dort bleiben. Fortan werdet Ihr besucht, dürft aber selbst keine Besuche machen. Alle werden vermuten, dass die, die Euch aufsuchen, Euch umzustimmen versuchen. Doch Ihr müsst stets und auch gegenüber Eurem engsten Freundeskreis als äußerst erzürnter Mann auftreten – wie jemand, der zutiefst verletzt und furchtbar enttäuscht wurde, wie jemand, der glaubt, dass ihm bitteres Unrecht geschehen ist, wie jemand, der eher sterben würde, als seine Beziehungen zu Agamemnon zu kitten. Habt Ihr mich verstanden?«

Achilles nickte ernst. Jetzt, da die Sache entschieden und der Eid abgelegt war, wirkte er resigniert. »Werdet Ihr mir jetzt endlich antworten?«, fragte er. »Wie lange?«

»Nicht vor dem allerletzten Moment«, entgegnete Odysseus. »Hektor muss – wie sein Vater – völlig davon überzeugt sein, dass er nicht verlieren kann. Führt sie an der Nase herum, Achilles, führt sie so lange herum, bis Ihr sie ersticken könnt. Die Myrmidonen werden noch vor Euch wieder dabeisein.« Er machte einen tiefen Atemzug. »Keiner kann vorhersagen, was im Kampf passiert, auch ich nicht, aber einige Dinge sind ziemlich gewiss. Zum Beispiel, dass wir ohne Euch und die Myrmidonen in unser eigenes Lager zurückgetrieben werden. Dass Hektor unseren Schutzwall durchbrechen und an unsere Schiffe gelangen wird. Ich kann die Ereignisse ein wenig beeinflussen, indem ich ein paar meiner Männer aus der Senke zwischen unseren Truppen einsetze. Sie können zum Beispiel für eine Panik sorgen, die in einem Rückzug endet. Ihr müsst entscheiden, wann genau der richtige Zeitpunkt zum Eingreifen gekommen ist, aber geht nicht selber in die Schlacht. Lasst Patroklos die Myrmidonen führen. Dann sieht es so aus, als wärt Ihr immer noch halsstarrig. Sie kennen die Orakel, Achilles. Sie wissen, dass wir sie nicht besiegen können, wenn Ihr nicht mit uns kämpft. Also täuscht sie. Kommt erst im allerletzten Moment aufs Schlachtfeld.«

Und danach schien es nichts mehr zu sagen zu geben. Idomeneus stand auf und rollte wild mit den Augen in meine Richtung. Niemand verstand besser als er, wie hart es Mykene ankam, so sehr verunglimpft zu werden. Nestor beehrte uns mit seinem leeren Lächeln – er hatte das alles natürlich schon vor diesem Morgen gewusst. Genau wie Diomedes, der sich bei der Aussicht, dass andere die Narren spielten, ein breites Grinsen genehmigte.

Nur Menelaos hatte noch etwas zu bemerken. »Darf ich einen kleinen Rat geben?«

»Natürlich!«, sagte Odysseus herzlich. »Nur zu!«

»Kalchas. Weiht ihn in das Geheimnis ein. Wenn er Bescheid weiß, sind Eure Probleme nur noch halb so groß.«

Odysseus schlug mit der Faust in seine Handfläche. »Nein, nein, nein! Dieser Mann ist ein Trojaner! Vertraue nie einem Mann, der von einer feindlichen Frau in einem feindlichen Land geboren wurde, wenn du auf seinem Grund und Boden kämpfst und die Möglichkeit hast, den Kampf zu gewinnen.«

»Ihr habt Recht, Odysseus«, sagte Achilles.

Ich erwiderte nichts, wunderte mich jedoch. Jahrelang hatte ich mich für Kalchas eingesetzt, doch an diesem Morgen schien sich etwas in mir verändert zu haben, von dem ich noch nicht genau wusste, was es war. Er war immer am Ursprung der Dinge gewesen, die viel Unheil angerichtet hatten. Er hatte mich gezwungen, meine Tochter zu opfern, und so den Bruch mit Achilles herbeigeführt. Nun, wenn ihm wirklich nicht zu trauen war, würde sich das an dem Tag meines neuerlichen Streits mit Achilles herausstellen. Denn trotz aller einstudierter Starrheit würde seine Miene seine innere Befriedigung verraten – wenn er überhaupt zu so einer Empfindung fähig war. Nach so vielen Jahren *kannte* ich ihn.

»Agamemnon«, kam Menelaos' quengelnde Stimme von der Tür, »wir sind eingeschlossen! Würdest du bitte den Befehl geben, uns hinauszulassen?«

KAPITEL 22

ERZÄHLT VON ACHILLES

Schleppenden Schrittes kehrte ich zu dem Palisadenzaun der Myrmidonen zurück; ich fürchtete mich davor, denen, die ich liebte, gegenüberzutreten und meine Weisheiten für mich behalten zu müssen. Patroklos und Phoinix saßen an den beiden Seiten eines Tisches in der Sonne und maßen unter großem Gelächter ihre Kräfte im Armdrücken.

»Was ist passiert? Irgend etwas Wichtiges?«, fragte Patroklos und stand auf, um mir den Arm um die Schultern zu legen. Dazu neigte er häufiger, seit Briseis in mein Leben getreten war, und es tat mir Leid. Es half ihm nichts, wenn er öffentlich Anspruch auf mich erhob, und mich irritierte es eher. Als ob er versuchen wollte, mir eine Schuld aufzubürden: Ich bin dein Vetter ersten Grades und dein Liebhaber, und du kannst mich nicht einfach wegen eines neuen Spielzeugs fallen lassen.

Ich schüttelte ihn ab. »Nichts ist passiert. Agamemnon wollte wissen, ob wir irgendwelche Schwierigkeiten haben, unsere Männer im Zaum zu halten.«

Phoinix sah mich verwundert an. »Hätte er das nicht auch selbst herausfinden können, wenn er sich die Mühe gemacht hätte, durchs Lager zu gehen?«

»Ihr kennt unseren großen Oberbefehlshaber. Er hat seit einem Monat keinen Rat mehr einberufen, und er hasst die Vorstellung, uns nicht mehr fest im Griff zu haben.«

»Aber warum nur du, Achilles? Ich schenke den Wein aus und sorge auch sonst dafür, dass sich jeder bei einer Ratsversammlung wohl fühlt«, sagte Patroklos und sah gekränkt aus.

»Es war eine sehr kleine Gruppe.«

»War Kalchas dabei?«, fragte Phoinix.

»Kalchas steht derzeit in Misskredit.«

»Wegen des Mädchens Chryseis? Da hätte er besser den Mund gehalten«, meinte Patroklos.

»Vielleicht glaubt er, er muss nur genug Druck machen, um sich am Ende durchzusetzen«, bemerkte ich gleichgültig.

Patroklos zwinkerte mit den Augen. »Glaubst du das wirklich? Ich nicht.«

»Habt Ihr eigentlich nichts Wichtigeres zu tun als Armdrücken zu spielen?«, fragte ich, um das Thema zu wechseln.

»Was kann man denn Lustigeres tun an so einem schönen Tag, an dem die Trojaner bestimmt nicht angreifen?«, fragte Phoinix. Er sah mich listig an. »Ihr wart den ganzen Vormittag fort. Ganz schön lange für ein belangloses Treffen.«

»Odysseus war gut aufgelegt.«

»Komm und setz dich«, sagte Patroklos und strich mir über den Arm.

»Jetzt nicht. Ist Briseis drinnen?«

Ich hatte Patroklos noch nie wütend gesehen, aber plötzlich funkelten seine Augen vor Zorn. Er biss sich auf die zusammengepressten Lippen. »Wo sollte sie sonst sein?«, blaffte er, wandte sich ab und setzte sich wieder an den Tisch. »Lass uns weiterspielen«, forderte er Phoinix auf, der mit den Augen rollte.

Ich rief ihren Namen, als ich hineinging, und schon tauchte sie auf und kam mir entgegengeflogen, um in meinen Armen zu landen.

»Hast du mich vermisst?«, fragte ich einfältig.

»Es kam mir wie Tage vor!«

»War es nicht eher ein halbes Jahr?« Ich seufzte bei dem Gedanken daran, was wir gerade im Ratszimmer besprochen hatten.

»Bestimmt hast du schon mehr als dein Quantum Wein getrunken, oder hättest du gern noch welchen?«

Verblüfft sah ich auf sie hinab. »Wo du davon sprichst – wir haben keinen Wein getrunken.«

Ihre lebhaften blauen Augen lachten. »Wie aufregend.«

»Eher langweilig, würde ich sagen.«

»Du Armer. Hat Agamemnon dich gefüttert?«

»Nein. Sei ein gutes Kind und bring mir etwas zu essen.«

Während sie damit beschäftigt war, mich zu verköstigen, zwitscherte sie wie ein Vogel. Ich saß da, sah ihr zu und dachte bei mir, wie hübsch ihr Lächeln doch war, wie graziös ihr Gang und wie schwanengleich die Form ihres Nackens. Ständig sind wir im Krieg vom Tod umgeben, aber sie schien diese immerwährende Bedrohung nicht zu empfinden; und ich sprach auch nie mit ihr über das Kämpfen.

»Hast du Patroklos draußen in der Sonne getroffen?«

»Ja.«

»Aber du hast mich ihm vorgezogen», sagte sie zufrieden und verriet mir damit, dass die Rivalität gegenseitig war. Sie gab mir heißes Brot und eine Schüssel mit Olivenöl zum Eintunken. »Hier, frisch aus dem Ofen.«

»Hast du es selbst gebacken?«, fragte ich.

»Du weißt doch, dass ich nicht backen kann, Achilles.«

»Stimmt. Du verfügst über keine fraulichen Fertigkeiten.«

»Sag mir das heute Nacht, wenn der Vorhang am Eingang zugezogen ist und ich in deinem Bett liege«, entgegnete sie ruhig.

»Schön, eine frauliche Begabung gestehe ich dir zu.«

Kaum hatte ich das gesagt, ließ sie sich in meinen Schoß fallen, nahm meine freie Hand, führte sie unter das weite Kleid, das sie trug, und legte sie auf ihre linke Brust.

»Ich liebe dich so sehr. Achilles.«

»Und ich dich.« Ich legte den Finger unter ihr Kinn und hob ihr Gesicht an, sodass sie mich ansehen musste. »Briseis, wirst du mir etwas versprechen?«

In ihren großen Augen war keine Furcht zu erkennen. »Was immer du willst.«

»Was ist, wenn ich dich verstoße, dir befehle, zu einem anderen Mann zu gehen?«

Ihr Mund bebte. »Wenn du es befiehlst, werde ich es tun.«

»Und wie würdest du von mir denken?«

»Nicht geringer als jetzt. Du hättest sicher einen guten Grund für diesen Befehl. Sonst würde es eben bedeuten, dass du meiner überdrüssig bist.«

»Ich werde deiner nie überdrüssig sein. Niemals in der Zeit, die mir noch bleibt. Einige Dinge können sich nicht ändern.«

Die Farbe kehrte in ihr Gesicht zurück. »Das glaube ich auch.« Sie lachte atemlos. »Bitte mich um irgendwas Leichtes, zum Beispiel: für dich zu sterben.«

»Noch vor dem Einschlafen?«

»Na gut, dann morgen.«

»Ich bitte dich immer noch um ein Versprechen, Briseis.«

»Welches?«

Ich drehte eine Locke ihres wunderbaren Haars zwischen meinen Fingern. »Es könnte eine Zeit kommen, in der ich mich wie ein Narr, ein Idiot oder völlig gefühllos aufführe – dass du dann nicht aufhörst, weiter an mich zu glauben.«

»Ich werde immer an dich glauben.« Sie drückte meine Hand ein wenig fester an ihre Brust. »Ich bin nicht dumm, Achilles. Etwas bedrückt dich.«

»Selbst wenn es so wäre, ich könnte es dir nicht sagen.«

Sie ließ das Thema fallen und versuchte nie wieder, es anzusprechen.

Es war uns schleierhaft, wie Odysseus die Aufgaben anging, die er sich selbst vorbehalten hatte. Wir wussten, dass er etwas unternahm, doch wir konnten kein Zeichen davon entdecken. In der ganzen Armee wurde nur noch darüber gesprochen, dass der Streit zwischen mir und Agamemnon auf einen Höhepunkt zustrebte, dass Kalchas unerbittlich auf seiner Forderung nach Chryseis bestand und Agamemnons Laune ständig schlechter wurde.

Drei Tage nach unserem Geheimtreffen waren diese interessanten Themen plötzlich vergessen. Eine Katastrophe brach über uns herein. Zunächst versuchten die Offiziere, sie zu vertuschen, aber bald waren zu viele Männer erkrankt, um sie zu verheimlichen. Das Schreckenswort flog von Mund zu Mund: Epidemie, Epidemie, Epidemie. Innerhalb eines Tages überfiel sie viertausend Mann, am nächsten Tag noch einmal so viele – es schienen immer mehr zu werden. Ich suchte zwei meiner eigenen Soldaten auf, die es getroffen hatte, und ihr Anblick ließ mich zu Leto und Artemis beten, dass Odysseus wusste, was er da tat. Sie hatten Fieber, delirierten, hatten nässenden Hautausschlag und wimmerten, weil sie unter entsetzlichen Kopfschmerzen litten. Ich sprach mit Machaon und Podalieros, die mir versicherten, dass es sich definitiv um eine Art Epidemie handelte.

Kurz darauf traf ich Odysseus selbst. Er lachte über das ganze Gesicht.

»Ihr müsst zugeben, Achilles, dass ich so etwas wie einen Markstein gesetzt habe, wenn es mir sogar gelungen ist, die Söhne des Äskulap zu täuschen!«

»Ich hoffe, Ihr habt Euch nicht übernommen«, entgegnete ich mürrisch.

»Keine Sorge, es wird keine bleibenden Schäden geben. Alle werden sich als gesunde Männer von ihren Krankenbetten erheben.«

Ich schüttelte den Kopf, entsetzt über seine gute Laune, mit der er sich zu seinem Streich gratulierte. »Vermutlich genau in dem Moment, da Agamemnon Kalchas' Drängen nachgibt und Chryseis herausrückt. Eine großartige, wunderbare Genesung aus der Hand des Gottes. Nur dass es diesmal ein Deus ex Machina sein wird.«

»Sagt das nicht so laut«, erwiderte er, schon auf dem Weg, den Kranken zu helfen und so in den unverdienten Ruf zu gelangen, mutig zu sein.

Als Agamemnon Kalchas aufsuchte und um eine öffentliche Wahrsagung bat, ging ein Seufzer der Erleichterung durch das Heer. Keiner zweifelte daran, dass der Priester auf der Rückkehr von Chryseis bestehen werde, und angesichts der Hoffnung auf ein Ende der Epidemie wurden viele Herzen leichter.

Eine öffentliche Wahrsagung erforderte die Anwesenheit jedes Offiziers der Armee, der mehr als eine Schwadron befehligte. Sie versammelten sich auf dem Platz, der für solche Veranstaltungen vorgesehen war; es mögen tausend gewesen sein, die hinter den

Königen Aufstellung nahmen. Die meisten waren natürlich mit ihren Herrschern verwandt, manche sogar eng.

Nur Agamemnon saß. Als ich an seinem Thron vorbeischritt, machte ich keine Anstalten, das Knie zu beugen, sondern starrte wütend vor mich hin. Es wurde bemerkt, und die Gesichter erstarrten vor Besorgnis. Patroklos ging sogar so weit, mir warnend die Hand auf den Arm zu legen, doch ich stieß sie zornig fort. Dann stand ich an meinem Platz und hörte zu, wie Kalchas verkündete, dass die Epidemie nicht eher aufhören werde, bis Apollos Forderung Genüge getan sei und Agamemnon das Mädchen Chryseis nach Troja geschickt habe.

Weder er noch ich mussten sonderlich schauspielern; wir wanden uns in dem Netz, das Odysseus gewoben hatte – und wir hassten es. Ich verlachte und verspottete ihn; er revanchierte sich, indem er mir befahl, ihm Briseis zu geben. Ich schob den entsetzten Patroklos beiseite und verließ den Versammlungsort, um zur Myrmidonenpalisade zurückzukehren. Briseis warf einen Blick auf mich und sagte kein Wort, aber ihre Augen füllten sich mit Tränen. Schweigend machten wir uns auf den Weg. Dann legte ich vor allen, die da angetreten waren, ihre Hand in die von Agamemnon. Nestor erbot sich, beide Mädchen in seine Obhut zu nehmen und sie ihrer Bestimmung zuzuführen. Als Briseis davonging, wandte sie den Kopf, um mich ein letztes Mal anzusehen.

Als ich Agamemnon verkündete, dass ich mich mit meinen Truppen aus seiner Armee zurückziehen werde, klang es so, als meinte ich jedes Wort ernst. Weder Patroklos noch Phoinix zweifelten einen Augenblick an meiner Aufrichtigkeit. Danach stapfte ich wieder zurück ins Myrmidonenlager und überließ es ihnen, mir zu folgen.

Das Haus war voller Erinnerungen – Briseis war fort. Ich ging Patroklos aus dem Weg und schlich den ganzen Tag in den Räumen umher, allein mit meiner Scham und meinem Kummer.

Am Abend gesellte Patroklos sich zu mir; doch es kam keine Unterhaltung zustande. Er weigerte sich, mit mir zu sprechen.

Schließlich richtete ich das Wort an ihn. »Vetter, kannst du es denn nicht verstehen?«

Mit Tränen in den Augen sah er mich an. »Nein, Achilles, das kann ich nicht. Seitdem dieses Mädchen in dein Leben getreten ist, bist du ein anderer geworden. Heute hast du für uns alle in einer Sache gesprochen, bei der du kein Recht hattest, sie allein zu entscheiden. Du hast unsere Truppen zurückgezogen, ohne dich vorher mit uns zu beraten. Nur unser König hätte das gedurft, aber Peleus hätte sich gehütet. Du bist kein würdiger Sohn.«

Oh, das schmerzte. »Auch wenn du es nicht verstehst, wirst du mir wenigstens vergeben?«

»Nur wenn du zu Agamemnon gehst und zurücknimmst, was du gesagt hast.«

Ich zuckte zusammen. »*Zurücknehmen?* Bist du verrückt? Agamemnon hat mich tödlich beleidigt!«

»Eine Beleidigung, die du dir selbst eingehandelt hast, Achilles! Hättest du nicht über ihn gelacht und gespottet, wärst du ihm nie in die Quere gekommen! Sei gerecht! Du benimmst dich, als sei dir durch den Abschied von Briseis das Herz gebrochen – ist dir nie in den Sinn gekommen, dass Agamemnons Herz vielleicht durch den Abschied von Chryseis gebrochen ist?«

»Der dickschädlige Tyrann hat kein Herz!«

»Achilles, *warum* bist du so starrsinnig?«

»Ich bin nicht starrsinnig.«

Er schlug die Hände zusammen. »Oh, ich glaube es nicht! Es ist ihr Einfluss! Wie muss sie auf dich eingewirkt haben!«

»Ich kann verstehen, weshalb du das glaubst, aber so ist es nicht. Vergib mir, Patroklos, bitte.«

»Ich kann dir nicht vergeben«, sagte er und wandte mir den Rücken zu. Das Idol Achilles war endlich von seinem Sockel gestürzt. Wie recht Odysseus doch hatte: Männer glaubten immer an Ärger, der von Frauen ausging.

Am nächsten Abend schlich sich Odysseus verstohlen zu mir. Ich war so froh, ein freundliches Gesicht zu sehen, dass ich ihn fast überschwänglich begrüßte.

»Habt Ihr Euch selber verbannt?«, fragte er.

»Ja. Sogar Patroklos hat sich von mir losgesagt.«

»Nun, das war wohl zu erwarten, oder? Aber seid unverzagt. In ein paar Tagen steht Ihr wieder auf dem Schlachtfeld und seid gerechtfertigt.«

»Gerechtfertigt. Ein interessantes Wort. Aber mir ist etwas eingefallen, Odysseus, das mir während unserer Geheimrunde hätte einfallen sollen. Wäre es mir in den Sinn gekommen, hätte ich Eurem Plan nie zugestimmt.«

»Oh?« Er sah aus, als wüsste er bereits, was ich sagen wollte.

»Was wird aus uns allen? Wir haben natürlich angenommen, dass wir, wenn der Plan denn gelungen ist, darüber offen reden können. Jetzt ist mir klar, dass das nicht geht. Keiner der Offiziere oder Soldaten würde ein solch kaltblütiges Vorgehen, dem jedes Mittel recht ist, wenn es nur zum Ziel führt, gutheißen. Sie würden nur immer die Gesichter derer vor sich sehen, die dafür sterben mussten. Ich habe doch Recht, oder?«

Schuldbewusst rieb er seine Nase. »Ich habe mich schon gefragt, wer von Euch als Erster darauf kommen würde. Ich habe auf Euch gesetzt – und wieder gewonnen.«

»Könnt Ihr nie verlieren? Aber habe ich den richtigen Schluss gezogen, oder habt Ihr Euch eine Lösung ausgedacht, die alle zufrieden stellt?«

»Eine solche Lösung gibt es nicht, Achilles. Ihr habt endlich erkannt, was Euch schon bei der Versammlung hätte auffallen müssen. Ein bisschen weniger Leidenschaft, und es wäre Euch nicht entgangen. Niemals darf dieser Plan enthüllt werden. Er muss bis ins Grab unser Geheimnis bleiben; jeder von uns ist durch den Eid gebunden, den Agamemnon abgenommen hat – womit er mir die Mühe ersparte, ganz zu schweigen von ein paar Fragen, die ich schwerlich hätte beantworten können«, sagte er nüchtern.

Ich schloss die Augen. »Dann wird Achilles also bis ins Grab und darüber hinaus als selbstsüchtiger Aufschneider gelten, der so von seiner eigenen Bedeutung überzeugt war, dass er zahllose Männer für seinen verletzten Stolz in den Tod schickte.«

»Ja.«

»Ich sollte Euch die Kehle durchschneiden, Ihr hinterlistiger Ränkeschmied! Ihr habt mir eine Menge Schmach und Schande aufgeladen, die für immer einen Schatten auf meinen Namen werfen wird. Wenn man dereinst über Achilles spricht, wird man sagen, dass er alles seinem verletzten Stolz geopfert hat. Ich hoffe, Ihr landet im Tartarus.«

»Das werde ich zweifellos«, erwiderte er unbesorgt und unbeeindruckt. »Ihr seid nicht der Erste, der mich verflucht, und Ihr werdet nicht der Letzte sein. Aber wir werden alle die Folgen jener Geheimrunde zu spüren bekommen, Achilles. Vielleicht erfährt die Menschheit nie, was damals geschah, aber dass Odysseus die Hand im Spiel hatte, wird man sicher vermuten. Und was ist mit Agamemnon? Wenn Ihr wie das Opfer Eures hochfahrenden Stolzes erscheint, wie wird er dann aussehen? Euch ist zumindest Unrecht geschehen. Er hat Unrecht begangen.«

Plötzlich erkannte ich, wie töricht unsere Unterhaltung war, wie wenig selbst kluge Köpfe wie Odysseus von den Plänen der Götter wussten. »Nun«, sagte ich, »es ist eine Form von Gerechtigkeit. Wir haben es verdient, unseren makellosen Ruf zu verlieren. Um dieses ganze unglückselige Unterfangen in Gang zu setzen, haben wir uns bereit erklärt, an einem Menschenopfer teilzunehmen. Dafür zahlen wir. Und nur deswegen bin ich willens, diese Idiotie mitzumachen. Aber mein größter Wunsch wird mir für immer verwehrt bleiben.«

»Und der wäre?«

»In den Herzen der Menschen als vollkommener Krieger dazustehen. Das wird Hektor sein.«

»Da könnt Ihr nicht sicher sein, Achilles. Vielleicht Eure Urenkel, die Nachkommen urteilen anders.«

Ich sah ihn neugierig an. »Hungert Ihr nicht danach, im Gedächtnis vieler Generationen zu bleiben, Odysseus?«

Er lachte herzlich. »Nein! Es ist mir gleichgültig, was die Nachwelt von Odysseus hält! Oder ob sie überhaupt noch seinen Namen kennt. Wenn ich tot bin, werde ich immer denselben Stein einen Berg im Tartarus hinaufrollen oder nach dem Wasserbeutel greifen, den ich nie erreichen kann.«

»Mit mir an Eurer Seite. Wir können reden, soviel wir wollen, es kommt zu spät.«

»Und damit seid Ihr endlich am Kern der Sache angelangt, Achilles.«

Wir verfielen in Schweigen. Der Weinkrug stand auf dem Tisch. Ich füllte unsere Kelche bis zum Rand, und nachdenklich tranken wir. Keiner von uns war bereit, sich von seinen geheimen Gedanken zu trennen. Zweifellos hatte Odysseus die angenehmeren Visionen, denn er erwartete von der Nachwelt keine Kränze. Obwohl er an nichts außer ewiger Verdammnis zu glauben schien, fand ich es bewundernswert, dass er seinem Schicksal mit ungebrochener Zuversicht entgegensehen konnte.

»Warum seid Ihr gekommen?«, fragte ich schließlich.

»Um Euch von einem merkwürdigen Vorfall zu berichten, bevor es jemand anders tut«, erwiderte er.

»Ein merkwürdiger Vorfall?«

»Heute Morgen gingen ein paar Soldaten zum Fischen ans Ufer des Simois. Als die Sonne aufging, sahen sie etwas im Wasser treiben. Den Körper eines Menschen. Sie rannten los, um den wachhabenden Offizier zu holen, der die Leiche geborgen hat. Kalchas. Er ist, vermuten sie, kurz nach Einbruch der Nacht gestorben.«

Ich erschauerte. »Und wie ist er gestorben.«

»Eine arge Kopfverletzung. Einer von Ajax' Offizieren hat zufällig gesehen, wie er bei Sonnenuntergang auf den Felsen am anderen Ufer des Simois umherwanderte. Der Offizier schwört, dass es Kalchas war – er ist der einzige im Lager, der lange, flatternde Gewänder trägt. Er muss gestolpert und kopfüber ins Wasser gestürzt sein.«

Ich starrte ihn an, wie er so dasaß und seelenvoll dreinblickte und ein Schimmer von Gottesfürchtigkeit in seine schönen, grauen Augen trat. War es möglich? *War es?* Blankes Entsetzen ergriff mich bei der Frage, ob er das lange Sündenregister, das er angeblich schon mit sich herumtrug, mit einer neuen Missetat erweitert hatte. Wenn zu Frevel, Ruchlosigkeit, Blasphemie, Atheismus und Ritualmord noch der Mord an einem hohen Priester kam, hatte man eine Liste, die jene von Sisyphus und Dädalus zusammen übertraf. Gottloser Odysseus, der dennoch von den Göttern geliebt wurde. Ein merkwürdiger Sterblicher – Schurke und König in einem.

Er erriet meine Gedanken und lächelte milde. »Achilles, Achilles! Wie könnt Ihr so etwas von mir annehmen?« Er lachte in sich hinein. »Wenn Ihr meine Meinung wissen wollt, ich glaube, Agamemnon war es.«

KAPITEL 23

ERZÄHLT VON
HEKTOR

Von Penthesilea kam keine neue Nachricht; die Amazonenkönigin blieb in der Wildnis Skythiens, während Troja mit dem Tode rang. Das Schicksal einer ganzen Stadt hing von den Launen einer Frau ab. Ich verfluchte sie, und ich verfluchte die Götter, dass sie einer Frau erlaubt hatten, nach dem Ende der Alten Religion weiter auf einem Thron zu sitzen. Die Herrschaft von Mutter Kubaba war untergegangen, doch Königin Penthesilea regierte unangefochten weiter. Demetrios, mein entflohener griechischer Sklave, der mir wertvolle Dienste leistete, berichtete mir, dass sie noch nicht einmal begonnen hatte, die Frauen ihrer zahllosen Stämme zusammenzurufen. Sie würde nicht eintreffen, ehe der Winter die Pässe unüberwindbar machte.

Alle Omen verkündeten, dass der Krieg in seinem zehnten Jahr zu Ende gehen würde, dennoch zögerte mein Vater immer noch, erniedrigte sich und Troja, indem er auf eine Frau wartete. Ich knirschte mit den Zähnen über diese Schmach, ich beschimpfte ihn in den Versammlungen. Immer wieder versicherte ich ihm, dass ich Achilles nicht zu fürchten hätte, dass unsere Elitetruppen den Myrmidonen durchaus gewachsen seien, dass wir ohne Memnon und Penthesilea siegen konnten. Doch selbst als ich Vater wissen ließ, was mir Demetrios über die Säumigkeit der Amazonen berichtet hatte, blieb er starrsinnig und erklärte, wenn Penthesilea nicht vor Wintereinbruch eintreffe, würde er eben bis ins elfte Jahr hinein warten.

Nun, da die gesamte Armee der Griechen am Strand versammelt war, hatten wir unsere Patrouillen auf den Festungsmauern wieder aufgenommen und beobachteten die Standarten, die über den griechischen Unterkünften flatterten. Am Ufer des Skamandros wehte an einem Ort, wo ein Zaun ein paar Kasernen von den anderen trennte, ein Banner, das ich zuvor noch nie gesehen hatte: eine weiße Ameise auf schwarzem Grund, die einen roten Blitzstrahl im Maul hielt. Achilles, der Aiakide, und seine Myrmidonenfahne. Das Antlitz der Medusa hätte nicht mehr Furcht unter den Trojanern verbreiten können.

Da ich mich um jede Geringfügigkeit kümmern musste, während ich nur darauf brannte zu kämpfen, nahm ich an jeder Versammlung teil. Jemand musste dort dagegen protestieren, dass die Armee verbraucht und überanstrengt sei, jemand musste dort sein, um zu beobachten, wie der König für alle nur taube Ohren hatte und Antenor, der Feind jeglicher Aktivitäten, vor sich hinlächelte.

Der Tag, der unser aller Leben verändern sollte, begann wie jeder andere. Verdrossen ging ich in die Versammlung. Der Hofstaat stand herum und schwatzte und nahm keine Notiz vom Thronpodest, an dessen Fuß ein Kläger seinen Fall beschrieb – ein wirklich weltbewegender Prozess, in dem es um die Kanäle ging, die Trojas Abwässer in den verschmutzten Skamandros leiteten. Seinen neuen Wohnunterkünften war der Anschluss an diese Kanalisation verweigert worden, und darüber war der Eigentümer sehr erbittert.

»Ich habe Besseres zu tun, als mich hier mit einem Haufen hirnloser Bürokraten herumzuschlagen, die ehrliche Steuerzahler belästigen!«, brüllte er Antenor entgegen, der die finanziellen Interessen der Stadtbehörden vertrat.

»Ihr habt Euch nicht an die richtige Person gewandt!«, blaffte Antenor zurück.

»Was *sind* wir hier, Ägypter?«, fragte der Mann und wedelte mit den Armen. »Ich sprach mit dem, zu dem ich immer gehe, und der hat zugestimmt! Aber dann, bevor ich den Anschluss legen konnte, erschienen ein paar Beamte und haben es verboten! In Ninive oder Karkemisch würde einem so etwas nicht passieren! Wenn nur die Beamten mit ihren idiotischen Vorschriften nicht alles lahmlegten! Ich sage Euch, Troja ist schon fast so schwerfällig wie Ägypten! Ich werde auswandern!«

Antenor wollte gerade den Mund öffnen, um seine geliebten Bürokraten zu verteidigen, als ein Mann in die Halle gestürzt kam.

Ich erkannte ihn nicht, aber Polydamas wusste, wer er war.

»Was gibt es?«, wandte er sich an ihn.

Der Mann rang nach Atem, leckte sich die Lippen, versuchte zu sprechen und deutete schließlich hektisch auf meinen Vater, der sich vorneigte. Die Abwässer waren vergessen. Polydamas geleitete den Burschen zum Podest, ließ ihn auf der untersten Stufe Platz nehmen und verlangte nach Wasser. Selbst der zornige Kläger spürte, dass es jetzt um Wichtigeres als Siele gehen würde, und trat ein wenig beiseite – wenn auch nicht so weit, dass er nicht alles hören konnte, was nun zur Sprache kam.

Nachdem er einige Schlucke getrunken und ein paar Augenblicke verschnauft hatte, konnte der Mann wieder reden. »Ehrwürdiger König, große Neuigkeiten!«

Mein Vater sah skeptisch drein. »Welche?«, fragte er.

»Majestät, heute Morgen war ich im Lager der Griechen und nahm an einer Wahrsagung teil, die Agamemnon erbeten hatte, um den Grund für eine Epidemie zu erfahren, die bereits zehntausend Mann dahingerafft hat!«

Zehntausend Mann tot durch eine Krankheit im griechischen Lager! Ich rannte fast zum Thron. *Zehntausend Mann!* Wenn mein Vater nicht begriff, was das bedeutete, dann war er keiner Vernunft mehr zugänglich, und Troja musste untergehen. Zehntausend Griechen weniger, zehntausend Trojaner mehr. O Vater, lass mich die Armee aufs Schlachtfeld führen! Ich wollte es schon ausrufen, als ich merkte, dass der Mann noch nicht alles berichtet hatte. Ich bezähmte mich.

»Es gab einen schrecklichen Streit zwischen Agamemnon und Achilles, Majestät. Die Armee ist gespalten. Achilles hat sich mit seinen Myrmidonen und den übrigen Thessaliern aus dem Krieg zurückgezogen. Majestät, Achilles wird nicht für Agamemnon kämpfen. Das ist unser Tag!«

Ich musste mich am Thron festhalten, mein Vater wurde bleich, Polydamas starrte den Mann ungläubig an, und Antenor lehnte schlaff an einer Säule.

Ein lautes, meckerndes Lachen war zu hören. »Wie die Großen stürzen!«, kreischte mein Bruder Deiphobos. »Wie die Großen stürzen!«

»Ruhe!«, schnauzte mein Vater, um dann hinunter auf den Mann zu blicken. »Warum? Wieso kam es zu diesem Streit?«

»Wegen einer Frau, Majestät«, antwortete der Mann, der sich inzwischen gesammelt hatte. »Kalchas hatte verlangt, dass Chryseis, die Frau, die dem obersten König aus der Kriegsbeute von Lyrnessos geschenkt worden war, nach Troja geschickt werden müsse. Apollo sei über ihre Gefangennahme so erzürnt, dass er die Epidemie geschickt habe und sie nicht eher beenden werde, bis Agamemnon seine Trophäe wieder herausgebe. Agamemnon musste gehorchen; Achilles lachte ihn aus und verspottete ihn. Daraufhin befahl Agamemnon Achilles, ihm zum Ausgleich seinen Preis aus Lyrnessos zu überlassen: Briseis. Nachdem Achilles diesem Befehl nachgekommen war, zog er sich mit allen Männern unter seiner Fahne aus dem Krieg zurück.«

Das fand Deiphobos noch komischer. »Eine Frau! Eine Armee zerbricht wegen einer Frau!«

»Wenn auch nicht ganz in der Mitte!«, bemerkte Antenor scharf. »Es sind höchstens fünfzehntausend, die sich da zurückgezogen haben. Und wenn eine Frau eine Armee spalten kann, dann vergesst nicht, dass es auch eine Frau war, die eben diese Armee überhaupt hierher gebracht hat!«

Mein Vater stieß sein Zepter auf den Boden. »Antenor, hütet Eure Zunge! Deiphobos, du bist betrunken!« Er wandte seine Aufmerksamkeit wieder dem Boten zu. »Seid Ihr Euch Eurer Sache sicher, Mann?«

»O ja. Ich war dabei, Majestät. Ich habe alles gehört und gesehen.«

Ein allgemeines Seufzen war zu vernehmen; plötzlich entspannte sich die Atmosphäre. Wo eben noch Trübsinn und Teilnahmslosigkeit geherrscht hatten, wurde jetzt gelächelt. Hände ergriffen Hände, Freudengemurmel breitete sich aus. Nur ich trauerte. Achilles und ich schienen nicht dazu bestimmt, auf dem Schlachtfeld aufeinanderzutreffen.

Paris schlenderte zum Thron. »Lieber Vater, als ich mich in Griechenland aufhielt, habe ich gehört, dass die Mutter von Achilles – eine Göttin – alle ihre Söhne in den Styx tauchte, um sie unsterblich zu machen. Aber als sie Achilles an der rechten Ferse hielt, erschreckte sie etwas, und sie vergaß, ihren Griff auf die linke Ferse zu wechseln. Darum ist Achilles sterblich. Aber die Vorstellung, dass seine rechte Ferse eine Frau ist! Briseis. Ich erinnere mich an sie. Hinreißend.«

Der König starrte ihn durchdringend an. »Ich habe gesagt, es ist genug. Wenn ich einen Sohn ermahne, Paris, dann gilt das auch für alle anderen! Das ist keine Sache zum Scherzen. Es ist von allergrößter Bedeutung.«

Paris blickte zerknirscht drein. Ich beobachtete ihn. Er tat mir Leid. In den vergangenen zwei Jahren war er gealtert; seine spröde Haut zeigte, dass er auf die Vierzig zuging und die Blüte seiner Jugend dahinschwand. Hatte er Helena einst fasziniert, so langweilte er sie jetzt. Der ganze Hof wusste es, und er wusste auch, dass sie eine Liebesbeziehung mit Aeneas hatte. Nun, bei dem würde sie wenig Erfüllung finden. Aenaes liebte nur Aeneas.

Aber man wurde nie recht schlau aus ihr. Nach Vaters scharfen Worten an Paris schüttelte sie nur dessen Hand ab und trat ein wenig beiseite. Aber sie verzog keine Miene. Doch dann sah ich, dass sie doch nicht *ganz* so geheimnisvoll war; eine Spur von Selbstgefälligkeit lag in ihrer Miene. Warum? Sie kannte die griechischen Könige. *Warum also?*

Ich kniete vor dem Thron nieder. »Vater«, sagte ich bestimmt, »wenn wir denn eine Möglichkeit haben, die Griechen von unseren Ufern zu vertreiben, dann jetzt. Und wenn es wirklich Achilles und die Myrmidonen waren, die Euch zurückgehalten haben, als ich das letzte Mal fragte, dann ist dieser Grund für Euer Zögern jetzt verschwunden. Überdies haben sie zehntausend Mann durch die Epidemie verloren. Nicht einmal mit Penthesilea und Memnon wären unsere Möglichkeiten so gut wie im Augenblick. Majestät, gebt mir den Schlachtbefehl!«

Antenor trat vor. O Antenor! Immer dieser Antenor!

»Bevor Ihr Euch festlegt, König Priamos, bitte ich Euch noch um einen Gefallen. Erlaubt mir, einen meiner Leute ins Lager der Griechen zu schicken, um zu überprüfen, was Polydamas' Mann berichtet hat.«

Polydamas nickte heftig. »Eine gute Idee, Majestät«, sagte er. »Wir sollten uns endgültige Gewissheit verschaffen.«

»Nun, Hektor«, wandte sich König Priamos an mich, »du wirst noch ein wenig auf meine Antwort warten müssen. Antenor, findet Euren Mann und schickt ihn unverzüglich los. Für heute Abend berufe ich eine neue Versammlung ein.«

Während wir warteten, stieg ich mit Andromache auf den großen Wehrturm im Nordwesten. Von seiner Brüstung aus konnte man direkt hinüber auf das Lager der Griechen blicken. Über dem Platz der Myrmidonen war immer noch als winziger Fleck das flatternde Banner zu erkennen, doch zwischen ihrer Truppe und den übrigen war jede Verbindung abgebrochen. Wir sahen den ganzen Nachmittag hinüber, ohne auch nur einen Moment an Essen zu denken; dieser sichtbare Beweis von Zwietracht im Griechenlager war uns Nahrung genug.

Bei Anbruch der Nacht kehrten wir in die Zitadelle zurück, voller Hoffnung, dass Antenors Mann die Geschichte bestätigte. Er kam, bevor wir unruhig werden konnten, und wiederholte in ein paar raschen Sätzen, was Polydamas' Abgesandter berichtet hatte. Es hatte einen furchtbaren Streit gegeben, Agamemnon und Achilles konnten nicht versöhnt werden.

Helena stand in einiger Entfernung von Paris an der anderen Seite des Raums und winkte Aeneas unbefangen zu. Hinter ihrer lächelnden Maske wusste sie, dass aller Klatsch über sie und den Dardanier jetzt von der Nachricht des Streits unter den Griechen überlagert wurde. Als Aeneas zu ihr trat, legte sie die Hand auf seinen Arm und warf ihm einladende Blicke zu. Aber ich hatte mich nicht in ihm getäuscht. Er beachtete sie nicht. Arme Helena. Wenn Aeneas zwischen ihren Vorzügen und denen von Troja zu wählen hatte, dann wusste ich, wofür er sich entscheiden würde. Ein bewundernswerter Mann, durchaus, aber dennoch einer, der sich selbst ein bisschen überschätzte.

Sein abrupter Abschied schien sie nicht aus der Fassung zu bringen. Wieder fragte ich mich, was sie wohl über ihre Landsleute dachte. Sie kannte Agamemnon sehr gut. Für einen Augenblick überlegte ich, ob ich sie fragen sollte, aber Andromache war anwesend, und sie verabscheute Helena. Das Wenige, das ich vielleicht von ihr erfahren konnte, entschied ich, war das Gezeter nicht wert, das Andromache anstimmen würde, wenn sie es bemerkte.

»Hektor!«

Ich ging zum Thron und kniete vor meinem Vater nieder.

»Nimm den Schlachtbefehl für unsere Armeen entgegen, mein Sohn. Schick Herolde aus zur Mobilmachung; übermorgen im Morgengrauen soll der Kampf beginnen. Befiehl dem skäischen Torwächter, den Felsen in seinem Graben zu schmieren und die Ochsen anzuspannen. Zehn Jahre sind wir bereits eingekerkert, aber nun werden wir die Griechen aus Troas vertreiben!«

Als ich ihm die Hand küsste, erhob sich ein frenetischer Jubel im Saal. Doch ich lächelte nicht. Achilles würde nicht auf dem Schlachtfeld sein, und was für einen Sieg konnten wir dann erringen?

Die zwei Tage vergingen so schnell, wie der Schatten einer Wolke über ein Gebirge zieht. Ich sprach mit allen möglichen Leuten und erteilte Befehle an Waffenschmiede, Pioniere, Wagenlenker, Infanterieoffiziere und viele andere. Bis ich nicht alles veranlasst hatte, war an Ruhe nicht zu denken, was bedeutete, dass ich und Andromache uns erst am Abend vor der Schlacht wieder sahen.

»Ich fürchte mich vor dem, was vor uns liegt«, sagte sie rau, als ich unser Gemach betrat.

»Andromache, weißt du nichts Besseres zu sagen?«

Unwillig wischte sie die Tränen weg. »Immer noch morgen?«

»Bei Tagesanbruch.«

»Hättest du nicht ein wenig Zeit für mich finden können.«

»Jetzt bin ich doch bei dir.«

»Noch eine Nacht, dann bist du fort.« Ihre Finger nestelten an meinem Hemd. »Ich habe ein schreckliches Gefühl, Hektor, irgendetwas ist völlig falsch.«

»Falsch?« Ich drückte ihr Kinn nach oben. »Was soll daran falsch sein, endlich gegen die Griechen anzutreten?«

»Alles. Es passt zu gut.« Sie hob die rechte Hand, ballte sie bis auf den kleinen und den Zeigefinger zur Faust und machte so das Zeichen, um Böses abzuwehren. Dann sagte sie zitternd: »Kassandra klagt Tag und Nacht, seit Polydamas' Mann mit der Nachricht von diesem Streit kam.«

Ich lachte. »Ach, Kassandra! Im Namen Apollos, Frau, was quält dich? Meine Schwester Kassandra ist verrückt. Niemand hört auf ihr düsteres Gekrächze.«

»Vielleicht ist sie verrückt«, erwiderte Andromache bestimmt, »aber ist dir noch nie aufgefallen, wie unheimlich genau ihre Prophezeiungen sind? Ich sage dir, Hektor, sie spricht unaufhörlich davon, dass die Griechen uns eine Falle gestellt haben – sie beharrt darauf, dass Odysseus dafür verantwortlich ist und sie uns einfach nur herauslocken wollen!«

»Langsam gehst du mir auf die Nerven«, sagte ich und schüttelte sie heftig – zum allerersten Mal. »Ich bin nicht gekommen, um über den Krieg oder Kassandra zu reden. Ich bin gekommen, um bei dir zu sein, meiner *Frau.*«

Sie war gekränkt. Ihre dunklen Augen wanderten zum Bett; sie zuckte resigniert die Schultern. Dann schlug sie die Decken zurück und entkleidete sich. Sie ging umher, um die Lampen zu löschen, und ich sah, dass ihr Körper immer noch so fest und schön wie in unserer Hochzeitsnacht war. Ihre warme Haut schimmerte in dem letzten noch brennenden Licht. Ich legte mich nieder und streckte die Arme aus, und für eine Weile vergaß ich den nächsten Tag. Dann begann ich einzunicken und glitt schließlich, zufrieden und entspannt, hinüber in den Schlaf. Aber in den letzten Momenten, bevor sich der Schleier der Bewusstlosigkeit über mich senkte, hörte ich, wie Andromache weinte.

»Was ist los?«, fragte ich und stützte mich auf einen Ellbogen. »Denkst du immer noch an Kassandra?«

»Nein, ich denke an unseren Sohn. Ich bete, dass er sich übermorgen noch darüber freuen kann, einen Vater zu haben, der am Leben ist.«

Wie bringen es Frauen nur fertig, *immer* so etwas zu sagen? Wie schaffen sie es, immer genau das zu finden, von dem ein Mann nichts hören und wissen will?

»Hör auf zu heulen und schlaf!«, knurrte ich.

Sie streichelte meine Stirn, denn sie spürte, dass sie zu weit gegangen war. »Nun ja, vielleicht war das zu pessimistisch. Achilles wird nicht auf dem Schlachtfeld sein, da sollte dir eigentlich nichts passieren.«

Heftig drehte ich mich um und schlug mit der Faust aufs Kissen. »Hüte deine Zunge, Weib! Ich brauche keine Erinnerung daran, dass der Mann, gegen den ich nur allzu gern kämpfen würde, mir nicht gegenübertreten wird.«

Sie schnappte nach Luft. »Hektor, bist du von Sinnen? Bedeutet dir Achilles mehr als Troja, als ich, als unser Sohn?«

»Einige Dinge sind eben nur uns Männern vorbehalten. Astyanax würde mich verstehen.«

»Astyanax ist ein Knabe. Seit seiner Geburt hört und sieht er nichts anderes als nur Krieg. Er sieht, wie die Soldaten üben, bei Paraden fährt er vorne neben seinem Vater in einem großartigen Kampfwagen – er ist völlig irregeleitet! Aber er hat noch nie ein Schlachtfeld gesehen, wenn der Kampf vorüber ist, oder?«

»Unser Sohn drückt sich vor keiner Seite des Krieges!«

»Unser Sohn ist neun Jahre alt. Und ich werde nicht zulassen, dass er einer dieser starrsinnigen, kaltherzigen Krieger wird, die Troja in deiner Generation hervorgebracht hat!«

»Du gehst zu weit«, sagte ich eisig. »Und du wirst bei der zukünftigen Erziehung von Astyanax nichts mehr zu sagen haben. Sobald ich siegreich vom Schlachtfeld zurückgekehrt bin, werde ich ihn dir fortnehmen und in die Obhut von Männern geben.«

»Wenn du das tust, bringe ich dich eigenhändig um!«, fauchte sie.

»Versuch's, und du wirst selber sterben!«

Statt einer Anwort brach sie in Tränen aus.

Ich war zu zornig, um sie in den Arm zu nehmen oder sonstwie zu trösten, und so brachte ich den Rest der Nacht damit zu, ihrem verzweifelten Weinen zu lauschen. Es gelang mir nicht, mich zu besänftigen. Die Mutter meines Sohnes hatte angedeutet, dass sie aus ihm lieber einen Weichling als einen Krieger machen würde.

Im Morgengrauen stand ich auf, stellte mich neben das Bett und sah auf sie herab. Sie hatte das Gesicht zur Wand gedreht und weigerte sich, mich anzusehen. Meine Rüstung lag bereit. Ich spürte, wie mich Erregung ergriff, und vergaß Andromache. Ich klatschte in die Hände, die Sklaven erschienen, halfen mir in mein gepolstertes Hemd, banden mir die Schuhe zu, zogen die Beinschienen darüber und schnallten sie fest. Ich bezwang die Ungeduld, die mich immer vor dem Kampf erfasste, während die Sklaven mich weiter ankleideten: der verstärkte Lederrock, der Harnisch, der Armschutz, die Unterarmriemen und die Schweißleder für Handgelenke und Stirn. Das Wehrgehänge wurde mir über die linke Schulter gelegt, um mein Schwert an der rechten Hüfte zu halten; und schließlich zogen sie den riesigen, taillierten Schild an seinem Riemen über meine rechte Schulter und befestigten ihn an meiner linken Seite. Ein Diener gab mir eine Keule, ein anderer half mir, meinen Helm unter meinem rechten Unterarm zu klemmen. Ich war fertig.

»Andromache, ich gehe«, sagte ich, immer noch unversöhnt.

Aber sie blieb liegen, ohne sich zu rühren.

Die Flure erbebten, die Marmorböden gaben dumpf das Gepolter von Bronze und genagelten Schuhen wider; ich fühlte, wie sich der Lärm meines Kommens wie eine Welle vor mir ausbreitete. Die, die nicht mit in den Kampf zogen, jubelten mir zu, während sich mir von Tür zu Tür mehr Männer anschlossen. Unsere Stiefel krachten auf die Fliesen, Funken sprühten unter den Bronzeabsätzen auf, und in der Ferne konnten wir Trommeln und Hörner hören. Vor uns lag jetzt der große Palasthof, dahinter die Tore der Festung.

Helena erwartete uns in der Säulenhalle. Ich blieb stehen und nickte den anderen zu, damit sie weitergingen.

»Viel Glück, Schwager«, sagte sie.

»Wie kannst du mir Glück wünschen, wenn ich gegen deine Landsleute kämpfe?«

»Ich habe kein Heimatland, Hektor.«

»Die Heimat bleibt immer Heimat.«

»Hektor, unterschätze nie einen Griechen!« Überrascht von ihren eigenen Worten, trat sie ein wenig zurück. »Siehst du, jetzt habe ich dir einen besseren Rat gegeben, als du verdienst.«

»Griechen sind Menschen wie alle anderen.«

»Sind sie das?« Ihre grünen Augen funkelten wie Edelsteine. »Ich glaube nicht. Ich hätte lieber einen Trojaner zum Feind als einen Griechen.«

»Es ist ein ehrlicher, offener Kampf. Wir werden ihn gewinnen.«

»Vielleicht. Aber fragst du dich nicht immer noch, warum Agamemnon so viel Aufhebens um eine Frau macht, obwohl er Hunderte hat?«

»Wichtig ist nur, dass Agamemnon soviel Aufhebens gemacht hat. Das Warum zählt nicht.«

»Ich meine, das Warum ist entscheidend. Unterschätze nie die Schläue der Griechen. Und vor allem, unterschätze nie Odysseus.«

»Pah! Er ist doch nur ein Schreckgespenst!«

»Genau das sollt Ihr denken. Doch ich kenne ihn besser.«

Sie machte auf dem Absatz kehrt und ging. Von Paris keine Spur. Er würde nur zusehen, aber nicht mitkämpfen.

Fünfundsiebzigtausend Fußsoldaten und zehntausend Kampfwagen erwarteten mich auf meinem Weg zum Skäischen Tor. Reihe um Reihe standen sie in den Seitenstraßen und auf den kleineren Plätzen. Auf dem Skäischen Platz war die erste Abteilung der Pferdetruppe angetreten, meine eigenen Kampfwagenlenker. Ihre Rufe klangen wie Donner, als ich erschien und zum Gruß meine Keule hochreckte. Ich bestieg meinen Wagen und nahm mir genug Zeit, um die Füße sorgfältig in die geflochtenen Steigbügel zu stellen, die vor allem beim Galopp das Schlingern auffingen. Während ich damit beschäftigt war, glitten meine Augen über die Abertausende von Purpurfederhelmen; die Bronze glänzte rotgolden in der aufgehenden Sonne, über mir ragte das Tor empor.

Peitschen knallten. Die Ochsen, die vor den großen Felsen unter dem Skäischen Tor gespannt waren, brüllten vor Schmerz auf, als sie ihre Köpfe senkten, um sich an die Arbeit zu machen. Der

Graben war bereits geschmiert und gefettet worden; die Tiere stießen ihre Nasen fast in die Erde. Ganz langsam öffnete sich das Tor; ein Quietschen und Knarren erklang, während der Stein stockend durch den Graben rumpelte. Das Tor wurde allmählich kleiner, und der Himmel und die Ebene zwischen den Befestigungen wurden größer. Und dann wurde das Geräusch des Skäischen Tors, das sich zum ersten Mal seit zehn Jahren wieder öffnete, übertönt von dem Freudengeschrei, das aus den Kehlen Tausender trojanischer Soldaten erscholl.

Als die Truppen nach und nach auf den Platz vorrückten, setzten sich die Räder meines Kampfwagens in Bewegung. Ich rollte durchs Tor und war draußen auf dem weiten Feld. Der Wind pfiff mir ins Gesicht, Vögel glitten über das bleiche Firmament des Himmels, meine Pferde stellten die Ohren auf und setzten an zum Galopp, während mein Wagenlenker Kebriones sich die Zügel um die Hüfte band und damit begann, die Manöver zu üben, mit denen er das Gespann führen wollte. Wir zogen in den Kampf! Das war die wahre Freiheit!

Eine halbe Meile vom Skäischen Tor entfernt hielt ich an, um die Truppen aufzustellen. Als erstes kam eine gerade Linie mit Kampfwagen; die Königliche Garde mit zehntausend trojanischen Fußsoldaten und tausend Kampfwagen bildete das Zentrum meines Angriffs. Alles geschah rasch und präzise, ohne Panik oder Verwirrung.

Als alles seine Ordnung hatte, warf ich einen Blick auf die fremde Mauer, die auf der Ebene zwischen den Flüssen errichtet worden war und den Lagerplatz der Griechen absperrte. Die Wege an den beiden Enden der Mauer blitzten millionenfach auf, während die Invasoren auf die Ebene strömten. Ich gab Kebriones meinen Speer und setzte mir den Helm auf. Mein Blick traf sich mit dem von Deiphobos neben mir und wanderte weiter von einem zum anderen, soweit ich die Front entlangsehen konnte. Mein Vetter Aeneas führte den linken Flügel, König Sarpedon den rechten. Ich befehligte die Sturmspitze.

Die Griechen kamen immer näher, die Sonne auf ihren Rüstungen strahlte immer heller. Ich kniff die Augen zusammen, um zu sehen, wer gegen mich antreten würde. Agamemnon selbst, Ajax oder einer ihrer anderen Helden? Mein Herz schlug ruhig, denn Achilles würde es nicht sein. Dann sah ich wieder unsere Front entlang – und zuckte vor Schreck zusammen. Da war Paris! Er stand mit seinem kostbaren Bogen und Köcher an der Spitze einer Abteilung der Königlichen Garde, die ihm vor langer Zeit einmal zugewiesen worden war. Ich fragte mich, mit welcher List Helena ihn aus der Sicherheit seiner Räume gelockt hatte.

KAPITEL 24

ERZÄHLT VON
NESTOR

Ich sandte ein kleines Gebet zu dem Wolkensammler. Obwohl ich mehr Feldzüge mitgemacht hatte als jeder andere Lebende, hatte ich noch nie eine Armee wie die trojanische gesehen. Griechenland hatte allerdings auch noch nie eine Armee wie die von Agamemnon besessen. Mein Blick schweifte zu den verhangenen Bergen des Ida, die in der Ferne emporragten. Ich fragte mich, ob die Götter wohl ihren Olymp verlassen und sich dort niedergelassen hatten, um den Kampf zu verfolgen. Er verdiente durchaus ihr Interesse: Eine Schlacht von solchem Ausmaß hatten sich Sterbliche bislang nicht vorstellen können – und die Götter auch nicht, die ihre kleinen Streitereien immer nur in ihrem exklusiven Zirkel austrugen. Natürlich waren sie (wenn sie sich denn auf dem Ida versammelt hatten) keine Verbündeten; jedermann wusste, dass Apollo, Aphrodite, Artemis und ihre Anhänger sich heftig für Troja engagiert hatten, während Zeus, Poseidon, Hera und Pallas Athene auf der Seite Griechenlands waren. Auf wessen Seite der Kriegsgott Ares stand, konnte man nur vermuten, denn obwohl die Griechen ihm immer und überall huldigten, hatte seine heimliche Freundin Aphrodite entschieden Partei für Troja ergriffen. Ihr Mann Hephaistos wiederum war – kaum verwunderlich – für Griechenland. Gut für uns, denn er kümmerte sich um das Schmelzen von Metallen und derlei Dinge; so hatten unsere Waffenschmiede göttlichen Beistand.

Wenn irgendjemand an diesem Tag glücklich war, dann ich. Nur eines trübte meine Freude: der Bursche neben mir im Kampfwagen, der zappelte und hampelte, weil er lieber einen eigenen

Wagen gehabt hätte. Mehr ein Krieger als ein Wagenlenker. Ich sah ihn aus den Augenwinkeln an, meinen Sohn Antilochos. Er war noch ein Kind, mein jüngstes und geliebtestes, die Frucht meiner späten Jahre. Als ich Pylos verlassen hatte, war er zwölf. Alle seine Botschaften, in denen er mich anbettelte, nach Troja kommen zu dürfen, hatte ich mit einem strikten Nein beantwortet. Schließlich hatte er sich in irgendeiner Fracht versteckt und war doch gekommen, der Halunke. Bei seiner Ankunft war er nicht zu mir, sondern zu Achilles gegangen, und den beiden gelang es, mich zu überreden, dass er bleiben durfte. Jetzt zog er in seine erste Schlacht, aber ich wünschte mir von ganzem Herzen, dass er noch daheim im sandigen Pylos gewesen wäre.

Wir nahmen gegenüber den Trojanern Aufstellung. Ihre Front war eine Meile breit; ohne Überraschung stellte ich fest, dass Odysseus Recht gehabt hatte. Sie waren weitaus mehr als wir, selbst wenn wir ganz Thessalien dabeigehabt hätten. Ich überflog die Reihen, um zu sehen, wer ihre Anführer waren, und entdeckte sofort Hektor im Zentrum ihrer Angriffsspitze. Meine Truppen waren Teil unserer eigenen Front, gemeinsam mit denen der beiden Ajaxe und achtzehn kleinerer Könige. Agamemnon, der unsere Vorhut kommandierte, stand Hektor gegenüber. Unser linker Flügel wurde von Idomeneus und Menelaos befehligt, unser rechter von Odysseus und Diomedes, diesem ungleichen Liebespaar. Der eine eiskalt, der andere heißblütig. Zusammen unschlagbar?

Hektor hatte ein prächtiges Gespann pechschwarzer Pferde und stand in seinem Wagen wie Ares Enyalios selbst. So groß und aufrecht wie Achilles. Ich sah allerdings keine weißen Bärte unter den Trojanern; Priamos und seinesgleichen waren im Palast geblieben. Ich war der Älteste auf dem Schlachtfeld.

Die Trommeln dröhnten, die Hörner und Becken riefen zum Angriff, und der Kampf begann über die hundert Schritte hinweg, die uns noch trennten. Speere flogen wie Blätter im unerbittlichen Atem des Winters, Pfeile stürzten herab wie Adler, Kampfwagen kurvten hin und her, Fußtruppen stürmten vor und wurden zurückgeschlagen. Agamemnon dirigierte unsere Sturmspitze mit einer Kraft und Umsicht, die ich ihm nie zugetraut hätte. Die meisten hatten in der Tat noch nie Gelegenheit gehabt zu sehen, wie sich die anderen im Kampf schlugen. Umso erfreulicher, dass Agamemnon sich an diesem Morgen als kompetent genug erwies, um gegen Hektor zu bestehen, der bislang keinen Versuch gemacht hatte, unseren obersten König zum Zweikampf herauszufordern.

Hektor beschimpfte uns und stürmte vor, raste mit seinen Wagen immer aufs Neue heran, doch er konnte unsere Front nicht durchbrechen. Ich leitete ein paar Ausfälle während des Vormittags; Antilochos stieß den Kriegsschrei der Pylonen aus, während ich meine Atemluft für den Kampf sparte. Mehr als ein Trojaner starb unter den Rädern meines Wagens, denn Antilochos war ein guter Lenker, der mich aus Schwierigkeiten heraushielt und wusste, wann er zurückweichen musste. Niemand sollte sagen können, Nestors Sohn brachte seinen alten Vater in Gefahr, um selbst kämpfen zu können.

Meine Kehle wurde trocken, und dicker Staub sammelte sich auf meiner Rüstung. Ich nickte meinem Sohn zu, und wir fuhren in die hinteren Linien, um ein paar Schlucke Wasser zu trinken und Atem zu schöpfen. Als ich zur Sonne emporblickte, sah ich zu meiner Überraschung, dass sie schon fast im Zenit stand. Unverzüglich kehrten wir an die Spitze zurück, und mit neuem Schwung führte ich meine Soldaten in die trojanischen Linien. Wir kamen gut voran. Hektor beachtete uns nicht. Dann gab ich das Signal zum Rückzug, und wir erreichten die eigenen Reihen, ohne einen einzigen Mann verloren zu haben. Hektor hatte über ein Dutzend Gefallener. Ich seufzte befriedigt und grinste Antilochos wortlos an. Wir waren beide erpicht auf die Rüstung eines Anführers, aber keiner hatte sich uns in den Weg gestellt.

Am Mittag schickte Agamemnon einen Herold aus, um auf seinem Horn zu einer Kampfpause zu blasen. Beide Armeen legten mit einem Aufstöhnen die Waffen nieder; zum ersten Mal seit Beginn der Schlacht kurz nach Sonnenaufgang wurden sich alle bewusst, dass sie Hunger und Durst hatten. Angst und Erschöpfung ergriff viele. Als ich sah, dass sich unsere Anführer bei Agamemnon versammelten, bat ich Antilochos, mich auch zu ihm zu fahren. Odysseus und Diomedes trafen zusammen mit mir dort ein. Die übrigen waren bereits da. Sklaven eilten mit verdünntem Wein, Brot und Kuchen umher.

»Und nun, Majestät?«, fragte ich.

»Die Männer brauchen eine Pause. Das ist das erste Mal seit vielen Monden, dass sie richtig kämpfen, und darum habe ich einen Herold zu Hektor geschickt, dass wir uns mit ihm und seinen Heerführern in der Mitte treffen und verhandeln.«

»Sehr gut«, bemerkte Odysseus. »Mit ein wenig Glück können wir ordentlich Zeit gewinnen, während die Männer zu Atem kommen und Kraft schöpfen.«

Agamemnon lachte. »Da das für beide Seiten gilt, wird Hektor mein Angebot kaum ablehnen.«

Nichtkämpfende Helfer entfernten die Leichen aus der Mitte des Geländestreifens, der unsere Truppen jetzt wieder trennte; Tische und Sitze wurden aufgestellt, und von beiden Seiten rollten die Unterhändler heran. Ich machte mich mit Ajax, Odysseus, Diomedes, Menelaos, Idomeneus und Agamemnon auf den Weg. Mit größter Neugier verfolgten wir das erste Zusammentreffen des obersten Königs mit dem Thronerben Trojas. Ja, Hektor hatte das Zeug zum Herrscher. Er wirkte sehr dunkel. Schwarzes Haar quoll unter seinem Helm hervor und fiel in einem Zopf über seinen Rücken. Auch seine Augen, mit denen er uns ebenso aufmerksam musterte wie wir ihn, waren schwarz.

Dann stellte er seine Begleiter vor: Aeneas von Dardanien, Sarpedon von Lykien, Akamas, den Sohn von Antenor, Polydamas, den Sohn von Antenor, Pandaros, den Hauptmann der Königlichen Garde, und seine Brüder Paris und Delphobos.

Aus Menelaos' Kehle drang ein Grollen, und er warf Paris wütende Blicke zu, aber beide fürchteten ihre herrscherlichen Brüder zu sehr, um Ärger zu machen. Die Trojaner schienen mir vortreffliche Männer zu sein, alles Krieger außer dem hübschen Paris, der schmollend und geziert dabeistand und fehl am Platz wirkte. Während Agamemnon uns vorstellte, beobachtete ich Hektors Reaktionen, wenn er einen Namen und ein Gesicht miteinander verband. Als er zu Odysseus kam, studierte er unseren klügsten Kopf eindringlich und mit leichter Verwunderung im Blick. Wer Odysseus, den Fuchs von Ithaka, nicht kannte, gewann leicht beim ersten Treffen einen falschen Eindruck, weil sein Körper so merkwürdig unproportioniert war und er eine ungepflegte, fast unwürdige Figur machen konnte, wenn er es für angeraten hielt. Sieh ihm in die Augen, Hektor, sieh ihm in die Augen! Ich ertappte mich dabei, wie ich das stumm vor mich hinsagte – sieh ihm in die Augen, erkenne, wie der Mann wirklich ist, und nimm dich vor ihm in Acht! Aber Hektor fand Ajax, der nach Odysseus folgte, weitaus interessanter. Und so entging ihm die Bedeutung von Odysseus.

Stattdessen betrachtete er voller Staunen die mächtigen Muskeln unseres zweitgrößten Kriegers; zum ersten Mal in seinem Leben, so hatten wir den Eindruck, musste er zu einem anderen Mann aufblicken.

»Wir haben zehn Jahre nicht miteinander gesprochen, Sohn des Priamos«, hub Agamemnon an. »Es ist höchste Zeit, dass wir es tun.«

»Worüber wollt Ihr reden?«

»Helena.«

»Das Thema ist abgeschlossen.«

»Durchaus nicht! Wollt Ihr leugnen, dass Paris, Sohn des Priamos und Euer leiblicher Bruder, die Frau meines leiblichen Bruders Menelaos, König von Lakedaimon, entführt und nach Troja verschleppt und damit die gesamte griechische Nation beleidigt hat?«

»Das bestreite ich allerdings.«

»Die Dame wollte mitkommen«, warf Paris ein.

»Natürlich gebt Ihr nicht zu, dass Ihr Gewalt angewendet habt.«

»Natürlich, weil wir keine Gewalt anzuwenden brauchten.« Hektor blähte die Nasenflügel wie ein Bulle. »Was schlagt Ihr also in aller Form vor, oberster König?«

»Dass Ihr Helena und all ihr Hab und Gut an ihren rechtmäßigen Ehemann zurückgebt, dass Ihr uns für allen unseren Aufwand entschädigt, indem Ihr den Hellespont wieder für griechische Kaufleute öffnet, und dass Ihr Euch nicht der Ansiedlung von Griechen in Kleinasien widersetzt.«

»Eure Bedingungen sind unerfüllbar.«

»Warum? Wir verlangen nicht mehr als das Recht auf friedliches Zusammenleben. Ich würde nicht kämpfen, wenn ich meine Ziele auf friedlichem Weg erreichen könnte, Hektor.«

»Eure Forderungen anzunehmen, würde Troja ruinieren, Agamemnon.«

»Der Krieg wird Troja schneller ruinieren. Ihr seid in der Verteidigung, Hektor, nie eine vorteilhafte Position. Seit zehn Jahren streichen *wir* Trojas Profite ein – und die von Kleinasien.«

Die Verhandlungen gingen weiter, sinnlose Worte flogen hin und her, während die Soldaten in dem niedergetrampelten Gras lagen und die Augen vor dem blendenden Sonnenlicht schlossen.

»Also gut, stimmt Ihr dann folgendem zu, Hektor?«, fragte Agamemnon nach einer Weile. »Unter uns befinden sich die beiden Parteien, die mit dem Beginn der ganzen Sache zu tun haben. Menelaos und Paris. Lasst sie im offenen Zweikampf gegeneinander zwischen unseren Armeen antreten, und der Sieger bestimmt die Bedingungen eines Friedensvertrags.«

Paris sah schon nicht nach einem großartigen Zweikämpfer aus, aber Menelaos noch viel weniger. Hektor brauchte kaum einen Augenblick, um zu erkennen, dass Paris einen leichten Sieg davontragen würde. »Einverstanden«, sagte er. »Mein Bruder Paris tritt gegen Euren Bruder Menelaos an, der Gewinner legt die Bedingungen eines Friedensvertrags fest.«

Ich schielte zu Odysseus hinüber, der neben mir saß.

»Um Agamemnons Ruf in den kommenden Jahren willen lasst uns hoffen, Nestor, dass es ein Trojaner ist, der den Zweikampf abbrechen muss«, flüsterte er.

Wir zogen uns wieder hinter unsere Linien zurück und überließen den freien Raum in der Mitte den beiden Männern. Menelaos überprüfte Schild und Speer, während Paris selbstgefällig umherstolzierte. Dann umkreisten sie sich langsam. Menelaos stieß seinen Speer vor, Paris duckte sich. Jemand in den Reihen hinter mir rief eine spöttische Bemerkung, woraufhin Tausende trojanischer Kehlen losbrüllten, aber Paris ignorierte die Beleidigung und wich weiter geziert den Angriffen aus. Ich hatte Menelaos noch nie viel zugetraut, aber Agamemnon hatte offensichtlich gewusst, was er tat, als er diesen Kampf vorschlug. Obwohl Menelaos nie den Schneid und Instinkt eines Anführers besitzen würde, hatte er sich die Kunst des Zweikampfs genauso gewissenhaft beigebracht, wie er sich alles aneignete. Es fehlte ihm an Schwung, nicht an Mut, was bedeutete, dass er sich im Kampf von Mann zu Mann sehr ordentlich schlug. Schließlich schleuderte er mit dem Speer Paris' Schild davon, und als der sich einem gezückten Schwert gegenübersah, zog er es vor, die Flucht zu ergreifen, statt sein eigenes zu ziehen. Menelaos blieb ihm hart auf den Fersen.

Jeder konnte jetzt sehen, wer der Sieger sein würde. Die Trojaner waren verstummt; während unsere Männer hämisch johlten. Ich behielt Hektor im Auge, dem ein Fehlurteil unterlaufen war und der als überaus prinzipientreu galt. Wenn Menelaos Paris tötete, musste er verhandeln. Ah! Ohne ein Zeichen von Hektor legte Pandaros, der Hauptmann der Königlichen Garde, einen Pfeil an. Ich rief Menelaos eine Warnung zu, der innehielt und zur Seite sprang. Und während aus den Reihen hinter mir ein Schrei der Empörung erscholl, stand Menelaos da mit einem Pfeil in seiner Seite. Mit einem Klagegeheul nahm die trojanische Seite zur Kenntnis, dass einer der Ihren den Waffenstillstand gebrochen hatte. Hektors Ehre war besudelt.

Die Armeen warfen sich mit einer größeren Wut als am Vormittag wieder in den Kampf. Die eine Seite musste ihre befleckte Ehre retten, die andere wollte eine Beleidigung rächen, und beide Seiten hackten und droschen wie wahnsinnig aufeinander ein. Immer mehr Männer fielen; und bald war auf dem Streifen Land, der uns getrennt hatte, ein Gewimmel von Körpern. Der Staub unter unseren Füßen stieg in dicken Schwaden auf, nahm uns die Sicht und den Atem. Hektor, der Schuldige, war überall zugleich, raste mit seinem Wagen umher und stach mit seinem Speer erbarmungslos zu. Keiner von uns kam nah genug an ihn heran, um einen glücklichen Streich zu führen, während ständig weitere Soldaten von den Hufen seiner drei Rappen zermalmt wurden. Wie es ihm gelang, sein Gespann durch das angstvolle Gedränge von Männern hindurchzutreiben, konnte ich an diesem ersten Kampftag nicht begreifen, aber später war es allgemein üblich, und ich machte es genauso, ohne mir viel dabei zu denken. Ich sah Aeneas mit einem Haufen Dardanier auftauchen und fragte mich, wie er inmitten dieses Getümmels hierher gelangt war. Statt des Speers griff ich nun zum Schwert, sammelte meine Männer und fuhr hinein in das Gemetzel. Ohne lange zu fackeln hieb ich auf schweißbedeckte Gesichter ein, und während ich Aeneas im Auge behielt, schrie ich nach Verstärkung.

Agamemnon schickte mehr Soldaten, Ajax führte sie an. Aeaneas sah ihn kommen und rief seine Soldaten zum Rückzug auf, aber vorher durfte ich noch sehen, wie dieser wahrhafte Riese von einem Mann ihn davonjagte; sein Arm eine unermüdliche Sichel, die den Feind niedermähte. Er hatte statt der Axt an diesem ersten Kampftag das Schwert genommen, zweieinhalb Ellen Doppelklinge, die den Tod bedeuteten. Er benutzte es allerdings wie eine Axt, schien mir, schwang es mit einem wilden Kriegsgeheul über seinem Kopf. Sein mächtiger, taillierter Schild führte er besser als jeder andere; ohne ein Zittern hielt er ihn über dem Boden, und die gewaltige Masse aus Bronze und Zinn schirmte ihn vom Scheitel bis zur Sohle ab. Hinter ihm erschienen sechs riesige Hauptleute aus Salamis, und im Schutz des Schildes selbst verbarg sich Teukros mit seinem Bogen, legte unbehelligt einen Pfeil ein und ließ ihn davonschwirren, nahm den nächsten aus dem Köcher, und das alles ging so fließend wie in einem fortwährenden, stetigen Takt. Ich entdeckte Griechen, die zu weit entfernt im Gedränge waren, um seine riesige Gestalt auszumachen, aber die dennoch neuen Mut fassten, als sie Ajax' berühmten Kriegsschrei hörten, der Ares und dem Geschlecht des Aiakos gewidmet war: »Ai! Ai! Wehe! Wehe!«, brüllte er, in Anspielung auf seinen eigenen Namen, und schleuderte seinen Spott in die Gesichter von tausend Trojanern.

Umgeben von meinen eigenen Männern winkte ich ihm zu, als er auf mich zukam; Antilochos, die Zügel unseres Gespanns schlaff in der Hand, starrte ihn ehrfurchtsvoll an.

»Sie sind weg, Alter«, knurrte Ajax.

»Selbst Aeneas wollte Euch nicht aufhalten«, sagte ich.

»Zeus wird sie in Schatten verwandeln! Warum sind sie nicht stehen geblieben und haben sich zum Kampf gestellt? Aber ich werde Aeneas noch fassen.«

»Wo ist Hektor?«

»Ich habe den ganzen Nachmittag nach ihm gesucht. Der Mann ist schnell wie der Wind, und ich hinke immer hinterdrein. Aber ich werde ihn kleinkriegen. Früher oder später treffen wir uns.«

Schrille Warnrufe erklangen. Wir machten uns bereit, als Aeneas mit Hektor und einem Teil der Königlichen Garde zurückkehrte. Ich schaute Ajax an.

»Das ist Eure Chance, Sohn des Telamon.«

»Ich danke Ares dafür.« Er schüttelte die gepanzerten Schultern, um das Gewicht seines Harnischs zu verteilen, und gab Teukros mit einem seiner großen Stiefel einen sanften Tritt. »Auf, Bruder. Das hier ist ganz allein meine Sache. Pass auf Nestor auf und halt mir Aeneas vom Leib.«

Teukros tauchte unter dem Schild hervor, und in seinen hellen, munteren Augen lag keine Furcht, als er neben mir und Antilochos aufsprang. Keiner stellte je seine Loyalität in Frage, obwohl seine Mutter Hesione Priamos' Schwester war.

»Komm, Kleiner«, sagte er zu meinem Sohn, »lenke uns durch diese Kadaver zu Aeneas. Wir haben noch etwas mit ihm vor. König Nestor, gebt Ihr mir Schutz, während ich meinen Bogen spanne?«

»Gerne, Sohn des Telamon«, erwiderte ich.

»Warum ist Aeneas in der Sturmspitze, Vater?«, fragte Antilochos, als wir losfuhren. »Ich dachte, er befehligt einen Seitenflügel.«

»Das dachte ich auch«, antwortete Teukros an meiner Stelle.

Meine eigenen Leute und ein paar von Ajax' Salamiern begleiteten uns, um Aeneas so weit von Hektor abzudrängen, dass Ajax ihn zum Zweikampf herausfordern konnte. Als die beiden sich schließlich gegenüberstanden, kämpften wir anderen auf beiden Seiten nur noch mit halbem Herzen; wir achteten weit mehr auf Hektor und Ajax als darauf, wo unsere Geschosse und Hiebe landeten.

Ajax fuhr nie mit einem Wagen in die Schlacht, vermutlich, weil nie einer gebaut worden war, der sein Gewicht und obendrein noch das von Teukros und dem Lenker tragen konnte. Deshalb hatte er sich angewöhnt, auf dem Boden zu bleiben und so zu tun, als sei *er* der Kampfwagen.

Bronze schlug auf Bronze, ein Armschutz platzte unter der plötzlichen Anspannung von Muskeln und fiel zu Boden, wo er zertrampelt wurde. Sie waren sich ebenbürtig, Ajax und Hektor. Sie fochten von Angesicht zu Angesicht, während um sie herum die Kämpfe allmählich erstarben. Aeneas zog mit einem schrillen Pfiff meine abgelenkte Aufmerksamkeit auf sich.

»Das darf man sich nicht entgehen lassen, mein weißhaariger Freund! Ich möchte lieber zusehen als kämpfen, Ihr nicht auch? Aeneas von Dardanien bietet Euch Waffenstillstand an!«

»Ich bin mit einem Waffenstillstand bis zum Ende des Zweikampfs einverstanden. Wenn es Ajax ist, der verliert, werde ich seine Leiche und seine Rüstung mit meinem Leben verteidigen! Aber sollte Hektor fallen, werde ich Ajax helfen, Euch den Toten mitsamt Rüstung zu entführen. Nestor von Pylos nimmt den Waffenstillstand an!«

»So sei es!«

Kein Arm erhob sich mehr in unserer Runde. Um uns herum ging der Kampf mit unverminderter Härte weiter. Mit pochendem Herzen sah ich Ajax zu. Er gab sich nicht die geringste Blöße hinter seinem gewaltigen Schild. Hektor umtanzte wie eine Flamme seine massige Gestalt und hieb große Stücke aus seinem Schild. Keiner von beiden schien zu merken, wie die Zeit verging, oder ein Gefühl von Erschöpfung zu empfinden; ohne Unterlass hoben und senkten sich ihre Arme. Zweimal hätte Hektor fast seinen Schild verloren, doch er wehrte Ajax' Klinge mit seiner ab, und obwohl sein Gegner alles versuchte, konnte er Schild und Schwert halten. Es war ein langer, gnadenloser Kampf. Jede Lücke wurde genutzt – und pariert, und dann ging es weiter.

Jemand berührte meinen Arm: ein Herold von Agamemnon.

»Der oberste König lässt fragen, warum hier nicht mehr gekämpft wird, König Nestor?«

»Ich habe einem zeitweiligen Waffenstillstand zugestimmt. Seht selbst, Mann! Würdet Ihr kämpfen, wenn so etwas in Eurem Abschnitt passierte?«

Er starrte auf den Platz. »Ich erkenne Prinz Ajax, aber wer ist sein Gegner?«

»Geht und berichtet dem obersten König, dass Ajax und Hektor auf Leben und Tod kämpfen.«

Der Bote eilte davon, und ich konnte meine Aufmerksamkeit wieder auf den Zweikampf richten. Beide Männer hauten und schlugen weiter wild aufeinander ein – wie lange jetzt schon? Ich brauchte nicht mehr die Hand über die Augen zu legen, um zu sehen, dass der blassgelbe Sonnenball schon weit im Westen stand und fast den Horizont berührte. Beim Ares, welche Ausdauer!

Agamemnon hielt mit seinem Wagen neben mir.

»Seid Ihr nicht unabkömmlich, Majestät?«

»Odysseus hat für mich das Kommando übernommen. Ihr Götter! Wie lange schlagen sie sich schon?«

»Ungefähr den achten Teil des Nachmittags.«

»Sie müssen bald zu einem Ende kommen. Die Sonne geht schon unter.«

»Unglaublich, meint Ihr nicht?«

»Ihr habt einen Waffenstillstand vereinbart?«

»Die Männer wollten nicht weiterkämpfen; ich auch nicht. Wie steht es sonst?«

»Wir halten mehr als stand, obwohl wir schwer in der Unterzahl sind. Diomedes hat sich den ganzen Tag wie ein Titan geschlagen. Er hat den Frevler Pandaros getötet und vor Hektors Nase die Rüstung mitgenommen. Ah! Da sehe ich Aeneas. Kein Wunder, dass *er* um eine Kampfpause bat! Diomedes hat ihn mit einem Speer an der Schulter erwischt und ihn vermutlich arg verletzt.«

»Deshalb ist er also von seiner Seite hierher gekommen.«

»Der Dardanier ist der klügste von Priamos' Leuten. Aber was man so hört, ist er sich selbst immer der Nächste.«

»Wie geht's Menelaos. Wurde er ernsthaft verwundet?«

»Nein. Machaon hat ihn verbunden und zurück in die Schlacht geschickt.«

»Er hat sich sehr gut gehalten.«

»Hat Euch überrascht, was?«

Das Horn, das die Dunkelheit ankündigte, schickte seinen langgezogenen, klagenden Ton über das Getümmel auf dem Schlachtfeld. Die Männer ließen die Waffen sinken und rangen nach Luft. Schilder fielen zu Boden, Schwerter wurden umständlich in die Scheide gesteckt – nur Ajax und Hektor kämpften weiter. Schließlich siegte die Nacht über sie; sie konnten kaum noch ihre Waffen erkennen, als ich von meinem Wagen stieg und sie trennte.

»Es ist zu dunkel, um noch etwas zu erkennen, Ihr Löwen. Hiermit erkläre ich ein Unentschieden; also lasst Eure Schwerter sinken.«

Hektor nahm mit zitternder Hand den Helm ab. »Ich gebe zu, dass ich darüber nicht traurig bin. Ich kann kaum noch.«

Ajax gab sein Schild Teukros, dessen Knie unter dem Gewicht einknickten. »Ich auch nicht.«

»Ihr seid ein großer Mann, Ajax«, sagte Hektor und streckte den rechten Arm aus.

Lächelnd umfasste Ajax das Handgelenk des Trojaners. »Das kann ich von Euch auch sagen, Hektor.«

»Wenn sie Achilles höher einschätzen als Euch, dann weiß ich nicht, warum. Hier, nehmt mein Schwert!« Spontan hielt er es ihm entgegen.

Ajax betrachtete die Klinge mit unverhohlener Freude, dann nahm er die Waffe in die Hand. »Das werde ich fortan im Kampf benutzen. Zum Ausgleich biete ich Euch mein Wehrgehänge. Mein Vater sagte, dass sein Vater sagte, er habe es von seinem Vater, und das war der Unsterbliche Zeus selbst.« Er senkte den Kopf und nahm das ehrwürdige Stück ab: mit dem purpur leuchtenden Leder und der goldenen Ziselierung wirklich ein kostbares Exemplar.

»Ich werde es statt meines eigenen tragen«, erklärte Hektor erfreut.

Ich beobachtete die gegenseitige Wertschätzung, bemerkte die Sympathie und den Respekt, den sie unter so schrecklichen Umständen füreinander empfanden. Dann erfasste mich eine schreckliche Vorahnung: dass der Austausch der Waffen Unheil bringen werde.

In der Nacht blieben wir, wo wir waren, unterhalb der Mauern von Troja und mit Hektors Armee zwischen uns und dem weit offen stehenden Skäischen Tor. Lagerfeuer wurden entzündet, Kessel darüber gehängt; Sklaven trugen lange Bretter mit Weizenbrot und Fleisch umher; verdünnter Wein floss in Strömen. Eine Zeitlang beobachtete ich eine Unzahl von Fackeln, die am Skäischen Tor flackerten, während Sklaven Hektors Armee versorgten; dann gesellte ich mich zu Agamemnon und den andern, um inmitten unserer Männer an einem Feuer meinen Hunger zu stillen. Als ich in den Lichtschein trat, wandten sie mir ihre müden Gesichter zu, um mich zu begrüßen.

»Wir sind nicht einen Fingerbreit vorangekommen«, sagte ich zu Odysseus.

»Sie auch nicht«, entgegnete er gelassen, während er an einem Stück gekochten Schwein nagte.

»Wie viele Leute haben wir verloren?«, fragte Idomeneus.

»Ungefähr so viele wie Hektor, vielleicht ein paar weniger«, erwiderte Odysseus. »Aber nicht genug, um das Verhältnis in irgendeine Richtung zu verändern.«

»Der morgige Tag wird also entscheidend sein«, bemerkte Meriones gähnend.

Agamemnon gähnte ebenfalls. »Ja, morgen.«

Danach wurde kaum noch geredet. Körper ächzten und schmerzten, Lider sanken herab, Bäuche waren gefüllt. Zeit, sich am Feuer zusammenzurollen. Ich blinzelte und betrachtete durch die Flammen die vielen hundert kleinen Lichter auf der Ebene; jedes gab ein wenig Trost und Sicherheit in der dunklen Nacht, die uns umgab. Rauch stieg zum Firmament auf, der Rauch von zehntausend Lagerfeuern vor den Mauern von Troja. Ich lehnte mich zurück und betrachtete die Sterne, die in diesem von Menschenhand geschaffenen Nebel auftauchten und wieder verschwanden, bis mich der Schlaf umfing, der unseren Geist in Dunkelheit hüllt.

Der zweite Tag war anders als der erste. Kein Waffenstillstand unterbrach die Schlacht, keine Zweikämpfe erforderten unsere Aufmerksamkeit, keine Heldentaten überstrahlten das Ringen der Menschen. Es war ein hartes und zähes Gemetzel. Mein Körper verlangte nach Ruhe, meine Augen waren blind von den Tränen, die jeder weint, wenn einer seiner Söhne fällt. Antilochos beklagte den Tod seines Bruders und bat darum, seinen Platz einnehmen zu dürfen. Also ließ ich einen anderen Pyloner meinen Wagen lenken.

Hektor war in seinem Element: Todbringend wie Ares selbst war er einfach nicht zu fassen. Das Schlachtfeld hinauf und hinunter trieb er seine Männer an, mit einer ehernen Stimme, die kein Pardon kannte und auch keines einforderte. Ajax hatte keine Zeit, ihn zu verfolgen; Hektor ließ ihn und Diomedes die ganze Kampfkraft der Königlichen Garde spüren, band seine zwei gefährlichsten Gegner durch das schiere Gewicht seiner Übermacht. Wen Hektor mit seinem Speer attackierte, der war des Todes: Der Trojaner war Achilles ebenbürtig. Tat sich in unseren Reihen eine Lücke auf, stieß er mit seinen Männern hinein, und war er erst einmal eingedrungen, holte er immer mehr herbei und trieb so wie ein Baumfäller die Spitze seines Keils tiefer und tiefer.

Oh, dieser Jammer! Diese Grausamkeit, dieser Schmerz! Ich konnte vor Tränen nichts sehen, als ein weiterer meiner Söhne fiel, seine Eingeweide zerrissen von einer Lanze, die Aeneas führte. Einen Augenblick später hätte Antilochos fast seinen Kopf unter einem Schwert verloren – nimm mir nicht diesen! Bitte, gnädige Hera, allmächtiger Zeus, verschont Antilochos!

Immer wieder trafen Herolde ein, um mir zu berichten, wie es an anderen Stellen des Schlachtfeldes stand; ich dankte den Göttern, dass zumindest unsere Anführer unversehrt waren. Aber ob es nun daran lag, dass wir erschöpft waren, dass uns die fünfzehntausend Thessalier fehlten, die Achilles aus dem Kampf heraushielt, oder an irgendeinem anderen uns unbekannten Grund: Wir verloren an Boden. Langsam und fast unmerklich rückte das Geschehen fort von den Toren Trojas und kam unserer Verteidigungsmauer immer näher. Ich kämpfte immer noch in den vorderen Reihen, und mein Lenker heulte vor Wut, als unser Gespann zurückweichen musste.

Hektor verfolgte uns. Ich schrie laut nach Hilfe, als sein Kampfwagen in dem Getümmel auftauchte. Ich hatte Glück. Diomedes und Odysseus waren irgendwie zu uns an die Spitze gelangt; ihre Männer kämpften neben meinen. Diomedes versuchte gar nicht erst, Hektor anzugreifen; vielmehr konzentrierte er sich auf dessen Wagenlenker. Es schien nicht der übliche zu sein, er war auf jeden Fall nicht so erfahren. Diomedes erwischte den Burschen mit seinem Speer: Tot fiel er in die Zügel, sodass die Pferde scheuten. Mit Odysseus' Hilfe brachten wir uns in Sicherheit, während Hektor Verwünschungen ausstieß und mit dem Messer die Zügel abtrennte.

Ich versuchte, Ordnung in meinen Frontabschnitt zu bringen, aber die Lage war hoffnungslos. Furcht breitete sich aus, und das Gerücht von bösen Omen verbreitete sich wie ein Lauffeuer. Es war nicht länger zu leugnen – wir befanden uns auf dem Rückzug. Als Hektor das erkannte, warf er mit einem Aufschrei des Triumphs seine letzten Reserven in die Schlacht.

Odysseus rettete uns. Er sprang in einen leeren Kampfwagen – wo war seiner? – und zwang die Böotier, als sie sich aus dem Staub machen wollten, zur Umkehr, sodass sie sich in geordneter Form zurückziehen konnten. Agamemnon folgte unverzüglich seinem Beispiel; und so wurde das drohende Debakel mit einem Minimum an Verlusten und ohne eine vernichtende Niederlage abgewendet. Diomedes trieb seine Leute sogar den angreifenden Trojanern entgegen, und ich folgte ihm mit Idomeneus, Eurypylos, Ajax und deren Männern.

Wir hatten unsere Flügel zur Mitte zusammengezogen; die Armee hatte die Form eines Tropfens angenommen, dessen schmales Ende Hektor zugewandt war, während die Masse der Soldaten sich dahinter verbreiterte.

Teukros blieb in der Nische hinter dem Schild seines Bruders und schoss mit größter Präzision unermüdlich seine Pfeile ab. Hektor kam heran, Teukros sah ihn und legte ein weiteres Wurfgeschoss an. Aber Hektor war zu gewitzt, um sich von einem Pfeil aus Ajax' Umgebung treffen zu lassen. Einen nach dem anderen wehrte er mit seinem Schild ab, was Teukros so erzürnte, dass er einen Fehler machte. Er trat hinter dem Schild seines Bruders hervor. Darauf hatte Hektor nur gewartet. Speere besaß er längst nicht mehr, aber er hatte einen Stein gefunden, den er nun wie eine Lanze warf. Er traf Teukros an der rechten Schulter, und dieser ging zu Boden wie ein gefällter Baum. Ajax bemerkte es nicht und kämpfte weiter. Ah, da! Mein Schrei der Erleichterung wurde von einem Dutzend Kehlen erwidert, als Teukros aus den Leichenbergen auftauchte und begann, zwischen den Toten und Verwundeten auf seinen Bruder zuzukriechen. Aber jetzt war er zu einer Belastung für Ajax geworden; und die Trojaner griffen weiter an.

Verzweifelt blickte ich zurück, um herauszufinden, wie weit wir noch von unserer Verteidigungsmauer entfernt waren. Ich schnappte nach Luft; die ersten waren bereits an den Zugängen angekommen.

Odysseus und Agamemnon sorgten dafür, dass keine Panik ausbrach. Der Rückzug ging ohne größere Verluste vonstatten, und schließlich waren wir in unserer steinernen Stadt in Sicherheit. Inzwischen war es zu dunkel, als dass Hektor uns hätte nachsetzen können. Wir ließen die Trojaner auf der anderen Seite unseres Grabens zurück, wo sie hinter uns herjohlten.

KAPITEL 25

ERZÄHLT VON
ODYSSEUS

Es war keine fröhliche Zusammenkunft, die in dieser Nacht in Agamemnons Haus stattfand. Wir setzten uns nur nieder, um das mühsame Geschäft in Angriff zu nehmen, unsere Kräfte zu sammeln, damit wir den nächsten Tag überstanden. Mein Kopf dröhnte, mein Hals war rau von dem Kriegsgeschrei, mein Rücken wundgescheuert an den Stellen, wo mein Harnisch trotz des gepolsterten Hemdes die Haut berührt hatte. Wir wiesen alle kleinere Wunden auf – Abschürfungen, Prellungen, Schnittwunden – und brauchten dringend Schlaf.

»Eine schlimme Niederlage«, sagte Agamemnon in das lastende Schweigen hinein. »Entsetzlich, Odysseus.«

Diomedes übernahm meine Verteidigung. »Wie Odysseus sie vorhergesagt hat.«

Nestor nickte bestätigend. Armer, alter Mann. Jetzt sah er wirklich so alt aus, wie er war. Kein Wunder: Er hatte zwei seiner Söhne verloren. Mit brüchiger Stimme erklärte er: »Verzweifelt nicht, Agamemnon. Unsere Zeit kommt noch und wird unsere heutige Niederlage mehr als wettmachen.«

»Ich weiß! Ich weiß!«, rief Agamemnon aus.

»Einer von uns sollte gehen und Achilles benachrichtigen«, sagte Nestor so leise, dass nur wir, die den Plan kannten, ihn hören konnten. »Wenn er nicht auf dem Laufenden ist, schlägt er vielleicht zu früh los.«

Agamemnon starrte mich böse an. »Odysseus, Ihr habt das Ganze ausgeheckt. *Ihr* geht zu Achilles.«

Müde schlich ich mich davon. Mich bis ans Ende der Unterkünfte zu schicken, war Agamemnons Art, sich zu revanchieren. Aber während ich so dahinschritt, kehrten meine Kräfte allmählich zurück. Diese kleine, zusätzliche Anstrengung erquickte mich mehr als eine ganze Nacht Schlaf. Da jeder, der mir begegnete, annehmen musste, ich wäre nach der Niederlage des Tages in Agamemnons Auftrag unterwegs, um mit Achilles zu verhandeln, ging ich unbehelligt durch das Tor der Myrmidonen. Sie saßen bedrückt mit anderen Thessaliern herum, konnten es kaum erwarten zu kämpfen – und waren zur Untätigkeit gezwungen.

Achilles befand sich in seinem Haus und wärmte sich die Hände über einem Feuer, das in einem Dreifuß loderte. Er sah genauso erschöpft und abgespannt aus wie wir, die zwei Tage gekämpft hatten. Patroklos saß ihm mit versteinertem Gesicht gegenüber. Aber das war nicht sonderlich überraschend, wenn man an die Geschichte mit Briseis dachte. Die Beziehung zwischen Diomedes und mir war freundschaftlich und erotisch zugleich, eine Art von Notbehelf, den wir beide für höchst befriedigend hielten. Aber wenn einer von uns Gefallen an einer Frau fand – auch gut. Keine Katastrophe, keiner fühlte sich betrogen. Patroklos aber *liebte* und hatte geglaubt, es gebe für ihn keinen Rivalen. Achilles wiederum hatte sich, wie alle Männer, die sich nach anderen Dingen als körperlicher Liebe sehnen, nicht wirklich gebunden. Und Patroklos, der sich nur für Männer interessierte, hatte nun das Gefühl, ihm sei bitteres Unrecht geschehen. Armer Bursche!

»Was führt Euch her?«, erkundigte Achilles sich mürrisch. »Patroklos, besorg etwas zu essen und zu trinken für den König.«

Mit einem dankbaren Seufzer sank ich auf einen großen Stuhl und wartete darauf, dass Patroklos den Raum verließ.

»Ich hörte, dass es nicht gut gelaufen ist«, sagte Achilles.

»Wie erwartet, vergesst das nicht«, entgegnete ich. »Hektor hat seine Trojaner hart herangenommen, was Agamemnon mit unseren Leuten nicht tun konnte. Der Rückzug begann ungefähr in dem Augenblick, als das Gemurre begann – die Omen seien alle gegen uns, der Himmel sei voller Adler, die zu unserer Linken flögen, die Zitadelle der Trojaner liege in einem goldenen Licht und so weiter. Das Gerede über solche Dinge ist immer schlecht. Also wichen wir zurück, bis Agamemnon für die Nacht den Rückzug hinter unsere Befestigungen befahl.«

»Ajax soll gestern auf Hektor getroffen sein.«

»Ja. Sie haben über ein Achtel des Nachmittags miteinander gekämpft, ohne dass es zu einer Entscheidung kam. Ihr braucht Euch keine Sorgen zu machen, mein Freund. Hektor gehört Euch.«

»Aber viele fallen sinnlos, Odysseus! Lasst mich morgen ausrücken, bitte!«

»Nein«, erwiderte ich grob. »Nicht bis die Armee wirklich Gefahr läuft, aufgerieben zu werden, oder die Schiffe zu brennen anfangen, weil Hektor in unser Lager eingedrungen ist. Und selbst dann müsst Ihr Patroklos Eure Soldaten führen lassen – Ihr dürft sie nicht selbst kommandieren.« Ich sah ihn durchdringend an. »Agamemnon hat Euren Eid darauf, Achilles.«

»Seid sicher, Odysseus, ich breche keinen Schwur.«

Er senkte den Kopf und versank in Schweigen. So saßen wir da, als Patroklos zurückkehrte: Achilles vornübergebeugt und ich träumerisch auf seinen goldenen Haarschopf starrend. Patroklos wies die Diener an, das Essen und den Wein auf den Tisch zu stellen, dann verharrte er reglos wie ein Salzsäule. Achilles warf ihm einen kurzen Blick zu, dann sah er mich an.

»Sagt Agamemnon, dass ich mich weigere, meine Worte zurückzunehmen«, erklärte er formell. »Sagt ihm, er soll sich jemand anders suchen, der ihm aus der Klemme hilft. Oder er soll mir Briseis wiedergeben.«

In gespielter Verzweiflung schlug ich mir auf den Schenkel. »Wie Ihr meint.«

»Bleibt und esst, Odysseus. Patroklos, geh zu Bett.«

Nicht in diesem Haus! Patroklos verschwand durch die Tür.

Später würde ich vielleicht schlafen, aber als ich zurückging, fühlte ich mich so munter, dass mir nach Schabernack zumute war. Also wandte ich mich zu der Senke, in der immer noch meine Späherabteilung untergebracht war. Die meisten der Männer, die nicht gekämpft hatten, saßen noch beim Essen. Thersites und Sinon begrüßten mich herzlich.

»Irgendwelche Neuigkeiten?«, fragte ich und setzte mich.

»Eine«, antwortete Thersites. »Ich wollte Euch schon suchen.«

»Ah! Klärt mich auf.«

»Gerade als die Schlacht zu Ende ging, tauchte ein neuer Verbündeter auf – ein entfernter Vetter von Priamos namens Rhesos.«

»Wie viele Männer hat er dabei?«

Sinon lachte leise. »Keine. Rhesos ist ein großmäuliger Windbeutel, Odysseus. Er bezeichnet sich selbst als Alliierten, aber er ist wohl eher ein Flüchtling. Seine eigenen Leute haben ihn vertrieben.«

»Schön, schön!«, sagte ich und wartete ab.

»Rhesos ist mit einem Gespann von drei herrlichen Schimmeln gekommen, und zu denen gibt es ein trojanisches Orakel«, fuhr Thersites fort. »Sie sollen die Kinder des geflügelten Pegasus' sein, so schnell wie Windgott Boreas und so ungestüm wie Persephone, ehe Hades sie entführte. Sobald sie einmal aus dem Skamandros getrunken und trojanisches Gras gefressen haben, soll die Stadt angeblich unbesiegbar sein. Ein Versprechen Poseidons, so das Orakel, der eigentlich auf unserer Seite steht.«

»Und, da ja Poseidon mit uns ist, haben sie schon aus dem Fluss getrunken und trojanisches Gras gefressen?«

»Gras haben sie gefressen, aber noch nicht aus dem Skamandros getrunken.«

Ich grinste. »Wer würde ihnen das verübeln? *Ich* täte es auch nicht.«

»Priamos hat Leute losgeschickt, die ein oder zwei Eimer flussaufwärts holen sollen«, sagte Sinon und erwiderte mein Grinsen. »Er hat beschlossen, morgen bei Sonnenaufgang eine öffentliche Zeremonie zu veranstalten. Die Pferde werden unterdessen immer durstiger.«

»Sehr interessant«, sagte ich und streckte mich. »Ich muss mir diese fabelhaften Geschöpfe selbst ansehen. Es verliehe mir eine – äh – gewisse Eleganz, wenn ich ein Schimmelgespann lenken würde.«

»Ein bisschen mehr Eleganz könnte Euch nicht schaden«, stichelte Sinon.

»Ein bisschen viel mehr Eleganz«, setzte Thersites hinzu.

»Vielen Dank, die Herren! Wo könnte ich dies unsterbliche Gespann wohl finden?«

»Das haben wir leider nicht herausbekommen«, erwiderte Thersites stirnrunzelnd. »Wir wissen nur, dass sie auf der Ebene bei der trojanischen Armee untergebracht sind.«

Diomedes, Agamemnon und Menelaos warteten draußen vor meinem Haus. Ich schlenderte auf sie zu, als hätte ich einen Verdauungsspaziergang gemacht, und bedachte Diomedes mit einem Grinsen. Seine Augen begannen zu funkeln.

»Achilles geht es gut«, wandte ich mich an Agamemnon.

»Den Göttern sei Dank! Jetzt kann ich schlafen.«

Als er und Menelaos gegangen waren, trat ich mit Diomedes ins Haus und klatschte nach einem Diener. »Bring mir einen leichten Lederanzug und zwei Dolche«, befahl ich ihm.

»Dann gehe ich wohl am besten und rüste mich ähnlich aus«, bemerkte Diomedes.

»Wir treffen uns am Damm beim Simois.«

»Kriegen wir denn überhaupt noch Schlaf diese Nacht?«

»Später, später.«

In dunkles, weiches Leder gehüllt und mit zwei Dolchen im Gürtel schloss sich Diomedes am Simois-Damm mir an. Leise schlichen wir von Schatten zu Schatten, bis wir am anderen Ende der Brücke ankamen, wo die Gräben an den Palisadenzaun stießen.

»Was wollen wir hier?«, flüsterte er.

»Ich habe Lust, ein Gespann unsterblicher Schimmel zu fahren.«

»Das würde unser Ansehen zweifellos erhöhen.«

Ich warf ihm einen misstrauischen Blick zu. »Hast du vielleicht mit Sinon und Thersites geredet?«

»Nein«, erwiderte er unschuldig. »Wo steht dieses Gespann?«

»Keine Ahnung. Irgendwo da draußen in der Dunkelheit.«

»Wir suchen also die Laus in einem Bärenfell.«

Ich drückte seinen Arm. »Psst! Es kommt jemand.«

Im Geist dankte ich meiner Beschützerin, der Göttin mit der

Eule. Meine geliebte Pallas Athene warf mir immer wieder Glück in den Schoß. Wir verschwanden in einem Graben am Damm und warteten.

Ein Mann huschte mit klirrender Rüstung aus der Dunkelheit. Ein ziemlicher Anfänger – in voller Montur herumzuschleichen. Er war auch dumm genug, in den Mondschein zu treten. Einen Augenblick tauchten ihn die Strahlen in helles Licht und zeigten einen kleinen, untersetzten Mann in kostbarer Rüstung. Auf seinem Helm wehte die Purpurfeder Trojas. Wir ließen ihn bis auf wenige Schritte herankommen, ehe wir lossprangen, Diomedes ein wenig nach links, sodass wir ihn in unsere Mitte bekamen. Meine Hand lag auf seinem Mund, noch bevor er schreien konnte; Diomedes bog ihm die Arme auf den Rücken, und wir drückten ihn ins Gras. Mit glotzenden Augen sah er zu uns empor; wir spürten, dass er wie Espenlaub zitterte. Keiner von Palamedes' Männern. War wohl mehr auf eigene Faust unterwegs.

»Wer seid Ihr?«, knurrte ich leise, aber drohend.

»Dolon«, brachte er hervor.

»Was macht Ihr hier, Dolon.«

»Prinz Hektor hat nach Freiwilligen gesucht, die sich in Euer Lager wagen, um herauszufinden, ob Agamemnon morgen wieder zum Kampf antritt.«

Törichter Hektor! Warum überließ er das Spionieren nicht Leuten wie Palamedes?

»Heute Abend ist ein Mann bei Euch angekommen. Rhesos. Wo ist sein Lager?«, fragte ich, während einer meiner Finger liebevoll über die Klinge meines Dolches glitt.

Er schluckte, erbebte. »Ich weiß es nicht!«, blökte er.

Diomedes beugte sich über ihn, schnitt ihm ein Ohr ab und wedelte damit vor seinem Gesicht herum, während ich ihn so lange würgte, bis er endlich begriff.

»Sprich, du Schlange!«, zischte ich.

Er sprach. Danach brachen wir ihm das Genick.

»Sieh dir die Juwelen an, Odysseus!«

»Ein sehr reicher Mann, wahrscheinlich durch Straßenreinigung zu Vermögen gekommen. Dürfte kaum Hektors Beachtung wert sein. Nimm ihm seinen schönen Tand ab, alter Freund, versteck ihn und nimm ihn auf dem Rückweg mit. Dein Teil der Beute, denn ich werde das Gespann behalten.«

Er hielt einen riesigen Smaragd in der Hand. »Mein Gespann ist gut genug. Der hier allein ist fünfzig Stück Vieh wert, die auf der Ebene von Argos weiden könnten.«

Wir fanden das Lager von Rhesos genau dort, wo Dolon uns gesagt hatte, und legten uns auf einen kleinen Hügel in der Nähe, um zu überlegen, wie wir vorgehen wollten.

»Dummkopf!«, murmelte Diomedes. »Warum isoliert er sich hier so?«

»Ist was Besonderes, nehme ich an. Wie viele kannst du sehen?«

»Zwölf, aber wer davon Rhesos ist, kann ich nicht erkennen.«

»Ich zähle genauso viele. Erst bringen wir die Männer um, dann holen wir uns das Gespann. Kein Lärm.«

Wir schoben die Messer zwischen die Zähne und glitten hinab: er zur Vorderseite des Feuers, ich zur Hinterseite.

Unsere Erfahrung erwies sich als hilfreich; sie starben im Schlaf, und die Pferde, weiße Schemen im Hintergrund, gerieten nicht in Panik.

Der Mann mit Namen Rhesos war leicht auszumachen. Auch er sammelte Juwelen. Er blinkte geradezu, wie er da schnarchend am Feuer lag.

»Sieh dir diese Perle an!«, flüsterte Diomedes, als er sie im Mondlicht betrachtete.

»Tausend Stück Vieh«, sagte ich leise. Man konnte nie wissen, ob nicht plötzlich jemand unerwartet auftauchte.

Den Pferden war das Maul zugebunden worden, für den Fall, dass sie sich losrissen und zum Simois liefen, um ihren Durst zu stillen. Gut für uns; so konnten sie nicht zu wiehern anfangen. Während ich Stricke nahm und mein neues Gespann begrüßte, raffte Diomedes alles zusammen, was es nur mitzunehmen lohnte, und packte es auf ein Maultier. Dann machten wir uns auf den Rückweg, und am Simois-Damm nahm mein Freund die Beute von Dolon an sich.

Agamemnon war nicht erbaut darüber, dass man ihn geweckt

hatte, bis ich ihm die Geschichte von Rhesos und seinen Pferden berichtete. Das brachte ihn zum Lachen. »Ich verstehe, dass Ihr die Söhne des geflügelten Pegasus behalten müsst, aber was ist mit dem armen Diomedes?«

»Ich bin zufrieden«, sagte ein verschmitzter Diomedes und gab sich sehr edelmütig.

Ja, das war eine diplomatische Antwort. Warum einem Mann, der eine Kriegskasse zu füllen hatte, auf die Nase binden, dass man in einem kleinen Teil der Nacht ein beträchtliches Vermögen zusammengerafft hatte?

Die Geschichte von Rhesos und seinen Pferden hatte sich schon am nächsten Morgen in unserer Truppe herumgesprochen. Sie waren begeistert und jubelten mir zu, als ich mit meinem neuen Gespann über den Simois-Damm fuhr, noch vor Agamemnon, der es Troja an diesem Tag zeigen wollte.

Troja sah es, und Troja hielt es nicht für einen Scherz.

Die Schlacht war blutig und erbarmungslos. Agamemnon erkannte seine Chance und trieb einen tiefen Keil in die trojanischen Reihen, der unseren Gegner zum Rückzug zwang. Unsere Männer setzten ihnen nach und jagten sie so weit zurück, dass schon die Mauern von Troja in Sicht kamen. Aber dann sammelten sich die Trojaner, die immer noch in der Überzahl waren, und das Glück verließ uns. Auch die Könige selbst wurden in die Knie gezwungen.

Als erstes traf es Agamemnon, der an diesem Tag in guter Form war. Als er an der vordersten Linie entlang auf uns zufuhr, erwischte er einen Mann mit dem Speer, der ihn aufhalten wollte, doch er übersah den zweiten dahinter, und der stieß seine Lanze tief in Agamemnons Oberschenkel. An der Spitze saßen Widerhaken, die Wunde blutete heftig; der oberste König musste das Schlachtfeld verlassen.

Dann war Diomedes an der Reihe. Es gelang ihm, Hektors Helm mit einem Wurfspieß zu treffen, sodass der Trojaner für einen Moment taumelte. Mit einem lauten Schrei stürmte Diomedes vor, um sein Werk zu vollenden, während ich mich auf Hektors Pferde und Wagenlenker konzentrierte, um sein Fahrzeug außer Gefecht zu setzen. Niemand sah die Gestalt, die dahinter lauerte, bis sie sich mit einem Pfeil im Anschlag erhob und ihn von der Sehne schnellen ließ. Er flog weit und war schon fast am Boden, ehe er sich doch noch in Diomedes' Fuß bohrte. Festgenagelt stand er fluchend da und schüttelte die Faust, während Paris davoneilte. Auch Troja hatte einen Teukros.

»Bück dich und zieh ihn heraus!«, schrie ich Diomedes zu und eilte ihm mit etlichen meiner Ithaker zu Hilfe.

Er tat wie ihm geheißen, während ich eine Axt aufnahm, für die irgendein Gefallener keine Verwendung mehr hatte. Ich griff selten zu dieser Waffe, sie war mir zu unhandlich und zu schwer, aber es gab nichts Besseres, wenn man einen Ring von Feinden abwehren wollte. Entschlossen, Diomedes' Abgang zu sichern, schwang ich das entsetzliche Ding so lange, bis er endlich mühsam davonhumpelte, zu verletzt, um uns weiter von Nutzen zu sein.

In diesem Augenblick erwischte es mich. Irgendein Speer landete in einer meiner Waden, knapp unter dem Kniegelenk. Meine Ithaker bildeten einen Kreis um mich, damit ich den Speer herausziehen konnte, aber auch an seiner Spitze saßen Widerhaken, die ein großes Stück Fleisch mitrissen. Ich verlor reichlich Blut und brauchte viel Zeit, um die Adern mit einem Stoffstreifen vom Hemd eines Gefallenen abzubinden.

Menelaos und seine Spartaner eilten zur Verstärkung herbei; es gelang mir, mich an seiner Seite durchzuschlagen. Ajax tauchte auf, und gemeinsam bildeten sie eine Gasse, damit ich mich hinter Menelaos' Kampfwagen zurückziehen konnte. Ein großartiger Krieger, dieser Ajax! Sein Blut wallte, er focht mit einer Energie, die ich nie hätte aufbringen können, und drängte die Trojaner zurück. Seine Salamier waren wie immer so stolz auf ihn, dass sie ihm überallhin folgten. Ein trojanischer Heerführer hielt dagegen, indem er immer mehr Männer nach vorne warf, bis sie durch den schieren Druck von hinten vor Ajax und seiner Axt landeten. Schneller als unsere Leute und der mächtige Ajax sie niedermähen konnten, sprangen neue herbei wie die Soldaten aus dem Maul des Drachen.

Voller Dankbarkeit hatte ich bemerkt, dass Hektor verschwunden war, und nun machte ich mich nützlich, indem ich die Kräfte in unserem Abschnitt verstärkte. Eurypylos war am nächsten und rückte von einer Seite heran – gerade so rechtzeitig, dass einer von Paris' Pfeilen ihn an der Schulter traf. Machaon näherte sich uns ebenfalls und erlitt das gleiche Schicksal. Paris. Dieser Wurm. Er verschwendete keine Pfeile an gemeine Soldaten; er lauerte irgendwo ungestört und in Sicherheit, bis er wenigstens auf einen Edlen schießen konnte. Darin unterschied er sich von Teukros. Dem war jedes Ziel recht.

Irgendwann gelang es mir endlich, weiter nach hinten zu kommen. Dort fand ich Podalieros, der sich um Agamemnon und Diomedes kümmerte. Die beiden verfolgten das Geschehen so nahe es eben ging und waren ziemlich verzweifelt. Voller Entsetzen blickten sie mir, Machaon und Eurypylos entgegen.

»*Warum* musstest du auch kämpfen, Bruder?«, fragte Podalieros zornig, während er Machaon auf den Boden bettete.

»Kümmere dich erst um Odysseus«, keuchte Machaon. Die Pfeilwunde in seinem Arm blutete kaum.

Also wurde ich als erster versorgt; dann wandte Podalieros sich Eurypylos zu und beschloss, den Pfeil ganz durch die Schulter zu ziehen, denn er befürchtete, dass er im Körper mehr Schaden anrichtete, wenn er ihn auf dem Weg entfernte, auf dem er eingedrungen war.

»Wo ist Teukros?«, fragte ich und ließ mich neben Diomedes nieder.

»Ich habe ihn schon vor einer Weile vom Schlachtfeld geschickt«, sagte Machaon, der immer noch darauf wartete, dass er an die Reihe kam. »Die Beule, die Hektor ihm gestern verpasst hat, ist so groß wie der Stein geworden, mit dem Hektor nach ihm geworfen hat. Ich musste die Schwellung aufstechen und etwas Flüssigkeit absaugen. Sein Arm war unbeweglich, aber er kann ihn inzwischen schon wieder bewegen.«

»Unsere Reihen lichten sich«, bemerkte ich.

»Sie sind bereits zu dünn«, entgegnete Agamemnon grimmig.

»Das wissen auch die Soldaten. Merkt Ihr nicht, wie ihre Kampfmoral sinkt?«

»Doch«, sagte ich, stand auf und probierte mein Bein aus. »Ich schlage vor, wir ziehen uns ins Lager zurück, bevor wir hier in Panik geraten.«

Obwohl es mein eigener Vorschlag gewesen war, war der Rückzug ein einziges Desaster. Zu wenige Könige waren noch da, um unsere Männer zusammenzuhalten; von den oberen Heerführern waren nur noch Ajax, Menelaos und Idomeneus übrig. An unserem Abschnitt brach die Front ein; rasch breitete sich Defätismus aus. Plötzlich machte die ganze Armee kehrt und floh in die Sicherheit unseres Lagers. Hektor schrie so laut, dass ich ihn noch auf der Mauer hören konnte, auf der ich gerade stand, und dann setzten uns die Trojaner mit dem Wutgebell ausgehungerter Hunde nach. Unsere Männer, die Trojaner im Nacken, strömten noch über den Simois-Damm, als Agamemnon mit bleichem Gesicht seine Befehle gab. Das Tor wurde geschlossen, ehe die letzten – und tapfersten – es erreichten. Ich hielt mir Augen und Ohren zu. Deine Schuld, Odysseus! Alles deine Schuld.

Es war noch zu früh am Tag, um die Kämpfe einzustellen. Hektor würde gegen unsere Mauer anrennen. Unsere Leute irrten im Lager umher und brauchten einige Zeit, um sich zu sammeln und zu begreifen, dass sie jetzt unsere Befestigungen verteidigen mussten. Sklaven rannten mit großen Kesseln und Krügen voll kochendem Wasser herbei, um es denjenigen auf den Kopf zu schütten, die versuchen sollten, die Mauer zu erklimmen. Öl wagten wir nicht zu nehmen, aus Angst, die Mauer könnte Feuer fangen. Steine, die schon vor Jahren für diesen Notfall gesammelt worden waren, wurden nun oben angehäuft.

Die abgewiesenen Trojaner sammelten sich derweil entlang des Festungsgrabens, ihre Anführer preschten in ihren Kampfwagen auf und ab und befahlen ihren Leuten, die Reihen wieder zu schließen. Hektor rollte in seinem goldenen Wagen mit Kebriones an den Zügeln umher. Selbst nach tagelangen schweren Kämpfen wirkte er ungebrochen und selbstbewusst. Wozu er ja auch allen

Grund hatte. Ich stützte das Kinn in die Hände, als rechts und links von mir unsere Soldaten auf der Mauer erschienen, und wartete ab, wie Hektor uns wohl besiegen wollte: ob er viele seiner Männer opferte, oder ob ihm etwas Besseres einfiel als einfach brutale Gewalt.

KAPITEL 26

ERZÄHLT VON HEKTOR

Ich sperrte sie wie Schafe hinter ihren Verteidigungswällen ein; der Sieg lag greifbar nahe. Ich, der ich seit meiner Geburt hinter Mauern gelebt hatte, wusste besser als jeder andere Lebende, wie ich sie angreifen konnte. Keine Mauern außer den trojanischen waren uneinnehmbar. Das war mein großer Augenblick. Ich sonnte mich schon in Agamemnons Niederlage und nahm mir vor, den stolzen Mann die Verzweiflung spüren zu lassen, die wir erduldet hatten, seit er mit seinen tausend Schiffen hinter Tenedos hervorgesegelt war. Köpfe ragten über ihrem lächerlichen Wall empor, als ich mit Polydamas daran vorbeifuhr. Kebriones hatte sich auf den Weg gemacht, um Wasser für die Pferde zu holen, der gute Mann.

»Was denkt Ihr?«, fragte ich Polydamas.

»Nun, das da ist kein Troja, aber die Befestigungen sind ziemlich raffiniert. Die beiden Dämme so weit auseinanderzulegen, ist schon schlau. Das gilt auch für den Graben und den Palisadenzaun. Seht Ihr irgendwo einen Fehler?«

»Allerdings. Die Lücke zwischen dem Graben und dem Zaun ist zu breit«, erwiderte ich. »Wir benutzen ihre Dämme, aber nicht, um sie direkt anzugreifen. Wir nutzen sie als Übergang, und dann lassen wir unsere Männer hinter dem Graben die Mauer erstürmen. Die Steine hier sind nicht leicht abzutragen, also mussten sie, außer bei ihren Wehrtürmen und Eckpfeilern, Holz verwenden.«

Palamedes nickte. »Ja, so würde ich es auch machen, Hektor. Soll ich Brennstoff aus Troja kommen lassen?«

»Unverzüglich – alles, was entflammbar ist, selbst gewöhnliches

Bratfett. Und während Ihr das erledigt, werde ich meine Anführer zusammenrufen«, sagte ich.

Als endlich auch Paris – wie immer als Letzter – eingetroffen war, erklärte ich der Runde, was ich vorhatte.

»Zwei Drittel der Armee werden über den Simois-Damm vorrücken, ein Drittel über den am Skamandros. Ich werde die Truppen in fünf Segmente aufteilen. Das erste befehlige ich, zusammen mit Polydamas. Paris, du nimmst das zweite. Helenos, du das dritte, gemeinsam mit Deiphobos. Wir drei greifen hier am Simois an. Aeneas, Ihr führt die vierte Abteilung am Skamandros, Sarpedon und Glaukos werden ebenfalls dort sein.«

Helenos strahlte, weil ich ihn Deiphobos vorgezogen hatte. Der wiederum wusste nicht, ob er über diese Zurücksetzung wütender sein sollte als über die Tatsache, dass Paris eine eigene Division bekommen hatte. Und Aeneas war nicht besonders glücklich darüber, dass er mit Sarpedon und Glaukos zu den Fremden gesteckt worden war.

»Wenn unsere Leute das Ende der Dämme erreicht haben, rücken sie vom Simois und Skamandros gegeneinander vor, bis sie den ganzen Raum zwischen dem Graben und der Mauer ausgefüllt haben. In der Zwischenzeit können die Nichtkämpfenden das Palisadenholz abreißen und zu Leitern und Brennholz machen. Feuer ist unsere beste Waffe, es wird ihre Mauer zerstören. Also wird unsere erste Aufgabe darin bestehen, Feuer zu legen und die Verteidiger daran zu hindern, es zu löschen.«

Unter den Anführern befand sich auch mein Vetter Asios, der mir ein ständiger Dorn im Auge war, weil er meinen Befehlen nie gehorchen wollte.

»Hektor«, fragte er ein wenig zu laut, »wollt Ihr auf Eure Kavallerie verzichten?«

»Ja«, entgegnete ich ohne zu zögern. »Was soll sie uns hier nützen? Das Letzte, was wir gebrauchen können, sind Pferde und Wagen auf so beschränktem Raum.«

»Und warum greifen wir nicht ihre Tore an?«

»Weil sie zu leicht zu verteidigen sind, Asios.«

Er schnaubte. »Unsinn! Hier, ich zeige es Euch!«

Und ehe ich ihn aufhalten konnte, rannte er davon und rief seiner Schwadron zu, ihre Wagen zu besteigen. Er setzte sich an die Spitze und trieb sein Gespann auf den Simois-Damm. Er war zwar ziemlich breit, aber ein Dreiergespann ist es ebenfalls: Die zwei äußeren Pferde rollten wild mit den Augen angesichts der spitzen Pfähle, die rechts und links aus dem Graben ragten, und schließlich übertrug sich ihre Panik auch auf das mittlere Tier. Im nächsten Augenblick scheuten alle drei heftig und brachten damit auch die Wagen hinter Asios durcheinander. Während Asios' Fahrer noch versuchte, sein Gespann in die Gewalt zu bekommen, öffneten sich die Tore am Ende des Damms ein wenig. In der Öffnung erschienen zwei Männer, die eine ganze Kompanie anführten. Ihre Standarte wies sie als Lapithen aus; ich schauderte: Asios war ein toter Mann. Einer der Anführer warf einen Speer, der meinem angeberischen Vetter die Brust durchbohrte. In hohem Bogen flog er von seinem Wagen und landete, alle viere von sich gestreckt, auf den Pfählen im Graben. Sein Fahrer folgte ihm rasch nach; dann griffen die Lapithen die folgenden Wagen an. Wir konnten ihnen nicht zu Hilfe kommen. Als das Blutbad vorüber war, zogen sich die Lapithen geordnet zurück, und das Simois-Tor wurde wieder geschlossen.

Nun musste ich zuerst eine ziemliche Schweinerei auf dem Damm beseitigen, ehe meine Männer losschlagen konnten, aber in der Zwischenzeit war es Aeneas, Sarpedon und Glaukos möglich, zum Skamandros-Tor zu marschieren – das, wie ich wusste – nicht von irgendwelchen Verteidigern besetzt war. Achilles befand sich auf der anderen Seite des Tors, und er hatte Agamemnon die Gefolgschaft aufgekündigt. Ein dummes Mädchen bedeutete ihm mehr als seine Landsleute. Was für eine Schmach.

Die Männer rannten auf einen Schlag los und landeten am Fuß der Mauer, wo sie von den Verteidigern mit einem Hagel von Speeren, Pfeilen und Steinen empfangen wurden. Mit den Schilden über dem Kopf machten ihnen die Wurfgeschosse wenig aus, während sie beständig zum Skamandros-Damm vorrückten, wo unsere Verbündeten sich ebenfalls auf den Weg machten. Nichtkämpfende

Truppen rissen bereits die hölzerne Palisade ein, banden die größeren Teile zu Leitern zusammen und machten aus dem übrigen Brennholz. Aus Troja trafen Öl, Pech und Bratfett ein, und mir kam die Idee, die Männer Rahmen bauen zu lassen, auf die sie ihre Schilde wie Dachziegel legen sollten, um darunter weiterarbeiten zu können.

Die Feuer wurden entzündet; ich beobachtete, wie der Rauch die Mauer hinaufzog und die Gesichter dort plötzlich sehr erschrocken dreinblickten. Wasser wurde herabgeschüttet, aber mit einigen unserer Schutzschilde konnten wir unsere Feuer so gut abschirmen, dass sie bald zu kräftig brannten, um noch gelöscht zu werden; außerdem war der schwarze Rauch, den mit Wasser vermischtes Öl entwickelte, für uns von Vorteil.

Wir versuchten, die Leitern an die Mauer zu legen, aber die Griechen waren zu schlau, um das zuzulassen. Ajax rannte im mittleren Abschnitt, in dem auch ich mich befand, hin und her, schrie herum und stieß mit dem Fuß Leitern um. Das brachte also nichts. Ich befahl, die Aktion abzubrechen.

»Die Feuer müssen es bringen«, sagte ich zu Sarpedon, dessen Truppen sich den meinen angeschlossen hatten.

Die Feuer in unserem Bereich, die als erste entzündet worden waren, brannten inzwischen lichterloh. Lykische Bogenschützen sorgten dafür, dass die Köpfe oben auf der Brüstung in Deckung blieben, während andere Lykier und meine Trojaner die Brände mit Öl weiter anfachten.

»Lasst mich die Mauer angreifen«, sagte Sarpedon.

Vom Rauch verborgen, wurden zwischen den Feuern wieder Leitern aufgerichtet und blieben auch stehen, da Sarpedons Schützen eine Pfeilsalve nach der anderen auf die Verteidiger abschossen. Dann erschienen plötzlich wie durch ein Wunder lykische Helmfedern auf der Mauer; die Kämpfe begannen. Undeutlich hörte ich einen griechischen Offizier nach Verstärkung rufen – mit Ajax und seinen Salamiern hatte ich allerdings nicht gerechnet. In wenigen Augenblick wurde aus unserem kleinen Sieg eine Niederlage; Leichen fielen uns zu Füßen, die Schlachtrufe der Lykier verwandelten sich in Schmerzensschreie. Und Teukros – hinter dem

Schild seines Bruders – schickte seine Pfeile nicht in das Getümmel oben auf der Mauer, sondern hinab zu uns.

Ein ersticktes Stöhnen neben mir, und dann sackte jemand mit seinem ganzen Gewicht gegen mich. Ich ließ Glaukos zur Erde gleiten. Ein Pfeil hatte seine Schulter samt Rüstung durchbohrt. Er saß zu tief; ich blickte empor zu Sarpedon und schüttelte den Kopf: Rosafarbener Schaum trat bereits aus Glaukos' Mund, ein Zeichen dafür, dass es gleich mit ihm zu Ende ging.

Sie hatten sich wie Zwillinge nahe gestanden, hatten gemeinsam regiert und waren seit Jahren ein Liebespaar gewesen. Der Tod des einen bedeutete, dass der andere mit ihm starb.

Sarpedon stieß einen kurzen qualvollen Schrei aus, packte die Pferdedecke eines Verwundeten, wickelte sie um Kopf und Schultern und lief geradewegs hinüber zu einem der Feuer. Ein Seil hing an der Mauer von einem Enterhaken herunter, den die Griechen bei ihrem Abwehrkampf gegen die Lykier wohl übersehen hatten. Sarpedon ergriff es und riss mit großer Gewalt daran. Der Kummer über den toten Glaukos verlieh ihm ungeahnte Kräfte. Das Holz ächzte und krachte, die geschwärzten Stämme begannen sich auseinanderzubiegen und zu splittern; und plötzlich stürzte ein großes Mauerstück vor uns ein. Trojaner, die das Pech hatten, unten davorzustehen, wurden erschlagen; Griechen, die das Pech hatten, oben draufzustehen, wurden heruntergeschleudert, und von einem Augenblick auf den anderen war unser Frontabschnitt ein einziges wildes Durcheinander. Durch die Lücke sah ich große Steinhäuser und Soldatenunterkünfte, dahinter Reihen von Schiffen und den grauen Hellespont. Dann verdeckte Sarpedon mir die Sicht; er warf die Decke fort, packte Schwert und Schild und stürmte mit einem Wutgeheul in das griechische Lager.

Die Griechen wichen zurück, als wir ihm nachsetzten. Immer mehr von uns strömten hinein, bis sich der Feind sammelte und uns entgegentrat. Ajax baute den Widerstand auf, und in dem Getümmel gab es keine Möglichkeit, ihn zum Zweikampf herauszufordern. Die Front wich und wankte nicht; Idomeneus und Meriones rückten mit ihren Kretern an, und mein Bruder Alkathoos fiel. Ich wischte mir die Tränen aus den Augen und verfluchte mich meiner Schwäche wegen, obwohl ich mehr aus Wut als aus Kummer geweint hatte. Umso besser kämpfte ich danach.

Gesichter tauchten auf und verschwanden: Aeneas, Idomeneus, Meriones, Menestheus, Ajax, Sarpedon. Zwischen den Lykiern und Dardaniern waren mittlerweile viele Trojaner zu sehen; ein Blick zurück zeigte mir, dass die Lücke in der Mauer deutlich breiter geworden war. Nur die Purpurfedern verhinderten, dass wir uns gegenseitig umbrachten, so heftig war das Gemetzel und so erbittert wurde um jedes Stück Boden gekämpft. Tapfere Männer starben zuhauf; meine Stiefelabsätze rutschten immer wieder auf dem Leichenpflaster unter mir aus, und an einigen Stellen herrschte ein solches Gedränge, dass die Toten tatsächlich aufrecht stehen blieben, mit offenen Mündern und blutenden Wunden. Meine Arme und meine Brust troffen von fremdem Blut.

Polydamas erschien neben mir. »Hektor, Ihr werdet gebraucht. Wir sind in großer Zahl durch die Bresche gekommen, aber die Griechen sind stark. Kommt zum Simois, sobald Ihr könnt. Bitte!«

Ich benötigte einige Zeit, mich hier herauszuwinden, ohne bei den Zurückbleibenden Panik hervorzurufen, aber schließlich gelang es mir doch, zur Griechenmauer zurückzukehren. Unterwegs feuerte ich meine Männer an und erinnerte sie daran, dass der Sieg unser war, wenn wir die tausend Schiffe in Brand gesetzt und den Griechen damit jede Fluchtmöglichkeit genommen hatten.

Jemand stellte mir ein Bein. Das hätte ihn fast den Kopf gekostet, wenn ich nicht vor dem Ausholen gesehen hätte, wer da grinsend saß.

»Warum passt du nicht auf, wo du hintrittst?«, fragte Paris.

Völlig verblüfft starrte ich ihn an. »Paris, du erstaunst mich immer wieder. Um dich herum wird gestorben, und du sitzt hier warm und trocken und machst dir noch einen Spaß daraus, mich ins Stolpern zu bringen.«

»Nun, wenn du glaubst, ich würde dich um Verzeihung bitten, Hektor, überleg es dir noch mal! Ohne mich wärst du nicht hier, und das ist die Wahrheit. Wer hat denn einen großen Griechen nach dem anderen mit seinen Pfeilen durchbohrt, wie? Wer hat Diomedes gezwungen, das Schlachtfeld zu verlassen, wie?«

Ich zerrte ihn an seinen langen schwarzen Locken hoch und stellte ihn auf die Füße. »Dann schieß doch noch ein paar ab!«, blaffte ich. »Ajax zum Beispiel – *wie?*«

Mit einem hasserfüllten Blick glitt er davon. Ich blieb zurück und stellte fest, dass der Teil unseres Frontabschnitts, der in Schwierigkeiten war, von Ajax und einer großen Anzahl Salamier angegriffen wurde.

Die ganze Schlachtordnung hatte sich verändert. Wir kämpften jetzt zwischen den Häusern; eine schwierige und gefährliche Situation, denn in allen Gebäuden lagen Griechen im Hinterhalt. Aber im Freien wich der Gegner ständig weiter zum Strand und zu den Schiffen zurück. Ajax hörte meinen Schlachtruf und beantwortete ihn mit seinem berühmten »Ai! Ai! Wehe! Wehe!« Wir bewegten uns durch das Gewoge aufeinander zu, ich mit dem Speer im Anschlag. Als ich ihm schon fast gegenüberstand, bückte er sich und hielt plötzlich einen Felsbrocken in Händen. Mein Speer war nutzlos. Ich ließ ihn fallen, zog mein Schwert und hoffte, dank meiner Schnelligkeit den ersten Schlag führen zu können. Doch da schleuderte er mir schon mit aller Kraft den Stein entgegen. Ich verspürte einen stechenden Schmerz, als er mich mitten auf der Brust traf. Dann stürzte ich hin.

Aus einer summenden Dunkelheit kehrte ich zurück in eine Welt voller Schmerzen; ich spürte den Geschmack von Blut im Mund und übergab mich. Als ich die Augen öffnete, sah ich schwärzliches Blut auf dem Boden, dann verlor ich wieder das Bewusstsein. Als ich das zweite Mal zu mir kam, waren die Schmerzen nicht mehr so schlimm; einer unserer Ärzte kniete über mir. Ich versuchte mich aufzusetzen; er half mir.

»Ihr habt ein paar übel gebrochene Rippen und einige geplatzte Adern, aber sonst nichts Ernstes«, sagte er.

»Die Götter sind heute auf unserer Seite!«, keuchte ich und stützte mich auf ihn, um mit seiner Hilfe ganz auf die Füße zu kommen.

Je mehr ich mich bewegte, desto weniger Schmerzen verspürte ich. Also blieb ich in Bewegung. Einige meiner Männer hatten mich über den Simois-Damm zu meinem Kampfwagen getragen und dort hingelegt. Kebriones grinste mich an.

»Wir dachten, Ihr seid tot, Hektor.«

»Bring mich wieder zurück«, sagte ich und stieg auf.

Ein Segen, dass ich den Weg fahren konnte, aber in der Nähe des Getümmels musste ich dann doch absteigen. Da man mich für tot gehalten hatte, war meine Armee ins Wanken geraten, aber nun, da meine Männer erfuhren, dass ich noch am Leben war und wieder auf dem Schlachtfeld, sammelten sie sich von neuem. Mein Anblick musste für die Griechen ein harter Schlag gewesen sein. Sie gaben auf und flohen, bis einer ihrer Führer, den ich nicht kannte und der unter dem Bug eines Schiffs stand, das wie eine einsame Galionsfigur vor der scheinbar endlosen Reihe der übrigen Schiffe emporragte, sie aufhalten konnte. Wir zwangen die Griechen in die Knie, denn sie wollten nicht weiter zurückweichen. Nur Ajax, Meriones und ein paar Kreter widersetzten sich uns weiter erfolgreich.

Der Bug des einsamen Schiffs erhob sich über mir. Ich konnte den Sieg beinah schon mit Händen greifen – da pflanzte sich Ajax vor mir auf und schwang sein Schwert; *mein* Schwert, das ich ihm geschenkt hatte. Ich machte einen Ausfall, und er parierte geschickt; es war wie bei unserem ersten Zweikampf, nur dass diesmal niemand zusah, denn um uns herum wurde mit derselben Verbissenheit gekämpft.

»Wessen – Schiff?«, keuchte ich.

»Gehörte – Protesilaos«, schnaubte er.

»Ich – verbrenne – es!«

»Davor – brennt – Ihr!«

Immer mehr Griechen eilten herbei, um das Schiff, das offensichtlich eine Art Glücksbringer war, zu verteidigen, und plötzlich wurden Ajax und ich durch anrückende Soldaten voneinander getrennt. Ich sah mich von einigen Mitgliedern meiner Königlichen Garde umringt, und die Griechen, die uns jetzt gegenüberstanden, reichten an die Salamier nicht heran. Wir rückten erneut vor, töteten einen nach dem anderen. Ajax geriet wieder in mein Gesichtsfeld, aber diesmal versuchte er nicht, uns zurückzudrängen. Mit ein paar kräftigen Armzügen hangelte er sich so schnell und geschmeidig wie ein Akrobat hinauf aufs Deck von Protesilaos' Schiff. Dort ergriff er eine lange Stange, schwang sie hin und her und fegte so meine Männer in dem Augenblick von den Planken, da sie bei ihm auftauchten.

Als ich den letzten griechischen Gegner erschlagen hatte, kletterte ich auf ein Paar trojanischer Schultern und von da den Bug des Schiffs hinauf. Oben war es ein Sprung, um aufs Deck zu kommen. Vor mir stand Ajax. Wir ließen uns nicht aus den Augen und spürten beide die Erschöpfung nach all den Kämpfen. Langsam schüttelte er den riesigen Kopf, als wolle er nicht glauben, dass es mich gab. Dann brachte er die Stange in Position. Ich hob mein Schwert, traf mit der Klinge und schnitt die Lanze entzwei. Der plötzliche Verlust des Gleichgewichts warf ihn fast um; doch er fasste sich und griff nach seinem Schwert. Ich sprang auf ihn zu, eigentlich war er erledigt, doch erneut bewies er, was für ein großartiger Krieger er war. Statt mir entgegenzutreten, rannte er zum Heck, spannte die Muskeln und machte einen gewaltigen Satz vom Schiff des Protesilaos hinüber zu dem, das in der Mitte der ersten Reihe dahinter stand.

Ich setzte ihm nicht nach. Etwas in mir liebte ihn, wie er sicher auch mich liebte. Gegenseitige Zuneigung wächst, bei Freunden wie bei Feinden. Ich wusste, die Götter wollten nicht, dass wir uns töteten; wir hatten Geschenke ausgetauscht.

Ich beugte mich über die Reling und sah hinab auf ein Purpurmeer trojanischer Federn.

»Reicht mir eine Fackel!«

Jemand warf mir eine herauf. Ich ging mit ihr zu dem leeren Mast und ließ das Feuer gierig an den mürben Tauen und dem trockenen Holz lecken. Ajax beobachtete mich vom benachbarten Schiff aus. Seine Arme hingen schlaff herunter, Tränen liefen ihm übers Gesicht. Die Flammen loderten hoch, rasten den Mast hinauf zu den Salingen. Durch das Deck drang Rauch von den Fackeln, die durch die Ruderöffnungen darunter in den Rumpf geworfen worden waren. Ich rannte zurück zum Bug und erklomm ihn.

»Der Sieg ist unser!«, rief ich. »Die Schiffe stehen in Flammen!«

Die Männer nahmen meinen Ruf auf und wogten davon, um die Griechen zu attackieren, die vor den Schiffen in der Reihe hinter dem einsamen Glücksbringer des Protesilaos herumirrten.

KAPITEL 27

ERZÄHLT VON ACHILLES

Ich verbrachte die meiste Zeit auf dem Dach der höchsten Myrmidonenunterkunft und blickte von da aus über die Mauer hinweg auf die Ebene. Ich sah, wie die Armee aufgerieben wurde und floh; ich sah, wie Sarpedon unsere Mauer einriss; ich sah, wie Hektors Männer zwischen den Häusern immer mehr wurden. Dann reichte es mir. Einem Odysseus zuzuhören, wie er seinen Plan erklärte, war die eine Sache, aber dem Ergebnis dieses Plans zuzusehen, war unerträglich. Ich stapfte zurück in mein Haus.

Patroklos saß auf einer Bank vor der Tür, sein Gesicht war tränenüberströmt. Als er mich sah, wandte er sich ab.

»Geh und finde Nestor«, befahl ich. »Ich habe gesehen, wie er vor einiger Zeit Machaon holte. Frag ihn, ob es etwas Neues von Agamemnon gibt.«

Alles vergeblich. Es war nur zu offensichtlich, was es Neues gab. Aber zumindest musste ich nicht Patroklos anhören, wie er mich anflehte, meine Meinung zu ändern. Das Kampfgetümmel, das sich auf der anderen Seite der Palisade abspielte, klang ein wenig entfernt: Es fand überwiegend am Simois-Ende des Lagers statt. Ich setzte mich auf die Bank und wartetete auf Patroklos' Rückkehr.

»Was sagt Nestor?«

Sein Gesicht war verzerrt vor Schmerz. »Unsere Sache ist verloren. Nach zehn langen Jahren voller Mühen ist – unsere Sache – verloren! Und nur du bist schuld! Eurypylos war bei Nestor und Machaon. Wir haben entsetzliche Verluste erlitten, und Hektor wütet wie verrückt. Selbst Ajax kann ihn nicht aufhalten. Die Schiffe werden brennen.«

Er holte tief Luft. »Wenn du dich nicht mit Agamemnon gestritten hättest, wäre das nicht geschehen. Du hast Griechenland deiner Leidenschaft für eine unbedeutende Frau geopfert!«

»Patroklos, warum magst du nicht an mich glauben?«, fragte ich. »Warum hast du dich gegen mich gewandt? Aus Eifersucht auf Briseis?«

»Nein. Aus Enttäuschung, Achilles. Du bist nicht der Mann, für den ich dich gehalten habe. Es hat nichts mit Liebe zu tun, sondern mit Stolz.«

Ich kam nicht zu einer Antwort, denn plötzlich ertönte ein lauter Schrei. Wir rannten zur Palisade und kletterten die Stufen hinauf, um über sie hinwegzusehen. Eine Rauchsäule stieg zum Himmel; das Schiff von Protesilaos brannte. Es war also passiert – ich konnte losschlagen. Aber wie Patroklos beibringen, dass er, nicht ich, die Thessalier ins Feld führen musste? Die Myrmidonen.

Als wir wieder am Boden standen, fiel Patroklos vor mir auf die Knie.

»Achilles, die Schiffe werden alle brennen! Wenn du nicht willst, dann lass *mich* mit der Truppe in den Kampf ziehen! Du hast doch gesehen, wie sie darunter leiden, untätig herumzusitzen, während die Griechen sterben! Willst du den Thron von Mykene, ist es das? Willst du in ein Land zurückkehren, das sich deiner Eroberung nicht widersetzen kann?«

Ich spürte, wie mein Gesicht spannte, aber ich antwortete ihm ruhig. »Ich habe keine Absichten auf Agamemnons Thron.«

»Dann lass mich die Männer jetzt in den Kampf führen! Lass mich sie hinunter zu den Schiffen bringen, bevor Hektor sie alle in Brand steckt!«

Ich erlaubte mir ein steifes Nicken. »Nun gut, nimm sie. Ich verstehe, was du meinst, Patroklos. Übernimm das Kommando.«

Noch während ich das sagte, wurde mir klar, wie der Plan vielleicht noch besser funktionieren konnte, und zog Patroklos vom Boden. »Aber unter einer Bedingung: dass du meine Rüstung trägst und die Trojaner so glauben machst, Achilles käme über sie.«

»Zieh sie selbst an und komm mit uns!«

»Das kann ich nicht«, erwiderte ich.

Also ging ich mit ihm zur Waffenkammer und zog ihm die goldene Rüstung über, die mein Vater mir aus der Truhe von König Minos gegeben hatte. Sie war ihm viel zu groß, aber ich machte sie, so gut es ging, passend, indem ich das Vorder- und Rückenteil des Harnischs übereinanderzog und den Helm ausstopfte. Die Beinschienen reichten ihm bis zu den Oberschenkeln und verliehen ihm so mehr Schutz als die seinen. Wenn man nicht genauer hinsah, konnte man ihn für Achilles halten. Würde Odysseus das als Bruch des Schwurs betrachten? Oder Agamemnon? Nun, sei's drum. Ich wollte jedenfalls alles tun, um meinen ältesten Freund – meinen Liebhaber – vor Missgeschick zu bewahren.

Die Hörner waren erklungen. Die Myrmidonen und anderen Thessalier standen in so kurzer Zeit bereit, dass es ganz offensichtlich war: Sie hatten nur darauf gewartet, sich ins Kampfgetümmel zu stürzen. Ich ging mit Patroklos zum Versammlungsplatz, während Automedon davonrannte, um die Pferde vor meinen Wagen zu spannen. Obwohl er im Lager kaum etwas nutzte, sollten doch alle sehen, wie Achilles erschien, um die Trojaner zu vertreiben. An der goldenen Rüstung, die ich selten getragen hatte, würden sie ihn erkennen.

Aber was war das? Die Männer jubelten mir frenetisch zu, bedachten mich mit derselben Zuneigung, die sie mir immer entgegengebracht hatten. Wie konnte das sein, da sich selbst Patroklos abgewandt hatte? Ich legte die Hand über die Augen und sah nach der Sonne, die nicht sehr hoch über dem Horizont stand. Gut, der Schwindel musste nicht lange halten. Patroklos würde seine Sache gut machen.

Automedon war fertig. Patroklos bestieg den Wagen.

»Liebster Vetter«, sagte ich, die Hand auf seinem Arm, »gib dich damit zufrieden, Hektor aus dem Lager zu vertreiben. Was immer du tust, verfolge ihn *nicht* auf die Ebene. Hast du diesen Befehl verstanden?«

»Absolut«, entgegnete er und schüttelte meine Hand ab.

Automedon lenkte den Wagen zum Tor, das von unserem Lager

in das größere führte, während ich wieder meinen Beobachtungsposten auf dem Dach bezog.

Die Kämpfe wüteten jetzt vor der ersten Schiffsreihe. Hektor schien unbesiegbar zu sein. Doch das änderte sich innerhalb eines Augenblicks, als vom Skamandros her fünfzehntausend neue Soldaten die Trojaner angriffen, angeführt von einer Gestalt in goldener Rüstung und in einem Kampfwagen, der von drei Schimmeln gezogen wurde.

»Achilles! Achilles!«

Von beiden Seiten hörte ich meinen Namen rufen – was ich als ebenso merkwürdig wie beunruhigend empfand. Aber es genügte: Kaum hatten die Trojaner den Mann im Wagen erblickt und seinen Namen vernommen, verwandelten sie sich von Siegern in Verlierer. Sie flohen. Aber die Myrmidonen wollten Blut sehen, verfolgten die Fliehenden und mähten sie erbarmungslos nieder, während »ich« meinen Schlachtruf ausstieß und sie vorwärts trieb.

Hektors Armee strömte zurück über den Simois-Damm. Niemals wieder, schwor ich mir, sollte ein Trojaner einen Fuß in unser Lager setzen – selbst der listigste Plan, den Odysseus sich ausdenken mochte, würde mich nicht davon abbringen. Ich weinte, ohne zu wissen, wem die Tränen galten: mir, Patroklos oder all den gefallenen griechischen Soldaten. Odysseus war es gelungen, Hektor aus Troja herauszulocken, aber der Preis dafür war schrecklich. Ich konnte nur hoffen, dass Hektor genauso viele Männer verloren hatte wie wir.

Ai, Ai! Patroklos jagte die Trojaner hinaus auf die Ebene. Als ich erkannte, was er vorhatte, fühlte ich mein Herz sinken. Im Lager hatte das Getümmel verhindert, dass jemand nahe genug an ihn herankam, um den Schwindel zu entdecken, aber draußen auf der Ebene – da war alles möglich! Hektor würde seine Kräfte sammeln, und Aeneas war immer noch unter den Kämpfenden. Aeneas kannte mich. *Mich*, nicht meine Rüstung.

Plötzlich hatte ich genug vom Zusehen. Ich stieg hinunter, setzte mich auf die Bank und wartete darauf, dass jemand erschien. Die Sonne ging allmählich unter, die Feindseligkeiten würden bald enden. Ja, er würde wohlbehalten zurückkehren. Er würde überleben. Er musste überleben.

Schritte waren zu hören: Nestors Jüngster, Antilochos. Weinend rang er die Hände – kein gutes Zeichen. Ich wollte etwas sagen aber die Zunge klebte mir am Gaumen. Ich hatte Mühe, meine Frage zu stellen.

»Ist Patroklos tot?«

Antilochos schluchzte laut auf. »Achilles, sein armer nackter Körper liegt da draußen inmitten einer Schar von Trojanern – Hektor trägt Eure Rüstung und prahlt damit vor unseren Augen! Den Myrmidonen ist das Herz gebrochen, aber sie lassen Hektor nicht in die Nähe der Leiche, obwohl er laut verkündet hat, er würde Patroklos den Hunden in Troja vorwerfen.«

Als ich aufstehen wollte, versagten mir die Knie; ich fiel in den Staub, wo Patroklos vor mir gekniet und mich angefleht hatte. Wie unwirklich mir alles erschien. Doch es war Wirklichkeit. Ich hatte gewusst, dass es so kommen würde. Einen Augenblick lang spürte ich die Kräfte meiner Mutter in mir, hörte das Rauschen des Meeres. Voller Hass rief ich ihren Namen.

Antilochos barg meinen Kopf in seinem Schoß, seine Tränen fielen auf meinen Arm, seine Finger streichelten meinen Nacken.

»Er wollte es nicht begreifen«, murmelte ich. »Er hat sich geweigert, es zu begreifen. Das wäre mir nie in den Sinn gekommen. Ausgerechnet er sollte glauben, dass ich meine Männer im Stich lassen würde? Sie hatten meinen Eid. Er ist gefallen in dem Glauben, dass ich stolzer als Zeus sei. Gefallen voller Verachtung für mich. Und nun werde ich es ihm nie erklären können. Odysseus, Odysseus!«

Antilochos hörte auf zu weinen. »Was hat Odysseus damit zu tun, Achilles?«

Ich besann mich, schüttelte den Kopf und stand auf. Zusammen gingen wir zum Tor in der Palisadenmauer.

»Hast du geglaubt, ich könnte mich umbringen?«

»Nicht sehr lange.«

»Wer hat ihn getötet? Hektor?«

»Hektor trägt seine Rüstung, aber wer ihn wirklich getötet hat, wissen wir nicht. Als die Trojaner sich auf der Ebene umwandten, um sich uns zu stellen, stieg Patroklos von seinem Wagen, und dabei ist er gestolpert.«

»Die Rüstung hat ihn das Leben gekostet. Sie war zu groß.«

»Das werden wir nie wissen. Drei Männer haben ihn angegriffen. Hektor hat ihm den letzten Schlag versetzt, aber da war er vielleicht schon tot. Nicht ohne selbst Blut vergossen zu haben. Sarpedon ist durch ihn gefallen. Als Aeneas diesem zu Hilfe kam, wurde Patroklos' Schwindel entdeckt. Die Trojaner waren wütend darüber und fassten neuen Mut, als sich die Nachricht verbreitete. Dann tötete Patroklos noch Kebriones, Hektors Wagenlenker. Kurz danach stieg er ab und stolperte. Bevor er wieder aufstehen konnte, sind sie wie Schakale über ihn hergefallen – er hatte keine Möglichkeit, sich zu verteidigen. Hektor riss ihm die Rüstung vom Leib, aber bevor sie sich seiner Leiche bemächtigen konnen, gingen die Myrmidonen dazwischen. Ajax und Menelaos kämpfen immer noch um sie.«

»Ich muss ihnen beistehen.«

»Achilles, das könnt Ihr nicht! Die Sonne geht gleich unter. Ehe Ihr da seid, ist es vorbei.«

»Ich muss helfen!«

»Überlasst es Ajax und Menelaos.« Er legte mir die Hand auf den Arm. »Ich muss Euch um Verzeihung bitten.«

»Wofür?«

»Ich habe an Euch gezweifelt. Ich hätte wissen müssen, dass es Odysseus war.«

Ich verfluchte meine lose Zunge. Auch wenn mich der böse Zauber überkam, war ich an meinen Eid gebunden. »Du wirst mit niemandem darüber sprechen, Antilochos, hörst du?«

Er nickte.

Wir stiegen aufs Dach und schauten hinüber zur Ebene, auf der es von Männern wimmelte. Ich konnte Ajax leicht erkennen und sah, dass er mit den frischen thessalischen Truppen das Gelände gut behauptete, während Menelaos und ein zweiter, der wohl Meriones war, auf einem Schild eine nackte Leiche davontrugen. Sie brachten Patroklos in Sicherheit. Trojas Hunde würden sich nicht an ihm gütlich tun.

»Patroklos!«, schrie ich. »Patroklos!«

Einige hörten mich, sahen zu mir herauf und wiesen auf mich. Wieder und wieder schrie ich seinen Namen. Die Kämpfe erlahmten. Dann schickte das Horn der Dunkelheit seinen langen, schrillen Ruf über das Schlachtfeld. Hektor, in meiner goldenen Rüstung, die in der untergehenden Sonne rot aufleuchtete, wandte sich ab, um seine Truppen zurück nach Troja zu führen.

Sie legten Patroklos auf eine behelfsmäßige Totenbahre und stellten sie mitten auf den großen Versammlungsplatz vor Agamemnons Haus. Menelaos und Meriones, blutbefleckt und voller Schmutz, waren so erschöpft, dass sie kaum noch stehen konnten. Dann stolperte Ajax herbei. Als ihm der Helm aus den Fingern glitt, hatte er nicht die Kraft, sich zu bücken und ihn aufzuheben. Ich tat es, gab ihn Antilochos und nahm meinen Vetter in die Arme. Das war eine ehrenvolle Art, ihn aufrecht zu halten, denn auch er war am Ende.

Die Könige stellten sich in einem Kreis auf und sahen hinab auf den toten Patroklos. Schurken hatten ihn erschlagen. Eine Wunde klaffte unter dem Arm, eine auf dem Rücken und eine weitere im Bauch, wo ein Speer so tief eingedrungen war, dass die Eingeweide herausquollen. Ich wusste, das war Hektors Streich gewesen, aber wer immer ihn am Rücken getroffen hatte, der hatte ihn getötet.

Eine seiner Hände hing über den Rand der Bahre. Ich nahm sie und sank neben ihm auf den Boden.

»Achilles, geht dort weg«, sagte Agamemnon.

»Nein, mein Platz ist hier. Kümmert Euch um Ajax und ruft die Frauen, damit sie Patroklos baden und ihm ein Totenhemd überstreifen. Er wird hier bleiben, bis ich Hektor getötet habe. Und das schwöre ich: Ich werde die Leichen von Hektor und zwölf jungen trojanischen Adligen zu seinen Füßen in das Grab legen. Sie werden mit ihrem Blut den Fährmann über den Acheron bezahlen, wenn Patroklos darum bittet, übergesetzt zu werden.«

Bald darauf erschienen die Frauen, um Patroklos zu säubern. Sie wuschen sein zerzaustes Haar, schlossen die Wunden mit Balsam und duftenden Salben, entfernten behutsam die Tränenspuren. Dafür zumindest war ich dankbar: Sie hatten ihm die Lider bereits geschlossen, als sie ihn hereinbrachten.

Während der ganzen nächtlichen Trauermärsche hielt ich seine Hand. Das einzige, was ich fühlen konnte, war die Verzweiflung eines Mannes, an den ein geliebtes Wesen zum Schluss voller Hass gedacht hatte. Zwei Schatten dürstete es jetzt schon nach meinem Blut: den von Iphigenie und den von Patroklos.

Odysseus erschien bei Sonnenaufgang mit zwei Schalen verdünntem Wein und einem Teller Weizenbrot.

»Esst und trinkt, Achilles.«

»Nicht bis ich mein Gelübde gegenüber Patroklos erfüllt habe.«

»Er weiß nichts davon, und es kümmert ihn auch nicht. Wenn Ihr geschworen habt, Hektor zu töten, werdet Ihr all Eure Kräfte brauchen.«

»Ich werde überleben.« Blinzelnd starrte ich um mich, und erst da bemerkte ich, dass es überall totenstill war. »Was ist los? Warum schlafen die anderen noch?«

»Hektor hatte gestern auch einen schweren Tag. Bei Morgenröte traf ein Herold ein und bat um einen Tag Waffenruhe, damit man die Gefallenen beklagen und bestatten kann. Erst morgen geht die Schlacht weiter.«

»Wenn überhaupt!«, knurrte ich. »Hektor ist in seiner Stadt – und er wird nie mehr herauskommen.«

»Ihr irrt Euch«, erwiderte Odysseus mit funkelnden Augen. »Ich weiß es besser. Hektor glaubt, dass er uns jetzt schlagen kann, und Priamos rechnet nicht damit, dass Ihr noch einmal aufs Schlachtfeld kommt. Die List mit Patroklos hat gewirkt. Also wird Hektor mit seiner Armee auf der Ebene und nicht in Troja sein.«

»Dann kann ich ihn morgen töten.«

»Morgen.« Er sah mich neugierig an. »Agamemnon hat für heute Mittag eine Versammlung einberufen. Die Truppen sind zu müde, um sich dafür zu interessieren, was für ein Verhältnis Ihr und Agamemnon habt – werdet Ihr kommen?«

Ich schloss die Finger über der kalten Hand. »Ja.«

Automedon nahm meinen Platz bei Patroklos ein, während ich – immer noch in meinem alten Lederrock und schmutzig – zu der Versammlung ging. Ich setzte mich neben Nestor, eine stumme Frage in den Augen. Antilochos war ebenso gekommen wie Meriones.

»Antilochos hat sich aus einer Bemerkung, die Ihr gestern gemacht hat, etwas zusammengereimt«, flüsterte der alte Mann, »und Meriones hat etwas mitbekommen, als Idomeneus während der Schlacht vor sich hinfluchte. Wir haben beschlossen, dass es das Beste ist, sie ins Vertrauen zu ziehen und sie mit demselben Eid zu binden.«

»Und Ajax? Ahnt er etwas?«

»Nein.«

Agamemnon war voller Sorge. »Wir haben schreckliche Verluste erlitten«, sagte er düster. »So weit ich feststellen kann, sind fünfzehntausend Mann gefallen oder verwundet worden, seit wir zum Kampf gegen Hektor angetreten sind.«

Nestor schüttelte das weiße Haupt. »Schrecklich ist noch milde ausgedrückt! Oh, wenn wir doch Herakles, Theseus, Peleus und Telamon, Tydeus, Atreus und Kadmos hätten! Ich sage Euch, Männer sind nicht mehr das, was sie einst waren. Myrmidonen oder nicht, Herakles und Theseus hätten alle vor sich hergetrieben.« Mit seinen beringten Fingern wischte er sich die Augen. Armer alter Mann. Er hatte zwei Söhne auf dem Schlachtfeld verloren.

Odysseus wurde ausnahmsweise zornig. Er sprang auf. »Ich habe es Euch gesagt!«, rief er wütend. »Ich habe Euch nicht im Unklaren darüber gelassen, dass wir aushalten müssen, ehe wir den ersten Hoffnungsschimmer sehen! Nestor, Agamemnon, warum jammert Ihr? Auf unsere fünfzehntausend Opfer kommen zweiundzwanzigtausend, die Hektor verloren hat! Kommt gefälligst zu Euch, alle miteinander! Keiner dieser legendären Helden hätte die Hälfte von dem erreichen können, was Ajax getan hat – was jeder von uns hier getan hat! Ja, die Trojaner haben sich gut geschlagen! Habt Ihr was anderes erwartet? Aber nur Hektor hält sie zusammen. Wenn er stirbt, stirbt auch ihr Kampfgeist. Und wo sind ihre

Verstärkungen? Wo ist Penthesilea? Wo ist Memnon? Hektor verfügt über keine neuen Truppen, die er morgen ins Feld führen kann, während wir fast fünfzehntausend Thessalier haben, und davon sind siebentausend Myrmidonen. Morgen werden wir die Trojaner besiegen. Vielleicht kommen wir nicht in ihre Stadt, aber wir werden so viele ihrer Leute töten, dass ihnen nur noch Verzweiflung bleibt. Hektor wird morgen auf dem Schlachtfeld sein, und Achilles wird seine Gelegenheit bekommen.« Er sah mich wohlgefällig an. »Ich setze mein Hab und Gut auf Euch, Achilles.«

»Das glaube ich gern!«, sagte Antilochos boshaft. »Vielleicht habe ich Euren Plan deshalb durchschaut, weil ich nicht dabei war, als Ihr ihn vorgeschlagen habt. Ich habe ihn aus zweiter Hand, über meinen Vater, erfahren.«

Odysseus war plötzlich sehr wachsam. Er senkte die Lider.

»Grundlage Eures Plans war, dass Patroklos sterben würde. Warum sonst habt Ihr so nachdrücklich darauf bestanden, dass Achilles sich aus allem heraushalten müsse, auch als die Myrmidonen wieder in die Schlacht zogen? Wirklich nur, damit Priamos annahm, Achilles würde sich nie beugen? Oder war es, um Hektor mit einem unterlegenen Mann wie Patroklos zu beleidigen? In dem Augenblick, in dem Patroklos die Führung übernahm, war er ein toter Mann. Hektor würde ihn erledigen, keine Frage. Und Hektor erledigte ihn. Patroklos fiel. Wie Ihr es immer geplant habt, Odysseus.«

Ich sprang auf. Antilochos' Worte hatten mir die Augen geöffnet. Meine Hände griffen nach Odysseus, um ihm das Genick zu brechen. Doch dann fielen sie müde herab. Resigniert nahm ich wieder Platz. Es war nicht Odysseus' Idee gewesen, Patroklos meine Rüstung tragen zu lassen. Darauf war ich gekommen. Und wer konnte wissen, was geschehen wäre, wenn Patroklos als Patroklos auf dem Schlachtfeld erschienen wäre? Was konnte ich Odysseus vorwerfen? Es war meine Schuld.

»Ihr habt Recht und zugleich Unrecht, Antilochos«, erwiderte Odysseus und tat so, als hätte ich ihn nie bedroht. »Wie hätte ich wissen sollen, dass Patroklos sterben würde? Das Schicksal eines Mannes in der Schlacht liegt nicht in unserer Hand. Es liegt in den

Händen der Götter. Warum ist er gestolpert? Kann es nicht sein, dass einer der Götter auf Trojas Seite ihm ein Bein gestellt hat? Ich bin nur ein Sterblicher, Antilochos. Ich kann die Zukunft nicht vorhersagen.«

Agamemnon erhob sich. »Ich möchte Euch alle daran erinnern, dass Ihr einen Eid abgelegt habt, an Odysseus' Plan festzuhalten. Achilles wusste, was er tat, als er ihn schwor. Ich auch. Wir alle. Wir wurden weder gezwungen noch geblendet oder irregeleitet. Wir haben beschlossen, Odysseus zu folgen, weil wir keine bessere Alternative hatten. Und es war auch nicht abzusehen, dass uns eine bessere einfallen würde. Habt Ihr vergessen, wie wir geflucht und uns geärgert haben beim Gedanken an Hektor, der sich hinter seinen Mauern in Troja verschanzte? Habt Ihr vergessen, dass Priamos in Troja regiert, nicht Hektor? Das Ganze war darauf ausgerichtet, vor allem Priamos umzustimmen und nicht Hektor. Wir kannten den Preis. Wir haben beschlossen, ihn zu zahlen. Mehr gibt es dazu nicht zu sagen.«

Er sah mich ernst an. »Haltet Euch bereit, morgen bei Sonnenaufgang in den Kampf zu ziehen. Ich werde eine öffentliche Versammlung einberufen und Euch vor allen unseren Offizieren Briseis zurückgeben, Achilles. Dabei werde ich beschwören, dass ich nicht mit ihr zusammengekommen bin. Ist das klar?«

Wie alt er aussah, wie unendlich müde. Das Haar, das vor zehn Jahren nur spärlich weiß gesprenkelt gewesen war, wies jetzt breite Silbersträhnen auf, und auf beiden Seiten seines Bartes zog sich ein weißer Streifen hinab. Immer noch zitternd, den Arm um Antilochos gelegt, stand ich mühsam auf und ging zurück zu Patroklos.

Ich setzte mich wieder in den Staub neben der Bahre und übernahm von Automedon die steife Hand des Toten. Der Nachmittag verging wie Wasser, das Tropfen für Tropfen in den Brunnen der Zeit fiel. Mein Kummer ließ nach, aber meine Schuld würde nie geringer werden. Kummer ist etwas Natürliches; Schuld ist selbst verursacht. Zeit heilt Kummer, aber Schuld kann nur der Tod tilgen. Das waren die Gedanken, die mir durch den Kopf gingen.

Die Sonne ging rosafarben über dem anderen Ufer des Hellespont unter, ehe jemand kam und mich störte: Odysseus, mit düsterem Gesicht, eingesunkenen Augen und hängenden Schultern. Mit einem tiefen Seufzer hockte er sich neben mich in den Staub und legte die Hände auf die Knie. Lange Zeit sagte keiner von uns ein Wort. Sein Haar leuchtete in der versinkenden Sonne, sein Profil hob sich in bernsteinfarbener Klarheit von der Dämmerung ab. Er sah, fand ich, wie ein Gott aus.

»Was für eine Rüstung werdet Ihr morgen tragen, Achilles?«

»Die aus Bronze mit der Goldeinfassung.«

»Ein gutes Stück, aber ich würde Euch gern mit einer besseren versehen.« Er wandte den Kopf und starrte mich ernst an. »Wie denkt Ihr über mich? Ihr wolltet mir das Genick brechen, als der Knabe in der Versammlung redete, aber dann habt Ihr's Euch anders überlegt.«

»Ich denke immer gleich über Euch: dass nur eine zukünftige Generation wird beurteilen können, wer Ihr wirklich seid, Odysseus. Ihr gehört nicht in unsere Zeit.«

Er senkte den Kopf, spielte mit dem Staub. »Ich schulde Euch eine kostbare Rüstung, da Hektor jetzt sicher die Eure mit großem Vergnügen tragen wird, um Euch in den Schatten zu stellen. Aber ich besitze auch eine goldene, die Euch passen wird. Auch sie gehörte einst Minos. Würdet Ihr sie annehmen?«

Ich sah ihn neugierig an. »Wie seid Ihr an sie gekommen?«

Er malte Schnörkel in den Sand; über einen zeichnete er ein Haus, über den nächsten ein Pferd, über den dritten einen Mann. »Versorgungslisten. Nestor hat Symbole für Versorgungslisten.« Er runzelte die Stirn und löschte aus, was er in den Sand gemalt hatte. »Nein, Symbole sind nicht genug. Wir brauchen etwas anderes – was Ideen übertragen kann, Gedanken ohne Form, Geistesblitze ... Habt Ihr gehört, was sich die Leute über mich zuflüstern? Dass ich nicht wirklich ein Sohn von Laertes bin? Dass seine Frau, meine Mutter, von Sisyphos geschwängert wurde?«

»Ja, das habe ich gehört.«

»Es stimmt, Achilles. Und das ist auch gut so! Wäre Laertes mein Erzeuger, wäre Griechenland um einiges ärmer. Ich bekenne mich nicht offen zu meinem Vater, denn wenn ich es täte, würde mich mein Gefolge im Handumdrehen vom Thron Ithakas stürzen. Aber ich schweife ab. Ich möchte Euch nur zu verstehen geben, dass die Rüstung auf unredliche Weise an mich gelangt ist. Sisyphos hat sie Deukalion von Kreta gestohlen und meiner Mutter als Unterpfand seiner Liebe geschenkt. Werdet Ihr etwas tragen, was unredlich erworben wurde?«

»Mit Freuden.«

»Ich bringe sie Euch bei Sonnenaufgang. Und noch eins.«

»Ja?«

»Sagt keinem, dass ich sie Euch gegeben habe. Sagt, sie sei ein Geschenk unserer Götter – dass Eure Mutter Hephaistos gebeten habe, sie über Nacht in seinen ewigen Feuern zu schmieden, damit Ihr aufs Schlachtfeld ziehen könnt, wie es dem Sohn einer Göttin gebührt.«

»Wenn Ihr es wünscht, werde ich das sagen.«

Auf den Knien neben der Bahre zusammengesunken schlief ich einen kurzen und unruhigen Schlaf. Odysseus weckte mich kurz vor dem ersten Sonnenstrahl und ging mit mir zu seinem Haus, wo auf einem Tisch ein großes, in Leinen gehülltes Bündel lag. Freudlos wickelte ich es aus, in der Erwartung einer ordentlich und sauber gearbeiteten Rüstung – in Gold, zugegeben, aber nicht zu vergleichen mit der, die Hektor jetzt trug. Mein Vater und ich waren immer davon überzeugt, dass sie die beste war, die Minos besessen hatte.

Vielleicht stimmte es, aber die Rüstung, die Odysseus mir gab, übertraf sie bei weitem. Ich klopfte mit den Fingerknöcheln auf ihr makelloses Gold und hörte einen dumpfen, schweren Ton. Neugierig wendete ich den mächtigen Schild und entdeckte, dass er nicht wie andere Schilde aus vielen Schichten bestand. Er schien nur zwei zu besitzen, eine äußere aus Gold, die eine weitere aus einem dunkelgrauen Material überzog, das im Lampenlicht weder glänzte noch etwas widerspiegelte.

Ich hatte davon gehört, aber es – außer in der Spitze meines Speers Alt-Pelion – noch nie gesehen: Es wurde gehärtetes Eisen genannt. Und ich hatte mir nicht träumen lassen, dass es in solchen Mengen existierte, um daraus eine ganze Rüstung wie diese hier herzustellen. Jedes Teil bestand aus diesem Material, jedes war mit Gold überzogen.

»Daidalos hat sie vor dreihundert Jahren angefertigt«, sagte Odysseus. »Er ist der einzige in der Geschichte, der wusste, wie man Eisen härtet, wie man es im Schmelztiegel mit Sand mischt, damit es weitaus fester als Bronze wird. Er sammelte Stücke von Roheisen, bis er genug hatte, um diese Montur zu fertigen, und danach hämmerte er das Gold darauf. Wenn ein Speer die Oberfläche ritzt, kann das Gold geglättet werden. Seht Ihr? Die Figuren sind in das Eisen geschnitten, nicht aus dem Gold geformt.«

»Sie gehörte *Minos*?«

»Ja, jenem Minos, der jetzt mit seinem Bruder Rhadamanthos und Eurem Großvater Aiakos im Hades sitzt, um über die Toten zu richten, wenn sie sich am Ufer des Acheron versammeln.«

»Ich kann Euch nicht genug danken. Wenn meine Tage vorüber sind und ich vor diesen Richtern stehe, nehmt die Rüstung zurück und gebt sie Eurem Sohn.«

Odysseus lachte. »Telemachos? Nein, dem wird sie niemals passen. Gebt sie *Eurem* Sohn.«

»Sie werden mich darin beerdigen wollen. Ihr müsst dafür sorgen, dass Neoptolemos sie erhält. Setzt mich in einem Totenkleid bei.«

»Wenn Ihr das wollt, Achilles.«

Automedon half mir, mich für den Kampf anzukleiden, während die Frauen des Hauses Gebete und Zaubersprüche murmelten, um das Böse zu vertreiben und der Rüstung Kraft zu verleihen. Wo immer ich mich hinwandte, ich leuchtete so hell wie Helios.

Agamemnon sprach vor der Versammlung unserer Heerführer, die ihm mit versteinerten Gesichtern lauschten. Dann leistete der König öffentlich mir gegenüber Abbitte, worauf Nestor mir Briseis zurückgab. Von Chryseis war nichts zu sehen, aber ich glaubte nicht, dass man sie nach Troja geschickt hatte. Schließlich gingen wir auseinander, um noch einmal zu speisen: eine Verschwendung kostbarer Zeit.

Mit hoch erhobenem Haupt schritt Briseis schweigend neben

mir her. Sie sah krank und müde aus und auch beunruhigter als damals, als sie mit mir die brennenden Ruinen von Lyrnessos verlassen hatte. Hinter der Myrmidonenpalisade kamen wir an Patroklos auf seiner Bahre vorbei; er war wegen der Versammlung hierhergebracht worden. Sie zuckte zusammen, erschauerte.

»Komm fort da, Briseis.«

»Er kämpfte, als du nicht wolltest?«

»Ja. Hektor hat ihn getötet.«

Ich sah in ihr Gesicht, auf dem sich ein Lächeln reinster Liebe ausbreitete.

»Liebster Achilles, du bist so müde! Ich weiß, wie viel er dir bedeutet hat, aber du grämst dich zu sehr.«

»Er hat mich verachtet, als er starb. Er hat mir die Freundschaft aufgekündigt.«

»Dann hat er dich nicht wirklich gekannt.«

»Auch dir kann ich es nicht erklären.«

»Das musst du nicht. Was immer du tust, Achilles, es ist richtig.«

Wir marschierten über die Dämme und nahmen im Sonnenlicht auf der Ebene Aufstellung. Die Luft war noch feucht, aber lau. Eine sanfte Brise streichelte uns wie gezupfte Wolle, bevor sie gesponnen wird. Sie standen uns gegenüber. Erregung steckte mir wie eine Faust in der Kehle. Meine Hand hielt den dunklen, abgewetzten Schaft von Alt-Pelion. Ich hatte Patroklos meine Rüstung gegeben, aber nicht Alt-Pelion.

Hektor kam in einem Kampfwagen, der von den drei Rappen gezogen wurde, vom rechten Flügel herangedonnert. Er wiegte sich ein wenig in der Bewegung des Wagens, meine Rüstung stand ihm großartig. Ich bemerkte, dass er den goldenen Helmfedern rote hinzugefügt hatte. Er machte mir gegenüber Halt, und wir warfen uns herausfordernde Blicke zu. Odysseus hatte das Spiel gewonnen. Nur einer von uns würde das Schlachtfeld lebend verlassen. Das wussten wir beide. Es herrschte eine eigenartige Stille. Aus keiner der beiden Heere drang ein Laut. Weder das Schnauben eines Pferdes noch das Klirren eines Schildes war zu hören, während wir auf das Zeichen der Hörner und Trommeln zum Angriff warteten. Meine neue Rüstung war ziemlich schwer, und ich würde eine Weile brauchen, um mich daran zu gewöhnen und herauszufinden, wie ich am besten mit ihr zurechtkam.

Die Trommeln dröhnten, die Hörner schmetterten und die Tochter des Schicksals warf ihre Schere auf den Streifen nackter Erde zwischen Hektor und mir. Ich hatte noch kaum meinen Schlachtruf ausgestoßen, als Automedon mit meinem Wagen schon nach vorn preschte, doch Hektor schwenkte zur Seite und fuhr seine Front ab, ehe wir aufeinander trafen. Scharen von Fußsoldaten verstellten mir den Weg, und ich hätte ihm nicht nachsetzen können, selbst wenn ich es gewollt hätte. Mein Speer hob und senkte sich, tropfend von trojanischem Blut; ich spürte nichts als den Rausch des Tötens. Nicht einmal mein Gelübde, das ich Patroklos gegenüber abgelegt hatte, zählte noch.

Ich hörte einen vertrauten Schlachtruf und sah, wie sich ein anderer Kampfwagen den Weg durch das Getümmel bahnte. Aeneas fuhr kaltblütig einen Angriff und verlor auch nicht die Beherrschung, als die Myrmidonen ihm geschickt auswichen. Ich stieß meinen Kriegsruf aus. Er hörte mich, grüßte und sprang unverzüglich herab, um mich zum Zweikampf zu fordern. Seinen ersten Speer wehrte ich mit dem Schild ab, wobei mich der Aufprall bis ins Mark erschütterte, aber das Zaubermaterial widerstand der Lanze. Mit verbogener Spitze fiel sie zu Boden. Dann flog Alt-Pelion in einem hohen Bogen über die Männer hinweg, die zwischen uns standen. Aeneas sah die Spitze auf seinen Hals zukommen, reckte den Schild hoch und duckte sich. Mein geliebter Speer fuhr glatt durch das Metall direkt über seinem Kopf, kippte den Schild um und nagelte Aeneas darunter fest. Mit gezücktem Schwert stürmte ich durch die Reihen meiner Männer, um ihn zu erreichen, bevor er sich befreien konnte. Die Dardanier wichen vor meinem Angriff zurück, und ein triumphierendes Lächeln erschien schon auf meinem Gesicht, als mich plötzlich eine Woge erfasste: jenes widerwärtige, verrückte Phänomen, das gelegentlich auftritt, wenn eine größere Anzahl Menschen zusammengepresst wird. Es war so, als ob eine gewaltige Welle durch ein kaum bewegtes Meer lief und die Front von einem Ende zum anderen umfegte. Die Menschen stürzten wie eine Reihe fallender Ziegelsteine übereinander. Kurz darauf schickte ich Automedon mit dem Kampfwagen nach hinten und gab dabei Alt-Pelion in seine Obhut. Jetzt nahm ich die Axt zur Hand. Ah, was für eine Waffe im Getümmel! Die Myrmidonen blieben an meiner Seite, und zusammen waren wir unbesiegbar. Aber so wild wir auch losdroschen, ich vergaß nie, nach Hektor Ausschau zu halten. Ich entdeckte ihn, nachdem ich gerade einen Mann erschlagen hatte, den seine Insignien als Sohn des Priamos auswiesen. Nicht weit entfernt sah er mit schmerzverzerrtem Gesicht zu, wie sich das Schicksal seines Bruders entschied. Unsere Blicke trafen sich, und das Schlachtfeld schien nicht mehr zu existieren. Ich beobachtete, wie sich Befriedigung auf seinen düsteren Gesichtszügen ausbreitete, als wir uns nun zum ersten Mal in Augenschein nahmen. Wir rückten näher und näher, streckten unsere Feinde nieder und hatten nur den einen Gedanken: aufeinander zu treffen, uns so nahe zu kommen, dass einer den anderen berühren konnte. Dann erfasste mich eine neue Woge. Etwas stieß mir in die Seite, und ich hätte fast den Boden unter den Füßen verloren, als ich durch die Reihen nach hinten geschleudert wurde. Männer stürzten und wurden zertrampelt. Ich weinte, weil Hektor mir entgangen war. Dann verwandelte sich mein Kummer in Zorn und schließlich in Mordlust.

Die rote Raserei legte sich erst, als mir nur noch eine Hand voll Purpurfedern gegenüberstand und das zertrampelte Gras vor mir sichtbar wurde. Die Trojaner waren verschwunden; ich hatte es nur noch mit ein paar Versprengten zu tun. Sie zogen sich geordnet zurück, ihre Anführer stiegen wieder in ihre Wagen, und Agamemnon ließ sie ziehen. Er gab sich für den Augenblick damit zufrieden, die eigenen Reihen zu schließen. Aus dem Nichts tauchte mein Gefährt auf, und ich kletterte an die Seite von Automedon.

»Finde Agamemnon«, keuchte ich und ließ meinen Schild mit einem Seufzer der Erleichterung zu Boden gleiten. Ein wunderbarer Schatz, aber fast zu schwer.

Alle Anführer versammelten sich. Ich stellte mich zwischen Diomedes und Idomeneus. Den Sieg vor Augen war Agamemnon wieder der unangefochtene König der Könige. Ein Leinenstreifen war um eine Schnittwunde an seinem Oberarm gebunden, und karmesinrot tropfte Blut daraus zu Boden, aber er schien es nicht zu bemerken.

»Sie befinden sich im vollen Rückzug«, sagte Odysseus gerade. »Es gibt allerdings kein Anzeichen dafür, dass sie sich in den Schutz der Stadt begeben wollen – zumindest nicht jetzt. Hektor glaubt, dass er immer noch gewinnen kann. Wir müssen nichts überstürzen.« Er sah Agamemnon mit einem Blick an, der signalisierte, dass ihm soeben eine großartige Idee gekommen war. »Majestät, wie wäre es, wenn wir das täten, was wir neun Jahre lang getan haben? Wenn wir unsere Armee teilen und versuchen, einen Keil durch die Mitte ihrer Reihen zu treiben? Ungefähr ein Drittel einer Meile von hier verläuft der Skamandros in einer großen Schleife auf die Stadtmauern zu. Hektor bewegt sich bereits in diese Richtung. Wenn wir sie so steuern, dass sie am Ende dieser Schleife vorbeiziehen, könnten wir mit dem zweiten Heer die eine Hälfte von ihnen ins Innere der Schleife treiben, während die Übrigen von uns die andere Hälfte nach Troja jagen. Mit denen, die auf Troja zulaufen, werden wir nicht viel anfangen können, aber die in der Schlaufe können wir erschlagen.«

Es war ein sehr guter Plan, und Agamemnon brauchte nicht lange, um das zu erkennen. »Einverstanden. Achilles und Ajax, nehmt so viele Einheiten wie ihr braucht von der alten Zweiten Armee und scheucht damit so viele Trojaner wie ihr könnt in die Skamandros-Schleife.«

Ich machte einen Einwand. »Aber nur, wenn ihr dafür sorgt, dass Hektor nicht in die Stadt entkommt.«

»Einverstanden«, sagte Agamemnon sofort.

Sie gingen in die Falle wie Fische ins Netz. Wir erreichten die Trojaner, als sie sich gerade auf der Höhe der Flussschleife befanden. Agamemnon trieb seine Fußtruppe mitten durch ihre Reihen und zerstreute sie. An einen ordentlichen Rückzug war nicht mehr zu denken, während sie sich der großen Streitmacht erwehren mussten, die er aufbot. Zur Linken schonten Ajax und ich unsere

Kräfte, bis eine gute Hälfte der fliehenden Trojaner erkannt hatte, dass sie in eine Sackgasse rannte. Dann schwenkten wir herum, um ihnen den einzigen Ausweg zu versperren. Ich sammelte meine Fußtruppe und führte sie in die Schleife; Ajax zog mit Gebrüll nach rechts, um es mir gleichzutun. Die Trojaner gerieten in Panik, irrten ziellos umher und wichen immer mehr zurück, bis ihre hinteren Reihen das Ufer des Flusses erreichten. Das Gewicht der Männer, die immer noch vor uns flohen, schob sie unbarmherzig weiter; wie Schafe standen sie jetzt am Rand einer Klippe, und die Ersten stürzten bereits in das schmutzige Wasser.

Der alte Gott Skamandros nahm uns ein gut Teil der Arbeit ab: Während Ajax und ich sie ohne Gnade metzelten, ersäufte er sie zu Hunderten. Von meinem Wagen aus sah ich, dass der Fluss Hochwasser führte. Wer am Ufer den Boden unter den Füßen verlor, hatte keine Möglichkeit, in der starken Strömung – voller Todesangst und in der schweren Rüstung – das Gleichgewicht wieder zu finden. Aber *warum* hatte der Skamandros Hochwasser? Es hatte nicht geregnet. Dann fand ich Zeit, einen Blick auf den Berg Ida zu werfen: Dort war der Himmel schwer von Gewitterwolken, und dunkle Regenvorhänge schnitten wie Hackmesser die Hügel jenseits Trojas von der Stadt ab.

Ich gab Automedon Alt-Pelion und stieg mit der Axt vom Wagen. Der Schild war eine Last, die ich jetzt nicht tragen konnte. Ich musste ohne ihn auskommen, und es gab keinen Patroklos mehr, der mir folgte. Aber bevor ich mich in das Getümmel stürzte, dachte ich noch daran, einen, der nicht kämpfte, aus dem Tross herbeizurufen: Ich schuldete Patroklos zwölf junge adlige Trojaner. Die waren schnell gefunden in diesem Durcheinander. Diese furchtbare, besinnungslos machende Lust nach dem Blut anderer Männer überkam mich wieder, und ich konnte gar nicht genug Trojaner töten, um meine Gier zu stillen. Selbst am Flussufer hielt ich nicht ein, sondern watete hinein, um noch die letzten Opfer zu erschlagen. Das Gewicht meiner eisernen Rüstung hielt mich in der immer stärker werdenden Strömung aufrecht; ich schlug zu, bis sich der Skamandros tiefrot färbte.

Ein Trojaner versuchte mich im Zweikampf zu stellen. Er hieß

Asteropaios; ein hoher Adliger offensichtlich, denn er trug eine Rüstung aus Bronze. Er war durchaus im Vorteil, denn er stand am Ufer, während mir das Wasser bis zur Hüfte reichte und ich mich nur mit der Axt gegen seine Speere wehren konnte. Aber man soll Achilles' Einfallsreichtum nicht unterschätzen! Während er noch dabei war, sein erstes Wurfgeschoss auf den Weg zu schicken, packte ich meine Axt am Griffende und schleuderte sie wie einen Dolch nach ihm. Der Anblick des Ungetüms, das da durch die Luft auf ihn zu wirbelte, ließ ihn das Ziel seines Speers verfehlen. Immer wieder drehte sich die Axt blitzend in der Sonne. Dann fuhr sie ihm mitten in die Brust, schlug ihre Klauen tief in sein Fleisch. Er lebte nur noch einen Augenblick, dann kippte er nach vorn und fiel mit dem Gesicht nach unten wie ein Stein ins Wasser. Um meine Axt zu retten, stapfte ich zu ihm und drehte ihn um. Aber die Klinge war bis zum Griff in ihn eingedrungen. Ich war so beschäftigt, dass ich weder das dumpfe Grollen hörte noch das Wasser spürte, das sich wie ein wilder Hengst aufbäumte. Plötzlich reichte es mir bis zu den Achselhöhlen, und Asteropaios glitt darauf so leicht umher wie ein Stück Baumrinde. Ich packte seinen Arm und zog ihn in einer komischen Umarmung zu mir heran, wobei ich ihn mit meinem eigenen Körper ruhig hielt, während ich an der Axt zog. Das Grollen war jetzt zu einem gewaltigen Donnern angeschwollen, und ich hatte Mühe, den Boden unter den Füßen nicht zu verlieren. Endlich bekam ich die Axt frei, und ich schlang ihren Riemen fest um mein Handgelenk. Der Flussgott brüllte mir seinen Zorn entgegen; anscheinend mochte er es lieber, wenn seine eigenen Leute ihn mit ihren Abfällen beschmutzten, als dass ich ihn mit ihrem Blut besudelte. Eine Wassermauer brach über mir zusammen. Selbst Ajax oder Herakles hätten ihr nicht standhalten können. Aber, da! Der überhängende Ast einer Ulme! Ich sprang zu ihm hoch. Meine Finger griffen in Blätter und zogen mich ein paar Handspannen höher, bis ich festes Holz fasste; dann bog sich der Ast mit mir nach unten, als ich zurück in den Strom fiel. Einen Augenblick schwankte die Wand über mir wie ein Arm, den der Gott hatte wachsen lassen, dann stürzte sie mit ganzer Wucht herab und begrub mich unter sich. Ich holte noch einmal tief Luft, ehe sich die Welt um mich herum in Wasser verwandelte und ich von einer Kraft, die weitaus größer als die meine war, in hundert Richtungen zugleich gerissen und gestoßen wurde. Meine Brust zerbarst fast; mit beiden Händen klammerte ich mich an den Ulmenast. In meiner Todesangst dachte ich an die Sonne und den Himmel und weinte über die bittere Ironie des Schicksals, dass mich nun ein Fluss besiegen sollte. Ich hatte mich in meinem Kummer über Patroklos beim Abschlachten der Trojaner übernommen, und diese eiserne Rüstung war tödlich.

Ich betete zu der Dryade, die in der Ulme wohnte, aber das Wasser rollte unerbittlich über mich hinweg. Plötzlich jedoch erhörte die Dryade oder ein anderer Geist mich, und mein Kopf gelangte an die Oberfläche. Gierig sog ich die Luft ein, schüttelte mir den Skamandros aus den Augen und sah mich um. Das Ufer, eben noch zum Greifen nahe, war verschwunden. Ich erneuerte meinen Halt an der Ulme; aber da verließ mich die Dryade. Das letzte Stück Ufer trieb davon, und damit hingen die Wurzeln des mächtigen alten Baums frei in der Luft. Mein Körper in all dem Eisen zog ihn zusätzlich nach unten. Die Masse der Blätter und Äste kippte nach vorn, und die Ulme versank im Fluss, ohne dass ihr Schmerzensschrei im Toben der Fluten zu hören gewesen wäre.

Ich hielt mich weiter am Ast fest und fragte mich, ob Skamandros wohl stark genug war, alles mit sich zu reißen. Aber die Ulme blieb mit ihrer Krone im Wasser liegen: ein Damm, der die Trümmer aufhielt, die auf unser Lager und die Palisade der Myrmidonen zutrieb. Leichen verfingen sich wie braune Blüten mit roten Kelchen in ihrem Geäst, purpurne Federn wanden sich um das Grün ihrer Blätter, Hände schwammen weiß und nutzlos umher.

Ich ließ meinen Ast los und versuchte an den Rand des Flusses zu waten, der nach dem Abbruch des Ufers niedriger lag, aber nicht niedrig genug. Immer wieder zog mir das Wasser auf dem glitschigen Flussbett die Füße weg; immer wieder tauchte mein Kopf unter Wasser. Aber ich gab nicht auf, kämpfte mich immer weiter an mein Ziel heran. Es gelang mir dann auch, einen Grassoden zu packen, doch nur um festzustellen, wie er sich vom übrigen Boden löste. Erneut ging ich unter, rappelte mich wieder auf und verzweifelte schier. Ich reckte die Arme zum Himmel und rief den Allmächtigen an.

»Vater, Vater, lass mich lange genug leben, um Hektor zu töten!«

Er erhörte mich. Er antwortete mir. Sein ehrwürdiges Haupt beugte sich plötzlich aus den unermesslichen Weiten der Himmel herab; einige Augenblicke lang liebte er mich genug, um mir meine Sünden und meinen Stolz zu vergeben, vielleicht weil er sich daran erinnerte, dass ich der Enkel seines Sohnes Aiakos war. Mit allen Fasern spürte ich seine Gegenwart, und ich bildete mir ein zu sehen, wie das Feuer aus seiner mächtigen Hand fuhr, die dunkel über dem Fluss schwebte. Seufzend ergab sich Skamandros der Macht, die sowohl über die Götter als auch die Menschen herrscht. Eben noch sollte ich sterben, jetzt war das Wasser nur noch ein Rinnsal unter meinen Füßen, und ich musste zur Seite springen, als die Ulme in den Schlamm fiel.

Das andere, höhere Ufer war gebrochen; Skamandros verteilte seine Kraft in einer dünnen Wasserschicht über der Ebene, ein silberner Segen, den die durstige Erde in einem Schluck aufsog. Ich stolperte aus dem Flussbett und sank erschöpft auf das nasse Gras. Über mir hatte Phoibos' Wagen gerade den Zenit überschritten; wir hatten die Hälfte seiner Fahrt über das Himmelsgewölbe gekämpft. Ich fragte mich, wo wohl der Rest meiner Armee war, und so kehrte ich in die Wirklichkeit zurück, voller Scham darüber, dass ich über meiner Lust am Töten meine eigenen Männer vergessen hatte. Würde ich jemals klüger werden? Oder war meine Lust zu töten Teil des Wahnsinns, den ich von meiner Mutter geerbt hatte?

Rufe erschollen. Die Myrmidonen kamen auf mich zumarschiert, und in der Ferne sammelte Ajax seine Kräfte. Überall Griechen, aber kein einziger Trojaner. Ich kletterte in meinen Wagen und grinste Automedon zu.

»Fahrt mich zu Ajax, alter Freund.«

Ajax stand mit einem Speer in der riesigen Hand da, in seinen Augen lag ein träumerischer Blick.

Ich stieg ab. Noch immer lief Wasser an mir herunter.

»Was ist mit dir passiert?«, fragte er.

»Ich hatte einen Ringkampf mit dem Gott Skamandros.«

»Nun, du hast gewonnen. Er ist erledigt.«

»Wie viele Trojaner haben die Schlacht überlebt?«

»Nicht viele«, antwortete er heiter. »Wir beide haben ungefähr fünfzehntausend umgebracht. Ungefähr genauso viele sind zu Hektors Armee zurückgekehrt. Du hast gute Arbeit geleistet, Achilles, und dein Durst nach dem Blut anderer Männer übertrifft sogar meinen.«

»Deine Liebe wäre mir lieber als meine Mordlust.«

»Zeit, zu Agamemnon zurückzukehren«, sagte er, ohne mich verstanden zu haben.

Ich schloss mich ihm an und stieg in seinen Wagen, während Teukros mit Automedon in meinem fuhr.

»Irgendwas sagt mir, dass Priamos das Skäische Tor hat öffnen lassen«, bemerkte ich und wies auf die Mauern.

Ajax knurrte. Als wir näher kamen, sahen wir, dass ich Recht gehabt hatte. Das Skäische Tor stand offen, und Hektors Armee strömte vor Agamemnons Augen hinein, den die schiere Anzahl der Trojaner vom Eingang fernhielt. Ich warf einen Blick auf Ajax.

»Der Hades soll sie holen, Hektor ist drinnen!«, brummte er. »Hektor gehört mir, Ajax. Du hast deine Gelegenheit gehabt.«

»Ich weiß, Vetter.«

Wir machten uns daran, Agamemnon zu suchen, und fanden ihn wie üblich mit Odysseus und Nestor. Er runzelte die Stirn.

»Hektor hat sie so dicht zusammengetrieben, dass wir sie nicht abdrängen konnten – und ein Angriff war auch nicht möglich. Die meisten haben es geschafft hineinzukommen. Zwei Abteilungen haben sich freiwillig bereit erklärt, draußen zu bleiben. Diomedes drischt gerade auf sie ein.«

»Was ist mit Hektor selbst?«

»Vermutlich ist er drinnen. Niemand hat ihn gesehen.«

»Der Schurke! Er wusste, dass ich auf ihn warte!«

Noch ein paar unserer Anführer tauchten auf: Idomeneus, Menelaos, Menesteus und Machaon. Gemeinsam sahen wir zu, wie Diomedes den Rest der Freiwilligen erledigte, die vor dem Tor geblieben waren – vernünftige Männer, denn als ihnen die Vernichtung drohte, ergaben sie sich. Da sie sich tapfer und diszipliniert geschlagen hatten, nahm Diomedes sie gefangen, statt sie zu töten. Freudestrahlend kam er danach zu uns. »Fünfzehntausend haben sie am Skamandros verloren«, sagte Ajax.

»Während wir höchstens tausend eingebüßt haben«, entgegnete Odysseus.

Die Soldaten, die sich in unserem Rücken ausruhten, stießen plötzlich einen tiefen Seufzer aus, dem von der Spitze des Wachturms ein solch grässlicher Schrei folgte, dass uns das Lachen verging.

»Seht doch!« Nestors knochiger Finger wies zitternd zum Tor. Wir wandten uns um. Da stand Hektor, an die Bronzeknäufe des Tors gelehnt, das Schild dagegengestellt, mit zwei Speeren bewaffnet. Er trug meine Rüstung mit den fremden roten Federn am Helm, und an dem purpurnen Wehrgehänge, das Ajax ihm geschenkt hatte, schimmerten Amethyste. Ich, der ich mich nie in der Rüstung gesehen hatte, erkannte, wie gut sie dem stand, der sie trug – und dem sie passte.

Hektor nahm seinen Schild auf und machte ein paar Schritte nach vorn. »Achilles!«, schrie er. »Ich bin geblieben, um Euch zu treffen!«

Ich blickte zu Ajax; er nickte. Ich nahm Schild und Alt-Pelion von Automedon, dem ich meine Axt gab. Hektor war kein Mann, den man mit einer Axt beleidigte.

Meine Kehle zog sich vor Freude zusammen, als ich aus dem Kreis der Könige trat und gemessenen Schritts auf ihn zuging, wie ein Mann beim Opfergang. Den Speer ließ ich unten, und auch er erhob ihn nicht. Drei Schritte voneinander entfernt blieben wir stehen, um zu sehen, mit wem wir uns da messen wollten – schließlich waren wir nie näher als auf Speerwurfweite aneinander herangekommen. Wir mussten miteinander reden, ehe der Zweikampf begann, und rückten nun so dicht zusammen, dass wir uns hätten berühren können. Ich blickte in seine düsteren Augen und erkannte, dass er mir sehr ähnlich war. *Außer dass sein Gewissen rein ist, Achilles. Er ist der vollkommene Kämpfer.*

Ich liebte ihn weitaus mehr als mich selbst, mehr auch als Patroklos oder Briseis oder meinen Vater, denn er war ich in einem anderen Körper; er war der Vorbote des Todes, ob er mir nun selbst den entscheidenden Schlag versetzte oder ob ich noch ein paar Tage weiterlebte, bis es ein anderer Trojaner tat. Einer von uns musste in diesem Zweikampf fallen, der andere bald darauf: So war es entschieden worden, als man unsere Schicksalsstränge miteinander verband.

»Diese vielen Jahre, Achilles!«, begann er; dann hielt er inne, als könne er in Worten nicht ausdrücken, was er empfand.

»Hektor, Sohn des Priamos, ich wünschte, wir könnten uns Freunde nennen. Aber das Blut zwischen uns kann nicht abgewaschen werden.«

»Besser von einem Feind getötet zu werden als von einem Freund«, erwiderte er. »Wie viele sind am Skamandros getötet worden.«

»Fünfzehntausend. Troja wird fallen.«

»Erst wenn ich tot bin. Ich werde es nicht miterleben.«

»Und ich auch nicht.«

»Wir sind nur für den Krieg geboren worden. Was danach kommt, ist nicht unsere Sache, und ich bin froh darüber.«

»Ist Euer Sohn in einem Alter, um Euch zu rächen, Hektor?«

»Nein.«

»Dann bin ich Euch gegenüber im Vorteil. Mein Sohn wird nach Troja kommen, um mich zu rächen, während Odysseus dafür sorgen wird, dass Eurer nicht lange genug leben wird, um über seine fehlenden Jahre zu weinen.«

Sein Gesicht verzerrte sich. »Helena hat mich vor Odysseus gewarnt. Ist er der Sohn eines Gottes?«

»Nein. Er ist der Sohn eines Schurken. Ich würde ihn das Gehirn Griechenlands nennen.«

»Ich wünschte, ich könnte meinen Vater vor ihm warnen.«

»Dazu werdet Ihr nicht mehr die Zeit haben.«

»Ich könnte Euch schlagen, Achilles.«

»Wenn Ihr das tut, wird Agamemnon Befehl geben, Euch zu töten.«

Hektor dachte einen Augenblick nach. »Habt Ihr Frauen, die Euch beklagen werden? Einen Vater?«

»Ich werde nicht unbetrauert sterben.«

Und in diesem Moment brannte unsere Liebe heller als unser Hass: Ich streckte rasch die Hand aus, bevor die Welle der Zuneigung wieder abebbte. Er ergriff mein Handgelenk.

»Warum habt Ihr auf mich gewartet?«, fragte ich, während wir uns noch an den Händen hielten.

Seine Finger krümmten sich stärker; Schmerz verdunkelte sein Gesicht. »Wie hätte ich hineingehen können? Wie hätte ich meinem Vater unter die Augen treten können, da ich weiß, dass es meine Unbesonnenheit und meine Dummheit waren, die Tausende von Menschen das Leben gekostet hat? Ich hätte mich nach Troja zurückziehen sollen, nachdem ich Euren Freund, der diese Rüstung trug, getötet habe. Polydamas hat mich gewarnt, aber ich habe nicht auf ihn gehört. Ich wollte Euch treffen. Das ist der wahre Grund, weshalb ich mit der Armee auf der Ebene geblieben bin.« Er gab meinen Arm frei, trat zurück, und sein Gesicht war wieder das eines Feindes. »Ich habe Euch beobachtet, Achilles, in dieser wirklich schönen Rüstung, und bin zu dem Schluss gekommen, dass sie aus purem Gold sein muss. Sie wird Euch belasten. Meine ist viel leichter. Bevor wir die Schwerter kreuzen, lasst uns einen Wettlauf machen.«

Und schon rannte er los und ließ mich einen Augenblick stehen, ehe ich ihm nachsetzte. Schlau, Hektor, aber gleichwohl ein Fehler! Warum sollte ich versuchen, Euch einzuholen? Eine Viertelmeile vom Skäischen Tor entfernt in Richtung auf unser Lager – und dahin lief er – ragten die trojanischen Mauern mit einem mächtigen Vorsprung nach Südwesten auf, und dort würde ihm die griechische Armee den Weg versperren.

Mein Atem ging leicht; vielleicht hatte mir der Ringkampf mit Skamandros neuen Auftrieb verliehen. Hektor drehte sich um, ich blieb stehen.

»Achilles!«, rief er. »Ich gebe Euch meinen Eid darauf, dass ich Eure Leiche unbefleckt an Eure Leute übergeben werde, wenn ich Euch töte! Schwört, dass Ihr dasselbe für mich tun werdet!«

»Nein! Ich habe geschworen, Eure Leiche Patroklos zu geben!«

Ein Windstoß fegte über meinen Kopf, Staub flog mir in die Augen. Hektor hob bereits den Arm, ich erhob Alt-Pelion, Hektors Speerwurf war gut, der Schaft prallte von der Mitte meines Schildes ab, während Alt-Pelion mir zu Füßen fiel. Noch ehe ich mich bücken konnte, um ihn aufzuheben, schickte Hektor sein zweites Wurfgeschoss, aber wieder drehte der launische Wind. Ich kam nicht mehr dazu, meinen Speer zu nehmen. Hektor zog das Schwert aus Ajax' purpurnem Wehrgehänge und griff mich an. Was sollte ich tun: meinen Schild behalten und damit vor einem ausgezeichneten Gegner geschützt sein, oder sollte ich es fortwerfen, um unbehindert kämpfen zu können? Mit der Rüstung konnte ich umgehen, aber der Schild war viel zu schwer. Also ließ ich ihn fallen und stellte mich Hektor mit gezücktem Schwert. Noch im Angriff hielt er inne, um sich auch seines Schildes zu entledigen.

Als wir aufeinander trafen, ergriff uns die überwältigende Freude darüber, einen ebenbürtigen Gegner gefunden zu haben. Ich parierte das Niederfahren seiner Klinge mit meiner eigenen; unsere Arme wurden schwer, weil keiner von uns nachgab; dann sprangen wir im selben Moment zurück und umkreisten uns, um auf eine Blöße des anderen zu lauern. Die Schwerter pfiffen ein Todeslied, während sie die Luft durchschnitten. Als er einen Ausfall machte, fügte ich ihm am linken Arm einen leichten Schlag zu, aber im Gegenzug erwischte er das Leder an meinem Oberschenkel und ritzte die Haut darunter auf. Wir bluteten beide, aber keiner hielt inne, um die Wunde zu betrachten; wir wollten die Sache zu einem Ende bringen. Hieb auf Hieb fuhren die Klingen herab, wurden abgefangen, stießen erneut zu.

Während ich weiter nach einer Schwachstelle suchte, veränderte ich vorsichtig meine Haltung. Hektor war etwas kleiner als ich, darum musste es an meiner Rüstung, die er trug, eine Stelle geben, an der er nicht richtig geschützt war. Aber wo? Als ich ihn fast an der Brust traf, trat er rasch beiseite. Dabei hob er den Arm, und ich entdeckte, dass der Harnisch an einer Seite seines Halses, wo der Helm nicht weit genug herabreichte, abstand. Ich wich zurück, damit er mir folgte und ich eine bessere Ausgangsposition hatte.

Da geschah es: Diese ärgerliche Schwäche in der rechten Ferse verdrehte mir den Fuß, und ich stolperte. Aber selbst als ich vor Entsetzen aufstöhnte, ließ mich mein Körper nicht im Stich und hielt mich im Gleichgewicht – und machte mich zum leichten Opfer für Hektors Schwert.

Er erkannte seine Chance sofort, zischte wie eine Schlange auf mich zu, das Schwert zum tödlichen Hieb erhoben und den Mund zu einem wilden Freudenschrei aufgerissen. Sein Harnisch – *mein* Harnisch – stand ein wenig von der linken Seite seines Halses ab. Im selben Augenblick sprang ich auf ihn zu. Irgendwie widerstand mein Arm dem gewaltigen Hieb seines Arms, als sein Schwert herabfuhr. Klirrend stieß es auf meines und flog davon – und meine Klinge bohrte sich zwischen Helm und Harnisch in seinen Hals.

Er riss mein Schwert mit sich, als er fiel. Ich ließ den Griff los, als ob er glühend heiß wäre, und dann lag Hektor zu meinen Füßen: noch nicht tot, aber tödlich verwundet. Seine großen dunklen Augen starrten wissend zu mir herauf, akzeptierten sein Schicksal. Die Klinge musste alle Blutgefäße durchtrennt haben und im Knochen stecken, aber da sie noch in ihm war, konnte er nicht sterben. Seine Hände fuhren zuckend umher, bis sie sich um die scharfe Klinge schlossen. Voller Entsetzen, dass er sie herauszog, bevor ich soweit war – aber würde ich das jemals sein? –, sank ich neben ihm auf die Knie. Aber er lag jetzt reglos da, keuchte schwer, die Hände am Schwert. Von den zerschnittenen Händen tropfte Blut.

»Ihr habt gut gekämpft«, sagte ich.

Seine Lippen bewegten sich. Er rollte den Kopf ein wenig zur Seite, um etwas zu sagen. Blut schoss aus ihm heraus. Es lief über meine Hände, als ich sie um sein Gesicht legte. Der Helm rollte davon, und sein aufgerollter schwarzer Haarzopf, dessen Ende sich bereits auflöste, fiel in den Staub.

»Die meiste Freude hätte es mir bereitet, mit Euch zu kämpfen, nicht gegen Euch«, sagte ich und wünschte mir, ich wüsste, was er gerne hören würde. Alles war mir Recht. Fast alles.

Seine Augen leuchteten wissend. Ein kleines Rinnsal Blut floss aus seinem Mundwinkel; er hatte nur noch kurze Zeit zu leben, aber ich konnte den Gedanken an seinen Tod nicht ertragen.

»Achilles?«

Ich konnte ihn kaum verstehen und legte das Ohr nahe an seine Lippen. »Ja?«

»Gebt meine Leiche ... zurück an meinen Vater ...«

Fast alles, aber das nicht. »Das kann ich nicht, Hektor. Ich habe Euch Patroklos versprochen.«

»Gebt mich zurück ... wenn ich zu Patroklos komme ... wird Eure eigene Leiche ... den Hunden Trojas zum Fraß vorgeworfen.«

»Was sein muss, wird geschehen. Ich habe ein Gelübde abgelegt.«

»Dann ist es ... vorbei.«

Mit übermenschlicher Kraft wand er sich; seine Hände packten das Schwert, und in einem letzten Aufbäumen zog er die Klinge heraus. Sofort wurden seine Augen trübe, ein Rasseln stieg aus seiner Kehle, rosa Schaum sammelte sich um seine Nase, und er starb.

Seinen Kopf immer noch zwischen den Händen kniete ich reglos neben ihm. Die ganze Welt schien erstarrt zu sein. Die Festungsanlagen hoch über mir waren genauso stumm wie der tote Hektor vor mir, und auch von Agamemnons Armee hinter uns drang kein Laut zu mir. Wie schön er war, mein trojanischer Zwilling, meine bessere Hälfte. Und wie sehr beklagte ich seinen Tod – dieser Schmerz! Dieser Kummer! »*Warum liebst du ihn, Achilles, obwohl er mich ermordet hat?*« Ich sprang auf, mein Herz raste. Die Stimme von Patroklos hatte in meinem Inneren gesprochen! Hektor war tot. Ich hatte geschworen, ihn umzubringen, und nun, anstatt zu jubeln, weinte ich. Ich weinte! Während Patroklos dalag ohne den Preis für die Fähre über den Fluss.

Mein Hochschnellen durchbrach die Stille. Ein schrecklicher Schmerzensschrei erscholl. Priamos beklagte den Tod seines Lieblingssohnes. Andere nahmen ihn auf; die Luft war erfüllt vom Wehklagen der Frauen, die ihre Götter anriefen, und von dem dumpfen Hämmern der Fäuste, die auf die Brust geschlagen wurden – und in meinem Rücken Agamemnons Armee, die jubelte, jubelte, jubelte.

Ich fing an, wie wild die Rüstung von Hektor herunterzuzerren, um damit auch den unerbetenen Kummer aus meinem Herzen zu reißen, und mit jedem Fluch, den ich für ein Teil ausstieß, auch mein Bedürfnis nach Trauer zu vertreiben. Als ich fertig war, reihten sich die Könige im Kreis um seine nackte Leiche.

Agamemnon sah mit einem Schnauben hinab auf den Leichnam, dann hob er den Speer, den er bei sich trug, und versenkte ihn in Hektors Flanke. Die anderen taten es ihm gleich und versetzten damit dem wehrlosen Krieger die Schläge, die sie ihm zu Lebzeiten nicht hatten zufügen können. Angewidert wandte ich mich ab – um meinen weiß glühenden Zorn zu kühlen und meine Tränen zu trocknen. Als ich mich wieder umwandte, sah ich, dass nur Ajax darauf verzichtet hatte, den toten Hektor zu schmähen. Wieso nannten die Menschen ihn einen Tölpel, wenn er als Einziger verstanden hatte? Ich stieß Agamemnon und die anderen grob beiseite. »Hektor gehört mir. Nehmt Eure Waffen und geht!«

Plötzlich überkam sie Scham, und sie trollten sich wie ein Rudel Schakale, die man von ihrer gestohlenen Mahlzeit vertreibt. Ich löste das purpurne Wehrgehänge von seinem Knauf am Harnisch und zog meinen Dolch. Dann durchschnitt ich Hektors Fersen und zog das gefärbte Zierleder hindurch, während Ajax mit unbewegter Miene verfolgte, was mit seinem Geschenk an Hektor geschah. Automedon kam mit meinem Wagen herbei, und ich band das Ende des Gehänges daran fest.

»Steig ab«, sagte ich zu Automedon. »Ich fahre selbst.«

Meine drei Schimmel rochen den Tod und scheuten, doch als ich mir die Zügel um die Hüfte band, beruhigten sie sich. Hin und her fuhr ich vor dem Wehrturm, begleitet von den Klagen auf Trojas Mauern und dem Jubel von Agamemnons Armee. Hektors Zopf löste sich, und seine Haare glitten offen über die zertrampelte Erde, bis sie zerzaust und grau waren; seine Arme schleiften neben seinem Kopf durch den Staub. Zwölfmal wendete ich mit meinen Pferden zwischen dem Wehrturm und dem Skäischen Tor, paradierte direkt vor ihren Mauern und ließ sie wissen, dass uns der Sieg nicht mehr zu nehmen war. Dann fuhr ich hinunter zum Strand.

Patroklos lag eingehüllt auf seiner Bahre. Dreimal fuhr ich um den Platz, dann stieg ich ab und zerschnitt das Wehrgehänge. Hektors schlaffen Körper aufzuheben, war leicht, doch ihn wieder fallen zu lassen, damit er möglichst ungelenk zu Füßen der Bahre lag, erwies sich als außerordentlich schwierig. Doch ich schaffte es. Briseis wich erschrocken vor mir zurück. Ich setzte mich auf ihren Platz, legte den Kopf zwischen die Knie und begann zu weinen.

»Achilles, komm ins Haus«, sagte sie.

Widerwillig hob ich meinen Blick. Auch sie hatte gelitten; ich konnte sie nicht noch mehr leiden lassen. Also stand ich immer noch weinend auf und ging mit ihr zum Haus. Sie geleitete mich zu einem Stuhl, gab mir ein Tuch, um das Gesicht zu säubern, eine Schale, um das Blut von den Händen zu waschen, und Wein, um mich zu beruhigen. Irgendwie gelang es ihr, mir die eiserne Rüstung auszuziehen, dann verband sie die Wunde an meinem Oberschenkel.

Als sie anfing, mein wattiertes Hemd zu öffnen, gebot ich ihr Einhalt.

»Lass mich in Ruhe«, sagte ich.

»Ich werde dich baden.«

»Das geht nicht, solange Patroklos nicht beerdigt ist.«

»Patroklos ist dein böser Geist geworden«, sagte sie leise, »und damit wird er zum Hohn dessen, was er zu Lebzeiten war.«

Mit einem Blick voller Abscheu verließ ich das Haus, aber ich ging nicht hinaus auf den Platz, wo Patroklos lag, sondern hinunter an den Strand, wo ich mich wie ein Stein in den Kies fallen ließ.

Ich sank in einen tiefen, friedlichen Schlaf, hinab in einen gestaltlosen Abgrund, in den weiße Schwaden drangen, die in einem unirdischen Licht glänzten und durch deren zarte Fasern die Schwärze des Abgrunds schimmerte. Aus der Ferne rückte dieses Weiß immer weiter auf das Zentrum meines Gehirns zu, wurde beim Näherkommen immer greifbarer und dunkler, bis es schließlich in seiner endgültigen Gestalt das Innere meines Verstandes erreichte. Die blauen Augen von Patroklos starrten unverwandt auf meine Nacktheit. Sein sanfter Mund war hart, wie ich ihn zuletzt gesehen hatte, und rote Strähnen durchzogen sein blondes Haar.

»Achilles, Achilles«, flüsterte er in einer klagenden, frostigen Stimme, die seine war und zugleich auch nicht, »wie vermagst du zu schlafen, während ich unbestattet daliege und nicht über den Fluss kann? Befreie mich! Erlöse mich von meiner irdischen Hülle! Wie kannst du schlafen, solange ich nicht beigesetzt bin?«

Ich streckte die Arme nach ihm aus, wollte ihn um Verständnis bitten, wollte ihm erklären, warum ich ihn an meiner Stelle hatte kämpfen lassen. Ich nahm ihn in die Arme, die sich um ein Nichts schlossen. Er schrumpfte und entschwand in der Dunkelheit, bis auch der letzte Ton seiner Stimme verklungen war und der letzte Schein seiner Lichtgestalt sich in Nichts aufgelöst hatte. *Nichts!*

Ich schrie. Und wachte schreiend auf, umgeben von einem Dutzend meiner Myrmidonen, die mich festhielten. Unwirsch schüttelte ich sie ab, stolperte zurück, und während verstörte Männer einander fragten, was das für ein schrecklicher Lärm gewesen sei, wies mir das graue Licht der Morgendämmerung den Weg.

Eine nächtliche Brise hatte das Leichentuch auf die Erde geweht; die Myrmidonen, die seine Ehrenwache bildeten, hatten nicht gewagt, es wieder zurückzulegen. Und so erblickte ich Patroklos selbst. Schlafend. Träumend. So friedlich, so milde. Ein Trugbild. Gerade hatte ich den wirklichen Patroklos gesehen, von seinen Lippen vernommen, dass er mir nie vergeben würde. Das Herz, das seit den Tagen unserer gemeinsamen Jugend so großzügig gewesen war – nun war es kalt und hart wie Marmor. Warum nur war dann das Gesicht des Trugbilds so sanft und zart? Konnte dieses Gesicht zu dem Schattenwesen gehören, das meinen Schlaf heimsuchte? Veränderten sich die Menschen im Tod wirklich so sehr?

Mein Fuß berührte etwas Kühles. Ich wich unwillkürlich zurück, als ich auf Hektor hinabsah, der noch genauso dalag, wie ich ihn am Abend zuvor verlassen hatte: die Beine verdreht, als seien sie gebrochen, der Mund und die Augen weit offen, auf seiner schlaffen, weißen Haut die roten Male von einem Dutzend Wunden. Die an seinem Hals klaffte wie eine Schlucht.

Ich wandte mich ab, als von allen Seiten Myrmidonen kamen, die von den Schreien ihres Anführers geweckt worden waren. Automedon war der Ranghöchste von ihnen.

»Achilles, es ist Zeit, ihn zu beerdigen.«

»Höchste Zeit.«

Auf einem Floß brachten wir ihn über die Wasser des Skamandros, und dann trugen wir ihn, in unsere Rüstungen gekleidet, auf seinem Schild schulterhoch in unserer Mitte. Ich als derjenige, der ihn am meisten betrauerte, ging hinter dem Schild, seinen Kopf in meine rechte Handfläche gebettet, und zwei Meilen lang stand die ganze Armee aufgereiht auf den Klippen und am Ufer, um Zeuge zu sein, wie die Myrmidonen Patroklos zu Grabe trugen.

Wir stiegen mit ihm hinab in die Höhle mit ihrem Kragsteingewölbe und legten ihn behutsam auf den elfenbeinernen Todeswagen. Er trug seine Rüstung, sein Körper war bedeckt mit Locken von unserem Haar, seine Speere und alle anderen persönlichen Habseligkeiten lagen auf goldenen Dreifüßen vor den bemalten Wänden. Ich sah hinauf zur Decke und fragte mich, wie lange es wohl noch dauern mochte, bis ich hier lag. Nicht mehr lang, prophezeiten die Orakel.

Der Priester legte die goldene Maske über sein Gesicht und befestigte die Bänder unter seinem Kopf, richtete die goldbehandschuhten Hände auf den Schenkeln, sodass sich die Finger über seinem Schwert berührten. Die Worte wurden gesungen, die Trankopfer auf den Boden gegossen. Dann führte man zwölf junge Trojaner zu einem großen goldenen Kelch, der auf einem Dreifuß zu Füßen des Leichenwagens stand, wo ihnen nacheinander die Kehle durchtrennt wurde. Danach versiegelten wir den Eingang des Grabes und marschierten zurück ins Lager auf den Versammlungsplatz vor Agamemnons Haus. Dort fanden die Begräbnisspiele statt. Ich brachte die Preise herbei und unterzog mich auch noch der traurigen Pflicht, sie den Gewinnern zu überreichen. Und während die anderen noch weiterfeierten, ging ich allein zurück in mein Haus.

Hektor lag jetzt im Staub vor meiner Tür. Man hatte ihn hierher gebracht, nachdem wir Patroklos von seiner Bahre genommen hatten. Die Erinnerung an die Erscheinung in meinen Träumen hatte mich anfangs gedrängt, ihn zusammen mit Patroklos wie einen räudigen Hund zu Füßen eines Helden zu beerdigen, aber ich vermochte es nicht. Ich brach mein Gelübde gegenüber meinem ältesten und besten Freund – *meinem Geliebten!* –, um Hektor bei mir zu behalten. Patroklos hatte den Preis für seine Überfahrt erhalten: zwölf edle Trojaner. Genug, mehr als genug.

Ich klatschte in die Hände; die Dienerinnen kamen herbeigelaufen. »Macht Wasser heiß, holt Salben und Öle und sagt dem Obereinbalsamierer Bescheid. Ich möchte, dass Prinz Hektor zur Bestattung vorbereitet wird.«

Ich trug ihn in ein kleines Lagerhaus in der Nähe und legte ihn auf einen Steinblock, der die richtige Höhe für die Frauen hatte, die ihn waschen und salben sollten. Aber *ich* richtete seine Glieder, *ich* legte die Hand auf sein Gesicht, um ihm die Augen zu schließen. Langsam und blicklos öffneten sie sich wieder. Es war furchtbar, Hektors leere Hülle zu betrachten – und dabei an meine eigene zu denken.

Briseis kauerte in einem Stuhl und erwartete mich. Sie warf mir einen Blick zu, doch lange Zeit schwieg sie. Dann erklärte sie mit gleichmütiger Stimme: »Ich habe dir ein Bad bereitet und hinterher kannst du etwas essen und trinken. Ich muss die Lampen entzünden, es wird schon dunkel.«

Oh, wenn Wasser doch nur die Kraft hätte, auch den Geist zu reinigen! Mein Körper war wieder sauber, aber mein Geist war es nicht.

Briseis saß mir gegenüber, während ich in dem Essen stocherte und meinen Durst löschte. Ich fühlte mich so erschöpft, als sei ich wie ein Verrückter jahrelang gerannt. Dann benutzte auch sie das Wort. Verrückter. »Achilles«, sagte sie, »warum benimmst du dich wie ein Verrückter? Die Welt wird nicht untergehen, weil Patroklos tot ist. Es gibt noch andere, die am Leben sind und dich lieben wie er. Automedon. Die Myrmidonen. Ich.«

»Geh«, sagte ich müde.

»Erst wenn ich fertig bin. Heile dich, Achilles, auf die einzig mögliche Weise. Löse dich von Patroklos und gib Hektor zurück an seinen Vater. Ich bin nicht eifersüchtig, bin es nie gewesen. Dass du und Patroklos Liebende wart, hat mich nie berührt. Aber *er* war eifersüchtig, und das hat ihn verändert. Du glaubst, er hätte gedacht, dass du Eure Ideale verraten hast. Aber für Patroklos war der wahre Verrat deine Liebe zu mir. Damit hat es angefangen, und danach konntest du nichts mehr richtig machen, sofern es ihn betraf. Ich verdamme ihn nicht – ich sage nur die Wahrheit. Er liebte dich und fühlte seine Liebe zu dir verraten, weil du mich liebtest. Und deshalb warst du nicht mehr derjenige, für den er dich gehalten hatte. Er musste irgendeinen Makel an dir finden, musste sein Gefühl bestätigen, dass ihm Unrecht geschehen war.«

»Du weißt nicht, wovon du sprichst«, entgegnete ich.

»Doch, das weiß ich sehr wohl. Aber ich wollte eigentlich gar nicht von Patroklos reden. Ich möchte über Hektor sprechen. Was tust du einem Mann an, der dir so mutig entgegengetreten und so tapfer gefallen ist? Gib ihn seinem Vater zurück! Es ist nicht der wahre Patroklos, der dich heimsucht, es ist der Patroklos, den du dir zusammengeträumt hast, damit er dich verrückt macht. Vergiss Patroklos. Am Ende war er dir kein wahrer Freund mehr.«

Ich schlug sie. Ihr Kopf flog zurück, und sie fiel zu Boden. Entsetzt über meine Tat, half ich ihr auf und bemerkte, wie sie sich stöhnend bewegte. Ich setzte mich auf einen Stuhl und vergrub den Kopf in den Händen. Selbst Briseis war ein Opfer meiner Verrücktheit. Aber wie mich davon heilen? Wie meine Mutter verbannen?

Etwas wand sich um meine Beine, zupfte schwach am Saum meines Rocks. Erschrocken hob ich den Kopf, um zu sehen, welche neue Heimsuchung mich erwartete. Verblüfft sah ich hinab auf den weißen Kopf und die gebückte Haltung eines sehr, sehr alten Mannes. Priamos. Es konnte niemand anders sein als Priamos. Er nahm meine Hände und begann sie zu küssen. Seine Tränen fielen auf dieselbe Haut, die Hektors Blut benetzt hatte. »Gebt ihn mir zurück! Gebt ihn mir zurück! Werft ihn nicht Euren Hunden zum Fraß vor! Lasst ihn nicht allein und ungeweiht! Verwehrt ihm nicht ein richtiges Begräbnis! Gebt ihn mir zurück!«

Ich sah hinüber zu Briseis, die aufrecht dasaß, die Augen voller ungeweinter Tränen.

»Kommt, Majestät, setzt Euch«, sagte ich, hob ihn hoch und

setzte ihn in meinen Stuhl. »Ein König sollte nicht betteln müssen. Setzt Euch.«

Automedon stand in der Tür.

»Wie ist er hierher gekommen?«, fragte ich und ging auf ihn zu.

»In einem Maultierkarren, den ein verrückter Knabe lenkte. Das meine ich wörtlich. Ein armes Geschöpf, das sinnlos vor sich hinbrabbelt. Die Armee feiert immer noch, die Wachen am Damm sind Myrmidonen. Der alte Mann hat gesagt, er sei mit Euch verabredet. Der Karren war leer, und die beiden waren unbewaffnet, also hat die Wache sie durchgelassen.«

»Mach Feuer, Automedon. Und kein Wort zu jemandem über seine Anwesenheit. Gib das auch an die Wache weiter und sag ihr meinen Dank dafür.«

Während ich auf das Feuer wartete, zog ich einen Stuhl zu seinem heran, nahm seine kalten, knotigen Hände in meine und rieb sie.

»Es erfordert Mut hierher zu kommen, Majestät.«

»Nein, gar nicht.« Seine wässrigen dunklen Augen richteten sich auf meine. »Einst«, sagte er, »regierte ich ein glückliches und blühendes Königreich. Aber dann machte ich etwas falsch. Das Falsche war in mir. In mir ... Ihr Griechen wurdet mir geschickt, um mich für meinen Stolz zu strafen. Für meine Blindheit.« Seine Lippen bebten. »Nein, es erforderte nicht den geringsten Mut hierher zu kommen. Hektor war der letzte Preis.«

»Der letzte Preis«, sagte ich, unfähig, die Worte zurückzuhalten, »wird der Fall von Troja sein.«

»Der Fall meiner Dynastie vielleicht, aber nicht der Fall der Stadt. Troja ist zu groß dafür, selbst jetzt noch.«

»Die Stadt Troja wird fallen.«

»Nun, darüber können wir ruhig verschiedener Meinung sein, aber hoffentlich nicht über den Grund meines Besuchs. Prinz Achilles, gebt mir die Leiche meines Sohnes zurück. Ich werde Euch dafür ein angemessenes Lösegeld zahlen.«

»Ich brauche kein Lösegeld, König Priamos. Nehmt ihn mit nach Hause.«

Ein zweites Mal fiel er auf die Knie, um mir die Hände zu küssen. Mich schauderte. Ich nickte Briseis zu und löste mich von ihm.

»Setzt Euch, Majestät, und brecht das Brot mit mir, während ich Hektor vorbereiten lasse. Briseis, kümmere dich um unseren Gast.«

Während ich draußen mit Automedon sprach, fiel mir etwas ein. »Ajax' Wehrgehänge – es gehörte Hektor, im Gegensatz zu der Rüstung. Such es, Automedon, und leg es mit in den Karren.«

Bei meiner Rückkehr fand ich Priamos erholt und in einer dieser merkwürdigen Stimmungen vor, die so typisch sind für alte Menschen. Er plauderte munter mit Briseis und wollte wissen, wie ihr, die aus dem Haus Dardanien stammte, das Leben an meiner Seite gefiele.

»Ich bin zufrieden, Majestät«, antwortete sie. »Achilles ist ein guter und würdiger Mann.« Sie lehnte sich vor. »Majestät, warum glaubt er, dass er bald sterben muss.«

»Ihre Schicksale sind miteinander verknüpft, seines und Hektors«, erwiderte der alte König. »So war es in den Orakeln zu lesen.«

Als sie mich bemerkten, beendeten sie ihr Gespräch. Wir speisten, und trotz meines großen Hungers zwang ich mich, so langsam wie Priamos zu essen. Ich trank nur wenig von dem Wein.

Danach geleitete ich ihn zu seinem Karren, in dem bereits Hektors verhüllte Leiche lag. Priamos sah nicht unter das Tuch. Er stieg neben dem verrückten Knaben auf und fuhr so aufrecht und stolz davon, als säße er in einem Wagen aus purem Gold.

Briseis erwartete mich mit offenem Haar. Sie trug ein weites Gewand. Ich ging zu unserem Bett, während sie noch die Lampen löschte.

»Bist du zu müde, um dich zu entkleiden?« Sie öffnete Kragen und Gürtel, zog mir den Rock aus und ließ alles zu Boden gleiten, wo es dann liegen blieb. Erschöpft lag ich, die Arme über dem Kopf, flach auf dem Rücken, während sie sich neben mir aufstützte, sich über mich beugte und ihre Fäuste in meine Achselhöhlen grub. Ich lächelte und fühlte mich plötzlich so leicht und glücklich wie ein Kind.

»Ich habe nicht einmal die Kraft, an deinen Haaren zu ziehen«, sagte ich.

»Dann lieg still und schlaf. Ich bin bei dir.«

»Ich bin zu müde zum Schlafen.«

»Dann ruh dich aus.«

»Briseis, versprich mir, dass du mich bis zum Ende nicht verlassen wirst.«

»Bis zum Ende?«

Ihr Lachen verflog; ihre Augen schimmerten dunkel über mir, denn nur eine Lampe brannte noch in der äußersten Ecke des Raums. Mit einer gewaltigen Anstrengung hob ich die Arme und nahm ihren Kopf in meine Hände, hielt ihn, wie ich Hektors Kopf gehalten hatte, und zog ihn zu mir herab.

»Ich habe gehört, was du Priamos gefragt hast, und auch, was er geantwortet hat. Du weißt, was ich meine, Briseis.«

»Ich weigere mich, es zu glauben!«, rief sie.

»Von einem Mann werden am Tag seiner Geburt einige Dinge verlangt, und sie werden ihm auch gesagt. Mein Vater hat es nicht getan, aber meine Mutter. Nach Troja zu kommen, hieß zu sterben, und nun, da Hektor tot ist, muss Troja fallen. Mein Tod ist der Preis dafür.«

»Achilles, verlass mich nicht.«

»Ich würde alles dafür geben, um zu bleiben, aber es darf nicht sein.«

Eine lange Zeit schwieg sie, die Augen auf die winzige Flamme gerichtet, die in der Lampe flackerte. Ihr Atem ging gleichmäßig und ohne Hast. Dann sagte sie: »Du hattest befohlen, Hektor zur Beerdigung vorzubereiten, bevor du heute Abend zu mir gekommen bist.«

»Ja.«

»Konntest du mir das nicht vorher sagen? Dann wären einige Dinge unausgesprochen geblieben.«

»Vielleicht war es notwendig, dass sie gesagt wurden, Briseis. Ich habe dich geschlagen. Ein Mann darf nie eine Frau oder ein Kind schlagen, jemanden, der schwächer ist als er. Als die Menschen die Alte Religion abschafften, war das ein Teil der Vereinbarung, mit der die Götter den Menschen das Recht zu herrschen einräumten.«

Sie lächelte. »Du hast nicht mich, sondern deinen Dämon geschlagen, und mit dem Schlag hast du ihn vertrieben. Der Rest deines Lebens gehört dir, nicht Patroklos, und darüber freue ich mich.«

Meine Erschöpfung verließ mich; ich stützte mich auf einen Ellbogen, um sie zu betrachten. Das spärliche Licht hätte jeder Frau geschmeichelt, aber weil sie ohne Makel war, verlieh es ihr die Aura einer Göttin, zauberte einen Goldschimmer auf ihre helle Haut, überzog ihre Augen mit flüssigem Bernstein. Zögernd berührten meine Finger ihre Wange und zogen eine Linie hinunter zu der Stelle, wo ihr Mund von meinem Schlag geschwollen war. Ihre Kehle war eine schattige Mulde, ihre Brüste raubten mir die Besinnung, ihre zarten Füße waren der Endpunkt meiner Welt.

Und weil ich mich jetzt endlich zu der Tiefe meiner Sehnsucht nach ihr bekannte, entdeckte ich Dinge an ihr, die weit über meine Träume hinausgingen. Wenn ich in der Vergangenheit bewusst versucht hatte, ihr Vergnügen zu bereiten, so sah ich in ihr jetzt nicht mehr die Gefährtin, sondern nur noch einen Teil meiner selbst. Ich merkte, dass ich weinte. Ihre Hände suchten meine, sodass schließlich unser beider Hände friedlich auf dem Kissen ruhten, das wir miteinander teilten.

Und so residierte Hektor ein weiteres Mal in dem Palast seiner Vorfahren, aber diesmal, ohne es zu wissen. Durch Odysseus erfuhren wir, dass Priamos seine übrigen Söhne übergangen hatte, um einen sehr jungen Mann, Troilos, zu seinem Nachfolger zu ernennen. Er hatte noch nicht einmal, wie einige Trojaner behaupteten, das Mündigkeitsalter erreicht – einen Ausdruck, den wir weder kannten noch benutzten, der aber laut Odysseus bei den Trojanern offensichtlich das Stadium des Erwachsenseins bezeichnete.

Die Entscheidung war auf großen Widerstand gestoßen; Troilos selbst bat den König, Aeneas zum Erben einzusetzen. Das aber forderte Priamos zu einer Schmährede auf den Dardanier heraus, die erst endete, als Aeneas den Thronsaal verließ. Auch Deiphobos war wütend; genau wie der junge Sohn und Priester Helenos, der seinen Vater daran erinnerte, das Orakel habe vorhergesagt, Troilos werde Troja nur retten, wenn er das Mündigkeitsalter erreiche. Priamos bestand darauf, dass Troilos bereits so alt sei, und das bestätigte für Odysseus die Zweideutigkeit dieses Ausdrucks. Helenos bat den König weiter, seine Absicht zu ändern, doch dieser weigerte sich. Troilos wurde zum Thronerben gesalbt. Und wir begannen unsere Schwerter zu schärfen.

Die Trojaner nahmen sich zwölf Tage Zeit, um Hektor zu betrauern. In dieser Zeit traf Penthesilea mit zehntausend berittenen Kriegerinnen ein. Noch ein Grund, die Schwerter zu schärfen.

Neugier beflügelte unsere Wetzsteine, denn diese einzigartigen Geschöpfe widmeten ihr Leben ganz und gar der Jungfrau Artemis und einem asiatischen Ares. Sie waren in den Weiten Skythiens zu Hause, am Fuß der kristallenen Berge, die durch das Dach der Welt ragen. Auf ihren riesigen Pferden durchstreiften sie die Wälder, jagten und raubten im Namen der Jungfrau. Sie lebten unter der Herrschaft der Erdgöttin in ihrer ersten Dreieinigkeit – Jungfrau, Mutter, Großmutter – und regierten über ihre Männer, wie die Frauen es in unserem Teil der Welt getan hatten, ehe die Neue Religion die Alte ablöste. Denn die Menschen hatten entdeckt, dass der Same des Mannes ebenso notwendig zur Fortpflanzung war, wie es die Frauen waren, in denen die Frucht wuchs. Bis zu dieser Erkenntnis hatte ein Mann als teures Beiwerk gegolten.

Die Thronfolge der Amazonen lag ausschließlich in der weiblichen Linie; ihre Männer waren bewegliche Habe und zogen nicht einmal in den Krieg. Die ersten fünfzehn Jahre einer Frau nach dem Erreichen der Fruchtbarkeit waren ausschließlich der jungfräulichen Göttin gewidmet. Dann verließ sie die Armee, nahm sich einen Mann, gebar Kinder. Nur die Königin heiratete nicht, obwohl sie zur gleichen Zeit den Thron aufgab, da die anderen Frauen aus dem Dienst der Jungfrau Artemis ausschieden. Statt zu heiraten, wurde die Königin unter der Axt ihrem Volk geopfert.

Was wir noch nicht über die Amazonen wussten, erzählte uns Odysseus. Er schien überall Späher zu haben, selbst am Fuß der kristallenen Berge in Skythien. Am meisten beschäftigte uns natürlich, dass die Amazonen auf Pferden *ritten.* Das tat kein anderes

Volk, nicht einmal im fernen Ägypten. Es war schwierig, auf Pferden zu sitzen. Ihr Fell war glatt, eine Decke blieb nicht an ihrem Platz, den einzigen Körperteil, den die Menschen nutzen konnten, war das Maul, in das man eine Trense legte, um daran einen Maulkorb oder Zügel zu befestigen. Und so nutzte man Pferde, um Wagen zu ziehen. Für eine Karre waren sie aber nicht geeignet, denn ein Joch strangulierte sie. Wie konnten die Amazonen nur auf diesen Tieren in die Schlacht *reiten*?

Während die Trojaner Hektor beklagten, ruhten wir uns aus und fragten uns, ob wir sie wohl je wieder außerhalb ihrer Mauern sehen würden. Odysseus blieb zuversichtlich, aber wir anderen waren da nicht so sicher.

Am dreizehnten Tag zog ich die Rüstung an, die Odysseus mir gegeben hatte, und stellte fest, dass sie mir inzwischen viel leichter vorkam. Im Morgengrauen überquerten wir die Dämme und dann marschierten endlose Reihen von Männern mit nur wenigen Kampfwagen an der Spitze über die taunasse Ebene. Agamemnon hatte beschlossen, eine halbe Meile vor den Mauern, die an das Skäische Tor führten, Aufstellung zu nehmen. Sie erwarteten uns, nicht mehr so viele wie vorher, aber uns an Zahl noch immer überlegen. Das Skäische Tor war bereits wieder geschlossen.

Die Amazonen befanden sich in der Mitte des trojanischen Angriffs. Während ich darauf wartete, dass unsere Soldaten Position bezogen, beobachtete ich von meinem Wagen aus die Kriegerinnen. Sie saßen auf großen, zottigen Tieren einer Rasse, die ich nicht kannte – mit hässlichen, adlerähnlichen Köpfen, geschorenen Mähnen und Schwänzen, behaarten Hufen. Ihre Farbe war rötlich oder braun, mit Ausnahme eines schönen weißen Exemplars in der Mitte. Das musste das Pferd Königin Penthesileas sein. Jetzt sah ich, wie sie sich oben halten konnten – schlau! Jede Kriegerin saß mit Hüften und Hinterteil in einer Art Lederrahmen, der unter dem Bauch der Tiere festgezurrt war, damit er an seinem Platz blieb.

Sie trugen Bronzehelme, waren ansonsten aber in gehärtetes Leder gekleidet, und von der Hüfte abwärts bis zu den Füßen steckten sie in Lederröhren, die zwischen Knie und Knöcheln mit

Bändern befestigt waren. An den Füßen saßen weiche, kurze Stiefel. Am liebsten kämpften sie offensichtlich mit Pfeil und Bogen, einige allerdings hatten auch ein Schwert umgegürtet.

In diesem Augenblick erklangen die Hörner und Trommeln, die zum Kampf riefen. Ich richtete mich auf, Alt-Pelion in der Hand und den eisernen Schild bequem an meiner linken Seite. Agamemnon hatte alle seine Wagen, es waren kläglich wenige, in der Angriffsspitze gegenüber den Amazonen aufgestellt.

Die Frauen stießen wie Harpyien schreiend und kreischend zwischen den Wagen hindurch. Pfeile zischten von ihren kurzen Bogen, flogen uns, die wir in unseren Wagen standen, über die Köpfe und trafen die Fußsoldaten hinter uns. Der ständige Todeshagel verunsicherte selbst meine Myrmidonen, die es nicht gewohnt waren, mit einem Gegner zu kämpfen, der soweit Abstand hielt, dass sie nicht sofort zum Gegenschlag ausholen konnten. Ich zog meine kleine Wagenschar enger zusammen und drängte die Amazonen ab. Alt-Pelion nutzte ich wie eine Lanze, die Pfeile wehrte ich mit dem Schild ab, und dabei rief ich den anderen zu, es mir gleichzutun. Wie außergewöhnlich! Diese merkwürdigen Frauen richteten ihre Pfeile nicht auf unsere Pferde!

Ich warf einen Blick auf Automedon, der mürrisch dreinschauend mit dem Gespann kämpfte. Unsere Augen trafen sich.

»Heute bleibt es der übrigen Armee überlassen, die Trojaner zu töten«, sagte ich. »Ich bin schon zufrieden, wenn wir diesen Frauen standhalten können.«

Er nickte und machte einen Schwenk mit dem Wagen, um einer Kriegerin auszuweichen, die mit ihrem Ross direkt auf uns zuhielt. An den kräftigen Vorderbeinen, die wie Dreschflegel wirbelten, saß ein Paar Hufe, groß genug, um einem Mann den Kopf zu zerschmettern. Ich nahm einen Ersatzspeer, warf ihn und zischte befriedigt, als er sie hinabstieß unter die trampelnden Hufe des Pferdes. Dann legte ich Alt-Pelion beiseite und griff zur Axt.

»Bleib dicht bei mir, ich steige ab.«

»Tut das nicht, Achilles! Sie machen Brei aus Euch!«

Ich lachte ihn aus. Auf dem Boden war es viel einfacher – was ich die Myrmidonen umgehend wissen ließ.

»Denkt nicht an die Größe der Pferde. Traut Euch zwischen ihre Beine – sie töten unsere Pferde nicht, aber wir ihre. Ein erlegtes Pferd ist so gut wie ein erlegter Reiter.«

Die Myrmidonen folgten mir ohne zu zögern. Einige wurden von den Amazonenpferden zermalmt, aber die meisten hielten der Flut der Pfeile stand, schlitzten haarige Bäuche auf, wichen Beinen aus, pressten Pferdekehlen zusammen. Weil sie schnell und klug waren und weder mein Vater noch ich je in einem von ihnen Tatkraft und Talent unterdrückt hatten, behielten sie die Oberhand und zwangen die Amazonen zum Rückzug. Ein teuer erkaufter Sieg. Die Walstatt war bedeckt mit toten Myrmidonen. Aber sie hatten gewonnen. Mit ungebrochenem Mut waren sie bereit, noch mehr Amazonen und deren Pferde zu töten.

Ich schwang mich wieder neben Automedon in den Wagen und hielt Ausschau nach Penthesilea. Da! Inmitten ihrer Frauen, die sie zu sammeln versuchte. Ich nickte Automedon zu.

»Vorwärts, zur Königin!«

Mit meinem Wagen griff ich ihre Reihen an, noch bevor sie sich wieder formiert hatten. Pfeile trafen uns dennoch; Automedon nahm ein Schild, um sich zu schützen. Aber ich kam nicht nahe genug an sie heran, um ihr Schaden zuzufügen. Dreimal gelang es ihr, uns zu entkommen, während sie gleichzeitig weiter ihre Truppen ordnete. Automedon keuchte und klagte, weil er meine drei weißen Hengste nicht so lenken konnte wie Patroklos.

»Gib mir die Zügel.«

Sie hießen Xanthos, Balios und Podargos, und ich rief jedes einzelne beim Namen, als ich ihren ganzen Einsatz forderte. Und sie hörten mich, obwohl es nicht Patroklos war, der ihnen antwortete. Oh, das war gut! Ich konnte ohne Schuld an ihn denken.

Ohne dass ich die Peitsche einsetzen musste, preschten sie vorwärts, stark genug, um es mit den Amazonenpferden aufzunehmen. Ich stieß meinen Schlachtruf aus, gab Automedon wieder die Zügel und packte Alt-Pelion. Penthesilea kam näher, während ihre Kriegerinnen ungeordneter waren als zuvor. Arme Frau, die Gabe der Feldherrnkunst besaß sie nicht. Näher, näher... Sie musste ihren Schimmel zur Seite reißen, um nicht mit meinem Gespann zusammenzustoßen. Ihre hellen Augen funkelten, ihre Seite bot sich Alt-Pelion dar. Aber ich konnte nicht werfen. Ich grüßte sie und befahl den Rückzug.

Ein reiterloses Amazonenpferd – es schienen alles Stuten zu sein – hatte sich mit den Beinen in seinen Zügeln verfangen. Als Automedon an ihm vorüberfuhr, streckte ich die Hand aus, ergriff die Zügel unter den Hufen der Stute und zwang sie, uns zu folgen.

Als wir das Getümmel hinter uns gelassen hatten, sprang ich vom Wagen und nahm das Amazonenpferd in Augenschein. Würde es den Geruch eines Mannes mögen? Und wie konnte ich in diesen Lederrahmen klettern?

Automedon wurde bleich. »Achilles, was tut Ihr?«

»Sie hatte keine Angst vor dem Sterben, also verdient sie einen besseren Tod. Ich werde mit ihr von gleich zu gleich kämpfen – ihre Axt gegen meine, auf dem Rücken eines Pferdes.«

»Seid Ihr verrückt? Wir können keine Pferde reiten.«

»Noch nicht. Aber nachdem wir gesehen haben, wie es die Amazonen machen, könnten wir doch versuchen, es zu lernen.«

Ich kroch auf den Rücken der Stute, indem ich ein Wagenrad als Tritt benutzte. Die Ecken des Rahmens waren solide verknotet, was zur Folge hatte, dass ich mich nur mühsam hineinzwängen konnte. Auch war er zu klein für mich. Aber als ich dann endlich drinsteckte, war ich verblüfft. Wie leicht es war, aufrecht zu sitzen und das Gleichgewicht zu halten! Die einzige Schwierigkeit bereiteten mir die Beine, die ohne Halt herunterhingen. Die Stute zitterte, aber offensichtlich hatte ich das Glück gehabt, ein friedliches Tier zu erwischen. Als ich ihr auf die Schulter klopfte und am Zügel zog, um sie zu drehen, gehorchte sie. Ich saß auf einem Pferd – der erste Mann auf der Welt, der das von sich sagen konnte.

Automedon gab mir die Axt, aber auf den mannshohen Schild musste ich verzichten. Grinsend rannte einer meiner Männer herbei und reichte mir ein kleines rundes Amazonenschild.

Und während mir die Myrmidonen mit Freudengeschrei folgten, ritt ich mitten in die Kämpferinnen hinein, um ihre Königin zu stellen. In dem Gewühl kam die Stute nur langsam vorwärts, vielleicht drückte sie auch mein Gewicht.

Als ich die Königin entdeckte, stieß ich meinen Schlachtruf aus. Während sie ihn mit ihrem eigenen bizarren Schrei erwiderte, fuhr sie zu mir herum. Dann trieb sie ihre weiße Stute mit den Schenkeln – ich lernte einen neuen Trick – durch die Menge, hängte sich den Bogen auf den Rücken und ergriff mit der Rechten eine goldene Axt. Mit einem schrillen Ruf befahl sie ihren Kriegerinnen, einen Halbkreis zu bilden, meine Myrmidonen übernahmen rasch die andere Hälfte. Auf dem Feld musste es gut für uns stehen, denn unter den Zuschauern entdeckte ich Soldaten, die zu Diomedes gehörten, und auch das düstere Gesicht seines Vetters Thersites. Was machte der hier? Er war Mitbefehlshaber von Odysseus' Spähertruppe.

»Seid Ihr Achilles?«, rief die Königin in einem abscheulichen Griechisch.

»Der bin ich.«

Sie kam näher, die Axt an der Schulter ihrer Stute, den Schild vor sich. Da ich ein Neuling in dieser Form des Zweikampfs war, beschloss ich, ihre Listen abzuwarten und auf mein Glück zu hoffen, bis ich mich sicherer fühlte. Sie riss ihr Pferd zur Seite und kam wie der Blitz auf mich zu, aber ich wich rechtzeitig aus und parierte ihren Hieb mit dem Rindslederschild, von dem ich mir wünschte, er wäre aus Eisen. Ihre Klinge fuhr tief hinein, und sie zog sie so glatt wieder aus dem Leder, als ob sie mit einem Messer Käse geschnitten hätte. Sie war keine Feldherrin, aber sie konnte kämpfen. Das galt auch für meine Stute, die besser als ich zu wissen schien, wie sie sich wenden musste. Um zu üben, schwang ich meine Axt und traf nur knapp daneben. Dann versuchte ich ihre eigene List und krachte in ihr weißes Pferd. Ihre Augen weiteten sich; über den Rand ihres Schilds lachte sie mich aus. Allmählich bekamen wir ein Gefühl füreinander, und unsere Hiebe fielen immer schneller; die Äxte vibrierten und sprühten Funken. Ich konnte die Kraft in ihrem Arm spüren und gestand ihr beträchtliche Geschicklichkeit zu. Ihre Axt war viel kleiner als meine, dazu bestimmt, mit einer Hand benutzt zu werden, was sie zu einer gefährlichen Gegnerin machte. Das Beste, was ich mit meiner Waffe tun konnte, war, ihren Griff weiter oben als sonst zu packen und sie nur in der rechten Hand zu halten. Ich blieb auf Phentesileas Rechten und strapazierte ihre Muskeln, indem ich jeden ihrer Ausfälle mit einer Wucht parierte, die sie bis ins Mark erschütterte.

Ich war ihr an Ausdauer weit überlegen, aber ich hasste es, ihren Stolz zu verletzen. Also lieber ein rasches und ehrenvolles Ende. Als sie erkannte, dass sie sterben musste, hob sie die Augen und sah mich in stummem Einverständnis an; dann versuchte sie eine letzte, verzweifelte List. Ihr weißes Pferd stieg hoch, drehte sich, als es wieder herunterkam, und prallte mit solcher Wucht gegen mein Tier, dass dieses stolperte und mit den Hufen ins Rutschen geriet. Während ich es mit meiner Stimme, der linken Hand und den Hacken auf den Beinen hielt, sauste ihre Axt hernieder. Ich hob meine, um sie abzuwehren und beiseite zu stoßen, und dann zögerte ich nicht: Ihre Flanke war offen und nahm meine Klinge auf wie ungebrannter Ton. Da ich ihr nicht traute, solange sie aufrecht saß, zog ich sie rasch wieder heraus, aber die Hand, die nach dem Dolch griff, war nicht mehr kräftig genug. Rote Ströme ergossen sich über das Fell der weißen Stute; sie taumelte. Ich glitt von meinem Pferd, um sie aufzufangen, ehe sie auf die Erde fiel.

Ihr Gewicht zog mich zu Boden, ich kniete nieder, ihren Kopf und ihre Schultern in meinen Armen. Ich fühlte nach ihrem Puls. Sie war noch nicht tot, aber ihr Schicksal war besiegelt. Sie sah mich an aus Augen, die so blass und blau waren wie Wasser in der Sonne.

»Ich habe gebetet, dass Ihr es sein würdet«, flüsterte sie.

»Der König sollte von der Hand seines würdigsten Feindes fallen«, erwiderte ich, »und Ihr seid Königin in Skythien.«

»Ich danke Euch, dass Ihr es rasch genug beendet habt, um meinen Mangel an Stärke zu verbergen, und im Namen der jungfräulichen Bogenschützin erteile ich Euch Absolution für meinen Tod.«

Das Todesrasseln kam, doch ihre Lippen bewegten sich noch.

»Wenn die Königin unter der Axt stirbt, muss sie ihren letzten Atemzug in den Mund derjenigen hauchen, die sie erschlagen hat und die nach ihr regieren wird.« Ein Husten; sie hatte Mühe weiterzusprechen. »Nehmt meinen Atem. Nehmt meine Lebensgeister, bis auch Ihr ein Schatten seid und ich sie von Euch zurückfordern muss.«

Ihr Mund war ohne Blut, mit aller Kraft, die ihr noch verblieben war, atmete sie in mich hinein, und so starb sie. Der Zauber war gebrochen, ich bettete sie behutsam auf den Boden und erhob mich. Ihre Kriegerinnen stießen Schreie der Klage und Verzweiflung aus und wollten mich angreifen, aber die Myrmidonen traten dazwischen und machten mir den Weg frei, um die braune Stute vom Schlachtfeld zu führen und Automedon zu suchen.

Jemand sagte: »Was für ein Schaupiel Ihr der Menge doch gegeben habt, Achilles. Ich glaube, die wenigsten der Männer – und auch der Frauen – haben je gesehen, wie man einen Leichnam liebt.«

Automedon und ich fuhren herum. Wir trauten unseren Ohren nicht. Da stand mit einem schiefen Lächeln Thersites, der Späher. War die Verachtung der Armee für mich so tief, dass ein Mann wie Thersites mir ohne Gefahr seine niederträchtigen Worte ins Gesicht sagen konnte?

»Was für ein Jammer, dass ihre Kriegerinnen Euch gehindert haben, Euer Werk zu vollenden«, höhnte er. »Ich hatte gehofft, einen Blick auf Eure stärkste Waffe werfen zu können.«

Eiskalter Zorn packte mich, ich hob die Hand.

»Verschwindet, Thersites! Geht und versteckt Euch hinter Eurem Vetter Diomedes oder dem listigen Odysseus!«

Er machte auf dem Absatz kehrt. »Die Wahrheit tut weh, nicht wahr?«

Ich versetzte ihm einen einzigen Schlag. Der Schmerz jagte den Arm hinauf bis ins Schultergelenk, als meine Faust ihn an der Seite seines Halses direkt unter dem Helm traf. Er fiel wie ein Stein zu Boden und wand sich wie eine Schlange. Automedon heulte vor Wut.

»Dieser Hund!«, zischte er und kniete neben ihm nieder. »Ihr habt ihm das Genick gebrochen, Achilles. Er ist tot. Dem Himmel sei Dank!«

Wir zwangen die Amazonen in die Knie, denn ihr Mut hatte sie mit dem Tod von Penthesilea verlassen. Sie kämpften nur noch, um in diesem ersten Vorstoß in die Welt der Männer getötet zu werden. Als ich die Zeit fand, suchte ich nach der Leiche der Königin, doch sie war nirgends zu entdecken. Am Ende des Tages suchte mich einer der Myrmidonen auf.

»Herr, ich habe gesehen, wie die tote Königin vom Schlachtfeld getragen wurde.«

»Wohin? Von wem?«

»König Diomedes. Er kam mit einigen seiner Krieger, entkleidete sie, band sie an den Fersen an seinen Wagen und fuhr mit ihr und ihrer Rüstung davon.«

Diomedes? Ich konnte es nicht glauben, aber als das Schlachtfeld geräumt wurde, trat ich ihm entgegen.

»Diomedes, habt Ihr meine Trophäe genommen, die Amazonenkönigin?«

»Allerdings«, entgegnete er barsch und starrte mich an. »Ich habe sie in den Skamandros geworfen.«

»Warum?«, fragte ich ihn höflich.

»Warum nicht? Ihr habt meinen Vetter Thersites ermordet – einer meiner Männer hat gesehen, wie Ihr ihm einen Schlag versetzt habt, als er Euch den Rücken zuwandte. Ihr habt es verdient, die Königin und die Rüstung zu verlieren.«

Ich ballte die Fäuste. »Ihr habt voreilig gehandelt, mein Freund. Geht zu Automedon und lasst Euch von ihm erzählen, was Thersites gesagt hat.«

Ich nahm einige meiner Myrmidonen und machte mich auf die Suche nach der Königin, doch ich erwartete nicht, sie zu finden. Die Wasser des Skamandros waren wieder gestiegen und flossen schnell dahin. Während der zwölftägigen Trauer für Hektor hatten wir die Ufer neu befestigt, um unser Lager trocken zu halten, und dann hatte es wieder über dem Ida geregnet. Die Dunkelheit war herabgesunken; wir entzündeten Fackeln und suchten das Ufer ab, sahen unter Büsche und Bäume. Dann rief jemand. Ich rannte auf die Stimme zu, mühte mich, etwas zu sehen. Sie lag im Strom, schaukelte hin und her. Ein langer, blasser Zopf ihres Haars hatte sich in einem Ast eben jener Ulme verfangen, an der ich gehangen und um mein Leben gerungen hatte. Ich zog sie heraus und wickelte sie in eine Decke. Dann legte ich sie auf den Rücken ihrer weißen Stute, die Automedon auf dem leeren Schlachtfeld gefunden hatte, wo sie traurig herumstreifte.

Als ich zu meinem Haus zurückkehrte, erwartete mich Briseis.

»Diomedes war da und hat ein Bündel für dich dagelassen. Er sagte, es käme mit seiner aufrichtigen Entschuldigung, und er hätte dasselbe mit Thersites gemacht.« Er hatte mir Penthesileas Rüstzeug geschickt. Und so begrub ich sie im selben Grab wie Patroklos, setzte sie wie einen Kriegerkönig bei, in ihrer Rüstung und mit einer goldenen Maske auf dem Gesicht und ihrer weißen Stute zu Füßen.

Am nächsten Morgen war von den Trojanern nichts zu sehen, und auch am Tag darauf nicht. Ich ging zu Agamemnon, denn ich fragte mich, wie es jetzt weitergehen sollte. Odysseus war bei ihm, guter Dinge und zuversichtlich wie immer.

»Keine Sorge, Achilles, sie werden wieder herauskommen. Priamos wartet auf Memnon, der mit vielen hethitischen Eliteeinheiten, die er von König Hattusilis erworben hat, auf dem Weg ist. Meine Kundschafter berichten mir allerdings, dass die Hethiter noch einen halben Monat weit entfernt sind, und in der Zwischenzeit haben wir ein dringenderes Problem. Majestät, würdet Ihr das erklären?«, bat dieser schlaue Bursche, der genau wusste, wann er etwas besser unserem obersten König überließ.

»Gewiss«, sagte Agamemnon erhaben. »Achilles, es ist acht Tage her, seit das letzte Versorgungsschiff aus Assos bei uns eingetroffen ist. Ich vermute, dahinter steckt ein Überfall der Dardanier. Nehmt Euch eine Armee und findet heraus, was da unten geschehen ist? Wir können Memnon und seinen Hethitern weder mit leeren Bäuchen noch mit zu geringer Kampfstärke entgegentreten. Könntet Ihr also in Assos für Ordnung sorgen und möglichst rasch zurückkehren?«

Ich nickte. »Ja. Majestät. Ich werde zehntausend Mann mitnehmen, aber keine Myrmidonen. Habe ich Eure Erlaubnis, andere auszuwählen?«

»Gewiss, gewiss!« Er war in sehr guter Stimmung.

Die Dinge in Assos lagen weitgehend so, wie Agamemnon vermutet hatte. Die Dardanier hatten unseren Stützpunkt belagert, und wir mussten hart kämpfen, ehe wir endlich aus unserem Verteidigungsring ausbrechen und sie in offener Schlacht bezwingen konnten. Es war eine Lumpenarmee, bunt gewürfelt und vielsprachig; wer immer jetzt in Lyrnessos regierte, hatte vermutlich die ganze Küste entlang fünfzehntausend Mann zusammengesammelt. Sie sollten wahrscheinlich nach Troja marschieren, konnten aber der Versuchung nicht widerstehen, die Assos auf ihrer Route darstellte. Die Mauern hatten sie aufgehalten, und ich tauchte auf, ehe sie eine Bresche schlagen konnten, und so gingen sie leer aus und kamen auch nie nach Troja.

Nach vier Tagen war alles vorbei; am fünften setzten wir wieder die Segel. Aber Wind und Strömung waren gegen uns, sodass es am sechsten Tag schon tiefe Nacht war, als wir endlich den Strand vor Troja erreichten. Ich ging direkt zu Agamemnons Haus und entdeckte, dass die Armee während meiner Abwesenheit reichlich zu tun gehabt hatte.

In der Säulenhalle stieß ich auf Ajax, und voller Neugier, was in meiner Abwesenheit geschehen war, erkundigte ich mich bei ihm. »Was ist passiert?«

Er zog die Mundwinkel herunter. »Memnon kam früher als erwartet mit zehntausend Hethitern. Die können kämpfen, Achilles! Und wir waren erschöpft. Obwohl wir uns in der Überzahl befanden und die Myrmidonen mit aufs Schlachtfeld zogen, haben sie uns bis zur Dunkelheit hinter unsere Mauern getrieben.«

Ich wies mit dem Kopf auf die geschlossenen Türen. »Empfängt der König der Könige?«

Ajax grinste. »Spar dir die Ironie, Vetter! Er fühlt sich nicht besonders – das geht ihm immer so nach einer Niederlage. Aber er empfängt.«

»Geh schlafen, Ajax. Morgen gewinnen wir.«

Agamemnon sah sehr müde aus. Er saß noch immer an der Esstafel; Nestor und Odysseus leisteten ihm Gesellschaft. Sein Kopf lag auf den Armen, aber er hob ihn ein wenig, als ich eintrat und mich setzte.

»Seid Ihr fertig mit Assos?«, fragte er.

»Ja, Majestät. Die Versorgungsschiffe werden morgen eintreffen, aber nicht die fünfzehntausend Mann, die für Troja bestimmt waren.«

»Hervorragend!«, sagte Odysseus.

Nestor schwieg – das sah ihm nicht ähnlich! Verwundert blickte ich zu dem alten Mann hinüber, der am Ende der Tafel saß. Haare und Bart waren ungepflegt, seine Augen rot gerändert. Als er bemerkte, dass ich ihn anstarrte, fuhr seine eine Hand ziellos umher, und Tränen rannen ihm über das zerfurchte Gesicht.

»Was ist, Nestor?«, fragte ich sanft. Aber ich ahnte, was kommen würde.

Sein Atem ging in ein bebendes Schluchzen über. »Oh, Achilles. Antilochos ist tot.«

Ich hob die Hand vor meine Augen. »Wann?«

»Heute, auf dem Schlachtfeld. Alles meine Schuld, alles nur meine Schuld... Er kam, um mir zu helfen, und Memnon hat ihn mit einem Speer getötet. Ich konnte nicht einmal mehr sein Gesicht sehen! Der Speer traf ihn in den Hinterkopf, und als er vorne wieder austrat, hat er sein Gesicht zerfetzt. Er war so schön! So schön!«

Ich mahlte mit den Zähnen. »Das wird Memnon büßen, Nestor, ich schwöre es.«

Aber der alte Mann schüttelte den Kopf. »Oh, was nutzt das noch, Achilles? Antilochos ist *tot.* Memnons Leiche kann ihn mir nicht zurückbringen. Ich habe fünf Söhne hier verloren – fünf meiner sieben Söhne. Und Antilochos war mir der Liebste von allen. Nun ist er mit zwanzig Jahren tot. Ich lebe und bin fast neunzig. Es gibt keine Gerechtigkeit bei den Entscheidungen der Götter.«

»Bringen wir es morgen zu Ende?«, fragte ich Agamemnon.

»Ja, morgen«, antwortete er. »Ich bin es mit Troja so leid! Ich könnte nicht *noch* einen Winter hier ertragen. Von zu Hause höre ich nichts – weder meine Frau noch Aigisthos haben je einen Boten gesandt. Ich schicke Boten, und wenn sie zurückkehren, berichten sie mir, dass in Mykene alle wohlauf sind. Aber ich sehne mich nach der Heimat! Ich möchte Klytämnestra wiedersehen.

Meinen Sohn. Meine zwei Töchter, die mir noch geblieben sind.« Er warf Odysseus einen Blick zu. »Wenn Troja im Herbst immer noch nicht erobert ist, kehre ich zurück.«

»Im Herbst wird Troja eingenommen sein, Majestät.« Er seufzte, dieser kühle und eisenharte Mann, und mehr als nur ein Hauch von Müdigkeit lag in seinen grauen Augen. »Ich habe auch genug von Troja. Wenn ich denn wirklich zwanzig Jahre fern von Ithaka sein muss, dann möchte ich die zweite Hälfte anderswo als in Troas verbringen. Mir wären sogar Sirenen, Harpyien und Zauberinnen lieber als diese elenden Trojaner.«

Ich grinste. »Sirenen, Harpyien und Zauberinnen zusammen wüssten nicht, wie ihnen geschieht, wenn sie es mit Euch aufnehmen müssten, Odysseus. Aber mir ist es gleichgültig. Für mich bedeutet Troja das Ende meiner Welt.«

Da er die Prophezeiungen kannte, entgegnete Odysseus nichts, sondern sah nur hinunter in seinen Weinkelch.

»Versprecht mir eines, Agamemnon«, fuhr ich fort.

Sein Kopf lag wieder auf den Armen. »Was immer Ihr wollt.«

»Beerdigt mich in der Felsenkammer bei Patroklos und Penthesilea und sorgt dafür, dass Briseis meinen Sohn heiratet.«

Odysseus erstarrte. »Haben die Götter Euch schon gerufen, Achilles?«

»Ich denke nicht. Aber es wird bald geschehen.« Ich streckte meine Hand aus. »Versprecht mir, dass mein Sohn meine Rüstung tragen wird.«

»Das habe ich Euch bereits versprochen. Er wird sie bekommen.«

Nestor wischte sich die Augen und schnäuzte sich die Nase in seinen Ärmel. »Es wird alles geschehen, wie Ihr es wünscht, Achilles.« Mit zitternden Fingern zupfte er an seinen Haaren. »Wenn Gott doch nur mich rufen würde! Ich bete und bete, aber er erhört mich nicht. Wie kann ich ohne meine Söhne nach Pylos zurückkehren? Was soll ich ihren Müttern sagen?«

»Ihr werdet zurückkehren, Nestor«, sagte ich. »Ihr habt immer noch zwei Söhne. Wenn Ihr auf Eurer Festung steht und auf das sandige Ufer hinabschaut, wird Troja Euch nur noch wie ein böser

Traum erscheinen. Gedenkt dann derer von uns, die gefallen sind, und gießt Trankopfer für uns aus.«

Ich trennte Memnons Kopf ab und warf seinen Körper vor Nestors Füße. Wir traten mit frischem Mut an diesem Tag an; das kurze Aufbäumen der Trojaner war schon wieder zu Ende. Langsam zogen sie sich über die Ebene zurück, während ich, erfüllt von einer fremden Angst, tötete und tötete. Mein Arm fühlte sich schwerfällig an, obwohl die Axt so oft und erbarmungslos wie immer zuschlug. Aber während ich durch die Besten hindurchpflügte, die König Hattusilis von den Hethitern auf dem blutgetränkten Altar namens Troja opfern musste, wurde ich der Metzelei überdrüssig. In meinem Kopf hörte ich eine seufzende Stimme, ich glaube, es war die meiner Mutter, in die sich Tränen mischten.

Am Ende des Tages erwies ich Nestor die Ehre und nahm an dem Beisetzungszeremoniell für Antilochos teil. Wir betteten den Jüngling neben seine vier Brüder in die Felsenkammer, die dem Geschlecht von Neleus vorbehalten war, und legten den toten Memnon wie einen Hund zu seinen Füßen. Aber der Gedanke an die anschließenden Begräbnisspiele und das Feiern war mir unerträglich; ich machte mich davon.

Briseis erwartete mich. Wann tat sie das nicht?

Ich nahm ihr Gesicht in meine Hände und sagte: »Du vertreibst immer den Kummer.«

»Setz dich und leiste mir Gesellschaft«, entgegnete sie.

Ich nahm Platz, aber ich konnte nicht mit ihr reden. Eine furchtbare Kälte breitete sich in meinem Herzen aus. Sie plauderte fröhlich weiter, bis ein Blick auf mich ihren Redefluss unterbrach.

»Was ist los, Achilles?«

Dumpf schüttelte ich den Kopf, erhob mich und ging nach draußen. Dort stand ich, den Blick auf die unermesslichen Weiten des Himmels gerichtet.

»Was ist los, Achilles?«

»O Briseis! Ich bin zerrissen bis in die tiefsten Wurzeln meines Wesens! Noch nie bis zu diesem Augenblick habe ich den Wind so frisch empfunden, das Leben so stark gerochen, die Sterne so klar, so still gesehen!«

Sie zog mich am Ärmel. »Komm ins Haus.«

Ich ließ mich von ihr zu einem Stuhl führen und setzte mich, während sie sich zu meinen Füßen kauerte, die Arme um die Knie schlang und mich unverwandt anblickte.

»Achilles, ist es deine Mutter?«

Ich hob ihr Kinn und lächelte sie an. »Nein. Meine Mutter hat mich für immer verlassen. Ich habe gehört, wie sie mir auf dem Schlachtfeld weinend Lebewohl gesagt hat. Ich bin berufen, Briseis. Der Gott hat mich endlich gerufen. Ich habe mich immer gefragt, wie es wohl sein würde, und mir nicht einen Augenblick lang träumen lassen, dass es dieses völlige Bewusstsein von Leben ist. Ich dachte, es wären Ruhm und Jubel, etwas, das mich in meinen letzten Kampf begleitet. Aber es ist still und barmherzig. Ich habe Frieden gefunden. Keine Dämonen vergangener Jahre, keine Angst vor der Zukunft. Morgen ist es vorbei. Morgen werde ich aufhören zu sein. Der Gott hat gesprochen. Er wird mich nicht mehr verlassen.«

Sie wollte widersprechen, aber ich hob die Hand.

»Ein Mann muss geziemend abtreten, Briseis. Es ist der Wille des Gottes, nicht meiner. Und ich bin kein Herakles, kein Prometheus, um ihm zu widerstehen. Ich bin ein Sterblicher. Ich habe zweiunddreißig Jahre gelebt und mehr gesehen und gefühlt als viele, die hundertmal sehen, wie die Blätter an den Bäumen sich golden färben. Ich möchte nicht länger als die Mauern von Troja leben. All die großen Krieger werden hier fallen. Ajax. Ajax! Ajax… Es wäre nicht richtig, wenn ich überlebte. Ich werde die Schatten von Patroklos und Iphigenie jenseits des Flusses sehen, und alles wird vorbei sein. Unser Hass und unsere Liebe gehören in die Welt der Lebenden – solche starken Empfindungen kann es in der Welt der Toten nicht geben. Ich habe mein Bestes getan. Ich habe darum gebetet, dass die Generationen, die nach mir kommen, weiter meinen Namen singen: mehr Unsterblichkeit kann sich ein Mann nicht erhoffen. In der Welt der Toten gibt es keine Freude, aber auch kein Leid. Wenn mich die Lebenden durch ihre

Zungen noch eine Million Mal gegen Hektor kämpfen lassen, dann werde ich nie wirklich sterben.«

Sie weinte und weinte; ihr Frauenherz erlaubte es ihr nicht zu erkennen, wie kunstvoll der Faden auf dem Webstuhl der Zeit gesponnen war, und so konnte sie sich auch nicht mit mir freuen. Aber es kommt der Augenblick, wo der Kummer so tief ist, dass selbst die Tränen versiegen. Still und stumm saß sie da.

»Wenn du stirbst, dann will ich auch sterben«, sagte sie schließlich.

»Nein, Briseis. Du musst leben. Geh zu meinem Sohn Neoptolemos und heirate ihn. Schenk ihm die Söhne, die ich nicht mehr von dir bekommen kann. Nestor und Agamemnon haben versprochen, dafür zu sorgen, dass es so geschieht.«

»Nicht einmal dir kann ich das versprechen. Du hast mich aus einem Leben herausgeholt und mir ein anderes gegeben. Es kann kein drittes geben. Ich muss deinen Tod teilen, Achilles.«

Ich zog sie hoch, lächelte sie an. »Wenn du meinen Sohn erst gesehen hast, wirst du anders denken. Frauen sind dazu da, um zu überleben. Alles, was du mir noch schuldest, ist eine Nacht. Dann gebe ich dich weiter an Neoptolemos.«

KAPITEL 28

ERZÄHLT VON AUTOMEDON

Wir zogen leichten Herzens über die Dämme, um einer Armee gegenüberzutreten, die fast schon vernichtet war. Achilles neben mir war ungewöhnlich still, aber ich wollte ihn nicht fragen, was seine Stimmung zu bedeuten habe. Wie ein Leuchtfeuer stand er in seiner goldenen Rüstung da, die schönen Federn am Helm flatterten im Wind und schlugen ihm auf die Schultern, wenn wir über unebenes Gelände fuhren. Er sah unentwegt geradeaus. Was er dort sah, wusste ich nicht. Ein ernster und gemessener Friede lag auf seinem sonst so leidenschaftlichen Gesicht. Er kam mir vor wie ein Fremder und richtete während unserer Fahrt zum Schlachtfeld kein Wort an mich. Auch lächelte er mir kein einziges Mal zu. Eigentlich hätte mich das bedrücken sollen, aber unerklärlicherweise tat es das nicht. Ich fühlte mich vielmehr aufgemuntert, als ob etwas von seiner Gelassenheit auf mich übergegangen wäre.

Er kämpfte besser als je zuvor in seinem Leben, schien entschlossen zu sein, all seinen Ruhm auf diesen einzigen Tag zu konzentrieren. Doch anstatt sich in seinen üblichen Tötungsrausch hineinzusteigern, achtete er darauf, dass sich die Myrmidonen gut schlugen. Er benutzte sein Schwert, nicht seine Axt, und er setzte es in völligem Schweigen ein, wie es der König tut, wenn er seinem Gott das jährliche große Opfer bringt. Dieser Gedanke machte mir plötzlich bewusst, was anders an ihm war. Er war immer der Prinz gewesen, nie der König. An diesem Tag war er König. Ich fragte mich, ob er wohl eine Vorahnung hatte, dass Peleus tot war.

Während ich den Wagen über das Schlachtfeld lenkte, warf ich gelegentlich einen Blick nach oben. Das Wetter gefiel mir nicht. Schon bei Sonnenaufgang war es trübe und trostlos gewesen und hatte nach Sturm ausgesehen. Der Himmel über uns schimmerte jetzt kupferfarben, und im Osten und Norden sammelten sich große Gewitterwolken. Blitze zuckten. Über dem Ida hatten sich bestimmt die Götter versammelt, um den Kampf zu beobachten.

Es war ein einziges Gemetzel. Die Trojaner konnten uns nicht standhalten; denn jeder unserer Anführer schien einen Abglanz jener Größe zu haben, die Achilles umgab wie die Strahlen den Kopf des Helios. Er übermittelte ihnen seine Kraft, dachte ich; er war der höchste aller Könige geworden.

Es dauerte nicht lange, da war der Widerstand der Trojaner gebrochen, und sie flohen. Ich sah mich nach Aeneas um und fragte mich, weshalb er keinen Versuch unternahm, sie zusammenzuhalten. Aber er hatte wohl keinen glücklichen Tag erwischt, denn er war nirgends zu entdecken. Später erfuhr ich, dass er sich zurückgehalten und seine Männer auch nicht als Verstärkung eingesetzt hatte. Uns war bekannt geworden, dass es einen neuen Thronerben gab, und wir hatten auch seinen Namen gehört: Troilos. Dann erinnerte ich mich, dass Achilles mir erzählt hatte, Priamos habe Aeneas beleidigt, als er Troilos zu seinem Nachfolger ernannte.

Wir hatten Troilos schon vorher gesehen, als Penthesilea und Memnon auf dem Schlachtfeld gekämpft hatten. Das Glück war ihm bisher hold gewesen, und er war weder auf Achilles noch auf Ajax getroffen, aber heute kam es anders. Achilles setzte ihm rastlos nach und rückte ihm mit jeder Drehung und Wendung ein wenig näher. Als Troilos das Unvermeidliche erkannte, verlangte er nach Unterstützung, denn auch seine Männer wurden heftig bedrängt. Ich sah, wie er seinen Boten zu Aeneas schickte, der sich ganz in der Nähe aufhielt. Dann beobachtete ich, wie der Mann mit Aeneas sprach, um sich daraufhin wieder zu entfernen – doch Aeneas rührte keinen Finger, um Troilos zur Hilfe zu eilen. Stattdessen wendete er seinen Wagen und zog mitsamt seinen Soldaten in eine andere Richtung.

Troilos erwies sich als tapferer Gegner und würdiger Bruder von Hektor, der in ein paar Jahren vielleicht ein zweiter Hektor geworden wäre. Doch in seinem jungen Alter besaß er zu wenig Erfahrung im Kampf. Während ich auf ihn zufuhr, hob er den Speer, und sein Fahrer hielt sein Gefährt ruhig für den einzigen Wurf, den er machen konnte, bevor wir uns zu nahe kamen. Ich spürte, wie Achilles' Arm den meinen streifte, und wusste, dass er Alt-Pelion aufhob. Der große Speer zischte davon zu einem herrlichen Flug, als hätte ihn Apollo selbst auf den Weg geschickt. Die eiserne Spitze bohrte sich tief in die Kehle des Jünglings, fällte ihn lautlos, und über die Köpfe der verzweifelten Trojaner hinweg erkannte ich Aeneas, der mit mürrischem Gesicht zusah. Wir erbeuteten sowohl Troilos' Rüstung als auch sein Gespann und vernichteten den Rest seiner Männer.

Nachdem Troilos tot war, erwachte Aeneas zum Leben. Er schüttelte seine Apathie ab und warf uns den Rest der trojanischen Armee entgegen. Überall tauchte er zwischen seinen Soldaten auf, gab aber Acht, dass er Achilles nicht zu nahe kam. Ein schlauer Fuchs, dieser Dardanier. Er hing verzweifelt am Leben, und ich fragte mich, welche Leidenschaften ihn trieben, denn er war kein Feigling.

Die Sonne war verschwunden; der Sturm würde bald losbrechen. So deutlich war die Kraft zu spüren, die in den Wolken über uns lauerte, dass unter den Soldaten ein lautes Gemurmel über Omen entstand. Die Wolken sanken tiefer und tiefer, die Blitze zuckten näher, wir konnten den Donner über dem Schlachtenlärm hören. Ich hatte nie zuvor so einen Himmel gesehen, und noch nie hatte der Vater des Himmels mir solche Schauer über den Rücken gejagt. Das Licht, das fast erloschen war, glühte schwefelfarben, und die Wolken dräuten so schwarz wie der Bart des Hades. Sie rollten dahin wie Qualm von einem mächtigen Ölfeuer, und die Blitze färbten sie leuchtend blau. Ich hörte, wie sich die Myrmidonen zuriefen, Vater Zeus schicke uns ein Vorzeichen für den völligen Sieg, und aus dem Verhalten der Trojaner schloss ich, dass sie auch Unwetter als Vorboten eines griechischen Sieges deuteten.

Ein versengender weißer Feuerstrahl fuhr unmittelbar rechts vor uns in die Erde. Das Gespann wich zurück, und ich musste meine Augen schützen, um nicht blind zu werden. Als der Schreck vorüber war, blickte ich zu Achilles.

»Lasst uns absteigen«, sagte ich. »Auf dem Boden ist es sicherer.«

Zum ersten Mal an diesem Tag trafen sich unsere Blicke. Verwirrt starrte ich ihn an. Es war, als tanzten Blitze um seinen Kopf; seine gelben Augen leuchteten vor Freude, und er lachte über meine Furcht.

»Siehst du, Automedon? Siehst du? Mein Urgroßvater bereitet sich darauf vor, mich zu beklagen! Er hält mich für einen würdigen Nachfahren seiner Sippe!«

Ich schnappte nach Luft. »*Beklagen?* Achilles, was meint Ihr?« Statt einer Antwort packte er meine Handgelenke. »Ich bin berufen. Heute sterbe ich, Automedon. Die Myrmidonen gehören dir, bis du nach meinem Sohn schicken kannst. Zeus bereitet meinen Tod vor.«

Ich konnte es nicht glauben. Ich wollte es nicht glauben! Wie in einem schrecklichen Traum gefangen peitschte ich das Gespann vorwärts. Als meine Erschütterung ein wenig nachließ, tat ich das Beste, was mir einfiel. Unauffällig lenkte ich den Wagen immer weiter hin zu Ajax und Odysseus, deren Soldaten Mann neben Mann kämpften.

Falls Achilles bemerkte, was ich vorhatte, betrachtete er es als völlig belanglos. Ich sah empor zum Himmel und betete, flehte den Göttervater an, mein Leben zu nehmen und seins zu schonen; aber Zeus donnerte nur verächtlich und ließ mich wieder erzittern. Die Trojaner stürzten plötzlich auf ihre Mauern zu; wir folgten ihnen Hals über Kopf, um sie abzufangen. Ajax war jetzt nicht mehr weit von uns entfernt, ich fuhr mit dem Wagen so nahe heran, dass ich ihm die Botschaft übermitteln konnte, Achilles halte sich für abberufen. Wenn einer etwas dagegen tun konnte, dann war es Ajax.

Wir befanden uns im Schatten des Westlichen Vorhangs, zu nahe am Skäischen Tor, als dass Priamos es hätte öffnen dürfen. Achilles, Ajax und Odysseus stellten Aeneas unmittelbar vor dem Tor; Achilles wollte Aeneas angreifen. Ich spürte es an seiner stummen Entschlossenheit, während ich betete, er würde nicht die Gelegenheit bekommen, sich diesem gefährlichsten aller noch lebenden trojanischen Anführer zum Kampf zu stellen.

Ich hörte, wie er befriedigt aufstöhnte, und sah den Dardanier in Reichweite. Dieser war zu bedrängt, um zu erkennen, wer sich ihm da näherte. Er bot ein ideales Ziel. Achilles hob Alt-Pelion, die Muskeln strafften sich, als er Kraft für den Wurf sammelte; feines goldenes Haar bedeckte seine Achselhöhle. Fasziniert folgten meine Augen der Linie, die der Speer auf dem Weg zu Aeneas nehmen würde; ich wusste, das Leben des Dardaniers war zu Ende, die letzte große Gefahr für uns aus der Welt geschafft.

Dann schien sich alles zu überstürzen, obwohl ich schwören könnte, dass Achilles nicht wegen des Wagens das Gleichgewicht verlor. Seine rechte Ferse knickte um, obwohl sein Fuß fest im Bügel zu stehen schien, und sein rechter Arm flog nach oben, während er darum kämpfte, nicht zu stürzen. Ich hörte einen dumpfen Schlag und sah, wie der Pfeil fast bis zu seinen Federn in der nackten Achselhöhle steckte. Alt-Pelion fiel ungeworfen zu Boden. Achilles richtete sich auf wie ein Titan und stieß mit einer Stimme, die ehern vor Triumph klang, Chirons Schlachtruf aus, als ob er die Sterblichkeit selbst besiegt hätte. Sein Arm fiel herab und trieb – tiefer als Scham oder Tod es vermocht hätten – den Pfeil ganz in sich hinein. Mit beiden Händen lenkte ich das Gespann: Xanthos preschte vor Entsetzen los, Balios ließ den Kopf hängen, Podargos hämmerte mit den Hufen. Aber Patroklos war nicht da, um für sie zu sprechen, ihrem Kummer und Schrecken menschliche Worte zu verleihen.

Wer immer den Schlachtruf vernahm, wandte sich um; Ajax brüllte, als sei er selbst getroffen worden. Blut schoss aus dem lippenlosen Mund und der Nase, lief in Strömen über die goldene Rüstung. Odysseus war direkt hinter Ajax; mit einem Schrei voll ohnmächtiger Wut streckte er die Hand aus. Da, geschützt hinter einem Felsen, stand lächelnd Paris, den Bogen in der Hand.

Es konnte nicht lange gedauert haben, bis Achilles zusammenbrach und über das Geländer des Wagens in Ajax' Arme stürzte. Er riss ihn zu Boden mit einem Geklirr der Rüstungen, das in unseren Herzen widerhallte und gar nicht enden wollte. Ich war neben Ajax, als er kniend seinen Vetter in den Armen hielt, ihm den Helm abnahm und dumpf in das blutüberströmte Gesicht starrte. Achilles erkannte, wer ihn hielt, aber die Vision des Todes war viel stärker, viel näher. Er versuchte vergebens zu sprechen. Einen Moment lang lag ein Lebewohl in seinem Blick. Dann brachen seine Augen, die gelbe Iris füllte sich mit durchsichtigem Schwarz. Er bäumte sich dreimal auf – und es war vorüber. Achilles war tot. Wir blickten in die leeren Fenster seiner Augen und sahen nichts darin. Ajax streckte eine Hand aus, um die Lider zu schließen, dann setzte er ihm den Helm wieder auf und zog ihn fest. Tränen liefen über sein Gesicht, und er verzog den Mund. Achilles war tot. Wie sollten wir das jemals verwinden?

Der Schreck musste beide Armeen eine Zeit lang gelähmt haben; doch plötzlich fielen die Trojaner über uns her wie Hunde, die Blut geleckt hatten. Sie wollten Achilles Leiche und seine Rüstung erbeuten. Odysseus sprang auf, ohne auf seinen Schmerz zu achten. Die Myrmidonen standen wie versteinert vor Achilles' Leichnam. Odysseus bückte sich, hob Alt-Pelion auf und schwang ihn vor ihren Augen.

»Werdet ihr zulassen, dass sie ihn uns rauben?«, schrie er. »Ihr habt gesehen, mit welchem Schurkenstreich er getötet wurde! Kämpft und erlaubt ihnen nicht, die Leiche zu erbeuten. Im Namen von Achilles selbst, verteidigt ihn!«

Sie schüttelten das Entsetzen ab und formierten sich. Kein Trojaner sollte sich Achilles nähern, solange einer von ihnen lebte. Während sie sich vor uns sammelten, widerstanden sie dem Angriff in dumpfer Wut und Trauer. Odysseus half dem weinenden Ajax auf die Füße, half ihm, den schlaffen, schweren Körper zu tragen.

»Bringt ihn zurück hinter unsere Linien, Ajax. Ich sorge dafür, dass sie sie nicht durchbrechen.« Dann drückte er Ajax noch Alt-Pelion in die Hand und schickte ihn seiner Wege. Ich hatte immer meine Vorbehalte gegen Odysseus gehabt, aber er war ein König. Mit dem Schwert in der Hand wirbelte er herum und pflanzte seine Füße kampfbereit in die Erde, die noch von Achilles' Blut dampfte.

Wir schlugen den Angriff der Trojaner zurück, und Aeneas heulte wie ein Schakal, als er Ajax davonstapfen sah. Ich sagte zu Odysseus: »Ajax ist stark, aber nicht stark genug, um Achilles weit zu tragen. Lasst mich ihm nacheilen und Achilles abnehmen.«

Er nickte.

Also wendete ich das Gespann, um Ajax einzuholen. Er war bereits hinter unseren Linien und ging in Richtung Strand. In diesem Augenblick – ich war noch zu weit entfernt von Ajax – schoss ein Kampfwagen an mir vorbei, dessen Fahrer Ajax abfangen wollte. Es war einer von Priamos' Söhnen, denn er trug die purpurnen Insignien des Hauses Dardanos auf seinem Harnisch. Ich versuchte die Pferde anzufeuern und rief Ajax einen Warnschrei zu. Aber er schien ihn nicht zu hören.

Der Trojanerprinz sprang von seinem Sitz, das Schwert in der Hand und lächelnd. Dies bewies, dass er Ajax, der unbeirrt weiterging, nicht kannte. Er hob nur Achilles etwas höher und spießte den Trojaner mit Alt-Pelion auf.

»Ajax, legt ihn in den Wagen«, sagte ich, als ich an seiner Seite war.

»Ich trage ihn nach Hause.«

»Es ist zu weit, Ihr bringt Euch um.«

»Ich trage ihn!«

»Dann«, sagte ich verzweifelt, »lasst uns ihm wenigstens die Rüstung ausziehen und in den Wagen legen.«

»Und ich könnte seinen Körper spüren statt dieser Hülle. Ja, das ist ein guter Vorschlag.«

Und als Achilles von diesem schrecklichen Gewicht befreit war, ging Ajax weiter, liebkoste seinen Vetter, küsste sein Gesicht, sprach zu ihm und sang ihm leise ins Ohr.

Die Armee folgte uns langsam über die Ebene. Ich blieb mit dem Wagen hinter Ajax, der auf seinen mächtigen Beinen dahinstapfte, als könne er hundert Meilen mit Achilles auf den Armen gehen.

Göttervater Zeus hatte seinen Zorn lange genug zurückgehalten. Jetzt ließ er ihn über unseren Köpfen los, und das Himmelsgewölbe explodierte in weißen Blitzschlägen. Das Gespann blieb zitternd stehen, wie festgenagelt vor Angst; und selbst Ajax hielt inne, als die Donner krachend über uns hinwegrollten und die Blitze ein faszinierendes Spitzenmuster auf die Wolken zauberten. Endlich begann es zu regnen: Große, schwere Tropfen fielen ebenso heftig wie spärlich herab, als ob Zeus zu erschüttert war, um seinen Tränen freien Lauf zu lassen. Dann wurde der Regen dichter. Die Armee hatte uns eingeholt, aller Zank war unter der Macht des Donnerers vergessen, und gemeinsam brachten wir Achilles über den Skamandros-Damm ins Lager; Ajax an der Spitze, der König hinter ihm. In strömendem Regen legten wir den Toten auf eine Bahre, während der Göttervater ihm mit Tränen des Himmels das Blut abwusch.

Ich ging mit Odysseus zu Briseis, die an der Tür stand und uns schon erwartet hatte.

»Achilles ist tot«, sagte Odysseus.

»Wo ist er?«, fragte sie mit gefasster Stimme.

»Vor Agamemnons Haus.« Odysseus weinte.

Briseis strich mit einem Lächeln über seinen Arm. »Ihr braucht Euch nicht zu grämen, Odysseus. Er wird unsterblich sein.«

Sie hatten ein Schutzdach über der Bahre errichtet, um den Regen abzuhalten. Briseis beugte sich über die sterbliche Hülle des großen Mannes. Wasser und Blut ließen sein helles Haar glanzlos wirken, sein Gesicht war bleich und still. Ich fragte mich, ob ihr wohl auffiel, was mir in die Augen stach: Im Tod sah der lippenlose Mund so aus, wie er sein sollte und doch im Leben nie war. Nun besaß Achilles das Antlitz des vollkommenen Kriegers.

Aber Briseis verriet weder jetzt noch später, was sie dachte. Voller Zärtlichkeit beugte sie sich über ihn und küsste seine Augenlider. Dann nahm sie seine Hände und faltete sie über seiner Brust.

Er war tot. Achilles war tot. Wie konnten wir das jemals verwinden?

Wir trauerten sieben volle Tage um ihn. Am letzten Abend, als die Sonne unterging, legten wir seine Leiche auf den goldenen Totenwagen und brachten ihn über den Skamandros zu dem Grab im Felsen. Briseis begleitete uns, denn niemand brachte es übers Herz, sie davon auszuschließen. Sie ging am Ende des langen Zugs, mit gefalteten Händen und gesenktem Kopf. Ajax, der die Trauerversammlung anführte, hielt Achilles' Kopf in einer seiner Handflächen, als sie ihn in die Kammer trugen. Er war in Gold gekleidet, nicht aber in der goldenen Rüstung. Die hatte Agamemnon in Verwahrung genommen.

Nachdem die Priester ihre Sprüche aufgesagt, die goldene Maske auf sein Gesicht gelegt und die Trankopfer ausgegossen hatten, verließen wir langsam das Grab, das er nun mit Patroklos, Penthesilea und zwölf jungen trojanischen Adligen teilte. Am merkwürdigsten von all den seltsamen Vorkommnissen und Vorzeichen war die Stimmung im Grab: Sie war sanft, rein, unbeschreiblich. Das Blut der zwölf Jünglinge in dem goldenen Kelch war immer noch flüssig, leuchtete immer noch karmesinrot.

Ich warf einen Blick zurück, um zu sehen, ob Briseis uns folgte, und sah, wie sie neben dem Totenwagen kniete. Obwohl ich keine Hoffnung hatte, sie rechtzeitig zu erreichen, rannte ich zurück in das Grab, Nestor neben mir. Wir konnten keine Worte finden, als sie das Messer mit letzter Kraft auf den Boden gleiten ließ und darüber zusammensank. Ja, das war nur angemessen! Wie konnten wir anderen einem Tag entgegensehen, der keinen Achilles mehr kannte? Ich beugte mich vor, um das Messer aufzuheben, aber Nestor hielt mich zurück.

»Kommt, Automedon. Sie brauchen niemand anderen hier.«

Das Begräbnisfest fand am nächsten Tag statt, aber diesmal gab es keine Spiele. Agamemnon erklärte uns, weshalb nicht. »Ich bezweifle, dass irgendjemandem danach ist, sich mit einem anderen zu messen. Aber das ist nicht der eigentliche Grund. Achilles wollte nicht in der Rüstung begraben werden, die seine Mutter – eine Göttin! – bei Hephaistos in Auftrag gegeben hatte. Er wollte, dass sie der Beste von uns bekommt, der vor Troja am Leben geblieben ist. Und dies ist der Preis anstatt der Begräbnisspiele.«

Ich hielt das zwar nicht unbedingt für eine Lüge, aber Achilles hatte nichts dergleichen mir gegenüber erwähnt. »Wie, Majestät, wollt Ihr das entscheiden? Durch irgendwelche Wettkämpfe mit Waffen? Die sind nicht immer ein Beweis für wirkliche Größe.«

»Das ist wahr«, bestätigte der oberste König. »Und deshalb werde ich einen Wettbewerb der Worte ausrufen. Jeder, der von sich glaubt, er sei der Beste, der noch vor Troja am Leben ist, soll vortreten und uns sagen, weshalb er das glaubt.«

Nur zwei Bewerber traten vor: Ajax und Odysseus. Seltsam! Sie verkörperten die zwei entgegengesetzten Pole von Größe: den Krieger und – wie nannte man jemanden, der mit dem Verstand kämpfte?

»Ja, das passt«, sagte Agamemnon. »Ajax, Ihr brachtet seine Leiche zurück. Odysseus, Ihr habt es ermöglicht, dass die Leiche zurückgebracht werden konnte. Ajax, sprecht als Erster und sagt mir, warum Ihr die Rüstung verdient.«

Wir saßen zu beiden Seiten von Agamemnon; ich mit König Nestor und den anderen, weil ich jetzt die Myrmidonen anführte. Sonst war niemand anwesend.

Ajax schien bedrückt und sprachlos zugleich zu sein. Da stand er, der größte Mann, den ich je gesehen hatte, und brachte kein Wort heraus. Er machte auch keine gute Figur: Irgendetwas schien mit seiner rechten Körperhälfte nicht zu stimmen. Als er vorgetreten war, hatte er das rechte Bein nachgezogen, und sein rechter Arm schien sich unnatürlich zu bewegen. Vielleicht hatte er einen leichten Schlag erlitten. Seinen Vetter so weit zu tragen, hatte ihn wohl überanstrengt. Und als er schließlich sprach, hielt er immer wieder qualvoll inne, um nach Worten zu ringen.

»Ehrwürdiger oberster König, meine Könige und Prinzen … Ich bin der Vetter ersten Grades von Achilles. Sein Vater Peleus und mein Vater Telamon waren leibliche Brüder. Ihr Vater Aiakos war ein Sohn des Zeus. Wir gehören zu einem großen Stamm. Wir tragen einen großen Namen. Ich beanspruche die Rüstung für mich, weil ich diesen Namen trage, zu dieser Familie gehöre. Ich kann nicht zulassen, dass sie ein Mann erhält, der unehelicher Sohn eines gemeinen Diebes ist.«

Durch die Reihe der zwanzig Männer lief eine Bewegung, sie runzelten die Stirn. Was fiel Ajax ein, Odysseus zu verleumden? Nicht dass Odysseus protestierte; er wirkte wie taub und hielt seinen Blick auf den Boden gerichtet.

»Ich bin freiwillig nach Troja gekommen, wie Achilles. Keinen von uns beiden band ein Eid. *Ich* musste nicht des Betrugs überführt werden, weil ich Wahnsinn vortäuschte, wohl aber Odysseus. Nur zwei Männer in diesem großen Heer haben im Zweikampf gegen Hektor bestanden – Achilles und ich. Ich brauche keinen Diomedes, der die dreckige Arbeit für mich erledigt. Was sollte Odysseus mit der Rüstung anfangen? Mit seiner schwachen linken Hand wird er Alt-Pelion kaum werfen können. Sein Rotschopf würde unter der Last des Helms erdrückt. Wenn Ihr mein Recht auf das Eigentum meines Vetters bezweifelt, so werft es in die Mitte eines Haufens Trojaner und seht zu, wer von uns beiden es herauszieht!«

Er humpelte zu seinem Stuhl zurück und ließ sich schwerfällig darauf nieder. Agamemnon sah verlegen drein, aber es war nicht zu übersehen, dass die meisten von uns dem zustimmten, was Ajax gesagt hatte. Verwirrt betrachtete ich Odysseus. Wie wollte er überhaupt noch seinen Anspruch auf die Rüstung begründen?

Er erhob sich und stellte sich mit gespreizten Beinen vor uns hin; das Rot seiner Haare wurde von dem Licht noch verstärkt. Rotschopf und Linkshänder. Von göttlichem Blut wirklich keine Spur.

»Es stimmt, dass ich versucht habe, Troja zu entgehen«, sagte Odysseus. »*Ich* wusste, wie lange dieser Krieg dauern würde. Eid oder nicht, wie viele von Euch hätten sich freiwillig diesem Feldzug angeschlossen, wenn sie gewusst hätten, wie lange sie der Heimat fern sein würden?

Was Achilles angeht, ohne mich wäre er nie nach Troja gekommen – ich und kein anderer hat die List durchschaut, die ihn in Skyros halten sollte. Ajax war da, aber er hat sie nicht erkannt. Fragt Nestor, er wird es bestätigen.

Was die Herkunft angeht, so ignoriere ich Ajax' üble Nachrede. Auch ich bin ein Urenkel des allmächtigen Zeus. Was den persönlichen Mut angeht, will irgendjemand von Euch meinen bezweifeln? Ich bin körperlich nicht besser ausgestattet als andere, um meine Tapferkeit zu beweisen, aber ich schlage mich gut. Wer es nicht glaubt, zähle meine Narben. König Diomedes ist mein Freund und Liebhaber, aber nicht mein Diener.«

Er machte eine Pause. So ungeschickt Ajax seine Worte gesetzt hatte, so geschickt hatte Odysseus seine vorgebracht. »Ich erhebe nur aus einem einzigen Grund Anspruch auf die Rüstung – weil ich möchte, dass über sie so verfügt wird, wie Achilles es sich gewünscht hat.

Wenn ich sie nicht tragen kann, wieso dann Ajax? Wenn sie mir zu groß ist, so ist sie ihm zu klein. Gebt sie mir. Ich habe sie verdient.«

Er breitete weit die Arme aus, als wolle er kundtun, dass es eigentlich gar keinen Wettstreit gab. Dann kehrte er zu seinem Platz zurück. Viele gerieten nun ins Schwanken, aber das war unerheblich, denn Agamemnon würde entscheiden.

Der oberste König sah Nestor an. »Was denkt Ihr?«

Nestor seufzte. »Dass Odysseus die Rüstung verdient.«

»Dann soll es so sein. Odysseus, nehmt Euren Preis.«

Ajax schrie. Sein Schwert blitzte auf, aber was immer er vorhatte, blieb ungeschehen. Noch während er von seinem Stuhl hochsprang, fiel er der Länge nach zu Boden und blieb dort liegen. Nichts brachte ihn dazu, wieder aufzustehen. Schließlich ließ Agamemnon eine Bahre holen, und acht Soldaten trugen ihn weg. Odysseus legte die Rüstung in einen Handwagen, während die Könige traurig und niedergeschlagen auseinandergingen. Ich machte mich auf die Suche nach Wein, um den sauren Geschmack im Mund loszuwerden. Als Odysseus zu Ende geredet hatte, war uns klar gewesen, was er mit der Rüstung vorhatte – er würde sie Neoptolemos geben. In Troja war so ein Geschenk vielleicht möglich, aber in unserem Teil der Welt wurde die Rüstung eines Toten entweder mit ihm begraben oder als Preis bei den Begräbnisspielen gestiftet. Schade, dass es nun so gekommen war. Wirklich sehr schade, wie sich herausstellen sollte.

Es war längst Nacht geworden, als ich endlich den Versuch aufgab, mich zu betrinken. Ich ging durch die verlassenen Straßen und sah mich nach einem Licht, nach einem Ort um, wo ich vielleicht Trost fand. Und schließlich entdeckte ich eine Flamme. Sie brannte im Haus von Odysseus. Der Vorhang am Eingang war noch zurückgezogen, und so ging ich hinein.

Er saß mit Diomedes, den Arm um ihn gelegt, vor einem verlöschenden Feuer und brütete vor sich hin. Seine Finger streichelten sanft die nackte Schulter des Freundes. Ich kam mir vor wie ein Ausgestoßener, ein herrenloser Hund, als ich ihre Verbundenheit betrachtete, und erneut überkam mich ein Gefühl großer Einsamkeit. Achilles war tot. Ich führte die Myrmidonen, ich, der ich nicht dafür geboren worden war. Das machte mir Angst. Ich trat ins Licht und setzte mich müde nieder.

»Störe ich?«, fragte ich dann ein wenig verspätet.

Odysseus lächelte. »Nein. Trinkt einen Schluck Wein.«

Mein Magen revoltierte. »Nein, danke. Ich habe den ganzen Abend erfolglos versucht, mich zu betrinken.«

»So allein, Automedon?«, fragte Diomedes.

»Mehr als ich jemals sein wollte. Wie kann ich seinen Platz einnehmen? Ich bin nicht Achilles.«

»Macht Euch keine Sorgen«, flüsterte Odysseus. »Ich habe vor zehn Tagen nach Neoptolemos geschickt, als ich den Schatten des Todes auf sein Gesicht fallen sah. Wenn die Götter und die Winde uns gewogen sind, sollte Neoptolemos bald eintreffen.«

Ich war so erleichtert, dass ich ihn fast geküsst hätte.

»Odysseus, dafür danke ich Euch von ganzem Herzen! Die Myrmidonen müssen von einem aus dem Geschlecht des Peleus geführt werden.«

»Ihr braucht mir nicht zu danken, nur weil ich das Vernünftige getan habe.«

Müßig saßen wir herum, während die Nacht verstrich. Einmal vermeinte ich von fern einen Tumult zu hören, aber da das Geräusch rasch verebbte, wandte ich meine Aufmerksamkeit wieder dem zu, was Diomedes sagte. Dann hörten wir einen lauten Schrei. Diomedes schnellte wie ein Pfeil hoch und griff zu seinem Schwert, während Odysseus unentschlossen sitzen blieb und den Kopf schief legte. Der Lärm wurde lauter. Wir gingen nach draußen und wandten uns in seine Richtung.

Er führte uns hinunter zum Skamandros und schließlich zu dessen Ufer, wo wir geweihte Tiere hielten, die für unsere Altäre bestimmt waren. Jedes war einzeln ausgesucht, gesegnet und mit einem heiligen Symbol versehen worden. Einige der Könige waren schon vor uns dort, und eine Wache hielt Neugierige fern. Natürlich wurden wir unverzüglich durchgelassen, und so schlossen wir uns Agamemnon und Menelaos an, die an dem Zaun standen, der die Tiere umgab, und ein Wesen betrachteten, das nur undeutlich in der Dunkelheit zu erkennen war. Wir hörten ein verrücktes Lachen und eine geifernde Stimme, die immer höher wurde, Namen zu den Sternen emporbrüllte und ihre ganze Wut und Verachtung herausschrie.

»Nehmt das, Odysseus, Abkömmling von Dieben! Verreckt, Menelaos, elender Kriecher!«

Und so ging es weiter, während wir vergebens in die Dunkelheit spähten. Dann reichte jemand Agamemnon eine Fackel, der sie über den Kopf hob, damit ihr Licht ausstrahlen konnte. Entsetzt schnappte ich nach Luft. Mein mit Wein gefüllter Magen revoltierte; ich wandte mich zur Seite und übergab mich. Soweit das Licht der Fackel reichte, war Blut zu sehen. Schafe, Rinder und Ziegen lagen in großen roten Lachen, die Augen glasig und starr, die Glieder abgetrennt, die Kehlen durchschnitten, die Felle bei manchen mit Dutzenden von Wunden bedeckt. Im Hintergrund sprang Ajax mit einem blutigen Schwert herum. Aus seinem Mund drang dieses grausige Gelächter – wenn er nicht gerade Verwünschungen ausstieß. Ein erschrockenes kleines Kalb zappelte in seiner Hand und schlug mit seinen Hufen gegen seinen unnachgiebigen Rumpf, während er auf das Tier einstach. Bei jedem Stich nannte er das Kalb Agamemnon, und dann brach er erneut in schallendes Gelächter aus.

»Dass es so weit mit ihm kommen musste!«, flüsterte Odysseus. Ich bekam meinen Brechreiz unter Kontrolle. »Was ist das?«, keuchte ich.

»Wahnsinn, Automedon. Da ist vieles zusammengekommen. Zu viele Schläge auf den Kopf im Lauf der Jahre – zu viel Kummer – vielleicht ein kleiner Schlaganfall. Aber dass es dazu führen würde! Ich bete, dass er sich nie wieder so weit erholt, um zu begreifen, was er angerichtet hat.«

»Wir müssen ihn aufhalten!«, flehte ich.

»Versucht es nur, Automedon. Ich habe keinen Ehrgeiz, mich mit einem wahnsinnigen Ajax anzulegen.«

»Ich auch nicht«, stimmte Agamemnon zu.

Also blieb uns nichts anderes übrig, als hilflos dazustehen und zuzusehen.

Bei Sonnenaufgang ließ sein Wahnsinn nach. Knöcheltief in Blut watend, kam er zu sich und starrte um sich wie ein Mann in einem Alptraum – auf die Dutzende geweihter toter Tiere, die ihn umgaben, auf das Blut, das ihn von Kopf bis Fuß bedeckte, auf das Schwert in seiner Hand und auf die stummen Könige, die ihn von jenseits des Zauns anstarrten. Er hielt noch immer eine leblose und schrecklich verstümmelte Ziege in der Hand. Mit einem Entsetzensschrei ließ er sie fallen, begriff endlich, was er getan hatte. Dann rannte er zum Zaun und setzte über ihn hinweg, floh von dem Ort, als ob die Furien ihm bereits auf den Fersen waren. Teukros verließ uns, um ihm zu folgen. Wir blieben, wo wir waren, bis ins Mark erschüttert.

Menelaos fand als Erster wieder Worte. »Wirst du ihn damit durchkommen lassen, Bruder?«, fragte er Agamemnon.

»Was willst du, Menelaos?«

»Sein Leben! Er hat die geheiligten Tiere getötet, sein Leben ist verwirkt! Die Götter verlangen es!«

Odysseus seufzte. »Wen die Götter lieben, den treiben sie als Ersten in den Wahnsinn«, sagte er. »Lasst ihn in Frieden, Menelaos.«

»Er muss sterben!«, beharrte Menelaos. »Richtet ihn hin und lasst niemanden sein Grab schaufeln!«

»Das ist die vorgesehene Strafe«, murmelte Agamemnon.

Odysseus schlug die Hände zusammen. »Nein, nein, nein! Lasst ihn! Genügt es Euch nicht, Menelaos, dass Ajax sich selbst gerichtet hat? Sein Schatten ist in den Tartaros verdammt für das, was er heute Nacht getan hat! Lasst ihn gehen! Häuft nicht noch mehr glühende Kohlen auf sein armes, verrücktes Haupt!«

Agamemnon wandte sich von dem Blutbad ab. »Odysseus hat Recht. Er ist verrückt, Bruder. Möge er sühnen, so gut er kann.«

Odysseus, Diomedes und ich gingen durch die Straßen zu dem

Haus, in dem Ajax mit seiner Lieblingskonkubine Tekmessa und ihrem gemeinsamen Sohn Eurysakes lebte. Als Odysseus an die geschlossene Tür klopfte, spähte Tekmessa ängstlich durch die Fensterläden, ehe sie – den Sohn an ihrer Seite – öffnete.

»Wo ist Ajax?«, fragte Diomedes.

Sie wischte ihre Tränen ab. »Fort, Majestät. Ich weiß nicht, wohin. Er sagte nur, er würde Pallas Athene um Vergebung bitten und im Meer baden.« Sie brach zusammen, doch es gelang ihr weiterzusprechen. »Er gab Eurysakes seinen Schild. Das sei der einzige Teil seiner Rüstung, der nicht durch seinen Frevel befleckt worden sei, sagte er und fügte hinzu, dass alle anderen Teile zusammen mit ihm beigesetzt werden sollen. Dann gab er uns in die Obhut von Teukros. Majestät, was ist geschehen? Was hat er verbrochen?«

»Nichts, was er wissentlich getan hat, Tekmessa. Bleibt hier, wir werden ihn finden.«

Er war unten am Strand, wo die kleinen Wellen sanft an den Rand der Bucht schlugen und nur ein paar Felsen aus dem Kies ragten. Teukros war bei ihm, kniete mit gesenktem Kopf über ihm; der schwerfällige Teukros, der nie viel sagte, aber immer da war, wenn Ajax ihn brauchte. Selbst jetzt, in seiner letzten Stunde.

Was geschehen war, bedurfte keiner Worte: der flache Felsen, der ein paar Fingerbreit aus dem Kies ragte, die Oberfläche durch einen Hieb von Poseidons Dreizack zersprungen, und in dem Spalt festgeklemmt das Schwert mit der Klinge nach oben. Ajax hatte seine Rüstung abgelegt und im Meer gebadet, hatte eine Eule in den Sand gezeichnet für Athene und ein Auge für Mutter Kubaba. Und dann hatte er sich mit seinem ganzen Gewicht in das Schwert gestürzt. Die Klinge hatte seine Brust durchbohrt und sein Rückgrat gespalten. Jetzt ragte sie zwei Ellen weit aus seinem Körper. Er lag mit dem Gesicht in seinem eigenen Blut, die Augen geschlossen, Spuren des Wahnsinns noch in seinen Zügen.

Teukros hob den Kopf, um uns voller Bitterkeit anzusehen. In seinen Augen, die schließlich an Odysseus hängen blieben, war deutlich zu erkennen, dass er wusste, wen die Schuld für diesen Tod traf. Was Odysseus dachte, wagte ich nicht einmal zu raten, doch er zeigte keine Regung.

»Was können wir tun?«, fragte er.

»Nichts«, entgegnete Teukros. »Ich werde ihn selbst beerdigen.«

»Hier?«, fragte Diomedes bestürzt. »Nein, er hat etwas Besseres verdient!«

»Ihr wisst, dass das nicht stimmt. Er wusste es auch. So wie ich. Er wird genau das bekommen, was ihm nach den Gesetzen der Götter zusteht: das Grab eines Selbstmörders. Das ist alles, was ich für ihn tun kann. Alles, was zwischen uns übrig geblieben ist. Er muss mit dem Tod bezahlen, was Achilles mit dem Leben bezahlt hat. Das hat er zu mir gesagt, bevor er gestorben ist.«

Wir gingen davon und ließen sie allein, die Brüder, die nie wieder gemeinsam kämpfen würden, der kleinere im Schutz des Schildes, das der größere trug. Innerhalb acht Tagen hatten wir sie nun beide verloren: Achilles und Ajax, den Kopf und das Herz unserer Armee.

»Ai! Ai! Wehe! Wehe!«, klagte Odysseus, und Tränen rannen ihm übers Gesicht. »Wie unergründlich sind die Wege der Götter! Achilles hat Hektor an dem Wehrgehänge davongeschleift, das Ajax ihm geschenkt hatte. Nun ist Ajax durch das Schwert gefallen, das Hektor ihm schenkte.« Er wand sich vor Schmerzen. »Bei der Großen Mutter, ich bin Troja sterbensleid! Ich hasse schon den bloßen Geruch der trojanischen Luft.«

KAPITEL 29

ERZÄHLT VON AGAMEMNON

Die Tage der offenen Feldschlachten waren vorbei. Priamos schloss das Skäische Tor und sah von seinen Mauern auf uns herab. Eine Hand voll von ihnen war übrig geblieben; von den Besten hatte nur Aeneas überlebt. Nachdem seine beiden Lieblingssöhne gefallen waren, hatte Priamos nur noch die nutzlosen, die ihn trösten konnten. Eine Zeit des Wartens brach an, in der unsere Wunden verheilten und unser Kampfgeist allmählich wieder erstarkte. Etwas Seltsames war geschehen, ein Geschenk der Götter, das sich niemand hätte träumen lassen: Der Siegeswillen von Achilles und Ajax schien auf die griechischen Soldaten übergegangen zu sein. Bis hin zum letzten Mann waren sie entschlossen, Trojas Mauern zu überwinden. Ich erwähnte das Phänomen gegenüber Odysseus, um zu hören, was er davon hielt.

»Daran ist nichts Geheimnisvolles, Majestät. Achilles und Ajax sind zu Helden geworden, und Helden sterben nie. Die Männer nehmen nun die Last auf, und im Übrigen wollen sie in die Heimat. Aber nicht als Verlierer. Die einzige Berechtigung für das, was in den letzten zehn Jahren geschehen ist, liegt in dem Fall von Troja. Wir haben teuer für unseren Feldzug bezahlt – mit unserem Blut, unseren ergrauten Haaren, unseren heimwehkranken Herzen, den Gesichtern, die wir so lange nicht gesehen haben, dass wir uns kaum noch an ihre geliebten Züge erinnern können, mit unseren Tränen und dieser schrecklichen Verlorenheit. Troja hat sich bis in unsere Knochen gefressen. Wir können ebenso wenig nach Hause zurückkehren, ohne Troja in Schutt und Asche gelegt zu haben, wie wir die Geheimnisse der Großen Mutter entweihen können.«

»Dann«, erwiderte ich, »werde ich Apollo um Rat bitten.«

»Er ist viel mehr ein Trojaner als ein Grieche, Majestät.«

»Selbst wenn, aus seinem Mund spricht das Orakel. Also werden wir ihn fragen, was wir tun müssen, um Troja zu erobern. Er kann dem Repräsentanten eines Volkes – jeden Volkes! – eine ehrliche Antwort nicht verwehren.«

Talthybios blickte in das glühende Innere des heiligen Feuers und seufzte. Er war kein Kalchas; er war ein Grieche, der Feuer und Wasser zum Wahrsagen benutzte und Tiere nur als einfache Opfergaben betrachtete. Er verkündete seine Erkenntnisse nicht während der Anrufung, sondern wartete damit, bis wir uns im Rat versammelt hatten.

»Was habt Ihr gesehen?«, fragte ich ihn.

»Viele Dinge, Majestät. Einige habe ich nicht einmal ansatzweise verstanden, aber zwei haben sich mir völlig offenbart.«

»Erzählt.«

»Wir können die Stadt nicht erobern mit dem, was wir besitzen. Erst müssen wir über zwei Dinge verfügen, die den Göttern lieb und teuer sind. Wenn wir sie erlangen, wissen wir, dass die Götter mit unserem Eindringen einverstanden sind. Erlangen wir sie nicht, können wir sicher sein, dass der ganze Olymp gegen uns ist.«

»Welche zwei Dinge sind das, Talthybios?«

»Das erste sind Pfeil und Bogen von Herakles. Das zweite ist ein Mensch – Neoptolemos, der Sohn von Achilles.«

»Wir danken Euch. Ihr könnt gehen.«

Ich beobachtete ihre Gesichter. Idomeneus und Meriones saßen trübsinnig da; mein armer, unbedarfter Bruder Menelaos verzog keine Miene; Menestheus würde ohne zu klagen weiterkämpfen; Teukros hatte keinem von uns verziehen und Automedon sich noch immer nicht damit abgefunden, die Myrmidonen zu befehligen; Diomedes versuchte die jüngst enthüllte Treulosigkeit seiner Ehefrau zu verkraften; und Odysseus – ah, Odysseus! Wer wusste wirklich, was hinter diesen schönen, strahlenden Augen vorging?

»Nun, Odysseus? Ihr wisst, wo Pfeil und Bogen von Herakles sind. Wie schätzt Ihr unsere Möglichkeiten ein?«

Langsam erhob er sich. »In fast zehn Jahren haben wir nicht ein einziges Wort aus Lemnos gehört.«

»Ich habe gehört, er sei tot«, warf Idomeneus düster ein.

Odysseus lachte. »Philoktetes tot? Nicht einmal, wenn ein Dutzend Vipern ihr Gift in ihn gespritzt hätten. Ich glaube, er ist immer noch in Lemnos. Wir müssen es unbedingt versuchen. Wer soll gehen?«

»Ihr und Diomedes. Ihr wart seine Freunde. Wenn er sich überhaupt wohlwollend an uns erinnert, dann Euretwegen. Nehmt Euch auf der Stelle ein Schiff, fahrt hin und bittet ihn um Pfeil und Bogen, die er von Herakles geerbt hat. Sagt ihm, dass wir seinen Teil der Kriegsbeute aufbewahrt und ihn nicht vergessen haben«, erklärte ich.

Diomedes reckte sich. »Ein oder zwei Tage auf See! Eine vortreffliche Idee!«

»Aber da ist dann immer noch die Sache mit Neoptolemos«, fuhr ich fort. »Er braucht mindestens einen Monat, um herzukommen – *wenn* der alte Peleus ihn gehen lässt.«

Odysseus drehte sich an der Tür um und sagte: »Keine Sorge, Majestät, das ist bereits in die Wege geleitet. Ich habe schon vor einem halben Monat nach Neoptolemos geschickt. Und was Peleus angeht – bringt Göttervater Zeus ein Opfer dar.«

Nach acht Tagen tauchte das safrangelbe Segel, mit dem Odysseus in See gestochen war, wieder am Horizont auf. Voller Erwartung stand ich am Ufer neben den leeren Kielen, auf denen sein Schiff gelegen hatte. Selbst wenn man davon ausging, dass Philoktetes noch am Leben war, so hatte er uns in zehn Jahren nicht eine Nachricht aus Lemnos geschickt. Und auch keiner unserer Boten hatte ihn je ausfindig gemacht. Wer konnte schon wissen, was Krankheit mit dem Verstand eines Mannes anrichtete? Wir brauchten nur an Ajax zu denken.

Odysseus stand vorn am Bug und winkte fröhlich. Ich stieß einen Seufzer der Erleichterung aus. Er war ein verschlagener Bursche, aber er sah nicht aus wie jemand, der gescheitert war. Menelaos und Idomeneus schlossen sich mir an, während ich wartete.

Keiner von uns wusste, was uns bevorstand. Wir hatten Philoktetes längst tot geglaubt, und wenn er wirklich überlebt hatte, so musste er zumindest sein Bein verloren haben. Und so stand ich da und stellte mir einen Krüppel vor, eine verwitterte Ruine, und nicht einen Mann, der sich über die Reling schwang und die vielen Ellen zum Strand so behände hinunterlief wie ein Knabe. Er hatte sich nicht verändert, war kaum gealtert. Er hatte einen hübschen goldblonden Bart und trug nur einen Rock. Über seiner Schulter hingen ein mächtiger Bogen und ein schmutziger Köcher voller Pfeile. Ich wusste, dass er mindestens fünfundvierzig war, aber sein straffer, gebräunter Körper ließ ihn zehn Jahre jünger erscheinen, und seine kräftigen Beine waren makellos. Ich konnte nur nach Luft schnappen.

»Warum, Philoktetes, warum?«, war alles, was ich hervorbrachte, nachdem wir uns in meinem Haus niedergelassen hatten und der Diener mit dem Wein bereitstand.

»Ganz einfach, Agamemnon, wenn Ihr die Geschichte erfahrt.«

»Dann erzählt sie!«, befahl ich und war zum ersten Mal seit dem Tod von Achilles und Ajax wieder ein wenig glücklich. Das war Philoktetes zu verdanken; er brachte frischen Wind mit und verbreitete Freude in meinen muffigen Räumen.

»Ich habe ein Jahr gebraucht, um meinen Lebensmut wiederzufinden und mein Bein wieder zu gebrauchen«, begann Philoktetes. »Weil sie Angst hatten, dass die Einheimischen einem Griechen nicht freundlich gesinnt sein würden, trugen mich meine Bediensteten in die Berge, wo sie eine Höhle für mich fanden. Sie lag weit westlich von Mitylene und Antissa und selbst Meilen vom nächsten Dorf und Bauerngut entfernt. Meine Leute waren treu und loyal, und so erfuhr niemand, wer ich war, noch, wo ich war. Ihr könnt Euch mein Erstaunen vorstellen, als Odysseus mir erzählte, Achilles habe Lemnos die letzten zehn Jahre viermal geplündert! Ich wusste nichts davon!«

»Nun, geplündert werden Städte«, warf Meriones ein.

»Wohl wahr.«

»Aber Ihr seid doch sicher wieder unterwegs gewesen, als Ihr genesen wart«, meinte Menelaos.

»Nein«, antwortete Philoktetes, »das bin ich nicht. Apollo sprach in einem Traum zu mir und sagte, ich solle bleiben, wo ich bin. Und offen gestanden, es machte mir keine Mühe. Ich fing an zu laufen und zu jagen, erlegte Rotwild und Wildschweine, und meine Diener tauschten das Fleisch im nächsten Dorf gegen Wein, Feigen oder Oliven – ich führte ein beschauliches Leben! Keine Sorgen, kein Königreich, keine Verantwortung. Die Jahre vergingen, ich war glücklich, und ich hätte nie geglaubt, dass noch Krieg wäre. Ich dachte, Ihr wärt alle längst wieder in der Heimat.«

»Bis wir auf Euren Berg kletterten und Euch fanden«, erwiderte Odysseus.

»Hat Apollo Euch verkündet, Ihr könntet gehen?«, fragte Nestor.

»Ja. Und ich bin sehr froh, beim letzten Schlag gegen Troja dabei zu sein.«

Ein Bote war gekommen, um Odysseus etwas ins Ohr zu flüstern. Er stand auf und ging mit dem Mann hinaus. Als er zurückkehrte, lag Erstaunen auf seinem Gesicht.

»Majestät«, sagte er zu mir, »einer meiner Späher hat mir mitgeteilt, dass Priamos eine weitere Schlacht plant. Die trojanische Armee wird morgen vor Tagesanbruch auf unserer Schwelle stehen, mit dem Befehl, uns anzugreifen, während wir noch schlafen. Ist das nicht interessant? Ein eindeutiger Bruch der Kriegsregeln. Ich wette, das hat sich Aeneas ausgedacht.«

»Ach, kommt, Odysseus!«, sagte Menestheus unerwartet und schnaubte herablassend. »Was soll die Aufregung über die Verletzung von Kriegsregeln? Ihr macht das seit Jahren!«

Odysseus verzog den Mund. »Ja, aber sie nicht«, entgegnete er.

»Egal, ob sie's getan haben oder nicht«, sagte ich, »jetzt tun sie es. Odysseus, Ihr habt meine Erlaubnis, jedes Mittel anzuwenden, um uns nach Troja hineinzubringen.«

»Aushungern«, antwortete er unverzüglich.

»Außer Aushungern«, erwiderte ich.

Lange vor Tagesanbruch hatten wir Aufstellung bezogen, sodass Aeneas feststellen musste, dass er zu spät kam. Ich leitete den Angriff selbst. Wir mähten sie nieder und zeigten ihnen, dass wir uns auch ohne Achilles und Ajax zu schlagen wussten. Ohnehin unsicher, weil sie Aeneas' List nicht guthießen, ergriff die Trojaner Panik, als wir über sie herfielen. Wir mussten ihnen nur nachsetzen, um sie zu Hunderten zu töten.

Philoktetes verschoss Herakles' Pfeile – mit verheerender Wirkung. Er hatte sich Männer ausgesucht, die zu den Opfern liefen, die wertvollen Pfeile aus ihnen herauszogen, sie säuberten und wieder in den abgewetzten alten Köcher steckten. Wer entkam, floh in die Stadt; das Skäische Tor schloss sich vor unseren Augen. Der Kampf war sehr kurz gewesen. Bereits nach Sonnenaufgang standen wir siegreich auf dem Schlachtfeld, das übersät war von gefallenen Trojanern. Die letzte Blüte Trojas war in den Staub gesunken.

Idomeneus und Meriones fuhren herbei, Menelaos im Gefolge und dahinter die anderen. Sie stellten ihre Wagen im Kreis auf, um einen Blick auf die Walstatt zu werfen und über die Schlacht zu reden.

»Herakles' Pfeile besitzen wirklich Wunderkräfte, wenn Ihr sie abschießt, Philoktetes«, sagte ich anerkennend.

Er lachte. »Ich gebe zu, dass ihnen diese Arbeit besser gefällt, als Wild zu erlegen, Agamemnon. Aber wenn meine Männer später nachzählen, werden sie feststellen, dass drei fehlen.«

Seine Augen richteten sich auf Automedon, der die Myrmidonen gut geführt hatte. »Ich habe gute Nachrichten für Euch und die Myrmidonen, Automedon.«

Gespannt lauschten wir.

»Gute Nachrichten?«, fragte Automedon.

»Allerdings. Ich habe Paris zu einem Zweikampf herausgefordert. Einer der Soldaten hat ihn mir gezeigt, also verfolgte ich ihn, bis er mir nicht mehr entwischen konnte. Dann rühmte ich mich meiner Meisterschaft als Bogenschütze und machte mich über seinen lächerlichen kleinen Bogen lustig. Da er mich nicht von einem assyrischen Söldner unterscheiden konnte, fiel er darauf herein und nahm meine Herausforderung an. Den ersten Pfeil ließ ich weit danebenfliegen, um ihn anzustacheln. Ich muss jedoch zugeben, dass er ein gutes Auge hat. Wenn ich nicht so schnell mit dem Schild gewesen wäre, hätte mich sein erster Schuss mitten in die Brust getroffen. Aber dann erwischte ich ihn: mit dem ersten Pfeil in der Bogenhand, dem zweiten in der rechten Ferse – ich fand das eine angemessene Vergeltung für Achilles – und dem dritten geradewegs durch sein rechtes Auge. Keiner der Treffer hat ihn auf der Stelle getötet, aber früher oder später wird er daran zu Grunde gehen. Ich habe den Gott gebeten, meine Hand zu lenken und ihn langsam sterben zu lassen.« Lachend schlug er Menelaos auf die Schulter. »Menelaos verfolgte ihn, als er das Schlachtfeld verließ, aber trotz all seiner Wunden ist er ihm entkommen, sehr zum Verdruss unseres alten Rotschopfes hier.«

Jetzt mussten wir alle lachen. Und dann schickte ich Herolde aus, um dem Heer mitzuteilen, dass der Mörder von Achilles ein toter Mann war. Den Verführer Paris hatten wir zum letzten Mal gesehen.

KAPITEL 30

ERZÄHLT VON
HELENA

Die meiste Zeit war ich ganz für mich allein. Wie meine Base Penelope wohl geschmunzelt hätte! Die Zeit schlich so langsam dahin, dass ich wahrhaftig angefangen hatte zu *weben*. Jetzt begriff ich, warum das der Zeitvertreib vernachlässigter Ehefrauen war. Paris kam mir buchstäblich nicht mehr nahe – und auch Aeneas nicht.

Seit Hektors Tod hatte sich die Stimmung im Palast verschlechtert. Hekabe war so wunderlich im Kopf geworden, dass sie Priamos unentwegt vorwarf, sie sei nie seine erste Frau gewesen. Verwirrt und empört protestierte er jedes Mal: Er habe sie doch zu seiner Hauptfrau gemacht, seiner *Königin!* Woraufhin sie sich niederkauerte und wie ein alter Hund zu jaulen begann. Völlig verrückt! Aber zumindest wusste ich jetzt, weshalb Kassandra so merkwürdig war.

Ein entsetzlich unglücklicher Ort, dieser Palast. Hektors Witwe Andromache hatte viel von ihrem alten Status verloren und war nur noch ein Schatten ihrer selbst. Man erzählte sich, dass sie und Hektor sich gestritten hätten, ehe er zu seinem letzten Kampf aufgebrochen war, und dass sein Tod ihre Schuld sei. Er habe sie gebeten, ihn anzusehen, als er ihr Lebewohl sagen wollte, doch sie habe es vorgezogen, mit dem Gesicht zur Wand im Bett liegen zu bleiben. Ich glaubte die Geschichte: In ihren Zügen lagen die schreckliche Qual und unendliche Reue einer liebenden Frau, die sich schuldig weiß. Für ihren Sohn Astyanax brachte sie keinerlei Interesse mehr auf, sie hatte in dem Augenblick, in dem Hektor im Grab lag, seine Erziehung in die Hände von Männern gelegt.

Was von Priamos' Welt übrig geblieben war, zerfiel endgültig, als Troilos durch Achilles den Tod fand. Selbst Achilles' Fall befreite ihn nicht von seiner Verzweiflung. Ich wusste, was man sich in der Burg zuraunte – dass Aeneas absichtlich Troilos seine Hilfe verwehrt habe, weil er von Priamos in der Versammlung, in der er Troilos zum neuen Thronerben bestimmt hatte, so beleidigt worden war. Ich glaubte diesem Gerücht ebenso wie dem über Andromache. Aeneas war nicht der Mann, der sich beleidigen ließ.

Dann verlangte er, einen Überraschungsangriff auf das griechische Lager leiten zu dürfen, und der niedergeschlagene Priamos stimmte zu.

Natürlich gab es wieder Gerede, aber was sollten die Trojaner tun. Aeneas war alles, was uns geblieben war. Priamos hatte allerdings nicht ganz nachgegeben; er hatte diesen wilden Bär Deiphobos zum Thronerben ernannt. Eine Trotzreaktion, die auf Aeneas allerdings wenig Eindruck machte, so sicher war er seiner selbst in diesen Tagen.

Ich sah lange in das dunkle Dardaniergesicht, denn ich wusste, welches Feuer hinter dieser kühlen Fassade loderte; *ich* wusste, wozu sein alles verzehrender Ehrgeiz ihn verleiten konnte. Wie ein zähfließender Lavastrom schob Aeneas sich unerbittlich vorwärts und verschlang dabei einen Feind nach dem anderen.

Als er um die Erlaubnis bat, das griechische Lager angreifen zu dürfen, war ihm klar, was er vom König verlangte: die göttlichen Gesetze zu verletzen. Und nur ich wusste, wie groß Aeneas' Triumph war, als Priamos einwilligte. Endlich hatte er Troja auf seine Stufe herabgezogen.

Am Tag des Überfalls blieb ich in meinen Gemächern, verstopfte mir die Ohren, um das Getöse und Geschrei nicht hören zu müssen. Ich webte an einem Tuch aus feiner Wolle mit einem komplizierten Muster und vielen Farben, und indem ich meine ganze Aufmerksamkeit auf die Arbeit richtete, gelang es mir zu vergessen, dass draußen eine Schlacht tobte. Voller Verachtung dachte ich an das Spinnengesicht Penelopes, die Ehefrau eines krummbeinigen Rotschopfs ohne Ehre und mit wenig Skrupeln. Ich hätte wetten wollen, dass *sie* nie etwas nur halb so Edles zustande gebracht hatte. Wahrscheinlich webte sie jetzt Leichenhemden.

»Scheinheilige, nörgelnde Kuh!«, rief ich gerade wild aus, als ich spürte, wie sich die Haare auf meinen Armen zu sträuben begannen, als ob mich jemand aus dem Grab beobachtete. War Spinnengesicht Penelope tot? So viel Glück hatte ich nicht verdient. Aber als ich den Kopf hob, sah ich, dass es Paris war, der mich ansah. Er lehnte am Türrahmen, und sein Mund öffnete und schloss sich, ohne dass ein Laut hervordrang. *Paris?* Paris blutbesudelt? Paris mit einem Pfeil, der zwei Ellen lang aus seinem rechten Auge herausragte?

Als ich die Watte aus den Ohren nahm, stürzte der Lärm auf mich ein wie Mänaden, die voller Mordgelüste einen Berg hinabrasten. Paris' unverletztes Auge funkelte mich im Glanz des Wahnsinns an, und aus seinem Mund sprudelten Worte, die ich nicht verstand.

Während ich ihn anstarrte, ließ mein Schreck nach. Ich fing sogar an zu lachen, ließ mich auf ein Sofa fallen und kreischte hilflos vor mich hin. Er sank auf die Knie und kroch zu mir her, wobei seine rechte Hand eine rote Spur auf den weißen Fliesen hinterließ und der Pfeil in seinem Auge so albern auf und ab hüpfte, dass ich nur noch mehr lachen musste. Als er bei mir angelangt war, schlang er seinen unverletzten Arm um meine Beine, sodass sein Blut mein ganzes Kleid besudelte. Angeekelt stieß ich mit dem Fuß nach ihm, sodass er bäuchlings auf dem Boden landete, und lief zur Tür.

Ich fand Helenos und Deiphobos, die beide noch in voller Rüstung in dem großen Hof standen. Als keiner von ihnen mein Kommen zur Kenntnis nahm, berührte ich Helenos' Arm. Deiphobos hätte ich nicht um alles in der Welt angefasst.

»Wir haben verloren«, sagte Helenos müde. »Sie haben schon auf uns gewartet.« Tränen standen in seinen Augen. »Wir haben das Gesetz gebrochen! Wir sind verflucht.«

Ich zuckte mit den Schultern. »Was geht mich das an? Ich bin nicht gekommen, um Nachrichten über Eure törichte Schlacht zu hören – jeder hätte Euch sagen können, dass Ihr verlieren würdet. Ich brauche Eure Hilfe.«

»Was immer Ihr wollt, Helena«, antwortete Deiphobos mit einem gehässigen Blick.

»Paris ist in meinen Gemächern – ich glaube, er stirbt.«

Helenos erschrak. »Paris stirbt? *Paris?*«

Sie gingen mit mir in meine Räume, und dort hoben sie Paris auf, um ihn auf ein Sofa zu betten.

»Ich möchte, dass Ihr ihn mitnehmt, und nicht, dass Ihr es ihm bequem macht.«

Helenos sah mich empört an. »Helena! Ihr könnt ihn nicht hinauswerfen!«

»Meint Ihr? Was verdanke ich ihm denn außer meinem Ruin? Seit Jahren hat er mich ignoriert! Seit Jahren hat er zugelassen, dass jedes Miststück in Troja an mir sein Mütchen kühlen konnte! Und nun, da er mich endlich einmal braucht, glaubt er wohl, ich sei noch immer die verrückte Närrin, die er aus Amyklai mitgebracht hat! Nun, das bin ich nicht! Soll er anderswo krepieren. Von mir aus in den Armen derjenigen, die gerade seine Liebste ist!«

Paris war still geworden; sein gesundes Auge glotzte mich voller Entsetzen an. »Helena, Helena!«, stöhnte er.

»Hör mit diesem ›Helena‹ auf!«

Helenos strich über seine ergrauenden Locken. »Was ist passiert, Paris?«

»Etwas sehr Merkwürdiges, Helenos! Ein Mann forderte mich zum Duell über eine Distanz, auf der nur Teukros und ich treffen konnten. Ein großer, wilder Bursche mit einem goldenen Bart. Er sah aus wie ein Provinzfürst vom Berg Ida. Aber ich kannte ihn nicht, hatte ihn nie zuvor gesehen! Also willigte ich ein – ich war sicher, ich würde gewinnen! Aber er war besser als ich. Und dann stand er da und lachte, genau wie Helena!«

Meine Aufmerksamkeit galt mehr dem Pfeil als seiner kläglichen Geschichte. Hatte ich so einen nicht schon einmal gesehen? Oder in einem Lied davon gehört, das der Harfenspieler in Amyklai einst gesungen hatte? Ein sehr langer Schaft aus Weidenholz, mit Beerensaft rot gefärbt und am Ende mit Gänsefedern, die in demselben Karmesinrot gesprenkelt waren.

»Der Mann, der dich getroffen hat, war Philoktetes«, sagte ich.

»Dir ist mehr Ehre widerfahren, als dir zusteht, Paris. Du hast einen von Herakles' Pfeilen in deinem Kopf. Bevor dieser starb, hat er seinen Pfeil und Bogen Philoktetes vermacht. Ich hatte gehört, dass Philoktetes auch gestorben sei, an einem Schlangenbiss, aber das Gerücht war offensichtlich falsch. Das hier ist ein Pfeil, der einst Herakles gehörte.«

Helenos starrte mich wütend an. »Schweig, du herzlose Harpyie! Musst du deine schlechte Laune an einem Sterbenden auslassen?«

»Weißt du, Helenos«, entgegnete ich gelassen, »du bist schlimmer als deine verrückte Schwester. Sie tut wenigstens nicht so, als sei sie bei Sinnen. Nehmt jetzt *bitte* Paris mit?«

»Helenos?«, flehte Paris und zog matt an dessen Rock. »Bringt mich zum Berg Ida, zu meiner geliebten Oinone. Sie kann mich heilen – Artemis hat ihr die Gabe verliehen. Bringt mich zu Oinone!«

Voller Zorn drängte ich mich zwischen sie. »Es ist mir gleichgültig, wo Ihr ihn hinbringt! Nur nehmt ihn mit! Tragt ihn zu Oinone – hah! Begreift er nicht, dass er ein toter Mann ist? Zieh den Pfeil heraus, Helenos, lass ihn sterben! Er hat es verdient!«

Sie setzten ihn auf den Rand des Sofas und richteten ihn auf. Der Kräftigere der beiden, Deiphobos, beugte sich nieder, um ihn auf seine Arme zu nehmen, aber Paris rührte sich nicht. Feige bis zuletzt, weinte er angstvoll vor sich hin. Als Deiphobos es schließlich schaffte, Paris hochzuheben, ließ der sich mit seinem ganzen Gewicht in dessen Arme sinken.

Helenos stellte sich hinter Deiphobos, um ihm zu helfen. Er griff über ihn hinweg, wobei sein Arm zufällig den Pfeil streifte. Paris schrie auf und geriet in Panik, fuchtelte wild mit den Armen und wand sich heftig. Deiphobos verlor das Gleichgewicht, und alle drei fielen zu Boden. Ich hörte ein ersticktes, gurgelndes Geräusch. Helenos erhob sich als Erster, half Deiphobos auf die Füße, und ich konnte sehen, was ihnen noch verborgen war.

Paris lag halb auf dem Rücken und halb auf der rechten Seite, ein Bein unter dem anderen verdreht, der Arm mit der zerstörten Hand ausgestreckt. Die Finger waren zu einer Klaue gekrümmt,

Hals und Rücken waren steif zurückgebogen. Er musste auf das Gesicht gefallen sein, Deiphobos auf ihn, und Helenos, der auf beide gestürzt war, hatte ihn dann noch einmal herumgedreht. Der Pfeil war in zwei Teile zerbrochen: Die gesprenkelten Federn und zwei Ellen Schaft lagen nun neben ihm, und aus seinem Auge ragte nur noch ein fingerbreites Stück gesplittertes Weidenholz. Ein dünnes Rinnsal dunkelroten Blutes sammelte sich in einer Pfütze auf den Marmorfliesen.

Ich musste aufgeschrien haben, denn beide drehten sich um und blickten zu Boden.

Helenos seufzte. »Er ist tot, Deiphobos.«

Deiphobos schüttelte dumpf den Kopf. »Paris? Paris ist *tot*?«

Endlich trugen sie ihn fort. Nur seine blutigen Handabdrücke auf meinem Kleid und die roten Flecken auf dem schneeweißen Boden erinnerten mich noch daran, dass ich einen Ehemann gehabt hatte. Einen Augenblick stand ich wie benommen da, dann ging ich zum Fenster und sah blicklos hinaus. Ich blieb dort, bis es dunkel wurde, und nichts von dem, was mir in diesen Stunden durch den Kopf ging, konnte ich mir jemals wieder ins Gedächtnis rufen.

Der ewige, wütende trojanische Wind war zu einem rauen Heulen angeschwollen, als jemand an die Tür klopfte. Ein Herold verbeugte sich vor mir.

»Prinzessin, der König bittet Euch in den Thronsaal.«

»Danke. Sagt ihm, dass ich so schnell wie möglich komme.«

Die riesige Halle lag im Halbdunkel. Nur rund um das Thronpodest flackerten ein paar Lampen und warfen ein mattgelbes Licht auf den König, der in seinem Sessel saß, und auf Deiphobos und Helenos, die rechts und links davon standen und sich über das Kristallhaar von Priamos hinweg anstarrten.

Ich blieb am Fuß der Stufen stehen. »Ihr wünscht, Majestät?«

Stirnrunzelnd lehnte er sich vor. Sein Missbehagen überlagerte all die anderen Qualen, die sich für immer in seine Gesichtszüge eingegraben hatten: der Kummer, die Verzweiflung, die völlige Hoffnungslosigkeit.

»Tochter, Ihr habt Euren Ehemann und ich habe einen weiteren Sohn verloren. Ich habe aufgehört, sie zu zählen«, stammelte er, und seine Stimme war kaum mehr als ein Rascheln in der Düsternis. »All die Guten sind mir entrissen worden. Und nun kommen diese beiden hier und streiten und zanken sich, während die Leiche ihres Bruders noch warm ist, und beide verlangen dasselbe, und beide sind entschlossen, sich durchzusetzen.«

»Worum geht es überhaupt?«, fragte ich, jede Höflichkeit beiseite lassend. »Und was hat ein Streit dieser beiden mit mir zu tun?«

»Oh, er hat ganz viel mit Euch zu tun!«, entgegnete der alte Mann barsch. »Deiphobos möchte Euch heiraten. Helenos möchte Euch heiraten. Also sagt mir, welchen Ihr vorzieht.«

»Keinen!«, keuchte ich empört.

»Einer von beiden muss es sein«, antwortete der König und sah plötzlich aus, als fände er die Situation pikant, ungewöhnlich und anregend. »Gebt mir seinen Namen, Gnädigste. Ihr werdet ihn nach Ablauf von sechs Monaten ehelichen.«

»Sechs Monate!«, schrie Deiphobos. »Warum muss ich sechs Monate warten? Ich will sie jetzt, Vater – *jetzt!*«

Priamos richtete sich auf. »Dein Bruder ist noch nicht einmal kalt«, sagte er.

»Es gibt keinen Grund, sich aufzuregen, Majestät«, erklärte ich, bevor Deiphobos in einen seiner berüchtigten Wutanfälle ausbrechen konnte. »Ich bin zweimal verheiratet gewesen, ich möchte kein drittes Mal heiraten. Ich habe die Absicht, mich dem Dienst der Großen Mutter zu widmen und für den Rest meiner Tage ihren Altar zu hüten. Also wird es keine Hochzeit geben.«

Helenos und Deiphobos brachen in lautstarken Protest aus, aber die erhobene Hand von Priamos brachte sie zum Schweigen.

»Seid still und hört mir zu! Deiphobos, du bist jetzt mein ältester königlicher Sohn und mein zukünftiger Erbe! Am Ende von sechs Monaten magst du Helena heiraten, aber nicht früher. Was dich angeht, Helenos, so gehörst du dem Gott Apollo. Du solltest ihn höher schätzen als jede Frau, selbst diese hier.«

Deiphobos triumphierte. Helenos sah überrascht aus, aber noch während ich ihn – ebenso erstaunt – anblickte, schien er zu wachsen und sich zu verändern. Einiges an ihm schmolz weg, anderes verhärtete sich. Es war äußerst seltsam.

Er sah seinem Vater direkt ins Gesicht, und dann sagte er: »Mein ganzes Leben lang habe ich zugesehen, wie andere ihre Bedürfnisse befriedigen, während ich hungrig und durstig blieb, Vater. Niemand hat mich je gefragt, ob ich dem Gott dienen wollte – ich wurde ihm am Tag meiner Geburt zugesprochen. Als Hektor fiel, hättet Ihr mich zum Thronerben machen sollen, wenn da nicht Apollo gewesen wäre. Und nach Troilos habt Ihr mich *wieder* übergangen! Und jetzt, da ich Euch um eine kleine Sache bitte, werde ich ein weiteres Mal abgewiesen.« Stolz reckte er sich. »Nun, es kommt die Zeit, da selbst der geringste Mann rebelliert. Diese Zeit ist für mich gekommen. Ich verlasse Troja und gehe freiwillig ins Exil. Besser ein umherwandernder Niemand, als hierzubleiben und zu sehen, wie Deiphobos alles zerstört, was noch von Troja übrig ist. Ich sage es nicht gern, Vater, aber Ihr seid ein Narr.«

Als Priamos das geschluckt hatte, unternahm ich einen zweiten Versuch.

»Majestät, ich bitte Euch inständig, zwingt mich nicht, wieder zu heiraten!«, rief ich. »Erlaubt, dass ich mein Leben der Göttin weihe!«

Aber er schüttelte den Kopf. »Ihr werdet Deiphobos heiraten.« Ich konnte es nicht ertragen, noch länger mit ihnen im selben Raum zu sein. Ich floh, als seien mir die Töchter der Kore auf den Fersen. Was mit Helenos geschah, weiß ich nicht. Und es interessiert mich auch nicht.

Ich schickte eine Botschaft an Aeneas, in der ich ihn anflehte, in meine Gemächer zu kommen. Er war der Einzige, den ich vielleicht noch dazu bewegen konnte, mir zu helfen. Doch dann, als ich ungeduldig wartend auf und ab wanderte, nagte der Zweifel an mir. Obwohl unsere Affäre längst vorbei war, bildete ich mir ein, dass er immer noch eine gewisse Zuneigung für mich hegte. Irrte ich mich etwa? Wo *blieb* er? Die Zeit verrann, und jeder Augenblick erschien mir länger, trauriger, leerer. Vergebens lauschte ich auf seinen festen, entschlossenen Schritt im Flur: seit Hektors Tod die einzigen Schritte, die noch Zuversicht verbreiten konnten.

»Was willst du, Helena?«, fragte er, nachdem er so leise in mein Zimmer getreten war, dass ich es nicht gehört hatte. Sorgfältig schloss er den Vorhang.

Lachend und weinend zugleich flog ich auf ihn zu, um ihn zu umarmen. »Ich dachte schon, du würdest nicht kommen«, sagte ich und bot ihm meinen Mund zum Kuss dar.

Er wich zurück. »Was willst du?«

Ich starrte ihn an und als ich sprach, zitterte meine Stimme. »Aeneas, hilf mir! Paris ist tot!«

»Das weiß ich.«

»Dann wirst du auch verstehen, was das für *mich* bedeutet! Paris ist tot! Ich bin ihnen auf Gedeih und Verderb ausgeliefert! Ich soll Deiphobos heiraten! Diesen geifernden Hund! Oh, Ihr Götter! In Lakedaimon hätte man ihn nicht für würdig erachtet, den Saum meines Rockes zu berühren, aber Priamos *befiehlt* mir, ihn zu heiraten! Wenn du noch Achtung für mich empfindest, Aeneas, dann beschwöre ich dich, geh zu Priamos und sage ihm, dass es mir ernst ist mit dem, was ich erklärt habe – ich will nicht wieder heiraten! Niemanden!«

Er sah mich an wie jemand, der eine unangenehme Pflicht übernehmen sollte. »Du verlangst etwas Unmögliches, Helena.«

»Etwas Unmögliches?«, echote ich wie betäubt. »Aeneas, nichts ist für dich unmöglich. Du bist der mächtigste Mann in Troja!«

»Ich rate dir, Deiphobos zu heiraten, und damit hat es sich.«

»Aber ich dachte – ich dachte – ich dachte, wenn du mich schon nicht selbst haben willst, würdest du doch genug für mich empfinden, um für mich zu kämpfen!«

Lachend legte er die Hand auf den Vorhang. »Helena, ich werde dir nicht helfen. Begreif das doch. Jeder Tag reißt eine neue Lücke in die Reihe von Priamos' Söhnen – jeder Tag bringt mich dem trojanischen Thron näher. Ich bin auf dem Weg nach oben, und für dich werde ich meine Stellung nicht gefährden. Hast du mich verstanden?«

»Erinnere dich, was Männer mit so viel Ehrgeiz erwartet, Aeneas.«

Wieder lachte er. »Ein Thron, Helena. Ein Thron.«

»Ich werde einen Fluch ganz für dich allein erbitten«, sagte ich abwesend. »Ich werde alles dafür geben. Und ich werde darum bitten, dass du nie auf irgendeinem Thron sitzen wirst – dass du nie mehr Frieden finden wirst – dass du ruhelos durch die Welt wandern musst – dass du deine Tage unter Barbaren beschließt, die so arm sind, dass sie in Strohhütten hausen müssen.«

Ich glaube, das machte ihm Angst. Der Vorhang bauschte sich – Aeneas verschwand.

Als ich wieder allein war, machte ich eine Bestandsaufnahme von dem, was mich erwartete: die Heirat mit einem Mann, den ich verabscheute, dessen Berührung mich speien ließ. Und dann erkannte ich, dass ich zum ersten Mal in meinem Leben ganz auf mich allein gestellt war. Wenn ich diesen trostlosen Ort verlassen wollte, musste ich das ohne fremde Hilfe tun.

Menelaos war nicht weit entfernt, und zwei der drei trojanischen Tore standen immer offen. Aber Frauen aus dem Palast waren es nicht gewöhnt, längere Strecken zu gehen, und sie besaßen auch keine festen Schuhe. Vom Dardanischen Tor bis zum Strand der Griechen zu gelangen, war unmöglich. Es sei denn, ich ritt auf einem Tier! Frauen ritten auf Eseln. Sie hockten sich einfach auf ihre Rücken und ließen die Beine seitlich herunterhängen. Ja, so würde ich es auch machen! Ich würde einen Esel stehlen und zum Strand reiten, wenn über der Stadt und der Ebene noch Dunkelheit lag.

Den Esel zu entwenden erwies sich nicht als schwierig. Und das Reiten auf seinem Rücken auch nicht. Aber als ich das Dardanische Tor – das viel weiter von der Zitadelle entfernt lag als das Skäische – erreichte, wollte sich das Tier nicht weiterbewegen. Es war ein Stadtesel, und jetzt roch er die frische Luft vom Land und registrierte missbilligend die fremden Gerüche, die der Wind herbeitrug: den Vorgeschmack des kommenden Herbstes, den Hauch einer Seebrise. Als ich es mit einer Rute schlug, begann das Tier kläglich zu schreien – und das war das Ende. Die Torwache rannte herbei. Ich wurde erkannt und festgenommen.

»Ich will zu meinem Ehemann!«, jammerte ich. »Lasst mich zu meinem Ehemann, bitte!«

Aber natürlich ließen sie mich nicht gehen, obwohl der elende Esel inzwischen beschlossen hatte, dass ihm doch gefiel, was er roch. Während er mit den Hinterbeinen schlug und Reißaus in die Freiheit nahm, wurde ich zum Palast zurückgebracht. Aber sie weckten nicht Priamos, sondern Deiphobos.

Schicksalsergeben wartete ich, während er aus seinem Bett stieg, und sah ihn gleichmütig an, als er erschien. Er bedankte sich bei den Torwächtern und gab ihnen ein Geschenk, und als sie schließlich nach vielen Bücklingen verschwunden waren, riss er den Vorhang zu seinem Schlafzimmer weit auf. »Komm herein«, forderte er mich auf.

Ich rührte mich nicht von der Stelle.

»Du wolltest zu deinem Ehemann. Nun, hier bin ich.«

»Wir sind nicht verheiratet, und du hast schon eine Ehefrau.«

»Nicht mehr. Ich habe mich von ihr getrennt.«

»Keine Heirat vor sechs Monaten, hat Priamos gesagt.«

»Aber, meine Liebe, das war, ehe du versucht hast, zu den Griechen und Menelaos zu fliehen. Wenn Vater davon erfährt, wird er mir nicht mehr im Weg stehen. Erst recht nicht, wenn ich ihm mitteile, dass die Ehe bereits vollzogen wurde.«

»Wag es nicht!«, knurrte ich.

Statt einer Antwort packte er mich an einem Ohr und an der Nase und zerrte mich in sein Schlafzimmer. Halb ohnmächtig vor Schmerz und unfähig, mich seinem Griff zu entziehen, fiel ich aufs Bett. Nur der Tod konnte noch schrecklicher sein. Das Letzte, das mir durch den Kopf ging, ehe ich meinen Geist in die Obhut der Großen Mutter gab, war, dass ich Deiphobos eines Tages das Schlimmste antun würde, was es gab: Ich würde ihn töten.

KAPITEL 31

ERZÄHLT VON DIOMEDES

Kurz nach dem erfolglosen Überfall der Trojaner berief Agamemnon eine Ratsversammlung ein, obwohl Neoptolemos noch nicht eingetroffen war. Es herrschte allgemeine Zuversicht. Nur die Mauern hielten uns noch auf, und wenn sich Odysseus vielleicht etwas ausdachte, würden wir auch diese noch stürmen. Wir lachten und machten Späße, während Agamemnon mit Nestor plauderte und über etwas belustigt war, das Nestor ihm mit leiser Stimme zugeflüstert hatte. Dann hob er das Zepter und klopfte mit dem Stab auf den Boden.

»Odysseus, ich glaube, Ihr habt Neuigkeiten für uns.«

»In der Tat, Majestät. Zum ersten, ich glaube zu wissen, wie wir die Mauern Trojas überwinden können, doch im Augenblick kann ich noch nicht darüber sprechen. Aber es gibt noch andere interessante Nachrichten.«

Er sah Menelaos an, ging dann zu ihm und legte ihm die Hand auf die Schulter. »Ich habe ein Stück Hofklatsch aufgeschnappt, in dem es um Meinungsverschiedenheiten zwischen Priamos, Helenos und Deiphobos geht. Über eine Frau. Helena, um genau zu sein. Das arme Ding! Nach Paris' Tod bat sie um Erlaubnis, ihr Leben Mutter Kubaba widmen zu dürfen, aber Deiphobos und Helenos wollten sie beide heiraten. Priamos entschied zugunsten von Deiphobos, der sie anschließend gewaltsam zur Frau nahm. Der Hof war empört, aber Priamos weigerte sich, die Ehe nicht anzuerkennen. Offensichtlich wurde Helena dabei erwischt, wie sie versuchte, zu Euch zu fliehen, Menelaos.«

Menelaos murmelte etwas vor sich hin und barg den Kopf in

den Händen. Während ich bei mir dachte, dass die schöne und ach so stolze Helena auf die Stufe einer gewöhnlichen Frau herabgesunken war.

»Die ganze Angelegenheit hat Helenos so abgestoßen«, fuhr Odysseus fort, »dass er beschlossen hat, freiwillig ins Exil zu gehen. Ich habe ihn vor der Stadt abgefangen, in der Hoffnung, dass seine Enttäuschung groß genug war, um alles über die Orakel von Troja auszuplaudern. Als ich ihn fand, stand er am Altar des thymbraischen Apollo, der ihm aufgetragen hatte, mir alles zu sagen, was ich wissen wollte. Ich fragte nach den Orakeln von Troja in ihrer Gesamtheit – eine ermüdende Angelegenheit. Helenos rezitierte *Tausende*! Immerhin hab ich erfahren, was ich wollte.«

»Eine ganz schöne Portion Glück«, bemerkte Agamemnon.

»Glück, Majestät«, sagte er gravitätisch, »ist eine überschätzte Ware. Nicht Glück führt zum Erfolg, sondern harte Arbeit. Glück ist das, was geschieht, wenn der Würfel fällt. Erfolg ist das, was geschieht, wenn einem Mann ein Preis zufällt, weil er dafür gekämpft hat.«

»Ja, ja, ja«, erwiderte der König, der seine Bemerkung schon bereute. »Ich entschuldige mich, Odysseus! Harte Arbeit, immer harte Arbeit! Ich weiß es, ich gebe es zu. Aber jetzt wieder zu den Orakeln.«

»Für uns sind nur drei von Bedeutung. *Glücklicherweise* stellt keines ein unüberwindbares Hindernis dar. Sie lauten folgendermaßen: Troja wird noch dieses Jahr fallen, wenn die Griechen das Schulterblatt von Pelops besitzen, wenn Neoptolemos in den Kampf zieht und wenn Troja das Palladion von Pallas Athene verliert.«

Erregt sprang ich auf. »Odysseus, *ich* habe das Schulterblatt von Pelops! König Pittheus hat es mir nach dem Tod von Hippolytos gegeben. Der alte Mann mochte mich, und es war seine kostbarste Reliquie. Er sagte, dass er sie lieber mir als Theseus geben wolle. Ich nahm sie mit nach Troja, damit sie mir – äh – Glück bringe.«

Odysseus lachte. »Und, ist das kein *Glück*?«, fragte er Agamemnon. »Bei Neoptolemos sind wir guter Dinge, das ist also auch geklärt. Bleibt nur noch das Palladion von Pallas Athene, die *glücklicherweise* meine Schutzgöttin ist. Meine Güte!«

»Langsam reicht es mir, Odysseus«, sagte Agamemnon.

»Oh – wo war ich? Das Palladion. Nun, wir müssen uns das alte Standbild holen. Es wird mehr verehrt als alles andere in der Stadt, und sein Verlust würde Priamos hart treffen. Soweit ich weiß, befindet es sich irgendwo in den unterirdischen Gewölben des Palastes. Ein gut gehütetes Geheimnis. Aber ich glaube, ich kann es lüften. Der schwierigste Teil des Unternehmens wird sein, es fortzuschaffen – es soll sehr groß und schwer sein. Diomedes, begleitest du mich nach Troja?«

»Mit Freuden!«

Da es nichts Wichtiges mehr zu besprechen gab, löste sich der Rat auf. An der Tür fing Menelaos Odysseus ab und ergriff seinen Arm.

»Werdet Ihr sie sehen?«, fragte er wehmütig.

»Ja, vermutlich«, antwortete Odysseus sanft.

»Sagt ihr, ich wünschte, es wäre ihr gelungen, zu mir zu kommen.«

»Das tue ich.«

Aber als wir zu seinem Haus gingen, fügte er hinzu: »Ich werde es lieber nicht tun! Auf Helena wartet die Axt und nicht ihr alter Platz in Menelaos' Bett.«

Ich begann zu lachen. »Willst du darauf vielleicht wetten?«, erkundigte ich mich.

»Gehen wir durch die Kanäle?«, war meine erste Frage, als wir uns anschickten, einen Plan zu machen.

»Du schon, aber ich nicht. Ich muss Zugang zu Helena bekommen, ohne Verdacht zu erregen. Und darum darf ich nicht wie Odysseus aussehen.«

Er verließ das Zimmer, kehrte aber einen Augenblick später zurück und hielt eine kurze, übel aussehende Peitsche in der Hand. Sie hatte vier Riemen, an deren Ende vier zackige Bronzeknöpfe saßen. Ich starrte ihn verblüfft an, bis er mir den Rücken zuwandte und sein Hemd auszog.

»Schlag mich, Diomedes.«

Entsetzt sprang ich auf. »Bist du von Sinnen? Ausgerechnet dich soll ich schlagen? Das könnte ich nicht!«

Sein Mund wurde schmal. »Mach die Augen zu und stell dir vor, es ist Deiphobos. Ich muss ausgepeitscht werden – *ordentlich.*«

Ich legte den Arm um seine nackten Schultern. »Verlang von mir, was du willst, aber das nicht. Ich soll dich – einen König! – schlagen wie einen aufständischen Sklaven?«

Er lachte leise und legte seine Wange auf meinen Arm. »Ach, was bedeuten schon ein paar Narben mehr auf meinem geschundenen Leib? Ich muss wie ein aufständischer Sklave aussehen, Diomedes. Was wäre da überzeugender als der blutige Rücken eines entflohenen, griechischen Sklaven? Los, nimm die Peitsche.«

Ich schüttelte den Kopf. »Nein.«

Er wurde zornig. »Nimm sie, Diomedes!«

Widerwillig hob ich sie auf; er beugte sich vor. Ich wickelte die vier Riemen um die Hand, nahm all meinen Mut zusammen und ließ sie auf seine Haut niedersausen. Purpurne Striemen zeichneten sich ab; zugleich fasziniert und angeekelt beobachtete ich, wie sie anschwollen.

»Etwas fester!«, sagte er ungeduldig. »Es ist kein Blut gekommen!«

Ich schloss die Augen und tat, wie mir geheißen. Insgesamt zehn Schläge verpasste ich ihm mit dem furchtbaren Folterinstrument; und jedes Mal, wenn die Riemen niederklatschten, ließen sie sein Blut strömen und entstellten ihn fürs Leben.

Anschließend küsste er mich. »Gräme dich nicht, Diomedes. Was soll ich schon mit einer schönen Haut anfangen?« Er zuckte zusammen. »Es fühlt sich gut an, sieht es auch gut aus?«

Ich nickte stumm.

Er ließ seinen Rock fallen und wanderte im Zimmer umher, wickelte sich ein schmutziges Stück Leinen um die Lenden, zerzauste seine Haare und schmierte es mit Ruß aus dem Feuerdreifuß ein. Ich schwöre, dass seine Augen dabei vor Freude funkelten. Dann hielt er mir Fußschellen hin. »Fessle mich, du griechischer Tyrann!«

Wieder tat ich, wie mir geheißen, und dabei wurde mir bewusst, dass mich das Auspeitschen in einer Weise berührt hatte, die er nie empfinden würde. Für Odysseus war es nur Mittel zum Zweck gewesen. Als ich niederkniete, um die Bronzebügel um seine Fußknöchel zu legen, fuhr er fort zu reden.

»Wenn ich erst mal in der Stadt bin, muss ich in den Palast gelangen. Wir fahren zusammen in Ajax' Wagen – der ist groß und leise – bis zu dem Hain bei dem kleinen Wehrturm an unserem Ende des Westlichen Vorhangs. Da trennen wir uns. Ich mogle mich irgendwie durch die kleine Tür im Skäischen Tor und versuche das gleiche an den Palasttoren – ich behaupte einfach, ich müsse dringend mit Polydamas reden. Ich glaube, mit seinem Namen erreiche ich am meisten.«

»Aber«, sagte ich und reckte mich, »in Wirklichkeit willst du gar nicht zu Polydamas.«

»Nein, zu Helena. Ich vermute, dass sie mir nach dieser erzwungenen Ehe nur zu gern helfen wird. Sie weiß sicher alles über das unterirdische Gewölbe, vielleicht kennt sie sogar den Platz, wo das Palladion steht.« Zur Probe klirrte er ein bisschen mit den Fesseln.

»Was mache *ich* solange?«

»Du bleibst im Hain, bis die Nacht zur Hälfte vorüber ist. Dann kommst du durch den Kanal und tötest die Wachen in der Umgebung des kleinen Wehrturms. Ich bringe das Bild irgendwie an die Mauer. Wenn du das Lied der Nachtigall hörst – er pfiff es dreimal –, dann kommst du und hilfst mir, das Bild durch den Kanal zu schaffen.«

Odysseus verließ bei den Bäumen den Wagen, ohne dass wir entdeckt wurden. Ich setzte mich ins Gras, um zu warten. Humpelnd und stolpernd rannte er wie ein Verrückter auf das Skäische Tor zu, und dabei schrie, kreischte und kroch er durch den Staub wie das erbärmlichste Wesen, das ich je gesehen hatte. Es hatte ihm immer gefallen, jemand anderer zu sein, aber ich glaube, die Rolle des entflohenen Sklaven machte ihm am meisten Freude.

Als die Nacht halb vorüber war, ging ich zur Öffnung des Kanals und kroch lautlos durch seine stickigen Windungen. An seinem höchsten Punkt ruhte ich mich aus, gewöhnte mich an das Mondlicht und spitzte die Ohren, um die wenigen Geräusche einzuordnen, die von dem Pfad oben auf der Mauer zu mir drangen. Ich war bereits in der Nähe des kleinen Wehrturms, den Odysseus als unseren Treffpunkt ausgewählt hatte, weil er ein gutes Stück von den anderen bewachten Stellungen entfernt lag.

Fünf Wächter hatten Dienst. Sie waren alle wach und auf dem Posten, doch sie befanden sich alle im Turm. Wer teilte diese Männer ein und erlaubte ihnen, behaglich im Warmen zu sitzen, während die Festungsanlagen vernachlässigt wurden? In einem griechischen Lager würde das nicht passieren! Ich trug einen weichen, dunklen Lederrock und ein Hemd. Zwischen den Zähnen hielt ich einen Dolch und in der rechten Hand ein kurzes Schwert. Ich schob mich zum Fenster des Wachraums und hustete laut.

»Sieh nach, wer draußen ist, Maios«, sagte jemand.

Maios kam herausgeschlendert: ein ordentliches, unbefangenes Husten ist schließlich nichts Alarmierendes, nicht einmal oben auf der am heftigsten umkämpften Mauer der Welt. Da er niemanden entdeckte, wurde er stutzig – da er aber ein Narr war, rief er nicht nach Unterstützung. Während er sich offenbar einredete, dass er sich Dinge einbildete, kam er mit erhobener Pike näher. Ich ließ ihn vorbei, ehe ich aufstand und ihm mit einer Hand den Mund zuhielt und mit der anderen mein Schwert gebrauchte. Sanft ließ ich ihn zu Boden gleiten und schleifte ihn in eine dunkle Ecke.

Nach ein paar Augenblicken tauchte ein Zweiter auf, um nach Maios zu sehen. Lautlos schnitt ich ihm die Kehle durch; damit waren zwei erledigt, blieben noch drei. Doch bevor die da drinnen unruhig werden konnten, schob ich mich wieder ans Fenster und rülpste wie ein Betrunkener. Irgendjemand in dem Wachraum seufzte verzweifelt, ein anderer stürmte ungeduldig hinaus. Ich warf die Arme um ihn, als ob ich sehr betrunken sei, und als die Bronze unter den linken Rippen sein Herz traf, gab er nur noch ein Grunzen von sich. Ich hielt ihn aufrecht und vollführte mit ihm einen beschwipsten Tanz, wobei ich eine trojanische Stimme nachahmte. Das brachte den vierten Mann ins Freie. Leise lachend warf ich ihm den Toten entgegen, und während er sich noch seines Kameraden zu entledigen suchte, durchbohrte ihn eine Elle Schwertklinge von einer Seite zur anderen. Ich ließ beide Männer zu Boden gleiten und machte dabei ein Geräusch, als ob sich jemand in der Dunkelheit entfernte. Dann spähte ich durch das Fenster.

Nur der wachhabende Offizier war noch übrig. Ärgerlich vor sich hinmurrend saß er am Tisch und starrte auf die Falltür im Boden. Erwartete er jemanden? Ich glitt in den Raum und sprang von hinten auf ihn zu. Seinen Schrei erstickte ich mit meiner Hand. Er starb genauso schnell wie die anderen und schloss sich ihnen in der dunklen Ecke zwischen dem Pfad und der Turmmauer an. Dann setzte ich mich draußen nieder, denn ich hielt es für besser, wenn der erwartete Besucher bei seinem Auftauchen niemanden im Wachraum vorfand. Kurz darauf pfiff Odysseus sein Nachtigallenlied – wie schlau er doch war! Hätte er nicht den Einfall gehabt, das Gezwitscher zu verändern, hätte mit Sicherheit ein echter Vogel am Turm geträllert und so für Verwirrung gesorgt. Aber es war keine Nachtigall in der Nähe; und so blieb nur zu hoffen, dass auch kein Besucher auftauchte, denn warnen konnte ich Odysseus nicht.

Ich öffnete die Falltür im Wachraum und kletterte die Leiter hinunter. Odysseus erwartete mich unten.

»Warte!«, flüsterte ich und ging nach draußen, um die Lage zu erkunden. Doch die Straßen waren still und leer, keine Lampe und keine Fackel leuchteten.

»Ich habe sie, Diomedes, aber sie wiegt so viel wie Ajax!«, flüsterte mir Odysseus zu, als ich zurückkehrte. »Es wird ein hartes Stück Arbeit sein, sie eine so hohe Leiter hochzuzerren.«

Sie – das Palladion – schwankte bedenklich auf dem Rücken eines Esels, also hievten wir sie in die untere Turmkammer, nachdem wir das Tier davongejagt hatten. Ehrfurchtsvoll betrachtete ich sie im Schein einer Lampe, Oh, sie war so *alt*! Eine kaum erkennbare weibliche Form, die aus einem dunklen Holz geschnitzt und im Lauf der Jahre so schmutzig geworden war, dass man sie nicht mehr als schön bezeichnen konnte. Sie hatte winzige, spitze Füße, mächtige Hüften, ein obszönes Geschlecht, einen aufgeblähten Leib und zwei Kugelbrüste. Die Arme lagen an den Körper gepresst, ihr Kopf war rund, und sie besaß einen Schmollmund. Außerdem war sie ungeheuer dick, größer als ich und schwer. Mit ihren spitzen Füßen hätte sie sich vielleicht wie ein Kinderkreisel drehen können, aber sie konnte nicht auf ihnen stehen; wir mussten sie stützen.

»Odysseus, wird sie durch den Kanal passen?«, fragte ich besorgt.

»Ja. Sie ist um den Leib nicht breiter als du an den Schultern, und sie ist rund. Wie die Wasserröhre.«

Dann hatte ich eine großartige Idee. Ich durchsuchte den Raum nach einem Stück Seil, fand es in einer Kiste, band es unterhalb der Brüste um ihren Holzkörper und hatte noch genug übrig, um daran zu ziehen. Dann stieg ich als Erster auf die Leiter und zerrte die Göttin hinter mir her, während Odysseus mit einer Hand unter eine ihrer gewaltigen Hinterbacken griff, die andere in ihr Geschlecht versenkte und so von unten schob.

»Glaubst du«, keuchte ich, als wir den Wachraum erreicht hatten, »dass sie uns jemals die Freiheiten vergeben wird, die wir uns nehmen mussten?«

»O ja«, erwiderte er. Der Länge nach lag er neben der Göttin auf dem Boden. »Sie ist die erste Athene, die auch Pallas ist, und ich gehöre ihr.«

Sie in den Kanal zu befördern, war deutlich einfacher; Odysseus hatte Recht gehabt. Ihre runden Formen glitten leichter durch die Röhre als ich mit meinen breiten Schultern. Wir ließen das Seil um ihren Bauch gebunden, was auch auf der Ebene sehr hilfreich war, und zogen sie einfach bis zu Ajax' Wagen über den Boden. Mit einer letzten Kraftanstrengung hievten wir sie hinein und sanken stöhnend zu Boden. Der halbe Mond zog langsam nach Westen, wir hatten also noch genug Zeit, um sie ins Lager zu bringen.

»Du hast es geschafft, Odysseus!«, beglückwünschte ich ihn.

»Ohne dich wär es nicht gegangen, alter Freund. Wie viele Wachen hast du umgebracht?«

»Fünf.« Ich gähnte. »Ich bin müde.«

»Was glaubst du, wie *ich* mich fühle? Dein Rücken ist zumindest heil geblieben.«

»Sprich nicht davon! Erzähl mir lieber, was im Palast passiert ist. Hast du Helena gesehen?«

»Ich konnte die Torwache sehr gut überlisten, sodass sie mich unbehelligt in die Stadt ließen. Die einzige Palastwache schlief schon – ich nahm einfach meine Ketten auf und stieg über sie hinweg. Helena war allein, als ich sie fand – ein wenig bestürzt, als sich ein dreckiger Sklave ihr zu Füßen warf, aber dann blickte sie in meine Augen und erkannte mich. Als ich darum bat, in die unterirdischen Gewölbe gehen zu dürfen, erhob sie sich aus ihrem Stuhl. Ich glaube, sie rechnete damit, dass Deiphobos auftauchte. Aber wir flüchteten, und als wir ein ruhiges Plätzchen gefunden hatten, half sie mir, meine Fesseln loszuwerden. Dann gingen wir hinunter.« Er schmunzelte. »Ich glaube, dieser Ort hatte sich während ihrer Liebesbeziehung mit Aeneas als sehr nützlich erwiesen, sie kannte sich jedenfalls sehr gut aus dort. Sie quälte mich allerdings immer wieder mit drei Fragen: Wie geht es Menelaos? – Wie geht es dir? – Wie geht es Agamemnon? Sie konnte nicht genug darüber hören.«

»Aber das Palladion – wie hast du es überhaupt bewegen können, mit Helena als einziger Hilfe?«, fragte ich.

Seine Schultern bebten vor Lachen. »Während ich die Gebete sprach und die Göttin um ihr Einverständnis bat, sie mitnehmen zu dürfen, verschwand Helena. Als sie wieder auftauchte, saß sie auf dem Rücken eines Esels! Dann führte sie mich aus dem Gewölbe direkt zu der Straße unter der Burgmauer. Dort küsste sie mich – sehr keusch! – und wünschte mir Glück.«

»Arme Helena«, sagte ich. »Deiphobos muss Trojas Interessen schwer geschadet haben.«

»Da hast du völlig Recht, Diomedes.«

Agamemnon errichtete einen großartigen Altar auf dem Versammlungsplatz, und in einer goldenen Nische ließ er das Palladion aufstellen. Danach rief er so viele Männer der Armee zusammen, wie jetzt noch auf den Platz passten, und berichtete ihnen, wie Odysseus und ich das Standbild der Göttin entführt hatten. Sie bekam einen eigenen Priester, der ihr die erlesensten Opfer darbrachte.

Der Rauch war so weiß wie Schnee und stieg so rasch gen Himmel, dass wir wussten, sie liebte ihr neues Heim. Wie musste sie die kalte, feuchte Düsternis ihrer trojanischen Behausung gehasst haben! Die heilige Schlange glitt ohne zu zögern in die Kammer unter dem Altar. Dann streckte sie den Kopf heraus, um aus ihrer Milchschale zu trinken und ihr Ei zu verschlucken. Eine eindrucksvolle und glückverheißende Zeremonie.

Als die Rituale zu Ende waren, folgten Odysseus, die übrigen Könige und ich Agamemnon zu seinem Haus, um dort zu feiern. Keiner von uns lehnte jemals eine Einladung des Königs der Könige ab; er hatte die bei weitem besten Köche. Es gab Käse, Oliven, Brot, Obst, gebratenes Fleisch, Fisch, Süßigkeiten und Wein.

Die Stimmung war lebhaft, die Unterhaltung heiter und voller Scherze, der Wein ausgezeichnet. Dann rief Menelaos den Harfner herbei, um für uns zu singen. Begeistert machten wir es uns bequem, um zu lauschen. Der Grieche ist noch nicht geboren worden, der die Lieder und Hymnen seines Landes nicht liebt; wir hörten sogar lieber den Barden zu, als mit den Frauen ins Bett zu steigen.

Der Harfner trug einen der Gesänge des Herakles vor; danach wartete er geduldig, bis der fast frenetische Beifall wieder abgeklungen war. Er war ein guter Dichter und Musiker; Agamemnon hatte ihn vor zehn Jahren aus Aulis mitgebracht, aber ursprünglich kam er aus dem Norden und stammte angeblich von Orpheus ab, dem Sänger aller Sänger.

Jemand verlangte nach dem Schlachtgesang des Tydeus, ein anderer nach dem Klagelied der Danae, und Nestor wollte die Sage der Medea hören, aber bei allen Wünschen schüttelte er lächelnd den Kopf. Dann beugte er das Knie vor Agamemnon.

»Majestät, wenn Ihr erlaubt, ich habe ein Lied über einige Ereignisse vertont, die uns viel näher liegen als die Taten der toten Helden. Darf ich Euch meine eigene Komposition vortragen?«

Agamemnon neigte das weiße Haupt. »Singt, Alphides von Salmydessos.«

Sanft glitten seine Finger über die straff gespannten Saiten, um seiner geliebten Lyra einen langsamen, melodischen Klang zu entlocken; das Lied war traurig und schön zugleich – ein Lied über Troja und Agamemnons Armee vor seinen Mauern. Es nahm uns für eine lange Zeit gefangen. Wir saßen und lauschten, das Kinn in die Hand gestützt, die Augen geschlossen, und kein Auge blieb trocken. Es endete mit dem Tod von Achilles. Der Rest war zu bedrückend. Noch schmerzte es uns sehr, an Ajax zu denken.

»Noch golden im Tod, er, der im Leben stets golden war,
Seine schöne Maske hauchdünn und ohne Makel,
Sein Atem für immer erloschen, sein Schatten verweht.
Schwer die gefalteten Hände in goldenen Handschuhen,
Seine Sterblichkeit schmolz, als sein Ruhm pures Metall wurde,
Unvergleichlicher Achill, dessen Stimme verhallt ist.
O göttliche Muse, erhebe mein Herz, lass mich ihm Leben geben!
Durch meine Worte soll er Kleider aus lebendigem Gold tragen,
Sollen seine Schritte Angst und Schrecken verbreiten,
Soll er über die Ebene vor dem trotzigen Troja gehen!
Lass mich zeigen, wie er die langen Goldfedern zurückschüttelt,
Wie er leuchtet, gleich der herrlichen Sonne über uns,
Unermüdlich durch das taunasse Gras von Troja eilt
Und die Rippen seines Harnisch' sich im Rhythmus wiegen,
Glorreicher Achilles und lippenloser Sohn des Peleus.«

Wir bejubelten den Harfner Alphides von Salmydessos lange und laut, auch wenn unsere Herzen schwer waren. Er hatte uns eine Ahnung von Unsterblichkeit gegeben, denn sein Gedicht würde sicher länger leben als jeder von uns. Lange hielt uns sein Lied gefangen.

Als der Beifall schließlich endete, wollte ich mit Odysseus allein sein. Eine Gesellschaft von Männern schien nicht zu der Stimmung zu passen, in die uns der Dichter versetzt hatte. Ich sah hinüber zu Odysseus, der mich verstand, ohne dass wir den Augenblick mit Worten entweihen mussten. Er stand auf, wandte sich zur Tür und stieß einen überraschten Laut aus. Da plötzlich Stille in dem Raum herrschte, drehten sich alle Köpfe zu ihm.

Im ersten Moment verschlug die Ähnlichkeit mir die Sprache.

Wir waren immer noch verzaubert von dem Gesang, und so kam es mir vor, als hätte Alphides von Salmydessos einen Geist erschaffen, damit er seiner Musik lausche. Ich dachte, Achilles sei gekommen, um ebenfalls zuzuhören! Aber wer hatte ihm das Blut gegeben, um seinem Schatten wieder Leben einzuhauchen? Dann sah ich genauer hin und erkannte, dass es nicht Achilles sein konnte. Der Mann war genauso groß und stattlich, aber viele Jahre jünger. Sein Bart war noch weich und von dunklerem Gold, die Augen leuchteten eher bernsteinfarben. Und er besaß zwei wohlgeformte Lippen.

Wie lange er da schon gestanden hatte, wusste keiner von uns, aber nach dem Schmerz zu schließen, der auf seinem Gesicht lag, hatte er zumindest den Schluss des Liedes gehört.

Agamemnon erhob sich und ging mit ausgestreckten Armen auf ihn zu. »Ihr seid Neoptolemos, der Sohn von Achilles. Willkommen«, sagte er.

Der junge Mann nickte ernst. »Danke. Ich bin gekommen, um Euch zu helfen, aber ich habe die Segel gesetzt ehe – ehe ich wusste, dass mein Vater tot ist. Ich habe es vom Harfner erfahren.«

»Gibt es einen besseren Weg, um eine solch schreckliche Nachricht zu vernehmen?«, fragte Odysseus.

Mit einem Seufzer senkte Neoptolemos den Kopf. »Nein. Das Lied hat alles gesagt. Ist Paris tot?«

Agamemnon nahm seine Hände. »Ja.«

»Wer hat ihn getötet?«

»Philoktetes, mit den Pfeilen von Herakles.«

Er versuchte höflich zu bleiben. »Es tut mir Leid, aber ich kenne Eure Namen nicht. Wer ist Philoktetes?«

Philoktetes trat vor. »Das bin ich.«

»Ich war nicht hier, um ihn zu rächen, also habe ich Euch zu danken.«

»Ich verstehe Euch. Ihr hättet es gern selbst getan. Aber ich bin zufällig auf den Schurken gestoßen – oder mit dem Einverständnis der Götter. Wer weiß? Und nun, da Ihr uns nicht kennt, will ich uns Euch vorstellen. Unser oberster König hat Euch als Erster begrüßt. Der Nächste war Odysseus. Die anderen sind Nestor, Idomeneus, Menelaos, Diomedes, Automedon, Menestheus, Meriones, Machaon und Eurypylos.«

Wie sich unsere Reihen doch gelichtet hatten, dachte ich.

Odysseus, ein euphorischer Automedon und ich gingen mit Neoptolemos zum Palisadenzaun der Myrmidonen. Es war ein längerer Weg, und die Nachricht von seiner Ankunft war uns vorausgeeilt. Überall strömten Soldaten aus ihren Unterkünften herbei und standen in der gleißenden Sonne, um ihm genauso begeistert zuzujubeln, wie sie es bei seinem Vater getan hatten. Wir bemerkten, dass er Achilles nicht nur im Aussehen ähnelte; er quittierte ihre Freude mit dem gleichen leichten Lächeln und beiläufigen Winken, und wie sein Vater war er eher in sich gekehrt. Während wir neben ihm hergingen, erzählten wir ihm, wie Ajax gestorben war, und erinnerten ihn an Antilochos und all die anderen, die gefallen waren. Dann sprachen wir über die noch Lebenden.

Die Myrmidonen waren zur Parade angetreten. Kein einziger Hochruf, bis der Jüngling – er konnte höchstens achtzehn sein – zu ihnen gesprochen hatte. Dann schlugen sie mit der Breitseite ihrer Schwertklingen so heftig gegen ihre Schilde, dass der Lärm Odysseus und mich vertrieb. Wir schlenderten den Strand entlang in unser eigenes Revier.

»Und so kommt es nun zu einem Ende, Diomedes.«

»Wenn die Götter überhaupt so etwas wie Mitleid kennen, dann bete ich dafür, dass es ein Ende hat«, antwortete ich.

Er blies sich eine rote Haarsträhne aus den Augen. »Zehn Jahre... Wie seltsam, dass Kalchas damit Recht hatte. Ich frage mich, ob es ein Schwindel war oder ob er wirklich die Gabe des zweiten Gesichts besaß?«

Mich schauderte. »Es ist nicht klug, priesterliche Kräfte anzuzweifeln.«

»Vielleicht, vielleicht. Oh, den Staub von Troja aus den Haaren zu schütteln! Wieder aufs offene Meer hinauszusegeln! Den Gestank dieser Ebene mit klarem Salzwasser abzuwaschen! Irgendwo hinzugehen, wo kein Wind weht und die Sterne nicht gegen zehntausend Lagerfeuer anleuchten! Wieder *rein zu werden*!«

»Mir geht es genauso, Odysseus. Obwohl ich es kaum glauben kann, dass es fast vorüber ist.«

»Es wird mit einer Katastrophe enden, die Poseidon neidisch machen könnte.«

Ich starrte ihn an. »Du hast einen Plan, wie wir es schaffen?«

»Ja.«

»Verrate ihn mir.«

»Ehe es soweit ist? Diomedes, Diomedes! Nicht einmal dir! Aber es wird nicht mehr lange dauern.«

»Komm ins Haus und lass mich deine Wunden baden.«

Darüber musste er lachen. »Die heilen schon«, sagte er.

Am nächsten Abend kam Neoptolemos zum Essen.

»Ich habe etwas für Euch verwahrt, Neoptolemos«, sagte Odysseus, als das Mahl beendet war. »Es ist mein Geschenk für Euch.«

Neoptolemos sah mich verwundert an. »Was meint er?«

Ich zuckte die Schultern. »Wie kann das jemand wissen außer ihm?«

Er kehrte mit einem großen Dreifuß zurück, auf dem die goldene Rüstung lag, die Thetis sich von Hephaistos erbeten hatte. Neoptolemos sprang auf und stammelte etwas, das ich nicht verstand. Dann streckte er die Hand aus, um vorsichtig und zärtlich den Harnisch zu berühren.

»Ich war wütend«, sagte er mit Tränen in den Augen, »als Automedon mir erzählte, Ihr hättet den Disput gegen Ajax gewonnen. Aber ich muss Euch um Verzeihung bitten. Ihr habt sie für Euch gefordert, um sie mir zu geben.«

Odysseus lachte. »Ihr werdet hineinwachsen. Sie sollte getragen werden und nicht an der Wand hängen oder an irgendwelche Verwandten eines Toten verschwendet werden. Tragt sie, Neoptolemus, und sie möge Euch Glück bringen. Man muss sich allerdings erst an sie gewöhnen. Sie wiegt etwa genauso viel wie Ihr selbst.«

In den nächsten fünf Tagen gab es mehrere kleine Scharmützel; Neoptolemos bekam einen ersten Geschmack von der Kampfkraft der Trojaner und leckte sich die Lippen. Er war ein geborener Krieger, den es dürstete, sich zu beweisen. Nur die Zeit war sein Gegner, und das wusste er. Seine Augen verrieten uns, dass er sich darüber im Klaren war, in der Endphase dieses großen Krieges nur noch eine Nebenrolle zu spielen; dass die Lorbeerkränze für andere gewunden wurden, die zehn Jahre der Entbehrung erduldet hatten. Dennoch war er selbst von entscheidender Bedeutung. Er brachte Hoffnung, Kampfesmut und neue Begeisterung; die Augen der Soldaten, seien es die der Myrmidonen, Argiver oder Ätolier, folgten ihm mit treuer Ergebenheit, wenn er in der Rüstung und im Kampfwagen seines Vaters an ihnen vorbeifuhr. Für sie *war* er Achilles. Und ich verbrachte die Zeit damit, Odysseus zu beobachten und voller Ungeduld auf die Einladung zur nächsten Ratsversammlung zu warten.

Sie kam einen halben Monat nach der Ankunft Neoptolemos'; einer der königlichen Herolde überbrachte sie: Am nächsten Tag nach dem Mittagsmahl war es soweit. Ich wusste, dass es keinen Zweck hatte, Odysseus zu bedrängen, und so setzte ich nach dem gemeinsamen Abendessen eine völlig gleichgültige Miene auf, während ich ihm zuhörte, wie er ein Thema aufnahm und damit herumspielte wie ein Geschicklichkeitskünstler mit einem vergoldeten Ball. Er nahm mein Verhalten gelassen hin, aber als ich mich schließlich von ihm verabschiedete, brach er in hemmungsloses Gelächter aus. Ich hätte ihn treten können, doch ich erinnerte mich der Striemen auf seinem Rücken und revanchierte mich mit einer bissigen Bemerkung über seine Vorfahren.

Sie kamen alle sehr früh zu Agamemnon, wie Hunde, die eine frische Blutspur witterten. Sie trugen ihre besten Röcke und hatten sich mit Juwelen geschmückt, als seien sie zu einem formellen Empfang in den Löwensaal von Mykene geladen worden. Der königliche Oberherold stand am Fuß des Löwenthrons und rief die Namen der Anwesenden einem Untergebenen zu, der sie für die Nachwelt notierte:

»Der große Agamemnon, König von Mykene,
König der Könige;
Idomeneus, König von Kreta;

Menestheus, König von Attika;
Nestor, König von Pylos;
Menelaos, König von Lakedaimon;
Diomedes, König von Argos;
Odysseus, König von Ithaka;
Philoktetes, König von Hestaiotis;
Eurypylos, König von Ormenion;
Thoas, König von Ätolien;
Agapenor, König von Arkadien;
Ajax, Sohn des Oileus, König von Lokris;
Meriones, Prinz von Kreta und Thronerbe;
Neoptolemos, Prinz von Thessalien und Thronerbe;
Teukros, Prinz von Salamis;
Machaon, Arzt;
Podalieros, Arzt;
Epeios, Baumeister.«

Der König der Könige entließ seine Herolde mit einem Kopfnicken und gab Meriones den Debattierstab. Dieser wandte sich dann in jener gestelzten Sprache an uns, die bei formellen Erklärungen üblich ist.

»Nachdem Priamos, König von Troja, die geheiligten Regeln des Krieges gebrochen hat, habe ich Odysseus, König von Ithaka, damit beauftragt, einen Plan zu ersinnen, um Troja durch List und Tücke zu erobern. Man hat mit mitgeteilt, dass Odysseus, König von Ithaka, bereit ist, zu uns zu sprechen. Ihr seid alle aufgefordert, ihm zu lauschen. Königlicher Odysseus, ergreift das Wort.«

Odysseus lächelte Meriones zu und erhob sich. »Behaltet den Stab für mich.« Dann nahm er eine Rolle aus heller Tierhaut vom Tisch in der Mitte des Raums und ging damit zu einer Wand, die wir alle sehen konnten. Dort entrollte er die Haut und befestigte sie sorgfältig mit vier kleinen juwelenbesetzten Dolchen an der Mauer.

Entgeistert starrten wir den Lappen an und fragten uns, ob wir zum Narren gehalten wurden. Wir sahen eine – wie man zugeben musste – auf ihre Art gut gelungene Kohlezeichnung. Sie zeigte ein übergroßes Pferd und daneben eine senkrechte Linie.

Odysseus blickte geheimnisvoll in die Runde. »Ja, das ist die Skizze eines Pferdes. Ihr fragt Euch zweifellos, weshalb Epeios heute unter uns weilt. Nun, er ist deshalb hier, damit ich ihm einige Fragen stellen und er mir einige Antworten geben kann.« Er wandte sich an Epeios, der sich in dieser erlauchten Gesellschaft höchst unwohl fühlte und entsprechend verunsichert wirkte.

»Epeios, Ihr seid der beste Baumeister, den Griechenland nach dem Tod des Aiakos hervorgebracht hat. Ihr geltet zudem als der beste Zimmermann. Seht Euch die Zeichnung genau an. Auch die Linie neben dem Pferd. Die Länge dieser Linie entspricht der Höhe der trojanischen Mauern.«

Verblüfft starrten wir genauso eindringlich wie Epeios auf die Tierhaut.

»Zunächst, Epeios, möchte ich Eure Meinung über etwas erfahren«, fuhr der König von Ithaka fort. »Ihr hattet zehn Jahre Zeit, die Mauern von Troja zu studieren. Sagt mir, gibt es einen Rammbock oder irgendeine andere Vorrichtung auf der Welt, um das Skäische Tor zu zerstören?«

»Nein, König Odysseus.«

»Gut! Eine zweite Frage: Könntet Ihr mit den Materialien, Handwerkern und Geräten, die Euch hier zur Verfügung stehen, ein großes Schiff bauen?«

»Ja, Majestät. Ich habe Schiffsbauer, Zimmerleute, Steinmetze, Säger und reichlich ungelernte Kräfte. Und ich schätze, dass es im Umkreis von fünf Meilen genügend geeignetes Holz gibt, um Euch eine ganze Flotte zu bauen.«

»Großartig! Nun zu meiner dritten Frage: Könntet Ihr mir ein hölzernes Pferd von der Größe anfertigen wie dieses da auf der Rolle? Seht Euch noch einmal die schwarze Linie an. Sie entspricht dreißig Ellen, der Höhe der trojanischen Mauern. Woraus Ihr sehen könnt, dass das Pferd an seinen Ohren fünfunddreißig Ellen hoch ist. Und – Frage vier – könntet Ihr dieses Pferd auf eine Plattform mit Rädern stellen, die sein Gewicht trägt? Und – meine fünfte Frage – könnt Ihr das Pferd so konstruieren, dass es innen hohl ist?«

Epeios lächelte; das Projekt regte offensichtlich seine Phantasie an. »Majestät, alle Eure Fragen kann ich mit ja beantworten.«

»Wie lange würdet Ihr brauchen?«

»Nur ein paar Tage, Majestät.«

Odysseus löste die Haut von der Wand und gab sie Epaios. »Danke. Nehmt sie und geht damit zu meinem Haus. Wir treffen uns dort.«

Wir wussten nicht, was wir davon halten sollten. In unseren Gesichtern waren Verwirrung, Besorgnis und Zweifel zu lesen, aber während wir noch darauf warteten, dass Epeios verschwand, fing Nestor an zu kichern, als habe er gerade den besten Scherz in seinem ganzen Leben gehört. Odysseus warf die Arme in die Höhe und wuchs, bis er über uns hinauszuragen schien; er hatte gleichsam abgehoben, was bedeutete, dass keiner von uns noch irgendwelchen Einfluss auf ihn hatte. Er vollführte große Gesten, und seine Stimme hallte von dem Dachgewölbe wider.

»So, meine Könige und Prinzen, werden wir Troja einnehmen!« Wir saßen stumm da und starrten ihn an.

»Ja, Nestor, Ihr habt Recht. Ihr ebenfalls, Agamemnon. Zunächst einmal: Ein Pferd von dieser Größe kann in seinem Bauch schätzungsweise hundert Mann aufnehmen. Und wenn der Einsatz geräuschlos, zu nächtlicher Stunde und ohne Verdacht zu erregen abläuft, sollten hundert Mann durchaus genug sein, um das Skäische Tor zu öffnen.«

Die Fragen prasselten von allen Seiten auf ihn ein. Zweifler schrien, Überzeugte jubelten, und es herrschte ein Höllenlärm, bis Agamemnon von seinem Löwensessel herabstieg, von Meriones den Debattierstab nahm und damit auf den Boden hämmerte.

»Ihr könnt all Eure Fragen stellen, aber bitte einer nach dem anderen – und nach mir. Odysseus, setzt Euch, und schenkt Euch etwas Wein ein, und dann erklärt uns diesen Plan in allen Einzelheiten.«

Es wurde schon dunkel, als der Rat sich endlich auflöste. Ich begleitete Odysseus zu seinem Haus. Epeios hatte geduldig gewartet, die ausgerollte Tierhaut vor sich, auf der sich inzwischen auch ein paar kleinere Zeichnungen befanden. Ich hörte schläfrig zu, während die beiden technische Dinge erörterten: was Epeios benötigen würde, die ungefähre Zeit, die zum Bau erforderlich war, die Notwendigkeit absoluter Geheimhaltung.

»Ihr könnt in der geheimnisvollen Senke hinter diesem Haus arbeiten«, sagte Odysseus zu Epeios. »Sie ist ziemlich tief, also wird das Pferd mit seinem Kopf nicht über die Bäume am anderen Ende hinausragen. Von den Wehrtürmen der Stadt wird man es nicht entdecken können. Und der Platz hat noch weitere Vorteile. Seit Jahren ist der Zutritt dort für jedermann untersagt, und so müsst Ihr nicht mit neugierigen Besuchern rechnen. Ihr könnt die Männer, die dort leben, als Hilfsarbeiter einsetzen. Und jeder, den Ihr in die Senke holt, darf sie nicht eher wieder verlassen, bis Eure Aufgabe beendet ist. Könnt Ihr unter diesen Bedingungen ans Werk gehen?«

Epeios Augen strahlten. »Ihr könnt Euch auf mich verlassen, König Odysseus. Keiner wird erfahren, was dort geschieht.«

KAPITEL 32

ERZÄHLT VON PRIAMOS

Boreas, der Nordwind, heulte von den gefrorenen Wüsten Skythiens herab und färbte die Bäume gelb und bernsteinfarben. Der Sommer war das zehnte Jahr vergangen, und Agamemnon lag noch immer vor unseren Toren, wie ein räudiger Hund, der den stinkenden Knochen Troja bewachte.

Alles war verloren. Kurz vor Hektors Tod hatte ich die letzten goldenen Nägel aus den Türen, Fenstern, Fensterläden und Angeln ziehen und einschmelzen lassen. Die Schatzkammer war leer; alle Weihebilder in den Tempeln waren zu Barren eingeschmolzen worden; Arm und Reich stöhnte unter der Last der Steuern, und dennoch hatte ich immer noch nicht genug, um das zu erwerben, was Troja zum Kämpfen brauchte: Söldner, Waffen, Kriegsgerät. Seit zehn Jahren hatte ich am Hellespont keinen Zoll eingenommen; Agamemnon kassierte ihn von allen griechischen Schiffen, die in das Schwarze Meer einliefen, aus dem er Schiffe anderer Nationen verbannt hatte. Das Essen war reichlich, denn sowohl das südliche als auch das nordöstliche Tor standen weiter offen, und die Bauern konnten ungehindert Landwirtschaft betreiben, aber wir vermissten jene Nahrungsmittel, die nicht bei uns gediehen. Nur noch ein paar der berühmten Pferde von Laomedon weideten auf der südlichen Ebene; ich war gezwungen gewesen, fast alle zu verkaufen. Wie wahr, dass sich das Rad wirklich einmal voll dreht. Was Laomedon und ich den Griechen verweigert hatten, gehörte ihnen nun, denn später erfuhr ich, dass König Diomedes von Argos die meisten jener Pferde gekauft hatte. Hochmut, Hochmut… er kommt wirklich vor dem Fall.

In meinem Gemach wurden große Feuer entfacht, um meinen Leib zu wärmen, aber kein Feuer dieser Welt konnte die Verzweiflung vertreiben, die sich wie ein Blutsauger in mein Herz gefressen hatte. Fünfzig Söhne hatte ich gezeugt, fünfzig prachtvolle Burschen. Jetzt waren die meisten von ihnen tot. Der Kriegsgott hatte sich die Besten herausgesucht und mir die Spreu als Trost meines Alters übrig gelassen. Ich war dreiundachtzig, und es sah so aus, als würde ich noch den Letzten von ihnen überleben. Zu sehen, wie Deiphobos, diese Karikatur eines Thronerben, herumstolzierte, trieb mir das Wasser in die Augen. Hektor, *Hektor!* Meine Frau Hekabe war verrückt und heulte wie eine alte räudige Hündin, die ihrer Nahrung beraubt worden war. Ihre bevorzugte Gesellschaft stellte jetzt die noch wahnsinnigere Kassandra dar. Diese war mit zunehmender Verrücktheit immer schöner geworden. Durch ihr schwarzes Haar zogen sich jetzt zwei breite weiße Strähnen, ihr Gesicht war scharf konturiert, und ihre großen Augen glänzten wie pechschwarze Saphire.

Manchmal zwang ich mich dazu, die Fahrt hinunter zum skäischen Wehrturm zu machen, um die unzähligen Rauchfahnen zu betrachten, die am Strand aufstiegen, und die Schiffe, die Reihe an Reihe am Ufer lagen. Die Griechen unternahmen keinen Angriff; wir hingen über dem Abgrund, und sie ließen uns zappeln, denn wir wussten nicht, was sie vorhatten. Sie gingen einfach ihren geheimnisvollen Geschäften nach. Die Reste der trojanischen Armee waren jetzt am Westlichen Vorhang konzentriert: Dort musste Agamemnon angreifen, etwas anderes blieb ihm nicht.

Jede Nacht lag ich schlaflos auf meinem Lager. Doch ich gab mich nicht geschlagen. Solange noch ein Funken Leben in meinem welken Körper glimmte, würde ich um Troja kämpfen. Und wenn ich jeden Bewohner opfern müsste, ich würde Troja noch in Agamemnons Klauen verteidigen.

Aber am dritten Tag von Boreas' Attacke lag ich mit dem Gesicht zum Fenster, als der Morgen über dem Berg Ida anbrach, und sah mit tränennassen Augen in das graue Licht. Ich weinte um Hektor.

Ich hörte entferntes Geschrei, erschauerte und zwang mich, das Bett zu verlassen. Es hatte sich so angehört, als sei es vom Westlichen Vorhang gekommen. Geh hin, Priamos, und sieh nach, was los ist. Ich rief nach meinem Wagen.

Das Geräusch wurde lauter und lauter, je mehr Stimmen hinzukamen, aber ich war noch zu weit entfernt, um sagen zu können, ob Angst oder Trauer der Grund für den Radau war. Deiphobos schloss sich mir an. Er rieb sich den Schlaf aus den Augen und machte ein mürrisches Gesicht.

»Werden wir angegriffen, Vater?«

»Wie soll ich das wissen? Ich fahre an die Mauer, um es herauszufinden.«

Der Stallmeister erschien mit meinem Wagen; mein Lenker stolperte noch schlaftrunken aus seinem Quartier. Ich fuhr los und ließ den Thronfolger zurück. Sollte er selbst entscheiden, ob er mir folgen wollte.

Um das Skäische Tor herum und am Westlichen Vorhang drängte sich die Menge. Männer liefen gestikulierend und schreiend hin und her, aber keiner schien Waffen zu tragen. Sie sprangen herum und forderten sich gegenseitig auf, die Mauer zu erklimmen und selbst zu sehen.

Ein Soldat half mir die Stufen im skäischen Wehrturm empor, und unbemerkt betrat ich die Wachstube. Während der Hauptmann, nur mit einem Lendentuch bekleidet, tränenüberströmt dastand, saß sein Stellvertreter auf einem Stuhl und lachte wie verrückt.

»Was hat das zu bedeuten, Hauptmann?«, fragte ich.

Was immer er gesehen hatte, er war davon so begeistert, dass er mich, ohne es zu bemerken, ziemlich schmerzhaft am Arm packte und mich hinaus auf die Mauer zerrte. Dort drehte er mich in Richtung griechisches Lager und wies mit einem zitternden Finger zum Strand.

»Seht selbst, Majestät! Apollo hat unsere Gebete erhört!«

Ich rieb mir die Augen (die für mein Alter noch sehr ordentlich waren) und spähte in das heller werdende Licht. Ich schaute und schaute. Was sollte ich davon halten? Wie sollte ich das *glau-*

ben? Die griechischen Feuerstellen waren kalt, kein Geruch von brennendem Holz hing in der Luft, keine einzige Gestalt bewegte sich – und ein breiter Streifen Strand glitzerte in der Sonne. Der einzige Hinweis, dass dort einmal Schiffe gelegen hatten, waren lange, tiefe Spuren, die sich die Bucht hinunter ins Wasser zogen. Die Schiffe waren verschwunden! Die Soldaten waren fort! Von der achtzigtausend Mann starken Armee war nur eine kleine Stadt mit grauen Häusern übrig geblieben. Agamemnon war in der Nacht abgesegelt.

Ich schrie auf und jubelte meine hemmungslose Freude hinaus, dann verließen mich die Kräfte, und ich stürzte zu Boden. Ich lachte und weinte und rollte auf den Steinen herum, als seien sie aus Distelwolle; ich stammelte meinen Dank an Apollo, kicherte und fuchtelte mit den Armen. Der Hauptmann half mir wieder auf die Beine; ich umarmte und küsste ihn und versprach ihm Dinge, an die ich mich nicht mehr erinnere.

Deiphobos kam mit einem völlig veränderten Gesichtsausdruck angerannt, hob mich hoch und wirbelte mich in einem wilden Tanz herum, während die Wächter einen Kreis um uns bildeten und im Takt klatschten.

Kein griechisches Monster lauerte mehr am Ufer. Troja war frei!

Noch nie hatte sich eine Nachricht so schnell verbreitet. Inzwischen war die ganze Stadt wach und drängte auf die Mauern, um zu jubeln, zu scherzen und zu tanzen. Als es heller wurde und die Schatten sich von der Ebene hoben, konnten wir es genauer sehen: Agamemnon war tatsächlich fortgesegelt, fort, foooort! Oh, gütiger Gott des Lichtes, danke! Danke! Der Hauptmann, der sich inzwischen wieder gefangen hatte, stand immer noch neben mir. Plötzlich wurde er ganz starr vor Furcht und zupfte an meinem Ärmel. Deiphobos bemerkte es und kam näher.

»Was ist los?«, fragte ich und spürte, wie meine Hochstimmung verflog.

»Majestät, da draußen ist etwas auf der Ebene. Ich habe es schon bei Sonnenaufgang gesehen, aber erst jetzt fällt Licht darauf, und es ist nicht der Hain neben dem Simois. Es ist ein riesiger Gegenstand. Könnt Ihr ihn erkennen?«

»Ja, jetzt sehe ich ihn auch«, entgegnete ich mit trockenem Mund.

»*Irgendetwas*«, sagte Deiphobos langsam. »Ein Tier?«

Jetzt zeigten auch andere darauf und debattierten darüber, was es sein könnte; dann fiel das Sonnenlicht direkt auf den Gegenstand und enthüllte eine glatte braune Oberfläche.

»Ich werde es mir ansehen«, sagte ich und wandte mich zur Tür der Wachstube. »Hauptmann, gebt Befehl, das Skäische Tor zu öffnen, aber lasst die Leute nicht hinaus. Ich nehme Deiphobos mit und gehe der Sache auf den Grund.«

Oh, das Gefühl des Windes, mochte er auch noch so kalt sein! Über die Ebene zu fahren war ein Heilmittel für alles, was mich quälte. Ich wies den Fahrer an, der Straße zu folgen, und so holperten wir über die Steine. Das endlose Vor- und Zurückweichen von Soldaten und Wagen hatte die Steine abgewetzt und die Ritzen dazwischen mit feinem Sand gefüllt, der nach den Herbstregen hart geworden war.

Natürlich hatten wir alle gesehen, was der Gegenstand darstellte, aber keiner von uns wollte seinen Augen so recht trauen. Was sollte das Ding da? Welchen Zweck hatte es? War es vielleicht doch etwas ganz anderes! Bei genauerem Hinsehen stellte es sich gewiss als etwas weitaus Merkwürdigeres heraus! Doch als Deiphobos und ich, mit einem Teil des Hofstaats im Gefolge, näher kamen, erwies es sich als genau das, als was es uns am Anfang erschienen war – als ein gewaltiges hölzernes Pferd. Es ragte weit über unsere Köpfe empor, ein eichenbraunes Tier von riesigen Ausmaßen. Wer immer es geschaffen hatte, Götter oder Menschen, hatte sich so genau an die Anatomie eines Pferdes gehalten, dass man es nicht für einen Esel oder ein Maultier halten konnte, aber der Rumpf war so groß, dass er auf dickeren Beinen ruhte, als sie je ein Pferd besessen hatte. Die riesigen Hufe waren auf eine Bretterplatte genagelt. Diese Plattform wiederum stand auf kleinen, massiven Rädern, jeweils zwölf an der Vorder- und Hinterseite. Mein Wagen stand im Schatten des Pferdekopfs, und ich musste mich nach hinten beugen, um die Unterseite seines Kiefers betrachten zu können. Das Tier bestand aus poliertem Holz, war ebenso stämmig wie robust, und die Spalten zwischen den einzelnen Brettern waren mit Pech verschlossen wie bei einem Schiffsrumpf. Über die Pechnähte war in Ocker ein hübsches Muster gemalt worden. Das Ross besaß einen geschnitzten Schwanz und eine geschnitzte Mähne; und als ich zurücktrat, um den Kopf zu studieren, sah ich, dass seine Augen aus Bernstein und Gagat bestanden, dass die Innenseiten der Nüstern rot bemalt und die Zähne, die wie beim Wiehern offen standen, aus Elfenbein gefertigt waren. Es war ein sehr schönes Pferd.

Eine ganze Abteilung der königlichen Garde galoppierte heran, gefolgt vom Rest des Hofs.

»Es muss hohl sein, Vater«, meinte Deiphobos, »sonst wäre es nicht leicht genug, um auf der Platte zu stehen, ohne dass die Räder brechen.«

Ich zeigte auf den Rumpf des Tiers auf unserer Seite. »Es ist heilig. Siehst du: eine Eule, ein Schlangenkopf, ein Ägis und ein Speer. Es ist Pallas Athene gewidmet.«

Einige schauten zweifelnd drein; Deiphobos und Kapys murmelten vor sich hin, aber ein anderer meiner Söhne, Thymoites, wurde ganz aufgeregt.

»Vater, Ihr habt Recht: Die Symbole sprechen eine deutlichere Sprache als die Zunge. Es ist ein Geschenk der Griechen, als Ersatz für das Palladion.«

Apollos Oberpriester Laokoon räusperte sich vernehmlich. »Hütet Euch vor den Griechen, wenn sie Geschenke machen«, mahnte er.

Kapys schlug in dieselbe Kerbe. »Vater! Es ist eine Falle! Warum sollte Pallas Athene von den Griechen eine solch mühevolle Arbeit verlangen? Sie liebt die Griechen! Wenn sie mit dem Diebstahl des Palladion nicht einverstanden gewesen wäre, hätten die Griechen es nie rauben können! Sie würde ihre Unterstützung nie von den Griechen abziehen und sie uns zuwenden! Es ist eine Falle!«

»Beherrsch dich, Kapys«, sagte ich zerstreut.

»Majestät, ich flehe Euch an!«, beharrte er. »Öffnet den Rumpf und lasst uns sehen, was er enthält!«

»Lasst die Finger von Geschenken, die Euch Griechen machen«, warnte auch Laokoon, der die Arme um seine beiden jungen Söhne gelegt hatte. »Es ist eine Falle.«

»Ich stimme Thymoites zu«, sagte ich. »Es soll ein Ersatz für das Palladion sein.« Ich starrte Kapys zornig an. »Und damit genug, hörst du?«

»Auf jeden Fall«, sagte Deiphobos pragmatisch, »ist es nicht dafür gedacht, in die Stadt gebracht zu werden. Es ist zu hoch, um durch unsere Tore zu passen. Nein, was immer sein Zweck ist, eine List kann es nicht sein. Es soll hier auf diesem Platz bleiben, wo es weder uns noch sonst jemandem schaden kann.«

»Es *ist* eine List!«, riefen Kapys und Laokoon fast im Chor.

Und so ging der Streit weiter, während sich immer mehr bedeutende Trojaner um das erstaunliche Pferd versammelten, um es zu betrachten, Theorien darüber anzustellen und mich mit ihren Meinungen zu behelligen. Um ihnen zu entgehen, fuhr ich unentwegt um das Tier herum, studierte es genau, ergründete die Bedeutung seiner Symbole und bewunderte die Qualität der Handwerksarbeit. Es stand genau auf halbem Weg zwischen Strand und Stadt. Aber wo war es hergekommen? Wenn die Griechen es gebaut hätten, wäre uns nicht entgangen, wie es emporwuchs. Es musste von der Göttin kommen, ohne Zweifel!

Laokoon hatte einen Teil der königlichen Garde in das Lager der Griechen geschickt, um es zu inspizieren. Ich fuhr immer noch um das Pferd herum, als zwei Angehörige der Garde auf einem vierrädrigen Wagen und mit einem Mann zwischen sich auftauchten. Sie stiegen auf meiner Seite aus und halfen ihm abzusteigen.

Er trug an Armen und Beinen Ketten, seine Bekleidung bestand nur noch aus Fetzen, und er war von oben bis unten verdreckt. Der höher rangige Gardist kniete nieder. »Majestät, wir fanden diesen Burschen, wie er sich in einem der griechischen Häuser versteckte. Er war so, wie Ihr ihn vor Euch seht, in Ketten. Er ist vor kurzem ausgepeitscht worden. Als wir ihn festnahmen, flehte er um sein Leben und bat darum, dem König von Troja vorgeführt zu werden, damit er ihm eine Nachricht überbringen könne.«

»Sprich, Kerl. Ich bin der König von Troja!«, forderte ich ihn auf.

Der Mann leckte sich die Lippen, krächzte, seine Stimme versagte. Ein Gardist reichte ihm Wasser; er trank durstig, und dann salutierte er vor mir.

»Ich danke Euch für Eure Güte, Majestät«, sagte er.

»Wer seid Ihr?«, fragte Deiphobos.

»Ich heiße Sinon. Ich bin ein Grieche aus Argos, ein Adliger vom Hof König Diomedes' und dessen Vetter. Aber ich war bei einer Sondereinheit, die der König von Mykene dem ausschließlichen Befehl König Odysseus' von Ithaka unterstellt hatte.« Er taumelte und musste von den Gardisten gestützt werden.

Ich stieg ab. »Soldat, setz ihn auf den Rand deines Wagens, und ich werde mich neben ihm niederlassen.«

Aber jemand fand einen Stuhl für mich, und so nahm ich ihm gegenüber Platz. »Ist es so besser, Sinon?«

»Danke, Majestät. Ich habe genug Kraft, um fortzufahren.«

»Warum sollte ein Adliger aus Argos ausgepeitscht und in Ketten gelegt werden?«

»Weil, Majestät, ich ein Opfer des Komplotts bin, das Odysseus schmiedete, um sich des Königs Palamedes zu entledigen. Offensichtlich hatte Palamedes, kurz bevor wir zu unserem Feldzug nach Troja aufbrachen, Odysseus in irgendeiner Weise beleidigt. Man sagt, dass Odysseus ein Leben lang auf den richtigen Augenblick warten kann, um sich zu rächen. Im Fall von Palamedes wartete er allerdings nur acht Jahre. Vor zwei Jahren wurde Palamedes wegen Hochverrats hingerichtet. Odysseus formulierte die Anklage und schaffte die Beweise herbei, die Palamedes belasteten.«

Ich runzelte die Stirn. »Warum sollte ein Grieche einem anderen heimtückisch nach dem Leben trachten? Waren sie Nachbarn, haben sie sich um Land gestritten?«

»Nein, Majestät. Der eine herrscht über Inseln westlich der Insel Pelops, der andere über einen bedeutenden Hafen an der Ostküste. Es handelte sich um Missgunst, aber ich weiß nicht weshalb.«

»Ich verstehe. Aber warum seid Ihr jetzt hier in dieser misslichen Lage? Wenn Odysseus Anklage wegen Hochverrats gegen einen griechischen König erheben kann, warum hat er das nicht auch bei Euch getan, einem einfachen Adligen?«

»Ich bin der Vetter eines mächtigeren Königs, den Odysseus obendrein sehr liebt. Außerdem habe ich meine Geschichte einem Priester des Zeus erzählt. Solange mir nichts zustieß, würde der Priester schweigen. Sollte ich jedoch sterben, aus welchem Grund auch immer, würde er reden. Da Odysseus nicht wusste, um welchen Preis es sich handelte, fühlte ich mich sicher.«

»Wenn ich richtig verstehe, hat der Priester bis heute nicht geredet, da Ihr noch am Leben seid?«, fragte ich.

»Nein, Majestät, nichts dergleichen«, erwiderte Sinon. Er trank noch mehr Wasser und sah nicht mehr ganz so erbärmlich aus. »Die Zeit verging, Odysseus unternahm nichts, und so habe ich die ganze Angelegenheit einfach vergessen. Aber in den letzten Monaten hat die Armee sehr an Kampfesmut verloren. Nachdem Achilles und Ajax gefallen waren, gab Agamemnon jede Hoffnung auf, Troja jemals zu erobern. Es wurde eine Ratsversammlung einberufen und abgestimmt. Man beschloss, nach Griechenland zurückzukehren.«

»Aber diese Versammlung muss im Hochsommer stattgefunden haben!«

»Ja. Majestät. Aber die Flotte konnte nicht auslaufen, weil die Omen ungünstig waren. Schließlich fand der Oberpriester Talthybios den Grund heraus. Pallas Athene schickte uns die widrigen Winde. Nach dem Diebstahl des Palladion hatte sich ihr Herz gegen uns verhärtet. Sie verlangte Genugtuung. Dann erklärte auch Apollo, dass er zornig auf uns sei, und verlangte ein Menschenopfer. *Mich!* Namentlich. Den Priester, dem ich mich anvertraut hatte, konnte ich nicht finden; Odysseus hatte ihn mit einem Auftrag nach Lesbos geschickt. Und so glaubte mir keiner meine Geschichte, als ich sie berichtete.«

»König Odysseus hatte Euch also nicht vergessen.«

»Nein, Majestät, natürlich nicht. Sie peitschten mich aus, legten mich in Ketten und überließen mich Eurer Gnade. Boreas fing an zu wehen, und sie konnten endlich lossegeln. Pallas Athene und Apollo waren besänftigt.«

Ich stand auf, streckte die Beine und setzte mich wieder. »Aber was hat es mit diesem hölzernen Pferd auf sich, Sinon. Warum ist es hier? Gehört es Pallas Athene?«

»Ja, Majestät. Sie verlangte, dass das Palladion durch ein hölzernes Pferd ersetzt werde. Wir haben es selbst gebaut.«

»Warum«, fragte Kapys misstrauisch, »hat sie nicht einfach verlangt, dass Ihr das Palladion zurückgebt.«

Sinon sah erstaunt aus. »Das Palladion ist entweiht worden.«

»Fahrt fort«, befahl ich.

»Talthybios prophezeite, dass Troja nie mehr fallen werde, sobald das hölzerne Pferd erst einmal in der Stadt sei. Ihr einstiger Wohlstand werde zurückkehren. Daher schlug Odysseus vor, dass wir das Pferd zu groß bauten, damit es nicht durch Eure Tore passt. Auf diese Weise, erklärte er, könnten wir Pallas Athene gehorchen und zugleich sicherstellen, dass sich die Prophezeiung nicht erfülle. Das hölzerne Pferd musste draußen auf der Ebene bleiben.« Er stöhnte, bewegte die Schultern und versuchte sich bequemer hinzusetzen. »Ai! Ai! Sie haben mich zerfetzt!«

»Wir bringen Euch bald in die Stadt und kümmern uns um Euch, Sinon«, beschwichtigte ich ihn. »Aber erst müssen wir den Rest der Geschichte hören.«

»Ja, Majestät, ich verstehe. Obwohl ich nicht weiß, was Ihr tun könnt. Odysseus ist ein begnadeter Mensch. Das Pferd ist zu groß.«

»Das werden wir noch sehen«, sagte ich grimmig. »Kommt zum Schluss.«

»Da bin ich bereits, Majestät. Sie segelten davon; ich blieb hier zurück.«

»Sie segeln nach Griechenland?«

»Ja, Majestät. Bei diesem Wind eine leichte Sache.«

»Aber warum«, fragte Laokoon, der immer noch sehr skeptisch war, »hat man Räder unter das Vieh gemacht?«

Sinon blinzelte verwundert. »Nun ja, um es aus unserem Lager zu ziehen.«

Unmöglich, dem Mann nicht zu trauen! Er litt zu offensichtlich, seine Peitschenstriemen, sein ausgemergelter Körper waren eindeutig. Und seine Geschichte klang glaubwürdig. Deiphobos sah empor zu dem mächtigen Rumpf des Pferdes und seufzte. »Oh, was für ein Jammer, Vater! Wenn wir es in die Stadt…« Er hielt inne. »Sinon«, fuhr er dann fort, »was geschah mit dem Palladion? Wurde es *entweiht*?«

»Als es in unser Lager gebracht war – Odysseus hat es gestohlen –«

»Wie bezeichnend für ihn!«, wandte Deiphobos ein.

»Es wurde auf einem eigenen Altar aufgestellt«, fuhr Sinon fort, »und die Armee musste antreten, um es anzuschauen. Aber als die Priester dem Standbild opfern wollten, war es dreimal in Flammen gehüllt. Als die Flammen das dritte Mal erloschen, begann die Göttin Blut zu schwitzen – große Tropfen drangen aus ihrer Holzhaut und rollten Gesicht und Arme hinab, und aus den Augen rannen sie, als ob sie weinte. Die Erde erbebte, und aus heiterem Himmel fuhr ein Feuerball in die Bäume hinter dem Skamandros. Ihr müsst ihn gesehen haben! Wir schlugen uns vor die Brust und beteten – sogar Agamemnon. Danach erfuhren wir, dass die Göttin ihrer Schwester Aphrodite versprochen hatte, ihr einen Wunsch zu erfüllen: dass Troja, sobald das hölzerne Pferd in seinen Mauern war, die Heere dieser Welt versammeln und Griechenland erobern werde.«

»Hah!«, schnaubte Kapys. »Das passt alles ein bisschen zu gut zusammen! Dieser unnachahmliche Odysseus kommt auf die Idee, das Pferd zu groß zu bauen und dann davonzusegeln! Warum sollten sie so viel Mühe auf sich nehmen? Warum sollte die Größe des Pferdes sie kümmern? Sie sind *nach Hause* gefahren!«

»Weil«, sagte Sinon mit einer Stimme, die anzeigte, dass er bald die Geduld zu verlieren schien, »sie im nächsten Frühjahr wieder kommen!«

»Es sei denn«, erwiderte ich und erhob mich von meinem Stuhl, »das Pferd kann in die Stadt gebracht werden.«

»Das kann es nicht«, sagte Sinon, lehnte sich erschöpft zurück und schloss die Augen. »Es ist zu groß.«

»Es kann!«, rief ich. »Hauptmann! Bringt Seile, Ketten, Maultiere, Ochsen und Sklaven. Es ist früh am Morgen. Wenn wir jetzt anfangen, können wir das Tier vor Einbruch der Dunkelheit hineingebracht haben.«

»Nein, nein, nein!«, rief Laokoon, das Gesicht starr vor Entsetzen. »Majestät, nein! Lasst mich zuvor zumindest Apollo anrufen. Ich bitte Euch!«

»Geht und tut, was Ihr für nötig haltet, Laokoon«, sagte ich und wandte mich ab. »In der Zwischenzeit beginnen wir, die Prophezeiung zu erfüllen.«

»Nein!«, schrie mein Sohn Kapys.

Aber alle anderen schrien wie mit einer Stimme zurück: *»Ja!«*

Wir brauchten fast den ganzen Tag. Wir banden mit Ketten verstärkte Seile an die Vorder- und Längsseiten der massiven Plattform, dann spannten wir Maultiere, Ochsen und Sklaven davor. Unendlich langsam rollte das hölzerne Pferd die Straße hinab. Es war eine quälende, mühsame Arbeit, die einen zur Verzweiflung trieb. Kein Grieche – kein Mensch! – hätte mit unserer trotzigen Beharrlichkeit angesichts dieser Aufgabe gerechnet. An jeder Biegung musste das Ding Dutzende von Malen vor- und zurückgeschoben werden, um es auf den Steinen und weg von der Grasfläche zu halten, denn die Räder waren direkt an der Plattform befestigt worden; es gab keine Achsen auf der Welt, die dieses gewaltige Gewicht hätten tragen können.

Bis zum Mittag waren wir am Skäischen Tor angelangt, wo wir endgültig feststellten, dass der Kopf den Bogen der Durchfahrt fünf Ellen überragte.

»Thymoites«, befahl ich meinem eifrigsten Sohn, »weise die Garnison an, mit Hammer und Meißel anzurücken. Sie sollen den Bogen wegbrechen.«

Auch das dauerte lange. Die Steine, die der große Mauerbauer Poseidon zusammengefügt hatte, gaben den Schlägen von Sterblichen nicht so leicht nach, sondern zerfielen Stück für Stück, bis endlich über dem Skäischen Tor eine große Lücke klaffte. Mensch und Tier, die vor das Holzpferd gespannt waren, zogen wieder an den Seilen, und wieder setzte sich der mächtige Kopf in Bewegung. Ich hielt den Atem an, als er allmählich näher kam, und stieß dann einen Warnruf aus – aber der kam zu spät. Der Kopf saß fest. Wir zerrten ihn frei, trugen noch mehr Mauerwerk ab und versuchten es noch einmal. Aber er wollte nicht hindurchpassen. Viermal blieb er stecken, bis die Lücke endlich breit genug war. Dann rumpelte das riesige Ding ächzend und schwerfällig durch das Skäische Tor. Ha, Odysseus! Überlistet!

Um ganz sicher zu gehen, befahl ich, das Pferd den steilen Hügel hinaufzuziehen und es an den Ursprung Trojas zu bringen, in den Palast. Was noch einmal doppelt so viele Lasttiere und unendlich viel Zeit erforderte, obwohl auch die Bewohner der Stadt mit Hand anlegten. Das Palasttor besaß keinen Bogen; das Pferd ging knapp hindurch.

Wir stellten es in dem grünen, Zeus gewidmeten Hof ab. Die Fliesen knackten und zerbrachen unter dem enormen Gewicht, und die Räder sanken in den Boden ein, aber der Ersatz für das Palladion blieb aufrecht stehen. Keine Macht der Welt hätte es jetzt noch bewegen können. Wir hatten Pallas Athene bewiesen, dass wir ihrer Liebe und ihres Respekts würdig waren. Ich gelobte an Ort und Stelle öffentlich, das Pferd stets in gutem Zustand zu halten und zu seinen Füßen einen Altar zu errichten. Troja war in Sicherheit. König Agamemnon würde im Frühjahr nicht mit einer neuen Armee zurückkehren. Stattdessen würden wir, wenn wir uns erholt hatten, die Heere der Welt zusammenrufen und Griechenland erobern.

Plötzlich erscholl Kassandras verrücktes Lachen: Mit aufgelösten, wehenden Haaren und ausgestreckten Armen rannte sie aus der Säulenhalle auf uns zu. Klagend, jammernd und kreischend fiel sie mir zu Füßen und umklammerte meine Knie.

»Vater, schafft es weg! Schafft es aus der Stadt! Lasst es dort, wo es war! Es ist ein Geschöpf des Todes!«

Laokoon, der auch da war, nickte grimmig. »Majestät, die Vorzeichen sind ungünstig. Ich habe Apollo eine Hirschkuh und drei weitere Tiere geopfert, aber er hat sie alle zurückgewiesen. Dieses hölzerne Pferd wird unsere Stadt ins Verderben stürzen.«

»Ich habe es gesehen. Vater spricht die Wahrheit«, sagte der Ältere seiner zwei Söhne blass und zitternd.

Thymoites sprang mir bei. Ich wurde allmählich zornig, doch die Stimmen um mich herum klangen immer furchtsamer.

»Kommt mit, Majestät«, drängte Laokoon mich, »kommt mit zum großen Altar und seht selbst! Auf dem Pferd liegt ein Fluch! Zerhackt es, verbrennt es, werdet es wieder los!«

Seine beiden Söhne vor sich herscheuchend, lief Laokoon – viel zu schnell für meine alten Beine – zum Altar des Zeus. Plötzlich, er war schon am Marmorpodest angelangt, schrie er auf. Auch seine Söhne schrien und machten einen Satz. Als einer der Gardisten sie erreichte, lagen alle drei stöhnend am Boden. Laokoon zerrte an seinen sich windenden Kindern. Der Soldat wich zurück und wandte sich mit schreckverzerrtem Gesicht zu uns um.

»Majestät, kommt nicht näher!«, rief er. »Hier ist ein Vipernnest! Sie sind gebissen worden!«

Ich hob die Hände zum rot leuchtenden Firmament. «O Vater des Himmels, du hast uns ein Zeichen gegeben! Du hast Laokoon vor unseren Augen niedergestreckt, weil er gegen das Geschenk deiner Tochter an die Bürger meiner Stadt gesprochen hat! Das Pferd ist nicht verflucht! Das Pferd ist heilig! Es wird die Griechen für immer von unseren Toren fernhalten!«

Sie waren vorbei, diese zehn Jahre Krieg gegen einen mächtigen Feind. Wir hatten überlebt und waren nicht erobert worden. Der Hellespont und das Schwarze Meer gehörten wieder uns. Der Palast würde wieder goldene Nägel besitzen.

Ich führte den Hofstaat in den Palast und ordnete ein Fest an. Unsere letzten Zweifel verflogen, und wir gaben uns wie befreite Sklaven unserer Freude hin. Gelächter, Gesänge, Zimbeln, Trommeln, Hörner und Trompeten drangen aus dem Gewirr der Straßen unter der Zitadelle empor, während aus der Burg die gleichen Töne nach unten getragen wurden. Troja war frei! Zehn Jahre, zehn Jahre! Troja hatte gesiegt. Troja hatte Agamemnon für immer von seinen Ufern vertrieben.

Aber am meisten freute mich der Anblick von Aeneas! Er hatte sich das Pferd nicht angesehen, und auch während unserer ganzen Plackerei hatte er sich nicht blicken lassen. An dem Fest musste er jedoch teilnehmen, und da saß er nun mit verschlossenem Gesicht und düsterem Blick. Ich hatte gewonnen, er hatte verloren. Das Geschlecht des Priamos gab es noch. Troja würde von *meinen* Nachkommen regiert werden und nicht von Aeneas.

KAPITEL 33

ERZÄHLT VON NEOPTOLEMOS

Sie schlossen die Falltür unter uns weit vor dem Morgengrauen, und nun erfuhren wir, die wir doch jede Nacht unseres Lebens in Dunkelheit zubrachten, was Dunkelheit wirklich bedeutete. Ich riss die Augen immer weiter auf, um etwas zu erkennen, aber es gab nichts zu sehen. Nichts. Ich war mit Blindheit geschlagen, die Welt bestand nur noch aus Schwärze. Einen Tag und eine Nacht, dachte ich – wenn wir Glück hatten. Mindestens einen Tag und eine Nacht sich nicht vom Fleck rühren und keinen noch so schwachen Schimmer Licht sehen können, nicht wissen, wo die Sonne stand, jeder Augenblick eine Ewigkeit, und die Ohren so empfindlich, dass jeder Atemzug wie entferntes Donnergrollen klang.

Mein Arm berührte Odysseus; unwillkürlich erschauerte ich. Meine Nase sträubte sich, den Geruch von Schweiß, Urin und Kot einzuatmen – und das trotz der geschlossenen Fellkübel, die Odysseus jeweils an drei Mann hatte verteilen lassen. Jetzt begriff ich, weshalb er darauf bestanden hatte. Von Exkrementen beschmutzt zu werden, hätte keiner von uns ertragen. Hundert blinde Männer – wie kamen Menschen mit einem ganzen Leben in Blindheit zurecht?

Ich werde nie wieder richtig sehen können, dachte ich. Werden meine Augen je wieder Licht erkennen, oder wird der bloße Schreck mich in ewige Finsternis zurückwerfen? Meine Haut spannte, ich konnte das Grauen um mich herum spüren, während hundert der tapfersten Männer eingekerkert waren und Todesfurcht empfanden. Meine Zunge klebte am Gaumen, ich langte nach dem Wasserschlauch. Hauptsache, ich konnte etwas tun.

Durch eine Vielzahl winziger Löcher, die sich über den ganzen Rumpf und Kopf des Pferdes verteilten, erhielten wir Luft, aber Odysseus hatte uns gesagt, dass durch sie kein Licht fallen würde, weil sie von Stoffschichten abgedeckt waren. Schließlich schloss ich die Augen. Sie schmerzten so von der Anstrengung, etwas zu sehen, dass es wie eine Erleichterung war, und ich konnte die Schwärze besser ertragen.

Odysseus und ich saßen Rücken an Rücken wie alle anderen auch. Wir selbst waren die einzigen Stützen, die unser Gefängnis bot. Bestrebt, an etwas anderes zu denken, lehnte ich mich gegen ihn und versuchte mich an jedes Mädchen zu erinnern, das ich in meinem Leben getroffen hatte. Ich listete sie alle sorgfältig auf: das schönste und das hässlichste, das kleinste und das größte, das erste, mit dem ich das Bett geteilt hatte, und das letzte, jenes, das über meinen Mangel an Erfahrung gekichert hatte, und das andere, das nach einer Nacht in meinen Armen kaum noch genug Kraft hatte, die Augen zu bewegen. Als ich damit fertig war, fing ich mit den Tieren an, die ich erlegt, und den Jagden, an denen ich teilgenommen hatte. Löwen, Bären, Rotwild. Seefahrten, um Schwertwale, Seeungeheuer und Seeschlangen zu fangen, und dann hatte unsere Beute doch nur aus Tunfisch und Seebarsch bestanden. Ich durchlebte noch einmal die Zeit meiner Ausbildung bei den jungen Myrmidonen. Die kleinen Kriege, in die wir zusammen gezogen waren. Erinnerte mich an die Male, da ich große Männer getroffen hatte, und wer sie gewesen waren. Ich rekapitulierte die Anzahl der Schiffe und Könige, die nach Troja aufgebrochen waren, und die Namen aller Städte und Dörfer in Thessalien. Im Geiste sang ich alle Heldenlieder, die mir einfielen. Irgendwie verging die Zeit, wenn auch im Schneckentempo. Die Stille wurde noch intensiver. Ich musste geschlafen haben, denn ich schreckte plötzlich hoch und merkte, dass Odysseus mir die Hand über den Kopf gelegt hatte. Ich ruhte mit dem Kopf in seinem Schoß, und voller Entsetzen quollen mir fast die Augen aus den Höhlen, bis ich mich wieder erinnerte, weshalb ich nichts sehen konnte. Eine Bewegung hatte mich geweckt, die sich jetzt, als ich versuchte, zu mir zu kommen, wiederholte: ein sanftes Rütteln. Ich drehte mich herum, richtete mich auf, griff nach Odysseus' Händen und hielt sie fest. Er neigte den Kopf, sein Haar berührte meine Wange. Ich fand sein Ohr. »Ziehen sie uns?«

Ich spürte, wie sich sein Gesicht zu einem Grinsen verzog. »Natürlich. Ich habe nicht einen Augenblick bezweifelt, dass sie das Ding in die Stadt bringen würden. Sie sind wie erwartet auf Sinons Geschichte hereingefallen«, flüsterte er.

Die plötzliche Bewegung unterbrach die erdrückende Untätigkeit in unserem Gefängnis. Eine ganze Weile fühlten wir uns besser, zuversichtlicher, während wir dahinrumpelten. Wir versuchten unser Tempo abzuschätzen und fragten uns, wann wohl die Mauer erreicht sein und was Priamos angesichts der Tatsache, dass das Pferd so groß war, unternehmen würde. Wir genossen es, leise miteinander sprechen zu können, denn das Geräusch, das unser ächzendes Gefährt verursachte, übertönte unsere Stimmen. Wir konnten hören, dass es voranging, obwohl wir weder Menschen noch Ochsen vernahmen, nur das rumpelnde, quietschende Geräusch der vielen Räder.

Es war nicht schwer festzustellen, wann wir am Skäischen Tor angelangt waren. Wir schienen für Tage stehen zu bleiben. Stumm beteten wir zu allen Göttern, die wir kannten, dass die Trojaner jetzt nicht aufgaben, dass sie – wie Odysseus immer wieder behauptet hatte – daran gingen, die Tordurchfahrt zu vergrößern. Schließlich setzten wir uns wieder in Bewegung. Dann folgte ein knirschendes Geräusch und ein starker Ruck, der uns durcheinander warf. Wir lagen still da und pressten die Ohren an den Boden.

»Dummköpfe!«, fauchte Odysseus. »Sie haben sich verschätzt.«

Nach vier solcher Stöße ging es endlich weiter.

»Jetzt fahren wir den Hügel hinauf«, flüsterte er. »Sie bringen uns in den Palast.«

Dann war alles wieder ruhig. Nachdem wir mit einem letzten Ächzen zum Stehen gekommen waren, überließ man uns unseren Gedanken. Das riesige Ding brauchte eine Weile, bis es sich, wie ein Seeungeheuer im Morast, endgültig gesetzt hatte, und ich fragte mich, wo wir wohl genau standen. Der Duft von Blumen stahl sich herein. Ich versuchte abzuschätzen, wie lange es gedauert hatte, das Pferd von der Ebene hierher zu ziehen, doch es gelang mir nicht. Wenn man weder Sonne noch Mond und Sterne sehen kann, sind Zeitspannen nicht zu messen. Also lehnte ich mich wieder gegen Odysseus und schlang die Arme um die Knie. Wir saßen beide direkt neben der Falltür, während sich Diomedes ganz am anderen Ende befand, um dort für Ordnung zu sorgen (wenn ein Mann in Panik geraten sollte, so lautete der Befehl, wurde er auf der Stelle getötet). Ich machte mir keine Sorgen: Odysseus war unerschütterlich wie ein Fels; schon seinen Rücken zu spüren, beruhigte mich. Meine Gedanken wanderten zu meinem Vater. Eigentlich wollte ich nicht an ihn denken, weil ich den Schmerz fürchtete, der damit verbunden war, aber nun, da wir noch einmal warten mussten, konnte ich mich nicht dagegen wehren. Und diesmal ergriff mich kein Schmerz, denn als ich ihm erlaubte, von meinen Gedanken Besitz zu ergreifen, konnte ich ihn fast körperlich neben mir fühlen. Ich war wieder ein Knabe und er ein Riese, der über mir emporragte: ein Gott und ein Held für einen Knaben. So schön und so fremd mit dem lippenlosen Mund. Ich habe immer noch eine Narbe an der Stelle, wo ich versuchte, meine eigene Lippe abzuschneiden, um ihm ähnlich zu sein. Großvater Peleus hat mich dabei ertappt und mich wegen Gottlosigkeit kräftig verhauen. Du kannst nicht jemand anders sein, hat er zu mir gesagt. Du bist du, mit Lippen oder ohne. Und wie habe ich gebetet, der Krieg gegen Troja möge lange genau dauern, um an der Seite meines Vaters kämpfen zu können! Von dem Zeitpunkt an, da ich vierzehn wurde und mich als Mann betrachtete, habe ich meine beiden Großväter, Peleus und Lykomedes, angefleht, mich nach Troja segeln zu lassen. Sie haben es immer wieder abgelehnt. Bis zu dem Tag, an dem Peleus mit einem Gesicht so grau wie das eines Sterbenden in meine Räume im Palast von Iolkos trat und mir sagte, ich solle fahren. Er verriet kein Wort von der Botschaft, die Odysseus ihm geschickt hatte und die besagte, dass Achilles' Tage gezählt seien.

Solange ich lebe, werde ich nicht das Lied vergessen, das der Harfner Agamemnon und den Königen vortrug. Unbeachtet stand ich in der Tür und sog es in mich auf, ergötzte mich an seinen Taten. Dann sang der Dichter von seinem Tod, von seiner Mutter und der Wahl, vor die sie ihn gestellt hatte, und davon, dass es diese Wahl für ihn nicht gab: nach einem langen und ereignislosen Leben glanzlos zu sterben oder jung und ruhmreich zu fallen. Tod. Dieses Schicksal konnte ich nie mit meinem Vater verbinden. Für mich stand er über dem Tod; keine Hand konnte ihn niederstrecken. Aber Achilles war ein Sterblicher, und Achilles starb – bevor ich ihn wieder sah und seinen Mund küssen konnte. Man erzählte mir, dass ich inzwischen fast so groß war wie er.

Odysseus hatte von all dem mehr geahnt als jeder andere, und er sagte mir alles, was er wusste oder vermutete. Er erzählte mir auch von dem Komplott und was der Grund dafür war, dass mein Vater sich mit Agamemnon gestritten und ihm seine Hilfe entzogen hatte. Ich fragte mich, ob ich wie mein Vater die Kraft und Entschlossenheit besessen hätte zuzusehen, wie mein Ruf für immer befleckt wurde. Schweren Herzens schwor ich Odysseus, Stillschweigen zu bewahren; eine innere Stimme sagte mir, dass mein Vater die Dinge so belassen wollte, wie sie nun einmal waren. Odysseus hoffte, mit seinem Eingeständnis mir gegenüber einen Teil der großen Schuld abzutragen, die er seiner Meinung nach auf sich geladen hatte.

Doch selbst in dieser gnädigen Dunkelheit konnte ich seinetwegen nicht weinen. Paris war tot, doch wenn ich Priamos für Achilles tötete, konnte ich vielleicht weinen.

Ich hatte wieder vor mich hingedämmert, als das Geräusch der sich öffnenden Falltür mich weckte. Odysseus bewegte sich schnell wie der Blitz, aber dennoch war er nicht schnell genug. Ein schwaches Licht drang durch das Loch am Boden, und in seinem Schein leuchteten Beine auf. Die Geräusche einer stummen Rauferei waren zu hören. Ich spürte, wie ein Körper zur Erde sauste; von unten war ein dumpfer Aufschlag zu vernehmen. Irgendjemand im Bauch des Pferdes hatte seine Einkerkerung nicht länger ertragen. Als Sinon unten den Hebel zog, der die Falltür öffnete, hatten wir keine Vorwarnung bekommen, aber einer von uns war auf der Stelle entwischt.

Odysseus spähte nach unten, dann entrollte er die Strickleiter. Ich trat zu ihm. Unsere Rüstungen lagen gebündelt im Kopf des Pferdes, und wir hatten genau festgelegt, in welcher Reihenfolge wir hinauskletterten. Während wir uns wie abgesprochen an der Falltür aufstellten, bekam jeder Mann sein Rüstungsbündel.

«Ich weiß, wer hinuntergefallen ist«, sagte Odysseus. »Ich nehme erst mal meine Waffen und warte, bis sein Bündel an der Reihe ist, und lege es dann beiseite. Sonst erhält der Mann nach ihm nicht seine richtige Rüstung.«

So war ich der Erste, der wieder sicheren Boden unter den Füßen hatte – davon einmal abgesehen, dass er durchaus nicht sicher war. Als ob man mir einen Schlag versetzt hätte, stand ich wie betäubt auf einem herrlich duftenden Teppich aus Herbstblumen.

Als alle unten waren, begrüßten Odysseus und Diomedes Sinon mit Küssen und Umarmungen – den schlauen Sinon, der Odysseus' Vetter war. Da ich ihn vorher in seiner Verkleidung nicht gesehen hatte, starrte ich ihn verblüfft an. Kein Wunder, dass die Trojaner seine Geschichte geglaubt hatten – so elend, schmutzig und mit blutigen Striemen bedeckt, wie er war. Selbst der aufsässigste Sklave, den ich je gesehen hatte, war nicht so entsetzlich zugerichtet worden.

Odysseus berichtete mir später, dass Sinon freiwillig zwei Monate gehungert habe, um noch erbärmlicher zu wirken. Jetzt lachte er breit und erzählte seine Geschichte. »Priamos hat mir alles geglaubt, Odysseus. Und die Götter waren auf unserer Seite – Zeus hat ein furchtbares Zeichen geschickt: Laokoon und seine beiden Söhne sind umgekommen, als sie auf ein Schlangennest traten, stellt Euch das vor! Besser konnte es nicht kommen.«

»Haben Sie das Skäische Tor offen gelassen?«, fragte Odysseus.

»Natürlich. Jetzt schläft die ganze Stadt ihren Siegesrausch aus – sie haben wirklich wild gezecht! Und als die Feierei im Palast erst einmal richtig losgegangen war, hat sich niemand mehr an mich erinnert, und so hatte ich keine Schwierigkeiten, mich davonzustehlen und Agamemnon von der Anhöhe bei Sigios ein Leuchtzeichen zu geben. Es wurde umgehend von den Hügeln auf Tenedos erwidert – er müsste jetzt gerade in Sigios einlaufen.«

»Das hast du großartig gemacht, Sinon. Du kannst sicher sein, dass du dafür angemessen belohnt wirst«, lobte Odysseus ihn.

»Das weiß ich.« Er hielt inne und schnaubte dann: »Meinst du etwa, ich hätte es ohne Belohnung nicht getan?«

Odysseus schickte fünfzig von uns zum Skäischen Tor, damit die Trojaner keine Gelegenheit hatten, es vor Agamemnons Ankunft noch zu schließen, und wir übrigen warteten kampfbereit und sahen zu, wie sanftes Rotgold über die Mauern des Hofes kroch, atmeten die milde Morgenluft ein und den Duft der Blumen.

»Wer ist aus dem Pferd gefallen?«, fragte ich Odysseus.

»Echion, der Sohn des Portheus«, antwortete er knapp. Er war mit seinen Gedanken offensichtlich woanders. Dann räusperte er sich und trat unruhig von einem Fuß auf den anderen. »Agamemnon, Agamemnon, wo *bleibt* Ihr?«, fragte er laut. »Ihr solltet längst hier sein!«

In diesem Augenblick erscholl ein Hornsignal: Agamemnon war am Skäischen Tor eingetroffen, und wir konnten uns in Bewegung setzen. Wir teilten uns auf. Odysseus, Diomedes, Menelaos, Automedon und ich nahmen noch ein paar Männer und schlichen so leise wie wir konnten zu der Säulenhalle und von da aus in einen hohen, breiten Flur, der zu den Gemächern von Priamos führte. Dort verließen Odysseus, Menelaos und Diomedes mich, um über einen Seitengang zu den Räumen zu gelangen, in denen Helena und Deiphobos residierten.

Ein einzelner, spitzer Schrei zerriss die Stille. Die Gänge des Palastes erwachten zum Leben, Männer stolperten nackt aus ihren Betten, das Schwert in der Hand, aber noch völlig benommen von zu viel Wein. Wir konnten uns Zeit lassen, ihre unbeholfenen Attacken abzuwehren und sie allesamt niederzustrecken. Frauen heulten und kreischten, die Marmorfliesen unter unseren Füßen waren glitschig von Blut – niemand entging uns. Die wenigstens begriffen, was geschehen war. Einige waren wach genug, um meinen Anblick in Achilles' Rüstung zu registrieren, und während sie davonrannten, verkündeten sie schreiend, dass Achilles aus dem Reich der Toten zurückgekehrt sei.

Das Herz erfüllt von Mordlust kannte ich keine Gnade. Als die Garde herausstolperte, wurde der Widerstand heftiger; endlich gab es ein paar richtige Kämpfe, wenngleich sie nicht mit denen auf einem Schlachtfeld zu vergleichen waren. Die Frauen verstärkten noch die allgemeine Verwirrung und Panik und hinderten die Verteidiger des Palastes daran, ihre Gegenwehr zu organisieren. Hinter mir folgten andere Männer aus dem Bauch des Pferdes; doch da mich nur nach Priamos dürstete, ließ ich sie metzeln, wie es ihnen gefiel. Nur Priamos konnte noch für den Tod von Achilles bezahlen.

Aber sie liebten ihn, ihren törichten alten König. Alle, die mit klarem Kopf aufgewacht waren, hatten zu den Waffen gegriffen und waren auf verschlungenen Wegen durch den Palast geeilt, um ihren Herrscher zu schützen. Eine Mauer bewaffneter Männer versperrte mir den Weg. Sie hielten mir ihre Speere wie Lanzen entgegen, und ihre Gesichter verrieten mir, dass sie für Priamos sterben würden. Automedon und einige andere hatten sich mir angeschlossen; ich blieb einen Moment stehen, um die Lage einzuschätzen. Die Speerspitzen unverwandt auf mich gerichtet, erwarteten sie meinen Angriff. Ich schwang mein Schild herum und warf einen Blick über die Schulter.

»Nehmt sie Euch!«

Und dann preschte ich so schnell vor, dass der Mann mir gegenüber unwillkürlich zur Seite sprang und damit die ganze Front aufbrach. Das Schild wie eine Mauer vor mir, krachte ich breitseits in sie hinein. Einem solchen Ansturm von Mann und Rüstung konnten sie nicht widerstehen. Während ich über sie herfiel, löste sich die erste Reihe auf, und ihre Speere wurden nutzlos. Jetzt schwang ich die Axt; ein Mann verlor einen Arm, ein zweiter die Hälfte seiner Brust, ein dritter die Decke seines Schädels. Es war, als mähe man schwache Schösslinge nieder. Im Nahkampf konnte mir keiner etwas entgegensetzen.

Von Kopf bis Fuß mit Blut bedeckt, stieg ich schließlich über die Leichen hinweg und gelangte in einen Säulengang, der einen kleinen Hof säumte. In seiner Mitte stand im Schatten eines großen, blätterreichen Lorbeerbaums auf einem Stufenpodest ein Altar.

Priamos, König von Troja, hockte auf der obersten Stufe, sein weißer Bart und sein weißes Haar leuchteten silbern im Licht, sein magerer Körper war in ein leinenes Nachthemd gehüllt.

Die Axt gesenkt blieb ich stehen und rief ihm zu: »Nehmt ein Schwert und kämpft, Priamos!«

Doch mit leerem Blick starrte er durch mich hindurch; seine wässrigen Augen standen voller Tränen. Es war ihm gleichgültig. Die Luft war erfüllt von den Geräuschen des Todes und der Verwüstung, und Rauch verdeckte den Himmel. Um ihn herum ging Troja zugrunde, doch er saß hier am Fuß von Apollos Altar. Ich glaube, ihm war nicht bewusst, dass wir aus dem Pferd gekommen waren – wenigstens diese Erkenntnis ersparte ihm sein Gott. Er begriff nur, dass es für ihn keinen Grund gab weiterzuleben.

Eine alte Frau hockte neben ihm. Sie hing an seinem Arm, und aus ihrem offenen Mund drang unablässig ein Heulen, das mehr an einen Hund als an ein menschliches Wesen erinnerte. Eine junge Frau mit einer Fülle schwarzer Locken stand mit dem Rücken zu mir am Altartisch, die Hände flach auf der Platte, den Kopf im Gebet weit zurückgeneigt.

Weitere Männer tauchten auf, um Priamos zu verteidigen; verächtlich schlug ich ihre Angriffe zurück. Einige trugen Insignien, die sie als Priamos' Söhne auswiesen, was mich nur noch mehr anspornte. Ich tötete sie alle, bis nur ein Jüngling übrig blieb – Polites? Aber was spielte das noch für eine Rolle? Als er versuchte, mich mit dem Schwert anzugreifen, entriss ich es ihm, ließ meinen Schild fallen und packte dann mit der linken Faust seine langen offenen Locken. Er zappelte und stieß noch mit den Füßen nach mir, als ich ihn schon auf den Rücken geworfen hatte und zum Fuß des Altars zerrte. Priamos und Hekabe klammerten sich aneinander; die junge Frau wandte sich nicht um.

»Hier ist Euer letzter Sohn, Priamos! Seht zu, wie er stirbt!«

Ich setzte den Absatz auf die Brust des Knaben, hob seine Schultern vom Boden und zerschmetterte dann seinen Kopf mit der Breitseite meiner Axt. Als würde er mich jetzt zum ersten Mal wahrnehmen, sprang Priamos auf. Die Augen auf die Leiche seines letzten Sohnes gerichtet, griff er nach einem Speer, der an der

Seite des Altars lehnte. Seine Frau heulte wie eine Wölfin und versuchte ihn zurückzuhalten. Er stolperte und fiel mir vor die Füße, das Gesicht zwischen den Armen verborgen, den Nacken der Axt dargeboten. Die alte Frau hatte die Arme um seine Beine geschlungen, und endlich hatte sich die junge Frau umgedreht, um nicht mich, sondern den König anzusehen. Ihr Gesicht war voller Mitleid. Die Axt fuhr hoch. Ich führte den Schlag so, dass ich Priamos nicht verfehlen konnte. Die Doppelklinge durchschnitt die Luft, und in diesem erhabenen Augenblick fühlte ich den Priester in mir, der in den Herzen all jener lebt, die zum König geboren werden. Die Axt meines Vaters vollendete den Streich makellos. Priamos Nacken klaffte unter dem Silberhaar, die Klinge fuhr hindurch, um auf der anderen Seite auf den Stein zu treffen, und der Kopf machte einen Satz. Troja war tot. Sein König war gestorben, wie Könige in den Tagen der Alten Religion gestorben waren: Ihr Kopf wurde der Axt überantwortet. Ich wandte mich um und sah nur noch Griechen in Apollos Hof.

»Findet einen Raum, den man abschließen kann«, befahl ich Automedon, »und dann kommt zurück und sperrt die beiden Frauen dort ein.«

Ich stieg die Altarstufen hinauf.

»Euer König ist tot«, sagte ich zu der jungen Frau. Sie war sehr schön. »Ihr seid meine Kriegsbeute. Wie heißt Ihr?«

»Andromache von Kilikien, ich bin Hektors Witwe«, erwiderte sie mit fester Stimme.

»Kümmert Euch um Eure Mutter, wenn Ihr könnt. Ihr werdet bald genug getrennt sein.«

»Lasst mich zu meinem Sohn gehen«, sagte sie sehr ruhig.

Ich schüttelte den Kopf. »Nein, das ist unmöglich.«

»Bitte!«, sagte sie, immer noch sehr beherrscht.

All mein Zorn verrauchte; sie tat mir Leid. Agamemnon würde niemals erlauben, dass der Knabe am Leben blieb. Er hatte befohlen, das Haus des Priamos völlig auszulöschen. Ehe ich ihr den Wunsch zum zweiten Mal abschlagen konnte, kam Automedon zurück. Die beiden Frauen, die eine immer noch heulend, die andere still darum bittend, ihren Sohn sehen zu dürfen, wurden fortgeführt.

Danach verließ ich den Hof und begann das Labyrinth der Flure zu erkunden. Ich öffnete jede Tür und spähte hinein, um zu sehen, ob es irgendwo noch Trojaner gab, die ich töten konnte. Aber ich fand keinen, bis ich im äußeren Palastbereich eine weitere Tür öffnete.

Auf einem Bett lag ein großer und kräftig gebauter Mann und schlief fest. Es war ein hübscher Bursche, und er war dunkel genug, um ein Sohn von Priamos zu sein, außer dass er nicht im Geringsten Priamos ähnelte. Lautlos trat ich ein und stellte mich über ihn, die Axt an seinem Hals. Dann packte ich ihn grob bei der Schulter. Offensichtlich hatte er zu viel Wein getrunken, er stöhnte, doch als er die Augen öffnete und einen Mann in der Rüstung Achilles' sah, wurde er auf der Stelle hellwach. Nur die Axt an seiner Kehle hielt ihn davon ab, nach seinem Schwert zu greifen. Zornig funkelte er mich an.

»Und wer seid Ihr?«, erkundigte ich mich lächelnd.

»Aeneas von Dardanien.«

»Schön, schön! Ihr seid mein Gefangener, Aeneas. Ich bin Neoptolemos.«

Ein Hoffnungsfunke glomm in seinen Augen auf. »Was, ich werde nicht getötet?«

»Warum sollte ich Euch töten wollen? Ihr seid mein Gefangener, mehr nicht. Wenn Euer dardanisches Volk immer noch hoch genug von Euch denkt, um das beträchtliche Lösegeld zu bezahlen, das ich von ihm zu verlangen gedenke, könntet Ihr bald ein freier Mann sein. Eine Belohnung dafür, dass Ihr gelegentlich in der Schlacht nett zu uns gewesen seid.«

Auf seinem Gesicht breitete sich ein Strahlen aus. »Dann werde ich König von Troja sein!«

Ich lachte. »Wenn Euer Lösegeld eintrifft, wird es kein Troja mehr geben. Wir werden den Ort dem Erdboden gleichmachen und seine Bewohner in die Sklaverei schicken. Nur noch Schatten werden über die Ebene wandern. Ich glaube, das Beste für Euch wäre, das Land zu verlassen.« Ich ließ die Axt sinken. »Steht auf. Nackt und in Ketten werdet Ihr hinter mir hergehen.«

Er schnaubte, tat aber, wie ihm geheißen, und machte mir keinerlei Schwierigkeiten.

Ein Myrmidone kam mit meinem Kampfwagen durch die rauchenden, zerstörten Straßen zum Palast herauf. Ich fand ein paar Stücke Seil, holte die beiden Frauen aus ihrem Gefängnis und band sie fest. Aeneas hielt mir seine Handgelenke freiwillig hin. Nachdem alle drei gefesselt waren, befahl ich Automedon, zurück auf den Skäischen Platz zu fahren. Die Plünderung hatte begonnen – keine Arbeit für den Sohn von Achilles. Jemand band Priamos' kopflose Leiche hinten an den Wagen, wie es mit der von Hektor schon geschehen war. Zwischen den Füßen meiner drei Gefangenen wurde sie über das Pflaster geschleift. Priamos Kopf steckte auf der Spitze von Alt-Pelion, sein silbernes Haar und sein weißer Bart waren blutgetränkt, seine dunklen Augen, erstarrt in Kummer und Elend, standen weit offen und glitten blicklos über brennende Häuser und verstümmelte Leichen. Kleine Kinder schrien vergebens nach ihren Müttern, Frauen rannten wie von Sinnen umher und suchten ihre Sprösslinge oder flohen vor Soldaten, die sie vergewaltigen oder ermorden wollten.

Für die Armee gab es kein Halten. An diesem Tag des Triumphes brach sich ihre ganze Wut über zehn Jahre Krieg Bahn: über die Heimatlosigkeit und das Leben in der Fremde, über gefallene Kameraden und treulose Ehefrauen, über die verhassten Trojaner und alles, was ihnen gehörte. Wie blindwütige Bestien zogen sie durch die rauchverhangenen Straßen. Von Agamemnon entdeckte ich keine Spur. Vielleicht wollte ich die Stadt auch deshalb so schnell verlassen, weil ich ihm an diesem Tag der völligen Zerstörung nicht gern begegnet wäre. Es war sein Sieg.

Nicht weit vom Palast entfernt tauchte Odysseus fröhlich winkend aus einem Seitenweg auf. »Ihr geht schon, Neoptolemos?«

Ich nickte mutlos. »Ja, und zwar so schnell ich kann. Mein Zorn ist verraucht, aber jetzt ist mein Magen nicht stark genug.«

Er zeigte auf den Kopf. »Ich sehe, Ihr habt Priamos gefunden.«

»Ja.«

»Und wen habt Ihr hier noch?« Er inspizierte meine Gefangenen, wobei er sich vor Aeneas besonders schwungvoll verbeugte. »Ihr habt Aeneas also wirklich bei lebendigem Leib gefangen! Und dabei war ich mir so sicher, dass gerade er es Euch nicht leicht machen würde.«

Ich warf dem Dardanier einen höhnischen Blick zu. »Er hat während des ganzen Gemetzels wie ein Kind geschlafen. Als ich ihn fand, lag er schnarchend in seinem Bett.«

Odysseus lachte dröhnend, und Aeneas wurde ganz starr vor Wut. Seine Armmuskeln spannten sich, als er versuchte, sich von den Seilen zu befreien. Plötzlich wurde mir klar, dass ich ihm ein ziemlich bitteres Schicksal zugedacht hatte. Er war viel zu stolz, um Spott ertragen zu können. Als ich ihn geweckt hatte, war sein einziger Gedanke der trojanische Thron gewesen. Inzwischen erkannte er, was seine Gefangenschaft bedeutete: Beleidigungen, Sticheleien, Anspielungen, und immer wieder würde man sich erzählen, dass man ihn sturzbetrunken und schlafend aufgestöbert hatte, während alle anderen um ihr Leben kämpften.

Ich band die alte Hekabe los und stieß sie vorwärts. Sie heulte auf. Dann gab ich das andere Ende des Seils Odysseus.

»Ein besonderes Geschenk für Euch. Ihr wisst natürlich, dass sie Hekabe ist. Nehmt sie und bringt sie Penelope als Dienerin mit. Sie wird Eurer Felseninsel beträchtlichen Glanz verleihen.«

Erstaunt sah er mich an. »Das ist nicht nötig, Neoptolemos.«

»Ich möchte, dass Ihr sie nehmt, Odysseus. Wenn ich versuchen würde, sie für mich zu behalten, würde Agamemnon sie bestimmt von mir haben wollen. Aber bei Euch würde er das nicht wagen. Warum soll nicht auch ein anderes Haus als das des Atreus eine edle Beute aus Troja vorzeigen können?«

»Was ist mit der Jungen? Ihr wisst, dass sie Andromache ist?«

»Ja, und sie steht mir rechtmäßig zu.« Ich beugte mich vor, um ihm ins Ohr zu flüstern. »Sie wollte zu ihrem Sohn, aber ich wusste, dass das unmöglich war. Was ist mit Hektors Sohn geschehen?«

Ich sah, wie er ernst wurde. »Astyanax ist tot. Er durfte nicht leben. Ich habe ihn selbst von der Palastmauer geworfen. Söhne, Enkel, Urenkel – alle müssen sterben.«

Ich wechselte das Thema. »Habt Ihr Helena gefunden?«

Seine Strenge wurde von einem gewaltigen Lachen abgelöst.

»Allerdings!«

»Und wie starb sie?«

»Helena tot? *Helena?* Sie wurde geboren, um ein gesegnetes Alter zu erreichen und friedlich in ihrem Bett zu sterben, mit ihren weinenden Kindern und Dienern um sie herum. Könnt Ihr Euch vorstellen, dass Menelaos Helena umbringt? Oder Agamemnon den Befehl dazu geben lässt? Ihr Götter, er liebt sie weitaus mehr als sich selbst!«

Allmählich beruhigte er sich wieder, obwohl er immer noch lachte. »Wir fanden sie in ihren Gemächern, umgeben von einer kleinen Gruppe Wächter und dazu Deiphobos, der fest entschlossen war, den ersten Griechen, der ihm in den Weg trat, zu töten. Menelaos war wie ein wütender Stier! Er nahm es ganz allein mit den Trojanern auf und schlug sich großartig. Diomedes und ich waren nur Zuschauer. Schließlich hatte er alle bis auf Deiphobos erledigt, und sie traten zum Zweikampf an. Helena stand auf der einen Seite, stolz und mit Augen wie grüne Sonnen: so schön wie Aphrodite! Neoptolemos, ich sage Euch, es wird auf der ganzen Welt nie eine Frau geben, die ihr das Wasser reichen könnte! Menelaos war bereit, aber der Kampf fiel aus. Helena war schneller und stieß Deiphobos einen Dolch in den Rücken. Dann fiel sie auf die Knie, mit vorgereckter Brust.

›Töte mich, Menelaos! Töte mich!‹, schrie sie. ›Ich verdiene zu sterben! Töte mich auf der Stelle!‹

Was er natürlich nicht tat. Er warf einen Blick auf ihre Brüste, und damit war die Sache vorbei. Sie verließen gemeinsam den Raum, ohne sich auch nur ein einziges Mal nach uns umzudrehen.«

Jetzt musste auch ich lachen. »Oh, diese Ironie. Da haben wir nun volle zehn Jahre gegen eine ganze Reihe von Staaten gekämpft, um Helena sterben zu sehen, und dann müssen wir zusehen, wie sie als freie Frau nach Amyklai zurückkehrt – und immer noch Königin ist.«

»Nun ja, der Tod ist selten dort, wo man ihn vermutet«, bemerkte Odysseus. Er ließ die Schultern sinken, und zum ersten Mal sah ich, dass er auf die Vierzig zuging, dass er sein Alter und das

Exil spürte und trotz all seiner Lust an Ränken und Intrigen am liebsten wieder daheim gewesen wäre. Er grüßte und zog mit der klagenden Hekabe davon. Ich nickte Automedon zu, und wir setzten unseren Weg zum Skäischen Tor fort.

Gemächlich trottete das Gespann die Straße entlang, die zum Strand führte. Aeneas und Andromache gingen hinter dem Wagen, und Priamos' Leiche schleifte immer noch zwischen ihnen über den Boden. Im Lager ließ ich die Myrmidonenquartiere links liegen, überquerte den Skamandros und schlug den Pfad zu den Gräbern ein.

Als die Pferde nicht weiterkonnten, band ich Priamos los, wickelte sein Nachthemd um seine linke Hand und zog ihn so vor die Grabstätte meines Vaters. Ich brachte Priamos in die Positur eines knienden Bittstellers, trieb den Schaft von Alt-Pelion in die Erde und häufte ein paar Steine aufeinander, um einen kleinen Grabhügel anzulegen. Dann wandte ich mich um und sah jenseits der Ebene Troja liegen. Aus seinen Häusern schlugen Flammen zum düsteren Himmel empor, und sein Tor stand weit offen wie der Mund eines Toten, dessen Schatten zu den dunklen Wüsten tief unter der Erde geflohen war. Und dann – endlich – weinte ich um Achilles.

Ich versuchte mir den Krieger vorzustellen, der er vor Troja gewesen war, aber ich vermochte es nicht, es gab zu viel Blut – einen Dunstschleier des Todes. Schließlich konnte ich mich an ihn nur noch auf eine einzige Weise erinnern: wie seine Haut nach dem Bad von Öl schimmerte und seine Augen glänzten, weil er mich ansah, seinen kleinen Sohn.

Ohne darauf zu achten, ob jemand beobachtete, wie ich weinte, ging ich zurück zum Kampfwagen und kletterte auf meinen Platz neben Automedon.

»Zu den Schiffen, Freund meines Vaters. Wir fahren nach Hause«, sagte ich.

»Nach Hause!«, wiederholte er mit einem Seufzer; der getreue Automedon, der mit Achilles von Aulis aufgebrochen war. »Nach Hause!«

Troja hinter uns brannte, aber unsere Augen sahen nur die Strahlen der Sonne, die auf dem weindunklen Meer tanzten und uns heimwinkten.

EPILOG

DAS SCHICKSAL EINIGER ÜBERLEBENDER

Agamemnon kehrte wohlbehalten nach Mykene zurück, ohne auch nur eine Ahnung davon zu haben, dass seine Frau Klytämnestra den Thron bestiegen und Aigisthos geheiratet hatte. Nach der freundlichen Begrüßung Agamemnons überredete sie ihn, ein Bad zu nehmen. Während er im Wasser lag, nahm sie die heilige Axt und erschlug ihn; danach brachte sie auch seine Kriegsbeute und Konkubine um, die Seherin Kassandra. Orestes, der Sohn von Agamemnon und Klytämnestra, wurde von seiner älteren Schwester Elektra aus Mykene geschmuggelt, da sie fürchtete, Aigisthos würde den Kaben ermorden. Als er erwachsen war, rächte Orestes seinen Vater, indem er seine Mutter und ihren Liebhaber tötete. Doch auch damit war nichts gewonnen; die Götter verlangten zwar Sühne für seinen Vater, verdammten Orestes aber gleichwohl wegen Muttermords. Er wurde wahnsinnig.

Bei den Römern hieß es, Aeneas sei mit seinem alten Vater Anchises auf der Schulter und dem Palladion der Athene unter dem Arm aus dem brennenden Troja geflohen. Mit dem Schiff gelangte er angeblich ins nordafrikanische Karthago, wo sich die Königin Dido hoffnungslos in ihn verliebte. Als er wieder fortsegelte, beging sie Selbstmord. Aeneas ging in Mittelitalien an Land, kämpfte in einem Krieg und wurde schließlich sesshaft. Sein Sohn Iulus, den er mit der latinischen Prinzessin Lavinia hatte, wurde später König von Alba Longo und war ein Vorfahr von Julius Cäsar. Die Griechen jedoch wissen von all dem nichts. Bei ihnen gehört Aeneas zur Kriegsbeute von Neoptolemos, dem Sohn des Achilles, der ihn gegen ein Lösegeld den Dardaniern zurückgab. Später ließ er sich in Thrakien nieder.

ANDROMACHE, die Witwe Hektors, fiel als Trophäe Neoptolemos zu. Bis zu seinem Tod war sie entweder seine Frau oder Konkubine und gebar ihm zwei Söhne.

ANTENOR erhielt nach dem Fall von Troja zusammen mit seiner Gemahlin, der Priesterin Theano, und ihren Kindern freien Abzug. Sie zogen nach Thrakien – manche sagen auch, in die nordafrikanische Cyrenaica.

ASCANIUS, der Sohn von Aeneas und der trojanischen Prinzessin Kreusa, blieb in Kleinasien, nachdem sein Vater mit Neoptolemos davonziehen musste. Er gelangte schließlich auf den Thron eines viel kleineren Troja.

DIOMEDES kam während der Heimfahrt vom Kurs ab und erlitt Schiffbruch an der kleinasiatischen Küste von Lykien, überlebte aber. Als er endlich wieder nach Argos heimkehrte, musste er feststellen, dass seine Frau Ehebruch begangen und gemeinsam mit ihrem Liebhaber den Thron an sich gerissen hatte. Diomedes wurde besiegt und nach Korinth verbannt, später kämpfte er in einem Krieg in Ätolien. Aber er wurde nirgends sesshaft. Sein letztes Zuhause befand sich in der Stadt Luceria im italienischen Apulien.

HEKABE begleitete Odysseus, zu dessen Kriegsbeute sie gehörte, ins thrakische Chersonnese, wo er sie ihres ständigen Gejammers wegen am Meeresufer zurückließ. Die Götter hatten Mitleid mit ihr und verwandelten sie in eine schwarze Hündin.

HELENA nahm an allen weiteren Abenteuern von Menelaos teil.

IDOMENEUS erwarteten die gleichen Schwierigkeiten wie Agamemnon und Diomedes. Seine Frau bestieg den kretischen Thron und herrschte gemeinsam mit ihrem Liebhaber, der Idomeneus vertrieb. Er ließ sich im italienischen Kalabrien nieder.

Kassandra, die Seherin, hatte in ihrer Jugend Apollos Liebeswerben zurückgewiesen. Aus Rache belegte er sie mit einem Fluch: Sie würde immer die Wahrheit voraussagen können, doch nie würde ihr jemand glauben. Sie gehörte zunächst zur Kriegsbeute des Kleinen Ajax, wurde ihm jedoch fortgenommen, nachdem Odysseus geschworen hatte, sie auf dem Altar der Athene vergewaltigt zu haben. Dann beanspruchte Agamemnon sie für sich und nahm sie mit nach Mykene. Obwohl sie darauf beharrte, dass sie dort beide der Tod erwarte, beachtete Agamemnon ihre Warnung nicht; Apollos Fluch war immer noch wirksam. Sie wurde von Klytämnestra ermordet.

Der Kleine Ajax erlitt auf der Heimfahrt nach Griechenland Schiffbruch an einem Riff und ertrank.

Menelaos soll bei seiner Heimfahrt durch widrige Winde vom Kurs abgekommen und schließlich in Ägypten gelandet sein, wo er (gemeinsam mit Helena) viel herumreiste und insgesamt acht Jahre lang blieb. Danach kehrte er am selben Tag nach Lakedaimon zurück, an dem Orestes Klytemnästra tötete. Menelaos und Helena regierten gemeinsam in Lakedaimon und schufen die Grundlagen für den zukünftigen Stadtstaat Sparta.

Menestheus kehrte nicht nach Athen zurück. Auf der Heimfahrt erwählte er die Insel Melos als sein neues Königreich und herrschte dort.

Neoptolemos folgte Peleus in Iolkos auf den Thron, aber nach Streitigkeiten mit den Söhnen des Askastos verließ er Thessalien, um in Dodona in Epiros zu leben. Später wurde er getötet, als er das Heiligtum der Pythonschlange in Delphi ausraubte.

Nestor kehrte rasch und unbehelligt nach Pylos zurück. Er verbrachte den Rest seines sehr langen Lebens damit, in Frieden und Wohlstand über sein Königreich zu herrschen.

Wie es ihm sein Hausorakel vorhergesagt hatte, war Odysseus dazu verdammt, Ithaka zwanzig Jahre lang nicht wieder zu sehen. Nachdem er Troja verlassen hatte, zog er im Mittelmeer umher und bestand zahlreiche Abenteuer mit Sirenen, Zauberinnen und Ungeheuern. Als er endlich nach Ithaka zurückkehrte, war sein Palast überfüllt mit Freiern, die Penelope den Hof machten, um durch die Heirat mit ihr auf den Thron zu gelangen. Aber diesem Schicksal war sie bis dahin entgangen, indem sie darauf bestand, erst wieder eine Ehe eingehen zu können, wenn sie das Leichentuch für ihren Schwiegervater Laertes gewebt habe. Jede Nacht löste sie wieder auf, was sie am Tag zuvor fertiggestellt hatte. Gemeinsam mit seinem Sohn Telemachos tötete Odysseus die Freier. Anschließend führte er mit Penelope ein glückliches Leben.

Philoktetes wurde aus seinem Königreich Hestaiotis vertrieben und beschloss, in die süditalienische Stadt Croton auszuwandern. Herakles' Pfeile und Bogen nahm er mit.

NACHWORT DER AUTORIN

Es gibt viele Quellen für die Geschichte von Troja. Homers *Ilias* ist nur eine davon, und sie berichtet lediglich über die Ereignisse in einem Zeitraum von ungefähr fünfzig Tagen, der Krieg dauerte jedoch, so alle Quellen übereinstimmend, zehn Jahre. Das andere Homer zugeschriebene Versepos, die *Odyssee*, liefert ebenfalls viele Informationen über den trojanischen Krieg und diejenigen, die in ihm kämpften. Die übrigen Quellen sind oft bruchstückhaft; sie stammen unter anderem von Euripides, Pindar, Hyginus, Hesiod, Vergil, Apollodorus, Tsetses, Diodorus Siculus, Dionysius von Halikarnass, Sophokles und Herodot.

Als Datum, an dem Troja entscheidend geplündert wurde (es widerfuhr der Stadt mehrere Male), wird allgemein das Jahr 1184 v. Chr. angenommen. Es fällt in eine Zeit großer Umwälzungen, die damals am östlichen Ende des Mittelmeers stattfanden und die einerseits auf Naturkatastrophen wie Erdbeben zurückgingen, andererseits auf Wanderbewegungen von Völkern in dieser Region. Aus dem Donaubecken drängten Stämme südwärts nach Mazedonien und Thrakien, und die Griechen besiedelten die Küste der heutigen Türkei an der Ägäis und dem Schwarzen Meer. Diese tiefgreifenden Veränderungen waren die Folge früherer Völkerwanderungen und zogen weitere nach sich, die bis in die jüngere Vergangenheit andauerten. Mit ihnen entstanden viele der großartigsten Kulturen, die es in der Geschichte Europas, Kleinasiens und des Mittelmeerraums gibt.

Archäologische Zeugnisse tauchten erstmals mit den Ausgrabungen von Heinrich Schliemann im türkischen Hissarlik und von Sir

Arthur Evans in Kreta auf. Es scheinen wenig Zweifel zu bestehen, dass es zwischen dem griechischen Volksstamm der Achäer und den Bewohnern Trojas (das auch Ilios genannt wurde) einen Krieg gegeben hat. Es ging dabei mit großer Wahrscheinlichkeit um die Kontrolle über die Dardanellen, der wichtigsten Wasserstraße zwischen dem Schwarzen Meer und der Ägäis; denn wer die Dardanellen (auch Hellespont genannt) kontrollierte, beherrschte auch den Handel zwischen den beiden Meeren. Einige lebensnotwendige Güter waren nur schwer zu bekommen, vor allem Zinn, das notwendig war, um Kupfer in Bronze zu verwandeln.

Aber obwohl Wirtschafts- und Handelsfragen und der Drang zu überleben vermutlich die Ursachen für den Krieg waren, kann sich doch niemand der eher legendären Ausschmückung des Geschehens – von Helena bis hin zum Trojanischen Pferd – entziehen.

Zum größten Teil tragen die handelnden Personen in diesem Buch die griechische Version ihres Namens.

Trotz der Tontafeln (Linear A, Linear B etc.), die in Pylos und an anderen Orten von Mykene gefunden wurden, waren die Völker der Ägäis in der späten Bronzezeit nicht des Lesens und Schreibens kundig. Die Fähigkeit zu schreiben, die Odysseus verächtliche Bemerkungen über die »Versorgungslisten« nahelegen (die Lineartafeln, die eine Form des Griechischen darstellen), tauchte erst kurz vor dem 7. Jahrhundert v. Chr. auf.

Auch Münzen gehören ins 7. Jahrhundert; Geld an sich gab es also zuvor nicht, jedoch wurden Gold, Silber und Bronze als Tauschmittel benutzt.

Um Maße anzugeben, habe ich Begriffe wie »Talent«, »Meile«, »Schritt«, »Elle«, »Finger« gewählt. Obwohl sich die Länge einer Meile später änderte, gehe ich von einer Distanz von 1,6 Kilometern aus; ein Schritt misst 1,6 Meter. Es ist umstritten, ob die Elle vom Ellbogen bis zum Handgelenk oder zu den Knöcheln einer Faust oder gar bis zu den Fingerspitzen reicht. In diesem Buch ist sie 37,5 Zentimeter lang. Kleinere Maße wurden mit der Breite des Mittelfingers, also mit etwa zwei Zentimetern, angegeben. Ein Talent war das Gewicht, das ein Mann auf seinem Rücken tragen konnte: ungefähr 25 Kilogramm. Das Gran war ein Flüssigkeitsmaß und entsprach etwa einem Liter. Jahre wurden vermutlich nach dem Kreislauf der Jahreszeiten bemessen, während der Monat sich nach dem Stand des Mondes richtete und wahrscheinlich von einem Neumond bis zum nächsten reichte. Stunden, Minuten und Sekunden waren unbekannt.